北京联合大学高级别重大重点培育项目
“美国诗史研究”（项目编号：SK6020200）的研究成果

北京联合大学文理学术文库（一）

美国诗歌史论

Milestones in the History of American Poetry

黄宗英 著

中国社会科学出版社

图书在版编目(CIP)数据

美国诗歌史论／黄宗英著．—北京：中国社会科学出版社，2020.1
ISBN 978－7－5203－5962－7

Ⅰ．①美…　Ⅱ．①黄…　Ⅲ．①诗歌史—研究—美国
Ⅳ．①I712.072

中国版本图书馆 CIP 数据核字（2020）第 019521 号

出 版 人　赵剑英
责任编辑　郝玉明
责任校对　张爱华
责任印制　王　超

出　　版　中国社会科学出版社
社　　址　北京鼓楼西大街甲 158 号
邮　　编　100720
网　　址　http://www.csspw.cn
发 行 部　010－84083685
门 市 部　010－84029450
经　　销　新华书店及其他书店

印刷装订　北京君升印刷有限公司
版　　次　2020 年 1 月第 1 版
印　　次　2020 年 1 月第 1 次印刷

开　　本　710×1000　1/16
印　　张　34.75
字　　数　544 千字
定　　价　189.00 元

内容简介

惠特曼说：“美利坚合众国本身就是一首伟大的诗歌……一个诗人必须和一个民族相称……他的精神应和他的国家精神相呼应……他是她地理、生态、江河和湖泊的化身。”这本史论采用历史唯物主义与文本释读相结合的方法，集中论述了从17世纪北美殖民地时期到20世纪下半叶后现代时期九位具有里程碑意义的美国诗人及其代表性诗作，其中包括清教诗人安妮·布雷兹特里特、迈克尔·威格尔斯沃思和爱德华·泰勒，超验主义诗人爱默生，浪漫主义诗人惠特曼，现代主义诗人弗罗斯特、艾略特和威廉斯以及后现代主义诗人奥尔森，力求既勾勒美国史诗脉络又鞭辟入里地进行诗歌文本释读，给读者一种豁然开朗又丝丝入扣的诗歌审美体验。

作者简介

黄宗英（1961— ），现任北京联合大学教授；1996 年 7 月毕业于北京大学，获文学博士学位并留校任教；1997 年晋升副教授；1998—1999 年赴美国纽约州立大学做博士后研究工作，主讲“惠特曼研究”等六门英美诗歌课程；回国后，在北京大学外国语学院主讲“19 世纪美国诗歌”“20 世纪美国诗歌”两门研究生课程；2005 年调入北京联合大学；2008 年晋升教授，主讲“英美诗歌名篇选读”（国家级精品视频公开课 [2016]、国家精品在线开放课程 [2019]）、“圣经文学”等课程。主持国家社会科学基金项目“比较视野下的赵萝蕤汉译《荒原》研究”，教育部人文社会科学基金项目两项，北京市哲学社会科学规划项目和北京市教育委员会人文社会科学研究计划重点项目各一项。在 CSSCI 来源期刊发表学术论文二十余篇；出版《弗罗斯特研究》《爱默生与美国诗歌传统研究》等学术专著五部；编著高校英语专业教材两部，分别为《英美诗歌名篇选读》和“十一五”“十二五”国家级规划教材《圣经文学导读》。

献给陈炜

目　　录

前　言 ………………………………………………………………………… (1)

第一篇　早期美国清教诗歌

第一章　北美殖民地诗歌的清教史观 ……………………………… (3)
　第一节　清教史观 ……………………………………………………… (4)
　第二节　多元文化 ……………………………………………………… (9)
　第三节　"清教想象" ……………………………………………… (15)

第二章　安妮·布雷兹特里特："一位文化
　　　　叛逆者?" ……………………………………………………… (19)
　第一节　从新教改革到清教殖民 ………………………………… (20)
　第二节　安妮·布雷兹特里特的困惑与焦虑 ………………… (22)
　第三节　"最近北美崛起的第十位缪斯" ………………………… (25)
　第四节　世俗渴望与灵魂追求 …………………………………… (30)

第三章　迈克尔·威格尔斯沃思：为传颂清教思想
　　　　撰写"畅销书" ……………………………………………… (36)
　第一节　恬静玄机，宁静恐怖 …………………………………… (37)
　第二节　人心绝望，万民哭泣 …………………………………… (40)
　第三节　求生不得，求死不成 …………………………………… (43)
　第四节　为传颂清教思想撰写"畅销书" ……………………… (46)

第四章 “旷野巴罗克”：爱德华·泰勒的宗教诗创作艺术管窥 …………………………………… (49)
第一节 泰勒的遗嘱…………………………………………………… (50)
第二节 “旷野巴罗克” ……………………………………………… (53)
第三节 “上帝的决心” ……………………………………………… (54)
第四节 上帝的“华筵” ……………………………………………… (59)
第五节 “我是生命的粮” …………………………………………… (61)

第二篇 19 世纪美国浪漫主义诗歌

第五章 爱默生与美国诗歌传统 ………………………………… (69)
第一节 “代表性人物” ……………………………………………… (70)
第二节 “智性感受” ………………………………………………… (72)
第三节 “化石的诗歌” ……………………………………………… (74)
第四节 “催生韵律的主题” ………………………………………… (77)
第五节 “解救万物的神” …………………………………………… (79)

第六章 “我化为乌有，却洞察一切”：爱默生的“门槛诗”《斯芬克斯》 ……………………………………… (82)
第一节 “斯芬克斯之谜” …………………………………………… (82)
第二节 “俯伏世界” ………………………………………………… (87)
第三节 “我等候那位见者” ………………………………………… (91)
第四节 “一只透明的眼球” ………………………………………… (94)
第五节 “我化为乌有，却洞察一切” ……………………………… (97)

第七章 惠特曼：“我赞美我自己” …………………………… (102)
第一节 “我歌唱一个人的自己” …………………………………… (103)
第二节 “无与伦比的语言” ………………………………………… (105)
第三节 “诗人是代表性人物” ……………………………………… (109)
第四节 “我是平等的诗人” ………………………………………… (111)
第五节 “我相信你，我的灵魂” …………………………………… (114)

第六节 “我是奴隶们的诗人” ……………………………… (117)
第七节 “一个多民族的民族” ……………………………… (121)
第八节 “我是不死的” ……………………………………… (124)
第九节 “不停摆动着的摇篮” ……………………………… (128)

第三篇 20 世纪美国现代诗歌

第八章 罗伯特·弗罗斯特的“爱默生主义” ……………… (141)
第一节 罗伯特·弗罗斯特的“爱默生主义” ………… (142)
第二节 “一切都与爱默生息息相关” ……………………… (145)
第三节 “砍掉这些句子，它们就会流血” ……………… (149)
第四节 “有戏剧性就不至于枯燥” ……………………… (154)
第五节 “单元和宇宙是一片浑圆” ……………………… (161)
第六节 “找到我，你便转身背离上天” ………………… (170)
第七节 “自由的焦虑” …………………………………… (175)
第八节 “圆变成了椭圆” ………………………………… (179)

第九章 “离经叛道”还是“创新意识”？
——罗伯特·弗罗斯特十四行诗《割草》的格律
分析 ………………………………………………… (187)
第一节 “第一本诗集中最好的诗歌” …………………… (187)
第二节 “起、承、转、合” ………………………………… (190)
第三节 “起、承”之巧妙 ………………………………… (192)
第四节 “转”之真实 ……………………………………… (196)
第五节 “合”之深邃 ……………………………………… (198)

第十章 “从放弃中得到拯救”
——罗伯特·弗罗斯特《彻底的奉献》的历史性
解读 ………………………………………………… (201)
第一节 “我们属于这土地前她就属于
我们” ……………………………………………… (201)

第二节 “拥有”与“被拥有” …………………………… (203)
第三节 “从放弃中得到拯救” …………………………… (208)
第四节 “茫然西进的土地” ……………………………… (209)
第五节 简单的深邃 ……………………………………… (212)

第十一章 艾略特《荒原》中的动物话语 ………………… (215)
第一节 “历史意识” …………………………………… (216)
第二节 “个性消灭” …………………………………… (219)
第三节 “感受力涣散” ………………………………… (221)
第四节 动物话语 ……………………………………… (224)
第五节 “一对［破］蟹钳” …………………………… (227)
第六节 “在两种生命中颤动” …………………………… (230)
第七节 “叫这狗熊星走远吧” …………………………… (234)
第八节 “我们是在老鼠窝里” …………………………… (236)
第九节 “画眉鸟在松树里唱” …………………………… (242)

第十二章 “一切终归会好”：艾略特的抒情史诗
《四个四重奏》 ……………………………………… (245)
第一节 “我承担着双重身份” …………………………… (245)
第二节 “时间永远是现在” ……………………………… (247)
第三节 “开始便是结束” ………………………………… (252)
第四节 “心中是河，四周是海” ………………………… (256)
第五节 “一切终归会好” ………………………………… (259)

第十三章 威廉·卡洛斯·威廉斯：“我想写
一首诗” ……………………………………………… (264)
第一节 “我想写一首诗” ………………………………… (264)
第二节 “一首诗就是一个意象” ………………………… (268)
第三节 “一个男人——像城市” ………………………… (281)
第四节 “我找到了一座城市” …………………………… (286)
第五节 “一种地方自豪感” ……………………………… (290)

第六节 “唯有地方的才是普遍的” ………………………… (296)
第七节 “从混沌中积聚起来” ……………………………… (299)
第八节 “那是个天真的太阳” ……………………………… (303)

第十四章 “一个人本身就是一座城市”：威廉·卡洛斯·威廉斯《帕特森》中城与人的隐喻 ……………… (309)
第一节 帕特森：“其城/其人” ……………………………… (310)
第二节 “永恒昏睡的巨人” ………………………………… (314)
第三节 “没有观念，尽在物中” …………………………… (319)
第四节 “他说不出话来” …………………………………… (325)
第五节 “没有方向，往何处去?” ………………………… (329)

第四篇 20 世纪美国后现代主义诗歌

第十五章 “不变的/是变的意志”：奥尔森的投射诗《翠鸟》 ……………………………………………… (337)
第一节 “唯有变才是不变的” ……………………………… (338)
第二节 “曙光/就在/前头” ………………………………… (342)
第三节 “光明是在东方” …………………………………… (349)
第四节 “我不是希腊人” …………………………………… (355)

第十六章 “一根羽毛一根羽毛地增加”：奥尔森的抒情史诗《马克西姆斯诗篇》 ………………………… (357)
第一节 “原野创作” ………………………………………… (359)
第二节 “人类宇宙” ………………………………………… (363)
第三节 “格洛斯特的马克西姆斯” ………………………… (367)
第四节 “一根羽毛一根羽毛地增加” ……………………… (374)

附录 1 Lyric Epic in Modern American Literature —A Talk in a Workshop at Peking University …………… (381)

附录 2 Charles Olson's Poetic Language of Projectivism
—A Speech Delivered at "Symposium on Frontiers of Contemporary English Poetry and Poetics" Hosted by Shanghai University of Finance and Ecnomics on May 25, 2019 …………………………………… (412)

附录 3 "自由的希望"：早期非裔美国诗歌……………………… (434)

附录 4 英美诗歌微课教学 ………………………………………… (459)

附录 5 "灵芝"与"奇葩"：赵萝蕤汉译《荒原》艺术管窥 ……………………………………………………………… (469)

附录 6 "站立等候"：弥尔顿《哀失明》的清教心路管窥 ……………………………………………………………… (491)

参考文献 ……………………………………………………………… (510)

人名索引 ……………………………………………………………… (530)

后　记 ……………………………………………………………… (536)

前　言

我多年前就有了写一本《美国诗史》的愿望，希望能够通过释读美国诗歌史上具有里程碑意义的代表诗人的代表性诗歌作品，以历史唯物主义为指导，采用文学批评和文化批评相结合的方法，夹叙夹议，既勾勒美国诗歌发展的总体脉络，又总结不同时期、不同流派、不同文化背景的诗学理论和诗歌创作特点，同时窥见并揭示代表诗人的个性风格及其在诗学理论和诗歌创作方面的区别性特征，体现成果导向的科研反哺教学的科研理念，为国内美国诗歌的教学与研究抛砖引玉。为了这一目标，我坚持从诗歌文本释读做起，基于国内外的美国诗歌教学实践和研究基础，将自己多年来所发表的20余篇相关论文汇集成这本《美国诗歌史论》，内容分为“早期美国清教诗歌”“19世纪美国浪漫主义诗歌”“20世纪美国现代诗歌”和“20世纪美国后现代主义诗歌”四个篇章，集中细读了从17、18世纪美国殖民地时期的清教诗歌到20世纪70年代后现代时期美国黑山派诗歌的代表性诗歌作品，其中包括安妮·布雷兹特里特（Anne Bradstreet）、爱德华·泰勒（Edward Taylor）、拉尔夫·沃尔多·爱默生（Ralph Waldo Emerson）、沃尔特·惠特曼（Walt Whitman）、罗伯特·弗罗斯特（Robert Frost）、托·斯·艾略特（T. S. Eliot）、威廉·卡洛斯·威廉斯（William Carlos Williams）、查尔斯·奥尔森（Charles Olson）等代表诗人及其代表诗作。

第一篇“早期美国清教诗歌”包括第一章至第四章，以“北美殖民地诗歌的清教史观”为开篇第一章，以清教诗歌、清教史观、清教想象为关键词展开论述，认为北美殖民地诗歌体现了早期北美移民对上帝的敬畏、对生命的期盼、对成功的追求和对文化的眷念。这一时期，北美殖民地诗歌创作的目的是宣扬“新世界”，因此诗歌的记叙元素多于抒情元素。诗人不仅把清教思想与历史记叙融为一体，形成独特的清教史观，而且用诗人个人的或者历史的记叙来阐释清教教义，形成了北美殖民地清教诗歌独特的想象模式。虽然诗人的想象及诗歌形象化、意象化和象征性的语言均违背基督教义，但是诗歌因其独特的艺术效果而成为殖民地人民传颂上帝意旨的艺术形式。第二章叙述安妮·布雷兹特里特不但开创了美国文学史上女性诗人创作优秀诗歌的传统，而且与爱德华·泰勒一同分享着北美前一个半世纪诗歌创作最高成就的荣誉。然而，作为一名清教徒和一位女诗人，在17世纪北美浓重的清教主义宗教与社会文化背景下，她的诗歌创作被认为是一种“文化叛逆”，因此本章聚焦诗歌文本来重新考察北美殖民地时期的清教思想，窥见女性的困惑与焦虑，关注女性诗人的生命诉求，揭示这位所谓“文化叛逆者”的心路历程。第三章讨论迈克尔·威格尔斯沃思（Michael Wigglesworth）的叙事长诗《末日》。该诗模仿民谣诗体，表达了预定论神学观点，预示了世界末日的恐怖景象，书写了罪人的痛苦，同时彰显了神对义人的爱及圣徒的蒙恩拣选，在成千上万新英格兰清教移民的心灵深处找到了共鸣并且成为他们津津传诵的美丽诗篇，被誉为北美第一部“畅销书”。第四章讨论一位被称为“旷野巴罗克”诗人的爱德华·泰勒。他的诗歌闪烁着宗教思想和诗歌艺术的光芒。他模仿邓恩等英国文艺复兴时期玄学派宗教诗人，将神学思想深藏于日常话语之中，用奇喻、双关、悖论等修辞手法，让诗篇充满喜乐与惊奇。通过对《上帝的决心》《沉思集》等重要诗歌作品的文本释读，本章阐述了诗人舍弃都市的安逸而投身旷野的献身精神，揭示诗人将貌似简单的旷野意象与严肃深邃的宗教主题相互融合的独特的“旷野巴罗克”诗歌创作风格。

第二篇以“19世纪美国浪漫主义诗歌”为篇章题目，包括第五章至第七章，以“爱默生与美国诗歌传统”为第五章题目，讨论爱默生主张抛弃经验，凭借直觉去感受世界和追求真理。他坚信自然是人类精神世界的物质外化，是个象征体系。诗人是“见者”“言者”“先知”和“语言创造者”，唯有诗人才能刻画自然并揭示真理。本章旨在考察爱默生超验主义诗学理论所包含的“代表性人物”“智性感受”“化石的诗歌”“催生韵律的主题”“解救万物的神”五个基本要素在惠特曼、弗罗斯特、奥尔森等重要现当代美国诗人诗歌创作中的体现，进而揭示爱默生对构建美国诗歌传统的贡献。第六章通过爱默生的《斯芬克斯》

一诗的文本释读，解读诗中人斯芬克斯那耐人寻味的“俯伏世界”“同一造物始主”等一系列精妙的意象及诗中为了强化自然事物间“多样统一”（unity in variety）的关系而采用的一连串逆说悖论，再现宇宙万物间存在着一种精神连续的现象，让生活在19世纪物质文明欣欣向荣时期的现代美国人不至于因为过分专注于个人价值的创造和实现，忽略了人与自然应该和谐共生的关系及自然事物之间的神圣关联，最终导致“丢失”在“自我迷宫”之中的恶果。诗人呼吁人类命运和生命意义都存在于大自然之中，人应该走出自我生命意义的迷宫，回归大自然的怀抱，把自然事物与精神事物融为一体，才有可能找到解决人与自然关系问题的答案，才能够破解“斯芬克斯之谜”。在第七章中，我们看到了惠特曼创作民族史诗的伟大抱负，他不仅要赞美他自己是“一个美国人”“一个粗人”“曼哈顿之子”，而且要歌颂一个民族、一个国家和“一个宇宙”。《草叶集》融国家的、民族的乃至人类的话语于诗人自己的、个人的、自我的话语之中，它不仅抒发个人的情感而且展示民族精神，既是一首赞美诗人自我的抒情诗，又是一部讴歌美国人民的民族史诗，一部“抒情史诗”。

第三篇讨论20世纪上半叶美国现代主义时期的三位代表诗人：罗伯特·弗罗斯特、托·斯·艾略特和威廉·卡洛斯·威廉斯。第八章以弗罗斯特《论爱默生》一文为基本线索，结合爱默生与弗罗斯特诗歌及散文文本释读，着重从诗歌语言、格律、图征性意象、“二元论宗教观”，以及“自由的焦虑”等方面，阐释爱默生超验主义思想对弗罗斯特诗歌创作的直接影响；第九章对弗罗斯特“最出色的十四行诗”《割草》进行格律分析，不仅发现弗罗斯特驾驭十四行诗这种格律最严谨的英语诗歌体裁的娴熟技艺，而且证明了这首十四行诗并不像弗罗斯特诗评家马克森（H. A. Maxson）所认为的那样“离经叛道”，而仍然是弗罗斯特“一首最先进、最具有创新意识的十四行诗”；第十章讨论了弗罗斯特自己认为是“一部用十几行无韵诗写成的美国历史”的一首十四行诗《彻底的奉献》。在他看来，美国人要想真正成为这块土地的主人并充分实现自我的价值，就必须完全放弃自我、彻底地奉献。当弗罗斯特在这首诗中说美国人“拥有着当时不被我们拥有的东西”时，他一方面指当时这块土地的所有权被英国剥夺，而另外一方面指当时的美国人并没有真正爱上这块土地，没有像神圣的爱情那样，做到双方在灵魂与肉体上的完全结合。这种“软弱”只有当美国人真正意识到他们必须像热恋中的情人那样热爱自己的国家时才能被克服。于是，他们发现他们的“软弱”来自自我的“捆绑”。为了“与这片土地融为一体”，他们学会了“放弃”、学会了“奉献”，因此“立刻从放弃中得到拯救”。

艾略特认为我们的现代文明是多样和复杂的，而且描写这种多样和复杂的现代文明的诗歌艺术形式也应该是多样与复杂的，因此诗人“肯定是费解的”。第十一章在研读艾略特关于“感受力涣散”“历史意识”“个性消灭”等核心诗学理论的基础上，结合《荒原》中的动物话语，对“一对破钳爪”“在两种生命中颤动”“我们是在老鼠窝里”“画眉鸟在松树里唱”等经典意象进行文本释读，揭示艾略特反对浪漫派诗人在诗歌创作中表现个人情感、张扬个性立场的观点，并为艾略特强调历史作用的“非个人化”诗学与诗歌创作理论寻找佐证。艾略特说《荒原》仅仅是他个人对生活发出的满腹牢骚，然而他“个人的满腹牢骚”却代表了战后西方社会一代青年人的精神幻灭，《荒原》也因此成为一部划时代的“抒情史诗”。然而，不少诗评家认为，《四个四重奏》是艾略特诗歌创作的艺术顶峰。艾略特本人也认为《四个四重奏》是他最优秀的诗作。因此，第十二章是在细读文本的基础上，讨论艾略特在这部长诗中描写一个皈依宗教的人寻求真理的心路历程，刻画诗人的个人经历、社会的历史事迹及诗人对人类命运的种种感想，融抒情性与史诗性为一体，真可谓抒情式的灵感与史诗般的抱负完美结合的典范。

爱默生在《美国学者》一文中说：“这个世界主要的辉煌壮举就是造就了一个人……因为一个人包含着所有人的性格特征”；在《草叶集》中，惠特曼不仅“歌唱一个人的自我”而且“也唱出‘民主’这个词，‘全体’这个词”；在《帕特森》中，威廉斯写道：“这座城市/这个人，一种认同。”可见，爱默生笔下这个“包含着所有人的性格特征”的“一个人”在惠特曼笔下变成了一个包含“自我”和“全体”的人，而在威廉斯笔下，这“一个人”又进一步与一座“城市”相互“认同”。第十三章和第十四章围绕“一个人本身就是一座城市”这一主题，深入揭示威廉斯创作《帕特森》的心路历程，并且通过解读威廉斯《帕特森》中的代表性奇思妙喻，挖掘帕特森其人与其城之间的隐喻性关联，揭示现当代美国抒情史诗创作中戏剧性地让人与城相互捆绑和相互认同的一个艺术特征。

第四篇聚焦美国后现代时期最具实验性和代表性之一的黑山派代表诗人查尔斯·奥尔森的投射诗诗学理论及其投射诗《翠鸟》和长诗《马克西姆斯诗篇》。《翠鸟》是奥尔森早期最杰出的诗作，也是他投射诗诗学理论最成功的一次创作实验。虽然仍受庞德和艾略特的影响，但奥尔森更加注重威廉斯的诗歌风格，不仅对自己生长的故土充满信心，而且不遗余力地去挖掘美国本土的、具体的、地方性的文化内涵。第十五章从赫拉克利特关于唯有变才是不变的辩证法观点切入，紧扣该诗的主题“不变的/是变的意志”，通过诗歌文本的深度释读，分析投射诗诗歌语言、表现形式和主题呈现的基本特征，揭示奥尔森寻求变革后现代主义时期美国诗歌的理论与实践。庞德自称其长诗《诗章》为“一张嘴道出的一个民族的话语”；威廉斯在他的长诗《帕特森》中说“一个人本身就是一座城市”。不论庞德还是威廉斯都注意到了现当代美国长篇诗歌创作的一个共同特征：抒情性与史诗性兼容并蓄。因此，第十六章通过对查尔斯·奥尔森的投射诗诗学理论及其诗歌作品的文本释读，揭示诗人在其长篇史诗《马克西姆斯诗篇》中，将史诗般的抱负与抒情式的灵感完美结合的艺术魅力，从而为更好地学习和研究现当代美国长篇诗歌提供了一个新的视角。

虽然我能够坚持学习，艰苦奋斗，但毕竟错误难免。然而，有了这番努力，我信心倍增，相信自己能够在习近平总书记关于“弱鸟先飞”“滴水穿石”的精神的感召下，在学界导师和同仁的指导下，在北京联合大学领导和同事们的鼓励和帮助下，在美国诗歌的教学与研究中，“不忘初心，砥砺前行”！

黄宗英

记于北京西二旗智学苑家中

2019年12月1日

第一篇

早期美国清教诗歌

第一章

北美殖民地诗歌的清教史观*

诗歌是人们关注生命、表达希望、传承文化最富有想象力的表现形式。北美殖民地时期的诗歌也不例外，它体现了早期北美移民丰富的想象，表达了他们对上帝的敬畏、对生命的期盼、对成功的追求和对文化的眷念。然而，由于受殖民地时期新英格兰生活环境的影响，特别是受清教主义思想的束缚，早期美国诗歌也随之有了特殊的局限性。尽管早期新英格兰移民创作了大量的诗歌，而且选择了一些既适合当时读者的阅读情趣又符合清教主义说教写作目的的方法[①]，但是他们却无法创作出纯粹意义的文学作品。北美殖民地也始终没有养育出能够与斯宾塞（Edmund Spenser）、锡德尼（Philip Sidney）、邓恩（John Donne）、弥尔顿（John Milton）等文艺复兴时期英国诗人相媲美的北美诗人。

论其原因，首先是早期北美殖民者对诗歌及其作用的理解不同。他们不接受诗歌“寓教于乐”的传统思想。古罗马诗人贺拉斯（Horace）认为：“诗人既要让人受益又得给人喜乐，换言之，他的语言既能让人感到喜悦又能给人以生命的意义。”[②] 然而，早期新英格兰移民大都是清教徒。他们把自己当作“上帝的选民”，把新英格兰地区看成上帝恩赐他们的“应许之地”，而他们移民北美的选择就自然而然地成为上帝的“计划”。在实现这一神圣计划的过程中，这些清教徒发现诗歌是一

---

* 本章主要内容曾发表于《英美文学研究论丛》第18辑，上海外语教育出版社2013年版，第211—228页。

① 参见 Robert E. Spiller ed., *Literary History of the United States*, New York: Macmillan Company, 1955。

② Horace, “Art of Poetry”, in Hazard Adams ed., *Critical Theory Since Plato*, New York: HBJ, 1971, p. 73.

种有效的教育方式，或称“教化”（edification）形式，因为它不但可以开启人们的想象而且能够给正在开辟“新世界”的殖民者注入一种不断进取的精神力量。

其次是早期北美殖民地诗人受清教主义移民传教目的的驱动。早期新英格兰移民需要与天斗、与地斗，还需要与充满敌意的土著印第安人斗。他们还没有足够的时间和情趣去琢磨纯粹意义的文学创作，因此他们的诗歌多为叙事诗，或者称“历史纪事诗”（histories）。显然，早期北美殖民地诗歌的记叙元素多于抒情元素，因为这个时期文学创作的目的是“为了传教或者回答当时涉及政治、社会或者经济方面的实际问题”①，是为了宣扬“新世界”的新颖和奇妙，以吸引更多的人移民北美。

第一节 清教史观

因此，这一时期新英格兰清教移民作家既需要设法让自己的创作对殖民地移民的生活有指导作用，又必须考虑让他的作品符合上帝的意旨。文学艺术是一种手段，不是目的，但文学创作又离不开艺术性，否则就无法引起读者的兴趣，因此这一时期的新英格兰诗人自觉或者不自觉地养成了细心创作的习惯，把清教思想与历史记叙融为一体，用个人的或者历史的记叙来阐释清教教义，形成了北美殖民地独特的清教诗歌。比如，当时在普利茅斯主持教会活动的牧师威廉·莫雷尔（William Morrell）在与印第安人共同生活了一年之后，就用诗歌形式记录了自己的经历。在《英吉利新星》（*Nova Anglia*）一诗的结尾，莫雷尔试图说服“我们强大而又著名的民族”：

去同情这个贫穷落后而又愚昧无知的民族，
或去邀请痛苦的人们来到这块美丽的陆地，
我们神圣的使命能够启发这些土著的人群；

① Robert E. Spiller ed., *Literary History of the United States*, New York: Macmillan Company, 1955, p. 54.

> 假如上帝应许这些祈求，我深信能够看到
> 一个英格兰王国将从这印第安尘土中诞生。①

虽然说这几行诗还算不上严肃的美国诗歌，因为莫雷尔先用拉丁语写了这首诗，然后又把它译成英文，而且这首诗的拉丁文版和英文版均于1625年在伦敦出版，但是这首诗歌句里行间所体现出来的诗人对两个民族及其文化的理解及浓重的清教主义思想证明了他的清教主义历史观点。首先，诗中的印第安民族是个“贫穷落后而又愚昧无知的民族”，但是他们所生活的这块土地，虽然漫天“尘土”，却是一块“美丽的陆地”。由此看来，北美移民选择在新英格兰地区进行殖民活动是为了“教化”这个“贫穷落后而又愚昧无知的民族”，他们自己也就成为“上帝的选民”，而整个新英格兰地区同样顺理成章地成为上帝恩赐给他们的“应许之地。”其次，这个“强大而又著名的民族”在北美的殖民活动不仅是他们“神圣的使命”，而且也将在贫穷与落后中创造出一个新的英格兰王国。这种融清教主义思想于历史记叙为一体的诗歌创作手法在北美殖民地诗歌中是司空见惯的，形成了北美殖民地诗歌的清教史观。

北美殖民地不但没有给人们留下小说和戏剧作品，而且也没有留下高品质的诗歌。这是因为早期北美移民只从欧洲带来了木匠、磨坊主、玻璃匠、鞋匠和蜡烛匠，而把他们的诗人都留在了老家。尽管如此，这些早期的殖民者本身大都受过良好的教育，但是他们首先是一些牧师、军人、官员和农民，很少能够称得上作家，而诗人就更少了。即使我们读到一些创作于这个时期的北美诗歌，这些诗作也主要是记录早期北美移民在这块辽阔神秘的蛮荒之地上生活的情景。这些作品经常描写疾病、劳累、分娩、残杀等各种不幸给殖民者造成的死亡。事实上，所有北美殖民地时期的诗人都写过挽诗或者墓志铭，悼念自己的妻子、孩子、父母或者友人。于是，人生无常、名利虚无的思想就自然而然地成为北美殖民地诗人记述各种接连不断的死亡的诗歌主题。然而，这些殖

---

① Donald Barlow Stauffer, *A Short History of American Poetry*, New York: Dutton, 1974, p. 2.

民者并没有因此而退却，相反，他们为自己的殖民行动而感到自豪，心中充满了开垦这块蛮荒之地的自信和希望。当他们看到地里长出庄稼，河里云集着鱼群，树上结出了果子的时候，他们更加坚定地相信《圣经·旧约》中上帝对以色列民族的恩许，北美新英格兰也就成为上帝恩许给他们的"新世界"。这一时期，诗歌与散文最早成为新英格兰清教作家记叙上帝恩惠于他们的艺术形式，而清教殖民意识又是这些诗歌散文作品中所体现出来的最突出的思想意识。

北美殖民地时期的诗歌主要分为三类：描写神赐恩惠或者神降灾难的诗歌；个人叙事诗或者历史记叙诗；挽诗或墓志铭。前两类诗歌常常合二为一，因为不论彰显上帝的荣耀还是宣传清教思想都需要具体的文学叙事作为文本依托。尽管这些清教诗人认为他们的创作灵感来自上帝而不是来自现实世界，但诗歌又是殖民地移民所喜闻乐见的艺术形式，是这一时期宣传清教思想最有力的"教化"工具，因此清教诗人需要将诗歌艺术、清教思想和现实生活联系起来。约翰·威尔逊（John Wilson）及他的《一首歌或者一个故事，为铭记上帝为我们所行出的各种神迹》（*A Song or Story, For the Lasting Remembrance of Diverse Famous Works, Which God Hath Done in Our Time*）就是一个极好的例子。[①] 1605年，威尔逊进入英国剑桥大学的国王学院（King's College）学习，3年之后，他成为这所皇家学府的会员。起初，他潜心学习法律，后来在清教徒朋友的影响下，他加入了基督教公理会。由于不信奉英国国教，他于1630年移民北美，来到了波士顿，在一个教堂里担任牧师，度过了自己余生的37年。威尔逊是一位严肃的学者和牧者，但是在创作《一首歌或者一个故事，为铭记上帝为我们所行出的各种神迹》这么一首典型的清教主义诗歌时，他也没有选择任何一种格律严谨的英诗体裁，而是采用了民谣诗体进行创作。他的目的是让自己的诗歌节奏能够紧紧地模仿当时盛行的描写历史事件的一些散文册子，比如，描写1605年英国发生的企图炸毁议会大厦、炸死国王的火药阴谋（Gunpowder Plot），西班牙无敌舰队（Spanish Armada），以及1603年的瘟疫等历史事件的

① 这首诗歌于1680年再版的时候，它的题目变成了"铭记神迹救赎之歌"（*A Song of Deliverance for the Lasting Remembrance of Gods Wonderful Works*）。

散文作品。结果，他诗化历史的记叙变成了孩子们能够朗朗上口的读物，达到了传教与记叙的双重目的。当然，选择民谣诗体这么一种诗歌体裁来表达严肃的宗教主题，这对于一位接受过皇家学府教育的学人来说，是一件十分诡异的事情。但是，它是时代的产物，而且在17世纪北美殖民地始终盛行。由于威尔逊善于在诗歌的节奏与上帝恩赐的主题之间找到形式与内容的契合之处，他被誉为"又一位甜美的以色列歌手"①。

讴歌上帝的恩惠在新英格兰作家笔下是一个重要主题。被誉为"美国历史之父"的威廉·布拉福德（William Bradford）在他的叙史代表作《普利茅斯种植园史》（*History of Plymouth Plantation*）中，以编年记叙的形式，逐年记叙了从1620年"五月花号"移民离开欧洲直到1647年他停笔记叙时北美殖民地所发生的重大事件。然而，贯穿全书的主题则是清教主义的基督教精神。布拉福德认为"五月花号"移民是上帝的选民，而他们的"新世界"则是上帝的恩许之地，他们之所以移民到这蛮荒之地完全是上帝的计划，因此开拓北美殖民地是彰显上帝大能的一个有力佐证。科顿·马瑟（Cotton Mather）被认为是殖民地时期新英格兰地区知识最渊博的人士之一。在他最重要的历史著作《基督教在北美的辉煌》（*Magnalia Christi Americana*）中，他不仅记叙了北美殖民地的历史而且形成了将新英格兰史实记叙与清教思想阐述融为一体的写作风格，特别是在书中第六部分，作者用大量的历史事件证明了上帝在北美殖民地无时无事无处不在的仁慈与恩惠。上帝不仅能够奇妙地解救一切痛苦的人们，而且对所有的义人赐予慈惠，对所有恶人加以审判。马瑟把北美殖民地的历史记叙与全能上帝主宰万物的清教主义思想融为一体，创造了一种富有深厚的象征意义的清教主义历史释读方式。当然，这种将零散的历史记叙与统一的神启想象融为一体的文学性或者隐喻性，对当时的清教徒们来说，还不是一种自觉的书写风格。

然而，这种用历史记叙来阐释清教思想的风格在爱德华·约翰逊（Edward Johnson）的历史著作《新英格兰创造神迹的天福》（*Wonder-*

① Perry Miller and Thomas N. Johnson, *The Puritans: A Sourcebook of Their Writings*, Vol. 2, New York: Harper & Row Publishers, 1963, p. 547.

Working Providence of Sions Saviour in New England）中得到了进一步的发展。这是一部用散文和诗歌叙述历史的力作，约翰逊采用了清教主义的历史观。他认为新英格兰是一个新的天堂（New Jerusalem），是以色列民族的后裔来到“新世界”重新建立人间乐园的一块福地。书中的诗篇常常画龙点睛式地强调了清教主义主题，比如，作者曾经这样表述过他支持政教统一的观点：

主啊，继续您手中的活儿，停止我世俗的心思，
您的道才是我们的惟一喜乐，而不是整个世界，
我们不是在寻找草地，而是寻求主耶稣的珍珠，
我们拥抱您的圣徒，而不要拥有那苦难的大地，
当我们领取年薪的时候，我们将不再咕哝抱怨，
而是要竭尽所能地支持我们的政府，共渡难关。①

约翰逊出生在英国，当过木匠，做过生意。1630 年，他参加了由后来担任英属北美马萨诸塞湾殖民地总督的约翰·温思罗普（John Winthrop）组织的一次探险考察，第一次来到新英格兰，次年回到英国。1636 年，他以商人身份，举家移民波士顿。1640 年，他帮助建立了沃本镇（Woburn），他也因此改变了身份，先后成为一位市镇领导、一位国民军官员和马萨诸塞州议会的成员。作为一位市镇领导，他的职责使得他有机会细心地观察殖民地内部的工作机制和外部的殖民活动，“竭尽所能地支持我们的政府，共渡难关”。据说，他在早些时候还写过一部题为“来自新英格兰的好消息”（*Good News from New-England*）的诗作。

本杰明·汤普森（Benjamin Tompson）是第一位出生在北美的诗人。他的父亲是一位清教牧师，在新英格兰北部地区的印第安人中间传教，但是汤普森在哈佛大学毕业后并没有子承父业，而是选择放弃牧师职业，回到老家办起了学校，后来成了波士顿拉丁学校校长。

---

① Kenneth Silverman ed., *Colonial American Poetry*, New York & London: Hafner Publishing Co., 1968, p. 50.

1676 年，他发表了一首带有讽刺意味的历史叙事诗——《新英格兰危机》（*New England Crisis*）。诗人通过描写土著印第安人与北美移民之间的一场战争，告诫殖民者停止他们对印第安人的土地财产进行无休止掠夺的罪恶行径，并回归早期北美移民那种更为简朴和纯洁的移民动机。他在诗中将严肃的警告、惨烈的战争及幽默的讽刺融为一体，创造了一种典型的“谐谑史诗形式”①。同年，汤普森在英国还发表过一首题为“来自新英格兰可悲可泣的消息”（*Sad and Deplorable News from New England*）的诗歌。这首诗歌与迈克尔·威格尔斯沃斯（Michael Wigglesworth）的《上帝与新英格兰的论争》（*God's Controversy with New England*）一样，描写殖民地的衰败并告诫清教徒们要牢记他们的使命。可见，北美殖民者，或者更确切地说是新英格兰的清教徒们，他们从来就没有排斥诗歌，他们需要诗歌，实际上也热爱诗歌，而清教主义历史观集中体现了早期北美殖民地诗歌最重要的思想内容和叙事视角。

第二节　多元文化

1944 年，哈罗尔德·詹兹（Harold S. Jantz）出版了《新英格兰第一个百年诗集》（*The First Century of New England Verse*），收录了新英格兰地区 200 多名诗人及其作品，篇幅之大，令人震惊，但是詹兹仍然说：“我们可能只掌握了中南部殖民地地区五分之一的诗歌。”② 在他看来，在北起新英格兰地区南到弗吉尼亚和南北卡罗来纳州的沿海殖民地地区的移民中，诗歌创作是当时人们喜闻乐见的一种娱乐形式。就诗歌形式而言，他认为最常见的诗歌体裁包括历史记叙诗、圣经故事叙事诗、挽歌和墓志铭，此外，还包括颂歌、赞美诗、诗篇译文、年鉴诗（almanac poems）、宗教诗、爱情诗、序言诗、书信诗、回文诗（anagram）、离合诗（acrostic）、讽刺诗等。这些诗歌常常出现在年鉴、史

---

① 张冲：《新编美国文学史》第 1 卷，上海外语教育出版社 2000 年版，第 111 页。

② Donald Barlow Stauffer, *A Short History of American Poetry*, New York: Dutton, 1974, p. 5.

书、报子、布道、诗集、备忘录、日记、遗嘱，甚至墓碑上。

许多北美殖民地时期的散文作者也在进行诗歌创作，比如，威廉·布拉福德就写过一些挽歌及几首告诫误入歧途的殖民者的诗篇。在他的遗嘱中，他还留下了一首题为“谈新英格兰的波士顿”（*Of Boston in New England*）的诗，告诫波士顿殖民者不要摆架子，应该谦逊行事。在诗集中，詹兹还罗列了科顿·马瑟（Cotton Mather）创作的50余首挽歌、颂诗、赞美诗、抒情诗和罗杰·威廉斯（Roger Williams）创作的39首优美的抒情诗，而且威廉斯的这些抒情诗是附在他研究印第安语言的专著《美洲语言秘诀》（*A Key into the Language of America*）一书的每一个章节之后。值得一提的还有当时的一些年鉴诗和讽刺诗具有较强的可读性，特别是托马斯·谢泼德（Thomas Shephard）、塞缪尔·丹福尔斯（Samuel Danforth）和约翰·丹福尔斯（John Danforth）的年鉴诗、塞缪尔·休厄尔（Samuel Sewall）日记中的讽刺诗，以及纳撒尼尔·沃德（Nathaniel Ward）在《北美阿格瓦姆的穷鞋匠》（*The Simple Cobbler of Agawam in America*）中的讽刺诗。

托马斯·谢泼德曾被誉为“搅动灵魂的牧师”和“伟大的灵魂教化者”[①]。1635年，他移民到了北美“新大陆”，目的是躲避“旧世界”的宗教败落。他曾在自传中这么解释自己移民北美的理由：“在旧英格兰的任何地方，我都看不到希望，也看不到能够给我和我的家人带来任何平静和舒适的生活。”“虽然我的想法较多，而且我很渴望得到一种安静的生活，但是上帝让我看到了新英格兰自由的光辉。”[②] 在他的代表作《真诚的皈依者》（*The Sincere Convert*）中，他宣扬人的原罪及上帝的无情惩罚，用人“身上的囊肿”喻指人所犯的罪过，并告诫不敬上帝的人：“要是我们凿一块木头，想把它凿成有用的器具，但凿了许久仍不成功，我们就只好把它扔到火里当柴烧了；上帝亦如此；他用布道、用病痛、用挫折、用死亡、用怜悯、用惨境等来凿你们，仍然不起作用，除了也把你们扔进火中，他还有什么别的选择吗？”[③]

① 张冲：《新编美国文学史》第1卷，上海外语教育出版社2000年版，第88页。

② John McWilliams, “Puritanism: the Sense of an Unending”, in *The Oxford Encyclopedia of American Literature*, Vol. 3, Oxford University Press, 2004, p. 442.

③ 张冲：《新编美国文学史》第1卷，上海外语教育出版社2000年版，第88页。

塞缪尔·休厄尔对美国文学的贡献主要归因于他的三卷《日记》(*The Diary of Samuel Sewall*)。虽然这些日记没有什么文体特色，但是它们短小精悍，忠实地记录了马萨诸塞从一个宗教团体向一个繁荣社会，从一种清教文化向一种较为世俗的新英格兰文化过渡的殖民地生活。像许多清教徒的日记一样，休厄尔的日记不仅记录了作者的一次精神旅行，更反映了一位积极的、成功的商人、银行家、地主、市政委员和法官的生活。这些日记还记录了新英格兰地区50多年的重要新闻，比如重要人物的死亡、政治选举、立法与施法决定、重大商务活动和社会事件等。纳撒尼尔·沃德的《北美阿格瓦姆的穷鞋匠》可谓北美殖民地时期一部风格独特、切中时弊的讽刺文学代表作。作者以嬉笑怒骂的独特方式，对当时英国存在的教会分裂、教派迭出、政治动乱、战争不断、道德沦丧、附庸风雅等社会现象，进行了无情的抨击。全书首页的诗文的确让人感觉寓意深刻：

北美的
阿格瓦姆鞋匠

愿
用他诚实的针线
从鞋面到后跟
帮助修补他那可怜的
四分五裂的祖国

并愿意
一反古老英国的传统
不取分文

常年补鞋是他的职业
各位先生请收起钱袋①

① 张冲：《新编美国文学史》第1卷，上海外语教育出版社2000年版，第116页。

这是一位清教主义作家发自内心的呐喊，沃德愿意用自己“诚实的针线”来修补“那可怜的/四分五裂的祖国”。他不能容忍英国教会中的异端教派，不能容忍英国国王与议会之间的矛盾冲突，不能容忍社会上种种道德沦丧的现象。在这部作品中，他告诫人们警惕各种分裂主义异端教派移民新英格兰所带来的危险。他认为清教主义殖民地的荣誉已经被“我们不友好的报告”所玷污，特别是当“一股疯狂的乐观主义恶臭悄悄地进入这块天真无邪的蛮荒之地去为我们狂热信条与实践寻找自由空间的时候”①。

就诗歌创作的风格而言，虽然所处的地理位置相差甚远，但是 17 世纪北美诗歌与当时的英国诗歌大体上区别不大，因为多数殖民地诗人是在用英国或者欧洲的诗歌传统进行创作。他们崇尚结构复杂、意象新颖而又模糊、效果奇崛的巴洛克风格，模仿 17 世纪英国玄学派诗人在诗歌创作中使用别出心裁的奇思妙喻（conceits）、微妙蹊跷的一语双关，以及牵强附会的逻辑推理。他们不但模仿邓恩、赫伯特（George Herbert）等玄学派诗人，而且也喜欢琼森（Ben Jonson）、弥尔顿、德莱顿（John Dryden）和 18 世纪的蒲柏（Alexander Pope）。尽管创作目的有所不同，但是 17 世纪的新英格兰诗人与英国诗人都是以欧洲中世纪及文艺复兴文学传统为基础的，他们在诗歌创作的手法与风格上有许多相同之处。

然而，我们知道美国是“一个云集着多个民族的民族”（a teeming nation of nations），“一个由多个种族组成的种族”（a race of races）。② 在初始时期，北美殖民地是一个区域性很强的殖民地，因此，它的诗歌也同样带有很强的区域性。如果我们把土著印第安人及生活在殖民地北部地区的西班牙和挪威移民排除在外，那么北美殖民地诗人主要来自英国、法国和荷兰三个国家。首先，就族裔而言，马克·莱斯卡博（Marc Lescarbot）是值得我们记忆的一位北美殖民地法裔诗人。他本来是一位年轻的巴黎律师；1606—1608 年，他住在南卡罗来纳州南部一个叫波

① Susan Clair Imbarrato and Carol Berkin, *Encyclopedia of American Literature*, Revised Edition, Vol. 1, Shanghai: Shanghai Foreign Language Education Press, p. 296.

② Walt Whitman, *Leaves of Grass*, New York: Vintage Books, 1992, p. 5.

特罗亚尔的村庄，写了一些颂歌、一部关于印第安人的叙事诗和一部历史剧。这些作品收录在一个题为“新法兰西的缪斯”（*Les Muses de la Nouvelle France*）的集子里，于1609年在巴黎出版。其次，是斯蒂德曼（Jcob Steendam）、塞利金斯（Henricus Selijins）和德西勒（Nicasius De Sille）三位代表北美新荷兰殖民地的荷裔诗人，因为他们都曾经在那里生活过一段时间。

在这三位荷裔诗人中，不论在荷兰还是在新阿姆斯特丹[①]，斯蒂德曼的成就都是最高的。1651年前后，他移民新荷兰（New Netherland），此前，他已经在荷兰出版过一本个人诗集，收录了他自己创作的一些传统的爱情诗和田园诗。在新阿姆斯特丹生活几年之后，他于1659年发表了一首题为“新阿姆斯特丹的抱怨”的政治寓言诗，借荷兰殖民者的声音，抨击荷兰政府，认为是政府所发动的战争摧毁了他们准备把新阿姆斯特丹建设成一个贸易基地的设想。他的寓言诗使用了许多修辞手法及希腊神话中的男女诸神。诗人运用拟人手法，把新阿姆斯特丹描写成古老的母亲城的一位美丽的女儿。女儿富足、美丽，但是除非回到母亲的怀抱，否则她将面临被英国“猪”糟蹋的命运。两年之后，他发表了另外一首赞扬殖民地的诗篇——《赞美新荷兰》。诗人用美丽的语言赞美了新荷兰丰富的自然资源：清新的空气、清爽的微风、洁净的清水、肥沃的土地、河里的鱼、山上的猎物、天上的鸟儿、地下的矿物和牧场上的牧草。1662年，他写过同样美丽的诗歌：

> 鸟儿遮蔽了天空，数不胜数；
> 动物遍地漫游，踏平了草地；
> 鱼儿云集河里，挡住了阳光；
> 那儿海里的牡蛎，前所未见，
> 堆积着，堆积着，直到海滩；
> 森林、草地、平原披上绿装。[②]

---

① 新阿姆斯特丹（New Amsterdam）：美国纽约市在1625至1664年的旧称，当时是荷兰的殖民地。

② Donald Barlow Stauffer, *A Short History of American Poetry*, New York: Dutton, 1974, p. 8.

虽然斯蒂德曼是一个商人、一个冒险家，不是一个诗人，但是他笔下这些充满着丰富想象与激情的诗篇却是当时北美移民对殖民地生活的真切憧憬和典型写照。

德西勒是荷兰在美洲的殖民行政官彼德·斯特伊弗桑特（Peter Stuyvesant）① 的第一顾问。作为荷属新乌得勒支（New Utrecht）殖民地的缔造者之一，作为该城镇的"第一公民"，德西勒于1657至1660年撰写了题为"新乌得勒支的创建或者开端"（*Description of the Founding or Beginning of New Utrecht*）的编年史。在这部编年史中，他用自己在这座小镇上的生活经历创作了三首诗歌：第一首是为了出生在这座小镇上的第一个婴儿所写的墓志铭；第二首赞美大地，题目为"大地对她的开拓者说"（*The Earth Speaks to its Cultivators*）；第三首题为"诗篇116首之歌"（*Song in the Manner of the* 116*th Psalm*），体现了诗人相信上帝是保护人类的臂膀，同时认为上帝引领荷兰人移民美洲，建立新荷兰，并且在这块异教之地上高歌上帝的荣耀。这三首诗歌的三种体裁恰好与新英格兰及弗吉尼亚地区英属殖民地诗人最常用的诗歌体裁不谋而合。

塞利金斯是荷兰在美洲的基督教新教教会归正会（Dutch Reformed Church）的创建者之一，在布鲁克林地区算得上一位赫赫有名的资深牧师。他的诗歌在风格与主题方面比前面两位荷裔诗人更为丰富多彩。他不像斯蒂德曼那样，受到修辞与传统束缚，而且主题也更加宽泛。他的诗歌充分体现了他对牧师职责的专注，但是我们也能看到他为告诫女人而创作的诗篇，以及一些献给现实中的或者是梦想中的女人的间接爱情诗。此外，在纽约历史协会（New York Historical Society）所收藏的他的诗稿中，我们还可以找到一些挽歌、生日颂歌和祝婚曲。虽然从诗歌史的角度看，以上三位荷裔诗人不属于美国诗歌传统的范畴，因为他们的诗作都在荷兰出版或者始终就没有出版，而且他们的诗歌也没有对荷兰文化造成多大的影响，但是我们仍然看到他们的诗歌中浸透了17世纪清教主义思想，而这种清教主义思想影响下所形成的诗歌传统在美国

---

① 彼德·斯特伊弗桑特：荷兰在美洲的殖民行政官，曾任荷兰西印度公司分公司经理、荷属北美及加勒比海地区总督（1645—1664年），建立新阿姆斯特丹（即后来的纽约市）市政府（1653年）。

诗歌中自始至终都是根深蒂固的。正如罗伊·哈维·皮尔斯（Roy Harvey Pearce）在他的诗歌论著《美国诗歌的延续》中所说的那样："在形式、内容和方法上，美国诗歌自17世纪到现在，总体上是清教想象（Puritan imagination）的一个发展过程，必须将一个人的内心感受与他在这个世界上所扮演角色的总体感觉联系起来，甚至等同起来。"①

第三节　"清教想象"

假如我们从清教主义历史观的角度来重新审视北美清教主义诗歌，我们就会发现"清教想象"这个命题本身不无自相矛盾之处。在英国，自文艺复兴后期开始，清教主义神学家和牧师就认为人的感觉和想象是不可靠和危险的，而且人们在艺术创作中使用形象化的、意象化的、象征性的语言实际上已经违背了基督教义。同样，早期新英格兰清教徒不但不相信人的感觉和想象，而且怀疑各种艺术形式。他们认为上帝已经将人类所需要的真理完整地写进了圣经，因此人们只需要用质朴简单的语言来讨论和阐释上帝的道（Words）。他们反对天主教徒和英国国教徒使用精心雕琢的语言、意象、音乐甚至雄辩术来传播上帝的意旨。在他们看来，过分地追求艺术性就等于崇拜偶像，是对基督教义的亵渎。因此，传统的文学批评并没有关注早期北美殖民地时期的诗歌创作。

既然人的感觉是不可靠的，人的想象是危险的，形象化和象征性的语言又违背了基督教义，那么诗歌这种典型的使用形象化语言的艺术形式又是怎样在浓重的清教主义文化背景下的新英格兰地区得以幸存下来呢？首先，我们知道诗歌的历史与人类语言的历史几乎是同时存在的，只要有语言，就会有诗歌。虽然北美殖民地的清教思想反对诗歌创作，而且当时严酷的生活条件也限制了诗歌的发展，但是诗歌毕竟是新英格兰移民百姓最喜闻乐见的艺术形式。不论婚宴还是葬礼，新英格兰移民都会用祝婚曲对新人表示祝福，会用挽歌对死者寄托哀思；不论日常记事还是宗教沉思，新英格兰移民也同样是用诗歌记叙了他们在北美开拓

① Roy Harvey Pearce, *The Continuity of American Poetry*, Middletown: Wesleyan University Press, 1987, p. 57.

“新世界”的心路历程；诗歌是一种声音与意思相互契合的艺术，它能以美妙的韵律向大众传播上帝的意旨。既然诗歌是新英格兰移民百姓所喜闻乐见的记叙形式，而且又能够达到清教主义者传播上帝意旨的目的，那么，诗歌作为一种特殊的清教主义想象模式和艺术形式在北美殖民地也就有了存活的土壤。

我们知道，最早在北美创作的一些诗歌并不是为了抒发作者自我的情感，而是为了满足殖民地人民一种基本的生活需要。1640 年，为了取代当时英国国教徒所使用的由托马斯·斯坦恩侯德（Thomas Sternhold）和约翰·霍普金斯（John Hopkins）翻译的较为诗化的诗篇译文，几位北美清教牧师专门重译了圣经诗篇。这些北美清教牧师把他们的诗篇译文取名为“忠实地译成英诗韵律的圣经诗篇全书”（*The Whole Book of Psalms Faithfully Translated into English Meter*），也就是文学史上常说的《海湾圣诗集》（*The Bay Psalm Book*）。约翰·科顿（John Cotton）在其序言中明确指出了清教主义者坚决反对使用形象化语言翻译圣经诗篇的主张。他说“不要让读者认为我们是因为格律的缘故而采用了诗歌自由或者诗歌破格（poetical license）的方法以便为背离用希伯来语原诗韵律所表达出来的大卫话语的真切含义寻找借口，这是不可以的；相反，忠实于经文原义早已经是我们宗教关怀和信仰努力的一个不可或缺的部分……为此，假如我们的诗文不像有些人所期盼的那样优雅自如，就让他们知道上帝的圣坛无须我们的精雕细凿”①。

在现代读者看来，《海湾圣诗集》的诗文句法是比较复杂的，因为译者需要尊重希伯来语圣经原文的韵脚、韵律和句法结构。假如我们把 1640 年版《海湾圣诗集》第 23 首的开篇 3 句与新标准修订版《圣经》（*NRSV*）诗篇第 23 首的前 3 句进行对比，就不难看出为什么前者的译者们认为他们的译作才算是把圣经诗篇“忠实地译成英诗韵律”。

23 A Pslam of David

[1]The LORD to mee a shepheard is,

① Sacvan Bercovitch ed., *The Cambridge History of American Literature*, Vol. 1, 1590 - 1820, Cambridge: Cambridge Press, 1994, p. 227.

want therefore shall not I.
[2]Hee in the folds of tender-grasse,
doth cause mee downe to lie:
To waters calme me gently leads
Restore my soule doth hee:
[3]he doth in paths of righteousnes:
for his names sake leade mee. ①

A Psalms of David

[1]The LORD is my shepherd, I shall not be in want.
[2]He makes me lie down in green pastures,
he leads me beside guiet waters;
[3]he restores my soul.
He guides me in paths of righteousness
for his name's sake. ②

从英文译文看，首先，《海湾圣诗集》诗行工整，且双行押韵（I/lie; hee/mee），基本上保留希伯来语圣经原文的韵式；其次，译者多用英语诗歌中最常见的抑扬格，特别是在第3行中，译者通过调换词序和颠倒句式，把该行变成了一行格律相对严谨的七音步抑扬格诗行。此外，虽然看不到古英语诗歌中的内韵（internal rhyme），但是《海湾圣诗集》诗行中的格律停顿还是清晰可见的，在一定程度上增强了可诵读性和视觉效果；译文遣词灵活，但句法复杂，韵式整齐，但节奏别扭。看来，既要对照希伯来语诗篇原文逐字翻译，又要让译文符合英诗韵式和格律，是不容易做到的，而《海湾圣诗集》中这种一味追求两种语言的形式对等而牺牲了译入语遣词造句原则的译法在现代读者看来，或许是难以接受的。但是，我们不能忽视《海湾圣诗集》编译者们在诗集序

① Perry Miller and Thomas N. Johnson, *The Puritans: A Sourcebook of Their Writings*, Vol. 2, New York: Harper & Row Publishers, 1963, p. 556.

② 《圣经·旧约》（和合本），国际圣经协会1998年第5版，第901页。

言中的著名论断："在将希伯来文字译成英语，在把大卫诗译成英语格律诗的时候，[他们] 强调的是合理性（conscience）而不是优雅感（elegance），是对原文的忠实（fidelity）而不是诗化表达（poetry）。"①虽然《海湾圣诗集》是北美出版的第一部抒情诗集，但是它特殊的美学原则却是建立在翻译理论的基础之上的。为了最大限度地满足读者的需要，《海湾圣诗集》在语言、语气和格律方面都经过了精心的加工，而成为一部圣洁的诗篇。

此外，早期北美殖民地清教教堂为了寻求子民与上帝更加真实和直接的沟通而提倡简洁的布道风格。② 这恐怕也是削弱早期北美殖民地诗歌创作缺乏优雅语言表达的一个重要原因，而这些特殊的价值取向始终影响着北美殖民地的诗歌创作。迈克尔·威格尔斯沃思（Michael Wigglesworth）可谓在诗歌创作中终生追求一种抒情牧歌声音的一位清教诗人。他创造性地运用叙事诗的形式将圣经故事改写成朗朗上口的清教诗篇，创作了《末日》（*The Day of Doom*）、《上帝与新英格兰的争论》（*God's Controversay with New England*）、《食者之肉》（*Meat Out of the Eater*）等北美殖民地新英格兰地区最广为人知的几首叙事长诗。然而，在阐释黑暗中的光明、痛苦中的喜乐等严肃的神学悖论主题时，他却每每使用简单的英语歌谣格律和说教的语气，而没有一味追求诗歌韵文的语言优雅。这种将严肃深邃的宗教主题与简单明了的大众诗歌想象融为一体的创作方式给殖民地诗歌创作烙上了清教想象的特殊印记，为北美殖民地诗歌的教化作用拓展了想象的空间。

总之，早期北美殖民地的诗歌创作带有明显的教化作用，其目的仍然是宣扬"新世界"。清教诗人不仅把清教思想融入历史记叙，形成清教史观，而且用诗人个人的或者历史的想象来诗化清教教义，形成清教想象。虽然诗人的想象及诗歌形象化、意象化和象征性的语言均违背基督教义，但是诗歌因其独特的艺术形态，不仅成为殖民地人民传颂上帝意旨的工具，而且成为人们喜闻乐见的艺术形式。

---

① Zoltan Haraszti ed., *Bay Psalm Book: A Facsimile Reprint of the First Edition of 1640*, Chicago: University of Chicago Press, 1956, p. 3.

② 参见 Susan Castillo and Ivy Schweitzer, eds., *A Companion to the Literatures of Colonial America*, Malden, MA: Blackwell Publishing Ltd., 2005。

第二章

安妮·布雷兹特里特："一位文化叛逆者?"*

在美国文学史上，人们常说安妮·布雷兹特里特（Anne Bradstreet）是一个"怪人"、一位"家庭女诗人""最近在北美崛起的第十位缪斯"等。在17世纪北美新英格兰浓重的清教主义宗教与社会文化背景下，任何书写形式都必须服从清教教化的宗教与社会需要。早期新英格兰清教徒的心中只有上帝，他们根本不相信形象思维和人的想象，诗歌创作的艺术性与宗教教化的现实性之间存在着难以调和的矛盾冲突。因此，安妮·布雷兹特里特的诗歌创作只能给自己塑造了"一个文化叛逆者"（a cultural rebel）的形象。① 然而，我们知道一个不争的事实，那就是在北美用英文创作的第一部上乘的诗集《最近北美崛起的第十位缪斯》（*The Tenth Muse Lately Sprung up in America*）出自这位清教徒女性诗人之手，而且她的诗作开启了美国文学史上女性诗人创作优秀诗歌的传统，比如艾米莉·狄金森（Emily Dickinson）、艾米·洛厄尔（Amy Lowell）、H. D.（Hilda Doolittle）、玛丽安娜·莫尔（Marianne Moore）、伊丽莎白·毕肖普（Elizabeth Bishop）、德妮斯·莱维托夫（Denise Levertov）、安妮·塞克斯顿（Anne Sexton）、西尔维亚·普拉斯（Sylvia Plath）等。此外，我们还应该让安妮·布雷兹特里特与爱德华·泰勒一同分享北美殖民地前一个半世纪诗歌创作最高成就的荣誉。如今我们研读安妮·布雷兹特里特的诗歌不是为了满足对这位"怪人"的好奇，也不仅仅是

---

* 本章主要内容曾发表于《北京联合大学学报》（人文社会科学版）2012年第2期。

① 参见 Sacvan Bercovitch ed., *The Cambridge History of American Literature*, Vol. 1, 1590－1820, Cambridge: Cambridge University Press, 1994。

为了了解她是如何成名或者她的第一本诗集是如何创作的，而是希望透过诗歌文本来考察北美殖民地时期的清教主义思想，窥见安妮·布雷兹特里特的困惑与焦虑，关注一位女性诗人的生命诉求，进而揭示这位所谓“文化叛逆者”的心路历程。

第一节　从新教改革到清教殖民

一般认为17世纪离开英国的清教徒是为了逃避国内的宗教与政治迫害，但是产生清教主义的根源实际上在于英国国教基督教圣公会内部的改革运动。英国国教与天主教的区别性特征就在于英国国教反对天主教要求教徒们必须尊崇教皇的教义。早在公元587年，英格兰就允许古代凯尔特人进行宗教活动，但是罗马天主教的传教士也在那一年来到了英格兰。就像任何一种新的思想进入一个新的环境一样，天主教与英格兰土著宗教思想融合为一种新的文化思想。到16世纪，天主教已经成为西方文明中最强大的宗教势力，“天主教”一词几乎成了西欧社会的代名词，但是许多教徒却感到沮丧，因为他们觉得罗马天主教所规定的礼仪过分地强调教会及神职人员的作用。他们认为不应该在上帝与其子民之间插入诸如主教甚至教皇等不同神品的神职人员。在德国，马丁·路德（Martin Luther）发起了欧洲宗教改革，成为基督教新教路德宗的创始人。1517年，马丁·路德公布了他的《九十五条论纲》，强调“因信称义”，认为人的得救在于信仰而不在于教会或者人的善功，强调《圣经》的权威高于教会的权威，削弱教会和神职人员的作用。在法国，约翰·加尔文发表《基督教原理》，强调上帝的绝对权威和《圣经》的启示，诠释人类堕落后无法自救而必须仰赖上帝恩典的预定论（predestination）思想，成为基督教新教加尔文宗教义的神学基础，是欧洲宗教运动中最有影响的神学著作之一。在英国，国王亨利八世（Henry Ⅷ）以无男性继承人为理由提出与第一个王后阿拉贡的凯瑟琳（Catherine of Aragon）离婚。当他的要求遭到教皇的拒绝之后，他与教皇决裂，在英国自上而下推行其宗教改革。1534年，颁布《至尊法案》，宣布国王为英国教会最高元首，从而建立了独立的英国国教会，对不效忠于他的神职人员和教徒进行血腥的镇压。1553年，当亨利八世和凯瑟琳的女儿玛丽·都铎（Mary Tudor）即位之后，玛丽在英国恢复罗马天主教，修改法律反对异教，无情地迫害新教教徒，迫使成千上万的新教徒离乡背井。1558年，玛丽女王去世，妹妹伊丽莎白（Elizabeth）即位。伊丽莎白女王又开始恢复几乎被玛丽全部摧毁的英国国教会，大约有六分之一的新教徒从流放中回来。可是，他们并不赞同伊丽莎白女王的政策，因为他们认为伊丽莎白女王对天主教会作出了太多的让步。他们认为罗马教会败坏了上帝与人类之间纯洁的关系，他们也因此而得名"清教徒"。

清教教义规定所有的人都是有罪的，而且人无法知道上帝的意旨。清教信仰在当时的英国并没有受到普遍接受，而且清教文化所提倡的宗教容忍思想在当时也并不为人所知。我们知道，天主教和新教轮流掌控英国的政治命运，可是不论天主教还是新教都不喜欢清教徒，他们常常受到折磨或者被关押监禁。因此，当北美新英格兰殖民运动发展起来之后，清教徒们看到能够逃避英国国内宗教与政治迫害的希望。1606年，为了开发新大陆的资源，清教移民们成立了弗吉尼亚公司。1607年，他们定居詹姆斯敦并在此建成北美第一个殖民地。1623年，英国多尔切斯特的约翰·怀特（John White）牧师带领50名清教徒抵达北美，但是他们准备定居的地方实在是无法开垦，于是他们中间大部分人又返回英国，而留下的几个人在土著印第安人的帮助下在马萨诸塞东北部的塞勒姆定居下来。1628年，怀特组建了另外一个股份有限公司，取名"新英格兰公司"，后来由于法律原因又更名为"马萨诸塞湾公司"。马萨诸塞湾公司是一家英国商业公司，但是英王于1629年3月4日颁布特许状，准许该公司在新英格兰的梅里马克河与查尔斯河之间进行贸易和殖民活动。根据特许状，该公司获得了地方自治权力，拥有行政权、立法权和司法权，还垄断了殖民地的移民和贸易等权力。1630年4月8日，英属马萨诸塞湾殖民地总督温思罗普（John Winthrop）带领大约1000名移民，乘坐17艘海船，横渡大西洋，7月13日抵达塞勒姆。经过几年时间的建设，该公司从一个普通的贸易团体发展成一个神权政体，公司成为殖民地政府，北美殖民活动加速发展。

第二节 安妮·布雷兹特里特的困惑与焦虑

安妮·布雷兹特里特于1612年出生在英国英格兰中部的北安普顿郡。由于父亲托马斯·达德利（Thomas Dudley）“有一段时间任第四代林肯伯爵的管家”①，所以安妮·布雷兹特里特自幼生活在林肯伯爵的庄园里，有机会在伯爵庄园的图书室里阅读了大量的经典著作和文艺复兴时期的文学作品。虽然安妮·布雷兹特里特的父亲是一位虔诚的基督徒，但是他认为宗教信仰与文学欣赏之间没有矛盾，更加难能可贵的是他积极主张提高青年女性的哲学和文学修养。1628年，16岁的安妮·布雷兹特里特与她爸爸的助手西门·布雷兹特里特（Simon Bradstreet）结婚。西门比安妮·布雷兹特里特年长9岁，受过良好的教育，是剑桥大学的毕业生。照理说，安妮·布雷兹特里特可以在英国过上一辈子富足优雅、体面幸福的生活。然而，达德利一家不仅文明高雅、仁爱慈善，而且仰慕上帝。他们认为人生历练是上帝教化人类灵魂的过程。当安妮·布雷兹特里特回忆起自己还是个六七岁孩子的时候，她说：“我就开始明白事理，并学会凭自己的良心做事。”她还说：“当我长到了十四五岁的时候，我发现我的心变得越来越世俗了，离上帝越来越疏远了。”就在她结婚之前，她还说过：“上帝把他的手放在了我的痛处并且让我身上长满了痘疮。”② 在她来到新英格兰之前，她觉得自己已经经历了许多痛苦的事情，学会了把世界看成一本写满了上帝意旨的书籍，并准备用自己的生命去慢慢解读。

然而，新英格兰艰苦的生活条件及移民中惊人的高发病率和高死亡率使安妮·布雷兹特里特难以置信。她甚至开始怀念在英国度过的那段无忧无虑的少年时光。她在日记中说：“我发现了一个新的世界和一种新的生活方式，而且我的心为之感到不安。但是，当我相信这是上帝的

① 张冲：《新编美国文学史》第1卷，上海外语教育出版社2000年版，第99页。

② Sandra M. Gilbert ed., *The Norton Anthology of Literature by Women*, 2nd edition, New York: Norton, 1996, p. 81.

计划时，我屈服了，跟大家一起上了波士顿教堂。"① 可见，安妮·布雷兹特里特是一位既虔诚又有责任感的基督徒。然而，她对自己在这个"新世界"所将要面临的艰难困苦并没有多少心理准备，"无法温顺地恪守新英格兰许多更加严酷的基督教新教加尔文宗教义"②。虽然她的内心有疑问和挣扎，对新英格兰清教主义的清规戒律及不可动摇的父权权威表示怀疑和不满，但是她仍然善于把自己的焦虑心情与她所信奉的清教主义赋予她的严肃认真的人生态度结合起来，养成了既有独立坚强的个性又能够包容隔阂的性格特征。

17 世纪的英国和新英格兰，女性在家庭与社会中所处的低下地位，以及她们生命中暗淡的光景或许也是造成安妮·布雷兹特里特内心困惑与焦虑的另外一个原因。在英国，自中世纪以后，教会和国家形成了一整套系统的习俗与法规，妇女在家庭和社会中的地位始终比较低下；而且主张不受天主教和东正教控制的新教改革运动更加体现了男权中心的思想，因为新教徒首先反对的就是天主教所强调的圣母玛利亚的核心地位。在新教徒的眼里，丈夫和父亲在家庭里就是上帝的代表，他们的话语就是上帝的道，是不容置疑的。在北美殖民地，法律规定了妇女在家庭中必须服从丈夫，而且丈夫对整个家庭，包括家里的奴隶，有绝对的控制权。如果说马萨诸塞殖民地所开展的清教运动在为妇女争取社会地位、政治权益和经济利益方面取得过一些成就的话，那么 17 世纪 30 年代发生在北美的安妮·哈钦森（Anne Hutchinson）反对清教法律事件又将这些成就毁于一旦。安妮·哈钦森主张宗教改革，可是她无视教会律法，声称自己能够直接听到上帝的声音，能够直接与基督交流，并且在自己家里组织祷告会等活动。为此，她最终于 1638 年被教会放逐，徙居长岛，且家人被逐出马萨诸塞湾。在此后相当长的一段时间里，安妮·哈钦森在殖民地人们的脑海中始终象征着会给清教家庭和社会造成危险的智慧女性。

---

① Sandra M. Gilbert ed., *The Norton Anthology of Literature by Women*, 2nd edition, New York: Norton, 1996, p. 80.

② Robert E. Spiller ed., *Literary History of the United States*, New York: Macmillan Company, 1955, pp. 63–64.

然而，安妮·布雷兹特里特居然能够在这么一个对女性有着种种偏见和限制的清教社会文化背景下，坚持创作诗歌、发表诗作，而且还因其诗歌创作的才华受人尊重。那么，我们不禁要问是什么原因让安妮·布雷兹特里特能够如此倘然地去面对北美殖民地时期清教家庭社会中妇女所处的地位问题？又是什么精神力量能够让她如此倘然地去享受其他女性所不敢想象的自由人生？显然，第一个答案是因为她生活在一个特殊的家庭里。要不是在她的父亲和她的丈夫这两位先后都担任过殖民地总督的政治要人的庇护下，安妮·布雷兹特里特是不可能享受到这份不寻常的自由的。安妮·布雷兹特里特的父亲和丈夫在移民北美之后的前15 年间，经历了一个艰苦的创业过程，但最终是成功的。他们家几次搬迁之后，于 1645 年定居在安多弗（Andover)。父亲发了财，不仅成为罗克斯伯里（Roxbury）的首富，而且曾一度担任马萨诸塞殖民地总督。安妮·布雷兹特里特的丈夫西门先是一名法官、议会议员、皇家参赞，最终也担任了殖民地总督。1633—1652 年，安妮·布雷兹特里特为西门生了 8 个孩子，料理家务、养育孩子，真可谓贤妻良母了。家庭的成功与富裕为安妮·布雷兹特里特的物质与精神生活提供了保障，也为她的智性追求创造了条件，她逐渐地开始在这块“蛮荒之地”上扮演起一个积极的女性角色，对自己的生活有了更高的追求。

“不经常洗刷的房子很快就会使爱清洁的住户感到厌恶，同样，不能保持纯洁的心灵也就不适合作圣灵的所宿之处。”① 与其他清教徒一样，为了不断地使自己的灵魂更纯洁，安妮·布雷兹特里特经常反省自己的缺点和错误，并用清教教义来对照自己的所作所为。1630—1633年，她没能怀孕生子，于是她把这种情况归于自己的过错，认为这是她没有讨上帝的喜欢而受到的惩罚。安妮·布雷兹特里特曾经说：“我经常感到茫然和困惑，因为在我的朝圣旅途及对此的反省之中我并没有找到其他圣徒们所拥有的永恒的喜乐。”② 安妮·布雷兹特里特是一位富

① Sandra M. Gilbert ed., *The Norton Anthology of Literature by Women*, 2nd edition, New York: Norton, 1996, p. 91.

② Sacvan Bercovitch ed., *The Cambridge History of American Literature*, Vol. 1, 1590 - 1820, Cambridge: Cambridge University Press, 1994, p. 238.

豪的女儿和总督夫人，而且养育着 8 个孩子，无疑是一位贤妻良母，但是她又是一位受过良好教育的高智商的基督徒，既虔诚又富有责任心，而且十分重视自己的精神生活。因此，她的现实生活与精神生活经常发生冲突。在她的生命中，容易出现一些反叛的困惑与焦虑，而这种困惑与焦虑常常体现在她的诗歌创作之中。

> 我举头望着高处耀眼的太阳，
> 光芒被枝繁叶茂的大树遮蔽；
> 我望着天空，越发感到惊诧，
> 低语："像您那样该多荣耀呀?"
> 这世界的灵魂，宇宙的眼睛，
> 难怪有人把您当作上帝贡拜，
> 如果我不懂，我也一样贡拜。①

诗中那光芒四射的太阳象征着"世界的灵魂，宇宙的眼睛"，是人们心目中顶礼膜拜的"上帝"。然而，诗人又感到"惊诧"，因为那枝叶繁茂的大树居然能够遮蔽太阳的光芒。虽然上帝拥有无限的"荣耀"，但是如果我们不举头仰望，上帝的光芒仍可能被大树遮蔽。"假如我不懂[得这个道理]，我也一样贡拜。"可是，我们既然懂得了这个道理，我们是否就可以有自己的选择？在诗人的眼里，大自然的意象与太阳的光芒一样美妙，世俗的爱与神圣的爱一样值得我们去敬拜。尽管这首题为"沉思"（*Contemplations*）的诗主要是赞美上帝的，但引文中最后一行的虚拟语气所蕴含的幽默寓意显然又将诗人内心的困惑与焦虑演绎得惟妙惟肖。

第三节　"最近北美崛起的第十位缪斯"

1645 年，当安妮·布雷兹特里特全家搬到安多弗之后，她把自己

---

① Jeannine Hensley ed., *The Works of Anne Bradstreet*, Cambridge & London: Harvard University Press, 1967, p. 205.

移民北美后这十几年所写的诗稿装订成集献给父亲。这是安妮·布雷兹特里特的第一本诗集，诗歌形式规范、内容规矩，多与宗教主题相关。随着父亲和丈夫事业腾达，家境转好，她的诗歌创作也开始有了自己的声音和诗歌的共鸣。1647 年，安妮·布雷兹特里特的姐夫约翰·伍德布里奇（John Woodbridge）带着一份安妮·布雷兹特里特为家人手抄的诗稿回到了英国。1650 年，在安妮·布雷兹特里特不知情的情况下，姐夫把她的诗稿寄给了伦敦的一家出版商。《最近北美崛起的第十位缪斯》就成了安妮·布雷兹特里特生前正式出版的唯一一部诗集。姐夫在诗集的前言中写道："［这本诗集］是一位女人的作品，她很光荣，受人尊敬，她温文尔雅、举止大方，她学识出众、品格高贵，她虔诚敬神、谦逊待人，她性格诚挚、性情谦和，她勤奋持家、有条不紊，不仅如此，这些诗篇是她业余的收获，占用了她睡眠的时间或者是其他的休息时间。"①

《最近北美崛起的第十位缪斯》的第一部分包括《四种元素》《人的四种气质》《人生的四个阶段》和《四季》四首长诗所组成的一首四合一组诗（quaternion），内容涉及历史、哲学、解剖学、天文学、宇宙论、生理学和希腊玄学，而且安妮·布雷兹特里特努力地将自己的人生经历融入诗歌创作，既体现了诗人卓越的学识又创造了一些形象的比喻和动人的意象。② 美中不足的是诗人似乎难以驾驭双行押韵的偶句韵式，显得有点机械。但是安妮·布雷兹特里特富有创新精神，敢于表达自己的思想，特别是在全诗的第三部分《新旧英格兰的对话》（*Dialogue between Old England and New*）中，安妮·布雷兹特里特将对话双方比喻成母亲英格兰与女儿新英格兰，描写了英国的政治动荡和内战，表达了女儿对故土的眷念之情，阐述了女儿对母亲的期盼和依恋之情。

英格兰：

噢，可怜可怜我吧！这悲伤与烦恼， 201

---

① Jeannine Hensley ed., *The Works of Anne Bradstreet*, Cambridge & London: Harvard University Press, 1967, p. 3.

② 参见 Perry Miller and Thomas N. Johnson, *The Puritans: A Sourcebook of Their Writings*, Vol. 2, New York: Harper & Row Publishers, 1963。

我那被洗劫的城镇，被捣毁的房屋，
那四处哭泣的处女，被杀害的少年；
破产的贸易产业，短缺的粮食供应。

新英格兰：

亲爱的母亲，不要抱怨，擦干泪水，
荡去身上的尘土，振作起来，起来，
您是养育我的母亲、我是您的骨肉，
您沮丧的心肠又将苏醒，喜出望外，
我同情您的沮丧，但即将看到希望，
看到您摆脱困境，前程充满了喜悦，
看到您的未来蒸蒸日上、阳光明媚，
尽管眼下人们还在四处流血、流泪。[①]

此外，诗集中的不少诗篇涉及清教主义文化背景下的女性社会地位问题，以及安妮・布雷兹特里特作为一名女性诗人所面临的家庭与社会问题。从总体来看，安妮・布雷兹特里特的态度是模糊不清的。有时候，她态度坚定，措辞严厉，具有反叛精神；有时候，她又言辞温顺，显得温文尔雅。比如，在《序曲》（*The Prologue*）一诗中，我们首先看到的是诗中人申斥那些认为女人不应该当诗人的人。

我要让吹毛求疵者感到难堪，
他们认为我的手只适合针线，
且将给诗人招来无端的非难，
他们对女性智慧无情地中伤；
即使证明实力，也无济于事，
他们说那不是抄袭就是偶然。[②]

---

① Jeannine Hensley ed. , *The Works of Anne Bradstreet*, Cambridge & London: Harvard University Press, 1967, p. 185.

② Ibid. , p. 16.

紧接着，我们又看到诗中人似乎不得不接受妇女在社会中的次要地位。

希腊是希腊，女人就是女人，
男人有男人优势，永远胜出，
我们斗争既是徒劳也不公正；
女人知道男人能够做得最好。
一切卓越，都有你们的功劳，
虽然只承认我们一点点贡献。①

在这几行诗中，诗中人还是道出了诗人内心深处的一点淡淡讽刺。既然女人知道男人不可战胜，所以女性的任何“斗争”都将无济于事；既然女人知道“男人能够做得最好”，而且一切卓越的成就都有女性的功劳，那么如此卓越的男人怎么只看到女性的“一点点贡献”呢？难道男人卓越的气概只配得上女性这么“一点点贡献”？假如我们细细琢磨结尾一节，我们也许对诗人的讽刺意味及模糊的结论会有进一步的理解：

啊，你一根根直入云霄的羽根，
永远带着猎物，永远获得赞美；
假如您屈尊俯看我拙劣的诗行，
赐我百里香或荷兰芹而非月桂；
我这块低劣且未经提炼的矿石
使您耀眼的金子更加灿烂夺目。②

好一个“赐我百里香或荷兰芹而非月桂”！我们知道英国诗人安德鲁·马维尔（Andrew Marvell）曾经写过一首题为“花园”（*Garden*）的诗歌。杨周翰先生是这么翻译开篇的两行诗的：“人们为赢得棕榈、橡叶

---

① Jeannine Hensley ed.，*The Works of Anne Bradstreet*，Cambridge & London：Harvard University Press，1967，p. 16.

② Ibid.，pp. 16 – 17.

或月桂/使自己陷入迷途，何等的无谓。"[1] 古代西方，棕榈叶是对战功显赫者的奖赏，橡树叶是对公民伟绩的奖赏，而桂树叶是对诗歌成就的奖赏。[2] 安妮·布雷兹特里特在此不求月桂，只要百里香、荷兰芹。这可谓谦虚致极，既不失其在家庭中的贤妻良母形象，又迎合了殖民地清教社会男权中心的阅读情趣，体现了诗人充满幽默讽刺的诗歌创作风格和才能。然而，诗人这种谦虚忘我的幽默讽刺在最后两行诗歌中却体现得更加淋漓尽致。诗人这种谦虚忘我的精神来自她将自己的诗歌比作"低劣且未经提炼的矿石"，而将其他男性诗人的作品比作"耀眼的金子"。然而，没有矿石，哪来的金子，而金子的灿烂夺目离不开矿石的烘托，因此诗人似乎也在提醒读者不要一味追求男权的至尊，因为盲目的男权中心主义同样是没有意义的。安妮·布雷兹特里特这种谦虚的忘我精神中似乎也飘溢着一股淡淡的幽默讽刺的意味。

虽然安妮·布雷兹特里特的诗集《最近北美崛起的第十位缪斯》在伦敦受到了读者的喜爱，但是批评家们认为安妮·布雷兹特里特最有价值的诗篇是在此后的20年间创作并收录在她去世6年之后出版的诗集《安妮·布雷兹特里特诗集》(*Several Poems*) 里。《作者致她自己的书》(*The Author to Her Book*) 是安妮·布雷兹特里特去世前为自己的新版诗集所写的一首序诗。诗中人是一位诗人母亲，她的孩子就是她自己的诗集。她感到遗憾的是她还没来得及给孩子打扮好并教会她走路，孩子就被带到世人面前。

我无力的头脑生下难看的你；
出生后，你原本和我在一起，
后来给好心的糊涂朋友拿去，
把褴褛的你带出去给人家瞧，
让你犹豫、费劲地踏进印刷所——
人人看得出，那儿没帮你改错。
见你回来，羞得我涨红了面庞——

① 杨周翰：《十七世纪英国文学》，北京大学出版社1985年版，第165页。

② 参见胡家峦编注《英国名诗详注》，外语教学与研究出版社2003年版。

怕白纸黑字的浑小鬼儿叫我娘。
我把你丢开，感到你不该出世——
依我看，你的模样真叫人烦腻；
可既是我的骨肉，只要能做到，
我的爱总会使你的瑕疵减少些。①

这首序诗最大的作用就是它以风趣诙谐的语气介绍了她的新作，因为较之刻板、正式并充满学术味的第1版《最近北美崛起的第十位缪斯》，这第2版诗集新增了许多描写诗人对丈夫、孩子、家庭与生活充满真诚热爱的诗歌，比如，《致我亲爱的丈夫》（*To My Dear and Loving Husband*）、《写在她的一个孩子出生之前》（*Before the Birth of One of Her Children*）、《家居被焚之后所作》（*Some Verses upon the Burning of Our House*）等。这些诗篇给整本诗集增添了不少对日常生活的形象描写，也给安妮·布雷兹特里特的诗歌创作注入了很多个人的、抒情的元素，使她的诗歌不仅具有深邃的思想而且充满了真情实感和内心焦虑。更加有趣的是诗人巧妙地运用女性的话语表达了超越女性话语限制的内容，达到了一种特殊的讽刺性艺术效果。

第四节　世俗渴望与灵魂追求

《致我亲爱的丈夫》一诗让读者窥见了诗人作为一个妻子和一名清教徒的内心世界。虔诚的清教徒只信上帝而别无所爱。但是，由于生活所迫，不少北美殖民地移民的清教信念发生了变化。他们已经不像移民北美前那么虔诚和狂热了。他们逐渐地开始把现实中的爱情及其他世俗的乐趣当作上帝的恩赐。在《致我亲爱的丈夫》一诗中，妻子对丈夫的恋情已经成为一位女性从现实通往天堂最接近的道路。诗中人对丈夫的爱已经超越了她对上帝的爱。这是基督教义所不允许的，男女婚姻的结合本该随着的肉体的死亡而消失，但是诗人似乎要证明男女的结合在死后仍然可以继续存在。因此，诗人是如何戏剧化地表现这种“灵与

① 黄杲炘编译：《美国抒情诗选》，上海译文出版社1989年版，第2页。

肉"的关系呢？上帝的意旨又是如何得以体现的呢？

致我亲爱的丈夫

倘若两人合一，准是你我无疑。
倘若丈夫为妻所爱，那就数你；
倘若妻子因为丈夫而感到幸福，
来跟我比吧，要是女人们不服。
你对我的爱，胜过那金山银山，
胜过那东方所有的财富和宝藏。
我对你的爱，江河也无法阻挡，
唯有你对我的爱，才得以抵偿。
可要报答你的爱，我力不从心，
只能祈求上帝加倍地补偿予你。
愿在世时，我们的爱忠贞不渝，
愿去世后，我们因此获得永生。①

这是一曲爱的赞歌。理想的爱情需要完美的婚姻作为依托。对清教徒而言，完美的婚姻是无比重要的，因为家庭是国家和教会的基础。特别是在新英格兰地区，家庭不仅是组成国家的基本单位而且是约束社会成员的具体形式。上帝让天下夫妻相互恩爱，因为爱是建立完美家庭的基础。在这首诗歌中，诗人讴歌爱情能够战胜金钱和时间。首先，即便是"金山银山"或者"东方所有的财富和宝藏"也无法与她对丈夫的爱相媲美；更加有意思的是诗人运用了几个与商业交易相关的词语："抵偿"（recompense）、"报答"（reward）和"补偿"（repay）。这些词语在对比夫妻双方恩爱程度上是十分生动的，因为诗人谦恭地承认"［假如］要报答你的爱，我力不从心"。这种比喻手法使得这对恩爱夫妻之间的"交易"变得曲折而不公平，但同时又蕴含着无限的戏剧性。

① Sandra M. Gilbert ed.，*The Norton Anthology of Literature by Women*，2nd edition，New York：Norton，1996，pp. 88－89.

时间主题也给这首诗歌带来了戏剧性的矛盾冲突。诗人在开篇一连三次使用了“If ever”来强调永恒概念。“Ever”一词在这里的意思相当于英文单词“at any time”，意思是“在任何时候”。在爱情诗中，永恒象征着某种超自然的力量，但是安妮·布雷兹特里特所信奉的清教教义则认为肉体的死亡意味着人世间所有关系的终结，而且灵魂将不受任何阻碍地升上天堂。因此，诗中人在此强调她与丈夫之间的爱在他们死后将继续永存这一观点就与清教教义发生了冲突。事实上，在这首诗歌的第 11 行中，诗人对他们的爱情也已经作了限制“愿在世时，我们的爱忠贞不渝”，暗示了“在世时”（while we live）的时间限制。当然，更加重要的是我们应该理解诗中最后一行所暗示的爱情能够使人获得永生的主题：“愿去世后，我们因此获得永生。”爱情能够战胜时间并使人不朽是英国文艺时期诗歌中所常见的主题之一，斯宾塞在《爱情小诗》第 75 首的结尾写道：“当死神把世间万物制服的时候，/我们的爱情将长存，生命将永留。”① 邓恩的奇思妙喻更加令人叹服，用纯金的延展性来描写爱情的纯洁性：“两个灵魂打成一片，/虽说我得走，却并不变成/破裂，而只是向外伸延，/像金子打到薄薄的一层。”② 当然，安妮·布雷兹特里特的爱情诗不像文艺复兴时期英国诗人所表达的爱情观那么理想化，安妮·布雷兹特里特的爱情观带有明显的实用主义色彩。

其实，除了这首《致我亲爱的丈夫》之外，安妮·布雷兹特里特表现夫妻恩爱团圆或者虽然暂时离别但却心心相印的主题的爱情诗还包括《一封给她丈夫的信》（*A Letter to Her Husband*）、《太阳神福玻斯》（*The Phoebus Poem*）、《可爱的雌鹿》（*The Loving Hind*）等。在《致我亲爱的丈夫》中，我们读到“倘若两人合一，准是你我无疑”。在《一封给她丈夫的信》中，诗人说：“假如两人变成一人，那肯定就是你和我，/你为何在那里待着，而我却躺在伊普斯威奇。”③ 诗人在诗中恳请丈夫回到北方，因为她无法忍受丈夫远在南方相互分离的日子。在《太阳神

① 屠岸编译：《英国历代诗选》（上），译林出版社 2007 年版，第 36 页。

② 王佐良编译：《英国诗选》，上海译文出版社 1988 年版，第 95 页。

③ Jeannine Hensley ed.，*The Works of Anne Bradstreet*，Cambridge & London：Harvard University Press，1967，p. 226.

福玻斯》一诗的开篇，诗人表达了同样的意思："福玻斯赶快，这日子太长，太长，/宁静的夜晚是最好的呻吟之时。"① 在《可爱的雌鹿》一诗中，诗人被比作一只雌鹿、一只鸽子和一尾胭脂鱼，并说："我在这里，你在那儿，彼此努力坚持。"诗中人恳请诗中的他回到她的身边，以至他们可以双双在一棵树旁吃草，在一栋房子里栖息，在一条河里游动。最后，全诗的结尾重复了开篇的内容："让我们永远融为一体，直到死亡。"② 就主题而言，这几首诗歌是紧密相连的，它们都表达了分离的痛苦，但是每每以夫妻团圆作结。

现实悲情与宗教顺从之间的矛盾冲突也是安妮·布雷兹特里特后期诗歌中的一个重要主题。她需要怀着一颗虔诚顺从的心去面对和接受经常发生在身边的生活悲剧，比如亲人的死亡或者财产的损失等。尽管她的诗中人最终总是表现出对上帝的顺从，但是安妮·布雷兹特里特还是在一些诗歌中毫不掩饰地表达了其对上帝的埋怨之情。最好的例子当推1666年她的房子被烧毁之后，她所创作的那首《家居被焚之后所作》。这首诗歌最清晰地表达了安妮·布雷兹特里特关于人对世俗事物的依托与清教教义要求人淡化对世俗事物的追求之间的矛盾冲突。当诗人从睡梦中被大火惊醒并看到熊熊烈火正在吞噬着她的房子时，她的脑海里仍然飘溢着基督的话语：

> 我赞美您那施与和收回的大名，
> 它使我的财产在瞬间化为乌有。
> 是的，没错，本来就应该这样。
> 那一切都是他的，并不是我的。③

可是，诗人接着说，每当她路过这片废墟时，她不禁就会想起她曾经恋恋不舍的东西："我所喜欢的一切全部化为灰烬，/而我再也没有机会把他们来看。"她感叹不会再有游人到此观光游览，也不会再有人讲起过

---

① Jeannine Hensley ed., *The Works of Anne Bradstreet*, Cambridge & London: Harvard University Press, 1967, p. 227.

② Ibid., p. 230.

③ Ibid., p. 292.

去有趣的故事。诗境至此，一股令人心酸沮丧的感觉便悄然地进入读者的心田。诗中人便直接对着废墟喊：

再也没有客人坐在你的屋檐下，
也不会有人坐在你桌子旁用餐，
再也没有人讲起那有趣的故事，
也没有人回忆起先人做的事情。
在你的屋子里再也看不到烛光，
人们在那不再听到新郎的声音。
你静静地、永远地在那里躺着，
再见吧，再见！一切皆为虚无！①

“再见吧，再见！”在这一连串的回忆之后，诗人对眼前的一切表现出恋恋不舍的心情，似乎在责怪自己不应该如此在乎世俗的存在。作为一名虔诚而又充满责任心的基督徒，她及时地提醒自己：只要心中装着耶稣，世间一切的“一切皆为虚无！”因此，诗人在结尾处写道：“世界不再给我机会，让我去爱，/我所有的希望和宝藏藏在天上。”然而，假如世俗的幸福是永恒的，那么谁还会去追求天国的福分？不难看出，诗人并不是完全有信心去克服世俗存在的诱惑，但是也只有在她充分理解死亡的内涵的基础上，才会有追求永恒的渴望。可见，世俗的渴望与灵魂的追求在安妮·布雷兹特里特后期的诗歌创作中明显地表现为她内心深处的焦虑与挣扎。

总之，安妮·布雷兹特里特的诗歌简单深邃，充满着智慧、理想、爱情和信仰。作为一个女人和一名清教徒，安妮·布雷兹特里特在当时是不能够自由地表达自己的思想的，但是她还是用自己丰富的语言与知识给后人留下一份厚重的抒情珍品。她渴望保持一个贤妻良母的形象，但同时不断地在追求一位独立女性诗人的形象。笔者认为，虽然她的内心深处蕴含着对清教主义文化的反叛意识，但是由于

① Jeannine Hensley ed., *The Works of Anne Bradstreet*, Cambridge & London: Harvard University Press, 1967, p. 293.

她生活在一个特殊家庭和一个特殊时代，所以她的独立追求并没有表现为一种"文化叛逆"，也不足以为她构建"一个文化叛逆者"的形象。这种矛盾的心理似乎也成为不少美国女性诗人内心世界的一个共同特点。

第 三 章

迈克尔·威格尔斯沃思：为传颂清教思想撰写“畅销书”*

众所周知，早期新英格兰清教移民把自己当作上帝的选民，把新英格兰地区看成上帝恩赐他们的应许之地，他们在北美的殖民活动是上帝的计划。在实现这一神圣计划的过程中，这些新英格兰清教移民需要与天斗、与地斗、与充满敌意的土著印第安人斗，因此他们不相信感觉和想象，不相信任何艺术形式，也根本就没有足够的时间和情趣去琢磨纯粹意义的文学创作。然而，诗歌是一种特殊的艺术形式，不仅有其特别的音韵美和节奏美，而且容易满足大众清教教化的宗教和社会需要。于是，诗歌逐渐成为新英格兰殖民地清教移民一种喜闻乐见的娱乐形式，也给正在开辟“新世界”的殖民者注入了一种不断进取的精神力量。

虽然北美殖民地没有养育出能够与斯宾塞、锡德尼、邓恩、弥尔顿等文艺复兴时期的英国诗人相媲美的北美诗人，但是安妮·布雷兹特里特、爱德华·泰勒和迈克尔·威格尔斯沃思（Michael Wigglesworth）堪称17世纪最多产、最重要和最具有代表性的三位新英格兰殖民地诗人。不论在诗歌形式还是在主题思想方面，他们都深受英国文艺复兴时期诗歌的深刻影响。虽然布雷兹特里特的诗集《最近北美崛起的第十位缪斯》于1650年在伦敦出版，但是它是第一部在北美用英文创作的上乘的诗集，而且布雷兹特里特开启了美国文学史上女性诗人创作优秀诗歌的传统。爱德华·泰勒通常被认为是美国19世纪以前最有才华的诗人。

---

* 本章内容载郭继德主编《美国文学研究》，山东大学出版社2012年版，第253—269页。

但是与被称为“文化叛逆者”[1]的安妮·布雷兹特里特不同，也不像爱德华·泰勒那样一味地追求一种“自觉地违背清教教义的诗歌创作技艺”[2]，迈克尔·威格尔斯沃思是一位恪守清教主义美学原则并且使用朴素的诗歌形式传颂清教思想的北美殖民地清教主义诗人。

1631 年 10 月 18 日，迈克尔·威格尔斯沃思出生于英国英格兰的约克郡（Yorkshire）。7 岁的时候，他跟随父母移民到北美康涅狄格。少年时期，他聪明过人，9 岁就想上大学，但因体质虚弱，且父亲多病，他不得不等到 14 岁才踏进大学校门。他先后获得了哈佛大学学士学位和硕士学位，并且留校担任助教，直到他被任命为马萨诸塞殖民地马尔登教堂的牧师。不幸的是成为牧师后不久，他便得了天花（smallpox）。天花是一种让人感到十分痛苦的慢性病，会在身上长满痘疮并使皮肤上留下痘痕。长达 30 年之久，他饱受着这种病痛的折磨，无法独立主持马尔登教堂的神职工作，直到 1686 年他完全恢复了健康。然而，长年的病痛并没有阻止他传颂加尔文清教思想的愿望，他创造性地运用叙事诗的形式将圣经故事改写成朗朗上口的清教诗篇，创作了《末日》（*The Day of Doom*）、《上帝与新英格兰的争论》（*God's Controversy with New England*）、《食者之肉》（*Meat Out of the Eater*）等北美殖民地新英格兰地区最广为人知的几首叙事长诗，成为一名著名的、多产的清教诗人。

第一节 恬静玄机，宁静恐怖

1662 年，威格尔斯沃思发表的长诗《末日》就顺应了当时北美新英格兰特殊的历史情境。这是一首叙事长诗，预示了世界末日的恐怖景象，全诗共 224 个诗节，模仿民谣体四行诗节写成。它的副标题为“伟大的最后审判的诗化描述”（*A Poetical Description of the Great and Last Judgment*）。根据文学史记载，该诗出版当年，第 1 版 1800 册诗集销售

---

① Sacvan Bercovitch ed., *The Cambridge History of American Literature*, Vol. 1, 1590 - 1820, Cambridge: Cambridge University Press, 1994, p. 226.

② Ibid..

一空。截至 1760 年，这本诗集已经再版了 10 次。[1] 此外，它还常被用作许多圣经读本及基督教教理的问答手册。诗集中包括《致基督教读者》(*To The Christian Reader*)、《向基督世界的主宰祈祷》(*A Prayer to Christ the Judge of the World*)，以及《略论永恒》(*A Short Discourse on Eternity*) 等重要诗篇。诗人表达了他所信奉的达尔文主义预定论神学观点，书写了罪人的痛苦，彰显了神对义人的爱，以及圣徒“因信称义”的蒙恩拣选。《末日》被誉为北美第一部“畅销书”(best seller)[2]，不仅在成千上万新英格兰移民的心灵深处获得了共鸣，而且成为新英格兰几代清教圣徒津津传诵的诗篇。

《末日》是威格尔斯沃思最著名的一部叙事长诗，诗中的故事集中发生在万民受审的末日。这一天，耶稣坐在他荣耀的宝座上，与众天使一起降临世间。当万民聚集在他的面前时，耶稣突然发怒，要把他们分别出来，就像牧羊人分别绵羊和山羊一样，把绵羊安置在自己的右边，山羊在自己的左边。耶稣要把代表罪恶的山羊送往永刑，而把象征正直的绵羊送往永生。[3] 但是在迈克尔·威格尔斯沃思的诗歌中，当耶稣把罪恶的山羊分别出来之后，他允许它们祈求上帝的宽恕。可是，罪人何以开脱自己的罪名呢？威格尔斯沃思让罪人站出来为自己的罪恶辩解。这无疑是一种荒谬的逻辑，但是通过这个环节，诗人达到了讽刺清教教义荒谬之处的目的。全诗的结论是上帝和义人终将戳穿虚假谬误并将严惩恶人。这首诗歌的核心当然是神学教化。然而，有意思的是这首诗歌之所以受到广泛喜爱的原因并不是诗人的神学阐释，而是他运用了一系列形象生动而且富有戏剧性的表现手法来描写末日审判这一令人肃然的事件，而且诗人最终把所有的恶人全部送进了地狱的炉火。在全诗的开篇，威格尔斯沃思描绘了在接受最后审判前夕的一个安逸世界：

---

① Robert E. Spiller ed., *Literary History of the United States*, New York: Macmillan Company, 1955, p. 63.

② Sacvan Bercovitch ed., *The Cambridge History of American Literature*, Vol. 1, 1590 - 1820, Cambridge: Camridge University Press, 1994, p. 243.

③ 参见《圣经·新约》(和合本)，国际圣经协会 1998 年第 5 版。

（1）

宁静的夜晚，安详幸福，人们已进入了梦乡；
恬静的季节，理性告诉我们世俗将永恒不变。
灵魂哪，放心，莫遗憾，你有许多财物积存；
这是他们的颂歌和美酒，是末日降临的前夕。[①]

“宁静的夜晚”和“恬静的季节”，多么美妙呀！我们仿佛看到了世间所有的人都已经“安详幸福”地“进入了梦乡”，而且人的理性还“告诉我们世俗将永恒不变”。这是对“末日降临的前夕”人世间貌似安然恬静的一个梦幻般的极写，仿佛人生在世无异于一次夜间梦游。在睡梦中，人人都有自己的“颂歌和美酒”，人人都有自己的“许多财物积存”。这是一个何等无忧无虑、安安逸逸的世界呀！然而，在上帝的眼里，“人的生命不在乎家道丰富”[②]。熟悉《圣经》的读者或许能够窥见这“宁静的夜晚”背后的忐忑与不安，能够悟出这“安详幸福”背后所蕴含的恐惧与不幸。虽然在这个“恬静的季节”里，人的“理性告诉我们世俗将永恒不变”，仿佛人们永远能够享受眼前这种貌似“安详幸福”的安逸生活，但实际上上帝的神性也同时在“借口托梦”给我们：“灵魂哪，放心，莫遗憾，你有许多财物积存。”那么，这个“借口托梦”又暗含着什么样的玄机呢？

在《圣经·新约·路加福音》第12章中有一个题为“无知财主的比喻”的故事。在这个故事中，耶稣对众人说：“有一个财主，田产丰盛，自己心里思想说：‘我的出产没有地方收藏，怎么办呢？’又说：‘我要怎么办：要把我的仓房拆了，另盖更大的，在那里好收藏我一切的粮食和财物。然后要对我的灵魂说：灵魂哪，你有许多财物积存，可作多年的费用，只管安安逸逸地吃喝快乐吧！’神却对他说：‘无知的人哪，今夜必要你的灵魂，你所预备的要归谁呢？’凡为自己积财，在神面前却不富足的，也是这样。”[③] 显然，迈克尔·威格尔斯沃思在这

---

① Perry Miller and Thomas N. Johnson, *The Puritans: A Sourcebook of Their Writings*, Vol. 2, New York: Harper & Row Publishers, 1963, p. 587.

② 《圣经·新约》（和合本），国际圣经协会1998年第5版，第131页。

③ 同上。

首诗中是影射这一脍炙人口的圣经故事。当上帝在最后的审判中“必要你的灵魂”时，你所有预备的“粮食和财物”又意味着什么呢？

假如我们对照这个《圣经》故事来琢磨威格尔斯沃思诗中的意图，或许还可以有不少的收获，特别是诗中第3行与《圣经》故事第19节的比较。第一，是诗中人对灵魂进行荒谬的呼唤：“灵魂哪，放心，莫遗憾，你有许多财物积存”，假如诗中人呼唤的是肉体的满足，那么我们还可以看到“财物积存”与肉体满足之间的关系，这种呼唤还算是顺理成章的。可是，诗中人所呼唤的不是肉体而是灵魂，就像《圣经》故事中那个“无知［的］财主”。他似乎把灵魂当作与肉体相互脱离的一个邪恶的精灵，只要它能够“安安逸逸地吃喝”，它就能够找到“快乐”。假如他的灵魂是猪狗畜生般的灵魂，那么吃吃喝喝也许就是最大的快乐。然而，这里所指的是人的灵魂，是孕育着各种需要、欲望和期盼的灵魂，它超越了肉体的需求，是无法用世俗的财物和快乐的感觉来衡量的。第二，诗中人的呼唤是对生命意义的亵渎，仿佛人生的目的就是“吃喝快乐”，放纵肉体，满足情欲，而不在乎侍奉上帝，关爱他人。第三，诗中人的谬误还存在于他让灵魂“放心”的安慰之中，因为即便“你有许多财物积存”，你也未必就能高枕无忧；即便你腰缠万贯、儿孙满堂，但是任何身体疾病、家庭不和、心灵邪恶同样可以让你“放心”不下。第四，即使人人都“有许多财物积存”，那么人们就没有任何后顾之忧了吗？即使我们稻谷满仓、鸡鸭成群，我们就一定能过上好的日子了吗？显然不是，一场大火可能吞噬你满仓的稻谷，一场瘟疫可能让你成群的鸡鸭一只不留。可见，在诗人笔下这么一个“宁静的夜晚”和“恬静的季节”里，居然暗含着各种玄机和恐怖。

第二节　人心绝望，万民哭泣

突然，“一道光划过午夜的星空，把黑夜变成了白昼，/紧接着，一个可怕的声音让世人惊恐。/罪人被惊醒，他们心痛，恐慌，久久地颤抖；/他们目睹一切，惊慌失措，纷纷起来”。这是迈克尔·威格尔斯沃思描写耶稣末日审判的再现。这个时刻是那么突然、那么肃穆，甚至让人毛骨悚然。

（7）

他再现的时候，天崩地塌，星空割裂，
声音响亮，噪音惊人，永远超过雷声。
他的光让荣耀的天灯失色，无处藏身，
仿佛众神也因此惊慌失措，丢弃名分。[①]

这里的描写与《彼得后书》第3章第10节中描写耶稣再现的情境颇为相似：“但主的日子要像贼来到一样。那日，天必大有响声发去，有形质的都要被烈火销化，地和其上的物都要烧尽了。”[②] 所谓“主的日子”，这里指末日审判的日子，而这日子“要像贼来到一样”说的是审判的日子来得突然，不可预测，因此原本无限“荣耀的天灯失色，无处藏身”，“众神也因此惊慌失措，丢弃名分”。耶稣的再现意味着世界将接受末日审判，因此当耶稣再来的时候，“天崩地塌，星空割裂”，世间一切的一切都将伴随着响亮的声音和惊人的噪音而被天火吞噬，仿佛世界回归了创世之前的混沌情境，而世人也回到了创世之前的浑噩光景。可见，只有当世间的一切都“被烈火销化”的时候，人们才有可能看到耶稣再来的应许：“盼望新天新地，有义居在其中。”显然，威格尔斯沃思是在影射《彼得后书》中彼得证明耶稣再现的情境。于是，人们看到了世人接受末日审判前夕的生命光景：

（11）

卑贱者悲叹，高贵者碎撕袍服，扯开头发，
他们没有宽恕肉体，而是忍受恐怖与绝望。
人心绝望，声声泪下，整个世界陷入恐慌，
万民哭泣，大地号啕，然而不知如何受罚。[③]

---

① Perry Miller and Thomas N. Johnson, *The Puritans: A Sourcebook of Their Writings*, Vol. 2, New York: Harper & Row Publishers, 1963, p. 588.

② 《圣经·新约》（和合本），国际圣经协会1998年第5版，第419页。

③ Perry Miller and Thomas N. Johnson, *The Puritans: A Sourcebook of Their Writings*, Vol. 2, New York: Harper & Row Publishers, 1963, p. 589.

根据《圣经·新约·马太福音》第24章第29至30节中关于“人子的降临”的记载，我们看到“日头就变黑了，/月亮也不放光，/众星要从天上坠落，/天势都要震动……地上的万族都要哀哭”[①]。同样，在《圣经·新约·启示录》第6章第15至17节中，我们看到了末日审判时耶稣再现的奇光：“地上的君王、臣宰、将军、富户、壮士和一切为奴的、自主的，都藏在山洞和岩石穴里，向山和岩石说：‘倒在我们身上吧！把我们藏起来，躲避坐宝座者的面目和羔羊的愤怒，因为他们愤怒的大日到了，谁能站得住呢？’”[②] 宇宙坍塌的异象在《圣经·新约》中是一个常见的描写世界末日的意象。然而，在威格尔斯沃思的笔下，这个让日月无光、众星坠落、万族哀哭的景象似乎增添了不少戏剧性叙事艺术的效果。

（12）

有些人躲进了山洞或者岩穴，藏身于地下，
有些人急忙跳入水中，匆匆逃生却被溺死，
有些人跑进了深山老林，逃向无情的岩壁，
在那里他们才能躲避这可怕和恐怖的情境。[③]

（13）

他们徒然对山喊，倒向我们！把我们藏起，
避开那比烈火更灼热的愤怒，有谁能抵挡？
找不到任何地方，能让罪人躲避他的面容，
他明亮的火眼不仅窥见藏物而且照亮黑暗。[④]

这真可谓一种求生不得，求死不成，虽生犹死的生命光景！可见人的罪孽是如此深重才可能招致上帝如此之“灼热的愤怒”！无人能够躲避

① 《圣经·新约》（和合本），国际圣经协会1998年第5版，第48页。

② 同上书，第440页。

③ Perry Miller and Thomas N. Johnson, *The Puritans: A Sourcebook of Their Writings*, Vol. 2, New York: Harper & Row Publishers, 1963, p. 589.

④ Ibid., p. 590.

“他明亮的火眼”！然而，要比较艾略特笔下现代“荒原”上那个一年四季中“最残忍的”早春“四月”，威格尔斯沃思笔下这个末日审判前夕的人间地狱还是给罪恶的人们留下了一线希望。在《荒原》中，我们听到了诗中人对现代生活的绝唱：“人子啊，/你说不出，也猜不到，因为你只知道/一堆破碎的偶像，承受着太阳的鞭打/枯死的树没有遮阴。蟋蟀的声音也不使人放心，/礁石间没有流水的声音。”① 太阳、树木、水等这些传统的诗歌意象没有给现代荒原上的人们带来生的希望，更加可怕的是我们看不到拯救现代荒原的一线希望，因为现代人“只知道/一堆破碎的偶像”。他们的生命没有信仰的支撑，也没有盼望，真可谓大地苦旱，人心枯竭！② 但是，在威格尔斯沃思的诗歌中，上帝的“火眼”不仅能够“窥见藏物而且［能够］照亮黑暗”。

第三节　求生不得，求死不成

当末日审判到来的时候，耶稣坐在他的宝座前，神的号吹响了，宣布末日来临。于是，坟墓被打开，所有死了的人应声而起。“你们不要把这事看作稀奇，时候要到，凡在坟墓里的，都要听见他的声音，就出来。行善的复活得生，作恶的复活得死。”③ 不论行善的人还是作恶的人都必须经历末日审判，只不过审判的结果不同。不仅如此，神还是无时无地不有的一种精神力量。耶稣曾对门徒说：“天上地上所有的权柄都赐给我了。”④ 即使在大卫的诗歌中，我们仍然可以读到这样的诗行：“我往哪里去，躲避你的灵？/我往哪里逃，躲避你的面？”⑤ 看来，上帝不仅无时不有无处不在，而且威力无穷。

（188）

上帝是严厉的，作恶者无法抵挡他的威力；

---

① 赵萝蕤：《中国翻译名家自选集——赵萝蕤卷》，中国工人出版社1995年版，第2页。

② 黄宗英：《抒情史诗论》，北京大学出版社2003年版，第90—91页。

③《圣经·新约》（和合本），国际圣经协会1998年第5版，第170页。

④ 同上书，第60页。

⑤《圣经·旧约》（和合本），国际圣经协会1998年第5版，第1019页。

无人能飞离他的视野，无人逃脱他的掌控。
他们命运凄惨，徒然地为自己的罪名辩解。
无人能够逃脱惩罚，或者免遭痛苦的折磨。[①]

在这凄厉暗淡的日子里，“泪水的洪流无法平息上帝的怒火，/他斩钉截铁，要将作恶的人抛进火海”[②]。根据《圣经·新约·启示录》的记载，那些不能够像圣徒那样守神诫命的人，那些拜兽和兽像的人都将“昼夜不得安宁”，而且他们“受苦的烟往上升，直到永永远远”[③]。同样，在威格尔斯沃思的诗中，我们也看到了作恶者所遭受的磨难：

他们哭泣、号啕、号叫，日夜不断，
他们的肉体和灵魂饱受磨难的痛苦。

（210）
在卑鄙中，他们受苦的烟日夜上升，
痛苦悲哀不会宽恕，仇恨尚未结束。
天天死人，但他们躺着，不准死去，
虽生犹死，但他们的生命未被耗尽。[④]

如果说艾略特笔下的现代人因崇拜“破碎的偶像”而饱尝生命干渴的磨难，那么，威格尔斯沃思笔下接受末日审判的作恶者也可谓求生不得，求死不成了。“上帝凄厉的愤怒使他们的肉体永恒”，因为“他们将永远活在苦难之中，饱受永恒痛苦”[⑤]。“他们不得起来，哭泣，号

---

① Perry Miller and Thomas N. Johnson, *The Puritans: A Sourcebook of Their Writings*, Vol. 2, New York: Harper & Row Publishers, 1963, p. 599.

② Michael Wigglesworth, *The Day of Doom* (Stanaza 189), in Perry Miller and Thomas N. Johnson, *The Puritans: A Sourcebook of Their Writings*, Vol. 2, New York: Harper & Row Publishers, 1963, p. 599.

③ 《圣经·新约》（和合本），国际圣经协会1998年第5版，第451页。

④ Perry Miller and Thomas N. Johnson, *The Puritans: A Sourcebook of Their Writings*, Vol. 2, New York: Harper & Row Publishers, 1963, p. 603.

⑤ Ibid., pp. 603–604.

啕，忍受，/他们的心被毒镖刺伤，可如今后悔莫及。/他们在地狱的烈火中痛受煎熬/直至被烧成耶稣赦免的子民。”[①] 直到他们重新赞美上帝并说：“救恩、荣耀、权能都属于我们的神”[②]，然后，“他们一路高歌，升向天堂，/并用最甜美的歌声赞美神的美名，/在天堂里，他们永得安宁，无忧无虑；/在天堂里，他们看到真实的自我，享受到属于他们的爱”[③]。

（221）

噢，伟大的殿堂！能够面对面地见到耶和华，
不久前还是罪人，可并没有黑色面纱的遮蔽。
太阳在那里升起，上帝的荣面，神圣的光芒，
照耀在他们每一个人的身上，最甜蜜的恩惠。
……

（224）

因为那里的圣徒完美无缺，且敬虔守诫，
每每都已经摆脱了凡人肉体的罪恶束缚；
耶稣超凡的大爱能让王和祭司一同皈依，
他们将住在那里，与他同在，直到永远。[④]

在这里，诗人不仅描绘了天堂里永恒的幸福和无与伦比的荣耀，而且再现了“耶稣超凡的大爱”能够让凡人摆脱肉体的罪恶束缚，并且让“敬虔守诫”的义人变得“完美无缺”。这应该就是那“从神和羔羊的宝座流出来”的生命之河水所赋予义人的精神力量：“不再有黑夜。他们也不用灯光、日光，因为主神要光照他们，他们要作王，直到永永远

① Perry Miller and Thomas N. Johnson, *The Puritans: A Sourcebook of Their Writings*, Vol. 2, New York: Harper & Row Publishers, 1963, p. 605.

② 《圣经·新约》（和合本），国际圣经协会 1998 年第 5 版，第 455 页。

③ Perry Miller and Thomas N. Johnson, *The Puritans: A Sourcebook of Their Writings*, Vol. 2, New York: Harper & Row Publishers, 1963, p. 605.

④ Ibid., pp. 605 - 606.

远。”[1] 可见，诗人要表现的不仅是神对圣徒的爱而且也是圣徒“因信称义”而蒙惠的恩典。

第四节　为传颂清教思想撰写“畅销书”

一般认为，迈克尔·威格尔斯沃思创作这首诗歌首先是为了弥补他因长期患病而不能正常布道所造成的损失；其次是因为诗歌，特别是叙事诗，是当时北美殖民地清教移民比较容易接受的一种消遣形式。但是，笔者认为最重要的原因是诗人为了宣扬他终身奉行的加尔文教神学思想。就诗歌主题而言，全诗的主题与加尔文教主要思想是吻合的：第一，是人性的完全堕落，因为人类祖先亚当堕落犯罪之后人类的本性彻底败坏，所以人是无法靠自己的力量去认识上帝并得到救恩的；第二，上帝的拣选是无条件的，因为人的救赎与沉沦早已为上帝所预定，所以“称义”与人本身内在的灵性功能无关，它完全是上帝恩宠的结果，来自外在；第三，神的恩典是不可抗拒的，因为人是无法凭借个人的意志来抗拒上帝立意要赐给他们的恩典；第四，圣徒应该坚忍到底，因为蒙拣选得救恩的人必蒙上帝的保守而持守信仰。这或许就是诗人在诗中所说的“那里的圣徒完美无缺，敬虔守诫……将住在那里，与他同在，直到永远”了，而用诗歌形式再现圣经故事是诗人对殖民地时期北美文学创作的一个伟大贡献。

那么，为什么诗人选用了民谣体这么一种相对比较轻松缓慢的韵律节奏来表达末日审判这么一个沉重而又严肃的主题呢？笔者认为比较合理的解释是威格尔斯沃思是一位虔敬的清教牧师，视传颂清教教义为己任。他希望这首诗歌的韵律和节奏能够使这首诗歌比其他散文作品更加容易被大众所接受和吟诵。[2] 为此，他选择了七音步抑扬格诗行（fourteener）这种比较“朴素的格律”（Plain Meeter）；每行中的第 4 音节和第 8 音节形成行内韵，而且双行押韵。虽然诗人模仿民谣体诗节，每节

---

① 《圣经·新约》（和合本），国际圣经协会 1998 年第 5 版，第 460 页。

② Robert E. Spiller ed., *Literary History of the United States*, New York: Macmillan Company, 1955, p. 63.

4 行，但是他并没有采用民谣体格律（第 1 行和第 3 行为不押韵的抑扬格四音步，第 2 行和第 4 行为押韵的抑扬格三音步）和民谣体韵式（*abcb*），而是采用了七音步抑扬格格律，且韵式为 *aabb*。七音步抑扬格双行押韵，再加上行行内韵，这种形式显然要比传统的民谣体难以驾驭。难道这位曾聪明过人的哈佛学子就驾驭不了传统的民谣体格律形式吗？答案当然是否定的。

其实，迈克尔·威格尔斯沃思的选择是面临挑战的。假如我们对照诗歌原文，从诗歌格律的艺术性方面来考察诗人的创作目的，我们或许还会有新的收获。比如，在全诗开篇的第 1 节中，我们可以做以下格律分析：

Still was the night，Serene and Bright，when all Men sleeping lay；
Calm was the season，and carnal reason thought so ‘twould last for ay.
Soul，take thine ease，let sorrowcease，much good thou hast in store；
This was their Song，their Cups among，the Evening before. ①

首先，这 4 行的韵脚可谓无可挑剔，特别是在第 2 行最后一个音步“for ay”中，诗人合理地利用了“ay”和“aye”两个词拼写上的可替换性②，不仅构成了全诗第一个完美的双行韵脚，而且也体现了诗人驾驭诗歌语言的能力。其次，诗人使用内韵的技巧也是值得称赞的。虽然第四行中的“Song”和“among”算不上完美的内韵，但是前 3 行中的“night”和“Bright”、“season”和“reason”、“ease”和“cease”都堪称内韵的杰作。最后，诗人把握七音步抑扬格格律的水平也可谓娴熟。比如，在第 1 行中，诗人不仅运用了倒装句来强调夜晚的“宁静”，而

① Perry Miller and Thomas N. Johnson，*The Puritans*：*A Sourcebook of Their Writings*，Vol. 2，New York：Harper & Row Publishers，1963，p. 587.

② 参见 James A. H. Murray ed.，*The Oxford English Dictionary*，2nd edition，Vol. Ⅰ，Oxford：Clarendon Press，1989。

且还在一个相对整齐的抑扬格诗行中使用了首音步扬抑格格律替代，达到了渲染末日审判前夕原本是一个安详、幸福、宁静的夜晚。再如，在第3行中，诗人驾驭抑扬格格律的技巧更是空灵入妙。诗人在行首使用了扬抑格格律替代的拟人式呼吁，将“灵魂”人格化。紧接着，他一连使用了三个整齐的抑扬格格律，轻松自然地把“灵魂”变成诗中人安慰的对象：“放心［吧］，莫遗憾。”然后，一个扬扬格格律的两个重音接连落在了“much good”两个单词上，从而在声音效果上支持了诗人所要强调的语义意义——“你有许多财物积存”。由此可见，迈克尔·威格尔斯沃思不仅是一个天才的诗人，而且善于将自己的诗歌创作才能运用于《圣经》的诗化叙事中，让《圣经》成为北美殖民地家喻户晓的美丽诗篇，为传颂清教思想撰写了北美第一部“畅销书”。

第 四 章

"旷野巴罗克"：爱德华·泰勒的宗教诗创作艺术管窥*

爱德华·泰勒是"一位德高望重、知识渊博、心虔意诚的基督教士"①。1671 年 11 月，28 岁的泰勒从哈佛大学毕业，他怀着忐忑不安的心情来到了马萨诸塞殖民地西部一个叫韦斯特菲尔德（Westfield）的旷野小镇，并在那里创建了基督教会。他既担任教堂牧师又担任小镇医生，然而用诗歌创作侍奉上帝是他生命中最重要的使命。他在韦斯特菲尔德教堂侍奉了 54 年，并于 1725 年退休。当他于 1729 年逝世的时候，这位牧师诗人留下了 2000 多页布道辞散文原稿和 4000 多行诗歌手稿。除了少数亲戚朋友读过几首泰勒的诗歌之外，这些诗歌手稿始终无人问津。直到 1937 年，这些诗稿在耶鲁大学图书馆被人发现之后，他才逐渐被誉为"美国 19 世纪以前最天才的英裔诗人"②。

中国学者认为泰勒的诗歌体现了"宗教精神和诗歌艺术的高度结合"③。在他看来，"诗歌创作也是为上帝服务"④，"上帝就是他的一切。他的一切都是为了上帝。离开了上帝，他的想象就暗淡无光，他的诗歌就黯然失色"⑤。美国学者唐纳德·斯坦福（Donald Stanford）认为

---

* 本章主要内容曾发表于《北京联合大学学报》（人文社会科学版）2013 年第 3 期。

① Donald E. Stanford ed., *The Poems of Edward Taylor*, New Haven and London: Yale University Press, 1960, p. xi.

② Emory Elliott, "Poetry of New England Puritan Literature", in Sacvan Bercovitch ed., *The Cambridge History of American Literature*, Vol. 1, Cambridge: Cambridge University Press, 1994, p. 245.

③ 张冲：《新编美国文学史》第 1 卷，上海外语教育出版社 2000 年版，第 108 页。

④ 陶洁主编：《美国文学选读》第 2 版，高等教育出版社 2005 年版，序言第2 页。

⑤ 杨仁敬、杨凌雁：《美国文学简史》，上海外语教育出版社 2008 年版，第 31 页。

泰勒最好的诗作来自“他那些神秘的日记、灵修体验及与上帝的交流”①。泰勒诗歌评论家朗西斯·墨菲（Francis Murphy）认为泰勒喜欢玄学派诗人那种博学而又口语化的韵律风格，“常常将神学的语言与农作的话语融为一体，巧妙地运用一语双关和悖论逆说的手法，创作出一种充满惊奇与喜悦的诗篇”②。笔者认为，最能够画龙点睛式地概括泰勒诗歌创作特点的表述当推卡尔·凯勒（Karl Keller）所提出的“旷野巴罗克”（wilderness baroque）之说。凯勒之所以给泰勒诗歌贴上这个标签是因为泰勒在诗歌创作中不仅“注重创造隐喻和使用机智”，而且“善用家常意象、刻板谦恭行为，偶尔还使用诲淫隐喻。这些特征说明泰勒诗歌是美国式的而不是英国式的巴罗克诗歌”③。然而，对这一观点的论述仍然需要国内外学者做进一步的研究。本章围绕以下两个基本点展开论述：首先，所谓“旷野”应该包含泰勒舍弃都市生活并投身旷野侍奉基督的精神和泰勒诗歌中常见的能够体现家庭、乡村、边疆的旷野意象、隐喻和主题；其次，所谓“巴罗克”指泰勒深受邓恩、赫伯特等英国玄学派宗教诗人的影响，喜欢采用一种比较复杂、夸张和智性的手法进行诗歌创作，以此来表达他对融造物者、供养者和救世主为一体的耶稣的敬畏和深爱。

第一节　泰勒的遗嘱

泰勒写诗不是为了发表，而是为了更好地侍奉上帝，教化子民。“虽然泰勒可能从来就没有想过要出版自己的诗歌，但是他还是细心地将400多页四开纸诗稿用皮革封面包装起来，后来传给了担任耶鲁大学校长的孙子埃兹拉·斯泰尔斯（Ezra Stiles）。”④ 1883年，斯泰尔斯把

① Donald E. Stanford ed., *The Poems of Edward Taylor*, New Haven and London: Yale University Press, 1960, p. xi.

② Francis Murphy, "Anne Bradstreet and Edward Taylor", in Jay Parini ed., *The Columbia History of American Poetry*, Columbia: Columbia University Press, 1993, p. 7.

③ Karl Keller, "The Example of Edward Taylor", in James E. Person, Jr. ed., *Literature Criticism from* 1400 *to* 1800, Detroit: Gale Research Inc., 1990, p. 199.

④ Sacvan Bercovitch ed., *The Cambridge History of American Literature*, Vol. 1, 1590 - 1820, Cambridge: Cambridge University Press, 1994, p. 246.

这些诗稿存放在耶鲁大学图书馆里，直到1937年才被托马斯·约翰逊（Thomas H. Johnson）发现。约翰逊在《新英格兰季刊》（*New England Quarterly*）上发表几首泰勒诗选，之后于1939年编辑出版了第一部泰勒诗集，包括《上帝的决心感动了他的选民》（*Gods Determinations Touching His Elect*）和《领受圣餐前的沉思集》（*Preparatory Meditations*）两个部分。直到1960年，唐纳德·斯坦福为耶鲁大学出版社重新编辑出版了一部更加完整的《泰勒诗集》（*The Poems of Edward Taylor*），读者才看到了泰勒诗歌创作的全貌，同时也把这位沉默了200多年的北美殖民地诗人推上了美国诗歌的殿堂，并使之成为北美殖民地时期最重要的诗人。

那么，泰勒的诗歌为什么会沉睡了两个多世纪呢？在杰伊·帕里尼（Jay Parini）主编的《哥伦比亚美国诗歌史》（1993年）中，弗朗西斯·墨菲比较详细地叙述了托马斯·约翰逊是如何于1937年在整理哈佛大学毕业生生平资料时，顺藤摸瓜，在耶鲁大学图书馆里发现了这些泰勒诗稿。[①] 1960年，斯坦福在《泰勒诗集》序言中说：“就像他的新英格兰精神继承人艾米莉·狄金森那样，泰勒写诗不是为了出版。可是，在他的后代中有一种说法，认为是泰勒不让他们出版他的诗歌。”[②] 关于泰勒是否留下遗嘱的问题，斯坦福在序言脚注里说：“我们没有找到任何能够证明泰勒这个观点真实性的文献。”此外，斯坦福告诉读者：“弥勒（Perry Miller）在其《美洲清教徒》（*The American Puritans*）一书中关于泰勒‘留下遗嘱，不让后人出版他的诗歌’的描述是错误的。泰勒去世的时候，没有留下遗嘱。”[③] 既然如此，为什么泰勒在他生前没有发表他的诗歌呢？既然他认为写诗也是侍奉上帝，那么泰勒为什么不发表他的诗歌，以教化更多的子民？难道泰勒真的像狄金森那样，认为写诗不是为了出版？其实，读过狄金森的《我是无名小卒！你是谁?》（“I'm Nobody! Who are you?”）、《这是我给世界的信》（“This is

---

① 参见 Jay Parini ed. , *The Columbia History of American Poetry*, Columbia: Columbia University Press, 1993。

② Donald E. Stanford ed. , *The Poems of Edward Taylor*, New Haven and London: Yale University Press, 1960, p. xi.

③ Ibid. .

my letter to the World”）等诗篇，读者就知道狄金森的内心也是挣扎的。虽然她说她自己是“无名小卒”，且害怕“成名”，但是当她深情地讴歌温柔而又庄严的自然时，我们发现她还是希望人们通过她的诗歌认识她并欣赏她：“为了爱她［自然］，亲爱的，同胞——/评判我时，请用善意。”① 既然泰勒没有不让后人发表他的诗歌，那么泰勒诗歌之所以沉睡了两个多世纪的原因就应该从诗歌创作的艺术性中去寻找。笔者认为比较有说服力的研究当推弗朗西斯·墨菲在《哥伦比亚美国诗歌史》中的一段描述。墨菲认为过去40年的研究成果已经纠正了早期泰勒诗歌评论中的几个错误观点。第一，泰勒没有留下遗嘱，因此不存在他不让后人出版他的诗歌的问题。第二，不少早期批评家认为泰勒对“圣餐团契”② 过于专注，他似乎在内心情感上仍在支持英国圣公教会。然而，当泰勒与其他康涅狄格流域牧师之间交流的书信及他的布道辞被公开发表之后，泰勒的清教信仰变得不容置疑，甚至可以说是有些顽梗。第三，早期批评家认为泰勒的诗歌似乎美感太强、意象过盛、语调嬉戏、言语亲昵，因此不适合清教诗歌的老套陈规，而且泰勒沉溺于模仿邓恩、克拉肖（Richard Crashaw）等文艺复兴时期英国玄学派诗人的诗歌创作风格，与19世纪30年代前后伦敦所盛行的文学审美标准相去甚远，几乎落后了一百年。③ 弗朗西斯·墨菲的总结不无道理，可是我们应该如何正确看待泰勒及其诗歌创作在美国文学，特别是殖民地时期美国文学中的重要地位呢？唐纳德·麦奎德（Donald McQuade）认为：“1937年，泰勒用皮革封面包装的400多页诗歌手稿在耶鲁大学图书馆被发现，而1939年这些诗稿的整理出版给泰勒带来了一位‘旷野巴罗克’诗人的美称，从而确立了他在美国殖民地文学中的重要地位。”④ 中国读者对泰勒及其诗歌了解甚少，我们应该从他的诗歌创作入手，撬

① ［美］艾米莉·狄金森：《狄金森诗集》，江枫译，湖南人民出版社1984年版，第120页。

② 圣餐团契：Sacrament of Communion。Sacrament，圣餐，指耶稣被钉十字架之前与其门徒的最后晚餐。

③ 参见 Jay Parini ed.，*The Columbia History of American Poetry*，Columbia：Columbia University Press，1993。

④ Donald McQuade ed.，*The Harper Single Volume American Literature*，3rd edition，New York：Longman，1999，pp. 165－166.

开这位所谓“旷野巴罗克”诗人的心扉，去窥见其心灵深处的玄机和奥妙。

第二节 “旷野巴罗克”

1642 年，泰勒出生在英格兰莱斯特郡斯凯奇里村（Sketchley，Leicestershire）的一个农民家庭，自幼受严格的新教文化熏陶，在一所不信奉英国国教的学校里受教育，产生了强烈的反对英国国教和天主教的思想。他成长在英国内战的年代，目睹着克伦威尔（Oliver Cromwell）率领国会军战胜王党军队，处死国王查理一世（Charles Ⅰ），成立共和国。他的母亲和父亲分别于 1657 年和 1658 年去世之后，他成为一名教师。可是 1660 年查理二世（Charles Ⅱ）的王政复辟断送了他的教师生涯，因为泰勒不愿意遵从英国议会提出的严格限制异教徒自由的《划一法案》（*Act of Uniformity*）。泰勒拒绝参加一年一度的国教会公祷仪式，并因此被剥夺了教职。在英国，泰勒教书不成，侍奉无主，只好于 1668 年移民美洲，在波士顿进入哈佛学院学习希腊语、希伯来语、逻辑和神学。1671 年，他以优异的成绩毕业，但选择了到韦斯特菲尔德担任教堂教士和医生的工作。1674 年，他与伊丽莎白·菲奇（Elizabeth Fitch）结婚，生了 8 个孩子，其中 5 个夭折，妻子伊丽莎白也于 1692 年去世。3 年之后，泰勒与露丝·威利斯（Ruth Wyllys）结婚，又生了 6 个孩子。连同前妻留下的 3 个孩子，泰勒夫妇抚养着 9 个孩子。作为教堂的牧师，泰勒苦心主持教会工作，看护着教区子民的灵魂与肉体，组织教民抵制印第安人的偷袭，辛劳耕种养家糊口，每周至少完成一次长时间的布道，同时写下 400 多页珍贵的诗歌。

泰勒深受以邓恩和赫伯特为代表的 17 世纪英国玄学派宗教诗人的影响。[①] 邓恩在诗歌创作中“把感情、思想、抽象概念和具体形象揉成一团的所谓‘机智’（wit）和‘奇想’（conceit）”[②] 是一种巴罗克式的

① 影响泰勒的宗教诗人还包括夸尔斯（Francis Quarles）、克拉肖等人，参见帕里尼《哥伦比亚美国诗歌史》，外语教学与研究出版社 2005 年版。

② 杨周翰：《十七世纪英国文学》，北京大学出版社 1985 年版，第125 页。

创作风格，而且玄学派诗人常常一语双关（pun）、善用诡辩（paradox），容易给人一种造作、牵强、晦涩的感觉，但是泰勒的诗歌语言幽默、比喻形象，不乏妙趣横生之处，因为泰勒和其他清教徒认为在这种生动幽默的语言中人们仍然能够体悟上帝旨意的神性。泰勒诗歌的主要意象来自《圣经》，特别是能够引起读者丰富联想的田园诗《雅歌》（*Song of Songs*）。田园诗中的人物是牧人，背景是旷野，故事是牧人日常所做的事情，但具有深厚的隐喻性。[①] 同样，泰勒善于从日常生活中提炼诗歌的素材，比如，他儿时在英国所熟知的织布和农活，以及马萨诸塞殖民地西部那“质朴纯真”的乡村生活。他善于在具体与抽象、微小与超然、滑稽与严肃、平淡与惊讶之间寻找智性的平衡，把出乎意料的事物变成有序规范的结构，并且让人们窥见其中所蕴含的一种“世俗而又神圣的享受”[②]。

第三节 “上帝的决心”

《上帝的决心感动了他的选民》是一首长诗，创作于1690年以前，其题目全称为“上帝的决心感动了他的选民以及选民在归依中的抗争和他们来到主耶稣跟前的满足”（*Gods Determinations Touching His Elect and the Elect's Combat in their Conversion and Coming up to God in Christ together with the Comfortable Effects thereof*）。长诗题目告诉我们，上帝感动选民的决心首先体现在选民皈依基督的抗争之中；其次是选民来到主耶稣面前；最后是选民皈依基督之后心灵的满足。换言之，选民首先需要与魔鬼撒旦进行殊死斗争；然后来到基督跟前向上帝祈祷；最后获得上帝恩赐的满足与安宁。这是一部关于拯救与皈依的长篇诗歌，其形式和结构与弥尔顿的《失乐园》和但丁《神曲》的传统史诗有相似之处，同时带有中世纪道德剧、圣依纳爵灵修[③]及清教布道的一些基本特点。虽然

① 参见［美］利兰·莱肯《圣经文学导论》，黄宗英译，北京大学出版社2007年版。

② Donald McQuade ed.，*The Harper Single Volume American Literature*，3rd edition，New York：Longman，1999，p. 165.

③ 圣依纳爵（Saint Ignatius Loyola，1491－ ）。

泰勒的诗歌语言平实，但充满修辞和戏剧性的对话。诗人试图说服那些尚未归依基督的教会会众及那些怀疑自己能够获得上帝恩赐的人。通过描写魔鬼撒旦引诱人类灵魂走向绝望的心理过程，泰勒指出上帝的恩赐始终是给予在等待着（那些能够抵制因魔鬼诱惑而导致忧郁沮丧并且为了基督耶稣而净化了心灵）的人们。这首诗歌不仅表达了诗人受启的信仰，而且折射出诗人灵魂得救的喜悦。此外，读者还可以看到诗人驾驭隐喻手法的娴熟技艺，这体现了泰勒接受英国传统文法学校教育的影响。

埃默里·埃利奥特（Emory Elliot）认为：“虽然说泰勒是一位正统的清教徒，但是他认为每一个圣徒在世界上所扮演的角色从根本来说是滑稽可笑的。在现代读者看来，这一点是泰勒主要作品中最为独特的地方。上帝已经决定了每个圣徒的命运，但是他仍然让他们陷入戏剧性的挣扎之中，经受着希望、怀疑、焦虑和极乐的考验。”① 尽管泰勒并没有责备上帝在嘲弄世人，但是世间的事情往往就是如此。因此，在《上帝的决心感动了他的选民》的开篇序诗中，诗人通过戏仿人们想象中上帝的形象及其与人交往的种种方式，在一部表达严肃的救赎主题的史诗中加入了许多强烈的戏剧元素。

无限，当无限在空无中窥见万物
又能够在万物中窥见空无的时候，
这块木板究竟是固定在什么地方？
是谁在这块木板上造出宇宙之球？
是谁吹燃了硕大无比的天炉之火？
是谁顶起了铸造地球的巨大铸模？
是谁埋下地球的柱石并下了命令？
那些支撑着地球的柱石立在何处？
是谁用江河把地球绣得如此多娇？

① Emory Elliot, “Poetry of New England Puritan Literature”, in Sacvan Bercovitch General ed., *The Cambridge History of American Literature*, Vol. 1, 1590 - 1820, Cambridge: Cambridge University Press, 1994, p. 248.

宛如用翡翠绿丝给地球上了花边？
是谁让滔滔的大海成为地球边界？
是谁把地球变成锁进银匣的静球？
是谁展开了天堂华盖或编织幕帘？
又是谁在保龄球道上滚动着太阳？
每当太阳从东方冉冉升起的时候，
是谁设定了日出日落的时辰轨迹？
是谁为这美丽的挂毯制作了帘杆？
是谁将这盏闪亮的灯笼挂上天国？
是谁？谁干的？是什么人？我们
知道这必是唯一全能的上帝所为。①

在诗人看来，宇宙“万物”实际上是一个由“空无”构成的“无限”，是一个矛盾的对立统一，“无限”存在于“万物”与“空无”之间。人们认识世界、追求真理的能力是有限的，因为人们无法看清超然的事物。尽管人们渴望借助各种奇妙的隐喻去理解超然的事物，但是这些手法仍然不足以帮助人们想象上帝。虽然人们竭尽全力去理解上帝的本质和目的，但是人类的努力是徒劳有限的。只有上帝的能力是“无限”的，因为只有上帝才能够“在空无中窥见万物/又能够在万物中窥见空无”。实际上，诗人在开篇两行中告诉我们，人类的智慧是有限的，而上帝的力量是“无限”的。紧接着，诗人使用一连串玄学派诗人惯用的奇思妙喻构成了一连串睿智风趣的幽默扣问，形象生动地通过一系列人们喜闻乐见的自然意象，具体地表达了人们心目中的上帝形象：木匠、铁匠、建筑工、缝纫工、编织工、运动员、装修工等。不难看出，人们凭借自己的智慧是无法想象上帝的，就好比有人“在保龄球道上滚动着太阳”。虽然这些奇妙的比喻有些牵强附会，甚至让人感到造作和晦涩，但是它们毕竟拉近了上帝与世人的距离，减少了人们对上帝的陌生之感，同时彰显了“唯一全能的上帝”的力量。

① Edward Taylor, *The Poems of Edward Taylor*, Donald E. Standford ed., New Haven and London: Yale University Press, 1960, p. 263.

不仅如此，虽然这位“唯一全能的上帝”给人们一种神秘的感觉，但是诗人对他的能力并没有怀疑，相反，诗人接着对这位“万能全能”的上帝进行大肆的渲染：

他开天辟地造出气壮山河的伟业，
但这千古伟业并非出自他的双手。
他既能无中生有，说出世间万物，
也能有中生无，轻松地说绝万物。
高兴的时候，他的小指轻轻一动
十万万个大千世界便可即刻产生。
这万能全能的上帝只需稍稍一瞅
便可让世界地动山摇、天翻地覆；
他可以将整个浩瀚大地一手抓起，
像魔术师挥舞魔杖般，轻松自如。
他只要皱皱眉头，天空就会颤动，
仿佛漫山遍野的山杨叶随风飘动。
啊！万能全能的神啊！他的皱眉
能够震动世界，直至把宇宙震塌？①

诗境至此，人们生活中所常见的那位有如木匠、铁匠、装修工一样熟悉的“上帝”又变成了一位智慧超人、力大无比的超然的上帝，仿佛他的眉头一皱，地球就得抖三抖。他的眼睛“只需稍稍一瞅/便可让世界地动山摇、天翻地覆”。他“既能无中生有，说出世间万物，/也能有中生无，轻松地说绝万物”。可见，泰勒笔下的这位万能的上帝竟然如此神秘莫测、难以想象！然而，他似乎又是一位慷慨大方、充满仁慈大爱的上帝，他并没有让人类陷入恐慌之中，因为过分的恐惧并不利于人们亲近他并获得他的恩赐。因此，在序诗的最后一部分，诗人又重新回到了开篇的“空无”意象之中，讨论上帝是如何开天辟地，为人类创造万物的：

① Edward Taylor, *The Poems of Edward Taylor*, Donald E. Standford ed., New Haven and London: Yale University Press, 1960, pp. 263 - 264.

万物来自空无，来自空无的万物，
万物基于空无，基于空无的万物。
人真是把一切都给了空无，只有
通过空无，人才能彰显他的荣耀。
因此，空无中藏着最耀眼的宝石，
这种宝石比一切珍宝都更加珍贵。
可是人由于犯罪，不仅终身潦倒，
而且磨灭了身上原有的耀眼宝石。
虽然那颗最耀眼的宝石已经长大，
但它比任何一块煤炭都更加黑暗。①

诗人认为由于世间“万物”是全能的上帝“说”出来的，因此万物不仅来自“空无”，而且基于“空无”，人类只有将一切都归于“空无”才可以彰显上帝的荣耀。创世之初，上帝就已经把人造成了万物世界中那块“最耀眼的宝石”，但是“人由于犯罪，不仅终身潦倒，/而且磨灭了身上原有的耀眼宝石”，最终从一块“最耀眼的宝石”堕落成一块漆黑无比的“煤炭”。尽管如此，上帝始终没有改变对人类的慷慨与仁慈。只要人类努力地将“煤炭”恢复成“宝石”，那么充满大爱的上帝仍然可以随时给他的子民带来仁慈的微笑。总之，人的能力是有限的，只能揣测而无法理解上帝的意旨，但是上帝热爱子民的决心是不容置疑的。不论在选民归依基督的抗争中，还是当他们来到耶稣面前并最终获得心灵满足的时候，上帝热爱子民的决心始终没有动摇。特别是长诗结尾的六首诗歌描写了基督耶稣战胜魔鬼撒旦的无穷力量，抒发了诗人内心激动的心情，同时也强调了这首长诗的主题：“让那些对上帝失去信心和那些误入歧途的人们重新回到信仰的道上并为接受上帝的恩典而做好准备。”②

① Edward Taylor, *The Poems of Edward Taylor*, Donald E. Standford ed., New Haven and London: Yale University Press, 1960, pp. 264 – 265.

② Emory Elliot, “Poetry of New England Puritan Literature”, in Sacvan Bercovitch General ed., *The Cambridge History of American Literature*, Vol. 1, Cambridge: Cambridge University Press, 1994, p. 249.

第四节 上帝的“华筵”

泰勒诗歌的另一个重要组成部分是诗集《领受圣餐前对主日布道教义的沉思集》（*Preparatory Meditations before my Approach to the Lords Supper Chiefly upon the Doctrine Preached upon the Day of Administration*）。诗集共219首，创作于1682至1725年，大约每两个月创作一首，历时43年。根据创作日期和序号判断，这些诗歌分为两组，其中一组49首，写于1682至1892年；另外一组165首，写于1693至1725年。全诗用六行诗节写成，每首诗歌都以一段经文作为引子。诗集题目告诉我们该诗集主要描写诗人与基督耶稣之间的心灵沟通。斯坦福认为这些诗歌不仅使泰勒成为以邓恩、赫伯特为代表玄学派诗歌的最后一位代表诗人，而且也使泰勒成为美国诗歌史上的第一位重要诗人。① 奠定这些诗歌宗教思想基础的主要是基督教新教加尔文宗的神学学说（Calvinism）。泰勒生活在牛顿（Isaac Newton）和洛克（John Locke）的时代，他仍然相信加尔文主义的上帝观，认为在上帝创造世界之前就存在一位全能的真神，可以随意地拯救他的选民，赞美他们的灵魂，使他们免遭原罪的惩罚。耶稣作为全能上帝的独生儿子，用自身的受死拯救了上帝选民的灵魂。上帝通过两个契约与人类确立了关系：一个是“神工之约”（“covenant of works”），一个是“神恩之约”（“covenant of grace”）。根据“神工之约”，人只要尊崇上帝的律法，便可以得救。由于亚当（Adam）和夏娃（Eve）偷吃禁果，违背了上帝的律法，破坏了上帝与人类之间的约法，因此上帝将死亡与痛苦加在人的身上。然而，仁慈的上帝在人类祖先犯罪之后，立即与人类立定了“神恩之约”，重新与人类和好。泰勒认为他和他的会众均蒙神恩，因为上帝始终充满救恩。只要人类仰慕上帝、尊崇耶稣，就可得救。正是在这种宗教思想的关照下，泰勒一再强调自然界的人在神圣的上帝面前是十分渺小和微不足道的，但是泰勒同时强调人类灵魂升华的重要性，特别是当人们沉思自己最终在

---

① 参见 Edward Taylor, *The Poems of Edward Taylor*, Donald E. Standford ed., New Haven and London: Yale University Press, 1960。

天国是否能够获得荣耀的时候。正如1679年，在韦斯特菲尔德教堂奠基仪式上，泰勒在一篇题为“一座特定的教堂就是上帝的家园”（*A Particular Church is God's House*）的布道中所说的那样，上帝仿佛从天堂专程来到了韦斯特菲尔德这个边区小镇的礼拜堂里，呼唤着那里渴望得到救恩的芸芸众生的卑微灵魂：“他呼唤你们，普天下所有的人，让人们打开心灵之门。他和你们一起在那里摆上筵席。他将打开房门，请你们进去与他一起分享他为大家准备的华筵。他打开金色的荣耀大门，并大声呼唤你们：上这儿来！上这儿来！他要将财富、荣耀和永生赐予你们，而且要尽快地赐予你们。这就是他到这里并住在你们当中的目的……啊，赞美我们的主吧！向他祈祷吧！赞美我们的王！向他祈祷吧！”① 七年之后，我们又在泰勒的《沉思集》第一部分的“沉思之二十”中听到了这篇布道的回声：

> 上帝带着喜悦的呼喊，已摆上了筵席，
> 他的喇叭响彻四方，吹出美妙的音乐。
> 赞美，赞美，赞美，让我们高歌赞美，
> 赞美我们的王，那天使般无瑕的纯洁。
> 你们抬起头看，他们赞美那永生之门，
> 让我们的荣耀之王走进了永生的大门。②

三年之后，泰勒在他的妻子去世之后创作的第一篇沉思诗中这么写道：

> 主啊！请您接受我吧！让我成为您的铃铛
> 摇响您的赞美吧！这样，死亡就成为我的。
> 这是对救恩的一份礼物，是对责任的鼓励，
> 是对恐惧的咒语，也是那冻坏杂草的霜冻，

① Edward Taylor, *The Poems of Edward Taylor*, Donald E. Standford ed., New Haven and London: Yale University Press, 1960, p. xix.

② Ibid., pp. 34 - 35.

是通向无限荣耀的金色大门。啊！我的歌
战胜了死亡！死亡，你的痛苦究竟在哪儿?[①]

诗中人深信自己是上帝的选民并且已经得到了上帝的救恩。这种信念为他增强了信心，使他的灵魂提升，他不仅克服了妻子去世所带来的悲伤，而且战胜了死亡。诗中所描写的经历是真实的，诗人的表达也十分动人。泰勒十分重视主持圣餐仪式，这些诗歌都是泰勒在主持圣餐之前所进行的灵修沉思。在泰勒看来，主持圣餐仪式不仅是为了纪念耶稣被钉十字架前夕与门徒共进的最后晚餐，而且是他与基督耶稣进行心灵沟通的机会。泰勒认为圣餐的各种元素不仅是一些抽象的标志和象征，而且是耶稣灵魂的真实再现。这种思想来自基督教新教加尔文宗的神学思想。加尔文曾经说过：“如果说圣餐掰饼象征上帝参加圣餐，那么人们就不应该怀疑上帝真的来到了圣餐现场并且在与圣徒沟通。假如有形的符号真的可以遮蔽无形的事物，那么我们应该享受一种自信的喜悦——当我们在圣餐仪式上象征性地掰饼领受上帝肉体的时候，我们的的确确同时接受了上帝的身体。”[②] 泰勒把上帝与他心灵沟通的这种神秘感觉称为“华筵”（“royal banquet”），有时把圣餐的各种元素称为“美味佳肴”（“dainties”）。圣餐的饼是天使们手工烤出来的最可口的麦饼，是天堂里的蛋糕，是灵魂的食粮。

第五节 “我是生命的粮”

《沉思之八》（*Meditation 8*）是泰勒最经常被选入国内外美国文学选集的最具有代表性的一首宗教诗歌。全诗分 6 个六行诗节，采用五音步抑扬格格律，韵脚为 ababcc。题目之后，诗人引用了一句耶稣的名言作为这首诗歌的引子，“我是生命的粮”（“I am the Living Bread”）。这句话来自《圣经·新约·约翰福音》第 6 章第 51 节：“我

---

① Edward Taylor, *The Poems of Edward Taylor*, Donald E. Standford ed., New Haven and London: Yale University Press, 1960, p. 55.

② Ibid., p. xxi.

是从天上降下来生命的粮：人若吃这粮，就必永远活着。我所要赐的粮，就是我的肉，为世人之生命所赐的。”[①] 耶稣在这里大致讲了4层意思。第一，“我是生命的粮”影射《圣经·旧约》伊甸园中的那棵生命树，因为它是上帝与人类之间立定的旧约。由于亚当偷吃禁果犯了罪，所以人类有了死亡和痛苦。然而，耶稣是一个活人，是一块有生命的面包，是一块永远不会发霉或者腐化的面包。从这个意义来说，耶稣为世人提供了一个新的神恩之约，他取代了《旧约》中那个旧有的信仰契约。第二，耶稣“是从天上降下来生命的粮”。这意味着耶稣具有特殊的人格魅力：自从开天辟地，他就与上帝同在；如今他奉神圣的天意而来，具有传送神恩的神性。第三，这“生命的粮”是耶稣的肉。只有吃了他的“肉”，世人才不仅可以滋养肉体的饥饿，而且能够满足灵魂的饥渴。第四，根据《圣经·旧约·出埃及记》第16章的记载，古以色列人经过荒野时曾经得到过天赐吗哪（manna），但是这种天赐食物只能够维持古以色列人的生命，而不能保存生命，不能使之永生，更不用说让生命复活。然而，耶稣所要赐的粮，是为世人之生命所赐的。这生命之粮不仅能够让罪人起死回生，而且能够让所有的世人获得永生。他是要把生命之树种在世人的心田里，让所有的人都能够享用他所赐予的“生命的粮”。

泰勒诗中的主题同样是赞美神爱世人，但是他并没有在诗歌开篇将主题和盘托出，而是像邓恩等玄学派诗人一样，奇思妙想，运用天文隐喻和天体意象，将上帝的形象陌生化，让人觉得上帝并非容易接近。在他看来，不论神学理论中神圣的天文学，还是他诗歌创作中的奇思妙喻，似乎都无法拉近上帝与世人之间的距离。

凭借神圣的天文学，我忽然间看到了
那个明亮的世界雉堞，并从中窥见了
一条我无法用诗笔来描绘的金色道路，
从金光闪烁的天国宝座直通我的门前。
正当我苦苦沉思，百思不得其解之时，

① 《圣经·旧约》（和合本），国际圣经协会1998年第5版，第172页。

我突然发现生命的粮已摆在我的门前。[①]

“伟大的诗人都是天文学诗人”[②]。泰勒与英国文艺复兴时期的许多诗人一样，在诗歌创作中努力模仿自然乃至整个宇宙空间。弥尔顿在《失乐园》中把宇宙空间分成四个区域：“顶端是上帝、圣子和众天使居住的‘天堂’，往下是‘混沌’，其间悬挂着由一根金链从天堂垂下来的新创造的世界；底端是撒旦和反叛天使们被打入其中的地狱。”[③]同样，我们在泰勒的诗中不仅看到了“金光闪烁的天国宝座”和“那个明亮的世界雉堞”，而且看到了一条连接两者的“金色道路”。宇宙万物，纷繁复杂，诗人凭借自己的想象还无法打造出弥尔顿《失乐园》中那条能够穿越“混沌”的“金链”。此外，凭借人类对神圣的天文学的有限了解，诗人似乎也无法筑建起那条连接天国与世界的“金色道路”。为此，诗人“苦苦沉思”，但仍然“百思不得其解”，上帝似乎并非常人所能够想象和理解的。然而，上帝爱世人，他把“生命的粮”摆在了世人的门前。可见，诗人在此把《圣经·旧约》中天赐吗哪的意象与《圣经·新约》中把基督当作新的“生命的粮”的意象结合了起来，让千百万渴望获得拯救而又徒劳无益的芸芸众生从上帝的恩典和永恒的大爱中窥见了一线新生的希望。

然而，泰勒紧接着把人的类灵魂比喻成“天国乐园的灵魂之鸟被关进了/这个柳条笼子（我的躯体）”。人类的灵魂已经无法像上帝创世之初那样，在天国的乐园中自由地飞翔和歌唱，因为人类的“灵魂之鸟”在它“辉煌的日子”里“啄食了园中的禁果，就这样丢失了它的食物”，并且“一个跟头栽进天国饥荒痛苦的深渊，/而且从此吃不上一口天国乐园的食粮”。泰勒笔下的这个地狱可谓一个饥寒交迫、灵魂空虚、生不如死的人间地狱：

哎呀呀！这可怜的鸟儿，你要做什么？

① Edward Taylor, *The Poems of Edward Taylor*, Donald E. Standford ed., New Haven and London: Yale University Press, 1960, p. 18.

② 胡家峦：《历史的星空》，北京大学出版社 2001 年版，第 2 页。

③ 同上书，第 5 页。

生物世界是永远无法为灵魂提供食粮。
假如你敲响天使的天门，她们会给你
一个空桶：他们无法提供灵魂的食粮。
可怜的鸟呀！世间的白面包已经用完，
哪怕是小小的一口，也无法提供给你。①

由于原罪，人的灵魂生来堕落；由于失去乐园，人类饱受“天国饥荒”的煎熬。诗中这只“可怜的鸟儿”已经永远无法从自然界得到灵魂的食粮；同样，即使它敲开天国天使的大门，它也只能得到“一个空桶”。“哎呀呀！这可怜的鸟儿，你要做什么?”真可谓叫天天不应，叫地地不灵！仿佛所有的世人都生活在一个虽生犹死的世界里。然而，上帝对世人的爱是永恒、无私和伟大的。

悲伤之时，上帝柔软的肠子里留出了
恩典；为了结束纠结，他碾碎了天堂
最纯洁的那棵麦子——他亲生的儿子，
并把自己亲爱的儿子揉成生命的粮食。
这生命之粮从天儿降，是上帝借天使
之手把他的亲生儿子摆上了我的餐桌。②

泰勒在此运用消化器官意象（肠子）来比喻上帝恩赐世人的通道。这个比喻让人觉得不可思议，但是它是泰勒模仿17世纪英国玄学派诗人运用奇思妙喻的最好例证之一。所谓“柔软的肠子”（“tender bowels”）可以解释为“产生温柔可爱情感的地方”，因为“肠子”一词在泰勒时代指身体的内部，包括心脏和胃，被认为是情感之所在。③ 此外，诗人描写上帝把自己的独生儿子当作天堂里的一棵麦子并将其碾碎做成众人可以享用的面包。虽然这个隐喻同样牵强附会，但是它还是形象生动地

① Edward Taylor, *The Poems of Edward Taylor*, Donald E. Standford ed., New Haven and London: Yale University Press, 1960, p. 18.

② Ibid..

③ 参见 *The Oxford English Dictionary*, Vol. 2, Oxford: Clarendon Press, 1989。

再现了上帝让自己的独生儿子去受死以拯救世人的伟大精神。诗歌中所描写的上帝磨麦和做圣餐面包的过程，恰好与前面人体吸收食物营养的消化过程前后呼应，象征着上帝向饥饿的灵魂施恩的方式。“上帝揉成的这生命之粮是何等的恩赐!”最后，“这生命之粮掉进了你的口中，并喊道：/吃了，吃了我，灵魂，你将永生不死”①。

总之，泰勒的诗歌中充满着这类体现早期北美殖民地清教主义家庭社会和旷野乡村的意象、隐喻和主题，带有明显的模仿英国玄学派诗人用日常话语表达深邃主题的痕迹，体现了诗人驾驭奇喻、双关、悖论等修辞手法的高超技艺，把貌似简单的旷野意象与严肃深邃的神学思想结合起来，让诗篇充满喜乐与惊奇，创造了一种简单深邃的“旷野巴罗克”诗歌风格。

① Edward Taylor, *The Poems of Edward Taylor*, Donald E. Standford ed., New Haven and London: Yale University Press, 1960, p. 19. Margaret Ferguson, Mary Jo Salter and Jon Stallworthy, eds., *The Norton Anthology of Poetry*, 5th edition, New York: Norton, 2005, pp. 536 – 537.

第二篇

19 世纪美国浪漫主义诗歌

第五章

爱默生与美国诗歌传统*

爱默生（Ralph Waldo Emerson）认为诗人是“见者”“言者”“先知”和“语言创造者”，是具有代表性的人，因此，唯有诗人才能刻画自然并揭示真理①，这是爱默生超验主义诗学理论的主要思想。那么，他的诗学理论对构建美国诗歌传统又起到了什么样的作用呢？爱默生及其超验主义思想对美国文学的影响始终是国内外美国文学界高度关注的问题。20 世纪 80 年代，董衡巽、朱虹等国内美国文学研究专家就介绍过以“自助”精神为重要内容的爱默生超验主义思想②；20 世纪 90 年代，钱满素教授揭示了爱默生从孔子的智慧中谛见东方世界中能够儒化西方“信仰契约”的活的灵魂③。世纪之交，吴富恒、王誉公、盛宁、张冲等教授从文学史论和文学批评角度，全面介绍了爱默生超验主义思想对美国文学发展的贡献及其诗歌美学价值。近年来，国内爱默生研究出现了一些新的视角。比如，张蕾从诗歌的哲学化和哲学的诗歌化角度，探讨了爱默生诗哲一体化写作风格的成因。④ 在美国，马修伊森（F. O. Matthiessen）以 19 世纪中叶为落脚点，考察了爱默生、梭罗

---

* 本章主要内容曾以“爱默生诗歌与诗学理论管窥”和“爱默生与美国诗歌传统”为题目，分别发表于《北京联合大学学报》（人文社会科学版）2007 年第 2 期和 2010 年第 3 期。

① 参见黄宗英《爱默生诗歌与诗学理论管窥》，《北京联合大学学报》（人文社会科学版）2007 年第 2 期。

② 参见董衡巽、朱虹、施咸荣、郑土生《美国文学简史》（上），人民文学出版社 1986 年版。

③ 参见钱满素《爱默生和中国——对个人主义的反思》，生活·读书·新知三联书店 1996 年版。

④ 参见赵蕾《诗的哲化与哲的诗化——论爱默生之诗哲一体化思想》，硕士学位论文，南京师范大学，2004 年。

（Henry David Thoreau）、霍桑（Nathaniel Hawthorne）、梅尔维尔（Herman Melville）和惠特曼五位作家的创作思想，把作家使用的语言作为考察文化发展最敏感的标识，不仅创造性地揭示了“爱默生和惠特曼时代的艺术与表达”（该书副标题）特征，而且阐述了爱默生是怎样帮助惠特曼“找到他自己”并且学会了“让文字唱歌、跳舞、亲吻……”① 盖尔比（Albert Gelpi）认为爱默生有一双“见者的眼睛”，既看到了一个“表现为周边自我”的惠特曼，也看到了一个“表现为中心自我”的狄金森。② 沃尔夫（Cary Wolfe）发现庞德（Ezra Pound）的现代主义诗学理论是受美国意识形态的影响，尤其是庞德早期的现代主义思想完全充满了爱默生激进的个人主义的美国特点。③ 帕里尼（Jay Parini）认为弗罗斯特处处体现“爱默生或者梭罗式的浪漫主义色彩、个人主义思想和自助精神”④。弗莱德曼（Stephen Fredman）认为艾略特与威廉斯、梭罗与奥尔森（Charles Olson）、爱默生与邓肯（Robert Duncan）、惠特曼与克里利（Robert Greeley）等人之间虽然都有明显的不同，但是当他们被置于爱默生传统的背景之中时，我们还是能够看出美国诗歌仍然有一个真实存在的和统一的传统。⑤

第一节　“代表性人物”

多数伟大的美国诗人都经历过一个奋力挣脱英国诗歌传统之影响的历练过程。他们或者试图将英国诗歌传统融入崭新的美国环境，或者试图从一个崭新的环境中凝练出表达其独特感觉的诗歌形式和主题。从

① F. O. Matthiessen, *American Renaissance*, London, Toronto, New York: Oxford University Press, 1964, p. 522, p. 517.

② Albert Gelpi, *The Tenth Muse*: *The Psyche of the American Poet*, Cambridge: Harvard University Press, 1975, p. 55, p. 135, p. 217.

③ 参见 Cary Wolfe, *The Limits of American Literary Ideology in Pound and Emerson*, Cambridge: Cambridge University Press, 1993。

④ Jay Parini ed., *The Columbia History of American Poetry*, Columbia: Columbia University Press, 1993, p. 275.

⑤ 参见 Stephen Fredman, *The Grounding of American Poetry*: *Charles Olson and the Emersonian Tradition*, Cambridge: Cambridge University Press, 1993。

16世纪末大批英国人远涉重洋，移居北美，生活在一个陌生而又危险的环境中开始，到1783年美利坚合众国诞生的近200年间，美国人所有的努力都是为了“拥有”这片淳朴的土地。当弗罗斯特（Robert Frost）说“我们成为她的主人一百多年之后，/才真正成为她的人民”[①]时，他是在暗示我们：北美殖民者起初拥有的仅仅是一块有了名字的土地，他们并没有真正拥有这块他们可以世代生息的地方[②]。直到19世纪初期，美国似乎毫无本土文化可言。创办英国《爱丁堡评论》（*Edingburgh Review*）的史密斯（Sydney Smith）公然在1803年问道：“在地球上，有谁能够读到一本美国书?”然而，在史密斯发表评论与惠特曼初版《草叶集》问世的1855年之间，美国经历了前所未有的伟大发展，美国人目睹了自己年轻的国家从一个农业国发展成一个充满自信而又稳定的工业社会。美国人民与他们的国家一道踏上了探求“自我”的征途，一起开始呼唤属于他们自己的诗人。因此，在美国诗歌传统中，一个个人的“自我”与整个民族的“自我”始终是捆绑在一起的。爱默生认为，诗人具有代表性，“他在局部的人中间代表完整的人，他提供给我们的不是他的财富，而是全民的财富”[③]。爱默生选择莎士比亚（William Shakespeare）作为诗人的样板，是因为莎士比亚“是与他那个时代和他的国家同声相应、同气相求的一颗心”[④]，能够道出民族的话语并成为时代的化身。爱默生这一“局部”与“完整”、“个人”与“全民”及“时代”相融合的代表性人物，在惠特曼的心目中表现为一个时代和国家的“平等者”、一位合众国人民的“共同裁判”。“伟大的诗人给每一个男人和每一个女人的启示是：让我们平等相待……我们拥有的，您同样拥有；我们享受的，您同样享受。”[⑤] 惠特曼的《草叶集》

① Robert Frost, “The Gift Outright”, in *Robert Frost: Collected Poems, Prose & Plays*, New York: The Library of America, 1995, p. 316.

② 参见黄宗英《“从放弃中得到拯救”——读罗伯特·弗罗斯特的〈彻底的奉献〉》，《北京联合大学学报》（人文社会科学版）2008年第4期。

③ Ralph Waldo Emerson, “The Poet”, in *The Collected Works of Ralph Waldo Emerson*, Vol. 3, Cambridge: The Belknap Press of Harvard University Press, 1983, p. 4.

④ Ralph Waldo Emerson, “Shakespeare, or the Poet”, in *The Collected Works of Ralph Waldo Emerson*, Vol. 4, Cambridge: The Belknap Press of Harvard University Press, 1987, p. 109.

⑤ Walt Whitman, *Leaves of Grass*, New York: Vintage Books, 1992, p. 9, p. 8, p. 14.

中这个“包罗万象”的“自我”在庞德笔下演绎成了“一张嘴道出的一个民族的话语”①、在威廉斯的《帕特森》中变成了“一个人本身就是一座城市”②、在奥尔森《马克西姆斯诗篇》中成为“我，格洛斯特的马克西姆，对你”③ 的一段段对话。美国诗歌中这种个人与城市、国家、民族及其文化相融合的特点把诗人的生命与时代脉搏乃至民族命运紧密相连，形成美国诗歌传统的一个重要特征。因此，考察和揭示美国诗歌传统中这一包罗万象的自我成长的心路历程是准确把握美国诗人表现民族文化、时代精神乃至国家形象的一个重要元素。

第二节　“智性感受”

爱默生对美国诗歌的另一个贡献是他唤起诗人对客观世界的“智性感受”。爱默生认为，诗人能够凭借自己的直觉“赋予事物一种力量”，让自己有一双“太阳眼睛”，能够“透过男人、女人、大海和星星/看到远处大自然的舞姿，/穿过星球、种族、极限和时代/窥见音乐的秩序与和谐的韵律”④。或许，梭罗在《瓦尔登湖》一书中表达的更加形象一些：“我时常看到，一位诗人在欣赏了农场上最珍贵的部分以后便离去，而那个粗鲁的农夫则以为他只不过拿到几个野生苹果。为什么诗人把农场写入诗歌，而农场主却过了好多年还不知道这诗歌就是一道最美妙的无形篱笆，诗人把农场几乎全围起来，挤出它的奶汁，刮走它的奶油，得到了全部乳脂，留给农场主的只是脱脂奶。”⑤ 因此，惠特曼认为美国诗人的表述将是超验的、新颖的和间接的。⑥ 他主张诗人可以“随意发表意见，/顺乎自然，保持原始的活力”。

---

① Noel Stock, *The Life of Ezra Pound*, London: North Point Press, 1970, p. 76.

② William Carlos Williams, *Paterson*, New York: New Directions, 1958, p. i.

③ Charles Olson, *The Maximus Poems*, Berkeley: University of California Press, 1983, p. 5.

④ Ralph Waldo Emerson, "The Poet", in *The Collected Works of Ralph Waldo Emerson*, Vol. 3, Cambridge: The Belknap Press of Harvard University Press, 1983, p. 1.

⑤ Henry David Thoreau, *Walden*, Oxford: Oxford University Press, 1997, p. 76.

⑥ 参见 Walt Whitman, *Leaves of Grass*, New York: Vintage Books, 1992。

屋里、室内充满了芳香，书架上也挤满了芳香，
我自己呼吸了香味，认识了它也喜欢它，
其精华也会使我醉倒，但我不容许这样。

大气不是一种芳香，没有香料的味道，它是无气味的，
它永远供我口用，我热爱它，
我要去林畔的河岸那里，脱去伪装，赤条条地，
我狂热地要它和我接触。[①]

我们可以把惠特曼笔下的“屋里”（houses）和“室内”（rooms）解读成各种宗教、哲学、文学的不同流派，而“书架上也挤满了芳香（perfumes）”可以是不同时代诱人的思潮、思维方式，甚至是个人丰富的情感。然而，这些都不足以使他“醉倒”，因为惠特曼所追求的不是某种人为的“香味”，而是大自然中那种没有气味的“大气”（atmosphere）。这种“大气”只有当你“脱去伪装，赤条条地”到“林畔的河岸那里”才能找到，它是人们在与大自然直接而又自由地接触时才能激发出来的一种情感或者一种心绪。惠特曼笔下这种源自大自然“大气”中的情感和心绪在弗罗斯特笔下变成了静悄悄的林边的“一个声音，/那是我的长镰在对大地私语”，“事实是劳动才能知晓的美梦”。[②] 显然，诗人执着追求的是一种超验的事实——一种通过“劳动才能知晓的美梦”。这种真实的美梦是劳动者最终的目的。然而，弗罗斯特的这一“事实”的“美梦”似乎在庞德早期诗歌中表现为诗人具体、直接和瞬间的感觉印象，是不同意象的叠加，是一种“理智与情感在瞬间的综合”，于是庞德在“地铁站”所看到的“张张面庞”和“片片花瓣”能够让人联想起现代都市生活中美的短暂与易逝。[③] 即使在20世纪后期俄裔美国诗人茹科夫斯基的长诗《*A*》（1978年）中，爱默生那双“太阳眼睛”

---

① ［美］惠特曼：《草叶集》（上），赵萝蕤译，上海译文出版社1991年版，第60页。

② Robert Frost, “Mowing”, in *Robert Frost: Collected Poems, Prose & Plays*, New York: The Library of America, 1995, p. 26.

③ 参见黄宗英《抒情史诗论》，北京大学出版社2003年版，第133—134页。

仍然能够看到一个浓缩人生之精华并体现世界之缩影的“包罗万象的客体”[①]。爱默生相信“宇宙是灵魂的外在表现，哪里有生命，灵魂就在生命周围突然出现”[②]。可见，凭借智性感受去挖掘自然的真实和生命的意义是美国诗人追求真理、献身艺术的动力。

第三节　“化石的诗歌”

在美国作家中，爱默生是最早发现自然是人类思想的载体，并且认为“文字是自然事物的符号”[③]。评论家们常用“象征论”“象形符号”“表意符号”“图像创作”等术语来表示人类的语言文字是人类心灵与大千世界的契合。爱默生笔下的诗人是一位出生神秘的“英勇孩子”。所到之处，他都“给每一事物取上一个富有诗意的名字”：“他的视野所囊括的一切事物/任何国家都无法改变其名称，/连年白雪也无法掩盖他取下的名字，/最小的后代也不会忘却。”[④] 可见，诗人是能够用不朽的语言记录永恒真理的“命名者”和“语言创造者”。于是，爱默生说：“每个词最初都是天才的一闪……它当时就是世界的象征……语言就是变成化石的诗歌。”[⑤] 众所周知，当惠特曼初版《草叶集》受到冷落的时候，爱默生却给予惠特曼高度的赞扬：“我发现这是美国至今所能提供的一部结合了才识和智慧的极不寻常的作品……我因它而感到十分欢欣鼓舞……我从中找到了无与伦比的内容用无与伦比的语言表达了出来……我向你伟大事业的开端致敬……”[⑥] 著名惠特曼研究专家詹姆斯·弥勒（James E. Miller, Jr.）认为《草叶集》

---

① Louis Zukofsky, *An Objectivists' Anthology*, New York: To Publishers, 1932, p. 15.

② Ralph Waldo Emerson, "The Poet", in *The Collected Works of Ralph Waldo Emerson*, Vol. 3, Cambridge: The Belknap Press of Harvard University Press, 1983, p. 9.

③ Ralph Waldo Emerson, "Nature", in *The Collected Works of Ralph Waldo Emerson*, Vol. 1, Cambridge: The Belknap Press of Harvard University Press, 1971, p. 17.

④ Ralph Waldo Emerson, *Poems*, Boston & New York: Houghton, Mifflin and Company, 1904, p. 309.

⑤ Ralph Waldo Emerson, "The Poet", in *The Collected Works of Ralph Waldo Emerson*, Vol. 3, Cambridge: The Belknap Press of Harvard University Press, 1983, p. 13.

⑥ Ralph Waldo Emerson, "Emerson to Whitman", in *Leaves of Grass*, Norton Critical Edition, New York: Norton, 2002, p. 637.

是一个“美国语言的大熔炉”[①]，不仅包容了惠特曼所有的才识，而且把整个美利坚民族的语言与智慧融为一体：“我十分清楚我自己的自我中心主义，/我熟悉我那些兼容并蓄的诗行，而且决不能因此少写一些，/不管你是谁我要使你也充满我自己。”[②] 惠特曼这种“使你充满我”及他“兼容并蓄的诗行”创造性地揭示了诗歌语言形式与内容的契合。

> 我是奴隶的诗人，也是奴隶主的诗人
> 我是肉体的诗人
> 我也是灵魂的诗人
> 我是力量与希望的诗人
> 我是现实的诗人
> 我歌唱罪孽深重的人，也歌唱无知文盲
> 我是小事物和孩子的诗人
> 我是平等的诗人……[③]

显然，惠特曼笔下的“平等的诗人”是一位包罗万象的诗人。诗中的“我”不仅其英文单词“I”与英文中表示“眼睛”的单词“eye”双关谐音，而且这个包罗万象的“我”似乎就像一颗明亮的眼睛，将其视野范围之内的现实万物尽收眼底，使诗中的“我”不仅变成了无所不见的“见者”，而且成为无所不说的“言者”，达到了将诗人的自我与社会的自我相融合的艺术目的，揭示了惠特曼诗歌语言之艺术张力。然而，弗罗斯特所追求的不是一颗包罗万象的“眼睛”，而是一种“寻求目光之回应的目光”[④]，他的诗歌宛如他的“长镰在对大地私语”：

---

① James E. Miller, Jr. , *Walt Whitman*, New York: Twayne Publishers, 1990, p. 119.

② ［美］惠特曼：《草叶集》（上），赵萝蕤译，上海译文出版社 1991 年版，第 131 页。

③ Emory Holloway ed. , *The Uncollected Poetry and Prose of Walt Whitman*, Vol. 2, New York: Peter Smith, 1932, pp. 69 – 70.

④ ［美］弗罗斯特：《弗罗斯特集》（上），曹明伦译，辽宁教育出版社 2002 年版，第 418 页。

它在私语什么？我不太明白；
或许在抱怨烈日当空的太阳，
或许在抱怨万籁寂静的大地——
那就是它为何私语而不明说。
那不是悠闲时梦幻般的礼物，
不是仙人或精灵施舍的黄金；
任何超出真实的东西都显得软弱，
连割倒垄垄青草的真诚的爱
也难免错割些嫩花（白兰），
并且吓跑了一条绿莹莹的蛇。
事实是劳动才能知晓的美梦。
长镰私语，割倒了青草垄垄。①

弗罗斯特在这首题为“割草”的诗歌中将诗人写诗比作农民“割草”。诗歌“不是悠闲时梦幻般的礼物”也不是“仙人或精灵施舍的黄金”，因为任何“超出真实的东西都显得软弱”。无论是“烈日当空的太阳”，还是“万籁寂静的大地”，它们都是诗人笔下只能够“私语”而不能够“明说”的“真实的东西”。诗人的长镰对大地的“私语”，给人们留下了垄垄的青草，真实的美梦只能通过真实的劳动才能够得以实现。然而，当第一次世界大战之后美国诗人开始书写人的精神幻灭与迷惘的时候，美国诗歌语言与表达形式也随之发生了巨大的变化。庞德却把注意力转移到费诺罗萨（Ernest Fenollosa）《作为诗歌手段的中国文字》（*The Chinese Written Character as a medium for Poetry*）上，借助中国文字的象形属性及其象征意义创造了试图儒化西方政治的诗歌表达形式。当然，更多“化石的诗歌”仍然来自西方的文化传统。比如，在《诗章》第79章中，当庞德在描写“腐朽”的现代文明时，他生造了“pejorocracy”一词。这个词是由“pejor”与“-ocracy”两个拉丁语词缀构成的，意思为“腐朽的统治”。黄运特将其译成“鬼

① 黄宗英：《“离经叛道”还是“创新意识”——罗伯特·弗罗斯特十四行诗〈割草〉的格律分析》，《北京联合大学学报》（人文社会科学版）2009年第4期。

族”，用来戏仿“aristocracy”（贵族）。[①] 同样，奥尔森本人也是一位伟大的“语言创造者”。当他在《马克西姆斯诗篇》中刻画一个人心枯竭的现代荒原时，他首造了“mu-sick”一词，意思为“病态的音乐”。笔者将其译成“阴—乐”并认为诗人让“这曲交响‘阴—乐’始终随着社会的‘腐朽’，而成为贯穿全诗的主旋律之一”[②]。可见，美国诗人在刻画现实世界时，越来越重视挖掘语言的潜力，追求一种更加客观主义的诗歌创作手法。

第四节 “催生韵律的主题”

爱默生认为，“造就一首诗歌的不是韵律，而是催生韵律的主题”[③]。惠特曼说“完美的诗歌形式应该让韵律自由成长，应该准确而舒松地结出像丛丛丁香或者玫瑰那样的花蕾，散发出难以捉摸的芳香”[④]。在爱默生的心目中，“美国就是一首诗歌”，“它辽阔的幅员使想象眼花缭乱”。[⑤] 同样，在惠特曼看来，“诗人应该与他的民族相称……他的精神与国家的精神相呼应……他是国家辽阔幅员、自然生命、河流湖泊的化身”[⑥]。在惠特曼的诗歌中，美利坚民族是“一个包容许多民族的民族”和“一个由多个种族构成的种族”。[⑦] 然而，这个“多民族的民族”和“多种族的种族”在庞德《诗章》中体现为“一个部落的故事”“一部包容历史的史诗”。[⑧] 正如惠特曼把美国内战写进了《草叶集》，庞德《诗章》也体现了诗人对第二次世界大战

① 参见［美］埃兹拉·庞德《比萨诗章》，黄运特译，漓江出版社 1998 年版。

② 黄宗英：《抒情史诗：查尔斯·奥尔森的〈马克西姆斯诗篇〉》，《北京大学学报》（哲学社会科学版）2003 年第 4 期。

③ Ralph Waldo Emerson, "The Poet", in *The Collected Works of Ralph Waldo Emerson*, Vol. 3, Cambridge: The Belknap Press of Harvard University Press, 1983, p. 6.

④ Walt Whitman, *Leaves of Grass*, New York: Vintage Books, 1992, p. 10.

⑤ Ralph Waldo Emerson, "The Poet", in *The Collected Works of Ralph Waldo Emerson*, Vol. 3, Cambridge: The Belknap Press of Harvard University Press, 1983, p. 22.

⑥ Walt Whitman, *Leaves of Grass*, New York: Vintage Books, 1992, pp. 6 – 7.

⑦ Ibid., pp. 5 – 6.

⑧ James E. Miller, Jr., *The American Quest for a Supreme Fiction*, Chicago: University of Chicago Press, 1979, p. 68.

的关怀。惠特曼的《草叶集》和庞德的《诗章》都表达了诗人对现实世界的“一种情感或者抱负。它使诗人能够坚定不移地、运用文学或者诗歌的形式来驾驭并且忠实地表达［诗人］自己肉体的、情感的、道德的、智性的和美学的个性，并且使之符合眼前的现实和当代美国的重要精神和重大事实”[①]。庞德在《三个诗章》的开篇这么写道：

> 真该死，只能有一部《索达罗》：
> 但是我说，我要采用你所有的技巧，
> 吸收你含糊古怪的话语，并认为它是一种艺术形式，
> 你的《索达罗》，并且现代世界
> 需要这么个大杂烩袋来装载所有的思想。[②]

我们知道，1840年，英国诗人罗伯特·勃朗宁（Robert Browning）发表了长诗《索达罗》（*Sordello*）。尽管勃朗宁当年风华正茂，抱负远大，但不幸的是《索达罗》因其主题与风格都过分晦涩难懂而成为笑料。而庞德之所以模仿《索达罗》的形式是因为《三个诗章》所涉及的内容十分庞杂，需要“这么个大杂烩袋”将古往今来各种貌似毫不相干的思想、人物、事件随心所欲地重新排列组合。就像一位拼贴艺术家把偶得的报纸碎片、布块、火柴杆等在同一画面上粘贴成画一样。然而，庞德的这个“大杂烩袋”到了奥尔森笔下却进一步演绎成一种“原野创作”：“当诗人将自我置于一个开放的‘原野’上时，他只能敞开胸怀，将整个内心世界诉诸诗歌的力量。”[③] 看来，自然能够使事实与思想融为一体并催生诗歌。形式与内容的契合始终是诗歌艺术的最高境界，而现当代美国长篇诗歌创作中抒情性与史诗性兼容并蓄的特点证明了它们与西方传统史诗的区别。

---

① Walt Whitman, *Leaves of Grass*, New York: Vintage Books, 1992, p. 658.

② 黄宗英：《抒情史诗论》，北京大学出版社2003年版，第139页。

③ 黄宗英：《“你，此刻，在行动”：奥尔森的〈人类宇宙〉》，《诗探索》2005年第3期。

第五节 “解救万物的神”[①]

爱默生认为诗人有义务揭示人与自然、人与上帝之间的关系。在《诗人》一文中，爱默生说：“事物之所以变得丑陋是因为人们背弃了神的生命，因此诗人用其比常人更加深刻的洞察力，使丑陋的事物返璞归真，甚至让那些矫揉造作和违背自然规律的事物回归自然，轻而易举地就把那些最离经叛道的东西清理干净。”[②] 在爱默生看来，上帝是至高无上的，是宇宙的中心，是万物的源泉。人的生命和形体都起源于上帝，不能与上帝的意志背道而驰；否则，“事物［将］变得丑恶”。人似乎具有一些比他高级的生物的精神素质，而且又带有几分比他低级的自然界与动物界的物质特征。他处于精神世界与物质世界的中间，是连接两个世界的关键所在。假如人们要真正认识自己在宇宙间的位置及其存在的意义，人们就应该以整体的眼光来统一审视人世间纷繁复杂的事件、行为、事实、思想等。人与自然的关系是十分密切的。华兹华斯（William Wordsworth）认为，人的思想是自然界最美丽、最有意思的事物的自然之镜。因此，诗人的职责就在于揭示两者之间关系的双重性，即物质的和精神的关系。在《自然》一文中，爱默生对此有过明确的表述。从人与自然的物质关系来看，自然为人类的生存提供了有效实用的物质基础，是人们获得衣、食、住、行的源泉。但是，由于人类较之其他动物更能够利用自然环境，因此，就必须告诉人类在文明与未开化的物质世界中都存在一种合理利用自然的精神生活。爱默生深知人的精神生活是随着人类的物质生活的提高而改变的。谁都无法否认哲学家在开始分析自然之前，必须先填饱肚子。爱默生是一位理想主义者，更注重挖掘人类精神生活的意义，但是他对物质世界也不是完全充满敌意的。相反，他十分关注时代的物质生活，他的理想主义有着十分明显的现实主义因素。他的论著始终体现着他对物质世界的现实主义情怀。当

---

① 本节主要内容参见《爱默生诗歌与诗学理论管窥》第4小节，发表于《北京联合大学学报》（人文社会科学版）2007年第2期。

② Ralph Waldo Emerson, “The Poet”, in *The Collected Works of Ralph Waldo Emerson*, Vol. 3, Cambridge: The Belknap Press of Harvard University Press, 1983, p. 11.

然，爱默生不认同他那个时代唯物主义政治理论家和重商主义的言论，而恰恰是他们最尖锐的批评者。但是，爱默生没有忽略实利主义的观点。自然社会中的许多事物都让他欣喜若狂。他看到了一个不断扩大的国家的生机与活力，亲眼见证了飞速建设中的新型国家。铁路的开通、电报的发明、工商业的飞速发展等，使爱默生清醒地认识到追求实利的物质主义是那个时代的最强音，是这个新兴国家年轻和生命力的标志。爱默生认为尽管诗人热衷于追求精神生活，但他对日常生活的细节也并非熟视无睹，诗人应该让人们知道人类的一切发明创造仍属大自然的一部分："读者看到诗歌中工厂林立、铁路纵横，就认为这些东西大煞风景，破坏了诗中的自然景象，因为这些人工造物在人们的阅读中尚未被尊为圣物，但是诗人则认为它们已经进入了一个伟大的秩序，一点也不比如同几何图案周正工整的蜂巢和蛛网逊色。大自然很快就把它们纳入了自己生命的轮回，像喜爱自己的生命一样珍惜滑动的列车。"① 可见，诗人的职责是告诉人们人类的发明创造实际上是出自一双创造之手的、以另一种形式表现出来的神的造物。至于每一种神的造物以什么形式出现并不重要，要紧的是人们不仅应该意识到任何一种事物都在不断地变化，而且人们应该能够透过千变万化的自然现象而窥视各种隐藏的规律。诗人的使命也就在于揭示自然界表面多样性背后的统一性。在《色诺芬尼》一诗中，爱默生写道：

所有事物
都出自一个原型；鸟、兽和花朵，
歌曲、画像、形式、空间、思想和性格
蒙蔽我们，貌似许多事物，
其实同出一辙……②

在诗人的心目中，人与自然之间存在着一种万物同源的密切关系。大自

---

① Ralph Waldo Emerson, "The Poet", in *The Collected Works of Ralph Waldo Emerson*, Vol. 3, Cambridge: The Belknap Press of Harvard University Press, 1983, p. 11.

② Ralph Waldo Emerson, "Xenophanes", in *The Collected Works*, Ⅸ, Cambridge: Press of Harvard University Press, 2011, p. 268.

然为人类的生存提供了衣、食、住、行等各方面的保障，而且除了这些较为低级的基本条件以外，诗人还将向人们揭示人与自然之间另外一种更为高级同时也更加隐蔽的关系。自然是精神之本，它为精神提供食粮，也为精神展示它完美的规律并使之成为精神法则的一面镜子。自然的存在对于人类来说，就像上帝的化身。那么，诗人向人类展示的艺术之美首先是大自然所遵循的完美的规律及整个世界万物内在的有机统一。这种统一高度地体现了造物者的完美无缺。因此，爱默生认为诗人是"解救万物的神"。他相信"假如想象能够让诗人心醉神迷，那么它对其他人就不会无动于衷……象征的使用都会激发出一种解放和振奋的力量。我们好像是被一根魔杖拨弄着，像孩子们一样，欢欣雀跃，翩翩起舞，或者就像是从洞穴里或者地窖里刚刚来到露天的地面一样。这就是各种比喻、寓言、神谕和诗歌形式对我们的作用。因此，诗人是解救万物的神（Poets are thus liberating gods）。人们获得了一种真正的新的感觉，并且在他们自己的世界里发现了另外一个世界，或者一连串的世界"①。

① Ralph Waldo Emerson, "The Poet", in *The Collected Works of Ralph Waldo Emerson*, Vol. 3, Cambridge: The Belknap Press of Harvard University Press, 1983, p. 17.

第六章

“我化为乌有，却洞察一切”：爱默生的“门槛诗”《斯芬克斯》*

人与自然的关系问题始终是爱默生所关心的一个哲学问题。与其说《自然》是爱默生在19世纪上半叶美国笼罩着漫天的商业尘雾和一片工业喧嚣中创作出来的一首描写大自然之美妙的“散文诗”，还不如说《自然》是爱默生在美国冷酷无情的资本主义工业原始积累过程中引领人们窥见人与自然和谐共生之希望的一部超验主义哲学力著。爱默生在《自然》第四章中解释人类心灵与自然事物之间的关系时就说，这种关系“并不是某位诗人凭空想象出来的，而是存在于上帝的意志之中，因此是所有的人都可以自由认识的”①。然而，这种关系却显得既简单又深邃，它时而出现在我们眼前，有如一束“比宇宙法则更加崇高的光芒穿透了整个宇宙”，使整个宇宙变得清澈透明，但是它时而又隐藏起来，让人们为奇迹的出现而苦苦思索。

第一节　“斯芬克斯之谜”

在爱默生看来，不论是从古埃及人时期和印度婆罗门（Brahmins）时代、古希腊哲学家毕达哥拉斯（Pythagoras）和柏拉图（Plato）时代、16至17世纪文艺复兴时期的莎士比亚和培根（Bacon）时代、18世纪

---

* 本章主要内容载郭继德主编《美国文学研究》（2018），山东大学出版社2018年版，第397—415页。

① Ralph Waldo Emerson, “Nature”, in *The Collected Works*, Vol. 1, Cambridge: Harvard University Press, 1971, p. 22.

欧洲启蒙主义时期的莱布尼兹（Leibnitz）和斯维登堡（Swedenborg）时代，还是到19世纪浪漫主义时期的华兹华斯和柯尔律治（Coleridge）时代，人与自然的关系问题始终是一个核心的哲学和科学问题，吸引着一代又一代哲学家、科学家和作家的兴趣。人们从来没有停止过对人与自然关系问题的研究和阐释，可是也从未找到过一个满意的答案。在《自然》一文中，爱默生把人与自然的关系问题比作希腊神话，以及更早时期埃及神话传说中女怪的斯芬克斯之谜。

> 斯芬克斯（Sphinx）总是坐在路旁，从一个时代到另外一个时代；每当一位预言者路过那里，她都必须碰碰运气，解读一下她的隐谜。[①] 这看起来似乎已经成为一种精神需要（a necessity in spirit），要以各种物质形式来体现精神实质。白昼与黑夜、河流与风暴、野兽与鸟类、酸与碱等这些事物早已经以必要的理念形式，预先存在于上帝的心灵之中，而且在精神世界里，它们凭借先前的属性就已经存在。事实是精神的终结或者最后的部分。这个可见的世界是那个不可见的世界的终点或者周边。有一位法国哲学家[②]说："物质事物必然是造物者坚实思想燃烧后留下来的各种熔渣（*scoriae*）。这些思想的熔渣与它们的原始物质始终保持着一种精确的关系；换言之，可见的自然必须拥有另外一个精神和道德的层面。"[③]

在《古代神话批评》（*Critique upon the Mythology of the Ancients*）一文中，培根也曾经把斯芬克斯当作科学的代表。在培根看来，斯芬克斯

---

① 斯芬克斯：希腊神话及更早时期埃及神话中传说的女怪。在希腊神话中，她的头部是狮子头，带着双翅；哪位路人要是猜不出她的谜语，就会被她活活吞食。她最终败在俄狄浦斯（Oedipus）手下。俄狄浦斯是忒拜国王拉伊俄斯（Laius）和王后伊俄卡期忒（Jocasta）的亲生儿子，破解了斯芬克斯的隐谜，但因不知底细，竟杀父娶母，而且两不相知，后发觉，无地自容，母自缢，他自己刺裂双眼，流浪而死。

② 指纪尧姆·厄热（Guillaume Oegger），爱默生引自厄热的《真正的弥撒亚》（*True Messiah*）。

③ Ralph Waldo Emerson, "Nature", in *The Collected Works*, Vol. 1, Cambridge: Harvard University Press, 1971, p. 22.

实际上有两个隐谜，其中一个是关于人的本性（nature of man），另外一个是关于自然事物的本质（nature of things），而科学的根本任务是探索“人的本性”与“自然本质”之间的关系问题。那么，两者之间的关系究竟如何呢？爱默生说：“事实是精神的终结或者最后的部分。”他认为，“白昼与黑夜、河流与风暴、野兽与鸟类、酸与碱等这些事物早已经以必要的理念形式，预先存在于上帝的心灵之中”。大自然中的这些客观事物是人类心灵世界中精神事物的终极表现，因为“在精神世界里，它们凭借先前的属性就已经存在”。因此，人们眼前“这个可见的世界是那个不可见的世界的终点或者周边”（terminus or the circumference）。爱默生在文章中引用了法国哲学家纪尧姆·厄热的著作《真正的弥撒亚》说：“物质事物必然是造物者坚实思想燃烧后留下来的各种熔渣。这些思想的熔渣与它们的原始物质始终保持着一种精确的关系；换言之，可见的自然必须拥有另外一个精神和道德的层面。”① 此外，古罗马哲学家柏罗丁（Plotinus）认为，由于“作为一种物质，自然只会行动，但不知其所”，因此“自然仅仅是智慧的一个意象或者一种临摹，是灵魂的结晶”。1849 年，爱默生引用了柏罗丁的这句语录作为他再版《自然》的题词，但实际上，在《自然》一文中，爱默生早已经发现了一种能够将可见的“自然事实”与不可见的“精神事实”相互统一的自然观。

> 文字并非唯一具有图征性的（emblematic）东西，各种事物都具有图征性。② 每一个自然事实都是某种精神事实的象征。每一个

① Ralph Waldo Emerson, "Nature", in *The Collected Works*, Vol. 1, Cambridge: Harvard University Press, 1971, pp. 22 – 23.

② 一个图征（an emblem）是一个解释性的意象。在文艺复兴时期的图征书（emblem books）中，每一个图征往往都伴随着一句警句格言。1835 年 8 月 1 日，爱默生在日记中写道：“想象（Imagination）就是幻觉（Vision），把世界看成象征性的（symbolical），用拼合图征的办法来表达真正的意思，将所有各种外在的物体看成各种形态（types）。”在《真正的弥撒亚》一书中，作者纪尧姆·厄热评论说：“每一个终有一死的人必须自觉或者不自觉地在他的生和死的过程中不断地提供各种能够表达他内心深处性格特点的图征。”在《自助》（*Self-Reliance*）一文中，爱默生后来把这种思想表述为：“性格较之我们的意志更有教育意义（character teaches above our wills）。”

自然现象都与某种心灵状态（state of the mind）相互呼应，而这种心灵状态只能通过把自然现象用图像（picture）的方式表达出来才能够得以描述。一个怒气冲天的人就是一只狮子；一个狡猾的人就是一只狐狸；一个坚忍不拔的男人就是一块磐石；一位饱学之士就是一把火炬。[①] 一只羔羊代表无辜，一条蛇代表人们难以琢磨的恶意，而各种花朵传达给人们的则是各种微妙的情感。光明与黑暗是人们用以表达知识与愚昧的习惯说法。人们还常用“燃烧”代表“爱情”。我们身前和身后所能够看见的景象分别被用来表达人们记忆和希望的意象。[②]

爱默生这里列举的“狮子”“狐狸”“磐石”“火炬”“羊羔”“蛇”“花朵”“光明”“黑暗”甚至“燃烧”等一幅幅形象生动的“图像”，就是他用来体现“精神事实”的“物质形态”。换言之，这些物质形态就是人们用来描绘自然现象的图像或者图征，与人们不同的心灵状态相呼应，象征着不同的精神事实。因此，斯芬克斯之谜就象征着科学之谜，是人类认识自然、研究自然和利用大自然的科学象征。然而，在他的散文随笔《历史》（*History*）的开篇部分，爱默生有这么一段话：

斯芬克斯必须自己揭开她自己的谜。假如整个历史都集中体现在一个人身上，那么就可以通过解读个人的经历来了解整部历史。我们生命中的时时刻刻与大千世界的千秋万代紧密相连。因为我呼吸的空气取自大自然的宝库，因为照亮我书本的光线发自亿万英里之外的一颗星星，因为我身体的平衡来自离心力和向心力的平衡，

① 英国浪漫主义诗人柯尔律治的《思考之辅助》（*Aids to Reflection*）是爱默生最喜欢读的书之一。在这本书中，柯尔律治写道：“当愤怒在你心中汪汪吠叫的时候，它不就是一只无足轻重的小野兽吗？当欺诈隐藏在你狡猾的心灵中时，它究竟是什么东西？难道不是一只狐狸吗？难道一个极度热衷于诽谤中伤的人不就是一只蝎子吗？”1832 年 5 月 13 日，爱默生在他的第 155 篇布道词里写道：“所有野兽表面上看都是某种特殊本质的表达，不论好的还是坏的，都是人性的写照。”

② Ralph Waldo Emerson, “Nature”, in *The Collected Works*, Vol. 1, Cambridge: Harvard University Press, 1971, p. 18.

所以时代应当指导时刻，而时刻应该解释时代。每一个个人都是普遍心灵的一个化身。①

那么，假如要通过解读某个具体的个人经历来了解一个民族或者国家的时代，这不仅要求这个个人必须具有代表性，是一个民族、一个国家或者一个时代的化身，而且要求这个作为一个解读者的作家或者诗人必须具备非凡的想象力，能够从特殊中窥见普遍，从个人中展望整个民族和国家，从时刻中投射出整个时代。所以诗人的想象力十分重要。米基克斯（David Mikics）注意到了爱默生很喜欢西内修斯（Synesius）的一本专著《论天意》（*Treatise on Providence*），并且在注释中说："译者托马斯·泰勒（Thomas Taylor）在评论这本书的时候，曾经认为斯芬克斯'代表着幻想或者想象的本质'（the nature of phantasy or imagination），而爱默生在阅读泰勒的译著时，在这句话下做了标记。"② 可见，斯芬克斯之谜似乎告诉了我们想象力是人们联系自然现象与心灵状态的一个关键性元素，也是"自然事实"与"精神事实"相互联系的重要能力和途径。

根据德国作家古斯塔夫·斯威布（Gustav Schwab）的《希腊神话与传说》一书关于俄狄浦斯的故事的记载，斯芬克斯蹲在一座悬崖上面，用智慧女神教给她的各种隐谜询问忒拜人民。如果路人不能猜中她的谜底，她就将路人撕成粉碎并将其吞食。当俄狄浦斯爬上斯芬克斯蹲踞的悬崖并自愿解答隐谜时，斯芬克斯决定用一个她以为不可能解答的隐谜来为难这位英雄，她说："在早晨用四只脚走路，当午两只脚走路，晚间三只脚走路。在一切生物中这是唯一的用不同数目的脚走路的生物。脚最多的时候，正是速度和力量最小的时候。"俄狄浦斯听完这个隐谜之后，就笑着回答说："这是人呀！"接着，他解答说："在生命的早晨，人是软弱无助的孩子，他用两只脚和两只手爬行。在生命的当午，他成为壮年，用两只脚走路。但是到了老年，临到生命的迟暮，他需要扶持，因此拄着杖，作为第三只脚。"这是正确的答案。斯芬克斯因失

① Ralph Waldo Emerson, "History", in *The Collected Works*, Ⅱ, Cambridge: Harvard University Press, 1979, pp. 3-4.

② David Mikics ed., *The Annotated Emerson*, Cambridge: Harvard University Press, 2012, p. 139.

败而感到羞愧。她气极，从悬崖跳下摔死。[①] 斯芬克斯故事中的“早晨”“当午”和“晚间”是自然时间，是“自然事实”，而“生命的早晨”“生命的当午”和“生命的迟暮”是精神的产物，是“精神事实”。如果俄狄浦斯没有把属于自然事实的“早晨”“当午”“晚间”想象成“生命的早晨”“生命的当午”“生命的迟暮”等心灵的事实，那么，他同样会被斯芬克斯撕碎并且吞食。虽然智慧女神教给了斯芬克斯一个貌似无法猜中的隐谜，但是由于俄狄浦斯的神谕在身，所以他毫不费劲地解开了斯芬克斯的隐谜。斯芬克斯的故事似乎印证了爱默生的观点，即“自然事实”与“精神事实”之间的关系问题“并不是某位诗人凭空想象出来的，而是存在于上帝的意志之中”[②]。诗人的独到之处就是能够利用自己丰富的想象力，把存在于“自然事实”之中的“精神事实”挖掘出来，去窥见存在于大自然中的“上帝的意志”，并且用诗化的语言将人与自然之间的关系表达出来。

第二节 “俯伏世界”

1840 年，爱默生创作了一首题为“斯芬克斯”（*The Sphinx*）的诗歌。1841 年 1 月，这首诗歌发表在《日晷》（*Dial*）上。它不仅是爱默生本人最喜欢的诗歌之一，而且也是他最享有盛誉的诗歌作品之一。在他 1847 年版的《诗集》（*Poems*）、1876 年版的《诗选》（*Selected Poems*）及 1884 年版的《诗集》（*Poems*）中，爱默生都选择这首诗歌作为诗集的开篇之作。这首诗歌是一段较长的对话，对话双方是斯芬克斯与一位“兴高采烈”地来破解她的隐谜的诗人。评论家桑德拉·莫里斯（Saundra Morris）把爱默生的这首《斯芬克斯》当作一首“门槛诗”（threshold poem），因为它开启了爱默生及许多诗人诗歌创作的灵感。斯芬克斯对 19 世纪爱默生同时代的作家有着特殊魅力。美国小说家赫尔曼·梅尔维尔（Herman Melville）的代表作《白鲸》（*Moby-Dick*）的第

① 参见［德］古斯塔夫·斯威布《希腊神话与传说》，楚图南译，人民文学出版社 1957 年版。

② Ralph Waldo Emerson, "Nature", in *The Collected Works*, Vol. 1, Cambridge: Harvard University Press, 1971, p. 22.

70 章的题目就是“斯芬克斯”。在梅尔维尔的笔下，斯芬克斯被描写成一条无头鲸的“黑冠脑袋”，“仿佛是沙漠上的斯芬克斯”，“‘说话呀，你这个神圣古老的巨头’，亚哈嘴里嘟哝着，‘说话呀，万能的头，告诉我们你心中的秘密。在所有的潜水者中，你潜得的最深……啊，头啊！人们已经看到你能够劈开星球并且创造出了亚伯拉翰农舍周围的耕地，而且不发片言只语！’”此外，19 世纪美国诗人埃德加·爱伦·坡（Edgar Allan Poe）于 1846 年也发表过一篇题目为“斯芬克斯”的短篇小说。虽然斯芬克斯常常让人们联想起死亡和挣扎，包括无法获得诗歌创作灵感等，但是在爱默生的这首诗歌《斯芬克斯》[1] 中，诗中人斯芬克斯不但没有令人讨厌，而且被称赞为“亲爱的斯芬克斯，继续说吧！/您的挽歌就是我悦耳的歌曲”[2]。但是，这首诗歌的开篇意象却十分耐人寻味：

The Sphinx is drowsy,
Her wings are furled;
Her ear is heavy,
She broods on the world.
"Who'll tell me my secret,
The ages have kept? —
I awaited the seer,
While they slumbered and slept……[3]

笔者试译：

斯芬克斯困了，
双翼收紧；
两耳垂下，

① Ralph Waldo Emerson, "The Sphinx", in *The Collected Works*, Ⅸ, Cambridge: Harvard University Press, 2011, pp. 5 – 9.

② Ibid., p. 7.

③ Ibid., p. 5.

俯伏世界。
“谁来解我之谜
这世代之谜？——
我等候那位见者，
当他们瞌睡和熟睡的时候……”

梭罗曾经对爱默生这首诗歌的手稿做过详细的评论，并且在1841年3月7至10日的日记中也有过类似的论述。梭罗认为：“斯芬克斯是一位纯粹的知识分子……它代表着人类一种远无止境的求知精神。这种精神自古以来就存在于人的内心，宛如斯芬克斯一样，站在路旁，让每一位路人猜测生命之谜……她不是生存在一个具体的时空中，但是她始终俯伏着一切（brood over）……因为我们是凭着信心活着，而且我们的勇敢‘在’某一时刻是能够窥见时间的尽头的……”[1] 首先，笔者认为梭罗的判断是正确的，斯芬克斯不仅是“一位纯粹的知识分子”，而且象征着人类永远追求真理的科学精神。其次，在评论这第一诗节时，梭罗说：“我们必须以一种困倦的眼神看待世界，这样它就不至于在我们的眼里重于泰山，而我们便可以超然离群地观察世界，而不是身陷其中……”[2] 好一个“斯芬克斯困了”的意象！尽管她表现出一副漫不经心的样子，但是人命关天，因此她始终“俯伏世界”；虽然她好像“不是生存在一个具体的时空中”，但是她又与“每一位路人”一样，仍然“凭着信心活着”，不断追求真理，“勇敢”地探索“生命之谜”，并且坚信她在生命的“某一时刻是能够窥见时间的尽头的”。或许，这就是为什么当世人都在“瞌睡和熟睡的时候”，斯芬克斯仍然翘首而望，“等候那位见者”，去告诉她“这世代之谜”。此外，支撑斯芬克斯这位“纯粹的知识分子”的核心精神力量是她的“信心”，是她追求真理、锲而不舍的科学精神，而体现这种科学精神最生动和最核心的“自然事实”是在当世人“瞌睡和熟睡的时候”，斯芬克斯仍然能够坚持“俯伏

① David Mikics ed., *The Annotated Emerson*, Cambridge: Harvard University Press, 2012, p. 496.

② Ibid..

世界”。此处，斯芬克斯“俯伏世界”的意象耐人寻味！爱默生英文诗歌中的原文是“She broods on the world”，其中“brood on the world”的意象与英语标准版（English Standard Version，ESV）《圣经·旧约》第1章第2节中的意象十分相似：

> The earth was without form and void，and darkness was over the face of the deep.
>
> And the Spirit of God was hovering over the face of the waters.①
>
> 地是空虚混沌，渊面黑暗，神的灵运行在水面上。②

爱默生诗中的英文原文短语是“brood on”。《牛津英语词典》（*OED*）对“brood”一词作为不及物动词的第一释义为：“To sit as a hen on eggs；to sit or hover with outspread cherishing wings。”③ 意思是“像一只母鸡一样伏窝孵蛋；或者张开爱抚的翅膀坐着或者孵伏着”，而引申义首先可以解释为：一只正在抱窝孵化雏鸟的母鸟所表现出来的动作和神态。④ 此外，这个词还可以解释为“to hover over”（俯伏）、“to meditate on”（沉思）、“to nurse”（细心照看）及“to incubate”（孵化，孵育）等多层意思。⑤ 显然，《圣经·创世纪》中的“the Spirit of God”（神的灵）既是一种隐喻的写法，指“圣灵”（the Holy Spirit），又可以解释为一种拟人的手法，因为这里的“Spirit”习惯大写，所以“神的灵”也可以直接指“神”“上帝”。可见，当宇宙大地还是“空虚混沌”的时候，“渊面［还是］黑暗”的时候，“神的灵”就已经“运行在水面上”。此处中文译文中的“运行”一词与1611年出版的英王詹姆士一世（James Ⅰ）钦定《圣经》英译本中所使用的短语“move up-

---

① 黄宗英主编：《圣经文学导读》，高等教育出版社2015年第2版，第22页。

② 《圣经·旧约》（和合本），国际圣经协会1998年第5版，第1页。

③ James A. H. Murray ed.，*The Oxford English Dictionary*，2nd edition，Vol. 2，Oxford：Clarendon Press，1989，p. 583.

④ “To sit on，or hang close over；to hover over；with some figurative reference to the action or attitude of a brooding bird.” James A. H. Murray ed.，*The Oxford English Dictionary*，2nd edition，Vol. Ⅱ，Oxford：Clarendon Press，1989，p. 583.

⑤ 参见陆谷孙主编《英汉大词典》，上海译文出版社2007年第2版。

on”的意思一致，但是根据诺顿圣经异文勘校版（Norton Critical Edition）的注释，此处的“moved”一词可以用“hovered”和“swept”替换，因为“有一个古代版本的《圣经》用了‘brooding’一词，就像一只鸟孵伏在它的鸟蛋上一样”[①]。笔者查阅了几个相对常用的英文《圣经》版本，发现美国 Zondervan 出版社 1985 年出版的《新国际版研修本·圣经》（*The NIV Study Bible*）和 Crossway 出版社 2008 年出版的《英语标准译本研修本·圣经》（*The ESV Study Bible*）的英文译文均采用了“hover over”，而美国 Tyndale 出版社 1979 年出版的《活圣经》（*The Living Bible*）则采用了“brood over”。因此，笔者认为，爱默生在此是影射《圣经》，才在他的诗歌《斯芬克斯》中选用了这个更加形象生动的隐喻性短语“brood on”。爱默生是想让斯芬克斯与创世之初的神一样，能够化作一只张开其巨大翅膀的鸟，在“空虚混沌”的地面和“黑暗”的“渊面”上，凭借其追求真理的信念和坚守，“等候那位见者”的到来。爱默生这一开篇的意象真可谓惟妙惟肖！

第三节 “我等候那位见者”

虽然这首诗歌是在他的超验主义代表作《自然》发表四年之后才创作出来的，但是作为 19 世纪美国超验主义运动的一位代表性人物和歌手，爱默生实际上是在回应他自己在《自然》开篇所提出的一系列叩问：“为什么我们就不能够同样享受与宇宙大地的原始关系呢?[②] 为什么我们就不能够拥有一种不是传统而是富有洞察力的诗歌和哲学呢？拥有一种不是关于先辈的历史而是对我们富有启示意义的宗教呢?”换言之，爱默生是在呼唤一位真正能够把人们已经发现了的“许多新的土地、新的人和新的思想”表达出来并且传达给世界的“见者”。显然，爱默生诗歌创作的抱负是伟大的，而且也是史诗般的。在史诗《失乐

---

① Herbert Marks ed.，*The English Bible*（*KJB Vol. One. The Old Testament*），New York & London：Norton & Company，2012，p. 13.

② 爱默生此处的原文为：“Why should not we also enjoy an original relation to the universe?”惠特曼在《我自己的歌》（*Song of Myself*）一诗中也发出过类似的呼唤：“顺乎自然，保持原始的活力”（Nature without check with original energy）。

园》(*Paradise Lost*)开篇祈灵(Invocation)的部分(第1卷第17—26行),我们能够看到英国史诗诗人弥尔顿在开始撰写史诗之前,首先需要祈求天庭的诗神缪斯(Muses)给予他创作史诗的灵感。

And chiefly thou O Spirit, that dost prefer
Before all temples the upright heart and pure,
Instruct me, for thou know'st; thou from the first
Wast present, and with mighty wings outspread
Dove-like sat'st brooding on the vast abyss
And madest it pregnant: what in me is dark
Illumine, what is low raise and support;
That to the highth of this great argument
I may assert eternal providence,
And justify the ways of God to men. ①

中译文:

特别请您,圣灵呀!您喜爱公正
和清洁的心胸,胜过所有的神殿。
请您教导我,因为我无所不知;
您从太初便存在,张开巨大的翅膀,
像鸽子一样孵伏那洪荒,使它怀孕,
愿您的光明照耀我心中的蒙昧,
提举而且撑持我的卑微;使我能够
适应这个伟大主题的崇高境界,
使我能够阐明永恒的天理,
向世人昭示天道的公正。②

① John Milton, *The Poems of John Milton*, London: Longmans, 1968, pp. 461 -462.

② 弥尔顿:《失乐园》,《弥尔顿诗选》,朱维之译,人民文学出版社 1998 年版,第163页。

弥尔顿在此祈求诗神缪斯赐予他诗歌创作的灵感，让他能够“遐想凌云”，插上想象的翅膀，飞越希腊神话中诗神缪斯所在的圣山爱奥尼的高峰，并且创作出“从未有人尝试过的”“大胆冒险的”诗歌。[1] 同样，爱默生也始终把《斯芬克斯》这首诗歌作为自己诗集和诗选的“门槛诗”。这种写法想必也是受了弥尔顿等史诗诗人祈灵于诗神缪斯传统的启发。他希望自己能够找到更多诗歌创作的灵感。那么，爱默生心目中的这位“见者”究竟该具备哪些特点呢？

首先，在《斯芬克斯》一诗中，爱默生使用了一连串谜语般的妙语连珠，来表达他“多样统一”（many-in-oneness）的思想。在爱默生看来，这种“多样统一”的宇宙观不仅揭开包括人类生存和命运之谜在内的关键问题，而且也是人类所必须面对的一个巨大的挑战。在诗歌中，人们仿佛又看见了那位疲惫困倦的斯芬克斯，蹲在一座悬崖之上，“双翼收紧，/两耳垂下，/俯伏世界”。面对着仍在“瞌睡和熟睡”的世界，斯芬克斯告诉我们，她在等待的那位能够破解人类生存和命运之谜的“见者”：

人子的命运；
人类的意义，
未知的智果；
代达罗斯[2]计划；
沉睡的苏醒，
苏醒的沉睡；
生死的替代；
深邃的深邃？

---

① 弥尔顿：《失乐园》，《弥尔顿诗选》，朱维之译，人民文学出版社 1998 年版，第 163 页。

② 代达罗斯（Daedalus），希腊神话中传说的建筑师和雕刻家，其作品不仅丰富多彩、错综复杂，而且灵巧、富有创造性；曾为克里特岛（Crete）的国王弥诺斯（Minos）建造迷宫；后来与儿子伊卡罗斯（Icarus）一起，凭借自己为自己制作的蜡翼，双双飞离克里特岛，逃脱王囚；但因飞得太高，蜡被阳光熔化，坠入爱琴海而死。

显然，诗中人斯芬克斯是在思考人类的“命运”和人类生存或者生命的意义问题。然而，这些问题却是“深邃的深邃”，宛如“代达罗斯计划”，虽然灵巧复杂，丰富多彩且富有创意，但以失败告终，因此它们始终是人类可望而不可即的“未知的智果”。那么，“人子的命运”究竟如何？“人类的意义”究竟何在？为什么人类能够创造出如同“代达罗斯计划”如此足智多谋、错综复杂的“迷宫”，却始终无法破解斯芬克斯的隐谜呢？人类的迷惑之处究竟何在？值得注意的是，爱默生此处连续采用了似非而是的悖论排比诗行，来再现现代人一种似睡非睡、似醒非醒的精神状态，甚至可以说是一种虽生犹死的生命观景。虽然斯芬克斯始终在等待能够破解隐谜的“见者”，人类似乎从来没有停止过追求真理的脚步，但是由于人类处于一种“沉睡的苏醒”或者“苏醒的沉睡”的精神状态之下，就像斯芬克斯遇见的一个个只想碰碰运气的“路人”那样，对待命运麻木不仁，而面对生命又束手无策，毫无行动意识，所以不可能将人类的命运汇入自然的洪流，并最终走出生命意义的迷宫。在评论这首诗歌的时候，梭罗认为这一诗节“总体上看是在暗示人类的秘密（man’s mystery）。人只知道他自己是什么，但不知道怎么来的？也不知道从何而来？……就像迷失在迷宫里一样，他‘丢失’在自我之中……”①

第四节　“一只透明的眼球”

紧接着，为了强化自然事物间的“多样统一”（many-in-oneness）或者“多变统一”（unity in variety）的关系，诗中人斯芬克斯又使用了一连串逆说悖论。在第 4 节中，斯芬克斯说：“波浪翻滚，恬不知耻，/甜甜蜜蜜，别具一格，/微风轻扶，兴高采烈，/新朋老友，相聚一堂”（第 25—28 行）。爱默生笔下那翻滚的波浪与轻扶的微风被比作在大自然中“相聚一堂”的“新朋老友”。紧接着，在第 5 节中，斯芬克斯说：“大海、大地、空气、声音、宁静，/植物、四足哺乳动物、鸟类/

① David Mikics ed., *The Annotated Emerson*, Cambridge: Harvard University Press, 2012, p. 496.

陶醉于同一天籁之音，/感动于同一造物始主”（第 33—35 行）。同样，在第 6 诗节中，诗中人斯芬克斯用一个精美逼真的意象，再现了宇宙万物间存在着一种精神连续的现象。

婴儿躺卧在母亲身边
沐浴在幸福欢乐之中；
时光流逝，不知不觉，
太阳变成了他的玩具；
闪烁着全人类的和平，
不见乌云，双眼明亮；
世界总和，在他看来，
一个松软和煦的缩影。①

梭罗的观点是对的。生活在 19 世纪美国物质文明欣欣向荣时期的现代人，往往因为过分地专注于自我价值的创造与实现，而忽略了人与自然和谐共生的联系，也不关注自然事物之间的神圣关联，最终自食“丢失”在自我的迷宫之中的恶果。就像爱默生诗歌中的代达罗斯一样，是希腊神话传说中的一位建筑师和雕刻家，聪颖灵巧，不仅能够为国王建造迷宫，而且能够为自己制作飞天的蜡翼，但终因忽视了自然的力量，因蜡翼被阳光融化，导致其坠海而死。实际上，爱默生是要告诉人们，人应该“知道怎么来的”，也应该“知道从何而来”。人与自然的关系不应该只是人类可以毫无止境地开发和利用自然，人应该做大自然的亲知者，做大自然的好朋友。因此，在爱默生的这首诗歌中，“波浪”与“微风”不仅应该是“新朋老友”，而且应该“兴高采烈”地“相聚一堂”；“大海、大地、空气、声音、宁静，/植物、四足哺乳动物、鸟类”不仅应该“陶醉于同一天籁之音”而且应该“感动于同一造物始主”。只有这样，人类才能远离尘嚣，摆脱伪装、虚假、欺骗、金钱和物欲，才能回归纯真的时代和生命的本真意义，才能够永远像一个“婴

① 这一幅婴儿的图画及画中所再现的孩童的平静与成人的罪恶都归功于华兹华斯的《永恒颂》（*Immortality Ode*）。这是爱默生最喜欢的诗歌之一。

儿躺卧在母亲身边，/沐浴在幸福欢乐之中”；只有在这种生命的观景之中，人才能与自然融为一个和谐的整体，“太阳［才能］变成了他的玩具”，生命的时光才能不知不觉地流逝，并“闪烁着全人类的和平”；也只有在这种时刻，人们才能够“不见乌云，双眼明亮”，而整个“世界［的］总和，在他看来”，才能够化作“一个松软和煦的缩影”。

可见，人类的命运和生命的意义都存在于大自然之中，人应该走出自我生命意义的迷宫，回归大自然的怀抱，把自然事物与精神事物融为一体，才有可能找到解决人与自然关系问题的答案，才能够破解斯芬克斯的隐谜。这或许就是爱默生在《自然》中对生命意义所作出的超验诠释，他希望让“宇宙生命的洪流在我身边涌动并且穿我而过”，那么他自己就因此而“成了上帝的一部分，或者一小部分”，正如他所期盼的那样，只有当他在大自然中“站在空地上，我的头颅沐浴着清爽的空气，无忧无虑，升向那无垠的天空，心中所有丑陋的狂妄自私均荡然无存。我变成了一只透明的眼球。我化为乌有，却洞察一切”[①]。然而，由于人性的诸多弱点导致斯芬克斯迟迟没有等到那位能够破解隐谜的“见者”，诗中人斯芬克斯使用了一连串讽刺性的排比诗行来谴责人类：“但人会卑躬屈膝，脸红耳赤，/懂得躲避罪责，隐瞒真相；/懂得拍马奉承，偷眼窥视，/懂得敷衍搪塞，偷盗剽窃”（第40—52行）。不仅如此，由于人时常会“意志薄弱，郁郁寡欢，/有时忧心忡忡，妒忌一切”，所以人就好比“一个畸形儿，一个共犯，/毒害了造化的整个大地”（第53—55行）。最终，出于万般的无奈，诗中人斯芬克斯发出了惊叹：“谁，带着沮丧和疯狂，/让人子变得神魂颠倒？”（第63—64行）

这时，在斯芬克斯所蹲踞的悬崖上，突然出现了一位“声音洪亮、兴高采烈”的诗人来挑战斯芬克斯。他似乎胸有成竹，对诗中人斯芬克斯的万般无奈不屑一顾，声称斯芬克斯的“挽歌”掩盖了原本可以破解的谜底：“亲爱的斯芬克斯，继续说吧！/您的挽歌是我悦耳的歌曲。”这位诗人仿佛已经意识到人类对大自然“深切的爱”仍然“深

① Ralph Waldo Emerson, “Nature”, in *The Collected Works*, Vol. 1, Cambridge: Harvard University Press, 1971, p. 10.

深地埋藏在/这一幅幅历史画卷的下面”。笔者认为，在此爱默生仍然没有忘记在对诗人眼前这个所谓的“怀旧时代”进行讽刺性的叩问：“为什么我们还要在历史的枯骨堆里胡乱摸索？[①] 或者偏要把一代活人推进满是褪色长袍的假面舞会？”[②] 在爱默生看来，19 世纪中叶的美国是“被大自然的一个全盛时期所拥抱”的国度，“大自然生命的洪流不仅环绕贯穿我们的躯体，而且以其饱满的能量激励我们对大自然采取相应的行动……今天的太阳照样升起。田野里有更多的羊群和亚麻。人们发现了许多新的土地、新的人和新的思想。让我们来呼唤我们自己的著作、法律和宗教”[③]。我们知道，爱默生熟悉《圣经·旧约·传道书》第 1 章第 5 节中这样的经文：“太阳照样出来。”（“The sun also ariseth”）1832 年 6 月 10 日，爱默生在他的布道中也曾经说过：“我们看见太阳，并不是凭借在亚伯拉罕时代离开轨迹的阳光，而是凭借此刻从太阳发出的新光。同样，我们认识真理，并不是凭借过去的知识，而是凭借现在的知识”。可见，爱默生所强调的是“现在”，是“现在的知识”，而不是过去的、历史的知识，因为他眼前这些“新的土地、新的人和新的思想”及其“所蕴含的崇高意义”要比那“一幅幅历史画卷”更加绚丽多彩，所以他认为人们应该追求并且“享受与宇宙大地的原始联系”[④]，而不应该让“它们随着时间［的推移］而逐渐褪色”（第 67—72 行）。

第五节　“我化为乌有，却洞察一切”

同样，这位诗人接着采用了诗中人斯芬克斯逆说悖论式的语言，暗

---

① 在《圣经·旧约·以西结书》第 37 章第 2 至 5 节中，当先知以西结发现自己被主耶和华带到满地骸骨的平原上时，以西结说：“主耶和华对这些骸骨如此说：‘我必使气息进入你们里面，你们就要活了。’”在爱默生的《自然》中，自然科学和诗学想象为干枯的骸骨提供了生的气息并使之复活。1831 年 10 月 30 日，爱默生在其布道中谈到宗教礼拜时说：“正是由于一种灵，这才使这些干枯的骸骨起死回生，否则它们就死了。”

② Ralph Waldo Emerson，“Nature”，in *The Collected Works*，Vol. 1，Cambridge：Harvard University Press，1971，p. 7.

③ Ibid..

④ Ibid..

示了宇宙所蕴含的善与恶、普遍与特殊、精神与物质之间的神秘关系。虽然人的“眼睛［可能］徒然所见，但其灵魂［能够］看见完美”（第78—80行），因为这个可见的自然世界是那个不可见的精神世界的终极体现。于是，尽管可能一时“无法实现任何目标”，但是这位足智多谋、善于洞察事物的诗人仍然“朝着他旋转的轨道”奋力潜入那“深邃呀，更加深邃”的灵魂深处。这是爱默生在追求一种人的肉眼虽然无法看清但凭人的直觉又能够确定地感受到的一种统一的精神事物。这种精神事物似乎是一个直接来自上天却又不曾被泄露过的神秘的异象（vision），它不仅让诗中的这位诗人体会到大自然给人的一种甜美感受，而且也给了他一种能够洞察新的思想的新的灵感，一种能够窥见“多样统一”或者“多变统一”的精神力量。因此，诗中的这位诗人说：

轮流交替永恒不变，
时而跟随时而飞翔；
痛苦中存在着快乐，
快乐中存在着痛苦，
爱总是在中心做工，
心脏——不停地跳动；
一次次强劲的脉动
猛然冲向日子边界。①

于是，诗中的这位诗人似乎从宇宙万物的“轮流交替永恒不变”中看到了自然事物的变化是“永恒不变”的辩证法②，而且变化是无常的，“时而跟随时而飞翔”，“痛苦中存在着快乐，——/快乐中存在着痛苦”。虽然人的生命往往苦乐参半，相互掺杂，但是诗中的诗人坚信“爱总是在中心做工”，而且人类对大自然的爱是深藏在人类的灵魂深处，就像人的一颗“心脏”在大自然的怀抱中“不停地跳动”，而且它

① Ralph Waldo Emerson, “The Sphinx”, in *The Collected Works*, Ⅸ, Cambridge: Harvard University Press, 2011, p. 8.

② 爱默生这一“多样统一”或者“变化统一”的思想也影响了奥尔森“不变是变的意志”的观点。

“一次次强劲的脉动”都将创造新的自然奇迹，“猛然冲向日子边界”。这是诗中的这位诗人对人类命运和生命意义的呼唤，也是他对人与自然关系问题所做出的正确的阐释和解读。

那么，面对这位诗人丰富的想象和智慧，爱默生笔下的斯芬克斯并没有像希腊神话中的那位女怪那样，因失败而感到羞愧，气急败坏地“从悬崖跳下摔死”。虽然她“咬了咬她的嘴唇”，并且貌似有些不情愿地说：“谁教你说出我的真名呀”，但是我们还是可以从她的应答中看到，她与诗中的诗人一样的“兴高采烈”，“我是你的灵魂，是你的搭档，/我是你眼睛里发出的一束光”（第109—112行）。在爱默生的许多诗歌作品中，他都使用了“眼睛里发出的一束光”（eyebeam）这一相同的意象，而所有这些意象都重复强调了他在《自然》一文开篇中首次提到的那只能够透视崇高的“透明的眼球”（transparent eyeball）：“站在空地上，我的头颅沐浴着清爽的空气，无忧无虑，升向那无垠的天空，心中所有丑陋的狂妄自私均荡然无存。我变成了一只透明的眼球。我化为乌有，却洞察一切。”[1] 这是爱默生对这个希腊神话故事的创新性影射，人不应该一味尊崇历史，随波逐流，而应该富有创新精神，应该充分发挥人的想象力，摆脱虚假时间的束缚，活出本真的自我，因此，诗中人斯芬克斯说：

你就是那未被解答的问题；
你能够看清你美丽的眼睛，
应该不停地问，不停地问；
尽管每一个答语都是谎言。
你必须在自然中寻求答案，
只有通过自然你才能成功；
问吧，披上永恒外衣的你；
时间仅仅是个虚假的回答。[2]

---

① Ralph Waldo Emerson, “Nature”, in *The Collected Works*, Vol. 1, Cambridge: Harvard University Press, 1971, p. 10.

② Ralph Waldo Emerson, “The Sphinx”, in *The Collected Works*, Vol. 9, Cambridge: Harvard University Press, 2011, p. 8.

在爱默生看来，时间往往是“虚假”的，因为“人生相当一部分时间是在假面舞会上度过的”[①]。人们不能总是在历史的长河里去寻找自己的生命意义；人类生命的本真意义存在于现实生活之中，因此“你必须在自然中寻求答案，/只有通过自然你才能成功”。

在这首诗歌的结尾部分，诗中人斯芬克斯向这位洞察力超凡的诗人揭开了谜底。首先，斯芬克斯认为她的隐谜不仅只有一个正确答案，因为每一个人都会有各自观察事物的视角，所以每个人的答案不尽相同。这种解释不仅符合爱默生《自助》一文中所提出的“相信自我”的伦理标准，也符合他在《自然》一文中给随波逐流的人们提出的问题：“为什么我们就不能够同样享受与宇宙大地的原始关系呢?”假如我们再回到爱默生的《历史》一文中，我们或许对爱默生的阐释会有更加深刻的理解：“人的心灵书写了历史，人的心灵还必须解读历史。斯芬克斯必须自己揭开她自己的隐谜。假如整个历史都集中体现在一个人身上，那么就需要通过解读个人的经历来解读整个历史。”[②] 可见，斯芬克斯已经不再是一个隐谜，而已经变成了一个具有普遍意义的现实，而每一个人都“必须”也“只有”在自然中才能找到各自生命的意义，“才能成功”。于是，诗中人斯芬克斯最后“愉快地站起身来”：

她把自己融入紫色的云朵，
她沐浴着银光四射的月亮；
螺旋上升，化作黄色火光；
她开出一朵朵红色的花朵；
汇成一股泡沫涌流的巨浪；
站在莫纳德诺克残丘尽头。[③]

顿时，斯芬克斯从传统神话的一个女怪变成了人们眼前大自然中一个能

---

① 转引自爱默生1830年4月25日的布道。

② Ralph Waldo Emerson, “History”, in *The Collected Works*, Vol. 1, Cambridge: Harvard University Press, 1979, p. 3.

③ Ralph Waldo Emerson, “The Sphinx”, in *The Collected Works*, *Vol.* 9, *Cambridge*: *Harvard University Press*, 2011, *pp.* 8 – 9.

够代表人类的“宇宙女士”；她不仅飘飘若仙，“融入紫色的云朵”，或者“沐浴着银光四射的月亮”，或者“开出一朵朵红色的花朵”，或者“汇成一股泡沫涌流的巨浪”，并且“通过成千上万个声音”说“谁要是说出我的一种意思，/谁就是主宰我一切的主人”（第131—132行）。在现实生活中，假如每个人都能够融入自然现实，活出属于各自自己的本真自我，都能够“说出斯芬克斯的一种意思”，那么他就将成为主宰世界万物的主人，成为斯芬克斯所等候的那位能够破解人与自然关系之谜的“见者”。当他真正“站在莫纳德诺克残丘尽头”时，他的头颅就一定会“沐浴着清爽的空气，无忧无虑，升向那无垠的天空，心中所有丑陋的狂妄自私均荡然无存”。他将变成一只透明的眼球，“化为乌有，却又洞察一切”①。

① Ralph Waldo Emerson, “Nature”, in *The Collected Works*, Vol. 1, Cambridge: Harvard University Press, 1971, p. 10.

第七章

惠特曼："我赞美我自己"*

1855年7月4日前后，一本诗集以其别致的装帧、独特的风格和新颖的思想，在美国悄然地问世了，书名叫《草叶集》。其开篇这么写道："我赞美我自己，歌唱我自己，/我承担的你也将承担，/因为属于我的每一个原子也同样属于你。/我闲步，还邀请了我的灵魂，/我俯身悠然……观察着一片夏日的草叶。"[①] 这"一片夏日的草叶"，在常人的眼里，是那么普通、那么眼熟，没有丝毫的稀奇，可是，在诗人的眼里，它却变得那么亲切而又神秘，那么平凡而又富有诗意，仿佛是人生道路、真理、生命的象征，因为它"在宽广或狭窄的地带都能长出新叶，/在黑人中间和白人中间一样能够生长"[②]，因为它"是在有土地有水的地方生长出来的青草"[③]，因为它"沐浴着全球的共同空气"[④]。可见，这"一片夏日的草叶"不仅是这位诗人个人"性格的旗帜"[⑤]，而且代表着一种"真实、高尚、扩大了的美国个性……一种无比自豪、独立、沉着、大方与温和的性格。它只接受平等的自由，它只接受适合于每一个人的事物"[⑥]。阅读《草叶集》，我们不仅将结识一位诗人，而且

---

* 本章主要内容曾经以"惠特曼《我自己的歌》：一首抒情史诗"和"抒情史诗：惠特曼的《草叶集》"为题目，先后发表于《北京大学学报》（哲学社会科学版）2001年第4期和《北京联合大学学报》（人文社会科学版）2005年第2期。

① ［美］惠特曼：《草叶集》，赵萝蕤译，上海译文出版社1991年版，第59页。

② 同上书，第66页。

③ 同上书，第83页。

④ 同上。

⑤ 同上书，第66页。

⑥ E. F. Grier, *Walt Whitman: Notebooks and Unpublished Prose Manuscripts*, Vol. 2, New York: New York University Press, 1984, p. 63.

将领略一种将整个“美国个性”融入一个人“辽阔博大、包罗万象”①的人格魅力。

第一节　“我歌唱一个人的自己”

惠特曼的《我自己的歌》向来被认为是《草叶集》的缩影。研读这首诗的视角很多，但笔者在此仅从这首诗中抒情性与史诗性兼容并蓄这一创作特点，来窥视美国现代长诗创作的一个重要特征。惠特曼在《我自己的歌》一诗的开头写道：“我赞美我自己，歌唱我自己，/我承担的你也将承担，/因为属于我的每一个原子也同样属于你。”② 在这首诗的最后一节，诗人又是这样写的：“如果你一时找不到我，请不要灰心丧气，/一处找不到再到别处去找，/我总在某个地方等候着你。”③全诗以“我”开篇，又以“你”结尾，这种写法有其独特的艺术魅力。纵观全诗，尽管这个“我”总是以叙事者的身份在诗中占据主导地位，但是这个“你”却始终伴随着“我”，歌唱着《我自己的歌》。在惠特曼之前，从未有哪一位美国诗人像他这样如此重视过读者的作用。与19 世纪许多浪漫派诗人一样，惠特曼也怀着一种强烈的自我意识，在诗歌创作中以第一人称“我”为主人公，抒发诗人个人的情感。然而，即使在他的早期作品中，惠特曼的“我”与“你”似乎已达到了水乳交融的地步。翻开《草叶集》，人们便立刻读到这么两行开篇铭文：

> 我歌唱一个人的自己，一个单一的、脱离的人，
> 然而也唱出“民主”这个词，“全体”这个词。④

虽然惠特曼用了“然而”这一个似乎表示转折关系的连词，但诗中“一个人的自己”与“全体”两个词语前后相随，给人的感觉并不是两个截然分开的事物，而像是一个事物的两个方面。尽管“民主”与

① ［美］惠特曼：《草叶集》，赵萝蕤译，上海译文出版社 1991 年版，第 149 页。
② 同上书，第 59 页。
③ 同上书，第 150 页。
④ 同上书，第 7 页。

“全体”这两个词有句法上的并列关系，但实际上“民主”这个词包含着“全体”一词中“个人”与“集体”两个方面的关系。其实，惠特曼在《我自己的歌》一诗中，是通过戏剧化地表现诗中“我”与“你”的关系，将诗人的自我与周围的一切人和事联系起来，从而达到融“一个人的自己”于“民主”和“全体”之中，寓抒情性于史诗性之中的艺术效果。惠特曼在创作《草叶集》的过程中，始终将自己置于一种能够窥视永恒的现在之中。《草叶集》初版时，作者的名字没有出现在封面上，而是出现在第一首诗中的第449行：“沃尔特·惠特曼，一个美国人，一个粗人，一个宇宙。”[①] 显然，惠特曼是要将他的叙事声音化为一种更为普通、更加包罗万象的言语，让读者觉得他不仅在描写自己，而且也在表现一个民族、一种文化、一个宇宙。诗中写道：

> 我的舌头，我血液里的每个原子，都是在这片土壤、这个空气里形成的，
>
> 我是生在这里的父母生下的，父母的父母也是在这里生下的，他们的父母也一样。[②]

惠特曼胸怀宽阔，他不仅是在为美国人民歌唱，而且也是在歌唱全人类。他之所以称自己是“一个宇宙”，是因为他把自己看成一个有自我意识的有机整体。他的“我”不仅植根于美国现实而且与超越时空的宇宙共存。他的“我”可以是大千世界的任何一个部分：“那单纯、紧凑、衔接得很好的结构，我自己是从中脱离的一个，人人都脱离，然而都还是这个结构的一部分。”[③] 这或许就是惠特曼如何将世间的经历融入他那民主化的、包罗万象的“自我”之中。因此，探讨《我自己的歌》一诗难以捉摸的“我”与“你”之间的戏剧性关系，对了解美国现代抒情史诗的创作特色有着重要的意义。[④]

---

① ［美］惠特曼：《草叶集》，赵萝蕤译，上海译文出版社1991年版，第50页。

② 同上书，第59页。

③ 同上书，第227页。

④ 参见Harold W. Blodgett ed.，*The Best of Whitman*，New York：The Ronald Press Company，1953。

惠特曼诗中那民主化的"我"首先是与美国的物质文明建设相呼应的。惠特曼晚年曾经说，他在三十来岁时，心中就萌发了这么一种灵感："一种坚定不移的情感或抱负——用文学或者诗歌的形式，忠实地、毫不妥协地表达出一个不仅存在于美国社会而且与当今美国的重要思想及真实现实相吻合的、我自己肉体的、情感的、道德的、精神的、美学的个性特征；并且以一种较之以往任何诗歌与著作都更加朴实坦率、更为包罗万象的心眼来拓展这种富有时代脉搏的个性。"① 可见，惠特曼诗歌创作的灵感是抒情性的，但他的诗歌创作抱负却是史诗般的②，二者浑然一体，形成独特的美国现代抒情史诗的风格。

第二节　"无与伦比的语言"

惠特曼的时代不论对他本人还是对美国整个国家与民族来说都可谓与当时的"重要思想与事实相吻合"。惠特曼出生于1819年，美利坚合众国当时还只是一个农业国。建立国家的宪法及民主思想也不过百年的历史。虽然幅员辽阔、资源丰富，整个国家洋溢着种种发展的可能，但是美国是一个没有文化根基的国家。创办英国《爱丁堡评论》的史密斯（Sydney Smith）先生公然问道："在地球上，有谁能够读到一本美国书?"然而，在史密斯发表评论与《草叶集》1855年第1版问世的半个世纪间，美国经历一段前所未有的伟大发展，特别是出版工业的崛起。惠特曼不仅目睹了他那年轻的国家逐步走向成熟，而且看到了国家物质文明的高速发展，看到了国家从一个农业国发展成一个充满自信、稳定的工业社会。惠特曼与美利坚合众国同步开始了探求自我的旅途。惠特曼选择在1855年7月4日国庆节前后出版《草叶集》，这无疑说明了他要将自己的命运与国家的命运联系起来，使自己的艺术探索富有民族辉煌的意义。他真切地希望自己的艺术创作能够

① Harold W. Blodgett ed., *The Best of Whitman*, New York: The Ronald Press Company, 1953, p. 563.

② 参见 James E. Miller, Jr., Leaves of Grass: *America's Lyric-Epic of Self and Democracy*, New York: Twayne Publishers, 1992。

回答爱默生这一位富有创新精神的民族诗人的呼唤，希望自己能用一种崭新的声音来讴歌那“新的国土、新的民族、新的思想”。尽管在1855年以前，惠特曼仅发表过少数几首诗歌，但是他深信自己成为一名民族诗人的时机已经成熟。他看到了19世纪上半叶美国文学界发生的巨大变化。到1855年，美国完全可以声称它拥有世界上最大、最发达的出版工业，出版了许多由爱伦·坡、霍桑、梅尔维尔、梭罗和爱默生等美国作家创作的地地道道的“美国”书。美国文学及出版业的辉煌归功于美国作家及出版商都深切地意识到要创造美国独特的文学文化这一事实。1830—1850年，全美日报的数量由36种猛增到254种。这一时期，美国现代出版业的高速发展给家家户户带来了数目难以想象的书刊报纸。惠特曼在这一时期当过印刷工、编辑、记者和出版者，过着漂泊不定的生活，但成了美国社会的一个观察家。他深深感到自己要成为一位新的民主诗人所应具备的条件都成熟了。在他所受的教育中，没有半点学究的味道。记者的生涯不仅使他直接接触美国生活，而且使他坚信自己能够把诗歌带给美国的普通百姓。当《草叶集》问世时，他不仅将自己看成一位诗人，而且称自己是“一个粗人”，一个普通人。因此，一种新的媒体造就了一种具有独特个性特征的职业。在《我自己的歌》第二章结尾处，我们可以从惠特曼那预言般的言辞里体悟到惠特曼作为一名新时代诗人的自信心：

> 今天和今晚请和我在一起，你将明了所有诗歌的来源，
> 你将占有大地和太阳的好处（另外还有千百万个太阳），
> 你将不会再第二手、第三手地接受事物，也不会借死人的眼睛观察，
> 或从书本中的幽灵那里吸取营养，你也不会借我的眼睛观察，
> 不会通过我而接受事物，
> 你将听取各个方面，由你自己过滤一切。①

这几行诗恐怕算得上爱默生所谓“无与伦比的语言表达了无与伦比的

① ［美］惠特曼：《草叶集》，赵萝蕤译，上海译文出版社1991年版，第61页。

事物”[①]，回答了爱默生在《自然》一文开篇中提出的一系列问题：“先辈们能够与上帝和自然面对面沟通，而我们只能通过他们的眼睛。[②]为什么我们就不能够同样享受与宇宙大地的原始关系呢？[③] 为什么我们就不能够拥有一种不是传统而是富有洞察力的诗歌和哲学呢？拥有一种不是关于先辈的历史而是对我们富有启示意义的宗教呢？……为什么我们还要在历史的枯骨堆里胡乱摸索？[④] 或者偏要把一代活生生的人推进满是褪色长袍的假面舞会呢？”[⑤] 两位诗人的言辞汇成了一股强劲的时代话语，呼唤着美国人期盼已久的新型诗人的到来。与他同时代的许多诗人不同，惠特曼为美国诗歌的发展开拓了一片无限的天地。他的声音质朴、语调粗俗，他的诗行冲破了英国传统的诗歌格律。然而，初版《草叶集》不过是一本只有 95 页的小诗集，一共印了 795 册；前 10 页是一篇散文，没有题目（后称“初版序言”）；接着是 85 页诗文，一共收入诗人 12 首诗歌，前 6 首都以“草叶”（“Leaves of Grass”）为题，而后 6 首没有题目。[⑥] 但奇怪的是诗集的书名页上见不到作者的姓名，取而代之的则是作者的一幅银版造像[⑦]：一位中年普通

---

① Walt Whitman, *Leaves of Grass*, New York & London: W. W. Norton & Company, 1973, p. 732.

② 《圣经·新约·哥林多前书》第 13 章第 12 节说：“我们如今仿佛对着镜子观看，模糊不清，到那时，就要面对面了。我如今所知道的有限，到那时就全知道，如同主知道我一样。”在他的演讲《自然历史的作用》中，爱默生说：“整个自然界就是人类灵魂的一个隐喻或者一个意象。道德界的法则与物质世界的法则是一一对应的，就像是在镜子中面对面一样。”爱默生在《自然》的第 4 章中用到了这句话。

③ 爱默生此处的原文为：“Why should not we also enjoy an original relation to the universe?”惠特曼在《我自己的歌》一诗中也发出过类似的呼唤，“顺乎自然，保持原始的活力”（Nature without check with original energy）。

④ 在《圣经·旧约·以西结书》第 37 章第 5 节中，当先知以西结发现自己被主耶和华带到满地骸骨的平原上时，以西结说：“主耶和华对这些骸骨如此说：‘我必使气息进入你们里面，你们就要活了。’”在爱默生的《自然》中，自然科学和诗学想象为干枯的骸骨提供了生的气息并使之复活。1831 年 10 月 30 日，爱默生在其布道中谈到宗教礼拜时说：“正是由于一种灵，这才使这些干枯的骸骨起死回生，否则它们就死了。”

⑤ ［美］爱默生：《自然》，载《爱默生诗文选》，黄宗英等译，高等教育出版社 2018 年版，第 160—161 页。爱默生在他 1830 年 4 月 25 日的布道中说：“人生相当一部分时间是在假面舞会上度过的。”

⑥ 参见 J. R. LeMaster and Donald D. Kummings, eds., *Walt Whitman: An Encyclopedia*, New York & London: Garland Publishing, 1998。

⑦ 参见 James E. Miller, Jr., Leaves of Grass: *America's Lyric-Epic of Self and Democracy*, New York: Twayne Publishers, 1992。

男子的形象。他30多岁，留着胡子，头戴宽边深色呢帽，右手搭在腰上，左手揣在裤兜里，上身穿着一件浅色长袖衬衫，领口露出深色的内衣，下身穿着一条粗布长裤，摆出一副自由自在、放荡不羁的潇洒姿态。直到第29页，读者才能够读到这么一行诗歌，并且知道诗集的作者是“沃尔特·惠特曼，一个美国人，一个老粗，一个宇宙”[①]。这一行诗出于初版《草叶集》的第一首诗歌（后来称为《我自己的歌》）。1881年，经过几次修改，惠特曼最终将这一行诗改为：“沃尔特·惠特曼，一个宇宙，曼哈顿的儿子。”[②] 显然，惠特曼诗歌创作的抱负是远大的，他不仅要“赞美我自己”，“一个美国人”“曼哈顿的儿子”，而且要歌颂一个民族、一个国家、“一个宇宙”。因此，《草叶集》融国家的、民族的乃至人类的话语于诗人自己的、个人的、自我的话语之中，它不仅是一首赞美诗人自我的抒情诗，而且是一部讴歌美国人民的民族史诗，一部“个人史诗”“反史诗”“抒情史诗”[③]。由于惠特曼的“灵感是抒情性的，他的抱负却是史诗般的”[④]，所以我们说他开现当代美国抒情史诗之先河。

---

① 英文原文为：“Walt Whitman，an American，one of the roughs，a kosmos。”

② ［美］惠特曼：《草叶集》，赵萝蕤译，上海译文出版社1991年版，第93页。

③ James E. Miller，Jr.，*The American Quest for a Supreme Fiction*，Chicago and London：University of Chicago Press，1979，p. 34.

④ James E. Miller，Jr.，Leaves of Grass：*America's Lyric-Epic of Self and Democracy*，New York：Twayne Publishers，1992，p. 25. 美国芝加哥大学著名惠特曼研究专家詹姆斯·弥勒（James E. Miller，Jr.）在他1992年出版的最后这部惠特曼研究专著《〈草叶集〉：美国抒情史诗中的自己与民主》（Leaves of Grass：*America's Self and Democracy*）一书中认为，惠特曼《草叶集》的原创基础在于“他的灵感是抒情性的，他的抱负却是史诗般的，两者相辅相成，相互支撑”（His inspiration is lyric，his ambition epic，the one to be fitted within the structure of the other）。2000年10月23日，笔者在北京大学举办的“惠特曼国际研讨会”上宣读了一篇题目为“Whitman's‘Song of Myself’：A Lyric Epic”的论文（主要内容见本书第九章和附录1）；弥勒教授在他赠送给笔者的上述这本书的扉页上写了：“For Huang-With great expectations for his future in defining the‘lyric-epic’!”后来，笔者发现，弥勒教授于1957年出版的研究专著《草叶集》第18章的题目为“美国史诗”（*America's Epic*），而在他1979年出版的《美国人对一个最高虚构的探索——惠特曼留下的有关个人史诗的遗产》（*The American Quest for a Supreme Fiction—Whitman's Legacy in the Personal Epic*）一书中，弥勒教授把《草叶集》称为一部“个人史诗”“反史诗”“抒情史诗”。可见，在他研究惠特曼诗歌创作的过程中，弥勒教授始终把《草叶集》当作一部史诗进行研究，走过从“美国史诗”到一部融一个人的“自己”于整个民族的“民主”思想的“抒情史诗”这么一个漫长而又艰辛的诗歌创作研究生涯。

第三节 "诗人是代表性人物"

在惠特曼的文学生涯中，他一开始就将自己当作一位预言诗人、一位原始的见者、一位美国民主的拓荒者。然而不幸的是初版《草叶集》一本也没有卖出。诗人约翰·格林利夫·惠蒂埃（John Greenleaf Whittier）将惠特曼赠送给他的《草叶集》扔进了火炉。艾米莉·狄金森在给作家希金森回信时写道："你说起惠特曼先生——我从来没有读过他的诗歌——不过我听说他很下流。"① 然而，面对这一切，惠特曼并没有屈服。为了改变这一局面，惠特曼一连为自己的《草叶集》发表了三篇匿名的书评。在最富自传色彩的第三篇书评中，惠特曼给自己勾勒了一幅理想肖像，将自己标榜为一位人民的诗人：

> 纯美国血统，个头高大，精力充沛——年龄36（1855年）——从未用药——从不穿黑衣服，向来着装自由、干净——衬衣领口宽大，敞开，脸色灰里透红，胡子黑白，头发像地里刚刚被割倒的稻草，倾侧一边，排行成形——他的生理证实了一个粗鲁的颅相——一个备受热爱与向往的人……一个不与文人来往的人——一个从未在盛宴上讲过话的人——一个从未在牧师、教授、高级官员和国会议员们的讲坛上发表过言辞的人——相反是和水手们一道在船上干活——或者和钓鱼者们一起乘船远去——或者同司机并肩而坐，驾驶小车在布鲁克林兜风——或者与一群游手好闲的人一起到乡村里透透气——喜欢纽约和布鲁克林——喜欢那巨大渡船上的生活……总喜欢自己为自己说话，不喜欢别人代替他说话。②

在惠特曼之前恐怕没有哪个美国诗人像他这样如此在乎自己的读者。恐怕也没有哪个诗人像他那样感到如此自信。惠特曼一方面决心要代表他

① Thomas H. Johnson and Theodora Ward, eds., *The Letters of Emily Dickinson*, Vol. 2, Cambridge: Harvard University Press, 1958, p. 404.

② Milton Hindus ed., *Walt Whitman: The Critical Heritage*, London & New York: Routledge, 1971, pp. 47-48.

的民族；另一方面又希望自己能平等地对待自己，把自己当作一个“曼哈顿的儿子”。爱默生曾说过：“由于诗人具有代表性[①]，所以这个问题的涉及面十分广阔。他在局部的人当中代表着全体人，他告知我们的不仅仅是他个人的财富，而且包括全民的财富……在诗人身上，这些力量[那些作为一名艺术家所特有的能够感受自然与表达自然的能力]是均衡的。诗人没有障碍，能够看见并实现别人梦想的一切，能够穿越人类经验的整个范畴。由于诗人具备最强大的接受和给予的能力，因此他代表人类。”[②] 对惠特曼来说，诗人是一位歌唱民主的英雄，站在人民中间，是一位与人民“平等的人”，是他们的“共同裁判”，是他们的代表。他将是人民的牧师，他的教导将成为人民的圣经。“人们已知的宇宙间只有一个真诚的情人，那就是最伟大的诗人”。诗人将是“思想与万物的通道……而且也是自己的渠道”。[③] 在这条渠道上奔流着人类的精神与万物。在《草叶集》的创作中，惠特曼印证了爱默生的预言，他包罗了所有的人生经历。他放弃了传统的史诗主题，而表现了一个自己所熟悉的世界——一个充满真情实感的世界，那里没有文学的景色，而只有蒸汽机和那无疆的地域。为再现那辽阔的疆土，惠特曼采用了反传统的自由诗体。与多数19世纪的诗人相比，惠特曼真可谓破旧立新。爱伦·坡也生活在纽约，常常与惠特曼走得是同样一条街道，可是他的诗歌像是一个“瞎子”所作，一个想象着另外一个世界的人的诗歌。梅尔维尔的小说体现了他驾驭散文体裁的非凡笔力，然而他也仍然在用局限性很大的传统诗体进行他的诗歌创作。狄金森的诗歌充满了智性的玄学，但她的诗歌形式也过于短小。尽管爱默生倡议“诗人和他的诗歌必须像玉米和西瓜那样生长在太阳底下”，可是他也没有跳出传统诗行的限制。然而，惠特曼却完全打破了诗行的局限，并将生活中一切的一切都写进了他的诗歌。他认为“诗歌的特点不是体现在整齐的韵律，也

① 在《诗歌与想象》一文中，爱默生写道：“诗人是一个代表性人物、一个完整的人、一个钻石商人，一个象征主义者，一个解放他人的人，因为在他的心目中，整个世界生动地表现为了一双经文抄写者的手，而且惟妙惟肖地写出了事物的起源。”

② Ralph Waldo Emerson, "The Poet", in *The Collected Works of Ralph Waldo Emerson*. Vol. 3, Cambridge: The Belknap Press of Harvard University Press, 1983, pp. 4 – 5.

③ Walt Whitman, *Leaves of Grass*, New York: Vintage Books, 1992, p. 14.

不体现为某种同一的格律，或是对事物抽象的表达，也不表现为某种沮丧的抱怨或是善意的格言，而是体现在事物的生命之中，在事物的灵魂之中……真正好诗的韵律表现为各种格律的自由生长，就像百合花、玫瑰花，或者一片小丛林那样自然而又松散地开着花，同时又像橘子、西瓜、桃子那样各有自己的形状，并散发出独特的芳香"①。与爱默生不同，惠特曼不仅是个理想主义者，而且将是个现实主义者。他比爱默生更加完美。他是一位真正看到了自己民族生命力的"见者"："在所有民族中，美国人民的血脉中充满着诗的细胞；他们最需要也无疑将拥有最伟大的诗人，并且将最伟大地使用他们。"②

第四节　"我是平等的诗人"

惠特曼于1847至1848年所做的笔记告诉我们，在《我自己的歌》背后有一个"庞大的、惊人的"、包罗万象的计划："我的右手是时间，我的左手是空间——两者都巨大无比。我也巨大无比。"③ 在笔记中，惠特曼还记录了他创作这首诗歌最初的计划：

> 我是奴隶的诗人，也是奴隶主的诗人
> 我是肉体的诗人
> 我也是灵魂的诗人
> 我是力量与希望的诗人
> 我是现实的诗人
> 我歌唱罪孽深重的人，也歌唱无知文盲
> 我是小事物与孩子的诗人
> 我是平等的诗人……④

---

① Walt Whitman, *Leaves of Grass*, New York: Vintage Books, 1992, p. 11.

② Ibid., p. 8.

③ Emory Holloway ed., *The Uncollected Poetry and Prose of Walt Whitman*, Vol. 2, New York: Peter Smith, 1932, p. 80.

④ Ibid., pp. 69 – 70.

惠特曼视野宽阔，希望自己的诗歌能包罗万象。他别出心裁地利用英文中“eye”（眼睛）与“I”（我）两个词语同音的双关特点，使诗歌中的主人公“我”不仅成了无所不见的“见者”而且成为无所不说的“言者”，从而模糊了诗人与读者之间的关系。惠特曼在他的笔记中还写道：“现在，我站在宇宙间，一个完美、健康的个人；宇宙的一切事物和其他生物都好像是剧院里的观众，永远永远地在呼唤着我，让我从幕后走出来。”[①] 惠特曼最根本的目的就是要将他的“自我”与社会融为一体，使诗中的内涵充满无限的张力，让“自我”的意象显得无所不在、无处不有，将诗的形式变成一个自由的、不断发展的过程，因而，诗中的“我自己”也就成了一个不断扩大、包罗万象的“自我”。诗的开篇直截了当地表现了诗中的戏剧性关系：“‘我’（诗人）—主题—‘你’（读者）”。惠特曼诗中的“我”始终是“脱离的”、独立的、与众不同的，但同时又是“民主的”、集体的、与众人平等的。在《一路摆过布鲁克林渡口》一诗中，诗中人“我”被界定为“那单纯、紧凑、衔接得很好的结构，我自己是从中脱离的一个，人人都还是这个结构的一部分”[②]。惠特曼一方面似乎承认他的“自我中心主义”。在《我自己的歌》第 42 章中，他说“我十分清楚我自己的自我中心主义，/我熟悉我那兼容并蓄的诗行，而且决不能因此少写一些，/不管你是谁我要使你也充满我自己”[③]。然而，他的“自我中心主义”不但指“一个人的自我”而且强调其个人的神性。他还说“我知道我是不死的”[④]；“我里外都是神圣的，不论接触到什么或被人接触，我都使它成为圣洁……/这头颅胜似教堂、圣典和一切信条”[⑤]（第 524 行、第 526 行）。读读惠特曼 1855 年以前的笔记，便可发现惠特曼当年是怎样想方设法将诗中的“我”戏剧化的。他下过这样的结论：“在我看来，让我或是任何一个人不停地单独出现，是有道理的——这是我的方法、我的

---

① Emory Holloway ed., *The Uncollected Poetry and Prose of Walt Whitman*, Vol. 2, New York: Peter Smith, 1932, p. 83.

② ［美］惠特曼：《草叶集》，赵萝蕤译，上海译文出版社 1991 年版，第 277 页。

③ 同上书，第 131 页。

④ 同上书，第 87 页。

⑤ 同上书，第 94 页。

乐趣、我的选择、我的习惯、友谊、恋爱、一切……"[①] 他的笔记本里有一个足以说明惠特曼曾将一些原来用第三人称写的句子重新用第一人称改写。《我自己的歌》第 33 章中有这么一行脍炙人口的诗行："我就是那人，我蒙受了苦难，我在现场。"[②] 说的是"旧金山"号轮船于 1853 年 12 月 22 日驶离纽约前往南美的遇难故事。轮船驶出纽约几百公里后遇到风暴，数日间丧生数百人。这是一个包罗万象的章节，但惠特曼的"我"却无所不在。在前半章中，诗人想象着自己时而"在城市里列成方形的房屋旁"，时而看见"豹子在头顶的树枝上来回走动"，时而又"爬着高山而上，谨慎地提着自己的身子攀登，紧紧地抓住低矮而参差的树枝"，时而又在"人们的心脏在肋骨下极端痛楚地跳动的任何地方"，"在尼亚加拉下面，飞落着的瀑布像面纱似的罩在我的脸上"。凭借想象的动力，诗人不仅超越了时间的限制，"步行在朱迪亚，古老的丘陵地带，美丽而温柔的上帝在我身旁"，而且超越了宇宙空间的限制："飞快地穿过空间，飞快地穿过天空和星群。"一种超越时空的感觉便油然而生："我访问了各个天体的果园，观看了产品，/观看了亿万个红熟的果实也观看了亿万个青的果实。"[③] 所有这一系列漂浮于万物之间的意象激发了与诗人心致相投的欣喜情感："我像一个流体，像一个能够吞咽一切的灵魂那样一次一次飞翔，/我道路的方向在探测深度的测锤下方。"[④] 然而，在这一章的后半节里，诗中迭出的意象却逐渐变得病态十足："男人的尸体抬了上来，滴着水，已经淹死"，"遇难的船骸，而死神仍在风暴中四处追逐着它"，"那些沉默的、面目老相的婴儿，那些被扶起的病人"，以及"那被四处追赶的奴隶"等。[⑤] 诗人不仅包罗万象，而且融于他所见之物："我就是那人，我蒙受了苦难，我在现场。"惠特曼就是这样戏剧性地将一个不断扩大的"自我"融于现实社会的方方面面而同时又能保持其独立的个性特征。

---

① E. F. Grier, *Walt Whitman: Notebooks and Unpublished Prose Manuscripts*, Vol. 2, New York: New York University Press, 1984, p. 321.

② ［美］惠特曼：《草叶集》，赵萝蕤译，上海译文出版社 1991 年版，第 114 页。

③ 同上书，第 112 页。

④ 同上。

⑤ 同上书，第 113—115 页。

第五节　“我相信你，我的灵魂”

惠特曼的“自我”在表现灵与肉的关系中，也体现出其包罗万象的特点。在第21章中，他声称“我是肉体的诗人也是灵魂的诗人”[①]。然而，当他用一种舒展、宽松的口气在第一章中说“我闲步，还邀请了我的灵魂”[②]时，我们会发现他的灵魂与肉体最初是相互脱离的。他的灵魂似乎与肉体一样，也是一种看得见、摸得着的东西：“我的灵魂是清澈而香甜的，不属于我灵魂的一切也是清澈而香甜的。”[③]因此，灵魂与肉体对惠特曼来说是一样重要的。在第48章中，他写道：“我曾经说过灵魂并不优于肉体，/我也曾经说过肉体并不优于灵魂。”[④]这也许能够说明惠特曼为什么既要歌唱灵魂也要歌唱肉体。当然，最令人叹服的例子当推第5章中的几行诗：

> 我相信你，我的灵魂，那另一个我决不可向你低头，
> 你也决不可向他低头。
>
> 请随我在草上悠闲地漫步，拨松你喉头的堵塞吧，
> 我要的不是词句、音乐或韵脚，不是惯例或演讲，
> 甚至连最好的也不要，
> 我喜欢的只是暂时的安静，你那有节制的声音的低吟。
>
> 我记得我们是如何一度在这样一个明亮的夏天的早晨睡在一起的，
> 你是怎样把头横在我臀部，轻柔地翻转在我身上的，
> 又从我胸口揭开衬衣，用你的舌头直探我赤裸的心脏，

---

① ［美］惠特曼：《草叶集》，赵萝蕤译，上海译文出版社1991年版，第88页。
② 同上书，第59页。
③ 同上书，第62页。
④ 同上书，第114页。

直到你摸到我的胡须，直到你抱住了我的双腿。[①]

惠特曼在此通过描述性爱，将灵魂和肉体神秘地结合。在第 1 章中，“你”和“我的灵魂”是相互脱离的。“你”指读者，而灵魂所指不明。但是，第 5 章开头的“你，我的灵魂”却融化了读者的存在，并升华为某种精神力量，仿佛诗人的灵魂赋予了肉体（“另一个我”）而肉体也同时意识到灵魂的存在。此外，第 89 行中“舌头”与“心脏”的意象也可谓别出心裁。象征着灵魂的“舌头”与代表肉体的“心脏”一呼一应，耐人寻味，似乎只有通过灵与肉的结合，人们才能窥见超验的现实：“超越人间一切雄辩的安宁和认识立即在我四周升起并扩散，我知道上帝的手就是我自己的许诺，我知道上帝的精神就是我自己的兄弟，所有世间的男子也都是我的兄弟，所有的女子都是我的姐妹和情侣，造化用来加固龙骨的木料就是爱。”惠特曼在这里不仅将自己与上帝等同起来，而且也将上帝与诗人的“兄弟”“姐妹”等同起来。上帝的灵魂成了“加固龙骨的木料”，是“兄弟”和“姐妹”之间的爱。诗人在此暗示的是一种比宗教更为深刻的精神力量，一种人世间、同志与朋友之间最根本的爱。在第 45 章的结尾处，惠特曼写道：

我的约会已经定妥，已经不会更动，
上帝会在那里等候，直到我来到的条件已完全成熟，
那伟大的“同志”，我日夜思念的忠实情人一定会在那里出现。[②]

显然，惠特曼将“伟大的‘同志’”比作“忠实情人”，象征着他最终完全与无限的宇宙合为一体。“上帝”象征着某种民主精神，某种存在于兄弟姐妹间的爱的力量。因此，

我在每一件事物中听见并看到上帝

① ［美］惠特曼：《草叶集》，赵萝蕤译，上海译文出版社 1991 年版，第 65 页。
② 同上书，第 139—140 页。

……

二十四小时中我每小时、甚至每一分钟都看到上帝的某一点，

在男人和女人的脸上，也在镜子里我自己的脸上看见上帝，

我在街上拾到上帝丢下的信件，每封信上都签署着上帝的名字，

我把它们留在原处，因为我知道我无论到哪里去，

永远会有别的信件按期到来。[①]

上帝似乎随时随地与万物同在。这是惠特曼将他的“自我”与上帝等同，与万物并存的手法。“没有什么东西，包括上帝，能够比个人的自我更加伟大。”[②] 所以，惠特曼的“自我”“永远是同一性的牢结，永远有区别，永远是生命的繁殖”[③]。这种“生命的繁殖”在初版《草叶集》一书的题目里就以贯穿全书的中心意象象征性地暗示给了读者。这草叶像书中每一首诗的题目，也可作为书中每一页诗文的主题。这草叶虽然好似单一和脱离的，但实际上不是单叶单片地生长，而是一簇簇、一块块地生长。它生动地象征着惠特曼诗歌中那不断扩大的“自我”，成为诗人表达“民主的中心意象——一种个体与群体的平衡，一个突出的个性与普通的集体的和谐”[④]。在《我自己的歌》一诗中，这草叶始终象征着一种充满活力、民主与爱的新生力量。第1章中，当诗人在尽情享受大自然的美丽时，他首先看到的就是一片草叶：“我闲步，还邀请了我的灵魂，/我俯身悠然……观察着一片夏日的草叶。”[⑤] 惠特曼让“我的灵魂”与“一片夏日的草叶”前后相随，象征性地融为一体，仿佛观察这一自然景物使诗人进入了一种沉思。他不得不邀请自己的灵魂来默察大自然这一充满生机的奇妙景象。顿时，灵魂、生命、生存等一切宇宙间的奥妙便汇集在这片“夏日的草叶”之上，一切都显得近在咫

① ［美］惠特曼：《草叶集》，赵萝蕤译，上海译文出版社1991年版，第145—146页。

② 同上书，第144—145页。

③ 同上书，第62页。

④ James E. Miller, Jr., Leaves of Grass: *America's Lyric-Epic of Self and Democracy*, New York: Twayne Publishers, 1992, p. 99.

⑤ ［美］惠特曼：《草叶集》，赵萝蕤译，上海译文出版社1991年版，第59页。

尺，一切都是那么熟悉，那么普通，没有丝毫的奇异与神秘的色彩。然而，这一片"夏日的草叶"所蕴含的意义却是无限的。它象征着一切，也包罗一切。在第6节中，诗人将读者的注意力引向这片"夏日的草叶"："一个孩子说'这草是什么?'两手满满捧着它递给我看，/我哪能回答孩子呢？我和他一样，并不知道。"[①] 诗人的答语似乎和孩子的问题一样出人意料。这草可能是"我性格的旗帜，是充满希望的绿色物质织成"[②]。惠特曼热爱这种用希望织成的"绿色物质"：他热爱它那普普通通的性格；他热爱"这种草"，因为它"在宽广或狭窄的地带都能长出新叶，/在黑人中间和白人中间一样能成长"[③]，因为它生长于一切"有土地有水的地方"[④]，因为它"沐浴着全球的共同空气"[⑤]。在惠特曼看来，这草叶像"一种统一的象形文字"[⑥]，因为它是那么"简单和清晰……没有［丝毫的］神秘"[⑦]。这也许就是惠特曼刻意追求的那种"真实、高尚、扩大了的美国个性"。这种个性"植根于一种较之欧亚各种社会或政府形式及小说或贵族生活所产生的种种'绅士'性格更富生命力、更加普通的土壤。这种性格无比自豪、独立、沉着、大方与温和。它只接受平等的自由，它只接受适合于每一个人的事物"[⑧]。

第六节 "我是奴隶们的诗人"

作为一个歌颂自由与民主的诗人，惠特曼不仅充当普通百姓的喉舌，而且也用普通人民的语言进行创作。哪里有生命，哪里有希望，哪里就有他的诗歌。哪里有土地，哪里有水，哪里就有惠特曼的诗歌。

---

① ［美］惠特曼：《草叶集》，赵萝蕤译，上海译文出版社1991年版，第66页。

② 同上。

③ 同上。

④ 同上书，第83页。

⑤ 同上。

⑥ 同上书，第66页。

⑦ E. F. Grier, *Walt Whitman: Notebooks and Unpublished Prose Manuscripts*, Vol. 2, New York University Press, 1984, p. 63.

⑧ Ibid..

《我自己的歌》一诗中充满着描写普通的男人和女人、黑人和奴隶的不朽篇章。在第10章中，诗人写道：

> 在遥远的西部，我看见捕兽人在露天举行婚礼，新娘是个红种人，
> 她父亲和他的朋友们在一旁，盘腿而坐，默不作声地抽着烟，他们脚上穿着鹿皮鞋，肩上披着宽大厚重的毛毯，
> 岸上安闲地坐着那捕兽人，穿的几乎全是皮块，浓重的胡子和鬈发护住了他的颈脖，他用手拉着他的新娘，
> 她睫毛长，头上没有遮盖，粗直的长发垂落在丰腴的四肢上，直挂到她的脚边。①

诗人目睹着在遥远的西部一位捕兽人和他的“红姑娘”在露天里举行婚礼。惠特曼对这一婚礼的描写十分自然形象，好像读者的视线一直跟着诗中人“我”的眼睛从一个场景跳向另一个场景。尽管这四行诗都相当长，但是诗人眼里的四幅诸神狂欢图依然历历在目。因此，惠特曼的“自我”充满着超凡入圣的张力。他的“自我”不但成了无所不在的、万能的“我”而且能融于自然与社会。惠特曼这一万能的“我”不仅能够捕捉大自然的美丽景色，而且也能洞察社会的黑暗。尽管他对奴隶制有过很长一段时期的矛盾心理②，但是第10章中一段关于一位“逃亡奴隶”的描写体现了他对奴隶制的真实态度：

> 一个逃亡的黑奴来到我家并在外面站住了，
> 我听见他的响动声，他在折断着木柴堆上的细树枝，
> 从厨房半开的门里，我看见他四肢软弱无力，
> 我走到他坐在木料上的地方，引他进屋，让他放心，
> 又给他满满倒了一盆水，让他洗洗身上的汗渍和带着伤的

① ［美］惠特曼：《草叶集》，赵萝蕤译，上海译文出版社1991年版，第72页。

② David S. Reynolds, *Walt Whitman's America: A Cultural Biography*, New York: Alfred A. Knope, 1995, pp. 47 – 51.

两脚，

　　还给了他一间通过我自己房间的屋子，给了他几件干净的粗布衣服，

　　还清楚地记得他转动着的眼珠和局促不安的神态，

　　还记得用药膏涂抹了他的颈部和脚踝上的伤口；

　　他在我家住了一个星期，恢复了健康，继续北上，

　　进食时我让他坐在我身旁，墙角里倚着我的火枪。[①]

这是对一位普通废奴主义者英雄行为的真实写照。诗中的“我”既是诗人本身又可指他的一位值得赞美的同胞。他以坦荡的胸怀接受这位黑奴，真诚地同情他，把他当作一个独立的人，“还给了他一间通过我自己房间的屋子”。也许，最让人吃惊的是诗中的“我”不但“让他坐在我身旁”，而且在“墙角里倚着我的火枪”，时刻准备着用武力来保护这位黑奴，不让他重新落入奴隶主的魔掌。早在1848至1849年当惠特曼在布鲁克林主编自由土地派刊物《自由人》时，就曾在笔记中写道：“我是奴隶们的诗人，我是奴隶主们的诗人……我写这世间的奴隶，我一样写这世间的奴隶主。我将站在奴隶与奴隶主的中间，深入他们的生活，让他们都能了解我。”[②] 就同情心而言，惠特曼可谓一位大胆的诗人，一位“同情心的见证人”[③]。在第48章中，惠特曼写道：“谁要是走了一英里路而尚未给人以同情，就等于披着裹尸布走向他自己的坟墓。”[④]

惠特曼还相信“一片草叶就是星星创造下的成绩”[⑤]。他常常将人生比作没有止境的长途旅行。在《从鲍玛诺克开始》《大路歌》《向着印度行进》等诗中，惠特曼均把自己比作一个在宽阔的大路上行进的旅行者。在《我自己的歌》一诗中，他也写道：

---

① ［美］惠特曼：《草叶集》，赵萝蕤译，上海译文出版社1991年版，第72—73页。

② E. F. Grier, *Walt Whitman: Notebooks and Unpublished Prose Manuscripts*, Vol. 2, New York University Press, 1984, p. 69.

③ ［美］惠特曼：《草叶集》，赵萝蕤译，上海译文出版社1991年版，第90页。

④ 同上书，第145页。

⑤ 同上书，第103页。

我踏上的是一次永恒的旅行，（请都来听一听吧！）

我的标志是一件防雨大衣，一双耐穿的鞋，从树林里砍来的一根手杖，

我没有朋友坐在我椅子上休息，

我没有椅子，没有教堂，没有哲学，

我没有带过人到饭桌旁，图书馆，交易所，

但是你们中的每个男女我都引着去一个小山头，

我的左手钩住你的腰，

我的右手指着各个大陆的景致和那条康庄大道。[①]

惠特曼在此表达了他那不断扩大的“自我”的最本质的特征。静止的知识只能适合教堂，或者编成哲学书籍。只有动态的、超验的真知灼见才是人们真正的需要。诗人仅仅起到指路的作用。惠特曼说：“我不能，也没有谁能代替你走那条路，/你必须自己去走。”[②] 这个“你”在全诗中不停地应诗人的邀请，始终伴随着“我”走过了这段旅行。其实，在这首诗歌的结尾，读者已经不难看出诗中的“我”与“你”已经融为一体。惠特曼甚至问道：“我自相矛盾吗？/那好吧，我是自相矛盾的，/我辽阔博大，我包罗万象。”[③] 在这首诗的最后一章中，惠特曼将自己比作苍鹰，时而飘过“世界的屋脊发出了粗野的喊叫声”，时而又“像空气一样，对着那正在逃跑的太阳摇晃着［他］的绺绺白发”[④]。他说他是“不可翻译的”。“如果你又需要我，请在你的靴子底下寻找我”，因为“我把自己交付给秽土，让它在我心爱的草丛中成长”[⑤]。此外，惠特曼觉得“该是说明我自己的时候了”[⑥]，但他的说明却十分令人费解：

① ［美］惠特曼：《草叶集》，赵萝蕤译，上海译文出版社 1991 年版，第 140 页。
② 同上。
③ 同上书，第 148—149 页。
④ 同上书，第 149 页。
⑤ 同上书，第 150 页。
⑥ 同上书，第 135 页。

我胸中有物——我不知道它是什么——但是我知道胸中有它。

……

我不知道它是什么——它没有名字——它是个没有说出的词，

字典里，话语里，符号中都没有它。[①]

就像诗人一样，诗中的“我”似乎也无从可知：“我像空气一样走了。”[②]“如果你一时找不到我，请不要灰心丧气，/一处找不到再到别处去找，/我总在某个地方等候着你。”[③] 全诗以“我”字开篇，而在诗人“带着所有的男人和女人们和［他］一起步入那‘未知’的世界”[④]之后，又以“你”字作结。显然，“你”“我”相融是惠特曼表现“自我”的一个独特手法。抒情性与史诗性兼容并蓄也可谓这首抒情史诗最重要的艺术表现形式。

第七节　“一个多民族的民族”

那么，形成《草叶集》独特艺术风格的主要因素有哪些呢？一般认为，对惠特曼诗歌创作产生最直接、最大影响的是爱默生超验主义诗歌与诗学思想。如果我们将爱默生的《诗人》一文与惠特曼1855年初版的《草叶集》序言做一个简单的比较，我们不难看出爱默生关于诗歌与诗学理论的观点对惠特曼的重大影响。首先，爱默生在《诗人》一文中说“在我们的眼中，美国就是一首诗歌；它辽阔的疆土让人的想象眼花缭乱”[⑤]；而惠特曼在1855年版的《草叶集》序言中便开宗明义地说：“在世界上无论什么时候，美国人的诗歌意识可能是最饱满的，合众国本身实际上就是一首最伟大的诗歌。”在惠特曼的心目中，“这里［美利坚合众国］不仅仅是一个民族，而是由许多民族组成的一个多民

① ［美］惠特曼：《草叶集》，赵萝蕤译，上海译文出版社1991年版，第147—148页。

② 同上书，第149页。

③ 同上书，第150页。

④ 同上书，第135页。

⑤ Ralph Waldo Emerson, “The Poet”, in *The Collected Works of Ralph Waldo Emerson*, Vol. 3, Cambridge: The Belknap Press of Harvard University Press, 1983, p. 22.

族的民族（a teeming nation of nations）"①。"美国诗人不仅将描述旧的事物而且再现新生事物，因为美利坚合众国是一个多种族的民族（a race of races）。诗人应当与他的民族相称。……他的精神与他的国家的精神相互呼应。……他是国家辽阔幅员、自然生命、河流、湖泊的化身。"②惠特曼将诗人个人的思想看作国家和民族精神的化身，把诗人与美利坚各个民族的人民乃至国家辽阔的幅员等同起来。这种同一性为这一新型民族的新型史诗奠定了"单一"与"全体"、个人与民族、抒情性与史诗性的艺术特征。其次，就诗歌形式而言，爱默生认为"成就一首诗歌的不是韵律，而是一个那催生韵律的主题——一种生气勃勃、慷慨激昂的思想，有如一种植物或者一种动物的精神，具有各自的结构，用一种崭新的东西来装点自然"③。他主张一首完美的诗歌应该是诗人内心情感的自然外露，就像一颗种子，经过发芽、生根、开花、结果等环节，最终又变成一颗种子。同样，惠特曼说："完美的诗歌形式应该容许韵律自由成长，应该准确而舒松地结出像丛丛丁香或者玫瑰那样的花蕾，形状像板栗、柑橘、瓜果和生梨一样紧凑，散发着形式的难以捉摸的芳香。"④ 最后，诗人应该具备什么特点呢？爱默生认为诗人是一位"代表性人物"，一位"见者"和"预言家"，因为诗人具有非凡的智性感觉。他还是一位"命名者"和一位"语言的创造者"⑤。同样，惠特曼认为诗人是一位民主英雄，是一个时代与国家的"平等者"，是民族的代表，是合众国人民的"共同裁判"。"他的思想就是终极思想。他不是辩论者……他就是裁决者。他不像法官裁决案件那样裁决，而是像太阳普照大地上每一个孤立无助的事物那样，照亮一切。由于他最善于洞察事物，因此也最具有可信性。他的思想是事物的颂歌。他可以窥见男人和女人生命中的永恒。"诗人还将是民族的"牧师"，他的诗文将成

---

① Walt Whitman, *Leaves of Grass*, New York: Vintage Books, 1992, p. 5.

② Ibid., pp. 6-7.

③ Ralph Waldo Emerson, "The Poet", in *The Collected Works of Ralph Waldo Emerson*, Vol. 3, Cambridge: The Belknap Press of Harvard University Press, 1983, pp. 6-7.

④ Walt Whitman, *Leaves of Grass*, New York: Vintage Books, 1992, p. 11.

⑤ Ralph Waldo Emerson, "The Poet", in *The Collected Works of Ralph Waldo Emerson*, Vol. 3, Cambridge: The Belknap Press of Harvard University Press, 1983, pp. 1-13.

为民族的经文，他的颂歌将成为民族的宗教礼节。他将成为各种自然物体和能量赖以积淀的载体，成为“各种思想和事物的通道”，成为“他自己的自由通道”。[1] 然而，惠特曼认为诗人最突出的个性特征是他那强劲的眼力。诗人是“一个见者……他是一个个人……他自身完整无缺……别人和他一样完美，只不过他看见的东西，别人看不见而已。……视力对其他人意味着什么，他对其他人就意味着什么。谁能明白视力的奥秘呢?”[2] 此外，爱默生说：“诗人具有代表性。他在局部的人中间代表着全体人，他提供给我们的不是他的财富，而是全民的财富。”[3] 同样，在惠特曼看来：“伟大的诗人给每一个男人和每一个女人的启示是：让我们平等相待；只有这样，您才能理解我们；我们不比您了不起；我们拥有的，您同样拥有；我们享受的，您同样可以享受。”[4] 而且，惠特曼坚信“对最伟大诗人的直接考验是今天。假如他不能够像大海的波涛那样让当今的时代涌向自己的心头……假如他不能吸引国家的灵魂与肉体，不能在自己的脖子上挂上无与伦比的爱……假如他无法让自己成为时代的化身……假如他不能窥见那与所有的时代、地点、过程、有生命的和无生命的事物相互并存的永恒……那么，就让他参加我们集体的旅行”[5]。可见，惠特曼不但要求诗人能够成为民族的代表，而且应该是时代的化身、国家的灵与肉、一个全心全意热爱人民的人。因此，当爱默生在《诗人》中说“由于每一个新时代都要求有一种新的自白，所以这世界似乎永远在期盼着它的诗人”[6] 的时候，惠特曼便在《草叶集》序言中说诗人的精神应该体现国家与民族的精神，因为“一个人与一个民族同样伟大，只要他具备成就一个伟大民族的气质”。“一个诗人的见证就是他的国家能够充满深情地接纳他，就像他充满亲

---

① Walt Whitman, *Leaves of Grass*, New York: Vintage Books, 1992, p. 9, p. 8, p. 24, p. 14.

② Ibid., p. 10.

③ Ralph Waldo Emerson, "The Poet", in *The Collected Works of Ralph Waldo Emerson*, Vol. 3, Cambridge: The Belknap Press of Harvard University Press, 1983, p. 11.

④ Walt Whitman, *Leaves of Grass*, New York: Vintage Books, 1992, p. 14.

⑤ Ibid., pp. 23 – 24.

⑥ Ralph Waldo Emerson, "The Poet", in *The Collected Works of Ralph Waldo Emerson*, Vol. 3, Cambridge: The Belknap Press of Harvard University Press, 1983, p. 7.

情地拥抱他的国家一样。”[①] 于是，惠特曼断言：“在所有的民族中，美利坚合众国人民的血脉里最富有诗意，最需要诗人，而且，毫无疑问，拥有最伟大的诗人，并且能够最充分地发挥诗人的作用。”[②]

第八节　“我是不死的”

影响惠特曼诗歌创作的第二个因素当推1611年出版的英王詹姆士一世钦定《圣经》英译本。在惠特曼的散文随笔中，我们可以清晰地感受到惠特曼对《圣经》的敬仰之情。在《圣经如诗歌》（*The Bible as Poetry*）一文中，惠特曼对《圣经》中所蕴含的人文胸怀、包容万物的思想和精神力量表达了崇高的敬意：《圣经》“被译成各种文字，它已经使这个纷争的世界团结为一体，这是多么伟大！……真正的诗人从不与圣经背道而驰。对我来说，《圣经》是我创作中一个鲜活的、明确的基本原则，[它] 包容一切其他的东西”[③]。在惠特曼的散文集《典型日子》（*Specimen Days*）中，我们可以读到他以栩栩如生的笔调回忆自己内战时期在华盛顿护理伤病人员工作时，一个奄奄一息的重伤员让惠特曼给他朗读《圣经》的情形：“我打开一部福音书的结尾并给他朗读了有关耶稣受难的情节。那位可怜的年轻人让我继续给他读了有关耶稣复活的章节。我读得很慢，因为奥斯卡身体十分虚弱。他的心情好了许多，尽管眼里挂着泪珠。他问我是否信教。我说：‘也许不，亲爱的，不像您那样，不过，也许，和您一样。’”[④] 在《草叶集》中，我们找不到很多惠特曼直接引用《圣经》的话语，但是影射《圣经》故事，特别是基督耶稣的例子却比比皆是。惠特曼笔下的“自我”几乎是一位全知全能的基督耶稣的神的形象。他无时不有、无所不在。在《我自己的歌》的第3章中，惠特曼写道：“我曾听见过健谈者在谈

① Walt Whitman, *Leaves of Grass*, New York: Vintage Books, 1992, p. 26.

② Ibid., p. 8.

③ Walt Whitman, *The Works of Walt Whitman* (The Deathbed Edition, Vol. 2), New York: Funk & Wagnalls, 1968, p. 398.

④ Ibid., p. 37.

话。谈论着始终，/但是我并不谈论始终。"[①] 这似乎与《圣经》中从《创世纪》到《启示录》的历史发展主题不符，但是，在这首长诗的第 33 章中，惠特曼甚至想象自己"步行在朱迪亚古老的丘陵地带[②]，美丽而温柔的上帝在我的身旁"[③]。惠特曼是接受基督教传统的，他相信基督耶稣是道成肉身的真神，然而他要将上帝对人类的人文关怀从基督教的历史语境中解放出来，使之更加具体、鲜活，同时又不乏神秘的色彩。事实上，《草叶集》中的"我"或者"一个人的自我"始终充满着神性：

我知道我是不死的，
我知道我所遵循的轨迹不是木匠的圆规所能包含的，
我知道我不会像一个孩子在夜间点燃的一支火棍所画出的花体字那样转瞬消失。

我知道我是庄严的，
我不去耗费精神为自己申辩，或求得人们的理解，
我懂得基本规律是不需要申辩的……[④]

而且，这种神性可以使万物变得圣洁："我里外都是神圣的，不论接触到什么或被人接触，我都使它变得圣洁，/……/这头颅胜似教堂、圣典和一切信条。"[⑤] 惠特曼赋予了诗中的"我"或"一个人的自己"全知全能的神性，其目的还是要最大限度地让这个"我"能够包罗万象，能够代表整个民族，成为时代的化身。在他看来，"让我或是任何一个人不停地单独出现，是有道理的——这是我的方法、我的乐趣、我的选

① ［美］惠特曼：《草叶集》，赵萝蕤译，上海译文出版社 1991 年版，第 61 页。
② 巴勒斯坦南部的古名，耶稣曾在那里活动。（赵萝蕤注）
③ ［美］惠特曼：《草叶集》，赵萝蕤译，上海译文出版社 1991 年版，第 111 页。
④ 同上书，第 87 页。
⑤ 同上书，第 94 页。

择、我的习惯、友谊、恋爱、一切……”[①] 他甚至将一些原来用第三人称写的句子重新用第一人称改写，让诗中的“我”能够超越时空、无所不知。

> 我的声音是妻子的声音，是楼梯栏杆边的尖叫声，
> 他们把我男人的尸体抬了上来，滴着水，已经淹死。
> 我懂得英雄们的宽阔胸怀，
> 那种当代和一切时代所表现的勇敢，
> 那船长是怎样看见那拥挤的、失去了舵、遇了难的轮船的，而死神则是在风暴里上下追逐着它，
> 他又怎样紧紧把持着一寸也不后退，白天黑夜都一样赤胆忠诚
> ……
> 我就是那人，我蒙受了苦难，我在现场。[②]

这段引文出自《我自己的歌》第 33 章，说的是“旧金山”号轮船于 1853 年 12 月 22 日驶离纽约前往南美的遇难故事。轮船驶出纽约几百公里后遇到风暴，数日间丧生数百人。[③] 这个章节是全诗最长的章节，内容真可谓包罗万象，惠特曼凭借诗人丰富的想象赋予了他笔下的“我”全知全能的神性，使之变得无所不在。他时而“在城市里列成方形的房屋旁”，时而看见“豹子在头顶的树枝上来回走动”，时而又“爬着高山而上，谨慎地提着自己的身子攀登，紧紧地抓住低矮而参差的树枝”，时而又在“人们的心脏在肋骨下极端痛楚地跳动的任何地方”，“在尼亚加拉下面，飞落着的瀑布像面纱似地罩在我的脸上”。凭借这种想象，诗人成了超越时空的神，可以与神同在，“步行在朱迪亚，古老的丘陵地带，美丽而温柔的上帝在我身旁”，可以“飞快地穿过空间，飞快地穿过天空和星群”，他“访问了各个天体的果园，观看了产

① E. F. Grier, *Walt Whitman: Notebooks and Unpublished Prose Manuscripts*, Vol. Ⅱ, New York: New York University Press, 1984, p. 321.

② ［美］惠特曼：《草叶集》，赵萝蕤译，上海译文出版社 1991 年版，第 113—114 页。

③ 参见［美］惠特曼《草叶集》，赵萝蕤译，上海译文出版社 1991 年版，见赵萝蕤译者注。1854 年 1 月 21 日纽约《一周论坛》的报道。惠特曼的遗物中也发现有这份报纸。

品，/观看了亿万个红熟的果实也观看了亿万个青的果实"。[①] 然而，惠特曼"不仅是'善'的诗人，也不拒绝作'恶'的诗人"[②]。在第33章的后半章里，同样出现了"尸体""船骸""死神""面目老相的婴儿""被扶起的病人""那被四处追赶的奴隶"等一系列令人毛骨悚然的意象。惠特曼就是这样将自己表现为万物的化身、一位无所不知、无所不在的神："我就是那人，我蒙受了苦难，我在现场。"

《圣经》钦定本的语言风格也深深地影响了惠特曼《草叶集》的诗歌语言。为了让自己的诗歌语言能够恰如其分地展现一个普通而又特殊、渺小而又博大、单一而又包罗万象的"自我"，惠特曼借鉴了《圣经》中最常用的一些句法，如排比句、重复句、短语复用等。他打破了传统诗歌语汇与格律的常规，调用了最为明了的语汇（甚至许多俚语）和没有固定节奏的长句、"平行句"[③]、"列举句"的句法功能来连接生与死、灵与肉的主题，串联时间的过去、现在和将来，并烘托诗人作为一个单一、脱离的人与人世间芸芸众生的亲密伙伴关系。

> 我和你们在一起，你们这一代或距今多少代的男人和女人，
> 正像你们在望着那条河和天空时所感受的，我也曾经感受，
> 正像你们每一个人都是活泼的人群中的一员，我也曾经是人群中的一员，
> 正像欢腾的河和它那明亮的流波是你们心旷神怡，我也曾经心旷神怡，
> 正像你们站在那里倚着栏杆，却随着急流匆匆而去，我也曾经站着而匆匆，
> 正像你们望着船只的无数桅杆和汽轮的粗大烟囱，我也曾经这样望着。[④]

---

① ［美］惠特曼：《草叶集》，赵萝蕤译，上海译文出版社1991年版，第106—109、111—112页。

② 同上书，第90页。

③ 英文为"parallelism"，指句首或句尾词相同的句法重复现象，是惠特曼常用的列举事物的手法之一。

④ ［美］惠特曼：《草叶集》，赵萝蕤译，上海译文出版社1991年版，第278—279页。

这里多次出现“正像你们……我也曾……”的句法重复，紧紧地将诗人个人的命运与曼哈顿布鲁克林渡船上互不相识的芸芸众生的命运捆绑在一起，强化了诗人个人与民族的血肉关系：“沃尔特·惠特曼，一个宇宙，曼哈顿的儿子。”惠特曼十分重视挖掘诗人与读者之间的艺术张力。他视野开阔、思想活跃，表现手法也有许多创新。他笔下的“自我”可以超越时空，无时不在、无所不包。他似乎将英文中发音相同的“I”（我）与“eye”（眼睛）当作双关语，认为“我”的思想可以统揽身后的一切事物，因为当“我”转过身去的时候，“我”的眼睛可以将整个地平线尽收眼底。在《我自己的歌》中，惠特曼说“我辽阔博大，包罗万象”①；“对于一个人来说，没有什么，包括上帝，能够比一个人的自我更加伟大”②。

可见，惠特曼是要通过赞美每一个平凡而又具有代表性的“美国人”，来讴歌整个伟大的美利坚合众国、整个宇宙。惠特曼的创作激情是个人的、瞬间的、抒情式的，但他的创作抱负是民族的、历史的、史诗般的，正是他，开创了现当代美国长篇诗歌创作中抒情性与史诗性兼容并蓄的先河。

第九节 “不停摆动着的摇篮”

影响惠特曼诗歌创作的第三个重要因素是19世纪中叶风靡纽约的意大利歌剧。19世纪四五十年代，《草叶集》的思想内容与创作风格正在酝酿成形的过程之中，惠特曼常常去欣赏在纽约上演的意大利歌剧。不论是剧院里气魄恢宏、声音浑厚的歌剧演唱还是街头巷尾的歌剧音乐都使他心旷神怡、激动万分。特别是当他听到自己喜爱的男女歌手演唱时，他的心中就会每每产生一种神秘而又难以控制的情感共鸣：

> 我听见了合唱队，这是一出大型歌剧，
> 啊，这才是音乐——这正合我的心意。

① ［美］惠特曼：《草叶集》，赵萝蕤译，上海译文出版社1991年版，第149页。
② 同上书，第144—145页。

一个和宇宙一样宽广而清新的男高音将我灌注满了，
他那圆圆的口腔还在倾注着，而且把我灌得满满的。

我听见那有修养的女高音（我这项工作又怎能和她相匹配?）
弦乐队带着我旋转，使我飞得比天王星还远，
它从我身上攫取了我自己都不知道我怀有的热情，
它使我飘举，我赤着双脚轻拍，承受着懒惰的波浪的舔弄，
我受到了凄苦而狂怒的冰雹的打击，我透不过气来，
我浸泡在加了蜜糖的麻醉剂中，我的气管受到了绳索般的死亡的窒息，
最后又被放松，以体验这谜中之谜，
即我们所谓的"存在"。[①]

似乎只有浸泡在这种"正合［他］的心意"的"音乐"中，他才能有宇宙般宽广的胸怀、才能体悟到"［他］自己都不知道［他］怀有的热情"、才能体验到生命的"存在"。惠特曼大约从 19 世纪 40 年代后期开始在纽约阿斯特广场歌剧院[②]听意大利歌剧演唱；1854 年，美丽的纽约音乐厅（New York Academy of Music）落成后，惠特曼成了那里的一个最忠实的歌剧迷，而且开始迷恋罗西尼（Gioacchino Antonio Rossini）、贝利尼（Vincenzo Bellini）、多尼采蒂（Gaetano Donizetti）等一批意大利著名作曲家，特别是他们歌剧中情感奔放的美声唱法（*bel canto*）。罗西尼最早将这种美声唱法用于歌剧，后来被多数意大利作曲家所采用，其特点是听众可以听到一连串旋律简单、超长，但是声调涡旋的高难度唱段。这种唱法的艺术效果是通过变化音高、力度、旋律和节奏，达到强化歌词意思的戏剧性艺术效果。在惠特曼看来，意大利歌剧中这种情感强烈、奔放的歌声才是艺术的最高境界。根据惠特曼传记作家大卫·雷诺（David Reynolds）的观点，惠特曼最崇拜的男歌唱家是巴蒂亚力

① ［美］惠特曼：《草叶集》，赵萝蕤译，上海译文出版社 1991 年版，第 99 页。
② 阿斯特广场歌剧院的英文名字为"Astor Place Opera House"，1847 年 4 月开始营业，拥有 1500 个座位，是当时全美最大的剧院。

(Cesare Badiali) 和贝堤尼 (Alessandro Bettini)。巴蒂亚力身材魁梧、胸脯宽阔，他于1850年在纽约初次露面，惠特曼称他为“我们这个时代男中音歌唱家之王”。至于贝堤尼，惠特曼1851年写道：“贝堤尼那鲜活、强劲的声调！他的声音常常使我泪涌双目。那一个个清晰、铿锵、激动人心的音符……震撼着我的灵魂。……这个人的歌唱中呼吸着鲜血，活生生的灵魂；[相形之下，]他们称之为艺术的低级舞台不过是一种虚壳和赝品。”[①] 惠特曼最推崇的女歌手当推19世纪著名的女低音歌唱家玛丽埃塔·阿尔伯尼 (Marietta Alboni)。1852—1853年，她在纽约及附近地区演出10个歌剧，惠特曼每场必到。[②] 惠特曼曾于1860年写过一首题为“给某一个女歌唱家”的短诗献给玛丽埃塔·阿尔伯尼。惠特曼在诗中赞美阿尔伯尼是“一位英雄、演说家，或将军”，“一位勇敢的、能和暴君对话的人”[③]。在1869年写的《风暴的豪迈音乐》一诗中，惠特曼不仅倾注了自己对歌剧的痴迷之情：

风暴的豪迈音乐，
自由旋转的狂风，呼啸着越过大草原，
森林里树梢的轰鸣声——山间的风，
恍如人影的昏暗形体——你们这些隐蔽着的管弦乐队，
你们这些幽灵的小夜曲和灵敏的乐器，
把各国的所有舌头和大自然的节奏交融在一起，
你们这些像广大作曲家留下的和声——你们这些合唱队，
你们这些不成形的，自由的，宗教舞蹈——你们来自东方，
你们这些河流的低音，飞瀑的吼叫声
……
你们为什么把我一把抓住？

① 转引自 David S. Reynolds, *Walt Whitman's America: A Cultural Biography*, New York: Alfred A. Knope, 1995, p. 189。

② 参见 Walt Whitman, *The Works of Walt Whitman* (The Deathbed Edition, Vol. 2), New York: Funk & Wagnalls, 1968。

③ [美] 惠特曼：《草叶集》，赵萝蕤译，上海译文出版社1991年版，第28页。

同时，惠特曼也道出了自己对偶像歌手阿尔伯尼的崇拜：

> 那位多产的夫人来了，
> 那晶莹的明星，金星似的女低音，那花朵一般的母亲，
> 最崇高的众神妹妹，我听了阿尔伯尼本人。[①]

然而，阿尔伯尼对惠特曼诗歌形式的影响最见于《来自不停摆动着的摇篮那里》一诗中所采用的歌剧结构。

《来自不停摆动着的摇篮那里》这首诗歌最早被当作"我们［给读者］的圣诞或者新年礼物"于1895年12月24日发表在《纽约星期六周刊》上，题目为"一件孩子的往事"，写40来岁的惠特曼回忆自己幼年时期所经历过并开启他诗歌创作灵感的"一件往事"。《纽约星期六周刊》称之为"一首奇特但旋律优美的颤音歌曲"（a curious warble），然而《辛辛那提商报》的一篇评论则认为这首诗歌的旋律虽然有些奇特，但根本谈不上"优美"，而且其内容与《草叶集》其他诗歌一样"空洞"。[②] 为了驳斥不公的评论，惠特曼于1860年1月7日又在《纽约星期六周刊》上发表了一篇题为"一切都是关于一只学舌鸟"的不署名文章。文章不仅为这首诗的艺术价值辩护而且陈述了诗人自己的艺术特点，以及新版《草叶集》即将问世的消息。在1860年版的《草叶集》中，这首诗歌更名为"来自大海的一个词"。直到1867年，《草叶集》问世时，这首诗才有了"来自不停摆动着的摇篮那里"这个题目并且被排在《海流》诗章的第1首。《来自不停摆动着的摇篮那里》一诗浓缩了诗人笔下有关爱情、死亡、丧失、性关系等诗歌主题，并将这些主题及它们与诗歌语言和创作形式的关联都糅合在一个情景之中。这首诗写的是在一个"九月的午夜"里，"在那不毛的沙地和远处的田野里"，一个"孩子从床上起来，一个人慢慢游逛着，光着头，赤着

---

① ［美］惠特曼：《草叶集》，赵萝蕤译，上海译文出版社1991年版，第702—708页。David S. Reynolds, *Walt Whitman's America: A Cultural Biography*, New York: Alfred A. Knope, 1995, p. 191。

② Milton Hindus ed., *Walt Whitman: The Critical Heritage*, London & New York: Routledge, 1971, p. 105.

脚……”这个“好奇的孩子”发现并“仔细观察着”两只“双宿双飞”、相互“厮守”的学舌鸟。有一天，雌鸟突然不见了，只留下雄鸟在那“波涛嘶哑而汹涌的海上”昼夜寻找。直到他听见大海最后向他喃喃吐出那个低沉、甜美的词——“死亡”，这孩子才意识到“从那时开始我自己的歌也苏醒过来”。这是惠特曼对死亡的觉醒，也是他“唱出一千首答应之歌”的“关键”。①这首诗歌虽然情节简单，但结构微妙。它模仿意大利歌剧，有序曲、咏叹调、宣叙调、终曲之分。②开篇的22行可视为序曲，是一段催生悬念的诗文，精彩绝伦：

来自不停摆动着的摇篮那里，
来自学舌鸟的喉头，穿梭一样的音乐，
来自九月的午夜，
在那不毛的沙地和远处的田野里，那个孩子从床上起来，一个人慢慢游逛着，光着头，赤着脚，
在阵雨般洒落的月晕下面，
上有阴影在神秘地游戏，互相纠缠着，像活的东西，
在生长着荆棘和黑莓的小块土地上，
从那对着我唱歌的小鸟的回忆中，
从你的回忆中，忧愁的兄弟，从我听见的时高时低的阵阵歌声中，
从那很迟才升起，又好像饱含着眼泪的半轮黄色月亮下，
从那在迷雾中唱出的怀念与爱恋的最初几个音符中，
从我心中发出的、从来不会停歇的一千个回答中，
从那由此而唤起的无数词句中，
从那比任何一个都更加强烈而甜美的词汇中。
从它们现在又开始重访的那个场地，
就像一群飞鸟，鸣啭着、高飞着，或者从头上经过，
乘一切还没有从我身边滑过之前，匆忙地负载到这里来的，

① 参见［美］惠特曼《草叶集》，赵萝蕤译，上海译文出版社1991年版。
② 参见赵萝蕤《我的读书生涯》，北京大学出版社1996年版。

> 是一个成年男子，然而因为流了这许多泪，又成了一小男孩，
> 我把自己全身扑倒在沙滩上，面对着海浪，
> 我，痛苦和欢乐的歌手，今世和来世的统一者，
> 所有暗示都接受了下来，加以利用，但又飞速地跃过了这些，
> 歌唱一件往事。[①]

这首诗歌的题目以及首行中“不停摆动着的摇篮”这一意象就令人回味无穷。诗人将午夜细浪的海面比作一个“不停摆动着的摇篮”。“摇篮”勾起了人们对生命起源与创世的联想：“起初神创造天地。地是空虚混沌，渊面黑暗；神的灵运行在水面上。”[②] 也许是神灵的引领，诗人回到了“那对着我唱歌的小鸟的回忆中”。童年的记忆使“一个成年男子，因为流了这么多泪，又成了一个小男孩”，同时也成了“痛苦和欢乐的歌手，今世和来世的统一者”。这童年的回忆顿时将时间的过去、现在与将来戏剧性地连接起来，真可谓“现在的时间与过去的时间/两者也许存在于未来之中，/而未来的时间却包含在过去里”[③]。假如我们认真诵读这一段开篇诗文，我们就会发现它是由一个句子组成，主句出现在第 20—22 行：“我……/歌唱一件往事。”[④] 诗人在此调用了首语重复法（anaphora）[⑤]、对句法（parallelism）、介词短语的连用法等多种表现手法，使诗文一气呵成，将诗人的思绪带到那幽远的“渊面”，又将诗人的所有情感都倾注于序曲的最后一词“歌唱”中。这个“好奇的孩子……小心仔细观察着，吸取着，转译着”，那只鸟儿“在迷雾中唱出的怀念与爱恋的最初几个音符中”，直至那幽暗沉默的大海最终道出了那个“属于最甜蜜的歌和一切歌”的词——“死亡”。诗人的创作灵感油然而生，它来自这只鸟、这个孩子和大海的声音，他不仅要歌唱自己童年的“一件往事”，而且要唱出人类的“痛苦和欢乐”“今世和来世”。

---

① ［美］惠特曼：《草叶集》，赵萝蕤译，上海译文出版社 1991 年版，第 413—414 页。
② 《圣经·旧约》（和合本），国际圣经协会 1988 年第 5 版，第 1 页。
③ ［美］艾略特：《四个四重奏》，张子清译，山东教育出版社 1978 年版，第 136 页。
④ 英文为：“I. . . /A reminiscence sing。”“sing”是原文中的最后一个单词。
⑤ 指一个单词或短语出现在连续数句的开头的一种修辞手法。

然而，诗中最富戏剧性的情感表白是其中的几段如歌剧中的咏叹调和宣叙调的交叉使用。首先，我们听到的是那“两位来自亚拉巴马的披着羽毛的客人”在咏叹他们美满幸福的爱情：“照耀吧！照耀吧！照耀吧！/倾倒你的温暖吧，伟大的太阳！/我们两个在一起正好取暖。/……/我们俩斯守在一起。”① 这是一曲多么美好的爱情颂歌。爱情就像一轮红日，不仅温暖着两颗相亲相爱的心，而且将幸福与生命赐予了这对“双宿双飞”的“客人”，使他们“忘记了时间”并永远“斯守在一起”。接着，为了叙述剧情的发展，诗人插入了一段其作用如同歌剧宣叙调的诗文，曲调自然，但节奏急促，仍然从一个孩子的视角叙述了诗境的突变：“但是突然，/也许被杀害了，她的伴侣什么也不知道，/一天上午那雌鸟没有趴伏在巢里，/下午也没有回来，次日也没有，/从此就再也没有出现。……/我有时看见并听见那只留下来的雄鸟，/那来自亚拉巴马的孤独客人。”② 随后，“伟大的太阳”变成了“闪烁的星星”，明媚的阳光变成了“那残月下的歌声”、那催人泪下的浪花：“吹吧！吹吧！吹吧！/沿着鲍玛诺克岸边劲吹吧，海风；/我等候又等候，在等你把我的伴侣吹到我身边。”③ 这位“赤脚的孩子”没有离开，而是“听了很久很久”。他全神贯注地听着那雄鸟的哀鸣是为了能够按照它的意愿“牢记”“歌唱”并且“转译那些音符”：

扬起歌声吧！
这里很寂寞，黑夜的歌声！
孤独的爱的歌声！死亡的歌声！
在那缓步的，黄色的，残月下的歌声！
啊，在几乎即将沉入大海的月亮下面！
啊，不顾一切的绝望的歌声。④

这“孤独的爱的歌声”不仅是那只失偶雄鸟的月夜哀鸣，是他“不顾

① ［美］惠特曼：《草叶集》，赵萝蕤译，上海译文出版社 1991 年版，第 415 页。
② 同上。
③ 同上。
④ 同上书，第 418 页。

一切的绝望的歌声"，而且也是那"暴烈的老母亲在愤怒地放出［的］悲声，不停地放出［的］悲声"。这"孤独的爱的歌声"将鸟儿的悲剧咏叹推向极强的高潮，同时也在这孩子幼小的心灵中种下了催生想象的种子。众所周知，英国诗人华兹华斯曾在《丁登寺旁》（*Tintern Abbey*）一诗中描绘过一种神秘的心路历程。诗人首先听到了那"从高山滚流而下的泉水声"，"看到这陡峭巍峨的山峰/这里已经是幽静的野地，/它们使人感到更加清幽/把眼前景物一直挂上宁静的高天"①。诗人心中的这种孩提时留下的感觉印象通过心灵的培养，随着年龄的增长而变成一种道德思想，进而变成一种精神力量进入诗人的灵魂，使原初的感觉经历自然消失，而诗人的内心充满"一种能力，/更高的能力，一种幸福的心情"。

忽然间心灵上神秘的负担，
那不可理解的人世所带来的
使人厌倦、困惑的沉重负担
减轻了：在这恬静的心绪中，
一种崇高的情感引导着我们——
我们似乎停止了呼吸，
甚至连血液也不再流动，
我们的身体入睡了，
我们变成了一种纯粹的精神力量：
和谐的力量，欢乐却又深邃的力量，
使我们能带着平静的眼光
去洞察事物的内在生命。②

也正是由于诗人这种想象力的作用，华兹华斯才认为"诗是强烈情感的自然流露。它起源于在平静中回忆起来的情感。诗人沉思这种情感直到一种反应使平静逐渐消逝，就有一种与诗人所沉思的情感相似的情感逐

① 王佐良编译：《英国诗选》，上海译文出版社 1988 年版，第 257 页。

② David Perkins ed. , *English Romantic Writings*, HBJ, 1967, p. 210.

渐发生，确实存在于诗人的心中”[①]。同样，当惠特曼诗中那孤独的爱的“咏叹沉寂了”的时候，当“小鸟的歌声在不断成为回声”的时候，那位光着脚丫的男孩听见了那“粗野的老母亲在不停地呼叫，/阴沉地配合着孩子灵魂所提出的问题，嘶嘶吐露着某个人已经听不见的秘密，/向着那刚刚起步的诗人”。

> 是精灵还是鸟！（男孩的灵魂说道）
> 你确实是在对着你伴侣唱歌吗？还是其实是对着我？
> 现在在一瞬间我知道了我生活的目的，我觉醒了，
> 因为我，过去是个孩子，我舌头的作用还在睡觉，现在我听见了你，
> 已经有一千名歌手，一千支歌，比你的更清楚、更响亮、更忧伤，
> 一千种婉转的回声已开始在我胸中取得生命，永不会死去。[②]

这是孩子心灵的顿悟，也是他萌生诗性的端倪。他“过去是个孩子，［他］舌头的作用还在睡觉”，而如今他“觉醒了”。随着大海在“向着［他］悄语”，他更加深切地领悟到大海向他：“喃喃吐出的是那低沉、甜美的词：‘死亡’，/一再重复是死亡，死亡，死亡。死亡，死亡。”“从那时开始我自己的歌也苏醒过来，/伴随着它们的是海浪送来的那个词，这是关键，/这个词属于最甜蜜的歌和一切歌……/是大海悄悄说给我听的。”大海的话语不多，只是“一个来自大海的词”，但它也许算得上全诗的终曲。这是诗人内心自我的“宣叙”，是化作鸟儿悲鸣的“咏叹”，是一颗幼小心灵的呼唤，也是大海“老母亲”的答语。

对生与死的思考是个永恒的文学主题，也是惠特曼笔下一个貌似简单的深邃哲理。在《草叶集》中，诗中的“我”时而揭开纱帐“看着”摇篮里的小宝贝，时而跑到山巅上“端详”灌木丛中的青年和少女，

---

① David Perkins ed., *English Romantic Writings*, HBJ, 1967, p. 328.

② ［美］惠特曼：《草叶集》，赵萝蕤译，上海译文出版社1991年版，第420—421页。

时而又"目睹"了自杀者趴在血淋淋的地板上。[①] 在惠特曼看来，死亡是生命中一个不可或缺的部分，"那最小的幼芽说明世上其实并无死亡，/即使有，也会导致生命，/而且生命一出现，死亡就终止"。死亡并不可怕，也"不像人们所想象的那样，不是那么不幸"。"有人认为出生是幸运吗？/让我马上告诉他或她：死去也一样幸运，而且我知道"，因为"我和垂死者经历了死亡"。[②] 1862 年底，惠特曼"去了弗吉尼亚战地，而后住在营地上——目睹了许多大战役及其战后的日日夜夜——经历过踌躇与沮丧、悲观与失望，分享着重新燃起的希望与勇气——冒着死亡的危险——和那事业——并使后来的那些年岁（1863—1865 年）变得充满苦恼和悲惨——真正开始孕育这个同一联盟的年代。假如没有经历过那三四年的时间，《草叶集》现在可能就不存在了"[③]。可见，南北战争对《草叶集》的创作同样是至关重要的。惠特曼说过"在医院、军营或战地三年的那段时间里，我进行了六百次访问和巡游，总共算起来，接触了八万到十万伤病员……"。"我认为这三年是我享有的最大权利和最大满足……而且当然也是我一生中所受到的最大教益……我热烈地见到了'全体'。见到了这个国家到底有多么宽阔。"[④]《草叶集》中的两个组诗《鼓声哒哒》和《纪念林肯总统》便是惠特曼思索生死的最好见证。

① 参见［美］惠特曼《草叶集》，赵萝蕤译，上海译文出版社 1991 年版。

② 同上书，第 68 页。

③ Walt Whitman, *Leaves of Grass*, New York: Vintage Books, 1992, p. 666.

④ 赵萝蕤：《我的读书生涯》，北京大学出版社 1996 年版，第 109 页。

第三篇

20 世纪美国现代诗歌

第八章

罗伯特·弗罗斯特的“爱默生主义”*

虽然罗伯特·弗罗斯特的诗歌创作跨越整个现代主义时期，但是他的诗歌作品，特别是他的早期的诗歌作品属于“美国新旧两种文艺思潮彼此衔接与融合时代的产物……他不代表现代主义诗歌的主流”[①]，或者说弗罗斯特是“沟通欧美传统诗歌和现代派诗歌之间的桥梁”，因此是一位“交替性诗人”[②]。此外，也有学者认为弗罗斯特是要在广大读者面前树立“一个慈祥的父亲般的新英格兰诗人”的形象[③]；甚至有学者认为“他同艾略特一起被认为是美国现代诗歌的两大中心”[④]。总之，弗罗斯特无疑是一位伟大的现代诗人，但不是一位典型的现代主义诗人，或者一位现代派诗人。国内关于弗罗斯特的诗歌评论更多地关注弗罗斯特与艾略特、庞德、威廉斯等同时代诗人之间的比较研究，但笔者始终认为“爱默生对弗罗斯特的影响问题是正确理解弗罗斯特及其诗歌创作的一个关键问题”[⑤]。在《一条行人稀少的路——弗罗斯特诗歌艺术管窥》一书中，笔者在第4章“寻找眼睛感应的眼睛”（“Eyes Seeking Response of Eyes”）[⑥] 里，从爱默生关于人与自然的神秘关系切入，

---

* 本章内容发表于《北京联合大学学报》（人文社会科学版）2017年第2期；《高等学校文科学术文摘》摘要转摘（2017年第4期）。

① 吴富恒、王誉公主编：《美国作家论》，山东教育出版社1999年版，第930页。

② 杨金才主撰：《新编美国文学史》第3卷，上海外语教育出版社2002年版，第139页。

③ 张子清：《二十世纪美国诗歌史》，吉林教育出版社1995年版，第86页。

④ 彭予：《二十世纪美国诗歌》，河南大学出版社1995年版，第84页。

⑤ 黄宗英：《弗罗斯特研究》，上海外语教育出版社2011年版，第174页。

⑥ 杨金才主撰：《新编美国文学史》第3卷，上海外语教育出版社2002年版，第139页。

去寻找弗罗斯特所追求的“事物可见的图征”（the visible emblem of things）①，进而试图揭示弗罗斯特自然诗中所蕴含的“从情景到心境”（From Sight to Insight）② 的想象模式。

第一节 罗伯特·弗罗斯特的“爱默生主义”

国外弗罗斯特诗评家们从来就没有间断爱默生对弗罗斯特的影响研究。早在1942年，普林斯顿大学劳伦斯·汤姆逊（Lawrence Thomson）教授就出版了当时最权威的弗罗斯特诗歌评论专著《火与冰：罗伯特·弗罗斯特的艺术与思想》。汤姆逊把弗罗斯特置于爱伦·坡“为了愉快的艺术”（art-for-pleasure's sake）和爱默生“为了智慧的艺术”（art-for-wisdom's sake）之间的一个诗歌理论背景之中，结果发现弗罗斯特的诗歌之所以脍炙人口是因为弗罗斯特并没有随波逐流，一味地效仿现代主义诗歌创作对实验性技巧的狂热追求，而是从一开始就抓住了新英格兰地区方言中一种全新的诗歌语言活力，紧跟华兹华斯和爱默生，探索其“意义声音”（sound of sense）的诗歌理论，使用人们日常真正使用的语言进行诗歌创作。③ 1960年，耶鲁大学出版社出版了约翰·李南（John F. Lynen）的著作《罗伯特·弗罗斯特的田园诗艺术》。首先，李南教授将弗罗斯特的诗歌置于西方田园诗传统之中并挖掘其中特殊的象征意义。其次，李南教授发现弗罗斯特通过模仿新英格兰人方言习语中“说话的声音”（sound of speech）来再现田园诗中的人物性格和地方特性。④ 此外，1963年，牛津大学出版社出版了斯坦福大学鲁本·布劳尔（Reuben A. Brower）教授的弗罗斯特研究力作《罗伯特·弗罗斯特诗歌》（*The Poetry of Robert Frost*）。布劳尔教授在该书第3章“神秘的自

---

① Louis Untermeyer, *The Letters of Robert Frost to Louis Untermeyer*, New York: Holt, Rinehart and Winston, 1963, p. 376.

② Zongying Huang, *A Road Less Traveled By: On the Deceptive Simplicity in the Poetry of Robert Frost*, Beijing: Peking University Press, 2000, pp. 144 – 175.

③ 参见 Lawrance Thompson, *Fire and Ice: The Art and Thought of Robert Frost*, New York: Henry Holt and Company, 1942。

④ 参见 John F. Lynen, *The Pastoral Art of Robert Frost*, New Haven & London: Yale University Press, 1960。

然之书”中，可谓直接把弗罗斯特的诗歌置于19世纪英美浪漫主义诗歌背景之中，仔细考察了华兹华斯、爱默生、梭罗等人的自然观对弗罗斯特诗歌创作的影响。布劳尔教授认为爱默生可谓最直接地继承了华兹华斯自然观传统的美国诗人。那么，由于爱默生又直接影响弗罗斯特早期的自然诗创作，因此弗罗斯特成为一名自然诗人与爱默生的关系就不言而喻了。[①] 但是，由于爱默生有一种过于容易地将其“个体”融入“全体”的理想主义倾向，所以弗罗斯特的自然诗还有别于爱默生及华兹华斯和爱默生的传统。1993年，乔治·贝格比（George F. Bagby）出版了他的力著《弗罗斯特与自然之书》。贝格比教授以爱默生和梭罗的超验主义思想为基础，把大自然看成一部可以解读的自然之书，并通过释读弗罗斯特抒情诗中人们共同关心的意象或者提喻问题，讨论了弗罗斯特诗歌的简单外衣下深邃的认识论、心理学和想象力的深刻内涵，揭示了弗罗斯特“图征诗”（emblem poems）的原型结构特征：诗以自然图征的观察或者描写开篇，紧接着是对诗歌中自然图征及其内涵的挖掘和呈现，最后是对整个自然文本的解读。[②]

在《弗罗斯特研究》一书中，笔者就弗罗斯特的“爱默生主义”及其“新英格兰主义”进行了专门的介绍，重点概述了美国学者莱安（Alvan S. Ryan）的力作《弗罗斯特与爱默生：声音与视角》（“Frost and Emerson: Voice and Vision”）和哈佛大学英文系主任比尔（Lawrence Buell）的文章《作为一名新英格兰诗人的弗罗斯特》（“Frost as a New England Poet”）。首先，莱安教授认为爱默生和弗罗斯特都注意挖掘图征（emblem）、象征（symbol）和类比（analogy）在诗歌创作中的重要作用，强调象征和隐喻在诗歌创作中的核心地位，但是爱默生往往使用多个意象，让诗歌富有更多的暗示性，而弗罗斯特却喜欢将一首诗歌建立在一个单一的意象或者象征性事件上。其次，人与自然的关系问题始终是爱默生与弗罗斯特共同关心的核心主题，不少评论家都认为他们喜欢挖掘人类生命中令人高兴的元素，而不是生命经验中黑暗的一

① 参见 Reuben A. Brower, *The Poetry of Robert Frost*, New York: The Oxford University Press, 1963。

② 参见 George F. Bagby, *Frost and the Book of Nature*, Knoxville: The University of Tennessee Press, 1993。

面。在爱默生看来，自然界是人类与精神现实之间的桥梁，“大自然完全是个间接的，它天生是为人服务的”[1]，但是在弗罗斯特的诗歌中，诗中人往往先融入自然，然后被某种力量拉回到现实中来，使人性回归现实，《雪夜林边逗留》（“Stopping by Woods on a Snowy Evening”）是这样，《摘苹果之后》（“After Apple-Picking”）和《白桦树》（“Birches”）也是这样。此外，爱默生与弗罗斯特都主张诗人应该锤炼诗歌语言，但是弗罗斯特善于用对话来创作他最精彩的诗篇，从而获得了一种具有新英格兰方言特征的诗歌语言，大大增强了诗歌的戏剧性艺术效果。[2] 比尔教授的文章以“弗罗斯特的新英格兰主义”（Frost's New Englandism）为切入点，讨论弗罗斯特与从布莱恩特（W. C. Bryant）、爱默生、朗费罗（H. W. Longfellow）、惠蒂埃（J. G. Whittier）、梭罗、狄金森、霍桑到罗宾逊（E. A. Robinson）之间新英格兰重要诗人的密切关系。此外，比尔教授提出了从作家生平、地理环境、思想意识、语言元素、诗歌形式五个维度来考察弗罗斯特诗歌创作与区域性身份的关系。[3]

弗罗斯特诗歌中表达人与自然关系的想象模式也一直是笔者关注的一个问题。2008 年，笔者在《罗伯特·弗罗斯特诗歌创作想象模式管窥》的论文中写道：“在超验主义语境中……大自然是人类灵魂的造物，属于普遍精神的一部分。它与人一样，也有精神力量。因此，各种可见的图征[4]、符号和象征都可以用来表示那个不可见的精神世界。弗罗斯特的诗歌存在着一个潜在的想象模式：以观察一个可见的事物开头，又以思考这个可见事物给人们所带来的不可见的生命启迪结尾。”[5] 显然，“弗罗斯特的想象模式是基于爱默生的象征主义理论……自然给人类提供一种语言（在爱默生看来，所有的语言都来自人们对自然物体的象征性使用）不仅为了人们日常的沟通交流，而且也为了最崇高的诗歌或者哲学表

---

① Ralph Waldo Emerson, “Nature”, in *Emerson: Essays & Lectures*, New York: Literary Classics of US., 1983, p. 28.

② 参见黄宗英《弗罗斯特研究》，上海外语教育出版社 2011 年版。

③ 同上书，第 185—198 页。

④ 原译“标志”。笔者受区鉷、罗斌《罗伯特·弗罗斯特诗歌的图征性》一文启发，现改译为“图征”；“emblemism”改译为“图征主义”；“emblematic”改译为“图征的”，下同。笔者在此表示感谢！

⑤ 黄宗英：《罗伯特·弗罗斯特诗歌创作想象模式管窥》，《中国外语》2008 年（增刊）。

达”①。弗罗斯特早年时期曾经自称为“一位提喻诗人”（Synecdochist），或者“苏格兰象征主义诗人”（the Scotch symbolist）。然而，当他在晚年时期把自己的诗歌称为“图征主义”（Emblemism）的时候，他或许已经把爱默生的象征主义融入了自己的思想。② 1958年，年近85岁的弗罗斯特在给挚友昂特麦耶（Louis Untermeyer）的一封信中说：“如果非得让我给我的诗歌取一个名称，那么我倒倾向于称之为‘图征主义’——我所追求的是人们可见事物的图征。”③ 2009年，区鉷、罗斌撰文《罗伯特·弗罗斯特诗歌的图征性》，得出结论：“图征更加直观，有图画的呈现和谶语的提醒，这二者帮助弗罗斯特拉近与读者的距离。同时，图征中的谶语强调道德的说教也进一步将弗罗斯特与象征主义及当时流行的意象主义和旋涡主义等运动区别开来。”④ 那么，本章将以弗罗斯特《论爱默生》一文为基本线索，结合爱默生与弗罗斯特诗歌及散文文本的释读，着重从诗歌语言、格律、图征性意象、二元论宗教观及“焦虑的自由”等方面，阐释爱默生超验主义思想对弗罗斯特诗歌创作的直接影响。

第二节　“一切都与爱默生息息相关”

1958年，美国人文与科学院（American Academy of Arts and Sciences，AAAS）设立了一个新的奖项——“爱默生—梭罗奖”（Emerson-Thoreau Medal）。这个奖项是以美国作家、哲学家爱默生和美国作家、自然主义者梭罗命名的，目的在于表彰和奖励在人文科学领域作出卓越贡献的人。罗伯特·弗罗斯特是第一位获得此项殊荣的人。1958年10月8日，在受奖仪式上，弗罗斯特发表过《论爱默生》（“On Emerson”）的演讲，宣称爱默生不仅是最早对他的教育产生过最大影响的人

---

① Zongying Huang, *A Road Less Traveled By: On the Deceptive Simplicity in the Poetry of Robert Frost*, Beijing: Peking University Press, 2000, p. 160.

② 参见 Zongying Huang, *A Road Less Traveled By: On the Deceptive Simplicity in the Poetry of Robert Frost*, Beijing: Peking University Press, 2000。

③ Louis Untermeyer, *The Letters of Robert Frost to Louis Untermeyer*, New York: Holt, Rinehart and Winston, 1963, p. 376. 参见黄宗英《罗伯特·弗罗斯特诗歌创作想象模式管窥》，《中国外语》2008年（增刊）。

④ 区鉷、罗斌：《罗伯特·弗罗斯特诗歌的图征性》，《外国文学评论》2009年第3期。

之一，而且其影响是终生的。

假如我们从弗罗斯特《论爱默生》的演讲中来考察爱默生对弗罗斯特诗歌创作的影响，那么我们立刻就会发现弗罗斯特对这一奖项深表谢意："我乐意接受所有对我的敬重。"不过，弗罗斯特马上提醒观众说："我出席这个仪式是出于对爱默生与梭罗的敬重。"紧接着，弗罗斯特从口袋里掏出了爱默生第一本正式出版的诗集，并且说："他［爱默生］的第一本诗集是在英国出版的，［这］和我的一样。"[①] 不错，弗罗斯特的第一本诗集《少年的心愿》（*A Boy's Will*）是1913年在英国伦敦出版的。爱默生的第一本《诗集》（*Poems*）先是于1846年12月在英国伦敦正式出版[②]；两个星期之后，这本诗集才在美国波士顿问世。此后，爱默生生前还出版过两本诗集《五月和其他诗篇》（*May-Day and Other Pieces*）和《诗选集》（*Selected Poems*）。然而，根据艾伦（Gay Wilson Allen）教授传记作品《沃尔多·爱默生》（*Waldo Emerson*）中的记载，爱默生的第一部《诗集》实际上在美国是于1846年圣诞节当天由波士顿的詹姆斯·芒罗有限公司（James Munroe and Company）出版发行的，但是书上所印刷的出版时间则为1847年，因为当时新英格兰还没有把圣诞节当作一个节日，人们通常是在新年才开始交换新年礼物。[③] 这本诗集收录了爱默生55首诗歌，共251页，用小16开本印刷，白色硬面精装，还有少数线装本。爱默生自己把它叫作"小白书"，其中包括《斯芬克斯》（"The Sphinx"）、《个体与全体》（"Each and All"）、《乌列》（"Uriel"）、《万物之灵》（"The World-Soul"）、《杜鹃》（"The Rhodora"）、《大黄蜂》（"The Humble-Bee"）、《林中音乐Ⅰ & Ⅱ》（"Woodnotes Ⅰ & Ⅱ"）、《莫纳德诺克山》（"Monadnoc"）、《康科德颂歌》（"Hymn, Sung at the Completion of the Concord Monument"）等重要诗篇。值得注意的是，不论在主题还是在表现手法上，爱默生并没有效仿当时美国国内最流行的诗人及其诗作，比如布莱恩特（William Cullen Bryant）

① Robert Frost, "On Emerson", in *Robert Frost: Collected Poems, Prose & Plays*, New York: The Library of America, 1995, p. 860.

② 参见 Ralph Waldo Emerson, in *The Collected Works of Ralph Waldo Emerson*, Vol. 9, Cambridge & London: Harvard University Press, 2011。

③ 参见 Guy Wilson Allen, *Waldo Emerson*, New York: Penguin Books, 1981。

的《诗集》（*Po-ems*）、惠蒂埃（John Greenleaf Whittier）的《歌谣及废奴诗篇》（*Ballads and Anti-Slavery Poems*）、朗费罗（Henry Wadsworth Longfellow）的《夜吟》（*Voices of the Night*），坡的《乌鸦及其他诗篇》（*Raven and Other Poems*）等。然而，美国读者对爱默生这部处女诗作的评价却褒贬不一。1846 年 12 月 29 日，《波士顿信使报》（*The Boston Currier*）发表书评，称赞爱默生的这本诗集是“迄今为止在美国出版的最独特和别致（peculiar and original）的诗集之一”①。但是，同年早些时候，爱默生超验主义俱乐部成员及友人玛格丽特·富勒（Margaret Fuller）出版了她的《文学与艺术论文集》（*Papers on Literature and Art*）。该文集收录了她在《纽约每日论坛》（*The New York Daily Tribune*）上发表的一些评论文章。在这部文集中，我们还是能够清晰地看到富勒对爱默生诗歌的评论是持保留态度的②：“［虽然］爱默生的诗篇在悦耳的声音、深邃的思想及惟妙惟肖的表达方式等方面，均达到了［当下］这些美国诗人的最高境界，但是他的诗篇绝大部分是一些哲学思考，算不上真正意义上的诗歌作品。它们缺少一种朴素自然而又充满激情的力量。虽然它们听起来比较悦耳，也能够吸引人们的注意力，但是它们无法唤醒人们心灵深处那些悠远的回声，而且其意象笼罩着象征的气氛，仿佛是一种图示，而不是通过其鲜活和闪光的生活方式来打动我们。”③

尽管如此，弗罗斯特还是在演讲中开诚布公地说：“我想我有朝一日必须在诗歌中写出我心目中最伟大的四位美国人的名字：将军和政治家乔治·华盛顿（George Washington）、政治思想家托马斯·杰斐逊（Thomas Jefferson）、殉道者及拯救者亚伯拉罕·林肯（Abraham Lincoln）和诗人拉尔夫·沃尔多·爱默生。我之所以选择这些名字因为他们不仅在国内享有盛名，而且是誉满全球。爱默生已经享有诗人哲学家或者哲学家诗人的美名，而这两种美称都是我最喜欢的。”④ 那么，弗

---

① Guy Wilson Allen, *Waldo Emerson*, New York: Penguin Books, 1981, p. 465.

② 玛格丽特·富勒在爱默生的《诗集》出版之前就在爱默生的手稿上或者报刊上读过这些诗歌。

③ Guy Wilson Allen, *Waldo Emerson*, New York: Penguin Books, 1981, p. 466.

④ Robert Frost, “On Emerson”, in *Robert Frost: Collected Poems, Prose & Plays*, New York: The Library of America, 1995, p. 860.

罗斯特为什么选择爱默生作为诗人的代表呢？我们知道，爱默生曾经在《莎士比亚，或者诗人》一文中选择莎士比亚作为诗人的代表。在爱默生看来，“莎士比亚的青年时代正逢英国人苦苦热衷于戏剧娱乐的年代。朝廷动不动就对戏剧中的政治影射暴跳如雷，千方百计地抑制它们。清教徒是这一时期日益强大的宗教势力，他们和英国国教的信徒们一起压制戏剧的发展。然而，人民需要戏剧。不论客栈、没有屋顶的房子还是乡村集市上临时搭建的围场，都成了巡游演员们现成的剧场”①。与此同时，爱默生认为：“最伟大的天才就是最受惠于他人的人。诗人不是一个糊里糊涂的人，想到什么就说什么；也不是一个因为什么都说，所以最终总能够说一点好事的人；恰恰相反，诗人是一颗与他的时代和国家气脉相应的心。在他的作品中，没有什么想入非非的东西，而只有酸甜苦辣的认真，充满着最厚重的信仰，指向最坚定的目标，而这个目标也是他那个时代任何个人和任何阶级都了解的目标。”② 可见，由于莎士比亚生活在英国历史上戏剧最为繁荣的文艺复兴时期，而且他有一颗“与他的时代和国家气脉相应的心”，所以莎士比亚能够成为民族的化身并道出时代的话语。

显然，爱默生在弗罗斯特的心目中同样占据了举足轻重的地位。很快，弗罗斯特在演讲中把话题转入讨论爱默生的一元论哲学观点（Monism）：“当我被指责为爱默生的追随者时，我有些朋友感到疑惑不解，因为那意味着一位快乐的一元论者（a cheerful Monist）。对于一元论者来说，邪恶是不存在的，或者说即使存在，也未必长久。在谈论魔鬼的时候，爱默生引用了彭斯的诗句，好像魔鬼还真的能够改邪归正、弃恶从善一样。悲伤的二元论（a melancholy dualism）才是唯一的正统（soundness）。问题是正统才是至关重要的。”③ 接着，弗罗斯特开始讲述造成“［他］自己不正统（unsoundness）”的一段不寻常的历史：“我母亲是个长老会教友（Presbyterian）。我的父系祖先来美洲

① Ralph Waldo Emerson, “Shakespeare, or the Poet”, in *Emerson: Essays & Lectures*, New York: Literary Classics of University Press, 1983, p. 711.

② Ibid., p. 710.

③ Robert Frost, “On Emerson”, in *Robert Frost: Collected Poems, Prose & Plays*, New York: The Library of America, 1995, p. 860.

已经有300年的历史了，可是我母亲只是刚从苏格兰来的一位长老会教友。她年轻的时候，正好赶上人们时兴阅读爱默生和爱伦·坡的时候，就像我们今天时兴圣约翰·佩斯（Saint John Perse）① 或者艾略特一样。读爱默生使她变成了一个唯一神教派信徒（Unitarian）。那时大体上就是我来到这个世界的时候，因此我认为我开始的时候就是个类似于长老会教友加上唯一神教派信徒。我当时处于一个过渡时期。我母亲继续读爱默生，读到他的《代表性人物》（*Representative Men*），一直读到那篇《斯维登堡，或者神秘主义者》（*Swedenborg*；*or*，*The Mystic*），结果使她又成为一名斯维登堡新教会信徒。我想我就是在这三种宗教的熏陶下成长起来的。”② 虽然弗罗斯特不知道自己是否在三个教派的教堂都接受过洗礼，但是我们可以看出弗罗斯特的成长在很大程度上是受惠于爱默生的影响，因为“所有这一切都与爱默生息息相关”③。

第三节　“砍掉这些句子，它们就会流血”

爱默生对弗罗斯特的影响产生得很早，贯穿着弗罗斯特的整个成长过程。不过，在这次演讲中，弗罗斯特首先想起的是他的诗歌语言深受爱默生的影响。弗罗斯特直接引用了爱默生在其《代表性人物》一书中《蒙田，或者怀疑主义者》（*Montaigne*；*or*，*The Skeptic*）一文中的一句名言：“砍掉这些句子，它们就会流血”（“Cut these sentences and they bleed”）。虽然爱默生的原文是“Cut these words, and they would bleed”（砍掉这些词语，它们就会流血）④，但是弗罗斯特对爱默生的“这些词语”可谓情之所钟了。弗罗斯特紧接着说：“虽然说我

---

① 圣约翰·佩斯，法国诗人，1960年获得诺贝尔文学奖。1930年，艾略特曾经英译出版过圣约翰·佩斯的《疾病加重期》（1924）。

② Robert Frost, “On Emerson”, in *Robert Frost*: *Collected Poems*, *Prose & Plays*, New York: The Library of America, 1995, p. 860.

③ Ibid., p. 861.

④ Ralph Waldo Emerson, “Montaigne; Or The Skeptic”, in *Emerson*: *Essays & Lectures*, New York: Literary Classics of University Press, 1983, p. 700.

［对爱默生］还没有卑躬屈膝到要成为他的追随者的地步，但是在这一方面他的确让我大为折服，而且其影响至今仍然没有消失。”[①] 那么，蒙田（Michelde Montaigne）笔下究竟是什么样的“词语”如此打动爱默生呢？而爱默生笔下又是何种“词语”让弗罗斯特感到“卑躬屈膝”呢？爱默生认为，蒙田“具有一种天才，能够让读者喜欢他所喜欢的一切”。蒙田的《随笔集》是“一种有趣的独白”（an entertaining soliloquy）：

> 他的字里行间都充溢着他的诚挚和精髓。我不知道哪里还有什么书比它更少斧凿之痕。他不过是把日常谈话的语言转移到一本书上罢了。砍掉这些词语，它们就会流血；它们有血管，有生命。一个人阅读这些文字感到由衷的喜悦，就像我们听到人们在说有关自己工作中一些非讲不可的话那样……铁匠和车夫说起话来决不木讷，那简直就是连珠炮。剑桥大学的学究们总是不断更正自己说的话，说了半句，又重新开始，更有甚者，过分热衷于一语双关和妙语连珠，并且绕开内容去追求表达。蒙田谈起话来非常机敏，他了解世界，了解书本，了解自己，用词不加渲染：从不尖叫，从不抗议，从不祈祷；没有软弱，没有惊厥，没有最高级形容词；他不想耸人听闻，不想卖弄滑稽，也不想消灭时空；他强壮坚定，品尝着一天的分分秒秒；他喜欢痛苦，因为痛苦使他感到自己的存在，使他意识到万事万物；恰如我们掐自己一把，好知道我们醒着一样。他总是待在平原上，很少上攀下沉；他喜欢脚踏实地，踩在下面的岩石上。[②]

显然，蒙田随笔的这种“有趣的独白”的风格的确有其自身的艺术魅力。蒙田“非常机敏”，说起话来不加渲染，但是他“了解世界，了解书本，了解自己”，因此他的随笔“有血管，有生命”，不仅热情洋溢，

---

① Robert Frost, “On Emerson”, in *Robert Frost: Collected Poems, Prose & Plays*, New York: The Library of America, 1995, p. 861.

② ［美］爱默生：《爱默生集：论文与演讲录》（上），赵一凡等译，生活·读书·新知三联书店1993年版，第711—772页。

而且充满活力。相反，在爱默生看来，那些大学里的学者们文风过于严谨，说起话来也总是断断续续的，不断地更正自己的话语，反而不如铁匠或者车夫们嘴里吐出的一串串“连珠炮”那么轻松自如。由于学者们热衷于追求形式的完美，所以他们经常舍弃主题而一味追求一语双关或者妙语连珠的艺术效果。因此，蒙田随笔中这种行云流水般的行文风格似乎早已经通过爱默生的随笔传递给了弗罗斯特。弗罗斯特认为：“他［爱默生］的词语很早就开始影响着我。”[①] 在演讲中，弗罗斯特说：

> 在那篇关于神秘主义者的文章中，他［爱默生］借助斯维登堡（Emanuel Swedenborg）的口说，在最高一层的天堂里所有的事情都不是通过争论得以解决的。在那里，人人都在投票，但是投票的方式与当今的俄国人相同。只有在第二层天堂中，事情才是由议会决定；我们采用两党制，或者像法国那样的多党制。[②]

从这段演讲词看，首先，我们可以判断弗罗斯特已经十分熟悉爱默生在其《斯维登堡，或者神秘主义者》一文中所阐述的“通灵幻想”（Correspondences）的神秘主义理论。在爱默生看来，仿佛一切造物都是上帝的爱和智慧的具体体现，每一个“物质事实”都象征着某个“精神事实”，每一个外在的形式都是某种内在经历的具体外化，因此“人们发誓说物质世界纯粹就是精神世界的象征”[③]。由于在斯维登堡的自然形式体系理论中，“最高一层的天堂”是“永恒的天堂，或者是灵界的天堂”（perpetual-celestial，or spiritual）[④]，所以弗罗斯特认为那里所有的事情都不需要通过争论加以解决；同样，爱默生说：“第二层，［较之底层］略高一级的形式是圆形的（circular），也叫作永恒角形（per-

---

① Robert Frost，“On Emerson”，in *Robert Frost*：*Collected Poems*，*Prose & Plays*，New York：The Library of America，1995，p. 861.

② Ibid..

③ Ralph Waldo Emerson，“Swedenborg；Or The Mystic”，in *Emerson*：*Essays & Lectures*，New York：Literary Classics of University Press，1983，p. 673.

④ Ibid..

petual-angular)，因为一个圆的圆周就是一个永恒的角（a perpetual angle）。"[①] 所以，爱默生在讨论人与自然关系的超验主义哲学理论中大胆地效仿了斯维登堡的“通灵幻想说”。大自然是一个取之不尽的象征源泉。这个理论也成为爱默生后来创作超验主义宣言书《自然》的理论根据。作为一位超验主义思想家的爱默生，他只有在大自然中才可以大声疾呼：“宇宙生命的暖流在我身边涌动并且穿我而过，我成了上帝的一部分，或者一小部分。”[②] 这种将整个大自然当作一个精神象征的思想贯穿了爱默生早期所有的作品，包括《超灵》（*The Over-Soul*）、《自然法则》（*The Method of Nature*）等。

我们还可以看到弗罗斯特对政治的关心。一般认为，弗罗斯特的政治观点是十分保守的，有时甚至影响了文学批评家对他的判断。他对社会主义阵营的担忧可以在《培育土壤——一首政治田园诗》（*Build Soil—A Political Pastoral*）中找到佐证：“你认为我们需要社会主义吗？/……/天下并存在纯粹意义的社会主义/除非把它当作人们心目中的一种抽象概念。/世上只有民主政体的社会主义，/专制统治的社会主义——寡头政治，/后者似乎就像是俄国人拥有的那种/……实际上，我压根儿就不懂/什么是纯粹的社会主义，鬼晓得。”[③] 值得注意的是在表达政治主题的诗篇中，弗罗斯特仍然没有忘记锤炼自己的诗歌语言。他往往能够将严肃沉重的主题置于一个轻松诙谐的语境之中，给读者一种外轻内重的诗歌审美享受。[④] 比如，同样在《培育土壤——一首政治田园诗》一诗中，弗罗斯特利用他非凡的语言驾驭能力将自己对外交政治的谨慎态度呈现得惟妙惟肖：

我们总是过于外向或者过于内向。

---

① Ralph Waldo Emerson, "Swedenborg; Or The Mystic", in *Emerson: Essays & Lectures*, New York: Literary Classics of University Press, 1983, p. 673.

② Ralph Waldo Emerson, "Nature", in *Emerson: Essays & Lectures*, New York: Literary Classics of University Press, 1983, p. 10.

③ Robert Frost, "Build Soil—A Political Pastoral", in *Robert Frost: Collected Poems, Prose & Plays*, New York: The Library of America, 1995, pp. 290 – 291.

④ 参见黄宗英《弗罗斯特研究》，上海外语教育出版社 2011 年版。

由于当前一种无穷尽的扩张欲望，
我们是如此外向，以至我们想重
新回归内向的机会已经化为乌有，
但回归内向又是我们的终极目标。
我的友人都知道我喜欢与人交往，
但是在我喜欢与人交往很久以前，
我个人的个性是非常非常内向的。
与此相同，在转变成国际化之前，
我们是民族化的，而且是国民化。①

可见，虽然说弗罗斯特的政治观点是保守的，但是他的民族主义爱国情节却是坚定的。弗罗斯特曾经把他的《彻底的奉献》（"The Gift Outright"）一诗称作"用十几行无韵诗写成［的］一部美国历史"②：

我们属于这土地前她就属于我们。
我们成为她的主人一百多年之后，
才真正成为她的人民。她属我们，
不论是马萨诸塞，还是弗吉尼亚，
可我们却属英国，是殖民地居民，
拥有着当时不被我们拥有的东西，
为如今我们不再被拥有的所拥有。
那时，我们仍保留着自身的软弱，
直到发现是我们自己捆绑了自己，
没有将自我与这片土地融为一体，
于是我们立刻从放弃中得到拯救。
尽管软弱，但我们仍毫无保留地
为这片茫然西进的土地献上一切。

① Robert Frost, "Build Soil—A Political Pastoral", in *Robert Frost*: *Collected Poems*, *Prose & Plays*, New York: The Library of America, 1995, p. 293.

② Jeffrey Meyers, *Robert Frost*: *A Biography*, Boston & New York: Houghton Mifflin Company, 1996, p. 324.

（这奉献的见证就是战争的伟绩）
然而，她却依旧淳朴、未触笔墨，
她过去是这样，将来也必定如此。①

可见，爱默生笔下那种言简意赅而又行云流水的语言特征很早就在影响着弗罗斯特的诗歌创作。或许，这也是弗罗斯特想“用十几行无韵诗写成一部美国历史”的初衷。从这首诗歌看，弗罗斯特认为美国人要想真正“拥有”这片土地，他们首先需要作出“彻底的奉献”，必须完全放弃自我。当弗罗斯特在这首诗中说美国人“拥有着当时不被［他们］拥有的东西”时，他一方面指当时他们对这块土地的所有权为英国所剥夺；而另外一方面他指当时的美国人并没有真正爱上这块土地，没有像神圣的爱情那样，做到双方在灵魂与肉体上的完全结合。这是一种“软弱”，而这种“软弱”只有当美国人真正意识到他们必须像热恋中的情人那样热爱自己的国家时才能够被克服。于是，他们发现他们的“软弱”来自他们自我的“捆绑”。为了“与这片土地融为一体”，他们学会了“放弃”、学会了“奉献”，因此“立刻从放弃中得到拯救”。可见，在这“用十几行无韵诗写成［的］一部美国历史”中，不论我们“砍掉”哪些词语或者句子，它们都会“流血”。

第四节　“有戏剧性就不至于枯燥”

弗罗斯特在演讲中说：“我把爱默生的散文和诗歌都作为我的例证。文学作品只要富有戏剧性就不至于枯燥。”1929 年，弗罗斯特曾经为他自己创作的独幕剧《出路》（*A Way Out*）写过一篇简短的序言，其中谈到了文学作品戏剧性的极端重要性：“任何文学作品实际上都具有戏剧性。它无须自报体裁，但必须富有戏剧性，否则就什么也不是。……戏剧性必须渗透到句子的本质之中。如果句子的戏剧性不强，就不足以吸

① 黄宗英：《“从放弃中得到拯救”：读罗伯特·弗罗斯特的〈彻底的奉献〉》，《北京联合大学学报》（人文社会科学版）2008 年第 4 期。

引读者的注意力。即便句子的结构变化多么微妙，那也将无济于事。那么，唯一的出路就是靠唤起读者想象的耳朵去倾听那将词语紧紧地固定在句里行间的说话声调（speaking tone of voice）。那是惟独可以区别诗歌与歌唱并使散文自成一体的途径。”[①] 显然，弗罗斯特强调的是句子必须富有戏剧性，而且能够使句子富有戏剧性的唯一途径是能够“将词语紧紧地固定在句里行间的说话声调”。那么，弗罗斯特所谓的“说话声调”究竟是什么意思？换言之，什么样的“说话声调”才能够“唤起读者想象的耳朵”呢？

弗罗斯特认为“声音是诗歌创作的一种元素，是惟一一种能把想象变成理性的元素。我完全可以证明这种使用方言的方法是正确的。它有助于幻想并且能够激发艺术家的想象”[②]。在诗歌创作中，弗罗斯特强调诗人应该善于使用自然的方言，而且把人们日常话语中的“说话声调”称为“意义声音”（sound of sense）或者“句子声音”（sentence sound）。弗罗斯特认为他是第一位将“意义声音”理论发展成一个自觉的诗歌创作原则的诗人。[③] 显然，弗罗斯特是想步18世纪英国诗人蒲柏（Alexander Pope）的后尘[④]，并且在庞德、艾略特等众多20世纪当代诗人主张形式开放的诗歌创作情境中，另辟蹊径，闯出一条“创新的老路”（the old-fashioned way to be new）。[⑤] 1914年2月22日，弗罗斯特曾经在给约翰·巴特里特（John Bartlett）的一封信中，系统地阐释过他的“意义声音”或者“句子声音”理论：

> 一个句子本身就是串联了一连串称之为词语的一个声音。你可

① ［美］弗罗斯特：《出路·序言》，黄宗英译，载《诗探索》第2辑。原文参见 Robert Frost, “Preface to *A Way Out*”, in *Robert Frost: Collected Poems, Prose & Plays*, New York: The Library of America, 1995。

② Lawrence Thompson ed., *Selected Letters of Robert Frost*, New York: Holt, Rinehart and Winston, 1964, p. 25.

③ 参见黄宗英《弗罗斯特研究》，上海外语教育出版社2011年版。

④ 蒲柏曾经在其《论批评》（*An Essay on Criticism*）中有过“The sound must seem an Echo to the sense”（音韵须作意义的回声）的名言。王佐良、李赋宁等主编《英国文学名篇选著》，商务印书馆1987年版，第438页。弗罗斯特的“意义声音”理论应该是基于蒲柏的这句名言。

⑤ 参见黄宗英《弗罗斯特研究》，上海外语教育出版社2011年版。

以不要这个句子声音而把一连串词语连接在一起，就像你不用晾衣绳而凭着连接衣袖把衣服晾在两棵树之间一样，但是那种晾法对衣服不好。……句子声音是通过耳朵来理解的，是通过耳朵从人们的日常用语中收集而来并写进书本去的。一些书本里谈论的许多句子声音对我们来说并不陌生。我认为它们并不是作家们创造的。最有原创性的作家也只是从谈话中活生生地捕捉到它们，因为那里是它们自然生长的地方。假如有一个人，他使用的一切词语都能够串联在一个个明确可辨的句子声音上，那么，他肯定是一个作家。想象的声音、说话的声音肯定知道该如何在作家写出的每一个句子中表现自己。假如一个人所使用的词语大多都串联在一些更为动人的句子声音上的时候，那么他一定是一个出色的作家。再谈谈理解问题：在文学方面，我们的任务是要给读者一些东西并且能够让他们说："哦，是的，我懂你的意思。"千万不要给他们讲一些他们不懂的东西；[我们] 只能讲一些他们懂得却没想到把它们说出来的东西。那必须是他们能够理解的东西。①

在《论爱默生》的演讲中，弗罗斯特直接引用了爱默生的一首长诗《莫纳德诺克山》(*Monadnock*) 中一段关于"我们古老的话语"的诗文，并且说："他 [爱默生] 和我都十分欣赏的话语。"② 如果我们对弗罗斯特所引用的这段爱默生诗文进行音韵释读，我们就可以看出爱默生在诗歌音韵效果方面的艺术追求，及其对弗罗斯特诗歌创作追求戏剧性音韵效果的影响。诗歌引文原文如下：

Yet wouldst thou learn our ancient speech
These the masters who can teach.
Fourscore or a hundred words
All their vocal muse affords.

① Lawrence Thompson ed., *Selected Letters of Robert Frost*, New York: Holt, Rinehart and Winston, 1964, pp. 110 - 111.

② Robert Frost, "On Emerson", in *Robert Frost: Collected Poems, Prose & Plays*, New York: The Library of America, 1995, p. 861.

Yet they turn in a fashion
Past the statesman's art and passion.
Rude poets of the tavern hearth
Squandering your unquoted mirth,
That keeps the ground and never soars,
While Jake retorts and Reuben roars.
Scoff of yeoman, strong and stark,
Goes like bullet to its mark,
And the solid curse and jeer
Never balk the waiting ear. ①

笔者试译：

但你该学我们古老的话语，
所有这些大师们可以教你，
总共八十或者一百个单词
个个都表达其有声的沉思，
但是它们马马虎虎都能够
让政客表达其技艺和激情，
让酒店壁炉前粗俗的诗人
挥霍你未引用的欢歌笑语。
即便是雅各还嘴流便怒吼，
可这种话语从未传出山里。
人人唇枪舌剑，辛辣刻薄，
有如一颗颗子弹飞向靶心。
各种至深至痛的讥讽嘲弄，
从未错过等候倾听的耳朵。

① Robert Frost, "On Emerson", in *Robert Frost: Collected Poems, Prose & Plays*, New York: The Library of America, 1995, pp. 861 - 862.

不难发现，第一，这种所谓的“古老的话语”可谓简单深邃。用诗中人的话来说就是，虽然“总共［只有］八十或者一百个单词”，但是“个个都表达其有声的沉思”；特别是这种“有声的沉思”往往看似简单，貌似无声，却每每道出诗人深邃的生活哲理。这里可以看出英国浪漫主义诗人华兹华斯主张诗人使用老百姓能够理解的简单质朴的语言进行诗歌创作的思想。[①] 爱默生的这段诗文共 81 个单词，其中只有 16 个是源出拉丁语、古法语或者北欧斯堪的纳维亚语的词汇（ancient、vocal、muse、fashion、statesman、art、passion、rude、poet、tavern、unquoted、soar、retort、scoff、bullet、solid），占 20%，其余 65 个单词基本上都是源出古英语的词汇，都是普通百姓常用的意思简单明了的单词，即便是形容词（ancient、vocal、rude、unquoted、solid），也基本上属描写性形容词。然而，爱默生就是用这种“从未传出山里”的话语道出了“你［尚］未［被］引用的欢歌笑语”，因为虽然这些被诗人叫作“雅各”（Jake）和“流便”（Reuben）的人都是普通的“乡里人”，但是他们驾驭这种话语的能力可是游刃有余的，有的“还嘴”，有的“怒吼”，“人人唇枪舌剑，辛辣刻薄”，而且“各种至深至痛的讥讽嘲弄”就像“一颗颗子弹飞向靶心”，“从未错过等候倾听的耳朵”。显然，这些“辛辣刻薄”而又“至深至痛的讥讽嘲弄”只能出自乡里那些普通百姓日常的“唇枪舌剑”，但是这些话语才是华兹华斯想要的“人们日常真正使用的语言”[②]，因为这种话语最形象鲜活，最接地气，最有生命力，每一句话都能够像“一颗颗子弹飞向靶心”，让那“等候倾听的耳朵”感到“至深至痛”。或许，这可以解释为什么弗罗斯特在演讲中说：“我过去总喜欢那种令人感到至深至痛的讥讽嘲弄，认为那才是最美丽的修辞手法。上学的时候，总有人告诫我们不要学那种话语，因为其中雷同太多，所以只能够靠变化说话的声调和改变说话的情境加以调控。”[③] 然而，这种

① 参见 William Wordsworth，“Preface to the Second Edition of *Lyrical Ballads*”，in Hazard Adams ed.，*Critical Theory Since Plato*，San Diego：HBJ，1971。

② William Wordsworth，“Preface to the Second Edition of *Lyrical Ballads*”，in Hazard Adams ed.，*Critical Theory Since Plato*，San Diego：HBJ，1971，p. 434.

③ Robert Frost，“On Emerson”，in *Robert Frost*：*Collected Poems*，*Prose & Plays*，New York：The Library of America，1995，p. 862.

话语又恰恰是弗罗斯特最痴迷的诗歌语言，因为它直接来自新英格兰地区劳动人民的生活。英国语言学家艾弗·阿姆斯特朗·理查兹（Ivor Armstrong Richards）曾经研究并且倡导只有850个单词的“基本英语”。弗罗斯特对爱默生诗歌中提到的“总共八十或者一百个单词”很感兴趣，因为“这比我的朋友理查兹倡导的八百个基本单词还少七百个”。他还说：“我过去经常爬上装运板材（用来做木箱的木板）的大板车，就是为了能够津津有味地听赶大板车的人游刃有余地使用他那有限的一百个词语。”①

第二，句法简单，韵脚整齐，基本上没有出现因为凑合双行押韵的韵律要求而牺牲句法结构简单清晰的原则；即便是没有找到完美韵脚，比如第3、4行的韵脚“word”与“afford”两个词发音不一致，诗人也还是能够充分利用英诗韵律中经常出现的“视韵”（eye-rhyme）原则。值得注意的是爱默生在这里使用的基本上算是四音步抑扬格格律形式，这也是弗罗斯特经常使用的格律形式。比如，弗罗斯特的《雪夜林边逗留》《冰与火》等。此外，这里第9、10两行的韵脚“soars”和“roars”称得上是完美的押韵，而且这两个词中的元音［ɔ:］又和“retorts”一词的元音构成一个近乎完美的内韵（internal rhyme）的音韵效果，足见爱默生驾驭英诗音韵艺术效果的能力，而这种音韵效果在弗罗斯特诗歌中也是屡见不鲜的，比如，在弗罗斯特《熟悉黑夜》（“Acquainted with the Night”）的开篇，弗罗斯特有这样的诗句：

I have been one acquainted with the night.
I have walked out in rain—and back in rain.
I have outwalked the furthest city light. ②

笔者试译：

① Robert Frost, “On Emerson”, in *Robert Frost: Collected Poems, Prose & Plays*, New York: The Library of America, 1995, p. 861.

② Robert Frost, *Frost: Collected Poems, Prose & Plays*, New York: The Library of America, 1995, p. 234.

我已经是一个人，熟悉黑夜。
我已经冒雨出去又冒雨回来。
我已经走过了路灯所照之地。①

而在《花丛》（*A Tuft of Flowers*）一诗的结尾，弗罗斯特又有这样的绝句：

"Men work together", I told him from the heart,
"Wither they work together or apart."②

笔者试译：

"人们共同劳动"，我由衷对他说：
"无论是在一起或是分开了工作。"③

不论是行尾的押韵，还是行中的重复与内韵，都在音韵艺术效果上惟妙惟肖地体现了新英格兰地区普通百姓能够游刃有余地运用简单语言，而弗罗斯特诗歌的最大特点之一就是他善于"唤起读者想象的耳朵去倾听那将词语紧紧地固定在句里行间的说话声调"④。1957年，在伦敦祝贺弗罗斯特85岁寿辰的晚宴上，艾略特说："弗罗斯特先生是一位好诗人，而且我或许可以说，我必须称他为，当今在世的一位最卓越的、最著名的英国和美国诗人（Anglo-American poet now living）……我认为诗歌中有两种地方情调（local feeling），其中一种只适合于那些享有共同地方背景的人，而另外一种则具有普遍性（universality），其中的关系就像但丁对佛罗伦萨（Florence）、莎士比亚对沃里克郡（Warwickshire）、歌德对莱茵兰（Rhineland）、弗

① 黄宗英：《弗罗斯特研究》，上海外语教育出版社2011年版，第300—301页。

② Robert Frost, *Frost*: *Collected Poems*, *Prose & Plays*, New York: The Library of America, 1995, p. 31.

③ 黄宗英：《弗罗斯特研究》，上海外语教育出版社2011年版，第244页。

④ ［美］弗罗斯特：《出路·序言》，黄宗英译，《诗探索》1995年第2辑。

罗斯特对新英格兰那样。弗罗斯特具备这种普遍性。"[①] 由此可见，弗罗斯特的诗歌语言不仅拥有一种清新纯朴的自然韵味，他的"句子声音"也就自然而然地成为新英格兰普通百姓共同语言的共同声音，而且他的这一理论也给他的诗歌语言带来了一种将新英格兰方言与英诗格律深度融合的具有普遍性意义的音韵之美，大大增强了他的诗歌创作的戏剧性艺术效果。

第五节　"单元和宇宙是一片浑圆"

爱默生是19世纪美国超验主义思潮最兴盛时期的代表人物，而19世纪美国超验主义思潮应当说是一次文化运动，因为它将欧洲的浪漫主义思想传入美国的新英格兰地区。作为一名超验主义思想家和诗人，爱默生的宇宙观带有明显的理想主义和柏拉图主义色彩。他不仅认为上帝在大自然中是无所不在的，而且坚信人是可以凭借自己的直觉去洞察象征着人类精神世界的自然世界。就其诗歌与诗学理论而言，第一，爱默生认为"诗人具有代表性（representative）。他在局部的人中间代表全体人，他提供给我们的不是他的财富，而是全民的财富"[②]。第二，爱默生唤起了诗人对客观世界的"一种秘而不宣的智性感觉"（an ulterior intellectual perception）[③]。爱默生曾经用最形象生动的比喻刻画了他在大自然中体会其心灵顿悟的瞬间："我变成了一颗透明的眼球。我化为乌有。我洞察一切。"[④] 第三，爱默生可谓最早发现自然是人类思想载体的美国作家。他认为"语言就是变成化石的诗歌"[⑤]，因为"文字是自然事物的符号"，而"具体的自然事物是具体的精神事物的象征"，因

① Lawrence Thompson and R. H Winnick, *Robert Frost*: *The Later Years* 1938 - 1963, New York: Holt, Rinehart and Winston, 1976, p. 244.

② Ralph Waldo Emerson, "The Poet", in *Emerson*: *Essays & Lectures*, New York: Literary Classics of University Press, 1983, p. 448.

③ Ibid., p. 456.

④ Ralph Waldo Emerson, "Nature", in *Emerson*: *Essays & Lectures*, New York: Literary Classics of University Press, 1983, p. 10.

⑤ Ralph Waldo Emerson, "The Poet", in *Emerson*: *Essays & Lectures*, New York: Literary Classics of University Press, 1983, p. 457.

此“自然是精神的象征”。[①] 第四，爱默生认为“创造一首诗歌的不是韵律，而是催生韵律的主题（a metre-making argument）”[②]，强调诗歌思想主题与韵律形式的高度契合。笔者曾经将爱默生对诗歌与诗学理论发展所作的贡献概括为“代表性人物”“智性感觉”“化石的诗歌”和“催生韵律的主题”四个方面。[③]

爱默生最美的诗篇是他自己的生命，因为他用自己的生命，以日记和随笔的散文形式，发现并创造了一个既属于他自己的又能够让人们永远记忆的诗意人生。此外，他一生创作了400余首诗歌。[④] 虽然他的诗歌不像弗罗斯特的诗歌那样家喻户晓，但是弗罗斯特特别喜欢爱默生的《乌列》（“Uriel”）和《梵天》（“Brahma”）这两首诗歌。在《论爱默生》的演讲中，弗罗斯特把《乌列》一诗称为“西方最优秀的诗篇”，并且直接引用了其中的一行：“单元和宇宙是一片浑圆。”（Unit and universe are round）然后，弗罗斯特接着说：“根据这一行诗歌，人们可以写出另外一首诗歌，其意思是假如仅仅是在理想的思维活动中，一个圆是圆的，但是实际上在自然中这个圆又变成了一个椭圆。作为一个圆，它只有一个中心——善（Good），而作为一个椭圆，它就有两个中心——善（Good）和恶（Evil），因此一元论和二元论是对立的。”[⑤] 显然，这一行诗与爱默生关于宇宙万物息息相关的宇宙观有密切的联系。假如我们细心品读弗罗斯特所珍爱的这首爱默生诗作，我们就能够进一步理解弗罗斯特的用意所在。

---

① Ralph Waldo Emerson, “Nature”, in *Emerson*: *Essays & Lectures*, New York: Literary Classics of University Press, 1983, p. 20.

② Ralph Waldo Emerson, “The Poet”, in *Emerson*: *Essays & Lectures*, New York: Literary Classics of University Press, 1983, p. 450.

③ 参见黄宗英《爱默生与美国诗歌传统》,《北京联合大学学报》(人文社会科学版) 2010年第3期。

④ Harold Bloom 和 Paul Kane 选编和注释的 *Ralph Waldo Emerson*: *Collected Poems and Translation*（New York: Literary Classics of the United States, 1994）收录了爱默生创作和翻译的诗歌408首，其中正式发表的自创诗歌140首，译诗45首；未正式发表的自创诗歌手稿134首和译诗手稿92首。此外，Ranold A. Bosco 总主编的 *The Collected Works of Ralph Waldo Emerson*（Vol. 9, Poems, Cambridge: The Belknap Press of Harvard University Press, 2011）收录了爱默生正式发表过的诗歌192首。

⑤ Robert Frost, “On Emerson”, in *Robert Frost*: *Collected Poems*, *Prose & Plays*, New York: The Library of America, 1995, p. 861.

爱默生创作这首诗歌的时间大约是 1839 年，但是一直到 1847 年才被收录进爱默生的《诗集》并与世人见面。在西方神话和文学作品中，包括在弥尔顿的《失乐园》中，乌列（Uriel，又译尤烈儿，Heb：light of God［与 *ur* fire 有关 + *el* god］）是基督教《圣经》记载的天使之一，是火神或者太阳神，是一个具有反叛精神和被人误解的天使长（archangel）。在弥尔顿《失乐园》第 3 章第 648—694 行中，乌列也出现过；他不仅是“太阳的管理者”（regent of the sun），而且“又是/天上目力最灵敏的一位天使”（held/The shapest sighted spirit of all in heaven），但是他也曾被撒旦“骗了一回”。从诗歌的开篇看，爱默生试图想将自己这首诗的背景置于乌列与诸神之间“发生在远古时代”的那场悬而未决的争论之中：

It fell in the ancient periods,
Which the brooding soul surveys,
Or ever the wild Time coined itself
Into calendar months and days.

This was the lapse of Uriel,
Which in Paradise befell.
Once, among the Pleiads walking,
Said overheard the young gods talking;
And the treason, too long pent,
To his ears was evident.
The young deities discussed
Laws of form, and metre just,
Orb, quintessence, and sunbeams,
What subsisteth, and what seems. ①

① Ralph Waldo Emerson, *Collected Poems and Translation*, New York: Literary Classics of the United States, 1994, p. 15.

笔者试译：

故事发生在远古的时代
那伏孵的灵魂俯视万方，
或者就是那野蛮的时间
擅自杜撰了其日月历书。

这就是乌列堕落的故事
它发生在神圣的天堂里。
曾穿流于昴宿星团之中，
萨迪偶听小天使们议论；
那背信弃义的骂名显然
已在他们心头憋气很久。
年轻的天使们在谈论着
诗的法则和严谨的格律，
天体、以太和道道日光，
究竟什么是或不是存在。

可见，“乌列堕落的故事”是一个“在远古的时代……发生在神圣的天堂里”的故事，但是诗歌的开篇4行似乎又在告诉我们这个故事是一个永恒的故事。即便那“野蛮的时间/擅自杜撰了其日月历书”，却也限制不了这个永恒故事的存在，因为“那伏孵的灵魂［仍在］俯视万方”。值得注意的是爱默生笔下“那伏孵的灵魂”的英文原文是“the brooding soul”。这里“灵魂”是一个抽象名词，但是爱默生用了一个动词的现在分词形式加以修饰，使之成为一个图征性意象，其意象有如图画般逼真，更加直观，更加形象生动。笔者认为，这一意象直接影射《圣经·旧约·创世记》开篇描写神创造天地时的生命景光：

> 1 In the beginning God created the heavens and the earth. 2 Now the earth was formless and empty, darkness was over the surface of the deep, and the Spirit of God was hovering over the waters.

[1]起初神创造天地。[2]地是空虚混沌，渊面黑暗，神的灵运行在水面上。①

《圣经》中英文动词“hovering”与爱默生笔下的“brooding”同义，而且这两个动词本身都可以看成一个隐喻，象征着创世之初，神的灵就像一只母鸡在用自己所有的精力和生命抱窝伏孵小鸡那样，保护着那“空虚混沌”和“黑暗［的］渊面”。想必，在这首诗歌的开篇，爱默生是借助这个“伏孵的灵魂”的意象，将乌列比作神；神原本是创世之神，是至高无上的，而且似乎同样在“俯视万方”。虽然乌列的“故事发生在远古的时代”，但是这首诗歌本身又可以被看成一个寓言故事（allegory）。它喻指爱默生1838年7月15日在剑桥镇发表《对神学院毕业班的演讲》（“The Divinity School Address”）之后的那一段不平凡的人生经历。爱默生的儿子爱德华（Edward Waldo Emerson）后来把这首诗歌称为描写“作者生命中一次危机的一个神圣的寓言故事”②，因为爱默生在这次演讲中勇敢地揭露和批判了当时基督教的弊端。爱默生认为人就是一切，自然界的全部法则就在人自己身上。人的存在就是神的存在的一部分，每一个人都是神圣的，因此不需要理性的助力，也无所谓教会的权威，人是可以凭借自己的直觉去认识世界和追求真理的。爱默生的这种“直觉”理论把个人升华到了“超灵”的境界，实际上动摇了整个基督教教义最根本的立足点。结果，虽然这次演讲受到了许多青年学生的热烈欢迎，但是也引起了部分教师的强烈反对。爱默生也因此招来了“泛神主义”“无神论”等骂名。如果我们把诗中人乌列当作爱默生本人，那么，诗歌中的“天堂”就应该喻指当时的哈佛大学神学院。在那里，诗人“萨迪”似乎偶然间听到了小天使们在纷纷议论。虽然诗人“萨迪”也可以被看成爱默生的另外一个自我，但是他也可以代表哈佛大学那些关注学生们讨论爱默生观点的人，“那背信弃义的骂名显然/已在他心头憋气很久”。诗歌中学生们争论很久的“诗的法则和

① 《圣经·旧约》（和合本），国际圣经协会1998年第5版，第1页。

② Tiffany K. Wayne, *Ralph Waldo Emerson: A Literary Reference to His Life and Work*, New York: Facts On File, 2010, p. 273.

严谨的格律”或许就是指爱默生对文学和诗歌的“背信弃义”。虽然他们在讨论的“天体、以太和道道日光”，但是这些东西“究竟什么是或不是存在”呢？实际上，爱默生是在质疑物质与精神的区别，或者说是唯物主义与唯心主义的区别。它们的区别究竟在哪里？显然，这种质疑也是令人难以接受的。那么，爱默生又是如何面对那一系列“背信弃义”的骂名呢？

One, with low tones that decide,
And doubt and reverend use defied,
With a look that solved the sphere,
And stirred the devils everywhere,
Gave his sentiment divine
Against the being of a line.
“Line in nature is not found;
Unit and universe are round;
In vain produced, all rays return;
Evil will bless, and ice will burn.”
As Uriel spoke with piercing eye,
A shudder ran around the sky;
The stern old war-gods shook their heads;
The seraphs frowned from myrtle-beds;
Seemed to the holy festival
The rash word boded ill to all;
The balance-beam of Fate was bent;
The bonds of good and ill were rent;
Strong Hades could not keep his own,
But all slid to confusion.①

① Ralph Waldo Emerson, *Collected Poems and Translation*, New York: Literary Classics of the United States, 1994, pp. 15 – 16.

笔者试译：

一人，带着低调的决心
和疑惑，蔑视崇敬权威，
他镇定自若，威震四方，
并让牛鬼蛇神无处藏身。
四处传播他神圣的情感
否定人神之间存在界线：
“在大自然中找不到界线，
单元和宇宙是一片浑圆，
光线射出必将徒然返回，
邪恶祝福，且冰雪燃烧。”
乌列敏锐的眼神在说话
宛如一阵颤动回荡星空；
古老不屈的战神摇摇头
天使在香木床上皱眉头；
从这一神圣的节日看来
这鲁莽的胡言预示不详；
命运的平衡木被迫折弯；
善恶的契约被骤然撕毁；
浩瀚的冥府都自身难保，
世间一切只能陷入混沌。

显然，诗中的那“一［个］人”已经不是指上帝神的化身基督耶稣了。他就是乌列，喻指爱默生自己。他“蔑视”教会的“崇敬权威”，而且已经给教徒们的心灵里带来了“疑惑”。那么，乌列之所以公然地挑战他们的教会，否定人们心灵中的神，“否定人神之间存在界线”，是因为基督教教会本身的原因。正如爱默生在《对神学院毕业班的演讲》中所说的那样，“历史基督教陷入了那种破坏所有宗教交流企图的错误。……它已经不是灵魂的教义，而是个人的夸张、真实的夸张和仪式的夸张。耶稣这个人过去和现在始终是存在于这种令人厌恶的夸张之中"[①]。在爱默生看来，"基督耶稣属于真正的先知民族……他的生命在于灵魂"[②]。他是一个"真正的人"（a true man），是"历史上唯一一个珍惜人的价值的人"[③]。然而，耶稣原本应该受到人们的热爱而不是膜拜，那些"曾经围绕着他的崇敬和爱如今已经腐败成了官衔"。爱默生说："想用奇迹改变一个人的信仰是对灵魂的亵渎。真正的改变……是要通过接受美的情感来实现的。"[④] 众所周知，"耶稣讲过奇迹，因为他感到人生就是奇迹，人的所作所为就是奇迹，并且他知道这种日常的奇迹只有在人格高尚的时候，才能闪现出光辉。但是，奇迹这个词语，一旦被教堂使用，就给人一种虚假的印象，它变成了一个怪物"[⑤]。因此，爱默生通过诗中人乌列说，他应该"四处传播他神圣的情感/否定人神之间存在界线"，"在大自然中找不到界线，/单元和宇宙是一片浑圆，/光线射出必将徒然返回，/邪恶祝福，且冰雪燃烧"。显然，这些观点冲破了基督宗教的所有界限，强调人与自然和上帝之间没有界限。

那么，如何才能使得那"被迫折弯"的"命运的平衡木"恢复平衡呢？如何才能使得那"被骤然撕毁"的善与恶之间的契约重新修复起来呢？爱默生认为，问题的关键在于基督的灵魂（the mind of Christ）："灵魂得不到宣讲。教堂摇摇欲坠，生命几乎完全泯灭。"[⑥] 在爱默生看来，"灵魂是不认识任何人的。它鼓励每一个人都能够伸展得如同宇宙一样圆满，并且没有偏见，只有天生自然的爱"。可如今"对信仰的伤害窒息着传教士；最优秀的教会也变得对是非含糊其辞，优柔寡断"。[⑦] 毫无疑问，"假如言谈被拒绝，那么思想对于人来说就是一种负担"[⑧]。于是，爱默生得出的结论就是："基督的信念要

---

① Ralph Waldo Emerson, "An Address", in *Emerson: Essays & Lectures*, New York: Literary Classics of University Press, 1983, p. 81.

② Ibid., p. 80.

③ Ibid..

④ Ibid., p. 82.

⑤ Ibid., p. 80.

⑥ Ibid., p. 83.

⑦ Ibid..

⑧ Ibid..

得到宣讲。"① 所以，尽管美丽的乌列脸上仍然笼罩着一种"沮丧和难堪的自我认识"，但是"真实的事物却不时地/羞辱着天使翅膀的面纱"。尽管"诸神摇头，不知所措"，但是"一个灵魂如圣灵的流出"，"映红了上天"。

沮丧和难堪的自我认识
降临到美丽的乌列身上。
往日天国那卓越的上帝
将他的时光收回到雾中，
无论是毁于那茫茫人海
那无端的历史旋涡之中，
还是定命于闪光的知识
触动那无知的虚弱神经。
健忘的微风从耳边吹过
悄悄地走过神圣的天国，
他们对秘密是双唇紧闭，
宛如火种在灰烬中熟睡。
但真实的事物却不时地
羞辱着天使翅膀的面纱，
而且躲避着太阳的光线，
或者闪开那炼丹的威力，
一个灵魂如圣灵的流出
或者像快速变化的活水，
或者出生于邪恶的善良，
传来那乌列天使的嘲笑，
和一阵羞愧映红了上天，
而诸神摇头，不知所措。②

① Ralph Waldo Emerson, "An Address", in *Emerson: Essays & Lectures*, New York: Literary Classics of University Press, 1983, p. 83.

② Ralph Waldo Emerson, *Collected Poems and Translation*, New York: Literary Classics of US., 1994, p. 16.

第六节 “找到我,你便转身背离上天”

美国布朗大学英文教授乔治·蒙蒂罗（George Menteiro）博士在其专著《罗伯特·弗罗斯特与新英格兰文艺复兴》一书中说，弗罗斯特那天晚上的演讲虽然短小，但是“充分体现了许多流露他内心思想感情的观念和令人好奇的言论”[①]。比如，蒙蒂罗教授注意到弗罗斯特在演讲中引用了爱默生的《梵天》（“Brahma”）一诗中长期困扰他的两行诗句：“可你啊，一个谦顺爱善的人！/找到我，你便转身背离上天。”弗罗斯特接着说：“让我感到困惑的是蕴含在这位‘谦顺爱善的人’（meek lover of the good）身上的基督教思想。我不喜欢晦涩与模糊，但却十分喜欢我必须花时间才能澄清的神秘话语（dark sayings），而且我不想被剥夺我自己去刨根究底的欣喜。”[②] 我们知道，弗罗斯特的诗歌创作的基本特征就是貌似简单（deceptive simplicity）[③]，或者叫“简单的深邃”[④]。那么，爱默生笔下这位诗中人“你”为什么是一位“谦顺爱善的人”（meek lover of the good）呢？为什么不是一位“谦顺爱神的人”（meek lover of the God）呢？为什么他一找到诗中人“我”，“便转身背离上天”呢？或许，弗罗斯特的困惑及这一些问题的答案都需要从这首诗歌的文本里去寻找。爱默生的这首诗歌全文如下：

梵天

假如红衣凶手真认为他杀人，
或者假如被害真认为他被杀，

① George Menteiro, *Robert Frost & the New England Renaissance*, Lexingtong (Kentacky): The University Press of Kentucky, 1988, p. 138.

② Robert Frost, "On Emerson", in *Robert Frost: Collected Poems, Prose & Plays*, New York: The Library of America, 1995, p. 862.

③ Zongying Huang, *A Road Less Traveled By: On the Deceptive Simplicity in the Poetry of Robert Frost*, Beijing: Peking University Press, 2000, p. 19.

④ 黄宗英：《简单的深邃——罗伯特·弗罗斯特诗歌创作艺术管窥》，《北京联合大学学报》（人文社会科学版）2006 年第 1 期。

他们都没有理解其中的微妙，
我保守，超越，又一再回头。

远离我或被忘却的却是近的；
影子和阳光无异于同出一辙；
消失的诸神重现在我的面前；
羞耻和声誉也不过异曲同工。

他们把冷落我的人当作邪恶；
当他们使我飞扬，我是翅膀；
我既是个怀疑者又是个疑惑，
而且还是婆罗门讴歌的颂歌。

大能的诸神渴望着我的住所，
古希腊七圣贤同样徒然苦思；
可你啊，一个谦顺爱善的人！
找到我，你便转身背离上天。①

爱默生这首16行的短诗最早于1857年11月发表在《大西洋月刊》（*Atlantic Monthly*）创刊号上，后来收录在他的诗集《五月及其他诗作》（*May-Day and Other Pieces*）和《诗选》（*Selected Poems*）之中。爱默生对东方宗教与哲学十分痴迷，并且喜欢用一种比较的眼光从非基督宗教的文明中去寻求精神与哲学的主题元素。这一点与19世纪美国其他的超验主义者及一些相对自由开明的基督徒和主张自由宗教的人是一样的。19世纪三四十年代，美国社会前沿迅速向西拓展，美国作家们纷纷效仿小说家库珀（James F. Cooper），开始从西部边疆寻找反映美国生活的文学主题，但是在东部沿海城市，特别是在波士顿及周边城镇，却酝酿着一种新的文化气象。波士顿地区

① Ralph Waldo Emerson, *Collected Poems and Translation*, New York: Literary Classics of the United States, 1994, p. 159.

的许多青年知识分子不满意陈旧的爱国主义思想，权力和金钱都不是他们生活的目标，于是他们转向内心世界的深处，开始研读古希腊、德国、印度和中国的哲学。哈佛大学已经不单单是一个只注重教育的地方，哈佛大学钱宁（Edward Channing）教授创办的《北美评论》（*North American Review*）也在积极地传播着新的思想。超验主义应运而生，但是超验主义者并未构建其独立的哲学体系，而只是形成了一次文化思想运动。他们既反对先辈们坚守下来的旧的保守的清教教义（Puritanism），也不接受新的自由开明的唯一神教派教义（Unitarianism）。他们尊重基督教义的智慧，但是他们认为莎士比亚和所有哲学伟人同样重要。爱默生与梭罗也是在19世纪40年代，一起开始阅读《福者之歌》（*Bhagavad Gita*）和《毗瑟拏往世书》（*Vishnu Purana*）的，前者是以对话形式阐述印度教教义经典《摩阿婆罗多》的一部分，后者也是记载印度教守护神毗瑟拏（Vishnu）世系源流的印度教经典之一。毗瑟拏是印度教的主神之一。在阅读的过程中，爱默生摘抄了许多关于印度教经典的片段；后来，在其散文随笔和诗歌创作中，爱默生经常回顾和借鉴这些文本。在爱默生的日记中，我们能够看到爱默生先是大段大段地摘抄《毗瑟拏往世书》，然后又将其中的思想观点写入他的演讲稿、散文随笔和诗歌。《梵天》便是典型的一例。

所谓“梵”是指印度正统婆罗门教思想的最高原理。印度思想将万有的根源“梵”予以神格化，成为婆罗门教和印度教的创造之神，与印度教中的守护之神毗瑟拏及生殖与毁灭之神湿婆（Shiva，or Siva）齐名，并称为婆罗门教和印度教的三大主神。[①] 因此，梵天是创造之神，代表永恒真理和宇宙万物内在相连的原理，而这一原理后来被爱默生发展为“超灵”（The Over-Soul）。著名爱默生研究专家钱满素教授认为，“超灵”是爱默生超验主义世界观的核心。爱默生把宇宙当作一个统一体，而每个人都是这个统一体中的一个具体存在，并通过它与其他所有人合而为一。因此，“超灵”就是统辖宇宙万物的唯一心灵和唯一意志。宇宙万物不仅从中产生而且相互配合。“超灵”是由

① 宽忍主编：《佛学辞典》，中国国际广播出版社1993年版，第1171页。

“灵”“超”和“超灵”三个部分组成的。所谓“灵”指世界的精神本质，而“超”表达的是灵魂的超验性质。“爱默生崇尚灵魂，把灵魂视为宇宙、世界和人的本质。……灵魂虽然远远高于物质世界、优越于物质世界，但它却是真正的现实。不是人拥有灵魂，而是灵魂拥有人……每个人不过是他灵魂的外表。”① 正如爱默生所言：“一切的一切都表明人的灵魂不是一种器官，而是在激励、锻炼所有的器官；它不是一种像记忆力、计算力、比较力那样的能力，而是把这些功能当作手脚来使用；它不是一种官能，而是一种光明；它不是智能或意志，而是智能和意志的主宰，它是我们存在的背景，智能和意志就在其中——一种不被占有而且不能被占有的无限。”② 此外，钱满素教授认为，“‘超’还有遍及和普遍的意思，指的是灵魂渗透弥漫的性质。灵魂深入宇宙的每一部分：‘我们看见的世界是单个的：太阳、月亮、动物、树木，但它的全部则是灵魂，具体个别的只是它光耀的部分。’③ 简单地说，爱默生的超验主义就是激励人去超越各种限制，无论是内部的还是外部的。而只有服从这一无处不在、无所不能的灵魂，人才可能达到超越”④。

可见，由于梵天不仅囊括而且主宰宇宙万物。那么，这首诗歌的第 1 节实际上是对印度教经文原文的改写：“什么活物杀或者被杀？什么活物保护或者被保护？当他追随恶或者善的时候，各自都将成为他自己的毁灭者或者保护者。”⑤ 因为梵天包罗宇宙万物，是一种永恒精神，所以无所谓什么开始或者终结，也存在杀或者被杀。换言之，死亡意味着重生，人们死亡之时永远是重生于世之日。因此，诗中人说：“他们都没有理解其中的微妙，/我保守，超越，又一再回头。”此外，

---

① 钱满素：《爱默生和中国——对个人主义的反思》，生活·读书·新知三联书店 1996 年版，第 55 页。

② Ralph Waldo Emerson, “The Over-Soul”, in *The Selected Writings of Ralph Waldo Emerson*, New York: Random House, 1950, p. 263.

③ Ibid., p. 262.

④ 钱满素：《爱默生和中国——对个人主义的反思》，生活·读书·新知三联书店 1996 年版，第 56 页。

⑤ Ralph Waldo Emerson, *The Journals and Miscellaneous Notebooks of Ralph Waldo Emerson*, Vol. Ⅸ, Cambridge: The Belknap Press of Harvard University Press, 1960 – 1982, p. 319.

就诗歌主题而言，这种来自印度教的生死观在美国诗歌史上也可谓前所未有。

第 2 节似乎在重复和拓展第 1 节中关于生与死并没有区别及事物并没有开始与终结的观点。诗中人“我”在说，远的却是近的，“影子和阳光”及“羞耻和声誉”都没有区别，甚至“消失的诸神”同样会“重现在我的面前”。由此可见，自然时空与人类知识之间似乎有着必然的联系。那些“诸神”代表着人类过去与传统的宗教和历史。虽然他们离我们十分遥远，或者已经被人们忘记，或者已经消失，但是他们都可能重新出现。假如人类从一个更加宽广的宇宙永恒的观点来看，那么人们对世界的种种判断，不论“羞耻”还是“声誉”，都是一样的：“消失的诸神重现在我的面前；/羞耻和声誉也不过异曲同工。”

在第 3 节中，爱默生在此似乎使用了一语双关的修辞手法。原文中的“Brahmin”，等于“Brahman”，指印度四大阶级中的最高阶级者，此处似乎既可以指印度文化中的“贵族”又可以指作为 19 世纪中叶美国文艺复兴时期的代表人物爱默生自己。当时，人们已经开始把新英格兰地区的社会文化名流叫“波士顿贵族”（Boston Brahmins）。因此在这个意义上，爱默生自己不仅已经成为一曲“婆罗门讴歌的颂歌”，因为“当他们使我飞扬［的时候］，我［便］是翅膀”，而且也已经成为现实社会生活的一个“怀疑者”和一个“疑惑”，因为他既不信奉清教教义，也不接受唯一神教派教义，相反却对东方宗教十分痴迷，所以“冷落我的人”会被人们“当作邪恶”。可见，梵天的创新精神在此得到了进一步的拓展。

第 4 节说“大能的诸神”及“古希腊七圣贤”都在“徒然苦思”，渴望获得一个安身立命的“住所”，似乎所有的人都希望能够与梵天同在。然而，与梵天同在就需要拥抱梵天的灵魂。于是，爱默生指出这种灵魂的拥抱对于每一个人都是可能的，对于每一个“谦顺爱善的人”都是可能的，而且人们应该去追求这种生命的光景，而不是一味地崇拜西方基督宗教的“上天”（heaven，上帝），因为上帝是独一无二的，因此是排他的，也是有限的。由此可见，诗中最后一行“找到我，你便转身背离上天”是对基督宗教的公然反叛。爱默生实际上是在号召人们去追求东方文明中那种既基于个性自由又更能够彰显普世价值的"善"（the good）的观念，而不是继续接受西方基督宗教神上帝（the God）的束缚。而诗歌中所讨论的生与死、近与远、阳光与影子、声誉与羞耻等一系列表面上看是二元对立的概念判断，在既包罗万象又主宰万物的善的哲学光照之下，又变成一系列对立统一的观念，并没有实质性区别。因此，在《梵天》一诗中，爱默生实际上是从代表东方文明的一个印度教视角，来挑战西方传统的基督宗教，否定其上帝在统治整个人类和宇宙万物中的绝对权威，否定人类对上帝的完全依赖，否定上帝是人类得以拯救的唯一源泉。

第七节　"自由的焦虑"

爱默生对弗罗斯特的影响不仅限于诗歌创作的形式与内容方面，而且也直接涉及弗罗斯特的政治观点。在这篇演讲中，弗罗斯特使用了很大的篇幅讨论自由问题。弗罗斯特说："关于对自由的焦虑，我多半归因于爱默生而不是别的任何人……爱默生使我消除了原本可能会成为我的观念的谬误，即真理会让我获得自由的观念。我的真理将迫使你成为我的奴隶。"[①] 弗罗斯特说的没错，真理不等于自由，追求真理并不意味着人们就能够获得自由。从表面来看，美国人认为自由在任何地方都是高于一切人权的权利。早在 1791 年 12 月 5 日，美国国会通过的美国宪法修正案第 1 条中就指出："国会将不会制订任何法律……限制言论自由和出版自由；或者限制人们和平集会的权利和请求政府昭雪冤屈的权利。"[②] 第 13 条明确指出："除非是对已经被判罪的罪犯的一种惩罚，美国境内是不允许奴隶制或者非自愿奴役的存在。"[③] 然而，在 50 多年之后的 1844 年，爱默生的友人、超验主义哲学家阿尔科特（Bronson Alcott）和梭罗先后因为拒绝向不人道的政府交税支持蓄奴制，而在马

---

① Robert Frost, "On Emerson", in *Robert Frost: Collected Poems, Prose & Plays*, New York: The Library of America, 1995, p. 863.

② Milton Meltzer, *Milestones to American Liberty: The Foundations of the Republic*, New York: Thomas Y. Crowell Company, 1961, p. 46.

③ Ibid., p. 47.

萨诸塞州首府康科德被捕入狱，爱默生的废奴主义思想也因此更加坚定，并且于同年8月1日在康科德政府大楼发表了《纪念英属西印度群岛黑奴解放一周年》的演说，敦促美国政府以英国政府为榜样，将蓄奴制过渡到一个完全充满自由的国度。此后，爱默生的废奴主义立场越发坚定，并且分别于1851年、1854年和1855年，3次发表演讲，抨击那些旨在阻止奴隶潜逃、惩罚窝藏逃奴者并使奴隶主重新获得其逃奴的各种地方和全国性法律。1854年，爱默生还写下了《自由》（“Freedom”）一诗：

我曾经希望能够在诗歌中
详细叙述人们自由的伤痛，
那过度紧张和劳累的奴隶
身体抽痛直至他挣脱镣铐。
可是上帝说：“不要这样；
别说出来，或者低声地说；
名姓是不可以轻易地说出，
礼物珍贵不可以轻易祈祷，
耶稣受难不可以随意表达
但需要子民们的呼吸获得：
然而，你定能发现那座山
那里闪烁着这位神的光芒，
他为茫茫大海和夕阳天空
送去完整令人惊喜的美丽，
而且，当听见他时，能够
唤醒野兽和野蛮人的人性；
假如在你心中闪烁，他能
将星星命运融入您的血脉，
让美丽的天使常住你身边
并让你像大天使一样思想；
你现在知道自由的秘诀吗？——
不要去向肉体和鲜血打探；

你感觉到了，就立即行动。”①

这首诗表达了爱默生正在发生变化的废奴主义思想，以及一位诗人力求变革社会的责任感。全诗通过一段诗人与神之间对话的形式，阐述了诗人关于解放奴隶的最佳办法。就诗歌主题而言，爱默生在诗中试图给人们提供一个关于“自由”的新的概念，既真正的自由不是来自法律，而是像神一样，从天而降，人人都能够感觉到，因此人人也都可以得到。从诗歌的形式看，开篇 4 行是全诗的第一部分，其格律相对整齐，是一个四音步四行诗节，而且重音铿锵有力，传达出诗人反对蓄奴制的决心。从第 5 行开始，是神的答语，构成全诗的第二部分，诗人通过一系列《圣经》故事的比喻和影射，把自由描绘成上帝赐予子民们的一份神圣的“礼物”，因此它能够像神一样被人们奉为山上的神圣，并且融入人们的每一次呼吸之中。在结尾 4 行中，爱默生似乎总结了神的教导：假如你已经知道了自由的秘密，那么，就请你不要再到人世间去寻找自由，因为自由“在你心中闪烁”（第 17 行）。假如诗人要助力废奴制度，那么，他就应该在自己的心目中去找到神的这一“礼物”，因为只有在他的心目中，神才可能“将星星命运融入您的血脉”（第 18 行），因此诗人最后说：“你感觉到了，就立即行动。”（第 23 行）值得注意的是爱默生在此强调“感觉”在先，“行动”在后，因为只有当人们在自己的内心深处真正理解了神赋予人类的自由，人们才能够真正同情那些被剥夺自由的奴隶。那么，作为一名超验主义者，自由是神赐予所有子民的一份礼物，而作为一名废奴主义者，自由又是一种神圣不可剥夺的社会正义。可见，在这首诗歌中，爱默生实际上是在呼唤一种人性的回归，因为自由是上帝赋予人类的基本人性的一部分。它与生俱来，不可剥夺！

但是，弗罗斯特在演讲中接着说：“自由不是别的东西，而仅仅意味着“离开—出发—放弃”，就是勇敢地不断推进独创精神的勇气。我们或许不缺乏自由，但是对于我们不缺乏的东西，我们也不应该自欺欺

① Ralph Waldo Emerson, *Collected Poems and Translation*, New York: Literary Classics of the United States, 1994, pp. 160 - 161.

人。自由比正式颁布的法律要来得更快一步，就像当下的飞机甚至汽车一样。我们很快就会看到我们的法律将及时跟上。"[①] 这是弗罗斯特对自由做出超验主义的释读，是他对爱默生超验主义哲学的一个深刻诠释。生活在20世纪工业时代的现代人需要并且追梦于汽车和飞机，但是这并不意味着放弃上帝和真理，而是一种"勇敢地不断推进独创精神的勇气"，也是弗罗斯特从爱默生超验主义思想中悟出的超验精神的实质，是他真正想要从爱默生那里直接获得的来自神上帝的自由之声：

> 因为他始终在上天做工，
> 从未停止他智慧的计划，
> 在剥夺个人的自由之前
> 将首先夺去天上的太阳。[②]

从爱默生的这4行诗歌中可以看出，作为一位唯一神教派信徒，爱默生相信上帝是万能的，而且无时不有、无处不在，"他始终在上天做工，/从未停止他智慧的计划"，因此人们只要信上帝，就可以获得真理和自由。不仅如此，爱默生的这种自由是超验的、是神圣的，就像"天上的太阳"一样，是永远不可能被"剥夺"的。然而，爱默生这种超验主义自由在弗罗斯特看来似乎又有其特殊的标准。它可以"为了一种诱惑而放弃一种依附，为了另一种国民性而放弃一种国民性，为了另外一种爱而放弃一种爱"。众所周知，1941年1月6日，大约在第二次世界大战爆发16个月之后，或者说是在日本偷袭太平洋珍珠港1年时间之前，为了建立反法西斯同盟，美国总统罗斯福（Franklin Delano Roosevelt）曾经在一年一度的国会报告中发表了他关于"四种自由"的著名演讲："第一是全世界范围内的言论和表达自由（speech and expression）；第二是全世界范围内人人都应该享受按照自己的方式去敬神的自由；第三是全世界范围内每一个国家都有脱离贫困的自由（freedom of want）……

① Robert Frost, "On Emerson", in *Robert Frost: Collected Poems, Prose & Plays*, New York: The Library of America, 1995, p. 863.

② Ralph Waldo Emerson, *Collected Poems and Translation*, New York: Literary Classics of the United States, 1994, p. 162.

第四是全世界范围内每一个国家都有脱离恐惧的自由（freedom of fear)。”[①] 那么，当全人类的自由受到西方法西斯力量的威胁和逼迫时，人类生命的意义和价值就已经发生了变化。在这种情境下，当弗罗斯特阅读爱默生《把一切献给爱》（“Give All These to Love”）一诗结尾的两行诗“当半神半人的人离开了，/真正的诸神才可能出现”[②] 的时候，弗罗斯特认为爱默生实际上是在强调“把一切献给意义”，而并非“把一切献给爱”，因为“所有自由形式的自由就是我们必须坚持意义的自由。……人唯一不可被剥夺的权利就是按照你自己的方式去毁灭。值得为之而生的也值得为之去死，值得为之成功的也值得为之失败”[③]。虽然弗罗斯特算不上一位浪漫主义诗人，但是作为一位84岁高寿的诗人，能够这样去解读爱默生的超验主义思想也算是难能可贵了。当然，弗罗斯特可谓一位爱国主义情节十分浓重的美国诗人。如果我们回头看看他《彻底的奉献》中的这3行诗歌：“尽管软弱，但我们仍毫无保留地/为这片茫然西进的土地献上一切。/（这奉献的见证就是战争的伟绩）”[④] 那么，我们也还是可以看出弗罗斯特的爱国主义情节实际上具有浓重的帝国主义色彩，因为他把“殖民者推行领土扩张主义的侵略本性”描写成一次“茫然的西进”，而把一个赤裸裸的“帝国主义领土扩张运动”当作美帝国主义“战争的伟绩”。实际上，笔者认为，诗人所谓的“茫然的西进”和“战争的伟绩”无疑见证了美国人帝国主义领土扩张运动的“彻底的奉献”[⑤]。

第八节　“圆变成了椭圆”

弗罗斯特这次演讲的结尾有这么一段描述：“爱默生是一位唯一神

① Milton Meltzer, *Milestones to American Liberty: the Foundations of the Republic*, New York: Thomas Y. Crowell Company, 1961, p. 203.

② Robert Frost, “On Emerson”, in *Robert Frost: Collected Poems, Prose & Plays*, New York: The Library of America, 1995, p. 863.

③ Ibid., p. 864.

④ 黄宗英：《“从放弃中得到拯救”：读罗伯特·弗罗斯特的〈彻底的奉献〉》，《北京联合大学学报》（人文社会科学版）2008年第4期。

⑤ 同上书，第68页。

教者，因为他不仅太理性以至于不相信迷信，而且既不擅长也不喜欢讲故事，所以他不喜欢流言蜚语及有辱宗教的美丽谎言。假如不信迷信，那么任何宗教对世人来说都将无济于事。他们往往最终都成为令人讨厌的不可知论者（agnostics）。三位一体论（Trinitarian）必须依靠迷信及那个人类最美丽的谎言来支撑。道成肉身是灵魂冒险的第一步。”[①] 在弗罗斯特看来，虽然爱默生早期是一位唯一神教者，可是他“太理性”，既“不相信迷信”又“不喜欢讲故事”，不喜欢《圣经·旧约》中所记载的有关圣母玛利亚因圣灵感孕而生出耶稣的“美丽谎言”，因此最终成了一位“令人讨厌的不可知论者”。爱默生的一生可谓非凡的一生。1817 年，年仅 14 岁的爱默生中学毕业并进入哈佛大学学习；1821 年，18 岁的爱默生从哈佛大学毕业；1824 年，21 岁的爱默生在波士顿一所女子学校教了两年书之后，又不甘平庸，重新进入哈佛大学神学院学习神学；1825 年底，爱默生开始重新研读柏拉图，不仅了解了柏拉图关于“神圣统一”（the divine unity）的哲学思想，而且了解了柏拉图关于作为现实基础的理念（idea）和型相（form）等学说；1826 年 6 月，23 岁的爱默生就获得了在教堂布道的资格并且完成了他毕生第一次布道《不停地祈祷》（“Pray Without Ceasing”）。3 年之后，26 岁的爱默生就当选了老北方教堂（Old North Church）的牧师。老北方教堂是波士顿基督教堂的通称，1723 年建立，是波士顿第二个圣公会会堂，也是波士顿最古老的教会大厦。可想，爱默生当时是沉静在教区全体教徒的热爱和信任之中的。

众所周知，19 世纪上半叶，年轻的美利坚合众国正在意气风发地向着工业化和西部大踏步迈进，美国人的物质生活得到了极大丰富，资本主义原始积累如火如荼，人们急切地呼唤着一种新的国民精神和一种新的表达。作为一位波士顿基督教会的牧师和诗人，爱默生似乎没有理由拒绝这一历史的使命。然而，人们很难想到这位虔诚的牧师从这个时候便开始背弃自己的信仰。在他的第一篇布道中，我们就看到了这种表述：“较之你自己能够为你自己成就的事情，别人为你所做的一切都是

---

① Robert Frost, “On Emerson”, in *Robert Frost: Collected Poems, Prose & Plays*, New York: The Library of America, 1995, p. 866.

无足轻重的。"[①] 后来，在《圆》（"Circle"）一文中，爱默生甚至声称："在我看来，任何事物都既不神圣，也不亵渎；我只是在实验，我是一个甩开过去的、远无止境的探索者。"[②] 作为一位牧师，爱默生这么说可谓亵渎神明了，因为他认为不论长老会还是唯一神教都已经不能适应当时由于社会进步而萌生的各种新思想及美国的独特性；作为一名诗人，爱默生认为诗人不光是见者和言者，而且应当是语言的创造者，应当成为时代的化身，才能够道出民族的话语；而作为一名新时期的学者，爱默生反对物质主义、反对寡头政治、反对学究，不随波逐流，主张自立、自助和独创精神。爱默生的这些思想实际上奠定了他之后创作的一系列重要的作品，比如奠定他的超验主义思想基础的《自然》（"Nature"）、充满争议的《对神学院毕业班的演讲》，以及极富启示意义的《自助》（"Self Reliance"）等。

此外，从弗罗斯特的这段话语中，我们似乎还能够看出弗罗斯特对爱默生宗教观的一种扬弃。在弗罗斯特看来，"假如不相信迷信，那么任何宗教对世人来说都将无济于事"。于是，弗罗斯特就在诗歌创作中学会了"讲故事"，讲出了许多常人所熟悉但又无法用诗歌语言表达出来的新英格兰故事，讲出了许多用新英格兰方言表达却闪耀着普遍人性光芒的动人故事。在《补墙》（"Mending Wall"）一诗的开篇，弗罗斯特说："那里有一种东西不喜欢墙。"尽管诗中人没有说明那种东西究竟是什么东西，也没有交代垒起那堵墙的目的何在，但是每年春天"我便通知住在山那边的邻居，/约好一天我们来到墙的两边/又把那堵墙垒在了我们中间"[③]。表面上看，诗中人"我"与他的邻居对那堵墙的看法是不一致的，仿佛他的邻居思想比较保守，总是说："篱笆牢，邻居好。"[④] 而诗中人则说："在我砌墙之前，倒要请教，/这墙圈进了什么

① Zongying Huang ed., *Selected Readings in British & American Poetry*, 2nd edition, Beijing: Higher Education Press, 2014, p. 252.

② Ralph Waldo Emerson, "Circle", in *Emerson: Essays & Lectures*, New York: Literary Classics of University Press, 1983, p. 412.

③ Robert Frost, *Robert Frost: Collected Poems, Prose & Plays*, New York: Literary Classics of the United States, 1995, p. 39.

④ ［美］弗罗斯特：《罗伯特·弗罗斯特诗歌精译》，王宏印译，南开大学出版社2014年版，第73页。

圈出了什么，/我又有可能使得谁家不开心。”[1] 然而，值得注意的是，正是这位诗中人“我”每年春天通知住在山那边的邻居一起来“补墙”，而不是他的邻居来通知“我”。虽然我们不知道诗中那种不喜欢墙的东西究竟是什么，但是诗人似乎已经暗示我们诗中人“我”和他的邻居对待那堵墙的观点实际上并没有区别。或许，这就是弗罗斯特式不可知论的魅力所在，虽然朦胧，但富有戏剧性，耐人寻味。

在《家庭墓地》（“Home Burial”）一诗中，我们看到了一对年轻的新英格兰夫妇因对长子的不幸夭折采用不同方式表达各自的哀思而造成婚姻危机的尴尬局面，然而弗罗斯特表达现代人因缺乏沟通而引起误解的孤独主题同样耐人寻味。

天哪，这种女人！事情竟是这样，
一个男人竟不能说他夭折的孩子。

你不能，因为你就不懂该怎么说
你要有点感情该多好！你怎么能
亲手为他挖掘那个小小的坟墓呢？
我都看见了，就从楼上那个窗口，
你让沙土飞扬在空中，就那是样
飞呀，扬呀，然后又轻轻地落下，
落回墓坑旁边那个小小的土堆上……[2]

在《雇工之死》（“The Death of the Hired Man”）一诗中，弗罗斯特借助诗中两口子的对话，给家下了一个让人哭笑不得的定义：“家，是一个在你不得不去的时候/不得不收留你的地方。//我倒要说家是/你还未必见得就配有的一种东西。”[3] 此外，在《仆人们的仆人》（“A Servant to Servants”）

① ［美］弗罗斯特：《弗罗斯特诗选》，江枫译，外语教育与研究出版社 2012 年版，第 47 页。

② ［美］弗罗斯特：《弗罗斯特集》（上），曹明伦译，辽宁教育出版社 2002 年版，第 77 页。

③ 同上书，第 57—58 页。

一诗中，主人公内心的孤独和痛楚更是让读者感到同情和怜悯。

　　　　　　　　我仿佛觉得
我无法表达自己的感情，就像
我无法提高嗓门或抬起手一样
……
你有过这种感觉吗？但愿没有。
有时我甚至觉得自己无法知道，
是高兴还是难过，或别的感觉。[①]

可见，这种现代人人性孤独的悲情在弗罗斯特的叙事诗中随处可见，也是弗罗斯特笔下那个“令人恐惧的世界”的核心主题。不仅如此，弗罗斯特许多充满着诗情画意的田园诗也每每在背后躲藏着一个令人悲痛欲绝的恶的现实世界。《雪夜林边逗留》（“Stopping by Woods on a Snowy Evening”）一诗讲述了一个简单的故事：一个大雪纷飞的寒冬的傍晚，诗中人突然在乡间林边的路上停下了马车，仿佛在观赏着大雪覆盖着的那一片“可爱，却又暗又深”的树林，顿时心旷神怡，流连忘返。他的知觉已经游离于现实，完全陶醉于这充满着遐想而又空旷寂静的乡村景象，然而，他的理智最终又把他拉回到了现实生活之中，去完成他自己的许多承诺。

这是谁家的林子我想我知，
他的房子在那边的村子里；
他不会看到我在这儿歇脚，
观赏大雪覆盖着他的林子。

我的小马儿一定觉得奇怪，
这里不见农舍，为何停下，

① Robert Frost, *Robert Frost: Collected Poems, Prose & Plays*, New York: Literary Classics of the United States, 1995, p. 23.

在这片林子与这冻湖之间，
在一年四季最漆黑的夜晚。

他使劲甩了甩颈上的疆铃，
问主人该不是停错了地方？
可是林边雪夜，万籁俱寂，
只有微风轻扶，雪花飘飘。

这林子可爱，却又暗又深，
可是我却不得不登程赴约，
安睡之前，需要奔走数里，
安睡之前，需要奔走数里。[①]

因此，在弗罗斯特的笔下，大自然给人的第一印象往往是美丽的，但是现实生活却常常是残酷的。诗中的小马儿为什么停在这“一年四季最漆黑的夜晚”呢？既然“这林子可爱”，可它为什么“又暗又深”呢？原来对弗罗斯特来说，那个一年四季最漆黑的夜晚“不但意味着天气的寒冷，而且也意味着经济上的冷酷”[②]，而那“可爱，却又暗又深”的林子却是弗罗斯特田园诗中象征大自然的一个图征或者提喻[③]。在弗罗斯特看来，“诗简直就是由隐喻构成……每一首诗在其本质上都是一个新的隐喻，不然就什么也不是”[④]。可见，弗罗斯特诗歌的这种图征性隐喻特征带有明显的爱默生式不可知论的色彩，增强了他在诗歌创作中所追求的貌似简单的“隐秘性”的艺术魅力。

同样，即便是在诗歌中直接对上帝说话的时候，弗罗斯特也是想尽

---

① 黄宗英：《弗罗斯特研究》，上海外语教育出版社 2011 年版，第 239—240 页。

② Jac Tharpe, *Frost*: *Centennial Essays Ⅲ*, Jackson: University Press of Mississippi, 1978. p. 175.

③ 笔者以“一个提喻诗人”为小节题目，在《弗罗斯特研究》一书第 234 至 240 页中讨论了这首诗歌。

④ ［美］弗罗斯特：《弗罗斯特集》（下），曹明伦译，辽宁教育出版社 2002 年版，第 991 页。

办法，让戏剧性渗透到他的句里行间。在《天国玄想》（*Astrometaphysical*）一诗中，诗中人喊道：

主啊，我一直爱你的天空，
不管对我来说是福还是灾，
我一直热爱它高远的晴朗，
或热爱它乌云翻滚的风暴；

直到我举头看得太久太久，
顿时头上眩晕，脚下跌撞，
最终摔倒在地并变得谦卑，
拄上了一根十字形的拐杖。

啊，主啊，我对你统治的
天国中间每一重天的热爱，
从第一重天直到第七重天
的热爱应该受到您的奖赏。

这一切也许不会使我奢望
有朝一日当我的肉身升天，
我的头皮将会被化成星座，
如群星璀璨点缀你的天穹。

但是假如那看来只是为了
用来照顾我那过甚的名望，
那么至少也应该让我升天
而不应该要把我降下地狱。①

① Robert Frost, *Robert Frost: Collected Poems, Prose & Plays*, New York: Literary Classics of the United States, 1995, pp. 352 - 353.

不难看出，弗罗斯特笔下的这位诗中人是在与上帝讨价还价，希望自己死后，上帝能够让他上天堂，而不是下地狱："那么至少也应该让我升天/而不应该要把我降下地狱。"这种话语本该是一种虔诚的祈求，可是弗罗斯特的语言及儿戏般不严肃的语气都让人觉得诗中人毫无诚意，简直是把对上帝的祈祷当作游戏。然而，这似乎也正是弗罗斯特对上帝的态度。他虽然不像爱默生那样胆大妄为，公开亵渎神灵，但是弗罗斯特很显然是通过这种游戏般的方式表达或者暗示了他对人死后灵魂的生活，以及上帝的审判所带来的好处并不感兴趣。实际上，弗罗斯特对上帝是持怀疑态度的，而且经常在诗歌中表现为各种不可知论的态度，因为他的生命已经告诉他，现实生活充满着各种不确定的因素，因此他自己就是一个充满疑虑、多愁善感的人。较之那充满着无端未知的天国，弗罗斯特更加眷念眼前的世间，因为"世间才是人热爱的地方，/难道还有什么更好的地方"①。

由此可见，在哲学上，弗罗斯特与爱默生一样，经常表现为一位不可知论者；而在宗教观方面，爱默生对弗罗斯特的影响似乎也是显而易见的，他们都不相信上帝，都不相信《圣经》中那些"美丽的谎言"，唯一不同的是生活在工业时代或者说是后工业时代的弗罗斯特更加注重在诗歌中挖掘和表达现实生活中人性孤独与异化所造成的恶的主题。从这个意义来看，弗罗斯特认为爱默生是一个理想主义一元论者，只看到象征着理想主义圆心的善，而弗罗斯特却认为世间应该同时包含着善与恶两个中心，因此他说："实际上那个圆变成了椭圆！"

① Robert Frost, *Robert Frost: Collected Poems, Prose & Plays*, New York: Literary Classics of the United States, 1995, p. 118.

第九章

“离经叛道”还是“创新意识”？[*]

——罗伯特·弗罗斯特十四行诗《割草》的格律分析

第一节 “第一本诗集中最好的诗歌”

《割草》（*Mowing*）一诗是弗罗斯特第一部诗集《少年的意愿》中诗人本人最喜欢的一首诗歌，因为弗罗斯特生前不但经常诵读这首诗歌，而且在与别人谈话或者讨论诗歌和诗学理论时，也经常引用其中的部分诗行。1914 年 12 月，弗罗斯特在给锡德尼·考克斯（Sidney Cox）的一封信中说“我猜想《割草》无疑是第一本诗集中最好的诗歌”①。

Mowing

There was never a sound beside the wood but one,
And that was my long scythe whispering to the ground.
What was it it whispered? I knew not well myself;
Perhaps it was something about the heat of the sun,
Something, perhaps, about the lack of sound—
And that was why it whispered and did not speak.
It was no dream of the gift of idle hours,
Or easy gold at the hand of fay or elf:
Anything more than the truth would have seemed too weak

---

* 本章主要内容发表于《北京联合大学学报》（人文社会科学版）2009 年第 4 期。

① William R. Evans, *Robert Frost and Sidney Cox: Forty Years of Friendship*, Hanover & London: University Press of New England, 1981, p. 56.

To the earnest love that laid the swale in rows,
Not without feeble-pointed spikes of flowers
(Pale orchises), and scared a bright green snake.
The fact is sweetest dream that labor knows.
My long scythe whispered and left the hay to make. ①

笔者试译：

静悄悄的林边只有一个声音，
那是我的长镰在对大地私语。
它在私语什么？我不太明白；
或许在抱怨烈日当空的太阳，
或许在抱怨万籁寂静的大地——
那就是它为何私语而不明说。
那不是悠闲时梦幻般的礼物，
不是仙人或精灵施舍的黄金；
任何超出真实的东西都显得软弱，
连割倒垄垄青草的真诚的爱
也难免错割些嫩花（白兰），
并且吓跑了一条绿莹莹的蛇。
事实是劳动才能知晓的美梦。
长镰私语，割倒了青草垄垄。②

虽然这首诗歌初次发表于 1913 年，但不难看出它的主题是基于弗罗斯特于 1900 至 1911 年在新罕布什尔州塞勒姆城北罗金厄姆县德瑞农场的生活经历，是弗罗斯特通过描写农事劳动来体现其哲学思想和美学思想的代表性诗作之一。它属于田园诗的传统，但以爱默生的超验主义思想

① Robert Frost, *Robert Frost: Collected Poems, Prose & Plays*, New York: Literary Classics of the United States, 1995, p. 26.

② ［美］弗罗斯特：《弗罗斯特集》（上），曹明伦译，辽宁教育出版社 2002 年版，第 33—34 页。

为基础。中国的美国文学研究者十分关注这首诗歌。杨金才教授认为：“这首出色的十四行诗，歌颂了劳动就是快乐，劳动本身就是报酬这种平和的生活态度。诗歌显示了弗罗斯特扎实的传统诗歌功底，也初露了弗罗斯特将口语引入诗歌的能力。口语化的语言……［让］读者似乎能感觉到芬芳的泥土味扑面而来。”① 王誉公、乔国强教授认为这首诗“是一字一行都不能更动的一首抒情诗歌。它描写诗人在割草过程中的一点体会——快乐不是来自悠闲，而是产生于具体劳动……如果不亲身参加这种劳动，就不会有声音，也就不会有收获……［诗人］通过声音使事实与诗的形式融会为一体……它描绘了收割者、镰刀、地面和青草共同转化为干草与诗歌的过程”②。

在美国，杰伊·帕里尼（Jay Parini）在他 1999 年出版的《弗罗斯特传记》中说：“这首诗歌不仅体现了弗罗斯特能够娴熟地驾驭十四行诗这种诗歌形式，而且能够自由自在地游离于这种明确而又传统的诗歌押韵形式。”③ 可是，在 1997 年出版的专著《论弗罗斯特的十四行诗》中，马克森（H. M. Maxson）并没有把这首诗当作一首十四行诗进行论述。马克森说：“只要仔细阅读这首诗歌，我们就能发现它离经叛道，不像一首十四行诗，或者至少说它不像弗罗斯特别的十四行诗。我这么说是因为它并没有提出一个观点、拓展这个观点、曲折这个观点，没有讲述趣闻轶事并加以评论，没有总结或者用警句格言式的结尾偶句道出哲理性的话语，没有以任何形式满足读者对弗罗斯特或者任何诗人的十四行诗的期盼。在第 9 和 13 行处，它没有转折，实际上我们根本就看不到诗中有一个清晰而又关键的转折。弗罗斯特不会盲目地去迎合这一要求（因为它已经成为传统），但是弗罗斯特所有其他明显的十四行诗，甚至是那些机灵变体的十四行诗，都在诗中有这种转折。这是一个很重要的方面。弗罗斯特是不会忽略这种惯例或者传统的。……《割草》一诗的韵式也是离经叛道，根本不像弗罗斯特所写的别的十四行

① 杨金才主撰：《新编美国文学史》第 3 卷，上海外语教育出版社 2002 年版，第142 页。

② 吴富恒、王誉公主编：《美国作家论》，山东教育出版社 1999 年版，第 917—920 页。

③ Jay Parini，*Robert Frost*：*A Life*，New York：Henry Hold & Company，1999，p. 76.

诗。"[①] 然而，早期权威的弗罗斯特诗评家汤姆森（Thompson）在他1942年出版的专著《火与冰：罗伯特·弗罗斯特艺术和思想》一书中说："《割草》一诗是诗集《少年的意愿》中最先进和最具有创新意识的十四行诗。它完全没有规则，以致貌似离经叛道、不守格律，但实际上，它的韵式机巧、简洁：与莎士比亚体十四行诗的韵脚数目完全相等，只不过位置不同：a-b-c-a-b-d，e-c-d-f-e-g，f-g。为此全诗自然地分为两个六行诗节和一个不押韵的偶句。"[②] 那么，究竟这首诗歌是"离经叛道"还是"最具有创新意识"呢？弗罗斯特在这首诗歌中又是怎样驾驭十四行诗诗体来诠释"事实是劳动才能知晓的美梦"这个道理的呢？

第二节　"起、承、转、合"

十四行诗属英语诗歌中格律最严谨的一种抒情诗体，文艺复兴初期流行于意大利民间。意大利诗人彼特拉克（Francesco Petrarca）写过300多首十四行诗。他以优美、浪漫的情调和鲜明的人文主义思想，抒发了对女友劳拉（Laura）的爱情。彼特拉克十四行诗流传很广，对欧洲文艺复兴运动产生了积极的影响，其主要特点有两个。首先，它的结构分为前八行诗节和后六行诗节两个部分，而前八行诗节又是由两个四行诗节组成的；全诗韵式为：abba abba cdcdcd/cdecde，上下两阕的韵式结构不平衡；诗人可以充分利用这种韵式结构上的不平衡去挖掘无限的艺术空间。其次，彼特拉克十四行诗在第九行开头往往有一个逻辑或者情感上的"突转"，在这个"突转"之前的八行中，诗人一般会提出问题并展开叙述；在后六行诗节中，诗人需要回答所提出的问题；全诗前呼后应，逻辑严谨。这种十四行诗后来被称为彼特拉克体十四行诗，或者称为意大利体十四行诗。闻一多先生曾将十四行诗的逻辑结构概括为"起、承、转、合"四个阶段，其中"转"就是指意大利体第九行

① H. M. Maxson, *On the Sonnets of Robert Frost: A Critical Examination of the 37 Poems*, Jefferso & London: McFarland & Company, 1997, pp. 7 – 8.

② Lawrance Thompson, *Fire and Ice: The Art and Thought of Robert Frost*, New York: Henry Holt and Company, 1942, p. 77.

开头这个逻辑结构上的“突转”。他认为：“‘承’是连着‘起’来的，但‘转’却不能连着‘承’走，否则就转不过来了……总之，一首理想的商籁体，应该是个三百六十度的圆形，最忌的是一条直线。”①

16 世纪中叶，这种以讴歌爱情为主要内容的抒情诗体被英国诗人托马斯·华埃特（Thomas Wyatt）介绍到了英国，不久便风靡英国诗坛，成为诗人们彰显才能的时髦范式。此外，华埃特对十四行诗的另外一个贡献就是他把彼特拉克体十四行诗的韵式改成了 abba abba cddc ee，使原来二分式的彼特拉克体十四行诗的韵脚开始有了新的演变。经过锡德尼、斯宾塞和丹尼尔（Samuel Daniel）等英国诗人的不断努力与创新，创作了大量十分完美的十四行诗组（sonnet sequences）。后来，莎士比亚进一步将英国十四行诗的韵式定格为：abab cdcd efef gg，因此原来分成前八行组和后六行组两个部分的彼特拉克体或者意大利体十四行诗，就变成了一个由三个四行诗节和一个结尾偶句组成的莎士比亚体十四行诗或称英国体十四行诗。显然，莎士比亚体十四行诗的韵式和结构范式均比彼特拉克体十四行诗更加复杂，但是莎士比亚仍然以惊人的诗才驾驭了这种诗体，淋漓尽致地诠释了十四行诗形式与内容相互契合的艺术魅力。他的十四行诗每每主题突出，而诗中三节一偶句的逻辑结构则创造性地体现了莎士比亚体十四行诗的区别性结构特征，特别是结尾画龙点睛式的偶句总是给人以一种警句格言式的审美体验，令人难忘。莎士比亚体十四行诗的一个主要主题是人类通过繁育、爱情、文学等手段获得永生。比如，第 18 首主要表现诗歌能够战胜时间，从而使人获得永生的主题。诗中遣词洗练、比喻新颖、结构巧妙、韵脚悦耳，完美体现了莎士比亚非凡的笔力，而最让人回味无穷的当推结尾一联构思奇诡的警句格言：“只要人能呼吸，眼睛看得见，/这诗就将存在，并赐你生命。”在莎士比亚之后，邓恩、弥尔顿、华兹华斯等英国诗人都创作过许多不朽的十四行诗。② 因此，十四行诗不仅魅力无穷，而且艺术性很高。就美国诗人而言，弗罗斯特算得上一个多产的十四行诗诗人了。

① 黄宗英：《英国十四行诗艺术管窥——从华埃特到弥尔顿》，《国外文学》1994 年第 4 期。

② 参见黄宗英编著《英美诗歌名篇选读》，高等教育出版社 2014 年版。

哈佛大学劳伦斯·比尔（Lawrence Buell）教授注意到弗罗斯特曾经在书信中说自己："非常在乎莎士比亚体和华兹华斯体十四行诗。"[①] 马克森先生在他的专著中一共讨论了弗罗斯特37首十四行诗。国内学者译介较多的弗罗斯特十四行诗有《进入自我》《地利》《割草》《灶头鸟》《曾临太平洋》《熟悉黑夜》《意志》《丝织帐篷》等。

第三节 "起、承"之巧妙

《割草》一诗的基本内容并不难理解：诗中人独自在田野里用长柄镰刀将稻高的野草割倒，让太阳把它晒干，为农场的牲畜预备过冬的粮草。他回想起当时静悄悄的树林边没有任何别的声音，只能听见他的"长镰在对大地私语"。可是，他并不知道"它在私语什么"，他只能猜想他的镰刀是"在抱怨烈日当空的太阳"或者是"在抱怨万籁寂静的大地"。诗中人的这些答语不过是他心里的一些揣测，似乎读者也能够用肉眼观察到的一些普通的自然现象，而不是诗中人内心情感或者想象作用的结果。然而，这些揣测为读者提供了思考长镰"私语"的时间和空间，仿佛我们眼看着长镰飞舞，不停地割草，而人们的心同时在琢磨着长镰割草的结果。实际上，弗罗斯特已经巧妙地在人与自然现实之间筑起了一道不可逾越的鸿沟，仿佛人们从大自然中所能获取的东西只能是某种暗示——某种可供人们揣测和琢磨的"私语"，因为诗中的长镰并不是直接向人类诉说，而是"在对大地私语"。至此，我们可以有这样一个基本的判断：尽管诗人具有丰富的想象力，但是单凭他的想象是无法琢磨出他的长镰在对大地"私语"些什么。这是前八行诗节所叙述的故事，我们看到人与自然之间的关系是不确定的，缺乏和谐，甚至是相互拒绝的："那就是它为何私语而不明说。"

那么，在这前半阕诗歌中，诗人是如何调用了各种诗歌格律替代及修辞手法来戏剧性地表现诗中所蕴含的这种人与自然之间存在的种种不

① Lawrence Buell, "Frost as a New England Poet", in Robert Faggen, ed., *The Cambridge Companion to Robert Frost*, Cambridge: Cambridge University Press, 2001, p. 101.

确定、不和谐的感觉呢？一般而言，一首十四行诗是由十四行五音步抑扬格诗行构成的。可是，《割草》一诗原文第一行的头两个音步就不是抑扬格。诗人使用了两个抑抑扬格音步开篇：

> There was never a sound beside the wood but one……
> （静悄悄的林边只有一个声音）

十四行诗给人们的格律期待应该是五音步抑扬格，但是弗罗斯特在此一反常规，先用两个整齐的抑抑扬格音步加上三个规范的抑抑扬格音步写成了第一行。这种格律替代或许也算弗罗斯特后来总结的“创新的老路”了。显然，一连两个抑抑扬格音步比两个抑抑扬格音步要多出两个音节。这就要求读者在诵读这行诗歌的时候，必须加快速度，两个重音分别落在“never”和“sound”两个单词之上，声音和语意相互契合，强调了诗中人四周一种“静悄悄”的感觉印象。紧接着，诗人又连续使用了三个抑扬格音步，轻重有序，既恢复和满足了读者对传统十四行诗五音步抑扬格的格律心理期待，同时又把读者的注意力集中到了最后一个音节“but one”（“只有一个”），音韵效果再次强化了语意表达：“静悄悄的林边只有一个声音。”18 世纪英国诗人亚历山大·蒲柏曾经在他著名的诗体文论著作《论批评》中说：“音韵须作意义的回声。”① 看来，弗罗斯特在这首十四行诗的第一行就达到了蒲伯的要求。

可是，这“一个声音”是什么声音呢？诗人直接回答说：“那是我的长镰在对大地私语。”短短两行诗，弗罗斯特笔下一幅新英格兰农民单独一个人割草的农事图跃然纸上，而更加耐人寻味的是诗人描摹这一普普通通的农事劳动所使用的形象生动的比喻性的语言。假如我们就第二行诗歌作一个简单的格律分析，弗罗斯特驾驭英诗格律的非凡能力便一目了然了：

---

① 王佐良、李赋宁等主编：《英国文学名篇选著》，商务印书馆 1987 年版，第 438 页。

And that was my long scythe whispering to the ground.
（那是我的长镰在对大地私语。）

在笔者看来，弗罗斯特在这一行中仅仅在第一个音步中用了一个抑扬格（“And that”）；第二和第三音步分别是一个抑抑格（pyrrhic，/˘˘/）和一个扬扬格（spondee，/′′/）；然后是一个扬抑抑格（dactyl，/′˘˘/）加上最后一个抑抑扬格（anapest，/˘˘′/）。这里至少有两处极富戏剧性音韵效果。首先，第二、三两个音步（/wăs mў/lóng scýthe/）是由一个抑抑格紧跟着一个扬扬格。这种格律替代改变了读者原来的抑扬格格律心理预期，仿佛诗人是有意从第二个音步中扣下一个重音，让读者产生一种格律期待，期待着诗人在这一行诗接下来的音域中补给读者一个重音，从而达到用格律替代强调语意表达的音韵效果，诗中长镰割草的意象因其格律上的强调及长元音的使用，也就显得格外突出和逼真。其次，是行末的一个扬抑抑格加上一个抑抑扬格的格律替代。从音节数量来看，它们比十四行诗常用的抑扬格音步多了两个音节。这就要求读者加快诵读速度，那么诵读速度的加快不仅强化了长镰在“唰——唰——唰——”不停地割草的意象，而且也模糊了语意表达的清晰程度，仿佛读者在其感觉印象中只听见那单调而又不间断的割草声：“那是我的长镰在对大地私语。”可是，诗人接着说：

What was it it whispered? I knew not well myself……
（它在私语什么？我不太明白）

有意思的是这一行诗居然是由一个句法特殊的特殊疑问句和一个语法不规范的否定句构成的，前问后答，仿佛是两个人在对话，其中一个问：“它在私语什么？”另一个回答说：“我不太明白。”诵读起来，显得十分口语化，很难琢磨出什么可以入诗的东西，也看不出传达了什么重要信息。笔者前面提到马克森认为这首诗不像一首十四行诗，“因为它并没有提出一个观点、拓展这个观点、曲折这个观点……”不假，这首十四行诗并没有像人们所熟悉的十四行诗那样，往往在开篇就提出一个问题或者是提出一个观点并进一步拓展这个问题或观点。弗罗斯特的《割草》也没有像莎士比亚最经典的十四行诗第十八首的开篇那样，以设问开篇并自作答语：“我怎么能把你比作夏天？/你比它更可爱也更温和。”[①] 然而，弗罗斯特是一个十分难以捉摸的人。他曾经说：“当我决意要讲真话时，我的言辞往往最具有欺骗性。”[②] 难道这里也蕴含着什么“欺骗性”吗？当然没有，但是诗人独具匠心，在这个特殊疑问句中巧妙地连续两次使用了同一个代词：“What was *it it* whispered?”虽然这个代词十分不起眼，本身也没有明确的意思，但是当我们诵读这个问句的时候，很自然地会在两个“it”之间停顿一下，于是我们便有了足够的时间去琢磨这个代词的具体所指。显然，它指代的就是第一行中的那“一个声音”，即“我的长镰在对大地私语”的那“一个声音”。其实，诗人心里是明明白白的，他知道那“一个声音”“不是悠闲时梦幻般的礼物，/不是仙人或精灵施舍的黄金”，而是他在下半阕将展开论述的这首诗歌的主题，只不过诗人在此不愿意“明说”而愿意“私语”。诚然，诗人有过种种的揣测，比如“抱怨烈日当空的太阳”和“抱怨万籁寂静的大地”，仿佛人与自然之间存在许多不和谐的因素，仿佛农民割草是对自然的践踏，而大自然的“烈日”和“寂静”是对人类破坏自然行为的报复。诗境至此，我们完全可以把这首诗歌的前八行看成是彼特拉克体或者意大利体十四行诗的前半阕，而且也可以说诗人已经巧妙地走完了闻一多先生指出的一首十四行诗逻辑结构上的“起”和“承”两个阶段。诗人不但提出了问题、拓展了问题，而且运用了格律替代及修辞手法戏剧性地提出了他的问题，仿佛诗人已经告诉读者：人们从大自然中所能够获取的东西只能是某种暗示性的“私语”，因此诗中的长镰并不是在向人们“明说”，而是“在对大地私语”。这为诗中后六行诗歌的叙述创造了足够的艺术空间。

---

① 王佐良编译：《英国诗选》，上海译文出版社 1988 年版，第 70 页。

② Lawrance Thompson, *Robert Frost*: *The Early Years* 1874 – 1915, New York & Chicago: Holt, Rinehart and Winston, 1966, p. xv.

第四节 “转”之真实

马克森认为这首诗不像一首十四行诗的第二个重要理由是：“在第九和十三行处，它没有转折，实际上我们根本就看不到诗中有一个清晰而又关键的转折。”笔者认为这个观点也是值得商榷的。的确，意大利体十四行诗在第九行开头有一个“突转”，而英国体十四行诗的这个“突转”出现在第十三行的开头。十四行诗形式与内容往往相互契合，有机地融为一体。闻一多先生总结的“起、承、转、合”四个阶段的逻辑结构特征，实际上酷似人们通常从客观观察入手，进而推出结论的逻辑思维方式[①]，而其中的“转”是一个关键环节，它“不能连着‘承’走”，但必须带着“合”来，使得全诗成为一个“三百六十度的圆形”，而不是“一条直线”。可是，按照马克森先生的观点，弗罗斯特的这首《割草》岂不就成了闻一多先生所批评的“一条直线”了吗？笔者认为，尽管我们在《割草》中没有看到诸如“but”“yet”“and then”等经常被传统的十四行诗诗人用来体现十四行诗中逻辑结构“突转”的连词，但是我们可以发现弗罗斯特在这里的处理更加惟妙惟肖。首先，从这首诗歌所表达的内容来看，前八行是紧密围绕着“长镰私语”展开叙述的，而后六行是要阐述全诗的主题，因此在第八行结尾，诗人使用了一个分号将前后两阕所叙述的内容和重点作了提示。其次，从音韵效果来看，弗罗斯特在此也不是没有设计的。显然，诵读的时候，读者也很自然会在第八行的结尾有一个明显的停顿。这不仅是因为这里有一个分号，而且也是因为上下两行在格律上的巨大反差，因为第八行是比较整齐的五音步抑扬格诗行（除了第三个音步为抑抑扬格以外），而第九行抑扬格的格律限制就完全被打破了，尤其是行首的“Anything”一词所使用的扬抑抑格格律替代在音韵效果上强化了语意内涵，使读者注意到了接下来诗中叙述主题的变化和发展。最后，当然是诗人在第九行的行首选用的这个经常被用于否定句和疑问句的复合不

① 参见黄宗英《英国十四行诗艺术管窥——从华埃特到弥尔顿》，《国外文学》1994年第4期。

定代词“Anything”：

> Anything more than the truth would have seemed too weak……
> （任何超出真实的东西都显得软弱）

这个不定代词的使用实际上暗示了诗歌主题的“突转”。前半阕中难以琢磨的“长镰私语”在这里开始与“真实”（the truth）形成对照，而且不论是上半阕所列举的“悠闲时梦幻般的礼物”还是“仙人或精灵施舍的黄金”都属于一些虚无缥缈的东西，它们在“真实”的面前都显得画蛇添足，也“都显得软弱”。这一行又有十二个音节，比通常的五音步抑扬格又多出两个音节，从书面来看也是全诗最长的一行诗歌，似乎真的是“对真实的添加”，而且诗人让这第九行的“seemed too weak”（显得软弱）与第六行的“did not speak”（而不明说）押韵，不仅韵脚相谐，而且语意相接，真可谓“音韵须作意义的回音”了！

那么，这“真实”究竟何指？是指下文所论述的人类对大自然的“真诚的爱”吗？可是，人类改造大自然的“真诚的爱”不但会“割倒垄垄青草”而且也会“错割些嫩花（白兰）”，甚至“吓跑了一条绿莹莹的蛇”。但是无论如何，当我们读到第十三行的时候，我们才知道诗人在这里所讴歌的“真实”就是“劳动”本身：“事实是劳动才能知晓的美梦。”这个“事实”实际上澄清了诗人在第九行开头所说的那“任何超出真实的东西”。诚然，我们个人有个人的梦想、家庭有家庭的梦想、时代有时代的梦想、民族也有民族的梦想，而要成就这些梦想首先必须依靠我们踏实、辛勤的劳动。这是客观事实，是真理，也是诗人所追求的“真实”，也是这首诗歌的主题。可见，弗罗斯特并没有忘记十四行诗中逻辑结构上的“突转”，而是使用了更为机巧的手法暗示了诗中主题叙述的转变。弗罗斯特实际上是创造性地运用了传统意大利体和英国体十四行诗中这个表示逻辑结构变化的“突转”技巧，巧妙地在第九行开头和第十三行开头实现了闻一多先生所说的“转”与“合”的两个环节。

第五节 “合”之深邃

照理说，这首诗歌到第十三行就可以结束了，诗人也在第十三行末画上了句号。可是他为什么又增加了一行呢？难道是为了凑足十四行吗？当然不是。结尾两行的确有令人费解之处：“事实是劳动才能知晓的美梦。/长镰私语，割倒了青草垄垄。”从音韵效果来考虑，它们不像英国体十四行诗的结尾，因为莎士比亚体十四行诗的结尾偶句韵脚相谐，语意相连，每每画龙点睛，给人以警句格言式的记忆。尽管弗罗斯特用近乎标准的五音步抑扬格写出了第十三行，明明白白地交代了这首诗歌的主题，也用“事实”回答了第九行开头那个不定代词所蕴含的不确定的因素，但是这两行均以句号结尾，韵脚不谐，语意似乎也不连贯，其中的“事实—劳动—美梦”与“长镰—私语—青草垄垄”之间又存在着什么联系呢？汤姆森先生所谓的“最先进和最具有创新意识”又从何说起呢？笔者认为，当惠特曼在他的《草叶集》中通过一个小孩的口问道“这草是什么？”的时候，他回答说这草可能是“我性格的旗帜，是充满希望的绿色物质织成的”。惠特曼热爱草叶，因为它普普通通，因为他“在宽广或狭窄的地带都能长出新叶，/在黑人中间和白人中间一样能成长”，因为它生长在一切“有土地有水的地方”，因为它“沐浴着全球的共同空气”①。惠特曼用草叶来比喻自己的存在和他毕生的艺术创造，这草叶是他的生命、道路和真理。试想，惠特曼笔下这生长在一切“有土地有水的地方”的草叶，岂不就是弗罗斯特笔下那把长镰割倒了的垄垄青草吗？弗罗斯特诗中长镰割草的意象与诗人提笔作诗的意象是完全可以类比的。正如诗人劳动的结果是一行行整齐的诗句那样，诗中人割草劳动的结果则恰好是“割倒了青草垄垄”。原来弗罗斯特是通过诗中人割草这一普通的农事劳动来比喻自己的诗歌创作的艺术劳动。

那么，弗罗斯特为什么要用句号把这两行分开呢？笔者认为，这与弗罗斯特受爱默生超验主义哲学影响有直接的联系。爱默生认为诗人是

① 黄宗英：《抒情史诗论》，北京大学出版社2003年版，第64页。

“见者”“言者”“先知”和“语言创造者”，因此唯有诗人才能刻画自然并揭示真理。[1] 弗罗斯特之所以让最后两行偶句无韵，或许是想告诉读者，诗人与常人不一样：常人通过诗人的引导可以理解人的梦想只能通过劳动才能实现这个道理；但是诗人则不同，他要创作诗歌，他必须用语言来创造性地描述这一道理。弗罗斯特此处说“事实是劳动才能知晓的美梦”，而爱默生曾经说过“事实是精神的终结或者最后表现”（A fact is the end or last issue of spirit）[2]。实际上，弗罗斯特是要让读者透过普通的“事实”看到最终的“精神”。在《自然》一文中，爱默生说：“真正的智慧总能让人在平凡中发现奇妙。一天是什么？一年又是什么？夏天是什么？妇女是什么？儿童是什么？睡眠又是什么？在我们麻木无知的时候，这些似乎一无新奇之处。我们编造寓言来掩盖事实的单调枯燥，并且像我们自己所说，以此来顺应心灵的高级法则。可是，当我们在思想之光的帮助下看清了这一事实之后，虚浮的寓言便黯然失色，枯萎皱缩了。此刻，我们看到了真正的高级法则。因此，对智者而言，一件事实便是一首真正的诗歌，是最为美妙的寓言。”[3] 简单深邃是弗罗斯特诗歌创作的特点，他就是想“让人在平凡中发现奇妙”。对新英格兰农民来说，割草是最平常的农活了。农民们把稻高的野草割倒，然后放在田野上晒干，以备牲畜的冬粮。这是农民们该干的一件农活，可是对弗罗斯特这样一个诗人农民而言，这些是不够的。1900—1911 年，弗罗斯特一家住在德里农场，他的公开身份是农民，白天弗罗斯特在农场干活，可是他夜里躲在家里埋头读书、写诗。弗罗斯特十分喜欢梭罗的《瓦尔登湖》一书，甚至可以说爱不释手，读了一遍又一遍，仿佛梭罗在直接地对他说：“我到林中去，是因为我希望能过着深思熟虑的生活，只是去面对着生活中的基本事实，看看我是否能学到生活要教给我的东西，而不要等到我快要死的时候才发现自己并没有生活过。我不愿过着不是生活的生活，须知生活无限珍贵……我要深入地生活，吸取

① 参见黄宗英《爱默生诗歌与诗学理论管窥》，《北京联合大学学报》（人文社会科学版）2007 年第 2 期。

② Ralph Waldo Emerson, *The Selected Writings of Ralph Waldo Emerson*, New York: Modern Library, 1992, p. 18.

③ Ibid., p. 38.

生活中应有尽有的精华……"[①] 这段梭罗的名言在弗罗斯特的脑海里打下了深深的烙印，而且不断地激励着他去追求自己的艺术人生。因此，从表面来看，这首十四行诗的最后两行被句号隔开，而且偶句无韵，似乎上下两行的内容没有联系，但实际上它们是"藕断丝连"的，蕴含着深厚的爱默生的超验哲学思想，仿佛诗人在暗示读者这"长镰私语"是诗人发自内心的"一个声音"，而这"青草垄垄"是诗人倾吐出来的"真实"，因为"唯有诗人才能刻画自然并揭示真理"[②]。

总之，弗罗斯特在创作这首十四行诗时并没有"离经叛道"而是"最具有创新意识"。读者在这首诗歌中所看到和所听见的一切，包括割草人、树林、长镰、太阳、青草、嫩花、绿蛇，以及那从不间断的长镰割草的声音等，共同编织成了一幅让"割草人"心旷神怡、心满意足的图景。虽然这一切都是最简单的"事实"，可是它们蕴含着最深邃的人生哲理，给予人们最大的满足，也能够实现人们最甜美的梦想！

---

① ［美］梭罗：《瓦尔登湖或林中生活》，《梭罗集》（上），许崇庆、林本椿译，生活·读书·新知三联书店 1996 年版，第 444 页。

② 黄宗英：《爱默生诗歌与诗学理论管窥》，《北京联合大学学报》（人文社会科学版）2007 年第 2 期。

第 十 章

“从放弃中得到拯救”

——罗伯特·弗罗斯特《彻底的奉献》的历史性解读*

第一节 “我们属于这土地前她就属于我们”

作为一名美国诗人，罗伯特·弗罗斯特一生中最大的荣耀当推1961年1月20日他应邀在肯尼迪（John Fitzgerald Kennedy）总统就职典礼上朗诵他的诗歌。这一天，隆冬的首府虽然晴空万里，但寒气袭人，北风呼啸。人们着装高贵、心情激昂地去参加肯尼迪总统就职宣誓的盛典。或许是由于肯尼迪本人喜爱弗罗斯特诗歌的缘故，或许是这位新任总统想给紧张严肃的就职仪式增添一点文雅情调的缘故，弗罗斯特荣幸地成为美国第一位应邀在总统就职典礼上为新任总统献诗的诗人。对于一位民族诗人来说，还有什么荣誉能够与这一殊荣媲美呢？弗罗斯特的传记作家琼·古尔德（Jean Gould）在她的著作《罗伯特·弗罗斯特：目的是歌》（*Robert Frost: The Aim Was Song*）的开篇这么写道：“他是第一位在总统就职典礼上献诗的诗人。这个民族几乎花了十代人的时间才走出误区，终于意识到诗歌与工业时代的汽车轮子一样，对人民的幸福生活起着举足轻重的作用。”① 尽管弗罗斯特的声音因其高龄及华盛顿寒冬气候而变得有些震颤不清，但是成千上万的美国听众仍然兴致勃勃、鸦雀无声地等候倾听这位美国“民族诗人”带给他们的诗

---

* 本章主要内容曾发表于《北京联合大学学报》（人文社会科学版）2008年第4期。

① Jean Gould, *Robert Frost: The Aim Was Song*, New York: Dodd, Mead & Company, 1964, p. 1.

的音律。《彻底的奉献》（“The Gift Outright”）一诗就是这位白发苍苍的八旬老人献给新任总统的礼物。面对千百万渴慕的听众，弗罗斯特用他那人们所熟悉的声音诵读了这首诗歌：

The land was ours before we ere the land's.
She was our land more than a hundred years
Before we were her people. She was ours
In Massachusetts, in Virginia,
But we were England's, still colonials,
Possessing what we still were unpossessed by,
Possessed by what we now no more possessed.
Something we were withholding made use weak
Until we found out that it was ourselves
We were withholding from our land of living,
And forthwith found salvation in surrender.
Such as we were we gave ourselves outright
(The deed of gift was many deeds of war)
To the land vaguely realizing westward,
But still unstoried, artless, unenhanced,
Such as she was, such as she would become. ①

笔者试译：

我们属于这土地前她就属于我们。
我们成为她的主人一百多年之后
才真正成为她的人民。她属我们，
不论是马萨诸塞，还是弗吉尼亚，
可我们却属英国，是殖民地居民，

① Robert Frost, *Robert Frost: Collected Poems, Prose & Plays*, New York: The Library of America, p. 316.

拥有着当时不被我们拥有的东西，
被如今我们不再被拥有的所拥有。
那时，我们仍保留着自身的软弱，
直到发现是我们自己捆绑了自己，
没有将自我与这片土地融为一体，
于是我们立刻从放弃中得到拯救。
尽管软弱，但我们仍毫无保留地
为这片茫然西进的土地献上一切。
（这奉献的见证就是战争的伟绩）
然而，她却依旧淳朴、未触笔墨，
她过去是这样，将来也必定如此。[①]

根据著名的美国诗歌与诗学评论家杰·帕里尼（Jay Parini）在《罗伯特·弗罗斯特传记》一书中的描述，这首诗创作于1935年，但是直到1941年12月5日，弗罗斯特才在威廉及玛丽学院第一次公开朗诵它。[②] 尽管许多弗罗斯特诗评家并不看好这首诗歌，但是弗罗斯特自己曾经在《大西洋月刊》上这样评论过这首诗歌：它是“我最富有诗性的一首诗歌”，而且是“一气呵成”的。[③] 这首诗歌中所表现出来的一种爱国情结、一种凝聚力和整体性、一种书写美国历史的特殊形式，以及诗人对修辞语言的非凡驾驭能力都足以说明弗罗斯特娴熟的写诗才能。

第二节 “拥有”与“被拥有”

自16世纪末开始，大批英国人远涉重洋，移居北美。他们来到一个陌生而又危险的环境中，饱经苦难，屡受挫折，但是他们百折不挠，终究在大西洋沿岸建立了若干移民定居点，为英国在北美的殖民运动打

① 本译文因论文行文需要，在参考曹明伦教授译本的基础上重译而成，特此说明并在此表示感谢。

② Jay Parini, *Robert Frost: A Life*, New York: Henry Hold & Company, 1999, p. 335.

③ Ibid..

开了局面。1606 年 12 月，首批 144 名英国殖民者乘 3 艘英国船向美洲驶去。经过 5 个多月的艰苦航行，有 105 名英国移民于 1607 年 5 月 12 日成功地在现今弗吉尼亚的詹姆斯河河口 80 公里开外的一个小岛上落脚并建立了英国在北美的第一个永久性殖民点——詹姆斯敦（Jamestown）。[①] 英国在北美的第一个殖民地弗吉尼亚便就此诞生。1620 年，36 名英国清教徒为了逃避本国的宗教迫害，自荷兰的莱顿，在“老”普利茅斯组成了一支 104 人的移民队伍，乘坐“五月花号”船抵达北美马萨诸塞州普利茅斯。[②] 随后，英国在北美的殖民运动蓬勃发展，普利茅斯、马萨诸塞湾、马里兰、康涅狄格、普罗维登斯、卡罗来纳、新泽西、纽约和宾夕法尼亚等殖民地相继建立，大批移民涌入“新”大陆，殖民地不断拓展，直到 1773 年，英国在北美的殖民地覆盖了东起大西洋沿岸西至阿巴拉契亚山脉的整个狭长地带。然而，随着 18 世纪后半叶殖民地经济的发展，英国殖民者为了掠夺更多的原材料和廉价劳动力而加紧推行各种奴役殖民地的政策。1764 年 4 月，为了制止走私、整顿海关，从税收方面增加岁入[③]，英国议会通过了《种植地条例》，一般称作“糖税法”。该法的目的除增加岁入以支付殖民地防卫费用外，还要加强对北美贸易的管理。这一举措实际上宣布了北美居民必须分担帝国财政开支的原则。因此，法令颁布，抗议四起。马萨诸塞湾、罗得岛、康涅狄格、纽约、宾夕法尼亚、弗吉尼亚、南卡罗来纳和北卡罗来纳的议会下院通过了正式的抗议书。英国自古享有自由的传统，北美移民虽然离开母国，但仍是英国臣民，应该享受与母国居民同样的权利。弗吉尼亚抗议书直截了当地指出，按照“英国自由”的基本要求，税法必须由殖民地自己选举的代表来指定。因此，《糖税法》的颁布没有给母国带来预期的效益，相反，它直接引起了殖民地与母国之间关于征税、议会主权、殖民地的地位及殖民地居民的权利等一系列重大问题的争端。1765 年 2 月 7 日，英国议会下院又通过了由财政部起草并提交的

---

① 参见 Zongying Huang，*A Road Less Traveled By*：*On the Deceptive Simplicity in the Poetry of Robert Frost*，Beijing：Peking University Press，2000。

② Ibid.，p. 115.

③ 岁入（annual income）：指国家在预算年度内的一切收入，与“岁出”（annual expenditure）相对。

《印花税法》。法令规定：“殖民地凡报纸、历书、证书、商业票据、印刷品、小册子、广告、文凭、许可证、租约、遗嘱及其他法律文件，都必须加贴面值半便士至20先令的岁入以支付殖民地防卫的费用，并对以往议会关于殖民地贸易和岁入的措施加以修正。”① 同样，消息传开，又掀起了一场辩论殖民地权利与地位的政治风波。辩论的焦点是宪法的原则性问题：英国直接向殖民地征税违背了宪法基本原则，侵害了殖民地居民的自由和权利。当11月1日《印花税法》正式生效时，北美居民把这一天当作哀悼日，各地钟声长鸣，所有需要使用印花的业务都停止了，法院不开庭，船只不离港，报纸不出版。面对殖民地居民的抗议和抵制，英国议会在是年初宣布撤销《印花税法》。然而，1767年6月，英国议会出台了一项出乎北美居民意料的《汤森税法》，规定在北美各港口对进口的外国货物征税。该税法所列举的征税货物包括茶叶、糖蜜、葡萄酒和食糖等殖民地居民的生活必需品。北美殖民地再度掀起新的抗议风潮，《汤森税法》的实施严重受阻。1768年10月，英国派两个团的正规军进驻波士顿，殖民地与母国之间的对立情绪进一步激化。1770年3月5日，发生了英军士兵开枪打死市民的“波士顿惨案”；1773年12月16日晚，发生了波士顿人将停泊在港口的英国船只上价值达9万英镑的茶叶倒入水中的“波士顿倾茶事件”。接着，英国出台了《波士顿港口条例》等一系列殖民统治的高压政策直接威胁了殖民地人民的生活，激起了殖民地人民的愤慨，于是波士顿人民于1775年4月在郊区莱克星顿打响了独立战争的第一枪。同时，北美有了被马克思称为“第一个人权宣言”的《独立宣言》，它宣告美国脱离英国而独立；它宣告人类是生而平等的，人民享有生存、自由和追求幸福的天赋权利。6年之后，北美殖民地人民经过坚苦卓绝的斗争，终于在1783年取得战争胜利，签订了英美《巴黎和约》，美利坚合众国宣告正式诞生。由此可见，从1607年第一批英国殖民者抵达北美到1783年美利坚合众国诞生，美国人“拥有”了这块土地，但是，美国人是否已经真正成为这块土地上的人民了呢？弗罗斯特在这首诗歌的开篇是

① 李剑鸣：《美国通史：美国的奠基时代（1585—1775）》第1卷，人民出版社2002年版，第534页。

这样说的：

> 我们属于这土地前她就属于我们。
> 我们成为她的主人一百多年之后，
> 才真正成为她的人民。

这一开篇是十分耐人寻味的。的确，“这土地”在法律意义上属于英国和其他欧洲殖民者。因此，杰伊·帕里尼认为：“弗罗斯特的这首诗歌完全忽略了土著美国人的视角（Native American angle），只注意旧世界拥有新世界的事实并且把这种依赖关系看成一种软弱。”[①] 但笔者认为这正是弗罗斯特诗歌创作貌似简单性特点的一个实例。诗人让读者理解的可能是一层比较简单、自然和直接的意思，而实际上他要表达的可能还有一层更加复杂、委婉和间接的内涵。[②] 其实，弗罗斯特并没有完全忽略的“土著美国人的视角”。尽管“这土地”从法律意义上属于殖民者，但是在现实生活中它仍然与土著美国人难以割裂。我们知道早期清教徒来到北美这块沃土之后，他们与天斗、与地斗，还需要与土著的印第安人“斗”。1607 年 5 月 12 日，当首批英国移民抵达詹姆斯敦定居点之后，“他们所做的第一件事，就是构筑防备印第安人进攻的围栏”[③]。然而，弗吉尼亚最初给这些移民带来的是严酷的生死考验，食物匮乏、疾疫肆虐、惨不忍睹。事实上，等到 1608 年 1 月第一艘补给船到达时，首批 105 名移民仅剩下 38 人艰难地挣扎在死亡线上。在危难之际，是土著的印第安人给予他们“许多面包、玉米、鱼和鲜肉”。如果不是“上帝派来的这些人”救助，“我们全都会灭亡”。[④] 在很长一个时期中，这些英国移民都无法融入这块土地。弗罗斯特在此所强调的不仅是“新世界”对“旧世界”的奴属和依赖关系，而且蕴含着这样

① Jay Parini, *Robert Frost*: *A Life*, New York: Henry Hold & Company, 1999, p. 336.

② 参见 Zongying Huang, *A Road Less Traveled By*: *On the Deceptive Simplicity in the Poetry of Robert Frost*, Beijing: Peking University Press, 2000。

③ 李剑鸣：《美国通史：美国的奠基时代（1585—1775）》第 1 卷，人民出版社 2002 年版，第 97—98 页。

④ 同上书，第 98—99 页。

一个事实，即早期来到北美大陆的殖民者是在使自己真正成为美国人并且建立和建设美利坚合众国的过程中，才逐渐融入了北美社会和自然环境的。当弗罗斯特说“我们成为她的主人一百多年之后，/才真正成为她的人民”时，他或许是在暗示我们：北美殖民者起初拥有的仅仅是一块有了名字的土地——“不论马萨诸塞，还是弗吉尼亚”，他们并没有真正拥有这个他们可以世代生息的地方。著名的美国历史学家康马杰（Henry Steele Commager）在论述美利坚合众国的成长时，曾经引用弗罗斯特的这首诗歌来提醒读者不要忘记：“假如‘我们属于这土地前她就属于我们’的话，那么我们成为美国人的过程在一定程度上就是一个我们与这块土地的自然环境相互融合的过程。”① 这种思想在接下来的两行脍炙人口的诗歌中得到了警句格言般的表现：

> Possessing what we were still unpossessed by,
> Posessed by what we now no more possessed.

笔者试译：

> 拥有着当时不被我们拥有的东西，
> 被如今我们不再被拥有的所拥有。

弗罗斯特擅长通过机敏地变换某个词语在诗行中的位置、词性、时态或者语态来达到一种人们难以想象的双关语的艺术效果。就其所表达的意思而言，这两行诗画龙点睛式地概括了英国在北美的殖民历史：殖民地时期的美国人“拥有”着当时并“不被［他们］拥有”的土地，因为他们那时仍然接受英国的殖民统治，是英国的殖民地；换言之，他们当时是“被如今［他们］不再被拥有”的殖民统治者——英国所“拥有”着。在短短的两行诗歌中，诗人以不同的形式四次调用“拥有”一词，用双关语的修辞手法强调了新、旧世界的奴

① Henry Steele Commager, “The Ambiguous American”, in Zhang Xiangbao and Zhou Shanfeng, eds., *College English* (Book 4), Beijing: Commercial Press, 1994, p. 71.

属关系，也暗示了美国独立战争的无比重要性。美国人民经过卓绝的武装斗争推翻了英国的殖民统治，建立起了一个独立的资产阶级共和国，扫清了美国资本主义的发展道路，推动了法国及其他欧洲国家的资产阶级革命和当时整个美洲的民主独立运动。弗罗斯特的诗歌真可谓言无几而意悠远。

第三节 “从放弃中得到拯救”

弗罗斯特曾经把这首诗歌称为“一部用十几行无韵诗写成的美国历史”①。诗人在诗中倾注了他深厚的爱国情结，表达了美利坚民族的灵魂与肉体同这块土地相互融合的过程，以及这个民族注定要征服这块土地的“天定命运”。所谓“天定命运”是殖民者鼓吹美国领土扩张主义必然性、合法性和神圣性的理论依据。它包括三层意思：首先，在北美大陆建立一个自由、联合、自治的美利坚合众国是历史的必然；其次，美国领土扩张是上帝预先安排的向尚未明白确定的地区拓展，是合法的；最后，美国领土扩张是一种能够唤醒邻国民众起来抵抗暴君蹂躏的神的启示，不是帝国主义扩张，而是一种强行的拯救。② 显然，弗罗斯特接受了这种扩张主义理论，但是令人欣慰的是他也看到了这种理论的破绽。在这首诗歌中，他说：

> 那时，我们仍保留着自身的软弱，
> 直到发现是我们自己捆绑了自己，
> 没有将自我与这片土地融为一体，
> 于是我们立刻从放弃中得到拯救。

诗人在此所说的“自身的软弱”也许来自殖民者过分膨胀了的领土扩张欲望。他们已经忘记了一个多世纪以前约翰·克雷夫科（John de

① Jeffrey Meyers, *Robert Frost: A Biography*, Boston & New York: Houghton Mifflin Company, 1996, p. 324.

② 参见张友伦主编《美国通史：美国的独立和初步繁荣（1775—1860）》第 2 卷，人民出版社 2002 年版。

Crévecoeur）在《美国农夫的来信》中所回答的问题：“美国人是什么样的人?”约翰·克雷夫科说：“他们（指欧洲移民）带来了各自的才能，凭着它，他们就能享受这里的自由，拥有自己的财产……在这里，他目睹美丽的城市、富足的村落、广阔的田野、遍布乡间的舒适住宅、通达的道路及四处可见的果园、草地、桥梁，而这里的一切在一百多年前还是一片荒原，杂草丛生，未曾开化……在这里，没有贵族、没有国王、没有主教、没有教会的统治……在这里，对勤劳的报酬与付出的劳动同步增长……”① 因此，要真正成为这块土地的主人并充分实现自我的价值，美国人就必须完全放弃自我、彻底地奉献。在惠特曼的眼里，美国是“一个云集了多个民族的民族”和“一个由多个种族构成的种族……美国人在所有的民族之中，在任何时代，都可能是最富有诗意的民族。美利坚合众国本身就是一首最伟大的诗歌”②。与惠特曼一样，弗罗斯特也对这个国家和民族怀有一种真切的热爱。在他的笔下，美利坚合众国这块土地常常象征着美国人民最坚定的价值观念。他热爱这块土地，愿意为这块土地奉献自己的一切。因此，笔者认为当弗罗斯特说美国人“拥有着当时不被我们拥有的东西”时，他一方面指当时他们对这块土地的所有权被英国所剥夺；而另外一方面他指当时的美国人并没有真正爱上这块土地，没有像神圣的爱情那样，做到双方在灵魂与肉体上的完全结合。这种“自身的软弱”只有当美国人真正意识到他们必须像热恋中的情人那样热爱自己的国家时才能够被克服。于是，他们发现他们的“软弱”来自自我的“捆绑”；为了“与这片土地融为一体”，他们学会了“放弃”、学会了“奉献”，于是“立刻从放弃中得到拯救”。

第四节 “茫然西进的土地”

众所周知，19 世纪美国社会和经济中最令人瞩目的现象就是 1783

① Philip L. Gerber, *Critical Essays on Robert Frost*, Library of Congress Cataloging in Publication Data, 1982, p. 175.

② Walt Whitman, *Leaves of Grass*, New York: Vintage Books, 1992, pp. 5 - 7.

年美国正式成为独立国家之后，迅速兴起的一场群众性的自大西洋沿岸向西移民的西进运动。这场移民运动延续了一个多世纪，19 世纪上半叶达到高潮，直到 20 世纪初才结束。西进运动之前的美国只占有大西洋沿岸 80 多万平方公里的土地。大批来自东部和欧洲的移民迅速占领了广阔的西部土地，使阿巴拉契亚以西的人口从 19 世纪末的 30 万猛增到 1830 年的 400 万，占全国人口的三分之一。[①] 因此，诗人写道：

> 尽管软弱，但我们仍毫无保留地
> 为这片茫然西进的土地献上一切。
> （这奉献的见证就是战争的伟绩）

这片土地之所以“茫然西进”是因为整个西进运动进行了如此一个漫长的时期，仿佛象征着美利坚合众国成长的漫长道路和美国人民争取民族独立的艰苦岁月。在这种“茫然”中，我们似乎感觉一个正在迅速发展的美利坚合众国“却依旧淳朴、未触笔墨”。这种“茫然”的感觉与前面那种“不被拥有”的感觉相互呼应，给人一种没有定型的、一切未然的感觉。仿佛在弗罗斯特的社会达尔文主义框架中，任何道德元素已经荡然无存了。在他的笔下，人们的确很难感觉到殖民者推行领土扩张主义的侵略本性。当那成千上万身强体壮的欧洲殖民者来到北美大陆的时候，他们似乎完全有理由为自己寻找一个适合他们生活的地方；由于他们人数众多超过了土著印第安人，而且他们的武器也比土著印第安人的武器精良，因此这些欧洲殖民者征服了土著印第安人。事实上，那些土著印第安人在殖民者的军事、科技等方面的现代优势压迫下，逐渐丧失了他们数千年来享有的土地和生存权。他们几乎被这些欧洲殖民强盗给斩尽杀绝了。如此侵略行径在弗罗斯特的笔下居然成了一种“茫然”的行为。的确，人们也很难想象出一个比弗罗斯特这“茫然西进的土地”更加生动形象的意象，来更加机巧地掩盖和美化美国的资本主义发家史了。更加值得一提的还有诗人在此用括弧框定的这一行诗歌：

---

① 参见李赋宁《英语学习指南》，高等教育出版社 1986 年版。

(The deed of gift was many deeds of war.)

(这奉献的见证就是战争的伟绩。)

弗罗斯特在此再次调用了双关手法，强调了美国人“奉献的见证”。然而，此处“deed of gift”中的“deed”一词的意思可以是法律意义上的“契约”或者“证书”，因此“deed of gift”可能指美国人拥有这块土地的契约见证；而“many deeds of war”的意思比较明确，意思是“许多战争的行动”，指许多需要献身的行动才能拥有战争的胜利。由此可见，诗人把“战争的伟绩”当作美国人“奉献的见证”，显然这一行诗歌蕴含着一种大国沙文主义甚至可以说是好战的口吻来讴歌战争的意义。我们知道，伴随着19世纪美国西进运动的是一个帝国主义领土扩张运动。1803年4月30日，美国趁英法交战及拿破仑在海地镇压黑人起义的失败，用1500万美元从法国人手里“购买”路易斯安那200多万平方公里的土地。这一“购买”标志着美国领土扩张的开始，而且具有无法估量的重要性，因为“它把共和国的领土增加了一倍。……它给予这个国家世界上最丰富的粮食、燃料和动力仓库之一。……路易斯安那变成了美国向佛罗里达、得克萨斯、新墨西哥、加利福尼亚、俄勒冈和阿拉斯加扩张的走廊”[①]。1819年2月22日，西班牙被迫与美国签订《亚当斯—奥尼斯条约》(又称《佛罗里达条约》)，将佛罗里达割让给美国，并放弃对俄勒冈地区的领土要求。[②] 1837年，美国武装趁机侵入加拿大并与英国抢占土地，最终于1842年美英双方妥协并于8月9日签订《韦伯斯特—阿什伯顿条约》，最终确定了缅因和新布伦瑞克美加边界，美国夺得31.8万多平方公里的土地。[③] 1846年6月15日，美英签订《俄勒冈条约》，美国迫使英国放弃北纬49度以南的俄勒冈地区，结束了双方在这一地区的争端。此外，借口边界纠纷，美国挑起与墨西哥的战争；1847年8月24日，墨西哥战败；1848

---

① 张友伦主编：《美国通史：美国的独立和初步繁荣（1775—1860）》第2卷，人民出版社2002年版，第232—233页。

② 参见张友伦主编《美国通史：美国的独立和初步繁荣（1775—1860）》第2卷，人民出版社2002年版。

③ 同上。

年2月2日，美国与墨西哥签订《瓜达卢佩伊达尔戈条约》，仅象征性地支付给墨西哥1500万美元，便得到了包括加利福尼亚、内华达、犹他、亚利桑那，以及新墨西哥、科罗拉多和怀俄明各州的一部分等地区的大片墨西哥领土，共计85.1万平方公里。1853年，美国以修铁路为理由，以1000万美元从墨西哥“购买”了墨西哥基拉河流以南近5万平方公里的地区。① 随后，美国开始把扩张的魔掌伸向海外。1867年3月30日，美国利用战争逼迫，从沙皇手中购买了阿拉斯加和阿留申群岛；8月28日，美国海军占领了太平洋上的中途岛。1893年1月17日，美国策动夏威夷政变，迫使夏威夷女王李留奥卡拉尼（Liliuokalani）退位。1898年，美国通过对西班牙战争夺取了关岛、波多黎各和菲律宾群岛；同年吞并了夏威夷群岛。1903年11月13日，美国在巴拿马策动政变，强迫巴拿马签订《美巴条约》，攫取了巴拿马运河的开凿权和管理运河区的特权。1917年3月31日，美国迫使丹麦将维尔京群岛“出让”给美国。这样，在一个多世纪中，美国领土几乎扩张了数十倍。② 这些所谓“战争的伟绩”无疑也见证了美国人帝国主义领土扩张运动的“彻底的奉献”！

第五节　简单的深邃

这首诗歌的结尾两行也是十分耐人寻味的。在讴歌美国人“战争的伟绩”之后，诗人突然笔锋一转，似乎又回到了一片天真无邪，甚至是无人涉足的处女地上：

> 然而，她却依旧淳朴、未触笔墨，
> 她过去是这样，将来也必定如此。

第15行的原文是这样写的“But still unstoried，artless，unenhanced”。诗

① 参见张友伦主编《美国通史：美国的独立和初步繁荣（1775—1860）》第2卷，人民出版社2002年版。

② 同上。

人在这里用了“unstoried”（未被载入历史的）、“artless”（缺乏艺术性的、不矫揉造作的）和“unenhanced”（未加改进的）一连三个表示否定意义的词语，增强了这场轰轰烈烈的西进扩张运动“茫然”的感觉，同时也减少了这场西进殖民运动的掠夺性和扩张性，进一步抹杀了殖民者的侵略野性和野心。然而，她却没有一种可以称为自己的传统的文化。直到19世纪初，美国仍然是一块“未触笔墨”的处女地。1820年，创办英国《爱丁堡评论》的史密斯（Sydney Smith）曾经问道：“在地球上，有谁能够读到一本美国书呢?”[①] 然而，到惠特曼于1855年发表第1版《草叶集》的时候，美国经历了一个前所未有的大发展，从一个农业国发展成一个充满自信、稳定的工业社会。往日那块“不矫揉造作的”（artless）和“未加改进的”（unenhanced）的土地已经不再是一个没有文化根基、生活庸俗和一味依赖欧洲文明的民族所生存的地方。它幅员辽阔、资源丰富，生机勃勃；而且已经开始呼唤着一种属于美国人自己的独立的文化。当超验主义哲学家爱默生大声疾呼“今天的太阳依然光照人间……世上发现了新的土地、新的人和新的思想”[②] 的时候，伟大的民族诗人惠特曼却充满自信地说：

> 今天和今晚请和我在一起，你将明了所有诗歌的来源，
> 你将占有大地和太阳的好处（另外还有千百万个太阳），
> 你将不会再第二手、第三手地接受事物，也不会借死人的眼睛观察，
> 或从书本中的幽灵那里吸取营养，你也不会借我的眼睛观察，
> 不会通过我而接受事物，
> 你将听取各个方面，由你自己过滤一切。[③]

这真可谓美国人一种新的自信、一种新的民主思想！同样，弗罗斯特在这首诗歌的结尾倾注了他何等的爱国热情，“她过去是这样，将来也必

① 黄宗英：《抒情史诗论》，北京大学出版社2003年版，第52页。

② Ralph Waldo Emerson, *The Selected Writings of Ralph Waldo Emerson*, New York: The Modern Library, 1992, p. 3.

③ ［美］惠特曼：《草叶集》，赵萝蕤译，上海译文出版社1991年版，第61页。

定如此!”这最后一行诗歌的原文是这样的,“Such as she was, such as she would become”。根据琼·古尔德(Joan Gould)的记载,弗罗斯特曾接受了肯尼迪的建议——在新任总统就职仪式上诵读这诗歌的时候,把这一行中表示虚拟条件的动词“would become”改成了一般将来时“will become”①。琼·古尔德还说,弗罗斯特在接到新任总统的请求之后,就不停地在琢磨着这一变化的内涵,一遍遍试着诵读和比较其中所蕴含的意思。② 我们知道,助动词“would”具有多种用法,且含义不同,这最后一行至少有以下两种解读:首先,我们把这句话当作一个表示过去时间的真实条件句,“would”表示习惯性的行为动作,这行诗歌可译成“她过去是这样,将来也必定如此”;其次,如果我们把这句话理解成一个虚拟条件句,时间指现在或者将来,那么“would”可以表示设想、推测、可能性,这行诗歌的意思就变成:“她过去是这样,将来也许会如此。”事实上,说话者认为虽然过去“她却依旧淳朴、未触笔墨”,但是现在或者将来是不会如此的。当然,如果把这里可能暗示虚拟条件时态的“would”改成表示一般将来时的“will”,那么对这行诗的理解就没有太多的歧义了。琼·古尔德认为新任总统肯尼迪一定是感觉到了解读这行诗的“双重可能性”(duo-possibilities)。这也证实了弗罗斯特对新任总统肯尼迪的请求的理解:“有意思的是他[肯尼迪]要我说‘will’,因为他在今后的四年中还想在那里干一番事业。”③ 由此可见,简单的深邃是弗罗斯特诗歌创作的一个艺术特征;而“从放弃中得到拯救”不仅是美国人与美利坚合众国一同成长的一段心路历程,是美国人与北美大陆相互融合过程中得出的一个道理,也是这首诗歌给予人们的一个生命的启示。

---

① Jean Gould, *Robert Frost: The Aim Was Song*, New York: Dodd, Mead & Company, 1964, p. 4.

② 参见 Jean Gould, *Robert Frost: The Aim Was Song*, New York: Dodd, Mead & Company, 1964。

③ Jean Gould, *Robert Frost: The Aim Was Song*, New York: Dodd, Mead & Company, 1964, p. 4.

第十一章

艾略特《荒原》中的动物话语*

英国诗人叶芝（W. B. Yaats）曾经说过，虽然每一位诗人“总是在描写自己的生活”，但他“从不直截了当”。“他［的诗］绝不是一种偶然的巧合，也不像人们用早餐时一席漫不经心的胡话，而是一种再生的思想，有其预期的目的，有其完整的意义。”① 艾略特也认为诗歌源于个人的情感，但他又反对这种情感介入。他认为，“诗歌的作用不仅在于可以使大多数人所经历过的情感与感情更加明晰，而且能使本来只存在于思想中的意识进入人们的情感与感觉世界。诗歌在纷繁复杂的世界中创造出了一种情感统一：一个动作统一……一个声音与意义的统一……而这种统一在经验中仍是支离破碎的”②。因此，在诗歌创作中，艾略特总是设法通过丰富的口技表演、不同角色的介入、种种假面具的掩饰及多语手法的合用，来模糊诗人的自我形象，以反对那种只注重表现诗人主体情感意识的浪漫主义创作手法。诗人“不能有个性，但是他是在不断地创造某个［游离于诗人自我的］他者”③。诗人总是在“不断地表现自我，但又从不和盘托出”④。与浪漫派诗人表现个人情感、张扬个性的立场不同，艾略特强调历史的作用、提倡“非个人化的”

---

* 本章第一、二节内容参见黄宗英《“晦涩正是他的精神”——赵萝蕤汉译〈荒原〉直译法互文性艺术管窥》，《北京联合大学学报》（人文社会科学版）2019 年第 3 期；第三至第八节主要内容曾发表于汪义群主编《英美文学研究论丛》第 2 辑，上海外语教育出版社 2001 年版。

① W. B. Yeats, *Essays and Introductions*, London: Macmillan, 1969, p. 509.

② Ronald Schuchard ed., *The Varieties of Metaphysical Poetry by T. S. Eliot*, New York: Harcourt Brace & Company, 1993, p. 51.

③ Robert Gittings ed., *Letters of John Keats*, London: Oxford University Press, 1970, p. 157.

④ T. S. Eliot, *On Poetry and Poets*, London: Faber & Faber, 1957, p. 122.

理论。他认为“诗不是放纵情感，而是逃避情感，不是表现个性，而是逃避个性”[①]。因此，诗歌虽然源于创作主体的某一经历，但它是对这一主体的一种完善，而不是将诗人的自我意识完全曝光。也许，这能说明艾略特为什么在创作中不肯定自我而是将他的自我“非个性化”的原因。也许，这能说明为什么艾略特在诗歌创作中不企图超越个性，而是设法让个性脱离自我。

第一节　“历史意识”[②]

1919 年 9 月，艾略特在他担任诗歌助理时编辑的一本伦敦的文学评论杂志《自我中心者》（*The Egoist*）上匿名分期发表了一篇题为“传统与个人才能”（“Tradition and the Individual Talent”）的文学评论。第二年，他把这篇文章收录自己的第一部文学评论文集《圣林》（*The Sacred Wood*）。与《诗刊》（*Poetry*：*A Magazine of Verse*）、《小评论》（*The Little Review*）、《狂飙》（*Blast*）等当时众多的小杂志一样，《自我中心者》是伦敦的一本名副其实的小杂志。《自我中心者》于 1914 年 6 月第一次世界大战爆发时开始发行，但是在 1919 年底战后不久便停刊了。虽然发行时期不长，但是该杂志刊登了詹姆斯·乔伊斯（James Joyce）、艾略特等 20 世纪初在英国涌现出来的最杰出的现代主义青年作家的作品。《自我中心者》的前身是多拉·马斯登（Dora Marsden）创办的女权主义杂志《新自由女性》（*The New Freewoman*）。1914 年，在发行 13 期之后，《新自由女性》更名为“自我中心者”，而且还附上了一个副标题叫“一个个人主义者的评论”[③]。然而，就在《自我中心者》停刊之前的最后两期中，艾略特分别在 1919 年 9 月和 12 月分两期发表了常常被认为是他最著名也是最具影响力的论文《传统与个人才能》。虽然这篇文章不足 3000 字，但是它却包含了一系列后来人们认为与阅读理

① Hazard Adams ed. , *Critical Theory Since Plato*, San Diego：HBJ, 1971, p. 787.

② ［美］艾略特：《艾略特文学论文集》，李赋宁译，百花洲文艺出版社 1994 年版，第 5 页。

③ James E. Miller, Jr. , *T. S. Eliot*：*The Making of an American Poet*, University Park：The Pennsylvania State University Press, 2005, pp. 290 – 291.

解艾略特诗歌息息相关的核心诗学概念，而且这些诗学概念似乎直接催生了现代主义或者更具体一点说是新批评主义的文学评论方法。有意思的是，这篇文学评论的核心论点是诗人的创作过程是一个个性消灭的过程，而这一核心论点与《自我中心者》这本文学评论杂志的题目及副标题似乎大相径庭。在艾略特看来，所谓“传统”指已经存在了的一个民族，或者甚至是一个多元文化的完整的文学统一体，而“个人才能”则指任何一位具体的活着的诗人。作为一个个人的诗人只能在这个现存的完整的文学统一体的基础上进行新的创作。换言之，每一位诗人都在为前人已经积累起来的这个完整的文学统一体添砖加瓦。虽然这种添砖加瓦可能微乎其微，但是它会调整或者修改整个现存的统一体。艾略特的这一观点告诉我们，过去存在于现在之中，即以往所有的创作都存在于现存的这个完整的统一体之中，而现在又将推陈出新，即现存的这个统一体又是一个不断变化的体系，它将不断地催生其自身终将成为过去的新的创作。虽然人们习惯将一首诗的诗中人与诗人本身等同起来，但是在诗人身上实际上存在着过去的现在，因为过去的诗歌是每一位成熟诗人个性的一部分。在这个意义上，诗人必须意识到自己现在的创新都是在过去诗歌传统基础上的创新。艾略特把这种意识归纳为“历史意识”（historical sense）：

> 这种历史意识包括一种感觉，即不仅感觉到过去的过去性（the pastness of the past），而且也感觉到它的现在性。这种历史意识迫使一个人写作时不仅对他自己一代了如指掌，而且感觉到从荷马开始的全部欧洲文学，以及在这个大范围中他自己国家的全部文学，构成一个同时存在的整体，组成一个同时存在的体系。这种历史意识既意识到什么是超时间的，也意识到什么是有时间性的，而且还意识到超时间的和有时间性的东西是结合在一起的。有了这种历史意识，一个作家便成为传统的了。这种历史意识同时也使一个作家最强烈地意识到他自己的历史地位和他自己的当代价值。①

① ［美］艾略特：《艾略特文学论文集》，李赋宁译，百花洲文艺出版社 1994 年版，第 2—3 页。

艾略特的这种“历史意识”显然与欧洲文艺复兴以来的传统智慧背道而驰，因为在传统的智慧中，古希腊罗马时代的作家，比如荷马（Homer）、索福克勒斯（Sophocles）、塞内加（Seneca）、维吉尔（Virgil）、奥维德（Dvid）等，都是巨人，他们的智慧似乎远远胜过他们现代子孙后代的智慧。与这些古希腊罗马的智慧巨人相比，现代作家似乎都是一些微不足道的小矮人。然而，在艾略特看来，那些貌似微不足道的现代作家却蕴含着一种可以踩着前人的肩膀继续攀岩前进的可能性。虽然我们无法断定现代作家就一定比古代作家更加聪颖智慧，但是我们可以说现代作家是有机会改进前人所留下的文学范式的，比如史诗、戏剧、抒情诗等。换言之，即便现代作家是微不足道的，他们仍然是有可能踩着传统巨人的肩膀，去超越传统，而这种可能似乎也是现代作家唯一能够超越传统的道路。不难看出，艾略特这种思想的智慧在于他在描写和阐述传统的时候，并没有把新与旧、传统与现代当作两个二元对立的元素。在他看来，“艺术并不是越变越好，但艺术的原料却不是一成不变的”[①]。可见，不论过去还是现在，不论新的还是旧的，艺术的本质是不变的，但是呈现艺术的形式及再现艺术的主题是不断变化的，因此“诗人必须知道欧洲的思想、他本国的思想——总有一天他会发现这个思想比他自己的个人思想要重要得多——这个思想是在变化的，而这种变化是一个成长过程，沿途并不抛弃任何东西，它既不淘汰莎士比亚或荷马，也不淘汰马格德林时期的画家们的石窟图画。从艺术家的观点出发，这个成长过程，或许可以说是提炼过程，肯定说是复杂化的过程，并不是任何进步”[②]。

不仅如此，艾略特还认为，传统是无法继承的；传统并非“只是跟随我们前一代人的步伐，盲目地或胆怯地遵循他们的成功诀窍”[③]。涓涓细流往往消失在沙砾之中，只有标新立异才能战胜老生常谈。可见，艺术的成长过程是一个漫长的“提炼过程”和一个不断“复杂化的过程”，而艺术家们要想标新立异，获得这种蕴含着传统的创新，他们必

① ［美］艾略特：《艾略特文学论文集》，李赋宁译，百花洲文艺出版社 1994 年版，第 4 页。

② 同上。

③ 同上书，第 2 页。

须付出更加艰辛的劳动。然而，艾略特这种主张诗人应该知道整个“欧洲的思想”和“他本国的思想”的观点却被认为是“荒谬的博学”（rediculous amount of erudition）或者是“卖弄学问”（pedantry），因为“过多的学问会使诗人的敏感性变得迟钝或受到歪曲”①。尽管如此，艾略特仍然坚信，“在他的必要的感受能力和必要的懒散不受侵犯的范围内，一个诗人应该知道的东西越多越好”②，因为在这个不断“提炼”和不断“复杂化”的成长过程中，“诗人［会］把此刻的他自己不断地交给某件更有价值的东西。一个艺术家的进步意味着继续不断的自我牺牲，继续不断的个性消灭”③。显然，这种“更有价值的东西”就是艺术家们需要通过更加艰辛的劳动才能获得的“历史意识”。因此，艾略特断言，假如25岁以后还想继续创作的诗人就必须拥有他所谓包括过去的过去性和过去的现在性的历史意识。于是，一位成熟的艺术家在其创作过程中就会自觉地牺牲自我和消灭个性。这或许就是艾略特在这篇文章中对传统概念的独到的诠释。

第二节　“个性消灭”④

那么，艾略特在这篇文章中又是如何论证个人才能的呢？出人意料的是，艾略特通过一个化学明喻，把艺术家的思想比作一种催化剂，一种能够改变化学反应速度，而本身的量及其化学性质并不发生改变的物质。就像在化学反应的实验中，化学家可以通过在一些物质元素里加入必要的催化剂使之催生新的化合物一样，艺术家可以在其艺术创作过程中采用某种新的形式，把一些貌似风马牛不相及的经验捆绑在一起以便形成新的艺术作品。也就是说，当这种催化剂引起化学反应并催生新的化合物时，这种催化剂本身是不受任何影响的，而且无论如何是不会发生变化的。就诗歌创作而言，当诗人使用新的诗歌形式进行创作时，虽

① ［美］艾略特：《艾略特文学论文集》，李赋宁译，百花洲文艺出版社1994年版，第5页。

② 同上。

③ 同上。

④ 同上。

然这种新的艺术形式本身不发生改变，但是那些貌似风马牛不相及的经验被这种新的艺术形式捆绑在了一起并且催生出新的艺术作品。这或许就是艾略特后来总结出来并且着力强调的代表17世纪英国玄学派诗人诗歌创作特点的“感受力统一”（unification of sensibility）[①]，即玄学派及以前的传统诗人善于“不断地把风马牛不相及的经验凝结成一体”（it [a poet's mind] is constantly amalgamating disparate experience）[②]，或者把这些根本不同的经验“形成新的整体”（in the mind of the poet these expereicnes are always forming new wholes）[③]，也就是“把概念变成感觉”（transmuing ideas into sensations），再“把感觉所及变成思想状态”（transforming an observation into a state of mind）。[④] 所以艾略特认为，诗歌创作是一个非个性化的过程，一个需要诗人不断地牺牲自我、消灭个性的过程。这个过程需要诗人的创造性和判断能力，但不涉及诗人生活经验之外的其他东西。如此看来，化学家可以使用催化剂不断地将各种不同的物质元素凝结成新的整体并催生各种新的化合物，而一位成熟的诗人的思想就像“一个更加精细地完美化了的媒介，通过这个媒介，特殊或非常多样化的感受可以自由地形成新的组合”[⑤]。当然，诗人的头脑是一种特殊的媒介。“这种媒介只是一个媒介而已，他并不是一个个性，通过这个媒介，许多印象和经验，用奇特的和料想不到的方式结合起来”[⑥]，并成为“一种集中，是这种集中所产生的新的东西”[⑦]。在这个意义上，“诗人的头脑实际上就是一个捕捉和贮存无数的感受、短语、意象的容器，它们停留在诗人头脑里直到所有能够结合起来形成一个新的化合物的成分都具备在一起”[⑧]。因此，艾略特断言：“诗人的任务并

---

① T. S. Eliot，“The Metaphysical Poets”，*Selected Essays by T. S. Eliot*，London：Faber and Faber，1932，p. 288.

② Iibd.，p. 287.

③ Ibid..

④ Ibid.，p. 290.

⑤ ［美］艾略特：《艾略特文学论文集》，李赋宁译，百花洲文艺出版社1994年版，第6页。

⑥ 同上书，第9页。

⑦ 同上书，第10页。

⑧ 同上书，第7页。

不是去寻找新的感情，而是去运用普通的感情，去把它们综合加工成诗歌，并且去表达那些并不存在于实际感情中的感受。”① 或许就是在这个基础之上，艾略特反对浪漫主义诗人华兹华斯的诗歌定义：“诗歌是在平静中被回忆起来的感情。”② 艾略特认为，“诗歌既不是感情，也不是回忆，更不是平静”③，诗歌是把一大把的经验集中起来，但是这些集中起来的经验并不是有意识地、经过深思熟虑地“回忆起来的”经验，因此，“诗歌不是感情的放纵，而是感情的脱离（an escape from emotion）；诗歌不是个性的表现，而是个性的脱离”（an escape from personality）④。

第三节　“感受力涣散”

艾略特关于“感受力涣散”的诗学理论观点是他对17世纪英国玄学派诗歌晚期创作发展趋势的总结。1921年，艾略特在《时代文学增刊》（*Times Literary Supplement*）上发表一篇题为“玄学派诗人”的著名书评。这篇书评是关于赫伯特·格里厄森（Herbert J. C. Grierson）新近出版的一部题为“十七世纪玄学派抒情诗：邓恩到勃特勒”（*Metaphysical Lyrics and Poems of the Seventeenth Century：Donne to Butler*）的诗集。与其说这篇书评是在评论格里厄森教授主编的这部玄学派诗集，还不如说是艾略特把书评作为一块跳板，借机表达了他对17世纪英国玄学派诗歌作为一个诗歌流派所具备的独特的艺术魅力和作为一次诗歌运动所拥有的持久不衰的艺术价值的评论。根据赵萝蕤先生的解读，格里厄森在其主编的这部诗集的长篇绪论中指出，17世纪英国玄学派诗人，特

① ［美］艾略特：《艾略特文学论文集》，李赋宁译，百花洲文艺出版社1994年版，第7页。

② William Wordsworth, “Preface to the Second Edition of *Lyrical Ballads*”, in Hazard Adams, ed., *Critical Theory Ssince Plato*, San Diego: HBJ, 1971, p. 441.

③ ［美］艾略特：《艾略特文学论文集》，李赋宁译，百花洲文艺出版社1994年版，第10页。

④ ［美］艾略特：《艾略特文学论文集》，李赋宁译，百花洲文艺出版社1994年版，第11页。原文：“Poetry is not a turning loose of emotion, but an escape from emotion; it is not the expression of personality, but an escape from personality。”

别是最杰出的玄学派代表诗人邓恩的诗歌，要比弥尔顿的诗歌更加自然，更加具有“思想和感情的深度和广度”[①]。赵先生认为，艾略特的许多诗歌和诗学观点与格里厄森长篇绪论中关于玄学派诗歌的论点是一致的。格里厄森认为，玄学派诗人不仅“博学多思”，拥有“强烈感情”“严肃哲理”“深挚热烈的情操”，善于挖掘“生动、鲜明、真实的表达方法”，而且采用了一种“高度创新而又强有力的、动人的、接近口语的语言风格”[②]。

艾略特认为，不仅要给玄学诗下定义是“极其困难”的，而且要确定哪些诗人在写玄学诗及哪些诗篇是玄学诗也同样困难。尽管如此，艾略特还是列举了一个名单，其中包括诗人约翰·邓恩（John Donne）、乔治·赫伯特（George Herbert）、亨利·凡恩（Henry Vaughan）、亚伯拉罕·亨利·考利（Abraham Henry Cowley）、理查德·克拉肖（Richard Crashaw）、安德鲁·马韦尔（Andrew Marvell）和金主教（Bishop Henry King），以及剧作家托马斯·米德尔顿（Thomas Middleton）、约翰·韦伯斯特（John Webster）和西里尔·特纳（Cyril Tourneur）。在艾略特看来，这些作家之所以能够被称为“玄学派作家”，最显著的文体特征就是一种时常被认为是玄学派诗人所特有的手法——“玄学奇喻”（metaphysical conceit）。艾略特将这种“玄学奇喻”笼统地定义为：“把一种比喻（与压缩形成对比）扩展到机智所能延伸到的极致范畴。”[③]众所周知，艾略特同样是一位善于利用这种“玄学奇喻”的诗人，他能够不动声色地把一个夜晚的天空比作一个上了麻药躺在手术台上等候手术的病人[④]。可见，艾略特在此所总结和追求的这种“玄学奇喻”的心灵机智实际上就是诗人在诗歌创作中能够把一些貌似毫不相干的、貌似根本就不可能的比喻变成能使人们心动并接受的美丽诗篇的能力。艾

---

① 赵萝蕤：《〈荒原〉题解与注释》，载《英国文学名篇选注》，王佐良等主编，商务印书馆1983年版，第1245页。

② 同上。

③ ［美］艾略特：《玄学派诗人》，载《艾略特文学论文集》，李赋宁译，百花洲文艺出版社，1994年版，第14页。

④ T. S. Eliot, *The Complete Poems and Plays 1909 – 1950*, Harcourt, Brace & World, 1971, p. 3.

略特认为，正是这种貌似牵强的比喻使得 17 世纪英国玄学派诗人的诗歌创作既不失对人类肉体美的描写，又能够体现诗人挖掘人类精神之美的艺术追求。当然，这种诗歌创作技巧并不是人人都喜欢的创作方法。18 世纪英国批评家、诗人约翰逊就在其《诗人传》的《考利传》中说，邓恩、克里夫兰（John Cleveland）和考利等玄学派诗人是“强把风马牛不相及的思想拴缚在了一起”[①]。然而，艾略特却认为，这种现象在诗歌创作中是司空见惯的，而且诗人的作用似乎也正在于此；诗人们善于把“一定程度上风马牛不相及的材料，经过诗人头脑的加工，强行做成一个统一体”[②]。可见，玄学派诗人的独到之处正是他们具备这种将风马牛不相及的东西灵妙相连的能力，而这种所谓的“玄学奇喻”实际上成为 17 世纪英国玄学派诗歌创作和诗学理论的内聚核力。不仅如此，艾略特发现玄学派诗人笔下一种意象叠缩和多层联想的诗歌艺术手法也恰恰是玄学派诗歌语言活力的一个集中体现。玄学派诗歌中这种鲜活动人的诗歌语言不仅深深地打动了艾略特，而且催生了艾略特关于“感受力涣散”的诗学理论观点。

艾略特不再继续悲叹继弥尔顿之后英国诗歌语言逐渐丧失活力的现象，而是鲜明地反对拜伦、雪莱、济慈等 19 世纪盛行的浪漫主义诗歌创作及后来维多利亚时代的勃朗宁、丁尼生的创作方法。他认为从 17 世纪中叶就开始了英国诗歌中的“感受力涣散”。艾略特认为“感受力统一”（unification of sensibility）[③] 就是“不断地把根本不同的经验凝结成一体”[④]，或者把不同的经验“形成新的整体”[⑤]，也就是“把概念变成感觉”[⑥]，“把观感所及变成思想状态”。他认为这正是玄学派诗歌的特点，而 18、19 世纪的英国诗歌背离了这个传统。艾略特认为，虽然玄学派诗歌语言是简单典雅的，但是句子结构并不简单，而是十分忠实

---

① T. S. Eliot, *Selected Essays*, Faber and Faber, 1932, p. 283.

② ［美］艾略特：《玄学派诗人》，载《艾略特文学论文集》，李赋宁译，百花洲文艺出版社，1994 年版，第 16 页。

③ T. S. Eliot, *Selected Essays*, Faber and Faber, 1932, p. 288.

④ Ibid. , p. 287.

⑤ Ibid.

⑥ Ibid. , p. 490.

于思想感情，并且由于思想感情的多样化而具有多样化的音乐性。由于玄学派诗人善于把他们的博学注入他们诗歌的感受力，因此他们能够把思想升华为感情，把思想变成情感。然而，这种“感受力统一”的特点在玄学派之后的英国诗歌中就逐渐开始丧失了，在雪莱和济慈的诗歌中还残存着，而在勃朗宁和丁尼生的诗歌中则少见了。于是，艾略特认为，玄学派诗人属于“别具慧心”的诗人，思想就是经验，能够改变他们的感受力；然而，勃朗宁和丁尼生属于沉思型的诗人，他们“思考”，但是“无法就像闻到一朵玫瑰的芬芳一样，立即感觉到他们的思想”①；虽然他们对诗歌语言进行了加工，他们的诗歌语言更加精炼了，但是诗歌中所蕴含的感情却显得格外粗糙。那么，艾略特断言，像弥尔顿和德莱顿那样的伟大诗人之所以有欠缺，是因为他们没有窥见灵魂深处。换言之，诗人光探测心脏是不够的，“必须进入大脑皮层神经系统和消化通道”②。显然，艾略特《玄学派诗人》这篇短文的价值已经远远地超出了一篇书评的价值，而成为艾略特诗学理论创新的一篇标志性学术论文，为我们阅读、理解和评论艾略特的诗歌作品提供了一个可靠而且有益的标准。

第四节　动物话语

利用各种动物话语（discourse of animality）来淡化诗歌中的主体意识可谓艾略特一种有效的“非个性化”的创作尝试。古往今来，无数作家曾运用千姿百态的动物形象来塑造各种人物形象，再现人类丰富多彩的内心世界。艾略特当然也不例外，但是，他似乎打开了一个新的视角。艾略特的动物话语常常玄妙地表现了现代人的精神苦境。众所周知，现代美国文学中一个常见的主题是表现第一次世界大战后西方世界的精神孤独。几乎所有的西方作家都记录了第一次世界大战后这一人心枯竭的痛苦现实。艾略特于 1922 年发表了发人深省的杰作《荒原》。《荒原》表达了西方第一次世界大战后一代人的精神幻灭，刻画了整个

---

① T. S. Eliot, *Selected Essays*, Faber and Faber, 1932, p. 287.

② Ibid. , p. 290.

欧洲的衰变，是所谓“迷惘一代”精神生活的真实写照。就像司各特·菲兹杰拉德（Francis Scott Key Fitzgerald）在他的第一部长篇小说《人间天堂》（*This Side of Paradise*）的结尾描写的那样，这一代人“长大成人了，［他们］发现所有的上帝都死光了，所有的战争都打完了，人们所有的信仰都破灭了”①。他们最关心的只有两件事：“害怕贫穷和崇拜成功。”② 尽管“美国［在第一次世界大战后］将经历它历史上最伟大、最辉煌的时代”③，许多年轻的美国人却终日无所事事。他们必须克服精神上的空虚。在艾略特的早期作品中，人们可以看到诗人利用丰富的动物话语，生动地刻画了人类精神枯竭的苦境。

1939年，艾略特曾出版过一本题为“老负鼠的实用猫手册”（*Old Possum's Book of Practical Cats*）的诗集。④ 这是一本魅力无穷的儿童读物。诗集中充满了对猫的各种描写，形象新颖，语言生动。然而，也有批评家认为这本诗集是“艾略特所有作品的一个不可缺少的部分，是解开艾略特其人其诗之谜的一把钥匙”⑤。然而，综观艾略特的诗歌创作，有趣的是艾略特通过丰富的动物话语，再现了一幅人心枯竭、虽生犹死的现代荒原景象，而其中的戏剧性奥妙真是令人回味无穷。首先，让我们一起看看《阿尔弗瑞德·普鲁弗洛克的情歌》（“The Love Song of J. Alfred Prufrock”）一诗第15至22行中一只猫的形象：

> 黄色的雾在窗玻璃上擦着它的背，
> 黄色的烟在窗玻璃上擦着它的嘴，
> 把它的舌头舐进黄昏的角落，
> 徘徊在阴沟里的污水上，
> 让跌下烟囱的烟灰落在它的背上，

---

① F. Scott Fitzgerald, *This Side of Paradise*, New York: Charles Scribner's Sons, 1920, p. 255.

② Ibid..

③ Ibid..

④ 参见 T. S. Eliot, *The Complete Poems and Plays 1909 – 1950*, New York: Harcourt, Brace & World, 1971。

⑤ Mariane Thormahlen, *Eliot's Animals*, Lund: CWK Gleerup, 1984, p. 40.

它溜下台阶，忽地纵身跳跃，
看到这是一个温柔的十月的夜晚，
于是便在房子附近蜷伏起来安睡。[1]

诗中人普鲁弗洛克爱上了一位年轻的女子。他有追求幸福与爱情的强烈愿望，却始终没有勇气吐露自己的真情，因而陷入自设的魔圈。艾略特用一玄妙的比喻开篇，将“暮色”比作一位“病人［被］麻醉在手术台上”。这一黄昏景象与诗中人行动迟缓、性格阴郁、心情压抑、自我封闭等个性特征是吻合的。然而，更加令人回味无穷的当推以上这一节诗中那只昏昏欲睡的家猫形象。暮色的黄烟被赋予了猫的属性：“擦着它的背”“擦着它的嘴”“舐”“徘徊”“溜下”“忽地纵身跳跃”，似乎要有什么举动，但很快又“蜷伏起来安睡”。用这只家猫那呆若木鸡的动作形象来衬托普鲁弗洛克那优柔寡断、犹豫不决的性格，真可谓惟妙惟肖了。当诗中那浓浓的黄雾被比作迟钝的家猫时，主人公心中的强烈愿望也就失去了行动的意义。此外，艾略特在此还利用声音的效果来强化主人公被“麻醉”的精神状态。首先，那黄烟弥漫的“夜晚”在一连串重压头韵的英文单词中得到了强调（“fog”... “fall upon”... “falls from”... and “fell asleep”）。其次，这 8 行英文原诗中，发［s, ts, z］音的词多达 23 次，生动地烘托了一种百无聊赖的气氛。此外，这一节较之下一个诗节，其诗行也显得冗长。[2] 这也进一步将那只家猫的迁延动作戏剧化了。因此，暮色黄烟的降临及那只家猫的蜷伏安睡都从意象上铺垫了下文的主题，“呵，确实地，总会有时间”（第 23 行）。显然，这里说的“总会有时间”与诗中人犹豫不决的心境是相互矛盾的。诗境至此，不仅让人想起我国唐人绝句：“劝君莫惜金缕衣，劝君惜取少年时。花开堪折直须折，莫待无花空折枝。”[3] 不难看出，艾略

① ［美］艾略特：《阿尔弗瑞德·普鲁弗洛克的情歌》，载查良铮译，《英国现代诗选》，湖南人民出版社 1985 年版，第 2 页。

② 第 15 至 22 行中大多数是比较规则的七音步抑扬格诗行，而第 23 至 34 行中的大部分诗行则为五音步抑扬格诗行。

③ （唐）杜秋娘：《金缕衣》，载《唐诗三百首》，湖北人民出版社 1993 年版，第 174 页。

特通过一幅黄烟暮色睡猫图，生动地刻画了普鲁弗洛克有欲无胆的性格弱点。

第五节　“一对［破］蟹钳”

在《阿尔弗瑞德·普鲁弗洛克的情歌》中，艾略特还刻画了诗中人有如一只被人钉在墙上、生路渺茫的小昆虫。这种感觉可谓普鲁弗洛克将自己看成一个下等人物在一个“文明”社会中所遭受的那种焦虑万分却又无能为力的失落之感：

而且我已熟悉那些眼睛，熟悉了一切——
那些用一句公式化的成语把你盯住的眼睛，
当我被公式化了，在钉针下趴伏，
当我被钉着在墙壁上挣扎，
那我怎么开始吐出
我的生活和习惯的全部剩烟头？
我又怎么敢提出？①

但是，《阿尔弗瑞德·普鲁弗洛克的情歌》中最引人注目的动物意象当推以下几行诗中那“一对破钳爪”：

是否我说，我在黄昏时走过窄小的街，
看到孤独的男子只穿着衬衫
倚在窗口，烟斗里冒着袅袅的烟？……

那我就该会成为一对蟹钳
急急掠过沉默的海底。②

---

① ［美］艾略特：《阿尔弗瑞德·普鲁弗洛克的情歌》，载查良铮译《英国现代诗选》，湖南人民出版社1985年版，第4页。

② 同上。

诗人仅用“蟹钳”与“掠过”两个词，就生动地勾勒出一只螃蟹的形象。艾略特在此之所以笔墨较淡，是为了烘托诗中人心中一种将自己的生活简化到最简单的动物生存的强烈愿望。普鲁弗洛克已经别无所求，只希望能够逃脱眼前这个逼着他满足种种社会标准的现实世界。正如史密斯先生所指出的那样：“［普鲁弗洛克］需要并且盼望着与人们沟通……但是他的愿望缕缕遭到挫败，因此只能导致无端的痛苦，并希望能更远地逃离现实。”[①] 普鲁弗洛克似乎已走投无路，只能将自己希望忘却过去的愿望倾诉于这两行表现他自认为能够驾驭的唯一的一种心态。此外，“急急掠过沉默的海底”（“Scuttling across the floors of silent seas”）这一行英文原文中充满了“咝咝声”。在那“沉默的海底”，这“咝咝声”仿佛是他唯一能够听到的声音，头上漂过的波浪回荡着他的心声，字里行间律动着他不安的心思。这只螃蟹的属性让读者窥视到了普鲁弗洛克对周围环境下意识的态度。他在眼前“文明”社会中表现出的无能为力恰好给这对“蟹钳”披上了一层讽刺色彩，因为螃蟹的“蟹钳”不但用于自卫而且用于进攻。然而，在普鲁弗洛克的人物性格上，我们看不到半点“蟹钳”般的好战情节。这对“蟹钳”的意象是全诗中唯一可以让人联想起好战情节的地方，但是这一联想还没有充分展开就很快又被“我就该会成为”等字眼吞没了。此外，诗人用“破”（ragged）字修饰“蟹钳”，增强了相同的讽刺对照效果。性情温和的普鲁弗洛克因其秃顶的脑袋与衰老的外表而变得委婉可怜，格外注意装出一副体面的模样。最后，“掠过”的英文原文为“scuttle”，在古英语中意指“逃离某物”（running away from something）。艾略特的这两行诗表达了诗中人一种逃往某一未名的地方的强烈愿望。逃向何方并不重要，关键是要逃离。这对“［破］蟹钳”的爬动给人最深的印象应该是迅速地逃离某一危险的经历。因此，螃蟹的意象不仅表现了一个举棋不定而又急于逃离“文明”现实的人物性格，而且象征着一种追求远离尘嚣的一种孤独人生的期盼。当然，这首诗告诉人们这种愿望是无法实现的，而且普鲁弗洛克终将毫无目的、毫无依靠地生活在现实生活中，不

---

① Kristian Smidt, *Poetry and Belief in the Work of T. S. Eliot*, London: Routledge, 1961, p. 141.

断受到挫折。

艾略特《阿尔弗瑞德·普鲁弗洛克的情歌》一诗中表现动物意象的暗喻法在《荒原》中，随着诗中主人公的消失，似乎表现为一种以淡化自我意识为目的的崭新的动物话语。《荒原》一诗一直被批评界认为是“一个零碎的整体”（a fragmentary wholeness），可以有多种解读。艾略特认为诗歌“解读是一种远无止境的过程”[①]。《荒原》主要表现为一个语言结构。它将人们的注意力从词汇的意义引向意义的意义，从一种终极解读引向一个解读过程。《荒原》也因此成了一个高度自我折射的文本。与艾略特同时代的一些诗人常常通过相关的内容来证实自己的诗歌言语，将自己的诗歌语言看成窥见现实的桥梁，而艾略特恰恰相反，他用自己的诗歌创造了一种崭新的诗歌语言。艾略特诗歌中唯一的事件仿佛就是当词汇迸发出意思时那种语言本身的变化。对艾略特来说，没有不可言传的现实。“在《荒原》中，词汇强迫自身成为唯一的存在。我们所作出的反应是对词汇存在的反应。”[②] 词汇不是用于表达情感的，而是因为词汇本身已富有的情感才被诗人用之。这种语言是一种有高度意识的语言。《荒原》也因此成为一个有高度自我意识的文本。它的一个重要主题就是“语言的偶然性”[③]。艾略特在一次接受记者采访时说：“创作《荒原》时，我根本就不考虑自己在说些什么。”[④]《荒原》之所以晦涩，是因为作者省略了一些读者习惯去寻找却在文本中又无法找到的东西。然而，通过观察动物话语来解读《荒原》也许算得上在寻找那种文中所不存在的内涵，但是那些动物意象似乎在读者的脑子里不断膨胀，且寓意也变得不断深刻；它们不仅表现了诗中人个性消失的戏剧化艺术效果，而且也表现了这个“零碎整体”中动物话语的特殊艺术表现力。

---

① J. S. Booker and J. Bentley, *Reading The Waste Land*, Amherst, M. A: University of Massachusetts Press, 1990, p. 6.

② A. D. Moody ed., *The Waste Land in Different Voices*, London: Edward. Arnold, 1974, p. 201.

③ J. S. Booker and J. Bentley, *Reading The Waste Land*, Amherst, M. A: University of Massachusetts Press, 1990, p. 6.

④ George Plimpton ed., *Writers at Work: The Review Interviews*, Penguin, 1977, p. 105.

《荒原》可谓一首通过“一堆破碎的偶像”（a heap of broken images）[①] 来寻求完整意义的现代抒情史诗。它再现了现代西方社会的精神“荒原”。诗中的“荒原”可指被闪电击打后的荒漠，或是一块“荒废的土地”，也可指炮火焚烧过的无人废墟，或是颗粒无收的荒凉山庄。它可以是耶路撒冷、亚历山大，或者伦敦——任何一个遭受过掠夺的、精神幻灭的现代文明中心。诗中充满了现代城市文明中的种种不文明现象：“空瓶子，夹肉面包的薄纸，/绸手绢，硬皮匣子，和香烟头儿，/或其他夏夜的证据。”[②] 虽然读者不容易悟出诗中律动的主旋律，但是艾略特将城市与人体捏合在一起，并通过类比的手法把社会与个人融为一体，使这首开一代诗风的经典之作不但具有抨击社会的史诗意义而且也道出了诗人所谓“满腹牢骚”的抒情内容。诗中描述的人流、失修的手指甲、难以入眼的牙齿、“女人的味道”等不堪入诗的字眼，不仅表现了现代社会的道德与文化的沦丧，而且也体现了西方社会人们物质生活的沦败。艾略特的“满腹牢骚”也因此表现为现代人的精神落魄。

第六节　“在两种生命中颤动”[③]

朱莉亚·克里斯蒂瓦（Julia Kristeva）曾在其专论《恐怖的力量：论落魄》中指出，引起“落魄”的原因主要有“侵犯个性，反对体制和秩序”，以及“不尊重界线、地位和规则”[④]。这种精神落魄集中表现为与“我”的绝对对立，是一种“居中的、模棱两可的、相对的”[⑤]。精神状态。《荒原》中的“我”根本谈不上是一个主人公，读者也很难感觉出诗中有个中心思想。《情歌》中聚焦于普鲁弗洛克心目中那个“压倒一切的问题”（“an overwhelming question”）在《荒原》已听不到

① T. S. Eliot, *The Complete Poems and Plays 1909 - 1950*, New York: Harcourt, Brace & World, 1971, p. 38.

② ［美］艾略特：《荒原》第 177 至 178 行；黄宗英编《赵萝蕤汉译〈荒原〉手稿》，高等教育出版社 2013 年版，第 65 页。

③ 黄宗英编：《赵萝蕤汉译〈荒原〉手稿》，高等教育出版社 2013 年版，第 73 页。

④ Julia Kristeva, *Power of Horror: An Essay on Abjection*, New York: Columbia University Press, p. 4.

⑤ Ibid..

回音。《荒原》中的“我”似乎从一个人物滑向另一个人物，从一个文本跳进另一个文本，于是将历史断成“一堆破碎的意象”。然而，艾略特在他的《荒原》注释中声称帖瑞西士（Tiresias）使诗中漂浮不定的声音稳定了下来：

> 帖瑞西士虽然只是一个旁观者，而并非一个真正的“人物”，却是诗中最重要的一个角色，联络全诗。正如那个独眼的商人和那个卖小葡萄干的一起化入了那个非尼夏水手这个人物，而后者与奈波士（Naples）的福迪能王子有明显的区别，所以所有的女人只是一个女人，而两性在帖瑞西士身上融合在一起。帖瑞西士所见的，实际就是这首诗的本体。①

这里我们看到了帖瑞西士的原型，一个并非真正的人物，但他“联络全诗”，是“诗中最重要的一个角色”。艾略特之所以选用帖瑞西士是因为他具有两性人的属性。根据法兰克·吉士德斯·弥勒氏的英译《变形记》第3卷，帖瑞西士有一次因为手杖打了一下，触怒了正在树林里交媾的两条大蟒。突然，他由男子变成了女人，而且一过就是7年光景。到了第8年，他又看见这两条蟒蛇，就说，“我打了你们之后，竟有魔力改变了我的本性，那么我再打你们一下”。说着，他又打了大蟒，自己又变回他出生来时的原形。因此，帖瑞西士既经历过男人的生活又有女人的经历，在《荒原》中成了“在两种生命中颤抖”（第218行）的角色。然而，正因为他有独特的经历，当主神朱庇特与天后朱诺嬉争有关在爱情中男人还是女人获得的乐趣更大时，他们决定去求教聪明的帖瑞西士，请他做个裁决。当他同意主神的意见，认为女人得到的乐趣更大时，朱诺惩罚帖瑞西士，让他终生双目失明。但是，万能的主神赐予了他预知未来的能力。从帖瑞西士这个人物中，我们不但可以窥见人物性别的混淆，而且可以看到一个美好的往日，一个漆黑的现在和一个可望而不可即的未来。如果艾略特是用帖瑞西士的形象将自己标榜为一位冷眼旁观

① 艾略特对《荒原》第218行诗的原注。参见黄宗英编《赵萝蕤汉译〈荒原〉手稿》，高等教育出版社2013年版。

的诗人，那么《荒原》的意义就永远超出了诗人所谓的“满腹牢骚”。

帖瑞西士的原形是通过荒原中一系列的死亡意象来加以表现的。他构成了诗中两种生命和两种死亡的对照：毫无意义的生意味着死，而牺牲虽然献出生命，但意味着呼唤新的生命。首先，通过那“助人遗忘的雪”，《荒原》的第一章“死者葬仪”再现了一个人们逃避的、浮夸的世界。荒原上的人们似乎经历了一个懒洋洋的、不情愿的，甚至是愤懑不平的苏醒过程。四月本是大地复苏、鸟语花香的春天时节，却被作者写成“最残忍的一个月”。人们不愿生活在现实之中，似乎不喜欢从那虽生犹死的梦幻中被惊醒。他们在酒吧咖啡厅里谈论着一些无聊的话题，对生活不抱任何希望。那是一个乱石堆成的世界：

人子啊，
你说不出，也猜不到，因为你只知道
一堆破碎的偶像，承受着太阳的鞭打，
枯死的树没有遮阴，蟋蟀的声音也不使人放心，
礁石间没有流水的声音。①

传统的“太阳”“树林”“石头”“水”等意象在荒原中给人类带来的不是生机而是死亡；而且诗中看不到拯救荒原的一线希望。此外，艾略特又通过诗中一个主要动物意象的极写，使那个“并无实体的城”成了一幅虽生犹死的现代荒原图。

并无实体的城，
在冬日破晓的黄雾下，
一群人鱼贯地流过伦敦桥，人数是那么多，
我没想到死亡毁坏了这许多人。
叹息，短促而稀少，吐了出来，
人人的眼睛都盯住在自己的脚前。
流上山，流下威廉王大街，

① ［美］艾略特：《荒原》，赵萝蕤译，《外国文艺》1980 年第 3 期。

直到圣马利吴尔诺斯教堂，那里报时的钟声
敲着最后的第九下，阴沉的一声。
在那里我看见一个熟人，拦住他叫道："斯代真！
你从前在迈里的船上是和我在一起的！
去年你种在你花园里的尸首，
它发芽了吗？今年会开花吗？
还是忽来严霜捣坏了它的花床？
叫这只狗走远吧，它是人们的朋友，
不然它会用它的爪子再把它挖掘出来！
你！虚伪的读者！——我的同类——我的兄弟！"①

在这一节中，"并无实体的城"的声音显得十分响亮，但读者已经感觉不到强烈的自我意识。"那个不起眼的'我'既不支配整个情景也不创造这个场面，而是完完全全地被用来表现一个句法上的从属关系。"②这一富有戏剧性的艺术效果是来自庞德的艺术加工，因为在艾略特的原稿中，这个"我"是支配一切的：

并无实体的城，我有时已经看见且还能看见
在你那冬日破晓的黄雾下，
一群人鱼贯地流过伦敦桥，人数是那么多，
我没想到死亡毁坏了这许多人。③

艾略特在第一行中重复使用"看见"一词，表示诗中的"我"不但过去见过，而且现在仍然可以看见。但是，经过庞德的艺术处理，在发表的《荒原》文本中，读者就很难感觉出艾略特原稿中的那种语法结构上的清晰度，似乎给读者一个模糊的印象：那"并无实体的城"、那"冬日破晓的黄雾"和那"一群人"好像谁也不从属于谁一样，各自随

① ［美］艾略特：《荒原》，赵萝蕤译，《外国文艺》1980 年第 3 期。

② Hugh Kenner, *The Invisible Poet*: *T. S. Eliot*, London: Methuen, 1965, p. 49.

③ Valerie Eliot ed., *The Waste Land*: *A Facsimile and Transcript of the Original Drafts Including the Annotations of Ezra Pound*, London and Boston: Faber and Faber, 1971, p. 9.

着读者注意力的聚焦而变得不断膨胀。原稿中“我有时已经看见且还能看见”一句中的主体意识已经荡然无存，那“城”、那“雾”和那“人群”也因此都有了自己的生命。特别是原稿中的“我”不再是那个看到“一群人……流过伦敦桥”的“我”，而是“一群人［自己］鱼贯地流过伦敦桥”。他们独立于任何主体意识之外，而且与前一行中那“冬日破晓的黄雾”也仅保持着一个宽松句法联系。通过在前三行中淡化“我”的主体意识，庞德让读者的心里产生一种期待，急切地希望看到一个中心意识的出现。于是，庞德又在第四行的开头起用了一个给人以突如其来的感觉的“我”，既强化了中心意识，又创造了一个新的承上启下、纲举目张的情感中心。

第七节　“叫这狗熊星走远吧”

如果说庞德在此淡化主体意识的手法强化了《荒原》中虽生犹死的自我形象，那么艾略特在第74行中调用狗的意象使诗中的动物话语更富戏剧性艺术效应。这一行的解读多种多样，但不论怎么说都离不开狗的象征意义。比如，但丁在“地狱篇”中将狗（the veltro）看成即将到来的救世主；但是《神曲》中充满着许多不讨人喜欢的野狗。神话传说中狗既可以与神仙相伴也可以与魔鬼为友。《圣经·旧约》中狗的形象更丰富多彩，有肮脏丑恶的肉食动物，也有忠实的看门狗。玛乔里·顿克（Marjorie Donker）将这一行中的狗与狗熊星相联系，看到了《伊尼德》与《荒原》之间的相同之处：

> 《荒原》中狗（Dog）字的大写字母表示艾略特指的是狗熊星（Dog-Star Sirius），古代不育和死亡的象征，同时也是航行者的向导，“人类的朋友”。在《伊尼德》中，有关那条狗所引起的联想特别适合《荒原》。当特洛伊人遭到瘟疫袭击时；当大地干枯，寸草不长，地荒人死时，一派荒原景象便与那狗熊星的意象紧密相连。[1]

---

① Marjorie Donker, “The Waste Land and Aenied”, *PMLA* 89.1, Jan. 1974, p. 167.

因此，狗熊星可以引起人们美好的想象，也可以导致不快的联想。此外，在考察“死者葬仪”一章的意义时，我们还必须考虑一个至关重要的问题：艾略特为什么将原稿中“仇敌”（foe）一词用“朋友”（friend）替换。[①] 这个问题可以从几个方面考虑。首先，艾略特在第 74 行里写道：“叫这狗熊星走远吧，它是人们的朋友。”因为狗可以看成人类最亲密的朋友，因此这一行就不无讽刺意味。既然狗是人的朋友，为什么又让它走远呢？其次，艾略特在注释里提醒读者联系英国剧作家魏布斯特（Webster）在《白魔鬼》（*The White Devi*）中的《丧歌》（“A Dirge”）：

> 招呼那些个鹪鹩和知更，
> 他们在葱郁的林上徘徊，
> 跟那些叶与花一同遮盖
> 那未曾下葬孤独的尸身。
> 把蚂蚁、田鼠和鼹鼠
> 叫到他的坟地上去，
> 给他造起几座小山，使他温暖；
> 既无体面的坟墓，也不受灾患；
> 就叫豺狼走远，他是人类的仇敌，
> 不然会用爪子又把他们掘起。[②]

显然，艾略特在《荒原》第 74 行中是影射魏布斯特挽歌中的“那［一具具］未曾下葬孤独的尸身”。然而，这一影射意蕴无穷。《荒原》中的“我”在一个寒冬重雾的黎明看到了伦敦桥上上班时拥挤的人群，他联想到了但丁《神曲》地狱间遍地亡灵的景象。从眼前这些现代人那忙碌

① 参见 Valerie Eliot ed.，*The Waste Land：A Facsimile and Transcript of the Original Drafts Including the Annotations of Ezra Pound*，London and Boston：Faber and Faber，1971，p. 9.

② 英文原文为：*A Dirge*（Webster）：“Call for the robin-redbreast and the wren，/Since o'er shady groves they hover，/And with leaves and flowers do cover/The friendless bodies of unburied men. /Call unto his funeral dole/The ant，the field-mouse，and the mole，/To rear him hillocks that shall keep him warm，/And，when gay tombs are robbed，sustain no harm；/But keep the wolf far thence，that's foe to men，/For with his nails he'll dig them up again。”艾略特对《荒原》第 74 行诗的原注。参见黄宗英编《赵萝蕤汉译〈荒原〉手稿》，高等教育出版社 2013 年版。

单调却毫无意义的动作中，他看到的不是生命的力量，而是死亡的恐怖。狗熊星传说是使尼罗河两岸肥沃的星宿。因此，埋葬肥沃之神的仪式让人们坚信神的力量如同大自然的力量一样定将复活。然而，“死者葬仪”没有让人们看到拯救荒原的一线希望。魏布斯特笔下的挽歌本该是一个恐怖的景象：尸首满地且孤零零地留给“蚂蚁、田鼠和鼹鼠”，但是，这一切在魏氏的诗中却丝毫没给人们留下恐怖的感觉。即使人们在挽歌中看到了“豺狼”，但是大自然对人类的友好足以“叫豺狼走远，[因为] 他是人类的仇敌，/不然会用爪子又把他们掘起”。然而，魏氏笔下的美好景象在艾略特笔下却变成了一幅虽生犹死的城市游人图。一种恐怖之感油然而生。这种恐怖仿佛来自“驯化”的结果，人们看到的不是野性的自然而是一个郊外的花园，不是那些“孤独的尸身”而是“你种在花园里的尸首”，不是那与人为敌的“豺狼”而是那一条家养的“豺狼”，那只出于纯粹的友谊会将尸首从地下掘起的狗。艾略特在此将“豺狼”改为“狗”，将“仇敌”改为“朋友”，其用意在于通过动物话语来“驯化”自然，以掩盖世俗世界的恐怖真相。

第八节　“我们是在老鼠窝里”

《荒原》的第 2 章很像是一幅三联雕刻。读者首先看到了一幅好像是以文艺复兴时期贵族家庭为背景的一位神经衰弱的妇女形象；接着听见了现代社会中一对中上等阶层夫妇的对话；最后又听到了两位普通妇女在酒吧里的一段谈话。虽然形式不同，但这三个片段有着一个共同的主题：人生的失望、性爱的失败及不同程度的幽闭恐惧症。它们表现出了不同时代、不同阶级的失望人生。第一个片段（第 77—110 行）再现了一幅富丽辉煌却让人感到愁惨迷惘的图画。屋里陈设的“黄金的小爱神”“七枝光烛台”“镶板的屋顶”“雕刻的海豚”，以及那幅古典的翡绿眉拉（Philomel）的画像等，给人留下了一个深刻的古典甚至是巴洛克时期建筑的韵调。尽管这些都是装饰品，但是艾略特在“对弈”一章中选用它们绝非偶然。“雕刻的海豚”的讽刺意义在于它常常象征肥沃。哈格罗夫（Hargrove）在她的力作中强调诗人之所以在那间闺房里放置了一只人工的海豚是因为她要扭曲地表现荒原中人们性生活的不育结果。[①] 然而，海豚也常被用作古希腊夫妇间爱情的象征。[②] 因此，屋里富丽辉煌的表面装饰与诗中人内心流露出对生活厌恶的感觉形成了鲜明的对照，一种尖刻的讽刺之感便跃然纸上。此外，翡绿眉拉变形为一只夜莺也通过以下模糊的动物话语传达给了读者：

> 那古旧的壁炉架上展现着一幅
> 犹如开窗所见的田野景物，
> 那是翡绿眉拉变了形，遭到了野蛮国王的
> 强暴：但是在那里那头夜莺
> 她那不容玷辱的声音充塞了整个沙漠，
> 她还在叫唤着，世界也还在追逐着，
> "唧唧"唱给脏耳朵听。[③]

读者在此首先看到的是一个暴君和一个受害的女子的形象。这幅画与其说是挂在墙上的一幅装饰品不如说是对残忍暴行的真实写照。然而，当我们读到"田野景物"一词组时，一种讽刺意义便悄悄地溜进了诗行，因为艾略特在注释中指出那"田野景物"影射弥尔顿在《失乐园》中描写乐园尚未丢失以前的情景。然后，诗人笔锋一转，似乎从现实人物的刻画转向描写幻想中的一种既强劲又难以明辨的"不容玷辱的声音"。那只夜莺唱出的"唧唧"声顿时"充塞了整个沙漠"："她还在叫唤着，世界也还在追逐着，／'唧唧'唱给肮脏的耳朵听。"夜莺的叫唤道出了翡绿眉拉的心声。而那些"肮脏的耳朵"自然对它的呼叫没有反映。尽管那"不容玷辱的声音"仍然回荡于整个田野、充满了那间屋子、洋溢在整个"世界"，然而，这声音在这一现代情景中却是毫无意义的。艾略特也许就是通过这一动物话语再一次戏剧性地奏响了现代荒原中一曲虽生犹死的主旋律。

谈到艾略特诗歌中的动物话语，人们自然会注意到《荒原》中老鼠

---

① 参见 Nancy D. Hargrove, Landscape as Symbol in The Poetry of T. S. Eliot, Jackon: University Press of Mississippi, 1978。

② 参见 Mariane Thormahlen, Eliot's Animals, Lund: CWK Gleerup, 1984。

③ ［美］艾略特：《荒原》，赵萝蕤译，《外国文艺》1980 年第 3 期。

的形象。从传统的意义来说，老鼠象征着死亡与腐朽。《荒原》一诗中至少有两个地方提到老鼠，且每每象征着精神与肉体的死亡。首先，我们可以考察一下那对现代中等阶层夫妇的一席对话：

“今晚上我精神很坏。是的，坏。陪着我。
跟我说话。为什么总不说话。说啊。
你在想什么？想什么？什么？
我从来不知道你在想什么。想。”

“我想我们是在老鼠窝里，
在那里死人连自己的尸骨都丢得精光。”

“那是什么声音？”
“风在门下面。”
“那又是什么声音？风在做什么？”
“没有，没有什么。”
“你
你什么都不知道？什么都没有看见？什么都
不记得？”
“我记得
那些珍珠是他的眼睛。”
“你是活的还是死的？你的脑子里竟没有什么？”
“可是
噢噢噢噢这莎士比希亚式的爵士音乐——
它是这样文静
这样聪明。”
“我现在该做些什么？我该做些什么？
我就照现在这样跑出去，走在街上
披散着头发，就这样。我们明天该做些什么？
我们究竟该做些什么？”
“十点钟供开水。

如果下雨，四点钟来一辆不进雨的汽车。
我们也还要下一盘棋，
按住不知安息的眼睛，等着那一下敲门的声音。”[1]

这段对话立刻将读者带入一个紧张的情感世界。前四行中流露出那位神经质的妇女急切而又担忧的神态。她催促诗中的男人表达自己内心的思想，甚至就想让他想。然而，他那无言的答语却不无警句格言般的魅力：“我想我们是在老鼠窝里，/在那里死人连自己的尸骨都丢得精光。”显然，这对男女之间无法交流，也没有看到任何自我解脱或超越的可能，因为他们是孤立的，被囚禁在自我的脑筋里。在艾略特的原稿中可以看出[2]，这位男人和女人与“死者葬仪”中那位风信子姑娘及她的恋人是密切联系的。诗中那位女子对那位男人所提出的一连串问题淋漓尽致地表现为那位风信子姑娘情人的一段独白：

　　　　　　　　　　我说不出
话，眼睛看不见，我既不是
活的，也未曾死，我什么都不知道。[3]

诗中这对男女与风信子姑娘及其情人的联系使场面进入了高潮。艾略特原稿中那位男人对这位女人的反应是：“我想我们初次相见于老鼠窝里。”[4] 将“我们初次相见于”改为“我们是在”老鼠窝里，艾略特将过去与现在合二为一，表达了诗中那位男人是在解释他们的那一段历史，而他的解释又将他们眼前的孤独带回到了对风信子花园的回忆。他似乎在说他们是在老鼠窝里，而且一直就躲在那里，因为那里是他们初次见面的地方。这就将风信子花园变成了一个老鼠窝。躲在老鼠窝里也就像被困在一个过道出入口。这个出入口只通往一个方向，那

---

① ［美］艾略特：《荒原》，赵萝蕤译，《外国文艺》1980 年第 3 期。

② 原稿中写道：“I remember/The hyacinth garden. Those are pearls that were his yees，yes！”

③ ［美］艾略特：《荒原》，赵萝蕤译，《外国文艺》1980 年第 3 期。

④ Valerie Eliot ed.，*The Waste Land*：*A Facsimile and Transcript of the Original Drafts Including the Annotations of Ezra Pound*，London and Boston：Faber and Faber，1971，p. 9.

就是灭亡。这是个连死者的尸骨都要腐烂的地方。这位男人如同普鲁弗洛克一样，总在想着什么，但其结果总是孤独、失去感觉、瘫痪和死亡。

在“火诫”一章里，那“老鼠窝”的意象为一只活生生的老鼠所代替：

可爱的泰晤士，轻轻地流，等我唱完了歌。
可爱的泰晤士，轻轻地流，我说话的声音不会大，也不会多。
可是在我身后的冷风里我听见
白骨碰白骨的声音，慝笑从耳旁传开去。
一只老鼠轻轻地爬过草地
在岸上拖着它那黏湿的肚皮
而我却在某个冬夜，在一家煤气厂背后
在死水里垂钓
想到国王我那兄弟的沉舟
又想到在他之前的国王，我父亲的死亡。
白身躯赤裸裸地在低湿的地上
白骨被抛在一个矮小则干燥的阁楼上，
只有老鼠脚在那里踢来踢去，年复一年。
但是在我背后我时常听见
喇叭和汽车的声音，将在
春天里，把薛维尼送到博尔特太太那里。
啊月亮照在博尔特太太
和她女儿身上是亮的
她们在苏打水里洗脚
啊这些孩子们的声音，在教堂里唱歌！①

不论是第187行中那只“在岸上拖着它那黏湿的肚皮”“轻轻爬过草地”的老鼠，还是第195行中的那只在一个矮小则干燥的阁楼上的白骨

① ［美］艾略特：《荒原》，赵萝蕤译，《外国文艺》1980年第3期。

堆里“年复一年”地“踢来踢去”的老鼠，都让人们联想到安德鲁·马维尔（Andrew Marvell）在《致他的娇羞的女友》一诗中对他女友的恳求。马维尔的这首诗是17世纪一首以及时行乐（carpe diem）为主题的、运用三段论演绎法（syllogism）写成的名篇。诗中第一段告诫他的女友，要是他们能享用人类的全部时间，那么她的羞涩就不算什么过失。诗中第二段通过一系列死亡意象来提醒他的女友，他们的生命之时正在飞逝。诗中第三段是全诗的结论：“因此”他们应该不负年华，乘着充满明媚阳光的青春，及时行乐。这首诗歌的第二部分是这样开头的：

> 但是在我背后我总听到
> 时间的战车插翅飞奔，逼近了；
> 而在那前方，在我们面前，却展现
> 一片永恒的沙漠，寥廓、无限。①

艾略特在此影射马维尔的《致他的娇羞的女友》，并将死亡的意象分解为白骨、老鼠，以及那低湿地上的赤裸裸的“白身躯”。马维尔诗中的“汉白玉的寝宫”成了“一个矮小则干燥的阁楼”。但两个诗人的用意完全不同。《致他的娇羞的女友》一诗中对死亡的沉思是诗人演绎推论的一部分，有它明确的目的。马维尔用死亡的威胁以达到他明确、直接地说服一位女子与他相爱的目的。相反，艾略特诗中对死亡的冥想却显得无从可谈，既没有目的也没有说服力。实际上，“火诫”一章重写了一连串激烈而又毫无结果的性爱。诗中提到了现代“仙女们”，“还有她们的朋友，最后几个城里老板们的后代”等，但先后紧跟着薛维尼与妓女博尔特太太、夜莺抨击通奸的歌声、商人尤吉尼地、那位打字员、伊丽莎白与莱斯特，还有那些泰晤士河的女儿们等，所有这一切最终体现在圣奥古斯丁的“一大锅不圣洁的爱情”。因此，贯穿其中的老鼠形象大大增强了诗中那“不圣洁的爱情”的孤独之感。

---

① 王佐良编译：《英国诗选》，上海译文出版社1988年版，第132页。

第九节　“画眉鸟在松树里唱”

如果说艾略特在“对弈”一章中通过夜莺的歌声，让读者从远古的恐怖中感受到现代荒原生活的废墟，那么，在《荒原》的最后一章里，艾略特笔下的那只“蜂雀类的画眉鸟”却不像是一个不祥的征兆。它那无人听见的歌声在一位语无伦次的沙漠游人看来，要比沙漠中各种蝉在干草中发出的声音更为响亮：

只要有水
而没有岩石
若是有岩石
也有水
有水
有泉
岩石间有小水潭
若是只有水的响声
不是知了
和枯草同唱
而是水的声音在岩石上
那里有蜂雀类的画眉在松树里歌唱
点滴点滴滴滴滴滴
可是没有水①

艾略特在第357行的注释中指出，那只蜂雀类的画眉鸟的声音常常被喻为“滴水声”。在这行诗中，人们看不到画眉鸟，却能听见它那仿佛是滴在石面上的滴水般清脆的歌声。因此，这一节再现了诗中人的一个心理过程：从盼水的期望到盼望听到水的声音，最后到盼望能够感觉到滴水声音的存在。诗中人盼水的痛苦似乎产生了一些听觉幻觉，而不

① ［美］艾略特：《荒原》，赵萝蕤译，《外国文艺》1980年第3期。

是视觉意象。他看不到任何事物，但那滴水般的鸟啼声成了他心中的期盼。他那充满焦虑的心有如干枯，向往着真理、向往着滋润荒原大地的雨露。即使找不到水或者听不到水的声音，听到画眉鸟的歌声也满足了。他希望自己沉湎于哪怕是一时的信念：水近在咫尺。然而，在大地苦旱、人心枯竭的荒原里，“没有水”。这不禁让我们想起在“死者葬仪”一章中，那“人子”只懂得在那烈日暴晒的土地上，有一堆“破碎的偶像”。在那里，“枯死的树没有遮阴。蟋蟀的声音也不使人放心，/礁石间没有流水的声音”。这里可能影射摩西通过敲打岩石给荒地带来水。尽管人们听不见那只难以捉摸的画眉鸟的歌声，但那歌声使人们将一种身临绝境的感觉与一种可望而不可即的救世风度结合起来。那画眉与它的歌声并没有表现为传奇般过去与肮脏现代的对照，而是表现为痛苦的精神与拯救的精神相互联系。

《荒原》中最后一段令人费解的动物话语当推那只公鸡站在那座没有屋顶的、空荡荡的教堂屋脊上的啼叫：

在山间那个坏损的洞里
在幽暗的月光下，草儿在倒塌的
坟墓上唱歌，至于教堂
则是有一个空的教堂，仅仅是风的家。
它没有窗子，门是摆动着的，
枯骨害不了人。
只有一只公鸡站在屋脊上
咯咯喔喔咯咯喔喔
刷地来了一炷闪电。然后是一阵湿风
带来了雨。①

在这一段中，我们不是去揣想那只画眉鸟的歌声，而是通过“山间那个坏损的洞”，来到了一座空荡的教堂。所有的幻觉都消失了，眼前出现了一个现实的空间：“在幽暗的月光下，草儿在倒塌的/坟墓上唱歌”，

① ［美］艾略特：《荒原》，赵萝蕤译，《外国文艺》1980 年第 3 期。

这一段充满着抒情的意味。原文的音乐效应将人从一个超现实的世界带到了现实中来。这一节中各行多以描述为主，但有两行值得细心体味：那教堂“仅仅是风的家”，而且那“枯骨害不了人”。假如这座教堂指的是圣经故事中的“凶险教堂”，那么，它却毫无危险，看不到在珀西瓦尔（Perceval）去寻找渔王路途中所经受的种种考验。没有磨难，就无所谓英雄珀西瓦尔的历险，那么渔王也就没有希望恢复元气，荒原就不可能获得甘露，得以拯救。珀西瓦尔的历险停止了，所有的神都走了。死者的葬仪也因此结束了。最终，公鸡的啼叫声做了最后的肯定：没有妖魔鬼怪，只是一阵风在吹着。那公鸡的啼叫声是提醒妖魔离去的信号。然而，这里不存在任何妖魔。随着这最后驱魔的咒语，诗中期盼已久的雨终于来了。

由此可见，艾略特笔下的动物话语在表现“非个人化”的自我意识方面展现了很高的艺术效果。尽管《荒原》中充满了具有抒情特色的“满腹牢骚”，但诗中丰富多彩的动物话语使诗人的表现手法更加惟妙惟肖，而形形色色的动物意象绘制了一幅神话般的现代荒原景象。艾略特的《荒原》一诗也因此有了史诗的意义。

第十二章

“一切终归会好”：艾略特的抒情史诗《四个四重奏》*

第一节　“我承担着双重身份”

艾略特曾经说：“《荒原》不过是一个人对生活发出的满腹牢骚，它就是一篇有节奏的牢骚。”① 然而，他个人的“满腹牢骚”却代表了第一次世界大战后西方社会一代人的精神幻灭。《荒原》也因此成为一部融个人于社会、特殊与普遍、抒情性与史诗性为一体的，“寻求完整意义的抒情史诗”②。时隔20余年，他于1943年出版了《四个四重奏》，不仅把自己的诗歌创作推向了艺术的巅峰，而且再现了诗人皈依宗教③的心路历程。在这部现代长诗中，艾略特已经不再刻画《荒原》中的一大堆卑鄙、无聊、麻木不仁的市井小人和描写那充满着空虚、失望和迷茫的第二次世界大战后西方上流社会的生活，而是挖掘内心

---

* 本章主要内容载郭继德主编《美国文学研究》，山东大学出版社2016年版，第364—382页。文中《四个四重奏》引文由笔者译自T. S. Eliot: *The Complete Poems and Plays 1909 - 1950* (New York: Harcourt, Brance & World, 1971)，同时参考裘小龙译《四个四重奏》（漓江出版社1985年版）和张子清译《四个四重奏》（载《世界诗苑英华·艾略特卷》，山东大学出版社1997年版）。

① Valerie Eliot ed., *The Waste Land: A Facsimile and Transcript of the Original Drafts Including the Annotations of Ezra Pound*, London and Boston: Faber and Faber, 1971, p. 1.

② 黄宗英：《抒情史诗论》，北京大学出版社2003年版，第84页。

③ 1927年6月29日，艾略特在牛津郡芬斯多克教堂（Finstock Church），由威廉姆·福斯·斯蒂德牧师为他施洗礼，成为英国国教教徒。6月30日，牛津主教托马斯·邦克斯·斯特朗（Thomas Banks Strong）在牛津附近一所神学院里的卡德斯顿（Cuddesdon）英国国教教堂给艾略特施了坚信礼。

情感深处的自我，表现了诗人在神的恩典引导下，经过了长期的心灵历练，最终体会到了道成肉身的意义。在诗中，读者已经看不到《荒原》中那些虽生犹死的现代人形象，也感觉不到《灰星期三》中那“生与死之间一个紧张的时刻”[①]，而是顺着诗人的心脉，去寻求那“时间与永恒的交点”[②]，去追寻那个代表着普遍真理的“旋转世界的静点”[③]。诗歌融抒情性与史诗性为一体，结合诗人对个人经历、社会历史的思考乃至对人类命运的呼唤，并通过诗人漫长而又痛苦地寻求人生意义的道路，揭示了饱尝两次世界大战地狱之苦的现代人应该如何跨过现实生活中一种单调、无聊、内心空虚的精神鸿沟去寻求灵魂伊甸之乐的心路历程。人类要摆脱欲望、消灭战争并生活在一个文明与和平的盛世中，就应该找回人类所失去的信仰，寻求一种永恒的、普遍的真理，树立自己的理想和抱负并鄙视那些使我们离开真理的种种欲望。长诗的最后一个部分《小吉丁》中，诗人写道：“于是我承担着双重身份……我仍旧不变，/了解自己却扮演着另外一个什么人”[④]，艾略特的这种“双重身份”颇似惠特曼笔下那个“一个人的自我，一个朴素、脱离的人”，但是同时也是一个代表着“民主”和“全体”的“现代人”[⑤]。《四个四重奏》中的“我”不但“了解自己”而且也代表每一个“现代人”，因为他不断地“扮演着另外一个什么人”的角色。因此，继《荒原》之后，《四个四重奏》不仅是艾略特笔下的又一部抒情史诗，而且是继克兰（Stephen Crane）《桥》（1930 年）、威廉斯《帕特森》（1946 年）和庞德部分《诗章》之后，美国现代诗歌史上出现的又一部融抒情性与史诗性为一体的现代长诗。

1943 年 10 月底，伴随着第二次世界大战的恐怖暴力、无端毁灭和血腥屠杀，艾略特的《四个四重奏》还是由费伯出版社（Faber & Faber）在伦敦出版并悄然问世了。《四个四重奏》最初是四首独立的诗

① T. S. Eliot, *The Complete Poems and Plays 1909 - 1950*, New York: Harcourt, Brace & World, 1971, p. 66.

② Ibid. .

③ Ibid. , p. 119.

④ Ibid. , p. 141.

⑤ Walt Whitman, *Leaves of Grass*, New York: Vintage Books, 1992, p. 165.

歌：《焚烧的诺顿》（*Burnt Norton*）、《东库克》（*East Coker*）、《干燥的赛尔维奇斯》（*The Dry Salvages*）和《小吉丁》（*Little Gidding*）。1943年艾略特将这四首诗合成一首长诗发表，并给它取了个富于音乐性的题目。全诗结构与古典交响乐或奏鸣曲有相似之处；每个四重奏结构工整，由五个乐章组成，每个乐章都有自己的内在结构。每个四重奏不仅地点不同，而且主题不同，每个四重奏都重复传统的“四位一体”的模式，其中前三个来自自然经验，第四个来自基督教的启示。所谓自然经验包括空气、土地、水和火4种自然物质，灵魂、肉体、鲜血和精神4种人体物质和春、夏、秋、冬4个季节。此外，意象叠加也是这首诗的独到之处。光明与黑暗、升与降、舞蹈与节奏、河流与大海、玫瑰与紫杉等意象不断重复。《四个四重奏》是艾略特在诗歌创作道路上长期探索、寻求拯救的思想结晶。在创作《荒原》之后，艾略特又从事了一系列同样才华横溢的诗歌创作，探讨痛苦地寻求拯救的心路历程。艾略特以真挚的感情，突出地表现了生活在没有秩序、没有意义、没有美的世俗社会里的现代人的空虚恐怖感。在《四个四重奏》中，艾略特不仅以近乎赞美诗般的叠句和对自己精神经历的细腻而又精确的刻画，创作了一支用文字谱写的沉思曲，而且将诗人个人的、抒情式的灵感与时代，乃至整个民族的、史诗般的理想结合起来，谱写了一部卓越的抒情史诗。

第二节 “时间永远是现在”

艾略特在《四个四重奏》的开头引用了古希腊哲学家赫拉克利特（Heraclitus）[①] 的两句语录作为长诗的卷首引语：“虽然道对所有的人来

---

① 赫拉克利特，古希腊唯物主义哲学家，辩证法奠基人之一。赫拉克利特之所以扬名于古代主要是由于他的学说：万物都处于流变的状态。他认为火是根本的实质；万物都像火焰一样，是由别种东西的死亡而诞生的。“一切死的就是不死的，一切不死的是死的；后者死则前者生，前者死则后者生。”“这个世界对于一切存在物都是同一的，它不是任何神或者任何人所创造的；它过去、现在和未来永远是一团永恒的活火，在一定的分寸上燃烧，在一定分寸上熄灭。”［英］罗素《西方哲学史》上卷，何兆武、李约瑟译，商务印书馆2003年版，第65—77页。

说都是共同的，但是绝大多数人似乎都按照各自独特的理解生活着。”[①] 这里所说的“道”（the Word）可能影射《圣经·新约·约翰福音》开篇中的“道”：“太初有道，道与神同在，道就是神。这道太初与神同在。万物是借着他造的；凡被造的，没有一样不是借着他造的。生命在他里头，这生命就是人的光。光照在黑暗里，黑暗却不接受光。”[②] 看来，艾略特的第一句引语表达了一种代表着神圣永恒的道与世间芸芸众生所走的路之间的矛盾，一种能够启迪每一个人来到这个世界的圣灵之光与人们常因追求人的荣耀、满足个人的利益而无视人类共同目标的私心杂念之间的矛盾。诗人或许是要借助基督耶稣道成肉身的成就，来改造这个杂乱无章的现代“荒原”，并拯救“荒原”上那些只求个人荣耀而忽视神的荣耀、只追求个人利益而无视共同道路的人们。那么，艾略特的第二句引语又是什么用意呢？为什么说“向上的路和向下的路是一样的”[③] 呢？赫拉克利特哲学思想的核心就是：万物是流变的。一切事物统一于对立面的结合。“结合物既是整个的，又不是整个的；既是聚合的，又是分开的；既是和谐的，又不是和谐的；从一切产生一，从一产生一切。”[④] 既然“从一切产生一，从一产生一切”，那么宇宙万物就不但是永恒流变的，而且是相辅相成的，是对立面的统一。善与恶、生与死就是一回事。一切事物都是美的、善的和公正的，只不过人们认为有些东西是美的、善的和公正的，而另一些东西是不美的、恶的和不公正的。[⑤] 其实，不论是向上见到光明、进入天堂，还是向下看到黑暗、进入地狱，人们都可以凭借自己的判断力去窥见通往永恒真理的道路。可见，人应该跳出自我，摆脱私念的束缚，不论是向上见到喜悦的光明还是向下看见痛苦的黑暗，都可以靠自己的理性去发现时间中的永恒并赎回那貌似无法赎回的过去。

---

① 英文译文为：“But although the Word is common to all, the majority of people live as though they had each an understanding peculiarly his own。” 见 *The Norton Anthology of American Literature* (4th edition, Vol. 2, p. 1287)。

② 《圣经·新约》（和合本），国际圣经协会 1988 年第 5 版，第 160 页。

③ 英文译文为：“The way up and the way down are one and the same。”

④ ［英］罗素：《西方哲学史》上卷，何兆武、李约瑟译，商务印书馆 2003 年版，第 69 页。

⑤ 参见［英］罗素《西方哲学史》上卷，何兆武、李约瑟译，商务印书馆 2003 年版。

我们知道，长诗的第一个四重奏《焚烧的诺顿》描写艾略特于1934年夏天在女友艾米丽·赫尔（Emily Hale）的陪伴下观光游览了英格兰格洛斯特郡的一座叫“焚烧的诺顿”的贵族庄园。庄园的主人是18世纪40年代一位叫威廉·基特（William Kit）的爵士。当时的庄园十分美丽壮观，有花园、池塘、灌木和小径，但因主人无嗣挥霍而导致精神失常，最终烧园自焚。诗歌的开篇记录了诗人看到了农庄中玫瑰花园一片荒凉的萧瑟景色。他感慨万千，陷入沉思，将荒废的花园比作自己的过去、人类的往日。他的沉思将自己带回到了梦幻的过去。于是，《四个四重奏》的第一个诗章《焚烧的诺顿》是以诗人对时间与永恒的思考开篇的：

> 现在的时间与过去的时间
> 两者似乎都存在于未来的时间之中，
> 而未来的时间却包含在过去的时间里。
> 假如一切时间永远是现在，
> 那么一切时间就无法赎回了。①

这几行诗原出自艾略特的诗剧《大教堂里的谋杀》中一个牧师之口。这是诗人对有限与无限、历史与意识、生命与艺术的沉思，暗示了诗人希望回到过去，重新选择人生道路，取消历史，创造一个不同的现在。这显然是一种逃避现实的手法。时间表现为一种“顺序”，我们可以按时间运动的先后次序分为“过去”“现在”和“未来”。然而，诗人通过分析三者之间的可能关系，推论这种时间观念对人的本身存在并没有什么意义，所有的时间都可以永远是现在。在艾略特的笔下，时间的哲学定义表现为一种诗性的极致。作为一种顺序，人们可以按时间运动的先后次序分为过去、现在和未来。过去对现在和未来都将产生影响。因此，过去和现在“或许都存在于时间的未来”。换言之，过去与现在孕育着未来——“时间的未来却包容于时间的过去”。古往今来，人们对

① T. S. Eliot, *The Complete Poems and Plays 1909 - 1950*, New York: Harcourt, Brace & World, 1971, p. 117.

时间的本质问题倾注了极大的热情。《圣经 · 旧约 · 传道书》说："凡事都有定期，天下万务都有定时。"[①] 柏拉图在《蒂迈欧》中说："时间与天穹一起被创造，同时诞生，倘若它们也有消亡之日，那也会一起消亡。它是依照本质永恒的模型创造的，所以它尽可能与这模型相似，由于模型是永恒的，所以天穹过去存在，一直存在。这就是上帝关于创造时间的见解和思考。"[②] 可见，时间的属性是超然的，既无起始，也无终止。奥古斯丁（Saint Aurelius Augustinus）在《忏悔录》第 11 章第 18 节中问道："如果将来和过去都存在，我想知道它们在哪里？如果不可能知道这一点，那么我至少知道它们不论在哪里既不是过去，也不是将来，而是现在。因为无论在哪里，只要是将来，就尚未存在，如果是过去，则已不存在。为此，它们不论在哪里，不论是什么，都只能是现在。"[③] 奥古斯丁否认有纯粹的过去和将来的存在。他认为把时间分为过去、现在和将来三类是不恰当的。时间至多分为"过去事物的现在、现在事物的现在和将来事物的现在三类。这三类存在于我们的头脑之中，别处找不到。过去事物的现在便是记忆，现在事物的现在便是感觉，将来事物的现在便是期望"[④]。既然时间不是自在之流，那么也就不曾存在自在地流失的过去，同样也不存在自在地到来的未来，因此，奥古斯丁否认有纯粹的过去和将来的存在。在他看来，时间至多分为过去的现在和将来的现在，而这些又都存在于我们的心灵之中，是心灵或思想的延伸。过去与将来都统一于现在，并通过现在而存在。《焚烧的诺顿》中的时间观显然与奥古斯丁的时间理论有相似之处。如果时间是不可中断的，那么所有时间就都是永恒的现在，因此也就谈不上赎回了。

本来可能发生的是一种抽象
永远停留在一种可能性之上

① 《圣经 · 旧约》（和合本），国际圣经协会 1988 年第 5 版，第 1085 页

② ［美］莫特玛 · 阿德勒、查尔斯 · 范多伦编：《西方思想宝库》，周汉林等译，中国广播电视出版社 1991 年版，第 1130 页。

③ 同上书，第 1131 页。

④ 同上书。见奥古斯丁《忏悔录》第 11 章第 20 节。

只能停留在玄想的世界之中。
本来可能发生和已经发生的
指向一个目的，始终是现在。①

由于人们生活在现在的时间之中，所以能克服时间带来的局限，但“要具有意识必须在时间之外”，只有进入“玫瑰园的那一刻”（即人的生命中无时间的那一刻）才算真正从时间中逃脱，进入了意识，除此之外一切都是空虚和无意义的。然而，艾略特永恒的现在的观点是通过“旋转的世界的静点”这个概念得到进一步展开的：

在旋转的世界的静点。既非肉体也非灵魂；
既无来也无去；在那静点上，那里是舞蹈，
但是既不停止也不移动。别把它叫作固定，
过去将来在此汇合。既非来也非去的运动，
既不升也不降。除了这一点，在这个静点，
那里一定没有舞蹈，那里就只有这种舞蹈。
我只能说，我们到过那里，但说不上哪里。
我也说不上多久，因为那将置它于时间里。②

在艾略特看来旋转的世界是运动的世界，它的运动象征着两个方面：一方面象征着尘世即物质生活的世界；另一方面象征着精神世界。静点的意义实际上是处于这些对立面的交点上，是各种对立矛盾的平衡张力，是静点与动点的中介，是物质世界同精神世界的交叉点，是一个纯粹意义的点，代表着和谐。在这个静点上，人可以摆脱人性的束缚，可以窥见万物的奥秘、理解人世间的酸甜苦辣。艾略特正是通过这些假设的静点和交叉点，来达到与时间永恒的合一，从而摆脱处于世俗时间中的人类。

① T. S. Eliot, *The Complete Poems and Plays 1909 – 1950*, New York: Harcourt, Brace & World, 1971, p. 117.

② Ibid., p. 119.

第三节 “开始便是结束”

如果说《焚烧的诺顿》是艾略特用抽象思维的方法对时间观念进行了哲学思考的话，那么，在第二个四重奏《东库克》中，诗人则取材于他的“祖居地”（ancestral home）①，格兰西南部格洛斯特郡（Gloucestershaire）一个叫“东库克”的乡村小镇，镇上的居民多是农业工人和农场主。但是，东库克村对艾略特来说意义非凡，因为自11世纪的诺曼征服（Norman Conquest）时期之后，艾略特的祖先就居住在这里，直到17世纪才离开这里移居美国。1937年，艾略特来到这里寻根观光，一边走在镇上的林荫小道上，一边思索着生命的意义。艾略特死后骨灰运回了此镇。

《东库克》这首诗创作于1939年，最先于1940年发表在《新英语周刊》（*New English Weekly*）的复活节刊号上，并获得巨大的成功，以至于同年5月、6月两次重印。费伯与费伯公司于9月份出版了这首诗的单行本，售出数量多达12000册。这首诗的开篇写道：“我的开始便是我的结束。”（In my beginning is my end）这一句中的“结束”一词意义并不明确。“结束”是否仅仅意味着终结、灭亡呢？这句诗的出处众说不一，但一般认为艾略特是沿用了苏格兰女王玛丽·斯图亚特（Mary Stuart）的座右铭：“我的结束便是我的开始。”她因谋杀伊丽莎白（Elizabeth）女王而被处死刑。在她被关押期间，这句话被刻在她的椅子上。莫里斯·巴林（Maurice Baring）在考察这一座右铭的意义时认为：玛丽的座右铭象征着另一层意义，苏格兰女王之死，在政治上的终点也是她的起点。因为她死后，她的儿子詹姆斯·斯图亚特（Jame Stuart）②先后继承了苏格兰和英格兰王位，戴上了两顶王冠。艾略特在提出这一时间循环概念后，接下来通过一幅幅新旧交替的对照画面来展示这一循环的意义：

---

① Russell Elliot Murphy, *T. S. Eliot: A Literary Reference to His Life and Work*, New York: Facts On File, 2007, p. 203.

② 詹姆斯·斯图亚特（1566—1625年）于1567年统治苏格兰，史称詹姆斯六世，1603年又成了英格兰国王，史称詹姆斯一世，英国历史上的斯图亚特王朝从此开始。

房屋不断立起又倒下，化为瓦砾，
被扩建、搬迁、毁坏、重新修建，
或者原址变成空地、工厂、小道。
旧石料变新楼房，旧木料生新火，
陈火化为灰烬，灰烬又变成泥土，
泥土又被变成人兽的肉身、皮毛、
粪便、尸骨、玉米秆、青草叶片。①

诗中一栋栋的“房屋”盖起来了又“倒下”了，“被毁坏”了又被“重新修建”起来的意象象征着宇宙万物生成、发展和消亡的过程，诗里充满着表达腐朽和新生的词语，诗人有意将两种意义截然相反的词语并置叠加，例如“开始”和“结束”、“上”和“下”、“毁坏”和“重建”、“旧”和“新”、“生”和“死”，等等。这些对立统一的词语强调了诗人所要表达的宇宙万物生生不息、循环往复的意思。或许，艾略特在此接受了古希腊哲学家赫拉克里特的万物皆变的思想：生命是永恒的流动的，是不停地生与死的循环，死实际上是对生的贡献。赫拉克里特还说：“火生在土的死亡之中，空气生在火的死亡之中，水生在空气的死亡之中，土生在水的死亡之中。”② 在艾略特看来，从陈火到灰烬，从灰烬到泥土，大地又滋长新的生命。旧事物的消亡、新事物的诞生，时间万物就是这样生生死死、往往复复，无穷尽也。如果说人死又生，房屋倒了又盖，这种生死循环永无止境，那么人们生活的意义究竟在哪里 呢？艾略特对历史意义的思考勾起了对古老村民生活的回忆。

在一个夏日午夜，你能听见
那悠扬的笛声和咚咚的鼓声，
看见他们围着篝火翩翩起舞，
在那象征着结婚状态的舞蹈

① T. S. Eliot, *The Complete Poems and Plays 1909 - 1950*, New York: Harcourt, Brace & World, 1971, p. 123.

② 北京大学哲学系编译：《西方哲学原著选读》上卷，1988 年商务版，第 21 页。

一对男人和女人结合在一起——
一个庄严而宽敞自由的圣礼。
成双成对，必须地紧密拥抱，
相亲相爱，手挽手，臂连臂，
象征和谐，围着篝火转圈圈，
跳过火焰，或聚成更大圈子，
质朴庄严，带着欢笑的质朴，
鞋子笨重，带着笨拙的脚步，
脚上的泥土跳出乡村的欢乐，
那远古人们种植谷物的欢乐，
合着拍子，他们翩翩地起舞，
宛如生活在四季的循环之中，
四季更替和星座移动的时间，
清晨挤奶和每年收获的时间，
男女交合和牲畜交媾的时间，
双脚站立起来又落下的时间，
吃喝拉撒和死亡，皆有定时。①

艾略特后来告诉别人说这场午夜舞蹈的情景描绘是受弗里德里希·格史泰克故事的启发。格史泰克讲述了这样一个故事：一个德国人的村庄，因受到教会的诅咒，从地球上消失了，但是被允许每个世纪出来一夜参加鬼神狂欢节。艾略特所感兴趣的是鬼神狂欢的景象，他借此来想象他的祖先居住过的东库克村那古老的生活景象。诗的开头再现了一派欢乐的气氛：在夏日的午夜里，笛声悠扬，小鼓咚咚，村民们围着篝火，翩翩起舞；这舞蹈象征着婚姻，他们纯朴的生活与大自然的节奏融为一体。然而，诗文的结尾却似乎暗示村民的生活无非是“吃喝拉撒和死亡”，这里又可以看出他们质朴生活下的单调乏味。艾略特在此强调了人生的局限，人在时间的河流中出生、成长、结婚、衰老、死亡，无异

① T. S. Eliot, *The Complete Poems and Plays 1909 - 1950*, New York: Harcourt, Brace & World, 1971, pp. 123 - 124.

于陷入徒劳无益的生命循环之中。

《东库克》一诗写于1940年，正值欧洲第二次世界大战硝烟弥漫之时，世界充满黑暗，人类迷失了方向：

面对那个春天的骚动
炎热夏季的各种生物
脚下不停蠕动的雪莲
和那心志太高的蜀葵
伏倒且红色变成灰色
早雪盖着迟开的玫瑰，
十一月下旬在干什么？
群星翻滚，雷霆轰鸣
仿佛万辆凯旋的战车
部署于星球大战之中
天蝎星在与太阳战斗
一直战斗到日月退下
彗星哭泣，狮星飞蹿
在天空和平原上追猎
被旋入将给世界带来
灭顶之火的旋涡之中
在冰冠时期之前焚毁。①

这一段诗文呈现了一片混乱的场景，时值深秋，天色灰灰，早雪象征着冬天的来临。诗中的雪莲、蜀葵和迟开的玫瑰原本都应该是春天或夏天盛开的花朵，可是在这里都与秋天搅在一起，暗示时令的错位：一切都混乱了，连季节也混淆不清了；天空中正发生星球大战，那雷霆般的隆隆声，一辆辆凯旋的战车，天蝎星在与太阳战斗，彗星哭泣，狮子座流星四处飞蹿，世界濒临毁灭的边缘。显然，这些都是诗人通过象征手法

① T. S. Eliot, *The Complete Poems and Plays 1909 - 1950*, New York: Harcourt, Brace & World, 1971, pp. 124 - 125.

对第二次世界大战的形象写照。然而，在艾略特的笔下，逆境是最能够锻炼人的，灾难是对人类灵魂极好的考验。

第四节　“心中是河，四周是海”

1941年2月艾略特的第三个四重奏《干燥的赛尔维奇斯》(*The Dry Salvages*) 在《新英语周刊》上与读者见面。这首诗的题目取自马萨诸塞州安角附近的一片突出水面的礁石。艾略特小时候随家人到安角避暑时经常到礁石上玩耍，驾船驶出格洛斯特港时常常以这块“干燥的赛尔维奇斯”礁石作为航标。海洋与河流是贯穿全诗的两个时间意象。“我们心中装的是河，我们四周围绕的是海”(The river is within us, the sea is all about us.)。河流象征着人类的节奏，海洋象征着自然的节奏，没有终极的时间。普通人从过去和未来中寻求慰藉，而圣者则掌握永恒与暂时的交点。河流与海洋在此共谱了一首永恒的赞歌。艾略特从小生长在密西西比河畔。诗人后来回忆说，他时常想念新英格兰的海边和圣路易斯市的密西西比河。艾略特曾写道：“那条河给我留下了很深的印象……我觉得人到中年后，早年的印象日益显现，长久忘了的很多小事可以重新出现……我感到在大河边长大的人还有某种东西是那些没有在河边度过童年的人所无法理解的。诚然，我的祖辈是新英格兰人，我当然也在外国生活了许多年，但是密苏里河和密西西比河给我的印象比世界上任何其他地方都更为深刻。”① 艾略特通过自己童年对密西西比河的记忆找到了创作的源泉。

我对神知之甚少，但我深信这条河流
是位棕色的强神，阴沉、桀骜、倔强，
忍耐有度，起初被作为西部的拓荒者；
作为商业运输工具，有用，但不可靠；
当时给造桥者带来过一个极大的麻烦。
问题一旦解决，城市里的人们就忘了，

① Heinemann Thwaite, *Twentieth-Century English Poetry*, London: Heinemann, 1978, p. 45.

这位棕色强神，然而他仍然毫不留情，
照他的时节，不时发难，是个毁灭者，
时时提醒着人们记住容易忘记的东西。[①]

诗人在此将密西西比河拟人化了，并称之为一位“棕色［皮肤］的强神，阴沉、桀骜、倔强”。它象征着大自然，既服务于人类又桀骜不驯，破坏人类。对早期美国西部拓荒开发而言，密西西比河作为水上运输大动脉，对商业运输作出了巨大的贡献。到了现代社会，城市在河边林立，但是城里的居民几乎忘记了河流的存在，只要修好了桥梁便觉得万事大吉，河流已经不是他们心中崇拜的神了。然而，河流似乎又无法征服，“他仍然毫不留情，/照他的时节，不时发难，是个毁灭者”。在艾略特的心目中，河流作为大自然的象征，它代表着时间对人类生活的一种控制。因此，在介绍马克·吐温（Mark Twain）的《哈克贝利·芬历险记》（*The Adventures of Huckleberry Finn*）时，艾略特曾对密西西比河有过如同《干燥的赛尔维奇斯》中一样的描述：“一条河，一条大而强有力的河流，它是能完全控制航运的唯一自然力量……它是任性、反复无常的暴君。在一个季节，它也许在如此狭窄的河道里缓缓地流过……人们几乎很难相信在另一个季节里，它也许洪水滔滔，急流直下，淹没伊利诺伊州的低地，人畜掉入河中，无一生还。”[②]

“海洋”在《干燥的赛尔维奇斯》中也是时间的象征。大海与河流平行，但它不“在我们心中”，而是围绕着我们，因而比河流更加宽阔，河是一位“棕色的强神”，但是“海有许多许多声音。/有许多许多神和许多许多声音”。它是至高无上的权威和绝对的主宰力量的象征。人类的全部历史只能是海洋时间中的一瞬间。在滔滔大海面前，人们只能任其摆布：

海抛掷着我们的损失，被撕破的渔网，

① T. S. Eliot, *The Complete Poems and Plays 1909 - 1950*, New York: Harcourt, Brace & World, 1971, p. 130.

② Heinemann Thwaite, *Twentieth-Century English Poetry*, London: Heinemann, 1978, p. 45.

被海水捣毁的大虾笼，被冲断的船桨，
外国死者的装备。海有许多许多声音。
有许多许多神和许多许多声音。
……

　　　　　　　　　　　　　　　　大海的嚎叫
与大海的尖叫是两种截然不同的声音，
常被人们同时听到；桅杆帆索的哀鸣，
滚滚波涛激打海水带来的威吓和亲吻，
冷酷无情的牙齿从远处传来拍岸涛声，
驶进海角时人们听见令人悲叹的警鸣，
这些都是大海的声音。①

这里“被［海水］撕破的渔网”和“被海水捣毁的大虾笼”的意象暗示着渔民与大海搏斗的失败景象。此外，“海抛掷着我们的损失”“被［海水］冲断的船桨”及“外国死者的装备”等意象可能与古代海洋战争有关，象征着人类的失败和死亡。诗中“大海的嚎叫”“桅杆帆索的哀鸣”“令人悲叹的警鸣”等这些海洋里的悲鸣声相互交织，也象征着大海的冷酷及其无比威力和人类的牺牲。海洋是永恒的象征，它的时间是无法计量的。

在寂静浓雾的压抑下
那口正在报时的洪钟
计量的不是我们的时间，而是
从容不迫地被海啸敲响，一个
比天文钟时间更加久远的时间，
比焦躁妇女算的时间更加久远，
她们彻夜难眠，在盘算着未来，
试图像织毛衣那样把过去与未来

① T. S. Eliot, *The Complete Poems and Plays 1909 – 1950*, New York: Harcourt, Brace & World, 1971, pp. 130 – 131.

拆开、拉直、分开、拼凑在一起
午夜与黎明之间，过去全是欺骗，
未来前途渺茫，在黎明破晓之前
时间停止了，而时间又远无止境；
而大地隆起，自古以来就是这样
敲响
那口洪钟。①

在这段诗文中，我们似乎听到了在那浓雾茫茫的大海上，海啸敲响了那口亘古的洪钟，钟声象征着人们对上帝的祈祷，亘古的钟声象征着大海永恒的时间，它无法用人类有限的生命来计算，它“比天文钟［所计算的］时间更加久远”。然而，与大海永恒的时间相比，人的生命则似乎转瞬即逝，因为人们无法理解这种永恒的时间。诗中“焦躁［的］妇女”就是如此，她们躺在床上，彻夜难眠，将时间分割成她们可以理解的各个部分——年、月、日、小时等，以计算时间的久远，就像她们“织毛衣那样把过去与未来/拆开，拉直，分开，拼凑在一起”。她们无法跳出时间的限制，她们计算的仅仅是世俗的时间，而不是永恒的时间，因此所得到的结果是“过去全是欺骗，/未来前途渺茫”。她们只好在失望与痛苦之中挣扎。这与艾略特笔下生活在现代“荒原”中的那些虽生犹死、生不如死的现代人的生命光景也已相去不远了。

第五节 “一切终归会好”

艾略特完成《干燥的赛尔维奇斯》之后，于 1941 年初就动笔开始创作这首第四个四重奏——《小吉丁》了。“小吉丁”是诗人 5 年前访问过的一个宗教圣地，它是英国亨廷登郡的一个村庄，17 世纪时这里曾有一个由尼古拉·费拉尔建立的英国宗教社区，它是一个在贫穷、律

① T. S. Eliot, *The Complete Poems and Plays 1909 - 1950*, New York: Harcourt, Brace & World, 1971, p. 131.

法和祷告中生活的大家庭，这里的人都是非常虔诚的基督徒，他们厌弃金钱和地位，献身于劳作和祈祷，后来被国军于1646年消灭。艾略特取材于“小吉丁”同战时英国的宗教生活不无关系。艾略特在诗中描写了宇宙间肆无忌惮的摧毁力，他把第二次世界大战看成一次神仙下凡，上帝下凡来到人间的目的是净化人类；诗中树立了一种建立在“一切终归会好”的神秘主义信念之上的超脱态度。因此，尽管生命向着死亡迈进，但死亡似乎又揭开了新生的序曲。

在艾略特创作《小吉丁》之前几个月间，伦敦和省外城市几乎每夜都遭到轰炸，有时一天就有几千人在空袭中丧生。虽说到1941年7月艾略特完成初稿时，最严重的偷袭已经过去，但当时谁也没有想到艾略特正是在战争的紧要关头一直在焦急地与时间搏斗。正如《大众观察》（*Mass Observation*）所指出的：“空袭的一个致命影响就是它模糊了人们观察未来的视线，它有一种提前缩短所有人的前途的趋势，因而生命只能是活一天算一天了。”① 这种普遍存在的恐惧感绝不可能不影响到艾略特。外来的压力迫使艾略特必须迅速地完成《小吉丁》的创作。尽管诗的第一稿还缺乏一种具有粘合力的语言，但艾略特还是把危难之中的英国写进了诗歌：“一位老人袖子上尘土/全是焚毁的玫瑰留下的灰烬。/空中悬浮着尘土/标志着一个故事结束的地方。”② 艾略特曾经用散文记录了伦敦遭受空袭的悲惨情境：“空袭期间，在轰炸以后，尘埃悬浮在伦敦空中达数小时之久。然后逐渐落在人的衣服和袖口上，积一层白色灰尘。我常常夜间在屋顶上数小时而有此体验。”③ 因此，《小吉丁》可以说是诗人通过自己的宗教信仰，对历史与现实、人生的有限与无限的一种沉思。诗的开篇描写诗人在一个仲冬的下午访问小吉丁时的情景和感受：

> 仲冬的春天是它自己的季节
> 永恒不变的，尽管日落时地面显得湿漉，

① Peter Ackroyd, *T. S. Eliot: A Life*, New York: Simon and Schuster, 1984, 263.

② T. S. Eliot, *The Complete Poems and Plays 1909 – 1950*, New York: Harcourt, Brace & World, 1971, p. 139.

③ 陆建德主编：《艾略特文集·诗歌》，上海译文出版社2012年版，第272页。

暂停在时间之中，在极地与回归线之间。①

“仲冬的春天”究竟是冬天，还是春天呢？这里仿佛既是冬天，又是春季，既是春天，又是冬季。雪莱（Percy Bysshe Shelley）在《西风颂》（“Ode to the West Wind”）的结尾曾经写过：“假如冬天来了，春天还会远吗？”（If Winter comes，can Spring be far behind?）希望自己能够向未来觉醒的大地“吹响预言的号角”（The trumpet of a prophecy）。可是，艾略特在此并没有选择讴歌冬春两季之交的独特之处，而偏说“仲冬的春天是它自己的季节”。诚然，季节的融合象征着有限与无限、永恒与现实的统一，是天人合一的极写。然而，诗人接着说：

当短暂的白天因霜和火而变得通亮，
短促的阳光点亮了池塘和沟里的冰，
那是内心的灼热，在无风的寒冷里，
仿佛是倒影在一面水淋淋的镜子里
映照出了一道初午时分耀眼的强光，
比树枝上或火盆里的火焰更加强烈，
拨动麻木精神：无风却有降灵之火，
一年中的黑暗。在融化与冰冻之间，
灵魂活力在颤动。没有大地的气息
也没有生物的气息。这是春的时节
但不受时间契约的限制。此刻树篱
因雪花覆盖而暂时绽放出一片披白，
树篱的一片披白比夏季花朵的绽放
来得更突然，不见花蕊，也不枯萎，
完全不受限于繁衍生息的时间契约。
夏天啊，你在哪里——这无法想象的
零夏？②

---

① T. S. Eliot, *The Complete Poems and Plays 1909 - 1950*, New York: Harcourt, Brace & World, 1971, p. 138.

② Ibid..

在《焚毁的诺顿》中，艾略特有过类似的时间场景刻画。但在那玫瑰园里的光景比较朦胧，人们似乎“突然在一线阳光里”看到了光明的瞬间；而《小吉丁》的场景却光亮照人，耀眼鲜明。在玫瑰园中，“池里充满了阳光中流出的水”（the pool was filled with water out of sunlight）[①]，而在《小吉丁》里，雪花覆盖着的树篱一身披白，象征着纯洁无瑕的神圣之爱，而且它“不受限于繁衍生息的时间契约”却暗示着永恒。在玫瑰园里，“我们”和“他们”常常被提及，而在《小吉丁》中，诗歌的视角似乎更加“非个性化”，诗中“拨动麻木精神”“灵魂活力在颤动”等意象都象征着某种超越个性而进入人们内心世界的力量。由此可见，《小吉丁》的时间场景描写可谓玫瑰园的进一步延伸，这里对时间与永恒的刻画更为真切和完美。

此外，如果说在《东库克》中，那灼热的阳光能被灰色的岩石所吸收而并不耀眼的话，那么在《小吉丁》里，阳光不但不会被吸收，而且可以“点亮池塘和沟里的冰”；如果说《东库克》中，气氛压抑，人们只能看到“那条幽深的小路径直通向/那热得昏昏欲睡的村庄”[②]，那么在《小吉丁》里，气氛却十分热烈，人们看到了“比树枝上或火盆里的火焰更加强烈［的强光］/拨动［着］麻木精神”。显然，这种“强光”是上帝的圣灵之火，它能振作人们的精神，净化人们的灵魂，并最终拯救人类。在《东库克》中，人们能感受到时间有始有终的循环，而在《小吉丁》里，人们仿佛窥见了一个有限与无限的交点：“仲冬”与“春天”的合一，“融化”与“冰冻”的捏合，“极地”与“回归线”的并置，“霜”与“火”的结合，“火”与“冰”的融合……虽然这一切都不受“时间契约”的限制，但是这一切又都写在时间之内，暂时与永恒形成了一种有机的统一。

快吧，此刻此地，永远——
是一种极其单纯的境界

① T. S. Eliot, *The Complete Poems and Plays 1909 - 1950*, New York: Harcourt, Brace & World, 1971, p. 118.

② Ibid., p. 123.

（付出了一点不少的代价）
世间万物都将平安无事
一切终归会好
当那熊熊火舌团团交织
形成一团皇冠般的圣火
当火焰与玫瑰融为一体。[①]

这里的火焰似圣灵的无穷力量，这里的玫瑰是爱与仁慈的象征。上帝的圣灵仿佛已降临在小吉丁的教堂之上。诗人看到了“火焰与玫瑰融为一体”，找到了拯救精神的道路，进入了一个理想的人生境界——“世间万物都将平安无事/一切终归会好”。好一个“平安无事”的大千世界！或许，这就是艾略特孜孜追求的精神境界了。

《四个四重奏》是艾略特的最后一部重要诗作，描写诗人皈依宗教、寻求真理的心路历程，融诗人个人的生活经历于社会历史事迹之中，同时抒发了诗人对人类命运的种种感想，堪称又一部划时代的“抒情史诗”。艾略特自己也认为这是他最好的作品：“我感到这首诗越写越好。”在释读诗歌文本的基础之上，笔者在本章中浅述了艾略特关于永恒时间、永恒循环和永恒记忆的时间观念，以及那被战火焚烧却依然象征着永恒的爱和仁慈的玫瑰之花，比较充分地体现了诗人通过对具体地点的描述，巧妙地将抒情性的灵感与史诗般的愿望相结合的创作特点，为现当代美国长篇诗歌创作作出了别具一格的贡献。

① T. S. Eliot, *The Complete Poems and Plays 1909 - 1950*, New York: Harcourt, Brace & World, 1971, p. 145.

第十三章

威廉·卡洛斯·威廉斯："我想写一首诗"[*]

第一节　"我想写一首诗"

如果说罗伯特·弗罗斯特是一位农民诗人或者诗人农民的话，那么威廉·卡洛斯·威廉斯（William Carlos Williams）就可谓一位医生诗人或者诗人医生了。1900 年 10 月，弗罗斯特一家搬到了新罕什尔州的一个农村城镇——德瑞（Derry），在那里辛苦地经营着祖父买给他的德瑞农场（Derry Farm）；为了成为诗人，弗罗斯特铤而走险，于 1912 年 8 月卖掉了农场，举家迁往英国，到莎士比亚的故乡去追梦诗歌。与弗罗斯特相比，威廉斯的人生道路似乎平坦一些，他出生于美国东部新泽西州的一个乡村小镇——拉瑟福德（Rutherford）；为了坚持文学创作，大约从 1900 年开始，他就在拉瑟福德行医，并坚持了 40 余年。有意思的是，1913 年，时任美国《诗刊》（*Poetry*：*A Magazine of Verse*）杂志在伦敦的海外编辑庞德，"刚刚说过当今的美国人写不出任何在严肃的艺术家看来是有意思的东西"①，居然先后为弗罗斯特和威廉斯的诗集写过书评。他不仅称赞弗罗斯特的第一部诗集《一个男孩的意愿》（*A Boy's Will*）"非常有美国味"，有一种"亲切、自然的对话感和素描似

---

* 本章主要内容发表于《北京联合大学学报》（人文社会科学版）2016 年第 3 期；同年被人大复印报刊资料《外国文学研究》2016 年第 11 期全文转载。

① Edith Heal ed.，*I Wanted to Write a Poem*，Beacon Hill & Boston：Beacon Press，1958，p. 12.

的真实感"[①]，而且他认为威廉斯的第二本诗集《脾气》（*The Tempers*）"避开了当下许多美国［诗］人的毛病"。庞德说他之所以尊重威廉斯是因为"他没有把自己的灵魂出卖给编辑。他没有顺从他们那些装腔作势的限制。很显然，他说得全是真话"[②]。

然而，与弗罗斯特、艾略特、庞德等众多20世纪美国作家不同，威廉斯"总是以自己的'坩埚'家庭背景为自豪"[③]，一生留守美国本土，坚定不移地挖掘美国诗歌的本土艺术魅力，因为他坚信"唯有地方性的东西才能成为普遍性的东西"[④]。惠特曼说："诗人应当与他的民族相称……他的精神与他的国家的精神相互呼应……他是国家辽阔幅员、自然生命、河流、湖泊的化身。"[⑤] 威廉斯也曾说："［我］来自混血祖先，我从童年之初起就觉得美国是我可能称为自己的、唯一的故乡。我觉得它就是为我个人特别建立的。"[⑥] 显然，惠特曼和威廉斯这种把诗人的自我与他的时代和国家相互捆绑的思想直接来自爱默生的思想："诗人是一颗与他的时代和国家同声相应的心。"[⑦] 爱默生说："在我们的眼里，美国就是一首诗歌；它辽阔的幅员让想象眼花缭乱。"[⑧] 但诗人的作品中不应该有什么"想入非非的东西，而只有酸甜苦辣的认真，充满着最厚重的信仰，指向最坚定的目标，而这个目标也是他那个时代任何个人和任何阶级都了解的目标"[⑨]。

---

① 黄宗英：《简单的深邃——罗伯特·弗罗斯特诗歌创作艺术管窥》，《北京联合大学学报》（人文社会科学版）2006年第1期。

② Edith Heal ed., *I Wanted to Write a Poem*, Beacon Hill & Boston: Beacon Press, 1958, p. 12.

③ ［美］威廉·卡洛斯·威廉斯：《威廉·卡洛斯·威廉斯诗选》，傅浩译，上海译文出版社2015年版，第3页。

④ 飞白：《诗海》，漓江出版社1990年版，第1176页。

⑤ Walt Whitman, "Preface 1855", in *Leaves of Grass and Other Writings*, New York & London: A Norton Critical Edition, p. 618.

⑥ Neil Baldwin, *To All Gentleness: William Carlos Williams, the Doctor Poet*, Baltimore: Black Classic Press, 1984, p. 5.

⑦ Ralph Waldo Emerson, "Shakespeare, or the Poet", in *The Collected Works of Ralph Waldo Emerson*, Vol. Ⅳ, Cambridge & London: Harvard University Press, 1987, p. 109.

⑧ Ralph Waldo Emerson, "The Poet", in *The Collected Works of Ralph Waldo Emerson*, Vol. Ⅲ, Cambridge & London: Harvard University Press, 1983, p. 22.

⑨ Ralph Waldo Emerson, "Shakespeare, or the Poet", in *The Collected Works of Ralph Waldo Emerson*, Vol. Ⅳ, Cambridge & London: Harvard University Press, 1987, p. 109.

然而，威廉斯认为艾略特《荒原》的发表，“对我们的文学而言，是一场灾难（catastrophe）。在我们的心中，原本已经有一种激情、一个核心、一种动力，正在使我们全力奔向一个重新发现原始动力的主题，一个适合于所有艺术的基本原则，一个满足地方特色的基本原则。一时间，我们前进的脚步动摇了，停止了；艾略特天才的风暴又把诗歌吹回到了经院老路。我们根本就不知道如何回应”①。《荒原》就像艾略特在我们希望的田野上投下了一颗原子弹，使“我们向无名高地进军的英勇气概化为了乌有”。“它［对我］的打击就像一颗讥讽的子弹。我立刻感觉到它让我后退了 20 年，而且我的确就是这么觉得。艾略特几乎是在我们要发现一种新型的艺术形式并获得其真谛的关键时刻，把我们重新拉回到了教室里去，而这种新型艺术形式却是扎根于势必给人们带来丰富多彩的生活的地方特色。”② 在《玄学派诗人》（“The Metaphysical Poets”）一文中，艾略特写道：“在我们当今的文化体系中从事创作的诗人们的作品肯定是费解的（difficult）。我们的文化体系包含极大的多样性和复杂性，这种多样性和复杂性在诗人精细的情感上起了作用，必然产生多样性的和复杂性的结果。诗人必须变得越来越无所不包，越来越隐晦，越来越间接，以便迫使语言就范，必要时甚至打乱语言的正常秩序来表达意义。”③ 可见，庞德在其《诗章》（*The Cantos*）中使用了 93 个书法俊秀的汉字④和艾略特在《荒原》一诗中引用了英文、意文、德文、拉丁文、法文、希腊文等欧洲多种典故诗句⑤，都是有其社会历史背景和艺术创作意义的。西方现代派诗歌之所以“肯定费解”是因为诗人们希望能够找到一种多样复杂的艺术形式来再现他们眼前那个多样复杂的社会现实。当然，也有反其道而行之者。罗伯特·弗罗斯特就希望自己能够“拥抱读者”，满足于自己“一部用十几行无韵诗写成的

---

① William Carlos Williams, *The Autobiography of William Carlos Williams*, New York: New Directions, 1951, p. 146.

② Ibid., p. 174.

③ ［美］艾略特：《艾略特文学论文集》，李赋宁译注，百花洲文艺出版社 1994 年版，第 24—25 页。

④ 参见张子清《美国现代派诗歌杰作——〈诗章〉》，载黄运特译《庞德诗选：比萨诗章》，江西出版社 1998 年版。

⑤ 参见黄宗英编《赵萝蕤汉译〈荒原〉手稿》，高等教育出版社 2013 年版。

美国历史"[①]，坚定不移地探索一条简单深邃的"创新的老路"[②]。同样，伊迪思·希尔（Edith Heal）为威廉·卡洛斯·威廉斯精心编辑的《我想写一首诗——一位诗人作品的自传》（*I Wanted to Write a Poem—The Autobiography of the Works of a Poet*）一书的扉页上，引用了威廉斯《元月清晨》（"January Morning"）一诗中的这几行诗句：

我想写一首诗
一首你懂的诗。
若你不能读懂
那它对我何用？
但你必须努力——[③]

这是一本使用诗人自己的话语阐述和诠释一位杰出的、有影响力的美国诗人追述其诗歌创作心路的传记作品，带有浓厚的自传独白的特点。全书只有 99 页，但是编者伊迪思·希尔小心翼翼地使之成为一部形式别致的交谈式的转述（reported talk），让诗人自己讲述了他每一部作品或者每一首诗歌的创作目的和意义。美国女诗人玛丽安娜·穆尔（Marianne Moore）认为这是一部"极其迷人的书"（an engrossing book），不仅"逼真"（verity），同时带有"一点虚构"（certain fiction），是"迄今为止纯文学（belles lettres）领域中最具启示性和最有魅力的作品之一"[④]。伊迪思·希尔是一位小说家、记者和儿童文学作者。为了成就这部特殊的作品，她一连 4 个月，每个星期都到威廉斯家里采访好几次，采用轻松自如的交谈形式，记录了一位当代诗人诗歌创作的心路历程。希尔笔下的威廉斯回忆录每每读起都让人感到耳目一新。比如，

---

① 黄宗英：《"从放弃中得到拯救"：读罗伯特·弗罗斯特的〈彻底的奉献〉》，《北京联合大学学报》（人文社会科学版）2008 年第 4 期。

② 黄宗英：《弗罗斯特研究》，上海外语教育出版社 2011 年版，第 11 页。

③ 笔者译自 William Carlos Williams, *The Collected Poems of William Carlos Williams*, Vol. Ⅰ, 1909 - 1939, Walton Litz and Christopher MacGowan ed., New York: A New Directions Book, 1986, pp. 103 - 104。

④ Edith Heal ed., *I Wanted to Write a Poem*, Beacon Hill & Boston: Beacon Press, 1958, front flap.

1958 年 12 月 13 日，《纽约时报书评》上的一篇文章就注意到这样一个有趣的细节："我的第一兴趣是戏剧。我在舞台上十分自在。我喜欢参加学院的戏剧表演。我甚至考虑过放弃学医，去当个移动布景的布景工。"[①] 但是，"最终是钱决定了［他］"[②]。威廉斯之所以没有放弃学医，是因为他"决心成为一名诗人；只有行医——一种我喜欢的工作——才有可能让我随心所欲地生活和写作"[③]。威廉斯向来认为一位诗人，除非在自己的心灵里，否则算不上一位成功人士。他这样认为是因为诗人把自己的心灵奉献给了某种与世人眼里的成功截然不同的东西。诗人需要把自己的灵魂完全注入自己的作品。如果他写出一首好诗，他就成功了。

第二节　"一首诗就是一个意象"

威廉斯的诗集《酸葡萄》（*Sour Grapes*）所收录的诗篇似乎全是表达沮丧和悲哀的诗歌："我感到自己被这个世界所拒绝"，甚至有人认为"你是一个受挫折的人"。[④] 毫无疑问，人们把生命中酸甜苦辣的"酸"味读进了这本诗集的书名。然而，威廉斯自己则不这样认为：首先，"我却偷偷地表达了我自己的思想。酸葡萄与其他葡萄一样美丽，其形状同样圆润、完好、美丽。我早就知道它——我的酸葡萄——与其他任何一种葡萄完全一样美丽，又甜又酸"[⑤]。其次，《酸葡萄》完全是"一本即兴诗集"（a mood book），所有的诗都是即兴诗。"每当一种情绪让我痴迷时，我就开始写诗。不论它是一棵树、一个女人，或者一只鸟，那种情绪必须被转换成一种形式"。诗人的职责就是用诗行记录这种情绪，并使之"悦耳"（euphonious），努力让自己的遣词造句既流畅

---

① Edith Heal ed. , *I Wanted to Write a Poem*, Beacon Hill & Boston: Beacon Press, 1958, p. 32.

② William Carlos Williams, *The Autobiography of William Carlos Williams*, New York: New Directions, 1951, p. 51.

③ Ibid. .

④ Edith Heal ed. , *I Wanted to Write a Poem*, Beacon Hill & Boston: Beacon Press, 1958, p. 33.

⑤ Ibid. .

悦耳又准确无误地表达想要表达的意思。[①] 最后，在威廉斯看来，"一首诗就是一个意象（image），图像（picture）是个重要的东西"[②]。比如，《暴风雪》（*Blizzard*）一诗描写他自己，作为一名医生，不得不在一个暴风雪的夜晚出诊的情境，而这首诗的最后几行再现了这样一个意象：

> 那人转弯了，看哪——
> 他孤独的足迹伸展
> 在世界上。[③]

摆在我们面前的的确就是一个"干而硬的""直观的"意象。意象派的创始人休姆（T. E. Humle）认为，诗人的任务就是不断地创造意象，并且主张"让散文表现理智，把直观留给诗歌"，宣告多愁善感的"湿而泥泞的诗结束"，"干而硬的诗到来"。[④] 看来，威廉斯也在不折不扣地践行庞德的《意象主义者的几不要》，"放下了那些对于我们的感觉是赘述的（tautotogical），因此是不必要的（uncalled for）和仅仅只是用来满足一种标准形式的东西"[⑤]。虽然威廉斯说"我会利用我所掌握的素材，尽可能地做到抒情一些"，但是他还是"决心使用［他］所了解的素材，而且这些素材并不完全适合抒情"。[⑥]

1912 年，《诗刊》在美国问世，"标志着美国新诗运动的开始"[⑦]。

---

① 参见 Edith Heal ed. , *I Wanted to Write a Poem*, Beacon Hill & Boston: Beacon Press, 1958。

② Ibid. , p. 35.

③ ［美］威廉·卡洛斯·威廉斯：《威廉·卡洛斯·威廉斯诗选》，傅浩译，上海译文出版社 2015 年版，第 77 页。

④ 飞白：《诗海》，漓江出版社 1990 年版，第 1129 页；虞建华等：《美国文学的第二次繁荣》，上海外语教育出版社 2004 年版，第 207 页；朱伊革：《跨越界限：庞德诗歌创作研究》，上海三联书店 2014 年版，第 165 页。

⑤ William Carlos Williams, *The Autobiography of William Carlos Williams*, New York: New Directions, 1951, p. 148.

⑥ Edith Heal ed. , *I Wanted to Write a Poem*, Beacon Hill & Boston: Beacon Press, 1958, p. 35.

⑦ 飞白：《诗海》，漓江出版社 1990 年版，第 1130 页。

同年底，时任《诗刊》杂志在伦敦的海外编辑庞德把希尔达·杜利特尔（Hilda Doolittle）和理查德·阿尔丁顿（Richard Aldington）的诗作冠以“意象派诗人”的名称寄回美国发表[①]；1913 年 3 月，《诗刊》发表了由庞德“口授”、弗林特（F. S. Flint）署名的《意象主义》一文中罗列了意象派诗歌的三条“规则”：第一，直接处理“事物”，无论是主观还是客观的；第二，绝对不使用任何无益于呈现的词；第三，至于节奏，应使用音乐性短语的反复演奏，而不是用节拍器的反复演奏来进行创作。[②] 这三条原则实际上表达了两个意思：一是要求诗人在创作中去掉维多利亚时期的浪漫说教和滥情，认为诗人的感觉和思想必须全部隐藏到具体的意象背后，这就是意象派诗歌的反浪漫主义基调；二是要求摒弃英语诗歌传统的抑扬格音步（即庞德所谓的“节拍器的节奏”），而代之以自由诗的短语节奏。庞德认为诗歌要具体，避免抽象，要表现诗人的直接印象，删除一切无助于“表现”的辞藻，注重视觉意象引起联想，表达瞬间的感受和思想。这些意象派诗歌的创作思想对威廉斯诗歌创作有明显的影响。庞德“在地铁车站上”看到“人群中出现幽灵般张张脸庞”和“潮湿黝黑树枝上的片片花瓣”[③]，而威廉斯却在街上“对一个贫穷的老妇人”（To A Poor Old Woman）献上这么几行诗句：

津津有味地咀嚼着一个李子
在街上她手上拿着
一纸袋李子

她觉得非常好吃
她觉得非常好吃。她觉得
非常好吃[④]

---

① 参见张子清《二十世纪美国诗歌史》，吉林教育出版社 1995 年版。

② 参见［英］彼德·琼斯主编《意象派诗选》，裘小龙译，漓江出版社 1986 年版。

③ 英文原文为：“In A Station of the Metro”：The apparition of these faces in the crowd；/Petals on a wet，black bough。

④ William Carlos Williams，*Selected Poems*，New York：New Directions，1985，p. 97.

显然，威廉斯同样受到艾略特诗歌创作"非个性化"理论与风格的影响，而且庞德关于意象派诗歌创作的原则也使威廉斯在他的诗歌创作中确立了自己的艺术原则，"没有观念尽在物中"（no ideas but in things）①。在这首诗歌中，虽然人们没有闻到艾略特《序曲》（*Preludes*）一诗中象征现代都市社会底层普通百姓生活的"牛排味"②，但是我们还是透过一个质朴的意象，窥见到了威廉斯笔下一个栩栩如生的贫穷妇女的形象：她一手拿着一纸袋廉价的水果——李子，一边迫不及待地在街上吃了起来。且不说这位老妇人无家可归，就是在大街上"津津有味地咀嚼着一个李子"也让人感觉到现代都市生活给贫穷百姓的压力。而诗人以"津津有味地咀嚼着"这一强化动态的动作开篇，又以一连三个重复句式结尾，无不道出了现代人生活中的酸甜苦辣。威廉斯的诗歌往往表面上充满着"质朴凝实的意象、淡雅轻灵的生活氛围"③，但实际上他表达了现代人对生命的渴望和幸福的追求。

1923年，威廉斯的一本诗文集《春天等一切》（*Spring and All*）在法国问世。该诗集是由威廉斯的朋友罗伯特·麦卡尔蒙（Robert McAlmon）在法国第戎所创办的接触出版公司（Contact Publishing Company）出版的；诗集共93页，收录了27首诗歌和若干段散文；威廉斯把诗集题献给他的至交查尔斯·德穆斯（Charles Demuth）。后来，威廉斯回忆说："没人见过它——它压根儿就没有发行——但是我从中获得了不少乐趣。它由诗歌和散文混排而成，与'即兴之作'（IMPROVISATIONS）的想法一样。我写这些诗的时候，正值全世界都痴迷于排印形式的花样翻新，简直是搞笑。章节标题故意印成上下颠倒；章节序号杂乱无章，时而用罗马数字，时而换成阿拉伯数字，随心所欲。散文掺

① William Carlos Williams, *Paterson*, New York: New Directions, 1958, p. iii.

② 艾略特《序曲》一诗的前4行为："冬日黄昏终于来临了/带来走廊里的牛排味。/六点钟。/烟灰灰的日子 烧到了头。"艾略特含蓄而又明确的暗示又告诉我们诗中刻画的不是一幅浪漫主义图像，而是一幅现实主义的城市生活画卷。"带来走廊里的牛排味"一行似乎强调诗人所关心的是那些生活在社会底层的劳动人民，是那些天天闻着"牛排味"，终年在拥挤不堪的"走廊"里过家家的平民百姓。

③ 吴富恒、王誉公主编：《美国作家论》，山东教育出版社1999年版，第967页。

杂着哲学与胡话。在我看来，意思是清楚的，至少对我混乱的头脑来说——因为当时我的头脑的确混乱——不过我怀疑还有人能够闹懂。//但诗歌部分保持纯净——没有排印的花样变化——与散文部隔开；序号一致，没有标题，但后来在《诗汇编》中重印的时候，增加了标题。"①伊迪思·希尔觉得《春天等一切》诗文集的开头两页读起来像是威廉斯的一篇导言，于是就在《我想写一首诗》一书中摘抄了这段话：

> 他们究竟是什么意思？居然说："我不喜欢你的诗歌。这就是你称之为诗歌的东西吗？它简直就是与诗歌针锋相对，是反诗歌（antipoetry）。诗歌以往与生活紧密相连；诗歌诠释人们内心深处最深刻的激励；诗歌给人以启迪，引领人们奔向新的发现、新的容忍深度、新的兴奋高度。你们这帮现代诗人！你们简直就是在成就诗歌的灭亡。不！我不理解这部作品。你还没有遭受过生活的残酷打击。等你遭受打击之后，你的创作就会有所不同……"然后，诗人回答说："对我来说，这种高贵的顿呼也许意味着某种可怕的东西。我不敢确定，但是我一时间把它解释为：'你抢劫了我。上帝呀，我赤身裸体。我这么办？'——他们这么说的意思是，当我遭受打击之后（除非我还没有遭受），我也会设法遮蔽自己；我也会在幻想中寻求庇护。你请注意，我并没有说我不去装扮我们的时代。"②

显然，与其他诗人一样，威廉斯同样有决心"去装扮我们的时代"。但是，他的诗歌与众不同，他貌似"赤身裸体"，而实际上仍然坚忍不拔地在"与生活紧密相连"，并且坚忍不拔地"诠释人们内心深处最深刻的激励"，坚忍不拔地"给人以启迪，引领人们奔向新的发现、新的容忍深度、新的兴奋高度"。那么，究竟什么样的诗歌才是威廉斯心中想要写的"一首诗歌"呢？爱默生曾经在《艺术》一文中说："艺术家必须利用他那个时代和民族经常使用的各种象征，去对他的同胞们传达他

---

① Edith Heal ed., *I Wanted to Write a Poem*, Beacon Hill & Boston: Beacon Press, 1958, pp. 36 – 37.

② Ibid., p. 38.

那扩大了的意思。"[①] 惠特曼似乎更进一步，看到了"预先表明的……一种由大自然的气息吹拂起来语言，越过头顶，主要是产生激励和各种效果，同时关心它所种植并使其生机勃勃地生长的东西"[②]。不仅如此，威廉斯即使遭受"抢劫"，即使他"赤身裸体"，他似乎也不愿意"设法［去］遮蔽自己"，并"在幻想中寻求庇护"。他所追求的艺术境界是："没有观念，尽在物中。"收录《春天等一切》诗文集的《红色推车》（"The Red Wheel Barrow"）一诗便是一个极好的例子：

The Red Wheelbarrow

so much depends
upon

a red wheel
barrow

glazed with rain
water

beside the white
chickens. [③]

笔者试译：

---

① Ralph Waldo Emerson, "Art", in *The Collected Works of Ralph Waldo Emerson*, Joseph Slater, Gen. ed., Cambridge (MA) & London: The Belknap Press of Harvard University Press, 1979, p. 209.

② Walt Whitman, "Democratic Vistas", ("We see, fore-indicated... a language fann'd by the breath of Nature, which leaps overhead, cares mostly for impetus and effects, and for what it plants and invigorates to grow").

③ William Carlos Williams, *Selected Poems*, New York: New Directions, 1985, p. 56.

红色推车

许多都要
依靠

这红色
推车

雨淋得
透亮

挨着那群
白鸡。

表面上看，诗人像是在描绘一幅赏心悦目的乡村景象，但实际上是对冷酷无情的现代生活的委婉写照。1954 年 11 月，威廉斯曾经在《假日》（*Holiday*, XVI）杂志上发表过一篇题为“七十来年”（*Seventy Years Deep*）的文章。文章说这首诗歌的创作初衷是诗人对“一位名叫马什尔（Marshall）的老黑人的一片慈爱之心。他是一位渔夫，经常在格洛斯特城外钓一种油鲱鱼。他过去经常告诉我，尽管天寒地冻，他也必须坚持，脚踝节整个儿浸泡在碎冰块里，不停地给鲜鱼装箱。他说他以前不觉得冷。直到最近，他从来就没有觉得生活如此冰冷。我喜欢那个老头，也一样喜欢他的儿子弥尔顿。在他的后院，我看到了他的一辆红色手推车被一群白色小鸡围着”。威廉斯觉得“自己对那位老头的情感便是这首诗歌创作的初衷”①。就诗歌形式而言，这首诗歌模仿日本俳句的格律形式，每两行的音节数为 4/2、3/2、3/2、4/2；重音分布为每节第 1 行为两个重音，第 2 行为一个重音；同样，与俳句一样，这首诗

① William Carlos Williams, “Seventy Years Deep”, *Holiday*, XVI (Nov. 1954), p. 78. Also see Jerome Mazzaro ed., *William Carlos Williams: The Later Poems*, Ithaca and London: Cornell University Press, 1973, p. 85.

不是平铺直叙，而是具有高度的意象性和象征性。诗歌形式本身就意韵深远。由于全诗是由一个完整的句子断行而成的，因此诗中说"许多都要/依靠"每一行诗是有道理的，特别是到了诗歌结尾，那辆手推车的意象实际上成了这首诗歌，就像我们在一幅画里看到了一辆手推车的意象，而这辆手推车实际上象征着现实生活中一个具体的事物；由于它是这幅画的一部分，所以它也就变成了一件具体的艺术品。通过这辆手推车的意象，诗人婉转地表达了诗歌的主题思想："许多都要/依靠//这红色/推车。"为了给读者留足观察每一个具体物体的思考时间和想象空间，诗人在第2、3行中分别使用单音节词和双音节词，来延长每个音节的音域，直至每个意象在读者的脑海里留下最纯净的图像，进行仔细观察。诗人甚至利用第3至4行之间的分行，将"wheelbarrow"一词拆分成两行，让读者尽情地去体会现代生活压给这辆红色手推车的"许多""许多"……此外，我们还发现诗人在第6行中使用了谐音（assonance）的手法，让"glazed"和"rain"两个词的元音字母相互押韵，构成谐音效果，强化了甘露催生生命的造化作用，也给前两节中所蕴含的压抑气氛带来了几分清新的缓解。在诗歌的最后一节中，诗人更是表现出超凡的诗歌创作才能。首先，诗人用象征纯洁无瑕的白色与象征激烈甚至是血腥的红色构成一种鲜明的对照；其次，象征着新生和希望的一群小鸡似乎也与那辆孤单和重压之下的手推车构成了一幅复杂的现代生活画卷。诗人似乎希望人们在充满着沉重压力和激烈竞争的现实生活中，仍然能够看到新生的希望和美丽。当然，最令人叹服的还是威廉斯能够将一个完整的句子巧妙地断行成诗，足见其对诗歌语言的敏感和遣词造句的超凡能力。[①] 可见，威廉斯的诗歌也是貌似简单，实则深邃的。这一点与弗罗斯特极其相似。

《红色推车》一诗是在《春天等一切》诗文集中首次亮相的，当时没有题目，只有序号第22首诗歌；直到威廉斯的第一部《1921—1931年诗歌汇编》（*Collected Poems*，1921—1931年）于1934年在纽约由客观主义者出版社（The Objectivist Press）出版的时候，诗人才给它加上了现在这个题目。威廉斯的第一部《诗歌汇编》，由华莱士·史蒂文斯

① 参见黄宗英《英美诗歌名篇选读》，高等教育出版社2014年版。

(Wallace Stevens) 作序，还包含了1921年之前创作的一些诗篇，其中包括《春天等一切》、《冬季临近》（“The Descent of Winter”）、《花》（“The Flower”）等。客观主义者出版社是由乔治·奥本（George Oppen）赞助而建立起来的，原来叫“乔治·奥本出版社”（To. George Oppen）。乔治·奥本是一位很有钱的青年人，就像有些人愿意赞助戏剧一样，乔治·奥本就想开一家出版社。当时出版社的顾问理事会包括庞德、茹科夫斯基（Louis Zukofsky）和威廉斯，其中茹科夫斯基担任秘书；其他相关人员还包括卡尔·雷科西（Carl Rakosi）和查尔斯·雷兹涅科夫(Charles Reznikoff)。他们都是当代作家、先锋派作家，都认为是志同道合所以走到了一起，目的就是出版风格新颖的新诗。在大家建议之下，茹科夫斯基牵头编辑出版了威廉斯的诗集。虽然诗集卖得不好，但是史蒂文斯为诗集作序，这使得威廉斯感到十分欣慰。然而，当威廉斯看到史蒂文斯在序言中说反诗学（antipoetic）已经成为威廉斯一种自觉的创作手法时，威廉斯感到十分恼火。史蒂文斯说：“他［威廉斯］对反诗学的热情不仅是对墨水瓶的热情，更是一种热血澎湃的激情。反诗学能够医治他的精神疾病。他需要反诗学就像一个赤身裸体的人需要找一个藏身躲避的地方，或者一只动物需要盐一样。对于一位充满柔情的人，这种反诗学就是真理，就是我们所有的人能够永远逃避的现实。”①

威廉斯并不反对史蒂文斯对他诗歌创作的认同和表扬，但是他觉得自己从来就没有认真考虑过什么反诗学的说法。作为一位诗人，威廉斯认为自己只是在寻求一种更加有效的诗歌艺术表现手法。在威廉斯看来，诗学和反诗学实际上是一回事，反诗学不见得就能够促进诗歌创作和诗学理论的发展。因此，他不赞同史蒂文斯说反诗学已经成为威廉斯一种有意识的创作手法，也不认为反诗学能够给诗歌创作带来什么艺术效应（validity），甚至觉得压根儿就不存在什么反诗学的说法。即便是作品题目相同，威廉斯也不是在追求一种戏仿（parody）的反诗学艺术效果。比如，亨利·詹姆斯（Henry James）说，他的小说《一位女士的画像》（*The Portrait of a Lady*）描写了“一个游荡着的、还没有任何

① Edith Heal ed., *I Wanted to Write a Poem*, Beacon Hill & Boston: Beacon Press, 1958, p. 52.

依附的孤零零的人物，他称之为可以利用而尚未发挥其性能的人物"[①]；艾略特的诗歌《一位夫人的画像》（"Portrait of a Lady"）是一首描写"反英雄"式恋爱的"戏剧性"诗歌[②]，而威廉斯的同名诗歌《一位女士的画像》（"Portrait of a Lady"）是否受到前两位文豪的启示呢？伊迪思·希尔曾经问过威廉斯这个问题，然而当希尔与威廉斯夫妇一起朗诵完这诗歌之后，他们都笑了，都觉得这种揣测是没有根据的。威廉斯的诗是这样写的：

Portrait of a Lady

Your thighs are appletrees
whose blossoms touch the sky.
Which sky? The sky
where Watteau hung a lady's
slipper. Your knees
are a southern breeze—or
a gust of snow. Agh! what
sort of man was Fragonard?
—as if that answered
anything. Ah, yes—below
the knees, since the tune
drops that way, it is
one of those white summer days,
the tall grass of your ankles
flickers upon the shore—
Which shore?
Agh, petals maybe. How

① 赵萝蕤：《女性世界的深刻写照——〈一位女士的画像〉译本序》，载《我的读书生涯》，北京大学出版社 1996 年版，第 39 页。赵萝蕤先生认为这部小说的主题是描写"一个青年妇女如何面对着自己的未来，选择自己的命运"（第 40 页）。

② 参见［美］艾略特《一位夫人的画像》，载《四个四重奏》，裘小龙译，漓江出版社 1985 年版，第 14 页。

should I know?
Which shore? Which shore?
I said petals from an appletree. ①

一位女士的画像

你的大腿是苹果树，
树上花朵摩挲着天空。
哪一片天空？瓦托②
在那儿悬挂一只女鞋的
天空。你的膝盖
是南来的微风——或是
一场暴雪。啊哈！弗拉戈纳
是何等样人？
——好像这能回答
什么疑问似的。啊，对了——膝盖
之下，既然音调
那样降落，那便是
一个白色的夏日，
你脚踝的蒿草
在海滩上摇曳——
哪一片海滩？——
沙子粘在我的唇上——
哪一片海滩？
啊哈，也许是花瓣。我
怎么知道？

① Edith Heal ed., *I Wanted to Write a Poem*, Beacon Hill & Boston: Beacon Press, 1958, p. 53.

② 傅浩译注：让·安托瓦·瓦托（1684—1721 年），法国画家，善画身处理想化乡野风景中着装优雅的恋人。有一只女鞋飞在空中的是另一位画家让·欧诺雷·弗拉戈纳（1732—1806 年）的名画《秋千》所描绘的景象。诗人记错了。

哪一片海滩？哪一片海滩？
我说是苹果树上落下的花瓣。[①]

1938 年，威廉斯出版了自己的第一部诗歌全集——《威廉·卡洛斯·威廉斯诗歌全集》[②]，其目的是让自己能够更加全面综合地审视自己的诗歌创作的能力及用诗歌再现生活的能力。在威廉斯看来，所有的艺术都是讲究规矩的（orderly），而自由诗（free verse）恰恰比较松散，看上去根本就不像诗歌[③]。威廉斯认为自己早期的诗作过于传统、过于学究、过于讲究规矩。他觉得自己效仿莎士比亚、弥尔顿等人，但是他们都属于一个人们尊崇规矩的时代，可是现代生活已经永远超越了那个时代，现代诗歌也不可能被禁锢在一个严格的经典规矩之中。他觉得自己最大的问题就是不知道如何才能够根据自己的感觉来切分断行。自由诗不是他所要寻找的答案。他认为美国语言迟早会构成他所需要的形式。他甚至用美国习语来代替美国语言，因为他觉得美国习语更符合他的要求，不那么刻板，更贴近日常用语。全集中的许多诗歌都很简短，是用偶句或者四行诗节写成的，他似乎特别喜欢把一小段话断成三行，而且经常把原作中多余的辞藻删除，往往使原来的四行诗节变成三行，原来五行的变成了四行诗节。威廉斯觉得修改后的版本要比原来的版本好点，特别是与页面更好地融为一体，更自然、更好看，比如《夜莺》（"The Nightingales"）一诗就是如此：

原诗：

The Nightingales

My shoes as I lean
unlacing them

① ［美］威廉·卡洛斯·威廉斯：《威廉·卡洛斯·威廉斯诗选》，傅浩译，上海译文出版社 2015 年版，第 68 页。

② 参见 William Carlos Williams，*The Complete Collected Poems of William Carlos Williams*，Norfolk（Conn.）：New Directions，1938。

③ 参见 Edith Heal ed.，*I Wanted to Write a Poem*，Beacon Hill & Boston：Beacon Press，1958。

stand out uopn
flat worsted flowers
under my feet.

Nimbly the shadows
of my fingers play
unlacing
over shoes and flowers.

全集版本：

The Nightingales
My shoes as I lean
unlacing them
stand out uopn
flat worsted flowers.

Nimbly the shadows
of my fingers play
unlacing
over shoes and flowers.

原文译文：

夜莺
我俯身解带时
我的鞋子
特别显眼
在我脚下
平面的绒花上。

我手指的影子
灵巧地解
着鞋带
在鞋子和花朵上。

全集译文：

夜莺

我俯身解带时
我的鞋子
特别显眼
在平面的绒花上。

我手指的影子
灵巧地解
着鞋带
在鞋子和花朵上。

全集中的诗文删除了第一诗节中的第5行"under my feet"，比原来的版本整齐多了，使得全诗更加符合四行诗节（quatrain）的结构特征，当然，给读者的理解增加了一些难度，原文中的"flat worsted flowers"（在平面的绒花上）指诗中人的鞋子踩在脚下平坦的绒花地毯之上。

第三节　"一个男人——像城市"

威廉斯早就萌发了创作长篇诗歌的宏愿，但因没有找到合适的主题而无从着手。直到1940年前后，他才逐渐形成了将一个人与一座城市相互认同的想法（the idea of a man identified with a city）。实际上，早在1927年，威廉斯就在《日晷》（*Dial*）杂志上发表过一首题目为"帕特森"（"Paterson"）的诗歌。虽然这首诗歌与后来创作的长诗《帕特森》主题不同，但是它还是为长诗《帕特森》的创作准备了一些素材，比如开篇部分的第 5 至 10 行、第 14 至 24 行和第 25 至 26 行就被原封不动地写进了长诗《帕特森》的第一章。原诗《帕特森》的开头部分诗文如下：

Before the grass is out the people are out
and bare twigs still whip the wind—
where there is nothing, in the pause between
snow and grass in the parks and at the street ends
—Say it, no ideas but in things—
nothing but the blank faces ofthe houses
and cylindrical trees
bent, forked by preconception and accident
split, furrowed, creased, mottled, stained
secret—into the body of the light—

These are the ideas, savage and tender
somewhat of the music, et cetera
of Paterson, that great philosopher—

From above, higher than the spires, higher
even than the office towers, from oozy fields
abandoned to grey beds of dead grass
black sumac, withered weed stalks
mud and thickets cluttered with dead leaves—
the river comes pouring in above the city
and crashes from the edge of the gorge
in a recoil of spray amd rainbow mists—
—Say it, no ideas but in things—
and factories crystallized from its force,
like ice from spray upon the chimney rocks
...

Say it! No ideas but in things. Mr.
Paterson has gone away
to rest and write. Inside the bus one sees
his thoughts sitting and standing. His thoughts
alight and scatter—①

笔者试译：

那块草地不见之前，那些人却不见了
光秃秃的树枝仍在抽打着风——
那里什么也没有，停在公园和
街头的雪堆与草地之间
——说吧，没有观念尽在物中——
什么也没有，只见一栋栋面无表情的房子
和一棵棵圆柱形的树木
弯了，分叉了，顺其自然或者偶然的
断裂、沟痕、皱痕、斑驳、污迹
秘密——进入那光的身体——

这些就是观念，原始而微妙
带些乐感，等等东西
帕特森的、那位伟大的哲学家——

自上而下，比尖塔更高，甚至
比办公大楼更高，从泥泞的地里
被遗弃到充满枯枝烂叶的草地上
黑色的漆树、枯萎的草秆
淤泥和灌木掺杂着烂叶枯枝——

① William Carlos Williams, *The Collected Poems of William Carlos Williams*, Vol. Ⅰ, 1909 – 1939, New York: A New Directions Book, 1986, pp. 263 – 264.

那条河从城外高处急流而进
并从峡谷边缘飞泻而下
水花四溅，彩虹高挂，雾水朦胧——
——说吧，没有观念，尽在物中——
借助它的力量，一座座工厂历历在目，
像水花结成的冰块砸在烟囱的石头上
……
说吧！没有观念尽在物中。帕特森
先生已经离开了
去休息和写作。在公共汽车里，有人
看见他的思想坐着又站着。他的思想
飘落并撒播——

我们从这首诗的开篇部分就可以看出，至少有三个重要元素为后来创作长诗《帕特森》奠定了基础：第一，确定了核心人物“帕特森先生”，一位“伟大的哲学家”；第二，提出了威廉斯诗歌创作的原则和宗旨“没有观念，尽在物中”；第三，体现了宏观与微观、整体与部分相互契合的超验主义诗学传统。此外，在诗人寻找长诗《帕特森》的主题及其表现形式的漫长过程中，我们仍然能够看到威廉斯坚持不懈的努力和挣扎。1932 年，威廉斯出版了他的《一部中篇小说与其他散文》（*A Novelette and Other Prose*）一书，其中包括了一篇题目为“无序的简单”（“The Simlicity of Disorder”）的散文作品。在这篇文章中，我们也能够找到威廉斯在构思长篇诗歌《帕特森》的佐证：“长诗《帕特森》一定已经完成。那些才是他的思想。”① 1936 年 11 月 6 日，威廉斯在给庞德的一封信中提到了“那部我一直想写的巨著：长诗《帕特森》”②。1936 年前后，威廉斯又发表了一首题为“帕特森：第 17 节”（“Paterson:

① William Carlos Williams, *Selected Essays of William Carlos Williams*, New York: A New Dorections Book, 1954, p. 94.

② John C. Thirlwall ed., *The Selected Letters of William Carlos Williams*, New York: A New Directions Book, 1957, p. 163.

Episode 17"）的诗歌。[①] 这首诗歌中所描写的"美丽事物"（Beatiful Thing）的主题，后来以略微变化的形式，出现在长诗《帕特森》第三章之中。1941 年，新方向出版社（New Directions）推出了该社"本月诗人"（The Poet of the Month）系列诗集的第一辑：威廉斯的《一段破碎的时间》（*The Broken Span*）。虽然这个系列只坚持了一年左右，连续出版了 10 至 12 辑诗集，但是威廉斯的这个集子是个小册子，而且封面设计精美，是个精装本，因此给人们留下了较深刻的印象。然而，更重要的因素是这个册子收录了后来发表在《帕特森》第 1 卷中的一首诗，或者叫一节短诗：

For the Poem

Paterson

A man like a city and woman like a flower—
who are in love. Two women. Three women.
Innumerable women，each like a flower. But only
one man—like a city. [②]

傅浩译：

为长诗《帕特森》作

一个像城市的男人和一个像花朵的女人——在恋爱。
两个女人。三个女人。无数个女人，每一个都像花朵。
但只有一个男人——像城市。[③]

至此，威廉斯找到了长诗的主题："一个男人——像城市。"可见，当

① 参见 William Carlos Williams，*Selected Essays of William Carlos Williams*，New York：A New Dorections Book，1954。

② Edith Heal ed.，*I Wanted to Write a Poem*，Beacon Hill & Boston：Beacon Press，1958，p. 68.

③ ［美］威廉·卡洛斯·威廉斯：《威廉·卡洛斯·威廉斯诗选》，傅浩译，上海译文出版社 2015 年版，第 275 页。

艾略特、庞德等一代文豪因其注重挖掘古典文学与神话的语言魅力而名声大噪时，威廉斯却另辟蹊径，将创作的注意力集中在挖掘日常生活中的诗歌语言、意象和情致上。在长篇诗歌《帕特森》的创作中，威廉斯始终追求浓厚的地方色彩，挖掘质朴无华的地方语言魅力，并将各种形式的抒情诗与各种直接引用的散文（历史文献、私人书信、谈话记录，甚至购物清单等）掺杂混排，构成了一个“拼贴画式的多声部多视角的混合体……可以说是发出了以戏仿、拼贴、虚构与纪实相混合手法为特点的后现代主义文学先声”①。此外，通过表现形式的创新，威廉斯将“一个男人”与“一座城市”相互认同、互相捆绑，使他创作史诗的抱负充满着抒情的灵感，让“一个男人”与“一座城市”血脉相通，创造出美国现当代长诗的一个重要主题及其表现形式。

第四节 “我找到了一座城市”

威廉斯选择自己熟悉的地方作为长诗的背景，讲述自己所熟悉的人和事，体现了梭罗对他的影响。《帕特森》与《瓦尔登湖》有不少相似之处。第一，两部作品各自取名于美国一个具体的地方，而且分别诠释了这个地方所产生的具有地方色彩的思想内容。第二，两部作品都致力于呼唤人们的地方意识，让人们更加心胸开阔，更加热情地面对生活；两部作品的叙述者各自详尽地考察了各自选择的地方，生动地描绘其自然景色，认真地梳理其历史发展，深刻地讲述其神话故事，深入分析那些远离富裕生活的广大居民的贫穷的原因。第三，两位作者都通过描写各自熟悉的环境来折射各自笔下那位罕见但头脑清醒的主人公的智慧，每每让读者豁然开朗，真切地意识到人们平时熟视无睹的事物。第四，这两本书体现了这两位明智的美国作家有意识地去创作真正富有美国特色的文学作品，以唤醒人们的地方意识并使那些因现代孤独而相互疏远的人们重新找回凝聚人心的力量。显然，威廉斯和梭罗都深受爱默生超验主义哲学的影响，他们通过与具体的地方世界建立一种持续的亲密关

① 傅浩：《译者序：诗医威廉斯：美国新诗的助产士》，载［美］威廉·卡洛斯·威廉斯《威廉·卡洛斯·威廉斯诗选》，傅浩译，上海译文出版社2015年版，第38页。

系，去研究和了解更大范围的宇宙世界；两人都把自己的身心交给美国大地，都在寻找一种纯粹的美国经历，试图发现独特的美国文化并将他们的发现升华为艺术。对于威廉斯和梭罗来说，家的概念似乎不是艾略特在《东库克》一诗中所说的“家是一个人出发的地方”（Home is where one starts from），也不像弗罗斯特在《雇工之死》（“The Death of the Hired Man”）一诗中所说的“家就是在你不得不进去的时候，/他们不得不让你进去的地方”[①]；而且地点的概念似乎也不是艾略特《灰星期三》一诗中所说的“地点始终是地点并且仅仅是地点”[②]（place is always and only place）。相反，威廉斯和梭罗笔下，家是一个人建立并且拥有自我经历的地方，是一个人塑造自我生活并且能够贡献自我创造的地方；而且地点不仅仅意味着一个地方，它是整个宇宙世界的唯一源泉：“为了宇宙的种种目的，一个人必须明白地点意味着什么。地点是唯一能够体现宇宙的事物……所谓经典就是充分实现了的地方性，文字都带有地方的标记。”[③] 只有在一个具体的地点，一个人才可能获得最大的自由，才能够从心所欲而不逾矩。当一个人真正意识到地点的存在时，“地点就已经不再是地点或者是一种限制了”。其实，也只有当一个人充分地意识到地点的存在时，他才能够“在其他地方与其他人团结在一起”[④]。一种普遍性的文化必须受限于地方性，因此，威廉斯认为，与许多著名的学者一样，艾略特的缺陷之一就是他没有认识到美国那种平淡无奇的文化。

关于《帕特森》诗歌艺术的表现形式，威廉斯琢磨了许多年，其想法是“一个形而上的概念”（a metaphysical conception）[⑤]，一个高度抽象的玄学概念，问题的关键在于威廉斯如何把他的想法变成一种可以操

---

① ［美］罗伯特·弗罗斯特：《弗罗斯特集》（上），曹明伦译，辽宁教育出版社2002年版，第57—58页。原文：“Home is the place where, when you have to go there, /They have to take you in.”（Robert Frost: Collected Poems, Prose & Plays, New York: The Library of America, p. 43.）

② ［美］艾略特：《四个四重奏》，裘小龙译，漓江出版社1985年版，第108页。

③ William Carlos Williams, *Selected Readings of William Carlos Williams*, New York: New Directions, 1954, p. 132.

④ John C. Thirlwall ed., *The Selected Letters of William Carlos Williams*, New York: A New Directions, 1957, p. xiv.

⑤ Edith Heal ed., *I Wanted to Write a Poem*, Beacon Hill & Boston: Beacon Press, 1958, p. 72.

作的形式，这是一个漫长的过程。伊迪思·希尔记录了威廉斯的思考过程：

> 就拿城市本身来说吧。究竟哪座城市合适呢？就像我决定要描写婴儿时，我需要弄明白我要写哪个婴儿一样。我想要知道的诗学问题取决于我应该发现一座具体的城市，一座我了解的城市，于是我开始寻找一座城市。纽约吗？不可能，不需要这么一座大都市。拉瑟福（Rutherford）又不是一座城市。帕塞伊克（Passaic）也不行。我了解帕特森，就像我前面提到过，我甚至描写过它。忽然间，我茅塞顿开，我找到了一座城市。于是，我开始我的调查研究。帕特森有自己的历史，一段重要的殖民地历史。此外，它还有一条河——帕塞伊克河及其瀑布。我有可能是受詹姆斯·乔伊斯（James Joyce）的影响，他把都柏林当作小说的主人公。我一直在读他的《尤利西斯》（*Ulysses*）。可是我忘记了乔伊斯，并且深深地爱上了我的城市。那个瀑布十分壮观；那条河流是我手到擒来的一个象征。于是，我开始描写那个瀑布上游的河流的源头。我阅读了我所能收集到的所有的资料。在帕特森历史协会出版的一卷书中，我发现了一些极其有趣的记载。我从中选用了所有我需要的事实，特别是那些从来没有人使用过的细节。这就是我想要的河流，我将在创作中使用它。我在它的河岸边成长，目睹着它被垃圾所污染，甚至看见河上漂流着死马。我早期模仿济慈写的一首诗就描写一条河流。①

的确，对威廉斯来说，纽约“太大”，拉瑟福又“不够典型”，唯独帕特森“有一段历史与美利坚合众国的起源息息相关。此外，它还有帕塞伊克瀑布作为它的核心意象，从一开始就越发成为我想表达的幸运负担”②。帕特森城坐落在弯弯曲曲的帕塞伊克河的一个急转弯处，朝东

① Edith Heal ed., *I Wanted to Write a Poem*, Beacon Hill & Boston: Beacon Press, 1958, pp. 72 – 73.

② See “A Statement by William Carlos Williams About the Poem *Paterson*”, in “News from New Direction”, a news release, May 31, 1951.

南方向流过加勒特山（Garrett Mountain），除了纽瓦克（Newark）和泽西城（Jersey City）以外，帕特森是新泽西州最大的城市。帕特森离纽约的曼哈顿区很近，天气晴朗的时候，可以看见纽约城里四处林立的摩天大楼；帕特森还是一座具有国际化特点的城市，城里的居民近三分之一是外国人，包括意大利人、犹太人、叙利亚人、波兰人、德国人、俄罗斯人和爱尔兰人。早在1679年，荷兰人就开始在这里定居，因为他们对印第安人所描绘的那个足足21.3米高的大瀑布感兴趣。那里的居民本来不多，但是1791年，当华盛顿总统领导的美国联邦政府首任财政部长汉密尔顿（Alexander Hamilton）在组建"创立实用制造业协会"（简称S. U. M，Society for Establishing Useful Manufactures）时，选址大瀑布（the Great Falls）。这标志着新泽西州开始发展成为美国的一个重要工业州，而声称为"美国第一座工业城"的这座城市就在大瀑布上下游地区围绕着该协会会址方圆700英亩的地区内逐渐发展起来。由于时任新泽西州州长名叫威廉·帕特森（William Paterson），他于1791年签署了成立"创立实用制造业协会"的特许状，所以这座城市就以帕特森州长的名字命名。① 1825年，帕特森曾经有过"美国棉花城"（Cotton Town of the United States）的美称。1850年前后，由于创立实用制造业协会的领袖克里斯托弗·科尔特（Crhistopher Colt）主张生产丝织品，所以帕特森又被称为美国的"丝城"（Silk City），其丝织品工厂吸引了不少爱尔兰人、德国人、意大利人和俄罗斯人；1870年前后，帕特森城已经可以处理进口到美国的三分之二的生丝原材料。后来，托马斯·罗杰斯（Thomas Rodgers）又把帕特森城发展成为美国仅次于费城的第二大机车生产基地，而约翰·菲利普·霍兰（John Philip Holland）在帕特森的帕塞伊克河上进行了首次潜艇试水实验。1902年，对帕特森城来说，可谓奇迹迭出的一年：2月，一场大火吞噬了约500座房子及其所有的商业区；3月，帕特森又遭受洪水袭击，造成巨大损

① 应"创立实用制造业协会"的邀请，美国首任城市设计师皮埃尔·查尔斯·朗方（Pierre Charles L'Enfang）市长专门为帕特森城制定了城市规划，但是由于造价过高，原计划被迫放弃，结果造成如今的帕特森城比原计划的城市要逊色一些。（参见 See Joel Conarroe, *William Carlos Williams'* Paterson: *Language and Landscape*, Philadelphia: University of Pennsylvania Press, 1970）

失；几个月后，一场龙卷风将街上的大树连根拔起，把房子夷为平地，大大削弱了帕特森的重要资源。

此外，在帕特森漫长的工业化道路上，这座城市还因为经常爆发工人罢工而著称。1794 年，棉布印花工人让纺织厂瘫痪，出现了美国历史上第一次闭厂停工；1828 年，为了抗议改变午餐时间，棉布工人集体离开棉纺机，导致了美国历史上第一次工厂工人罢工；而且这次罢工引发了美国历史上第一次同情罢工（sympathy strike）事件，为了声援织布工人的罢工行动，许多木匠、泥工和技术工人都参与了罢工。世界产业工人工会联合会（IWW，Industrial Workers of the World）是 1905 年 6 月成立于芝加哥的一个激进劳工组织，力图把所有工人，不分熟练非熟练、国籍、种族、性别的工人全部组织成一个庞大的产业工会，用直接经济行动的办法夺取对产业的控制权并废除资本主义；该组织在 1917 年其鼎盛时期拥有 15 万多会员，而参加过该组织活动的人超过 300 万；然而，第一次世界大战时期，美国联邦政府和州政府曾经联手将该组织的 200 多名干部判以煽动叛乱和间谍活动罪，大大削弱了该组织的领导力量；此外，由于联合会内部的管理问题，制造商们从 1924 年就开始寻找一些相对比较安静的地方开展生产活动；这一趋势，再加上纺织厂的设备老旧及人造丝织品的出现，帕特森开始每况愈下。但是，其他产业，包括丝织品染色业和飞机制造业，又有了长足的发展，因此帕特森城在美国工商业的历史上还占有一席之地。由此可见，综合这座城市的自然资源、国际化人气、殖民地小镇的发展史，以及产业不断拓展的历史等因素，威廉斯把帕特森当作美国的缩影来表达他的地方思想是个完美的选择，而且他成功地将这座城市的人文地理和社会历史从容不迫地融入了一部现代长诗的架构，不仅体现了诗人抒情的灵感而且表达了他创作现代史诗的宏伟抱负。

第五节 “一种地方自豪感”

一般说来，西方传统的史诗需要“有扣人心弦、引人入胜的故事（即情节），要以宏伟的气势和不同凡响的展开方式，讲述英雄豪杰们在命运（及神和敌对方）的强力挟持下所进行的顽强和不屈不挠的拼争"[①]。然而，自惠特曼《草叶集》问世以来，美国现当代的长篇诗歌不论在表现形式还是诗歌主题方面均与西方传统史诗有较大的区别。在惠特曼的《草叶集》中，我们看到了一个"单纯、紧凑、衔接得很好的结构，我自己是从中脱离的一个，人人都是脱离，然而都还是这个结构的一部分"[②]；在艾略特的《荒原》中，我们不仅听到诗人自己认为那只不过是他个人的"牢骚满腹"[③]，而且也看到"生动地体现战后西方一代青年人精神幻灭的'一堆破碎的偶像'"[④]；而在威廉斯的《帕特森》中，诗人展示的是一幅人与城市相互认同与成长的现代画卷。在《帕特森》的开篇，威廉斯既不像惠特曼在初版《草叶集》的开篇那样"我赞美我自己"，也没有遵循西方传统史诗开篇的写法，没有像弥尔顿那样，在《失乐园》的开篇，先向诗神呼吁创作的灵感，而是选择了"作者注释"（Author's Note）的导入形式：

> *Paterson* is a long poem in four parts—that a man in himself is a city, beginning, seeking, achieving and concluding his life in ways which the various aspects of a city may embody—if imaginatively conceived—any city, all the details of which may be made to voice his most intimate convictions. Part One introduces the elemental character of the place. The Second Part comprises the modern replicas. Three will seek a language to make them vocal, and Four, the river below the falls—will be reminiscent of episodes—all that any one man may achieve in a lifetime. (*Paterson* i)

笔者试译：

① 陈中梅：《荷马史诗研究》，译林出版社2010年版，第21页。

② ［美］惠特曼：《草叶集》，赵萝蕤译，上海译文出版社1991年版，第277页。

③ 赵萝蕤：《我的读书生涯》，北京大学出版社1996年版，第19页。

④ 黄宗英：《"灵芝"与"奇葩"：赵萝蕤〈荒原〉译本艺术管窥》，《北京联合大学学报》（人文社会科学版）2014年第3期。

> 《帕特森》是一部长篇诗歌，分成四个部分——一个人本身就是一座城市，［他］以各种方式开始、求索、成就、结束他的一生，而一座城市或者说任何一座城市的方方面面——假如能充分地发挥想象并进行构思——是有可能体现出人生的各个方面，而且所有这些细节都可以被用来表达他各种最亲切的信念。第一部分介绍这个地方的基本特征。第二部分由一些现代复制品组成。第三部分将寻求一种能够让它们说话的语言。第四部分描写瀑布下游的河流——将是对往事的回忆——所有这些都是任何一个人在一生中能够成就的事物。①

表面上看，威廉斯似乎不像惠特曼那样有雄心壮志，希望能够创作一部“包罗万象”的民族史诗。惠特曼笔下的“我自己”首先是“一个美国人，一个粗人”，但同时又是“一个宇宙”：“沃尔特·惠特曼，一个美国人，一个粗人，一个宇宙。”② 惠特曼选择歌颂一个普通人，同时又想穷尽世间的人和事，但是威廉斯似乎更希望这个人和这座城市都更加具有代表性，他希望通过自己的想象，让一个人的方方面面与一座城市的方方面面相互认同、相互捆绑，并且通过一种“说话的语言”，把“现代复制品”“往事的回忆”等一切细节碎片重新整合起来，去挖掘他自己及读者心目中“各种最亲切的信念”。然而，在长诗的开篇，读者看到的既不是一行完整诗句，也不是一个完整句子，而是一连18个用小写和斜体拼写的短语，全部用分号隔开，而且以一个冒号开篇：

> a local pride; spring, summer, fall and the sea; a confession; a basket; a column; a reply to Greek and Latin with the bare hands; a gathering up; a celebration;
>
> in distinctive terms; by multiplication a reduction to one; daring; a fall; the clouds resolved into a sandy sluice; an enforced pause;

---

① William Carlos Williams, *Paterson*, New York: New Directions, 1958, p. i.

② Walt Whitman, *Leaves of Grass and Other Writings*, in Michael Moon ed., New York: Norton, 2002, p. 45.

hard put to it; an identification and a plan for action to supplant a plant for action; a taking up of slack; a dispersal and a metamorphosis. ①

笔者试译：

一种地方自豪感；春、夏、秋和大海；一种承认；一个箩筐；一根支柱；对希腊和罗马人的一次赤手空拳的回应；一个积聚；一个赞美；

用特殊的方法；通过乘法运算减少到一；勇敢；一次坠落；云雾化为一条沙水道；一次被迫停止；

艰难实施；一种认同和一个取代一个行动计划的行动计划；一次治理整顿；一种疏散和变形。

威廉斯的这种开篇方式让我们感到有点意外。20 世纪英国意识流小说家詹姆斯·乔伊斯（James Joyce）曾经在他最后一部令人望而生畏的意识流小说《芬尼根的苏醒》（*Fennegans Wake*）的开头使用过类似的写法：

Riverrun, past Eve and Adam's, from swerve of shore to bend of bay, brings us by a commodius vicus of recirculation back to Howth Castle and Environs. ②

李维平译：

河水奔流，经过夏娃和亚当的乐园，从弧形的海岸流向曲折的海湾，经过一个宽广的维科再循环将我们带回了豪斯城堡和都柏林市郊。③

---

① William Carlos Williams, *Paterson*, New York: New Directions, 1958, p. 2.

② James Joyce, *Finnegans Wake*, New York: The Viking Press, 1939, p. 3.

③ 李维平：《乔伊斯的美学思想和小说艺术》，上海外语教育出版社 2000 年版，第 250 页。

乔伊斯的这部小说以一个句子的后半句话开篇，但寓意深刻，简单深邃。第一，“河水奔流”是一种不可阻挡的自然运动，象征着生生不息的生命和生生世世的生活。第二，“经过夏娃和亚当的乐园”，这让我们想起了《圣经·旧约·创世记》第2章第10至14节中那条“从伊甸流出来滋润那个园子”的河流，“从那里分为四道”：“比逊河”“基训河”“底格里斯河”和“幼发拉底河”[①]；它们不仅环绕大地，滋润万物，是人类的生命之河，而且给人类带来“珍珠和红玛瑙”，形成古代文明，是人类文明之源头；此外，有意思的是乔伊斯把亚当和夏娃的名字顺序前后倒置，或许他是为了“强调女性作为一种自然再生力量在更生和复苏中的重要作用”[②]，或者他是为了强调，在《圣经·旧约》所记载的“人类犯罪”的故事中，是夏娃没有经受住诱惑而先吃了智果这一史实，但实际上上帝首先问罪的仍然是亚当，因为他是主人，夏娃只是上帝为亚当造的一个助手（a helper suitable for him）[③]。第三，“弧形的海岸”和“曲折的海湾”象征着人生道路的曲折和人类历史的循环往复。第四，乔伊斯不愧为一名文字游戏大师，开篇半句中出现的“Howth Castle and Environs”，其首字母H、C、E正好与小说主人公Humphrey Chimpden Earwicker的姓名缩写相吻合，而且乔伊斯还别出心裁地把小说第一句的前半句放在了小说的结尾，“这遥远的、孤独的、最后的、可爱的、漫长的”（A way a lone a last a loved a long the）。[④] 足见，乔伊斯这样做的良苦用心。李维平先生认为，乔伊斯不仅巧妙地借助语言形式暗示了维科（Giambattisto Vico）关于历史不断循环的哲学观点，而且“成功地挖掘了英语词汇和句型的表意功能，让形式为内容服务，收到了良好的艺术效果”[⑤]。

应该说，在长诗《帕特森》的开篇，威廉斯在一定程度上效仿了乔

---

① 《圣经·旧约》（和合本），国际圣经协会1988年第5版，第3页。

② 李维平：《乔伊斯的美学思想和小说艺术》，上海外语教育出版社2000年版，第250页。

③ 《圣经·旧约》（和合本），国际圣经协会1988年第5版，第4页。

④ James Joyce, *Finnegans Wake*, New York: The Viking Press, 1939, p. 450.

⑤ 李维平：《乔伊斯的美学思想和小说艺术》，上海外语教育出版社2000年版，第251页。

伊斯的写法。那么，威廉斯是要达到一种什么样的艺术效果呢？笔者认为，第一，威廉斯使用了一个起提示下文作用的冒号开篇，提醒读者诗人要讲述的故事是一个提供一种连续不断的感觉暗示和联想，增加其史诗开篇的戏剧性效果和神秘之感。第二，不难看出，威廉斯在这些短语中比较重视行为（或行动，action）："承认""回应""积聚""乘法""勇敢""行动""治理"等，因为传统史诗是对既往事件的回顾，主要描写人的行为或者神的行为[①]。第三，这些短语暗示了长诗《帕特森》所蕴含的循环往复的重要主题，充满着变化与再生的意象："减少到一""云雾化为一条沙水道""一种疏散和变形"等。第四，有些短语直接影射长诗中的事件，比如，"勇敢；一次坠落"指《帕特森》第1卷中萨姆·帕奇（Sam Patch）那勇敢的一跳，但实际上，帕特森先生与萨姆·帕奇一样勇敢，扮演着一位与艾略特笔下那位羞怯、懦弱、犹豫、缺乏自信的普鲁弗洛克截然相反的角色；此外，"一次坠落"的英文原文是"a fall"，这里可以看成一语双关（pun），是长诗中的一个支点，既是诗中的一个季节——"一个秋季"，又指奔向大海的帕塞伊克河上游的"一个瀑布"——帕塞伊克瀑布（the Falls of the Passaic River）。第五，有些短语的所指可能更加含蓄一些，比如，"对希腊和罗马人的一次赤手空拳的回应"大体上可以看作威廉斯这部长诗中反传统的主题，因为西方传统史诗往往涉及民族存亡的战争主题，而威廉斯是准备"赤手空拳"地"回应"（reply）古希腊和罗马文明。第六，我们还需要注意到威廉斯选用的第一个短语"一种地方自豪感"中所蕴含的反流放（anti-exile）的深刻含义，因为威廉斯与艾略特、庞德、弗罗斯特等众多同时代文豪不同，他坚守故土，坚信"维有地方性的东西才能成为普遍性的东西"[②]；此外，威廉斯对《帕特森》的时间和空间也进行了规定："春、夏、秋和大海。"由此可见，威廉斯所选用的这18个貌似简单的短语，不仅框定长诗的主题、行为（行动）、意象，而且构成了全诗的一个总体印象。

---

① 陈中梅：《荷马史诗研究》，译林出版社2010年版，第21页。

② 飞白：《诗海》，漓江出版社1990年版，第1176页。

第六节　“唯有地方的才是普遍的”

在这 18 个简单深邃的短语之后，威廉斯为长诗《帕特森》写了一首非同寻常的《序诗》（*Preface*）。总体上看，《序诗》让读者从一系列象征事物起源的意象中窥见到了帕特森其人其河其城市的起源，让我们看到了长诗《帕特森》的诞生。但是在《序诗》之前，威廉斯嵌入了两行直接引语的散文：

> Rigor of beauty is the quest. But how will you find beauty when it is locked in the mind past all remonstrance?①

笔者试译：

> 美的严酷/就在于寻求。可是，当它被锁在人们的心灵深处而无法反抗的时候，你又怎么能够发现美呢？

显然，这个问题问出了长诗《帕特森》的主题，诗人决心要去发现一种新的语言，来表达那“被锁在人们的心灵深处”的美。看来，诗人寻求美的决心是不可动摇的，而且他必须找到一种能够解救被禁锢在人们心灵深处的美的语言。这种新的语言必须能够给被禁锢的美以新的生命。这两行直接引语的关键词当推“被锁”（locked）的意象。在威廉斯的其他作品，他使用过同样的意象，比如，“文字是打开心灵的钥匙”②；“禁锢心灵的东西是邪恶的”③。可见，人们只有通过适当地使用语言，才能够寻求到美，也就是说，美才能够被释放出来。实际上，这两行嵌入的散文蕴含着长诗中所强调的发明创造的思想；假如没有创造，没有换位感受力，美就将永远被禁锢起来。因此，诗人掌管着打开

① William Carlos Williams, *Paterson*, New York: New Directions, 1958, p. 3.

② William Carlos Williams, *Selected Essays*, New York: Randon House, 1931, p. 282.

③ Ibid., p. 71.

艺术大门的钥匙。这或许是威廉斯创作长篇诗歌的目的所在。那么，怎么样才能打开诗人创作诗歌的艺术大门呢？

威廉斯在其《自传》第 58 章"长诗《帕特森》"中说，他曾经偶然间发现杜威（John Dewey）说过："具体地点是唯一的普遍性，所有的艺术都基于此。"① 这句话引发了威廉斯对诗人职责的思考：诗人不应该只描写花鸟的美丽，而应该有更加宽广的视野，应该描写"我身边的人：详细地了解我所谈论的每一个微不足道的细节——直到他们眼睛里的眼白，直到他们身上的气味。那才是诗人的职责。[诗人] 不是空谈一些模糊笼统的种类，而是刻画具体事物，就像一位外科医生的工作，是给病人看病，是为他眼前的事务服务，是从具体事物中发现普遍意义"②。因此，在《帕特森·序诗》中，威廉斯就说：

To make a start,
out of particulars
and make them general, rolling
up the sum, be defective means—
Sniffing the trees,
Just another dog
Among a lot of dogs. What
Else is there? And to do?
The rest have run out—
After the rabbits.
Only the lame stands—on
Three legs. Scratch front and back.
Deceive and eat. Dig
A musty bone. ③

① 威廉斯原文："The local is the only universal, upon that all art builds。" William Carlos Williams, *Paterson*, New York: New Directions, 1958, p. iii。

② William Carlos Williams, *The Autobiography of William Carlos Williams*, New York: New Directions, 1951, p. 391.

③ William Carlos Williams, *Paterson*, New York: New Directions, 1958, p. 3.

笔者试译：

开始，
从具体的事物
并使之普遍，积
聚总数，用有缺陷的方法——
在树中间嗅来嗅去
就像另外一条狗
在许多条狗中间。那里
还有什么别的东西？和可做的？
别的都跑出去了——
追逐那些野兔。
唯独那条瘸腿的狗站着——靠
三条腿。前搔搔后搔搔。
消磨时间，吃吃喝喝。啃着
一根发霉的骨头。

从一“开始”，威廉斯就想“从具体事物”（particulars）中“积聚”（rulling up）成“普遍”（general）和“总数”（sum），而这一“积聚”的意象不仅让人们联想到一种新生与创造，而且暗示着诗人笔下即将诞生的一种由一个个具体事物积聚而成的一个个思想观念的新型诗歌。威廉斯认为他的诗歌语言及诗歌创作技能仍“有缺陷”，因此他把自己比喻成一条老“狗”（dog），而且还是一条“瘸腿的［老］狗”。众所周知，《帕特森》第1卷于1946年出版的时候，威廉斯已经65岁，不论是他的年龄还是精力都不足以完成他心目中所要筑就一部“大的足以能够表现［他］身边整个可知世界”[①] 的长诗的心愿。他只能像一条老狗那样，留在自家周边的树林中间“嗅来嗅去”，以便记住每一棵树并认清自己的家门，达到见树又见林的目的；这或许就是威廉斯“开始”“从具体的事物”中寻找“普遍”意义，或者把“具体的事物”“积聚

① William Carlos Williams, *Paterson*, New York: New Directions, 1958, p. iii.

［成］总数"的寓意所在。威廉斯不像庞德、艾略特等诗人那样，为了赶时髦，成就先锋派诗人的美名，而"都跑出去了——"，都离开了故乡到欧洲去"追逐那些野兔"去了。1922年，威廉斯在一篇题为"你的，啊，青年"的文章就提道："庞德匆匆忙忙跑到欧洲去了"[①]；此外，在《自传》中，威廉斯也提道："［艾略特］就这样跑出去了简直让我发疯。"[②] 从以上这几行诗歌看，威廉斯不但没有随波逐流，而且又不可能寻梦欧洲，所以他选择留守故土，没有去"追逐那些野兔"，而是像一条老狗，在自己家里过着简单的生活，东搔搔西吃吃，津津有味地"啃着一根发霉的骨头"。

第七节　"从混沌中积聚起来"

然而，一种冷静沉着的哲学思考很快在接下的几行诗中取代了那条"瘸腿的老狗"所留下的印象：

For the beginning is assuredly
the end—since we know nothing, pure
and simple, beyond
our own complexities. [③]

笔者试译：

因为开始一定就是
结束——由于我们根本就不了解，
纯洁和简单的东西，除了
我们自身的复杂。

① William Carlos Williams, *Selected Essays*, New York: Random House, 1931, p. 35.

② William Carlos Williams, *The Autobiography of William Carlos Williams*, New York: New Directions, 1951, p. 175.

③ William Carlos Williams, *Paterson*, New York: New Directions, 1958, p. 3.

威廉斯曾经在《伟大的美国小说》（*The Great American Novel*）中写道："假如有进步，那么就会有小说。没有进步，将一无所有。一切存在于开始。假如一个人要写作，那他就必须从使用词语开始。可是气味又意味着什么呢？那些树上的发丝或者那漆黑悬崖下金褐色的樱桃又意味着什么呢？"① 因此，他情愿去"啃着/一根发霉的骨头"，硬着头皮从具体的事物琢磨起，重视每一个貌似无足轻重的细节，以免到头来，自己知道的东西还不如开始的时候。在他看来，唯一的知识存在于对一个事物的起源和根源的了解，于是他说："一切存在于开始。"当然，这句话让我们联想到艾略特《四个四重奏》第二章"东库克"（"East Coker"）开头的一行诗，"在我的开始是我的结束"（In my beginning is my end）。艾略特在此一方面是要把读者带回到第一章"燃毁的诺顿"（"Burnt Norton"）结尾那"可笑的消费了的悲伤时间"中去，起到承上启下的作用；但另外一方面，似乎又把读者带到了《圣经·旧约·传道书》第3章中去了："万事均有定时……生有时，死有时……这样看来，做事的人在他的劳碌上有什么益处呢？"② 既然生死有时，那么人类所有的创造在冷酷无情的时间面前，就只能变成"空虚的空虚"③。于是，艾略特在《东库克》中继续说："接连地/房屋矗立、倒下、颓坍、拓展、/移动、毁坏、修复……"④ 然而，威廉斯似乎不像艾略特那么悲观，因为上述诗文中的那个表示原因的状语从句似乎颠覆了前半句中的哲理思考"开始一定就是/结束"，并且将其变成了一个带有讽刺意味的冗辞，因为虽然"我们根本就不了解/纯洁和简单的东西"，但条件是"除了/我们自身的复杂"。换言之，生活在后工业时代这么一个复杂社会中的现代人，人们不可能对"自身的复杂"一无所知。

Yet there is
no return: rolling up out of chaos,

① William Carlos Williams, *The Great American Novel*, Paris: Three Mountains Press, 1923, p. 9.

② 《圣经·旧约》（和合本），国际圣经协会1988年第5版，第82页。

③ 同上。

④ ［美］艾略特：《四个四重奏》，裘小龙译，漓江出版社1985年版，第192页。

a nine months' wonder, the city
the man, an identity—it can't be
otherwise—an
interpenetration, both ways. Rolling
up! Observe, reverse;
the drunk the sober; the illustrious
the gross; one. In ignorance
a certain knowledge and knowledge,
undispersed, its own undoing. ①

笔者试译：

然而

没有回头：从混沌中积聚起来，
一个九个月时间的奇迹，这座城市
这个人，一个身份——它不可能
是别的什么东西——一种
相互渗透，双向的，积
聚起来！正面，反面；
酒醉的，清醒的；卓越的
恶劣的；一个人。无知中的
一点点知识和知识，
未被传播的，自我打开。

这一段诗文中出现了两个"积聚起来"（rolling up）的意象。第一个暗示"从混沌中积聚起来/一个九个月时间的奇迹"。不论这个奇迹指"这座城市"，还是"这个人"，或者关于人与城市的这首诗歌，威廉斯都已经让这个人与这座城市相互认同、相互捆绑，而且这种"相互渗透"是双赢的；那么，第二个"积聚起来"的意象仿佛是要告诉读者

① William Carlos Williams, *Paterson*, New York: New Directions, 1958, pp. 3 -4.

“这个人”是一个包罗很多人的人，也可以说是很多人存在于一个人之中：清醒的人也是酒醉的人，卓越的人也是恶劣的人，都是同“一个人”，从来就分不清，从来也就无所谓“纯洁和简单”。因此，“这个人”本身就是一座城市，包括它的人口，城市里所有的人：医生、诗人、护士、老人。任何一个人包罗着所有的人，就像任何一个地方可以包罗所有的地方一样。可以说，这一点与惠特曼笔下“我辽阔博大，我包罗万象”的诗行如出一辙。虽然威廉斯的写法比较收敛，但是他想创作史诗的抱负同样宏大。此外，除了介绍在长诗中扮演多种角色的主人公以外，诗人将事物对立面相互联系的写法也形成了贯穿全诗的一个写作特点，比如男人和女人相联系、诗歌与散文相掺杂、少女与妓女相混合。

(The multiple seed,
packed tight with detail, soured,
is lost in the flux and the mind,
distracted, floats off in the same
scum)

Rolling up, rolling up heavy with
numbers. ①

笔者试译：

（那颗多功能的种子，
和满满的细节塞在一起，发了酵，
消失在滔滔的洪水中，而心灵，
分了心，飘离了方向，在相同的
泡沫里）

① William Carlos Williams, *Paterson*, New York: New Directions, 1958, p. 4.

积聚起来，积聚起来，带着沉重的
数字。

总体上看，这一段诗仍然是在谈论长诗《帕特森》的萌芽时期。"那颗多功能的种子"似乎并没有找到合适的去处，"和满满的细节塞在一起"，都"发了酵"，"消失在滔滔的洪水中"，因此"一点点知识和知识［也］未被传播［出去］"。这一主题贯穿全诗，不断地复现，且常常与影射科学领域的某个权威思想相关，比如"四季常青的花蕾，/含苞待放"，可是又与它的研究人员相脱离，因此也只能"消失在滔滔的洪水中"。与这颗"发了酵"的种子一样，诗人的"心灵"似乎也"分了心，飘离了方向"，因此同样消失"在相同的/泡沫里"。但是，"积聚起来，带着沉重的/数字"的意象显然是暗示这部长诗的形成。假如"心灵""和满满的细节塞在一起"，那么它就是这部长诗的源泉，就是那"一点点知识和知识"。虽然这"一点点知识"还"未被传播"，但是只要它不被分心，它终将"自我打开"。此外，这里"积聚起来"的意象还可以指大地升腾上天的云雾，积聚起来后又将化为雨水，重降大地；云雾如此，诗中知识也是如此；雨水重降大地，如同知识传播世界；因此"未被传播的""一点点知识和知识"也终将"自我打开"心扉并拥抱人间。

第八节　"那是个天真的太阳"

那么，诗人接下来所说的"天真的太阳"又是什么意思呢？

　　　　　　　　It is the ignorant sun
rising in the slot of
hollow suns risen, so that never in this
world will a man live well in his body
save dying—and not know himself
dying; yet that is
the design. Renews himself
thereby, in addition and subtraction,

walking up and down.①

笔者试译：

　　　　那是个天真的太阳
从天边一个个空心太阳的缝隙中
冉冉升起，以至在这个世界上
从未有人的肉身能够愉快地生活
除了死去——而且不知道他自己
正在死去；然而这就是
设计。更生他自己
从而，用加法和减法
上上下下忙个不停。

显然，那个“天真的太阳”是这一节诗歌中的核心意象，它从空中飘浮的一圈圈光影的缝隙中射出一道道天真的霞光，把读者带回到了上帝创世之初的光景：“起初神创造天地。地是空虚混沌，渊面黑暗；神的灵运行在水面上。神说：‘要有光’，就有了光。”② 那光是神上帝最初的造物，天真无邪，普照大地，是天地之光，也是天地万物的生命之光。它“从混沌中积聚起来”，给人以生的希望，是长诗《帕特森》中第一个黎明意象，也是长诗开篇序诗中又一个象征诞生的意象。然而，“在这个世界上”，竟然没有人能够过上愉快的物质生活；而且诗中人说，“除了死去——而且不知道他自己/正在死去”。好一幅艾略特笔下现代荒原上那些虽生犹死、生不如死的现代人的生命光景！人们根本就没有意识到后工业时代的物质文明进步并没有丰富人们的精神生活，生命根本就没有意义，正如普鲁弗洛克那样“用咖啡勺量光了自己的生命”，根本就“不知道他自己/正在死去”。我们知道，只有当人们意识到死亡的到来时，生才有了特殊的意义，特别是当你知道自己的死亡的

① William Carlos Williams, *Paterson*, New York: New Directions, 1958, p. 4.

② 《圣经·旧约》(和合本)，国际圣经协会 1988 年第 5 版，第 1 页。

日期时。海伦·凯勒（Helen Keller）的"假如你有三天光明"不仅激活了人们对生的渴望和憧憬，而且赋予了人们生活中每一分钟特殊的意义。那么，威廉斯在诗中说："然而这就是/设计。"究竟是什么样的设计呢？是上帝的设计吗？在以上这节诗歌中，读者既从那"天真的太阳"中看到了生命的希望，又从那"不知道他自己/正在死去"的现代人意象中窥见了死亡的光景。如果说这是上帝的设计，那么我们如何解释呢？其中又深藏着什么样的逻辑呢？假如我们把英文同音词"sun"（太阳）与"son"（儿子）看成一语双关，那么那个从"隙缝"中钻出来的"天真的太阳"（ignorant sun）就成了"天真的儿子"，诗中即将出场的帕特森其人就有了无限的生命力。序诗中所蕴含的这种循环运动的模式，以及不断地"用加法和减法"更生的感觉似乎又为读者提供了一种现代荒原自然更生的暗示。尽管那些"不知道他自己/正在死去"的现代人可能整天"上上下下忙个不停"，但是人们生的希望总是在"积聚"，就像这首长诗中的主人公帕特森及生养他的城市帕特森一样，不断地成长和成熟。此外，这种现代人整天忙碌不停的感觉印象似乎与威廉斯所要创作的这首长诗的各种素材的"积聚"是同步进行的：

　　　　　　　　　　　and the craft,
subverted by thought, rolling up, let
him beware lest he turn to no more than
the writing of stale poems...
Minds like beds always made up,
　　　　　　　　　(more stony than a shore)
Unwilling or unable. ①

笔者试译：

　　　　　　　　而这种技巧，
被思想推翻，仍在积聚，让

① William Carlos Williams, *Paterson*, New York: New Directions, 1958, p.4.

他小心别到头来仅仅
写出一些没有新意的诗歌……
心灵总是像叠好的被子
　　　（比海滨更多石头）
不情愿或者也无法做到。

尽管“这种技巧/［常常］被思想推翻”，但是它仍然在“积聚”，而且提醒他要创作一些“有新意的诗歌”来。这里矛头仍然指向那些学究气味较浓的诗人，因为他们的心灵就像没有使用过的床铺，比一个海滨石头更多。此外，威廉斯认为“艺术与形而上学无关”，反对将艺术隶属于形而上学，并且认为“把艺术与形而上学混为一谈是我这个时代知识分子中最令人反感的东西”①。虽然“心灵总是像叠好的被子”，但是从来没有用过，结果不是“分心”就是“被锁”着，因此“不情愿或者也无法”发现“美的严酷”，而那些把艺术当作形而上学的空头理论家们不是生活在记忆的过去，就是在玩弄一些根本就不是艺术的东西，根本就无法写出什么有新意的诗篇。

序诗的最后一节在描写帕特森河及这部长诗诞生的时候，诗人笔下象征新诞生的意象稍稍有点改变：

　　　　　　　　　Rolling in, top up,
under, thrust and recoil, a great clatter:
lifted as air, boated, multicolored, a
wash of seas—
from mathematics to particulars—

　　　　　　　divided as the dew,
floating mists, to be rained down and
regathered into a river that flows

① William Carlos Williams, *The Selected Letters of William Carlos Williams*, New York: A New Directions Book, 1957, p. 239.

and encirles:

　　　　　　　　shells and animalcules
generally and so to man,

　　　　　　　　to Paterson. ①

笔者试译：

　　　　　　　　涌进来，满满的，
一阵阵哗哗的流水声，前冲后弹回：
如空气腾起，荡着桨，五彩斑斓，
一片海洋——
从数学运算到具体事物——

　　　　　　　　有如露珠脱粒，
飘成薄雾，化作雨水降下，并且
重新汇聚成河流，直流而下
又环绕蜿蜒：

　　　　　　　　各种贝壳和原生动物
普遍如此，流向人，

　　　　　　　　流向帕特森。

在这首序诗的最后一节，我们看到前一诗节中那个多石的海滨意象似乎已经顺理成章地变成了一个滔滔涌进城里的海水意象。接着，诗人描写了雾雨循环的整个过程，雨水蒸发成空气，变成天上的"一片海洋"，或者一弯彩虹，然后降下雨来，又积聚成河，流归大海，从头再来。这

① William Carlos Williams, *Paterson*, New York: New Directions, 1958, p. 5.

一降雨所带来了雨水重新积聚和更生的感觉实际上象征着人类知识分流扩散。这与前面那“消失在滔滔洪水中”的那粒种子的意象不同，这条河在这里养育出了“各种贝壳和原生动物”，它们是可以进化出各种复杂事物的最简单的生命形式，而那条实际上环绕着帕特森城的帕塞伊克河最终滚滚地“流向人，/流向帕特森”。诗境至此，读者再次看到了诗人将人与城的意象相互捆绑和相互认同，而序诗中一连串万物循环更生的意象，在暗示了诗人的创作意图和基本手法之后，又将读者带进了这部长诗之中。

第十四章

“一个人本身就是一座城市”：威廉·卡洛斯·威廉斯《帕特森》中城与人的隐喻*

威廉·卡洛斯·威廉斯（William Carlos Williams）可谓生活在美国诗歌史上一个辉煌的时代。20 世纪初期，当 T. S. 艾略特、埃兹拉·庞德、华莱士·斯蒂文斯、玛丽安·穆尔（Marianne Moore）、E. E. 卡明斯（Edward Estlin Cummings）等诗人纷纷背离英国诗歌传统，开始努力打造 20 世纪美国诗歌特点的时候，威廉斯似乎独自一人也在悄悄地往美国诗歌这个强壮的肌体内注射一种全新的元素，并且顽强地使现代美国诗歌朝着一个全新的方向奋力前进。虽然威廉斯、艾略特和庞德是同时代的美国诗人，但是庞德和艾略特选择借助欧洲传统走国际化诗歌创作道路，而威廉斯则选择“接续惠特曼的传统，写美国本土的题材”①。他“一生留守美国本土，坚定不移地挖掘美国诗歌的本土艺术魅力，因为他坚信‘唯有地方性的东西才能成为普遍性的东西’”②。因此，当现代派诗歌的艺术取向和学术地位逐渐巩固下来，其先锋性已不再继续挑战新一代富有创新意识的青年诗人之后，威廉斯诗歌中这种独特的元素开始被逐渐地发现和挖掘出来，而威廉斯诗歌中所塑造的许多人物形象，在美国现代派诗歌的发展过程中，似乎也逐渐成为继艾略特笔下那

---

* 本章主要内容发表于《英美文学研究论丛》2018 年第 1 期。

① 傅浩：《窃火传薪：英语诗歌与翻译教学实录》，上海外语教育出版社 2011 年版，第 345 页。

② 黄宗英：《“我想写一首诗”：威廉·卡洛斯·威廉斯的抒情史诗〈帕特森〉》，《北京联合大学学报》（人文社会科学版）2016 年第 3 期。

位“用咖啡勺量尽人生”[1] 的普鲁弗洛克和那位“具有两性人属性”[2] 的帖瑞西士之后，最为耀眼的一颗明星。威廉斯的长诗《帕特森》中的帕特森就是现当代美国长篇诗歌中一个典型的人物形象。威廉斯通过一系列奇思妙喻式的隐喻手法，戏剧性地让长诗中的城与人相互捆绑、相互认同，诠释了“一个人本身就是一座城市”[3] 这一现当代美国长篇诗歌创作中抒情性与史诗性兼容并蓄的特点。

第一节　帕特森：“其城/其人”

威廉斯曾说：“我把我的主人公叫作帕特森先生（Mr. Paterson）。当我在整首长诗［《帕特森》］中说起帕特森的时候，我既指［帕特森］其人，也指［帕特森］其城。”[4] 因此，在威廉斯的《帕特森》中，不论其城“帕特森市”（City of Paterson）还是其人“帕特森先生”（Mr. Paterson），帕特森都可以被看成一个奇思妙喻（conceit），读者能够凭借直觉去理解和领会其中的关联，却很难具体描写其城其人的成长和发展。尽管诗人在诗中认为帕特森“其城/其人”是一种相互渗透的、双向的“身份”，而且“它不可能/以别的方式［出现］”[5]，但是这并不意味着威廉斯要在长诗《帕特森》中让帕特森“其城”与“其人”的方方面面戏剧性地完全吻合起来。笔者认为，威廉斯实际上还是想让帕特森其人扮演惠特曼《草叶集》中那个既代表诗人自己“沃尔特·惠特曼”，同时又是“一个美国人，一个粗人”和“一个宇宙”。[6] 他希望能够把帕特森塑造成一个能够扮演多种角色的人物，让他在帕特

---

① T. S. Eliot, *The Complete Poems and Plays 1909 - 1950*, New York: Harcourt, Brace & World, 1971, p. 5.

② 黄宗英：《“灵芝”与“奇葩”：赵萝蕤〈荒原〉译本艺术管窥》，《北京联合大学学报》（人文社会科学版）2014 年第 3 期。

③ William Carlos Williams, *Paterson*, New York: New Directions, 1958, p. i.

④ Edith Heal ed., *I Wanted to Write a Poem*, Beacon Hill & Boston: Beacon Press, 1958, p. 74.

⑤ William Carlos Williams, *Paterson*, New York: New Directions, 1958, p. 3.

⑥ Walt Whitman, *Leaves of Grass and Other Writings*, New York: A Norton Critical Edition, 2002, p. 45.

森市的景观中自由随意地飘游，并且“以各种方式开始、求索、成就、结束他的一生”[①]。然而，随着诗境的展开，诗中原本奇思妙喻式的隐喻逐渐变成了明喻，帕特森其城被刻画成一个“巨人”（giant），而帕特森其人被描写为“像一座城市”（like a city）。诗人把帕特森其人与帕特森其城相互捆绑，让长诗的主人公与帕特森城市的方方面面及其居民相互认同。结果，一方面，诗人让帕特森其城的各种特殊元素形成一个整体，塑造了一座城市的形象，而另一方面，诗人通过让帕特森其人不仅改变姓名和角色，而且还改变性别，就像艾略特《荒原》中的两性人帖瑞西士那样，成为“联络全诗”的“极重要的一个角色”。[②] 因此，借助帕特森其人的眼睛，读者同样可以窥见帕特森其城的过去、现在和未来。由于帕特森其城其人均是诗人笔下具有代表性的具体的自然事物，而“具体的自然事物是具体的精神事物的象征”[③]。可见，威廉斯是要通过挖掘帕特森其城的地方元素，并且综合帕特森其人的基本特征，来揭示美国乃至整个世界的现代社会意义，因为在他看来，“只有地方的才是普遍的”[④]。威廉斯的《帕特森》也因此有了抒情性与史诗性兼容并蓄的艺术特征。

《帕特森》第 1 卷《巨人的描绘》（*The Delineaments of the Giants*）的开篇给读者留下的是一位永恒昏睡的巨人形象：

> Paterson lies in the valley under the Passaic, Falls
> its spent waters forming the outline of his back. He
> lies on his right side, head near the thunder
> of the waters filling his dreams! Eternally asleep,
> his dreams walk about the city where he persists
> incognito. Butterflies settle on his stone ear.

---

① William Carlos Williams, *Paterson*, New York: New Directions, 1958, p. i.

② 黄宗英：《“灵芝”与“奇葩”：赵萝蕤〈荒原〉译本艺术管窥》，《北京联合大学学报》（人文社会科学版）2014 年第 3 期。

③ Ralph Waldo Emerson, *Nature*, in *The Collected Works*, Vol. 1, Cambridge: Harvard University Press, 1971, p. 17.

④ William Carlos Williams, *Paterson*, New York: New Directions, 1958, p. iii.

Immortal he neither moves nor rouses and is seldom
seen, though he breathes and the subtleties of his machinations
drawing their substance from the noise of the pouring river
animate a thousand automatons. Who because they
neither know their sources nor the sills of their
disappointments walk outside their bodies aimlessly for the most part,
locked and forgot in their desires—unroused. ①

笔者试译：

帕特森躺在帕塞伊克瀑布下的山谷里，
瀑布飞溅的水花勾勒出他背脊的轮廓。
他向右侧身躺着，头紧挨着那雷鸣般
且充满着梦想的瀑布！永远地睡着了，
他的梦想走遍了全城，可他自己坚持
隐姓埋名。蝴蝶停在他的石头耳朵上。
他一动不动，流芳百世，不被人唤醒，
也不为人知；他活着，他的足智多谋
来自那一江滔滔不绝的河水，并且赋
予自然万物以新的生命。绝大多数人，
不懂生命的起源，不知道沮丧的原因，
有如行尸走肉，毫无目的地四处漂泊，
被封锁和遗忘在欲望中——未被唤醒。

表面上看，通过拟人手法，威廉斯在此把帕特森描写成一位“躺在帕塞伊克瀑布下的山谷里/……/永远地睡着了”的巨人，“他一动不动……不被人唤醒……也不为人知”，“蝴蝶停在他的石头耳朵上”，而且生活在帕特森这一现代城市里的“绝大多数人”似乎既“不懂生命的起源”，又“不知道沮丧的原因”，他们“有如行尸走肉，毫无目的地四

① William Carlos Williams, *Paterson*, New York: New Directions, 1958, p. 6.

处漂泊，/被封锁和遗忘在欲望中——未被唤醒”。这一情境酷似艾略特《荒原》第一章“死者葬仪”（“The Burial of the Dead”）的开篇：

> 四月天最是残忍，它在
> 荒地上生丁香，掺和着
> 回忆和欲望，让春雨
> 挑拨呆钝的树根。
> 冬天保我们温暖，大地
> 给健忘的雪盖着，又叫
> 干了的老根得一点生命。①

艾略特笔下的《荒原》描写“第一次世界大战后，整个西方世界呈现出一派大地苦旱、人心枯竭的现代‘荒原’景象”②，因此乔叟（Geoffrey Chaucer）笔下《坎特伯雷故事集》开篇中那个原本应该是大地复苏、鸟语花香的春天时节，在艾略特的现代荒原上变成了“四月天最是残忍”；虽然“丁香”还是顽强地从“荒地上生［出］”，但是“春雨［只能］/挑拨呆钝的树根”；虽然大地能够“叫干了的老根得一点生命”，但是它被“健忘的雪［覆］盖着”。那是一段掺杂着个人思想感情和社会悲剧的历史，人们精神生活的特点常常表现为“空虚、失望、迷惘、浮华、烦乱和焦躁”③，因此不愿意生活在现实中，似乎不喜欢从那虽生犹死的梦幻中“被惊醒”。可见，威廉斯笔下“行尸走肉”般的帕特森人与艾略特笔下那些虽生犹死的现代荒原人不是“被封锁和遗忘在欲望中”就是“给健忘的雪盖着”；表面上看，他们似乎生活在相同的生命光景之中。然而，在威廉斯的《帕特森》中，帕塞伊克河那“雷鸣般［的瀑布］”及其“飞溅的水花”不仅让帕特森这位巨人“充满梦想”，而且让“他的梦想走遍了全城”；他虽然“坚持/隐姓埋名”，但仍然能够“流芳百世”，因为那“一江滔滔不绝的河水”不仅给了他

① 黄宗英编：《赵萝蕤汉译〈荒原〉手稿》，高等教育出版社 2013 年版，第 26 页。

② 黄宗英：《“灵芝”与“奇葩”：赵萝蕤〈荒原〉译本艺术管窥》，《北京联合大学学报》（人文社会科学版）2014 年第 3 期。

③ 同上。

生命，让“他活着”，而且赋予了他取之不尽的“足智多谋”。正是因为帕特森拥有这取之不尽的“足智多谋”，他又“赋/予自然万物以新的生命”，让那些既“不懂生命的起源”，又“不知道沮丧的原因”的现代人，不再“被封锁和被遗忘在欲望中”，不再是“行尸走肉，毫无目的地四处漂泊”，不再继续“未被唤醒”。

显然，威廉斯在《帕特森》的开篇将帕特森这位巨人的沉睡与现代人的迷惘联系了起来，并通过强调帕特森地区物产丰富、天人和谐的自然景象，以及城市、河流、山谷三个主要地理拟人的写法，为诗人试图通过唤醒巨人的沉睡来呼唤现代人的梦想而打下伏笔。虽然巨人帕特森永恒不变，但是他的梦想似乎化成地方生活的意义而进入人们欲望的王国，而帕塞伊克河及其瀑布滋润着帕特森的河谷大地，使诗中人的梦想有了生命的源泉，也使诗中人的思想更加“足智多谋”，而这些“足智多谋”的思想又反过来赋予了巨人帕特森身边无数具体事物以无限的生机。这种循环机制或许就是威廉斯想证明的具体与普遍、自然事物与精神事物之间的相互关系，是帕特森这个地方的奥妙。它简单深邃，就连居住在帕特森地区的人也未必能够发现，因此帕特森人实际上已经融入了诗中所说的“自然万物”（automatons），因为他们的生命来自这位巨人，也因为他们尚未“被唤醒”，并不知道是谁赋予了他们生命的意义，也不知道他们的绝望和沮丧从何而来。由此可见，与艾略特描写“大地苦旱、人心枯竭”的《荒原》开篇相比，威廉斯《帕特森》的这个开篇真可谓别开生面了。

第二节　“永恒昏睡的巨人”

在把这位“永恒昏睡的巨人”帕特森描写成现代帕特森人生命的源泉之后，威廉斯具体地描述了帕塞伊克河的源头：

从那一座座高远的尖塔之上，甚至
比一座座办公大楼更高的地方，从
泥泞的地里奔向一片片干枯的草地、
黑色的漆树、枯萎凋败的花柄草梗、

塞满了枯枝烂叶的泥浆和灌木丛中——
这条河从上游奔流而下，进入城市
并且从峡谷的边缘哗啦啦飞泻万丈，
水花飞溅，雾虹蒙蒙，五彩缤纷——①

帕塞伊克瀑布原本是可以与尼亚加拉瀑布相媲美的自然奇观，但如今，“除了丰富的水力资源以外，它已经被遗弃在一个杂乱荒废的周边环境之中，比一个世纪以前更加难以进入，成为人们没完没了地唾骂这座城市及其州政府的一个原因”②。威廉斯曾经在《自传》中对帕塞伊克瀑布做过这样的解释：“当帕塞伊克河突然间河身降落，河水飞下万丈峡谷，砸在谷底石头上的时候，整个飞瀑发出了一声巨大怒吼。在人们的想象中，这巨大的怒吼声就是一种言语或者一个嗓音，一种特殊的言语；这首诗歌本身才是它的答案。”③ 显然，这种特殊的言语或者嗓音在呼唤着诗人正在寻求的一种答案：“阐明什么样的普通语言？/把它梳理成一条条直线/从一块巨石舌尖上伐流而下的/那根椽木。”④看来，诗人的本事和挑战都在于要像用一把梳子一样，把眼前从“一块巨石舌尖上”飞落千丈的飞瀑梳理成一道道笔直笔直的诗行。这意味着诗人有能力也有责任将眼前这幅杂乱无章的景象还原成一个有序而又充满生机的自然奇观。那么，威廉斯迎接这一挑战的手法真可谓别出心裁了：

一个男人像一座城市而一个女人像一朵花
——他们在相爱。两个女人。三个女人。
无数个女人，每一个都像一朵花

① William Carlos Williams, *Paterson*, New York: New Directions, 1958, pp. 6 – 7.

② Benjamin Sankey, *A Companion to William Carlos Williams's* Paterson, Berkeley: University of California Press, 1971, p. 33.

③ William Carlos Williams, *Autobiography of William Carlos Williams*, New York: New Directions, 1951, p. 392.

④ William Carlos Williams, *Paterson*, New York: New Directions, 1958, p. 7.

　　　　　　　　　　　　　　但是
　　只有一个男人——像一座城市。[①]

就地理位置而言，帕特森其城坐落在一个充满千变万化的大自然之中，好比一个足智多谋和想象力丰富的男人必须理解、关心、面对象征着大千世界具体事物的一个或者多个女人。无论它是何等地包罗万象，但是帕特森其城始终是一个有机的整体。诗人的责任就是通过发现一种合适的语言将自己所经历过的单一、零散、无序的人生经历梳理成一个有序、完整、统一的整体。于是，威廉斯采用了一个爱情故事，一个一夫多妻制的隐喻，让帕特森先生以丈夫或者主婚人的身份，去让出现在这首诗歌中的所有女人"成婚"；而诗歌中出现的"两个女人""三个女人"和"无数个女人"似乎恰好映衬了威廉斯多元多变的诗歌主题。威廉斯之所以采用这种多元多变的诗歌主题，是为了把眼前这个杂乱无章的现代社会重新改造成一个美丽有序的原生态景观，让地方的和实时的元素与古老的和原生态的元素完美地"成婚"。于是，诗人仿佛被邀请去主持原始帕特森城与原来坐落在帕特森城西南部的加勒特山（Garrett Mountain）的一场"婚礼"。

在描述完帕塞伊克河的源头之后，诗人又通过奇喻的手法，将帕特森其人的思想比作那一江滔滔不绝的河水，让作为主人公的帕特森其人从帕塞伊克河的背景中脱离出来：

河水后浪推着前浪，奔向
河岸，他的思绪
错综交织，相互排斥，暗中抵触，
河水冲向磐石，分道而行
但始终勇往直前——时而卷起
一个旋涡，时而刮起一阵旋风，留下一片
树叶，或是一堆凝乳状的泡沫，似乎

① William Carlos Williams, *Paterson*, New York: New Directions, 1958, p. 7.

不再被人们记忆……①

在此，帕特森其人的灵魂似乎被诗人写活了。根据扎布里斯基（Zabriskie）的评论，在帕特森其城其人的整个构思中，诗人威廉斯不仅让帕塞伊克瀑布汹涌的河水驱动着帕特森城里许许多多工厂的发电机，而且曾一度驱动着那里所有的下射式水车（undershot water wheels），因此那一江滔滔的河水同样可以不停地驱动这位昏睡着的巨人——帕特森先生。②“河水后浪推着前浪，奔向/河岸”，“冲向磐石，分道而行/但始终勇往直前”，那汹涌的河水“时而卷起/一个漩涡，时而刮起一阵旋风”，即便遇到磐石的阻碍，照样可以“分道而行”，“勇往直前”：

接着，重新向前奔流，前浪
不停地被滔滔的后浪所冲刷
不停地向前——此刻，虽然
水流急促，但河面平稳如镜，
宁静之中，河水涌至了瀑布，
跃身而起，冲向结局，并且
飞落，在空气中飞落！仿佛
不停地飘落，减轻自身重量，
相互脱离，化成一条条彩带；
茫然不知所措于飘落的突变
无依无靠，顿时间四处飘落
最终落在巨石上：一声雷鸣
仿佛被雷电击打。③

不难看出，帕塞伊克瀑布及其河水虽然千姿百态，令人眼花缭乱，但是汹涌澎湃，“勇往直前”；它不仅构成了帕特森其城一幅绚丽多彩的风景

① William Carlos Williams, *Paterson*, New York: New Directions, 1958, p. 7.

② 参见 George Zabriskie, “The Geography of ‘Paterson’”, *Perspective*, Ⅵ, 1953。

③ William Carlos Williams, *Paterson*, New York: New Directions, 1958, pp. 7-8.

画卷，而且衬托出了帕特森其人一种坚定不移的思想意识。虽然帕塞伊克瀑布的河水顿时间可能显得“相互脱离”，“无依无靠”，变成“四处飘落”的水花，“茫然不知所措于飘落的突变”，但是帕塞伊克河始终“勇往直前”，永不停止，那“四处飘落”的水花最终落在一块坚如磐石的巨石上，并且砸响了一声象征着融合和汇聚的“雷鸣”。这不禁让人们想起惠特曼在《一路摆过布鲁克林渡口》（*Crossing Brooklyn Ferry*）一诗中所描述的情景：“那单纯、紧凑、衔接得很好的结构，我自己是从中脱离的一个，人人都脱离，然而都还是这个结构的一部分。”① 显然，威廉斯是要将帕特森其城、帕塞伊克河及其瀑布等自然地理景观与这位昏睡不醒而又隐姓埋名的“巨人”捆绑起来。于是威廉斯紧接着插入了一段惠特曼罗列式的自由诗行，描写巨人帕特森所面对的一行行“低低的山脉”：

> 在那里，面对着他，绵延着一片低低的山脉。
> 公园是她的头部，山被切成几段，瀑布之上，宁静的
> 河边；色彩斑斓的水晶，那些磐石的奥秘；
> 农场和池塘，月桂树及那温文尔雅却充满野性的仙人掌，
> 被黄花覆盖的大地……面对着他，他的
> 臂膀托抱着她，在《石谷》边，沉睡着。
> 她的脚踝戴着珍珠踝链，她那庞大夸张的头发，
> 缀满了一棵棵苹果树上的花朵，花香四处飘逸，
> 飘向山村，唤醒人们的梦想——山鹿在那里奔跑，
> 树林里的鸳鸯在筑巢，保护着全身华丽的羽毛。②

显然，帕特森其城地区风景秀丽、物产丰富。鸟瞰这拟人化的帕特森其城全景，眼前这片“低低的山脉”似乎成了帕特森其人的妻子，“他的/臂膀托抱着她，在《石谷》边，沉睡着”；她不仅是威廉斯对女性天资的生动写照，而且也是长诗中出现多位女人的“源泉”之所在。威廉斯在此同样是通过奇喻的手法，把“一片低低的山脉”描写成一位用大自

① ［美］惠特曼：《草叶集》，赵萝蕤译，上海译文出版社1991年版，第277页。

② William Carlos Williams, *Paterson*, New York: New Directions, 1958, p. 8.

然华丽衣服装扮起来的女性：“农场和池塘，月桂树及那温文尔雅却充满野性的仙人掌，/被黄花覆盖的大地”，除了她身穿的整套服装以外，诗人还让“她的脚踝戴着珍珠踝链”，而且“她那庞大夸张的头发，/缀满了一棵棵苹果树上的花朵，花香四处飘逸，/飘向山村，唤醒人们的梦想”。可见，这是一个何等的人间天堂：“山鹿在那里奔跑，/树林里的鸳鸯在筑巢，保护着全身华丽的羽毛。”

然而，由于现代人莽撞无知的商业开发心理，地方性“人间天堂”的自然环境和自然资源常常遭受无端的破坏。诗人紧接着用两个自然段的散文，详实地记录了与前面诗文中命运截然不同的“珍珠”。首先是一颗“珍珠皇后”的故事：“1857年2月，大卫·豪尔（David Hower），一位贫穷的鞋匠，养着一大家子人；既没有工作，也没钱，他在帕特森城附近的诺茨河（Notch Brook）里拾到了许多河蚌。在煮食这些河蚌时，他发现这些河蚌的介壳之间长着许多坚硬的颗粒。起初，他把这些坚硬的颗粒都扔掉了，但后来他把它们收集起来，卖给一个珠宝商，每次都能够卖个25至30美金。接着，他又发现了其他珠蚌。他把一颗璀璨夺目的珍珠以900美金的售价卖给了蒂弗尼，后来又以2000美金的售价，将一颗堪称当今世界上最为璀璨夺目的‘珍珠皇后’卖给了尤金妮亚女皇（Empress Eugenie）。”① 紧接着，诗人说：“这个珍珠买卖的消息一旦传开，立刻在全国范围内引起了一场寻找珍珠的热潮。成千上万的人跑到诺茨河及其他河里去拾珠蚌，其结果是大量珠蚌被毁坏了，珍珠却没有找到多少。然而，有一颗体重达400格令，堪称现代史上最为璀璨的硕大的圆形珍珠，却硬是因为被活活地煮开了蚌壳，而毁于一旦。”②

第三节 “没有观念，尽在物中”

散文书写当下的真实故事，可以弥补诗歌想象之不足。威廉斯或许就是想用一种虚实相间的叙事手法来抒发其内心的情感。诗境至此，如果说威廉斯通过对长诗《帕特森》中的城市、河流、瀑布、山脉等意象

---

① William Carlos Williams, *Paterson*, New York: New Directions, 1958, p. 8.

② Ibid., pp. 8 – 9.

的隐喻性拟人描写，已经把帕特森其城与帕特森其人完美地捆绑了起来，那么诗人似乎也已经开始让这位昏睡不醒而又隐姓埋名的“巨人”逐渐地演变成长诗中一个具体的人物形象。首先，他似乎是一位诗人和教育家：“帕特森每月两次收到蒲柏和雅克·巴曾寄来的书信。”① 蒲柏（Alexander Pope）是一位善用英雄偶句创作讽刺诗的18世纪英国伟大诗人，而雅克·巴曾（Jacques Barzun）是一位曾获得美国哥伦比亚大学博士学位并且担任过该校副校长的法裔美籍教育家、史学家和作家。那么，关于诗中的这位“帕特森先生”，我们只知道他“已经离开/去休息和写作了”②。然而，从长诗的句里行间看，这位“帕特森先生”已经从一个“巨人”变成了一位“先生”；从地理地貌的视角看，他似乎已经从帕特森其城的高处来到了帕特森城里，而原先被比喻成那即将溢出河岸的河水，此刻在诗人的笔下变成了帕特森先生的“思想”，并且与帕特森其城的居民等同了起来。威廉斯曾说：“没有观念，尽在物中。”③意思就是“诗人是不允许自己去超越他当下所要发现的思想的”。他认为诗人的职责“并非茫然地去罗列事物，而是应该具体地去描写事物，就像一位内科医生给一位病人看病一样，面对他眼前的事物，从具体的事物当中去发现普遍的东西”④。这里的关键词是“发现”，诗人应该去发现真实的事物及其所面临的思想之间的关系，去发现一种能够反过来使这种发现变得更加“真实”和更加具有可传达性的语言。

多数威廉斯同时代的诗人都致力于改造旧的诗歌形式，即便是不随波逐流的弗罗斯特也在尝试“用旧形式表达新内容”（old-fashion way to be new）⑤，但是威廉斯似乎完全放弃了传统的诗歌形态，而始终坚持不懈地去重新发现诗歌最本真的元素。他从来就不用所谓的五音步抑扬格（iambic petameter）进行诗歌创作，而且也从来不试写格律最为严谨的

① William Carlos Williams, *Paterson*, New York: New Directions, 1958, p. 9.

② Ibid. .

③ William Carlos Williams, *Autobiography of William Carlos Williams*, New York: New Directions, 1951, p. 390.

④ Ibid. , p. 391.

⑤ Zongying Huang, *A Road Less Traveled By: On the Decptive Simplicity in the Poetry of Robert Frost*, Beijing: Peking University Press, 2000, p. 2.

十四行诗，但是他对解决现代诗歌形式问题的不断追求和探索是执着和令人感动的。威廉斯的艺术追求远远不是通过挖掘某个地方主题或者所谓的“美国”主题来塑造自己，他选择了一条更加困难而且看不到回报的窄小的诗歌创作道路。正如他时常站在自己办公室的窗前，琢磨窗外的景色一样，他凭借自己天生的直觉悟性和丰富的想象力，每每从一个具体的事物中窥见普遍的人性和自然规律，并将它重新描绘得生动真实。威廉斯既不好古，也不标新立异，但是他自觉地抵制美国传统文学的诱惑，自觉地拒绝先锋派诗人盲目追求激进风格的倾向，并且始终坚持挖掘美国稻田里或者公共汽车上的特殊节奏，坚持在有限的时空中寻找无限的普遍和永恒：

> 说出来呀！没有观念，尽在物中。帕特森
> 先生已经离开
> 去休息和写作了。在公共汽车上，有人看见
> 他的思想，时而坐着，时而站着。他的
> 思想漫天飞舞，零零落落——①

从这几行诗歌中可以看出，“帕特森/先生”已经与帕特森城里的居民融为一体，相互认同，他们一同乘坐“在公共汽车上”，而且帕特森城的居民们也已经不再是那位永恒昏睡且不知姓名的神秘巨人的附庸。他们甚至变成瀑布的水花，融入了帕特森先生的“思想”，并与其一同“漫天飞舞，零零落落”。好一个奇妙的比喻！威廉斯没有效仿惠特曼用第一人称“我”抒发诗人个人的感情——“我赞美我自己，歌唱我自己”②，也没有像惠特曼那样“如此重视过读者的作用”③ ——“我承担的你也将承担，/因为属于我的每一个原子也同样属于你”④。惠特曼笔下的“我”与“你”往往达到了水乳交融的地步⑤，但威廉斯笔下的这位“帕特森先

---

① 译自 William Carlos Williams, *Paterson*, New York: New Directions, 1958, p. 9。
② ［美］惠特曼：《草叶集》，赵萝蕤译，上海译文出版社 1991 年版，第 59 页。
③ 黄宗英：《抒情史诗论》，北京大学出版社 2003 年版，第 49 页。
④ ［美］惠特曼：《草叶集》，赵萝蕤译，上海译文出版社 1991 年版，第 59 页。
⑤ 参见黄宗英《抒情史诗论》，北京大学出版社 2003 年版。

生”似乎不仅具备了一种清晰的肯定自我存在的身份，而且还具备了一种独特的能力——“帕特森/先生已经离开/去休息和写作了”。他能够凭借自己的写作能力，赋予帕特森城及其所有的帕特森人以新的生命内涵：

这些人究竟是谁？（如此复杂的
算法）在他们当中我看到了我自己
隐约闪烁，在他的思想里那块摆放有序的
平板玻璃上，在鞋子和自行车前。
他们各自行走，不得与他人沟通，这种
平衡状态永远找不到解决问题的办法，然而
其中的意思却十分清楚——他们能够生存下去
他的思想已经被人列入电话
号码大全——①

在这一小节诗歌中，我们首先看到叙事者通过一种“如此复杂的/算法”，把“我”“我自己”和“他们”相互捆绑，互相认同：“在他们当中我看到了我自己”，然而叙事者“我”又是“在他的思想里”“隐约闪烁”。虽然“他们能够生存下去”“的意思却十分清楚”，但是由于“他们各自行走，不得与他人沟通”，因此“这种平衡状态永远找不到解决问题的办法”。即便人们把“他的思想”“列入电话/号码大全”②，那也将无济于事：

花儿将色彩斑斓的花瓣撒向
　　　　　　明媚的阳光
但是蜜蜂采花酿蜜的触角
　　　　　　　却找不到它们
它们飘回到那黯然失色的土地上
……

① 译自 William Carlos Williams, *Paterson*, New York: New Directions, 1958, p. 9。
② 同上。

婚姻已酿出一种令人震颤的
含义[1]

虽然这里充满了“色彩斑斓的花瓣”，但是蜜蜂的触角“却找不到它们”；虽然这里充满了“明媚的阳光”，但是那漫天的花瓣也只能“飘回到那黯然失色的土地上”。如此“婚姻”当然只能“酿出一种令人震颤的含义”。威廉斯在此先把帕塞伊克瀑布上远近闻名的水花飘落的“彩虹”奇观比喻成一朵“花儿”，然后又将这朵美丽的“花儿”比作帕特森先生的妻子（之一），而诗人自己似乎成了一只在百花丛中不停地搬运花粉的蜜蜂，或者是一位不断地给他的教民主婚的牧师。然而，那些美丽的“花瓣”却因为蜜蜂的“触角”找不到它们，而无法受粉，最终凋谢。人们眼睁睁地看着那些“色彩斑斓的花瓣”，“飘回到那黯然失色的土地上”，因此这位诗人牧师想要促成的“婚姻”，也只能“酿出一种令人震颤的含义”：

语言没有找到他们
他们死也
不得与他人沟通。

那语言，那语言
忘记了他们
他们不认识那些词语
或者没有
勇气去使用它们
……
生活是甜美的
他们说：那语言！
——那语言

① William Carlos Williams, *Paterson*, New York: New Directions, 1958, p. 11.

与他们的心灵相脱节，
那语言……那语言！[①]

为什么“语言没有找到他们”呢？为什么“他们死也/不得与他人沟通”呢？既然“生活是甜美的”，那么为什么“那语言/与他们的心灵相脱节”呢？显然，威廉斯是在寻求一种诗歌形式，来表达现代人由于语言与心灵相互脱节而导致人与人之间难以相互“沟通”的现代孤独主题。在艾略特笔下的现代“荒原”上，我们不仅在一片“死去的土地上”看到了一位“头脑塞满了稻草”的“空心人”[②]，而且在那间“女人们来回穿梭”的“屋子”里，看到了那位“被钉在墙上挣扎”的普鲁弗洛克[③]。对于“荒原”上的现代人而言，他们虽生犹死，甚至生不如死；人们看不到生命中存在任何生的气息、活力和希望。然而，在威廉斯的笔下，现代人的这种孤独情感往往与貌似简单的自然景象融为一体，显得更加的深邃，而且其表现形式也更加丰富多彩。在此，威廉斯就嵌入了一整页篇幅的散文：“假如没有美，那就有一种奇怪的感觉，一种大胆的联想，让一种野蛮的和一种文明的生活在拉马波斯（Ramapos）共存共生。”它“有两个方面”：一方面，威廉斯为灵伍德（Ringwood）提供了一个秀美动人的背景：在那一片片丝绒般的草坪上，环绕着一排排森林大树，“灰胡桃树、榆树、白橡树、栗树、山毛榉树、白桦树、紫树、枫香树、野樱桃和熟透了心的红草莓”[④]；另一方面，在这个秀美动人的灵伍德地区不仅“群集着许多铁匠们的小木屋、烧炭工人、烧石灰的窑工”，而且读者还能看见“华盛顿将军［在］润色一首诗歌”，能够看见发生在田纳西州的“印第安人大屠杀事件”，能够看见许多独立战争时英国从德国招募去美作战而战后又被遗弃的黑森雇佣兵（其中一些是患了白化病的病人），还能够看见许多逃亡的黑人奴隶，以及许多

① 译自 William Carlos Williams, *Paterson*, New York: New Directions, 1958, p. 12。

② T. S. Eliot, “The Hollow Men”, *The Complete Poems and Plays 1909 – 1950*, New York: Harcourt, Brace & World, 1971, pp. 56 – 57.

③ T. S. Eliot, “The Love Song of J. Alfred Prufrock”, in *The Complete Poems and Plays 1909 – 1950*, New York: Harcourt, Brace & World, 1971, pp. 4 – 5.

④ William Carlos Williams, *Paterson*, New York: New Directions, 1958, p. 12.

被遗弃在纽约城里的妇女和儿童，尤其是那些可怜的妇女：“他们用一个围栏把她们围在那里——是一个名叫杰克逊（Jackson）的人把她们从英国的利物浦等地贩卖而来；此人与英国政府之间有合同，专门为在美国作战的士兵提供女人。”① 不难看出，威廉斯对拉马波斯生活的描写似乎给美国地方文化蒙上了一层无序多元而又难以言喻的阴影。我们在这里看到的已经不仅仅是大自然赐予人类的美丽草坪和树林，也不仅仅是惠特曼笔下那“包罗万象”和相对简单的罗列，比如“铁匠”“烧炭工人”“窑工”等，我们还看到了“大屠杀”“逃亡的黑奴”“被遗弃妇女和儿童”……实际上，威廉斯是要在这种多元无序而又难以言喻的地方文化中寻找一种语言，一种诗歌形式，一种文化认同，能够将一种传统有序的文化和语言移植到现代美国这种无序的地方文化和语言之中。

第四节 “他说不出话来”

最为形象的意象当推威廉斯从《国家地理》杂志看到过的一张照片：

　　　　　　　　　　　　　　　我记得
《地理》杂志上的一张照片，某个非洲
部落首领的九个女人，个个都赤身半裸，
双腿叉开，骑在一根原木上，可以推测
那是一根法定的原木，个个头向左侧着：

　　　　　　　　　　　　　　　最前面的
是最年轻和最后结婚的那位，被冰冻着，
身骨挺直，高傲的皇后，知道自身权贵，
全身上下黏结着泥土，一头巨大的头发
斜挂在她的双眉之上——猛然皱着眉头。

① William Carlos Williams, *Paterson*, New York: New Directions, 1958, pp. 12 – 13.

在她的身后，一个接着一个紧紧地挨着
根据她们成为新娘皇后的顺序依次排列
一个个变得僵硬笔直

因此……

最后一位，就是这位首领的第一位妻子，
她就在那里！她扶持着其他所有的妻子
让她们成长，而她自己那双辛劳的眼睛
严肃，威吓——但毫不掩饰；一对乳房
因过度使用而松垂胸前……①

与前面一段描写拉马波斯“无序多元而又难以言喻的”生活的散文相比，这几节诗歌似乎让威廉斯看到了另外一种生机、一种新的语言、一种爱的力量。这张照片不是两个巨人的结合，但至少是一种对相互脱离的思想的鲜明对照。它不是一个脱离的意象，而是一个捆绑的意象、一个团结的象征。那九位骑在同一根原木上的女人像诗人内心情感的一种外露——每一位都可以看成是一个新的开端，然而每一个开端又是这个连续整体的一个部分，是一种破碎的连续，一种将相互脱离的事物重新连接起来的新的秩序、新的延续、新的活力……真可谓“那单纯、紧凑、衔接得很好的结构，我自己是从中脱离的一个，人人都脱离，然而都还是这个结构的一部分！”② 威廉斯似乎找到了一种可以戏剧性地表达自己内心情感的方法，尤其是这里“最后一位［妻子］”，也就是这位非洲部落首领的“第一位妻子”；她似乎可以被看成帕特森其城的第一位妻子——那座山。她那“那双辛劳的眼睛/严肃，威吓——但毫不掩饰”，是诗人诗歌创作灵感的源泉：“那第一位妻子，带着长颈鹿般的笨拙/在密集的闪电之中，直刺/一个男人的神秘：总之，一次睡眠，一个/源泉，一个灾难……”③ 显然，威廉斯对“那第一位妻子”的描

① 译自 William Carlos Williams, *Paterson*, New York: New Directions, 1958, p. 13。

② ［美］惠特曼：《草叶集》，赵萝蕤译，上海译文出版社 1991 年版，第 277 页。

③ William Carlos Williams, *Paterson*, New York: New Directions, 1958, p. 21.

写可谓为拉马波斯这“无序多元而又难以言喻的”生活提供了一个的答案。然而，威廉斯在接下的几页散文中，嵌进了两个与帕塞伊克瀑布紧密相关的死亡故事。

首先，是关于新泽西州纽瓦克市霍珀·卡明（Hopper Cumming）牧师的妻子萨拉·卡明（Sara Cumming）太太的死亡故事。1812 年 6 月 20 日，星期六，卡明牧师驾车带着新婚才两个月的妻子来到了帕特森，目的是他第二天能够带领帕特森当地一个新的教会做礼拜。做完礼拜之后，卡明牧师陪同他心爱的妻子来到帕塞伊克瀑布观光游览。他们登上了一段长长的百级台阶之后，兴致勃勃地开始欣赏瀑布周边那绚丽多彩、充满野性和浪漫的自然景色，然而谁也想不到接下来所发生的一切：“他突然听到一声不幸的叫喊，他转过身来，可是他的妻子不见了！”卡明牧师焦急万分，想即刻跳入瀑布下的万丈深渊去寻找爱妻，幸亏他身边的一位年轻人把他拉了回来。第二天早晨，卡明太太的尸体在瀑布水下 12.8 米的地方被打捞上来。可见，人世间的喜怒哀乐是如此的变幻无常：“一种假的语言。一种真的。一种假的语言倾吐着——一种语言（被误解）倾吐着（被错误地解释）没有尊严，没有牧师，哗啦啦一声巨响砸在了一个石头耳朵上。”① 卡明太太的死真可谓突如其来，“没有尊严，没有牧师”，她就像瀑布上的一朵水花“哗啦啦一声巨响砸在了一个石头耳朵上”，然而她的丈夫霍珀·卡明先生又恰好是一位牧师。显然，诗人在此是一语双关，仿佛卡明牧师那滔滔不绝的布道声就像那滔滔不绝的瀑布声一样，虽然美丽动人，但终究也是一种“被误解”或者“被错误地解释”的语言，无法挽救他妻子的性命。

其次，是帕特森一家棉纺厂的老板萨姆·帕奇（Sam Patch）的死亡故事。萨姆·帕奇是一个全国著名的高空跳水者。为了证明自己超凡的胆识和技能，他曾经多次在全国各地的“悬崖、船桅、岩石、桥梁上成功跳水”。有一次，为了与别人一比高低，居然从瀑布上的一个制高点，闪电般地跃身跳下那漆黑的万丈深渊：

① William Carlos Williams, *Paterson*, New York: New Directions, 1958, p. 15.

河水源源不断地倾泻
从瀑布上一块块巨石的边缘，哗啦啦
的水声充满他的双耳，无法解释。
真是一大奇观！

他“没有犯错！”于是，他宣布他将于1829年11月13日，从杰纳西河（Genesee River）上38.1米高的瀑布上往河里跳。结果，当这一天来临时，观光者成群结队地从美国和加拿大四处云集而来，都想亲眼见证这一奇迹。与往常一样，当萨姆·帕奇在瀑布上出现时，他会习惯性发表一个简短的演说。“一个演说！可是他如何说才好呢？难道他必须用这么一次不要命的跳跃来结束这次演讲吗？说着，他一头跳下瀑布的河水。可是，他的身体并没有像一个测深锤一样垂直下落，而是在空中摇晃了一下——他说不出话来，感到十分茫然。词语变得干巴巴的，毫无意义。萨姆·帕奇没有犯错！他侧着身子，栽入水中，并随之消失。//观光者们全都站着，看得出神，全都目瞪口呆。//直到第二年春天，他那冰冻的尸体才在一块冰块上被找到。”①

萨拉·卡明太太的死亡纯属于偶发的悲剧事件，是不以人的意志为转移的，体现了人们生命中存在着许多不确定的、不可控的、不可预测的因素及其悲剧性的结果，但是萨姆·帕奇先生的死亡就有所不同，他先前的高空跳水表演都是经过精心策划的，而且都是成功的，他也因此成为“一位民族英雄”。然而，萨姆·帕奇对生命的挑战似乎象征着威廉斯对诗歌创作的挑战。人类任何伟大的壮举总是伴随着创新的冒险，成功与失败是相对的，机遇与危险往往并存。萨姆·帕奇之前成功的高空跳水表演说明他善于把握机遇，并且能够凭借自己的勇气和能力掌握自己的命运。这是他成功的秘诀。那么，萨姆·帕奇为什么最终死于非命呢？当我们看到帕奇先生“说不出话来”的时候，我们自然而然地会联想到诗人威廉斯在此究竟要告诉我们什么？难道他也像艾略特笔下那位普鲁弗洛克一样，

① William Carlos Williams, *Paterson*, New York: New Directions, 1958, p. 17.

被“一个重大问题”[①] 搞得惶惶不可终日？实际上，萨姆·帕奇的“话”就是诗人威廉斯的话——“那语言”，而帕奇的形象似乎就是长诗《帕特森》中帕特森其人的一个性格缺陷，象征着“一种虚假语言”给现代人带来的悲剧性结果。此外，威廉斯在此似乎是有意识地把自己创作长诗的宏愿与萨姆·帕奇的冒险行为联系起来。本杰明·桑基（Benjamin Sankey）发现威廉斯曾经在小说《伟大的美国小说》（*The Great American Novel*）中描写过一个男孩试图从3.7米高的地方跳入水中的情形：“他平生从来没有从这么高的地方跳过水。他已经爬上了那个地方去跳水，他必须决定跳还是不跳。不跳可以吗？至少他不大想退缩。他尽最大的努力，模仿别人，站在边缘并跳下河里。他似乎一头栽入水中，但实际上他仅仅是从河边坠落水中，几乎全身弯曲，他的大腿、下腹和脑袋一起砸在水面上，疼痛不已；当他从水中站起来的时候，他顿时觉得没有知觉，过了好一阵子，他才逐渐开始恢复记忆。”[②] 可见，威廉斯始终在担心自己的诗歌创作所面临的危险，毕竟他要开辟的诗歌创作道路不仅与19世纪美国的传统不同，而且也与20世纪激进的先锋派诗歌风格不同。威廉斯是有意识地在努力创造一种全新的诗歌语言和诗歌形式，一种刻意追求的极度强烈的即兴创作感觉。

第五节 “没有方向，往何处去？”

《帕特森》第1章第2、3节中的主角帕特森其人是一位诗人，并且与帕特森其城融为一体，能够听见那“滔滔河水的咆哮声/永远在我们耳边（待做的事）/诱人患困并让人沉默，那永恒/昏睡的咆哮……挑战着/我们的觉醒——”[③]。然而，这一江滔滔不绝的河水究竟流向何方？诗人帕特森似乎已经找到了答案：

---

① T. S. Eliot, “The Love Song of J. Alfred Prufrock”, in *The Complete Poems and Plays 1909 – 1950*, New York: Harcourt, Brace & World, 1971, p. 3.

② Benjamin Sankey, *A Companion to William Carlos Williams’s*, Paterson, Berkeley: University of California Press, 1971, p. 46.

③ William Carlos Williams, *Paterson*, New York: New Directions, 1958, p. 18.

没有方向，往何处去？我
不能说。我不能说
除了如何。其方法（号叫）只是
让我随意使用（建议）：注意——
比石头更加冰冷。

一朵花蕾，永远翠绿，
紧紧地蜷曲着，丢在路旁，完美的
汁液和果肉，但是与它的伙伴们
隔离开了，隔离开了，掉在地上——

　　　　　　　　隔离是
我们这个时代知识的符号，
隔离！隔离！①

在威廉斯看来，“隔离”已经成为“这个时代知识的符号”，知识的代名词。因为知识已经与现实生活相隔离，与社会实践相隔离，与人的生命相隔离，所以知识已经无法自由地传播，无法从现实生活和社会实践中获得滋润知识本身的养分，也就不能成为人们生命力量的源泉。惠特曼在《我自己的歌》中说：“书架上也挤满了芳香，/我自己呼吸了香味，认识了它也喜欢它，/其精华也会使我醉倒，但我不容许这样。”因为他所期盼的“顺乎自然，保持原始的活力”②。可见，威廉斯多少是受到惠特曼的影响的，知识被奇妙地比喻成一朵含苞欲放的翠绿花蕾，充满生机，充满着“完美的/汁液和果肉”，“但是与它的伙伴们/隔离开了，隔离开了，掉在地上”，“紧紧地蜷曲着，丢在路旁”，生死孤独，已经永远失去了绽放的希望。那么，这一意象意味着什么呢？显然，威廉斯是在把自己的命运与这朵含苞欲放却又被隔离开来的翠绿花蕾相联系，因为诗人的责任就在于给他自己身边这个具体存在却又无声

① William Carlos Williams, *Paterson*, New York: New Directions, 1958, p. 18.

② ［美］惠特曼：《草叶集》，赵萝蕤译，上海译文出版社1991年版，第60页。

无语的客观世界寻求一个声音、一种语言、一种表达方式，否则他的诗歌创作就意味着失败，诗人自己也就意味着一种死亡。这样看来，这朵与大自然相互隔离的花蕾，虽然"翠绿"而且含苞欲放，但实际上象征着一种孤独，因为它已经被切断了生命的源泉。可见，威廉斯还是在担心自身的成长会被禁锢在一个缺乏鲜活文化的社会之中。虽然我们可以把这朵翠绿的花蕾看成帕特森其人的多个妻子之一，但是这位如花似玉的妻子与她的丈夫帕特森其人仍然是相互隔离的；虽然这一江"滔滔河水的咆哮"象征着人生的长河，但是它同时提醒着诗人自身生命的局限："尚未成熟的欲望，不负责任的，翠绿的，/用手摸起来比石头更加冰冷的，/尚未预备好的——挑战着我们的觉醒。"①

不仅如此，除了这朵翠绿花蕾之外，威廉斯紧接着描写了两位年轻美貌的姑娘，其中一位从灌木丛中折取了一根没有叶子的柳枝，枝上长满了绿蕾，她一边挥舞着柳枝，一边喊道："难道它们不美丽吗？"她的喊声仿佛宣告了复活节的来临！复活节是春天最重要的节日，大地复苏，万物重生。然而，这两位年轻美貌的姑娘与前面所描写的那朵含苞欲放的绿蕾不无相似之处。它们似乎同样代表着一种"尚未成熟的欲望"。春回大地，生机勃勃，两位姑娘欣喜若狂，但是她们的叫喊声并非一种恰当的语言表达，于是威廉斯干脆把她的叫喊描写成：

隔离（那
语言结结巴巴说不出口）

尚未成熟的：

从两位张开大嘴巴的姐妹口中
复活节诞生了——大声地呼喊，

隔离！②

---

① William Carlos Williams, *Paterson*, New York: New Directions, 1958, p. 18.

② Ibid., p. 22.

这里的“隔离”指这个时代的知识与这个时代的人民相“隔离”！诗人用来描写两位姑娘在空气中飘游的语言酷似那从瀑布边缘飞泻而下的万丈水花。两位姑娘“穿行/在她们自己中间，在沉重的/空气之下，在一层层半透明的螺旋水雾之中”。她们那“清纯悬垂的头发”就是那瀑布上飞泻悬荡的水花。就这样，通过与瀑布河水意象的捆绑，诗人将这两位姑娘与鲜花联系起来，既展示了姑娘们的年轻美貌，又让她们意识到自己的生命是有限的，她们缺少一种能够与时间抗衡的语言。不仅如此，诗人自己似乎也意识到生命的短暂和局限，并且用一朵青绿色的玫瑰作为象征，强调艺术的永恒和人生的短暂：

你好奇怪，简直就是一个白痴！
因此你以为，因为玫瑰是红的
所以你毫无疑问地了解了一切？
这朵玫瑰是绿的并将开出花来，
要超过你，绿色的，青绿色的，
当你说不出话，或者尝不出味，
甚至死亡的时候。我整个生命
始终关注局部的胜利，太久太久了。[①]

诗境至此，先前那朵被“丢在路旁”的“翠绿花蕾”已经被一朵“青绿色的”玫瑰所代替，而且这朵玫瑰还要“超过”诗人，要活得比诗人更加长久，因为那朵绿蕾已经“与它的伙伴们/隔离开了，隔离开了，掉在地上”。它已经与其生命的源泉相隔离，已经失去了绽放的机会，不可能再开出花来了。然而，这朵青绿色的玫瑰将会开出绚丽的花朵，因此它还没有完全展示它所有的潜能，而且它似乎将青春常在，它不需要遵循花开花谢的自然规律。更加发人深思的是其语言酷似第2章结尾诗人的一段祈祷诗文：

这世界为我

① William Carlos Williams, *Paterson*, New York: New Directions, 1958, p. 30.

展开，就像花儿在我面前绽放
又像一朵玫瑰在我的面前凋谢——

枯萎并且坠落到地上
然后腐烂，然后再被吸收
然后再开出花来。但是你
将远不凋谢——而且永远
绽放在我之上。①

在这段祈祷诗中，威廉斯是在祈求那位永恒存在于变幻莫测的大千世界中的真神。诗人把神比作一朵玫瑰，它花开花落，凋谢枯萎，却每每开出新的花朵，因此玫瑰象征着一种能够在变幻之中保持本色的自然规律。它象征着一个充满自然变化的大千世界，同时代表着诗人存在的价值和作用，因为诗人眼前这个五彩缤纷的世界就像花朵一样在他的面前绽放，也同样在他的面前消失。本杰明·桑基认为玫瑰在《帕特森》中常常被威廉斯用来表示诗人自身以外的客观世界。② 因此，那朵“红的”玫瑰象征着眼前这个貌似成熟的世界，而那朵“青绿色的”玫瑰似乎并不代表眼前的世界，而是象征着一个永恒青春的世界，它将“永远/绽放在我之上”。

总之，威廉斯的《帕特森》中的帕特森，“其城/其人”，是“一种身份”，“相互渗透，双向的”，酷似惠特曼《草叶集》中的沃尔特·惠特曼，“一个美国人，一个粗人”，但同时又是“一个宇宙”。爱默生曾说：“这个世界主要的辉煌壮举就是造就了一个人……因为一个人包含着所有人的性格特征。”可见，爱默生心目中这个“包含着所有人的性格特征”的“一个人”在惠特曼笔下不仅是“一个美国人”，而且包罗“一个宇宙”，而在威廉斯笔下，这“一个人”又进一步与一座“城市”相互认同。

---

① William Carlos Williams, *Paterson*, New York: New Directions, 1958, p. 75.

② 参见 Benjamin Sankey, *A Companion to William Carlos Williams's*, Paterson, Berkeley: University of California Press, 1971。

第四篇

20 世纪美国后现代主义诗歌

第十五章

“不变的/是变的意志”：奥尔森的投射诗《翠鸟》*

虽然《翠鸟》（*The Kingfishers*）一诗是查尔斯·奥尔森（Charles Olson）的艺徒之作，但是它代表奥尔森早期诗歌创作的最高成就，是奥尔森“对投射诗理论的第一次重大检验，也是最成功的一次”①，常被批评家当作奥尔森的成名作，以及长诗《马克西姆斯诗篇》（*The Maximus Poems*）的前奏曲。1950 年，奥尔森发表了《投射诗》（“Projective Verse”）一文，对“开放诗”诗学理论进行了原创性的思考。他认为，除了庞德与威廉斯以外，当时的美国诗歌仍属于“封闭诗”，因此他主张用一种更加开放的“原野创作”（composition by field）来振兴当代诗歌语言。奥尔森利用“事物动力学”（kinetics of the thing）的原理来解释诗歌创作的源泉、本质及其艺术效果问题。他认为，“一首诗是一个诗人所得到的并通过诗本身直接传送给读者的能量。因此，诗歌时时刻刻都必须是一个高能结构，处处都应该是一个能量发射器”②。这种艺术创作与受某种力量作用的“力场”（field of force）一样，必须包容各种压力，包括可能来自诗人内心深处的、个人的、情感的压力和可能来自社会的，民族的、时代的、政治的、宗教的压力。“这些压力形成了诗人创作时独特的心理状态：当诗人将自我摆放在一个开放的‘原野’上时，他实际上已经身不由己，无法控制自我内心

---

* 本章主要内容曾以“‘不变的/是变的意志’：评查尔斯·奥尔森的投射诗《翠鸟》”为题，发表于《外国文学》2017 年第 5 期。

① 彭予：《二十世纪美国诗歌》，河南大学出版社 1995 年版，第 297 页。

② Charles Olson, *Collected Prose*, Donald Allen ed., Berkeley: University of California Press, 1997, p. 240.

的理智与情感，而只能敞开胸怀，将整个内心世界诉诸诗的力量。”[①] 此外，在《翠鸟》一诗的创作中，奥尔森汲取了庞德、艾略特、威廉斯等美国现代主义诗人诗歌创作的艺术养分，努力学习庞德所倡导的“意符法”（ideogrammatic method），大胆地尝试拼贴和并置等现代主义艺术手法，最大限度地让诗歌投射出更加丰富的联想，借古讽今，对照和揭示人类文明与文化在不同民族之间和不同历史时期的差异与发展变化，重新审视现当代美国诗歌创作与诗学理论发展的一种重要的艺术取向。

第一节　“唯有变才是不变的”

《翠鸟》一诗开篇点题：“不变的/是变的意志。”[②] 古希腊唯物主义哲学家和辩证法奠基人赫拉克利特（Heraclitus）曾经有过一个著名的逆说悖论：惟有变才是不变的，而奥尔森的这一行诗实际上是对赫拉克利特这一悖论的“微妙误译”（subtle mistranslation）[③]。显然，奥尔森关于“不变的/是变的意志”这一观点与赫拉克利特关于“一切都在流动变化之中”[④] 的唯物辩证思想是分不开的。赫拉克利特曾经十分形象生动地用奔腾不息的河水来说明世界上一切事物都在不断地运动和变化，不断地产生和消亡。他说：“你不能两次踏进同一条河。”[⑤] 因为“新的水流将不断地向你奔流而来”[⑥]，因此“我们踏进又踏不进同一条河，

① 黄宗英：《抒情史诗论》，北京大学出版社 2003 年版，第 74 页。

② 原文：“What does not change/is the will to change。”本书中《翠鸟》一诗的译文均由笔者译自 George F. Butterick ed.，*The Collected Poems of Charles Olson*，Berkeley：University of California Press，1997，pp. 86 – 93。原文参见 Charles Olson，*Archaeologist of Morning*，New York：Crossman Publishers，1973。

③ Guy Davenport，“Scholia and Conjectures for Olson's ‘The Kingfishers’”，*Boundary 2*，Ⅱ. 1 & 2，1973 – 1974，p. 252.

④ 原文：“Everything is in a state of flux。”Bertrand Russell，*The History of Western Philosophy*，New York：Simon & Schuster，1945，p. 41。

⑤ 原文：“You cannot step twice into the same river。”Bertrand Russell，*The History of Western Philosophy*，New York：Simon & Schuster，1945，p. 45。

⑥ 原文：“for fresh waters are ever flowing in upon you。”Bertrand Russell，*The History of Western Philosophy*，New York：Simon & Schuster，1945，p. 45。

我们存在又不存在”①。这些哲学史上的名言说的都是同一个哲理：一切皆流，万物皆变。由于宇宙万物永远处于运动和变化之中，固定不变的事物是不存在的，因此运动和变化是绝对的和普遍存在的。显然，赫拉克利特这些朴实的格言包含着辩证法的伟大真理。恩格斯（Friedrich Engels）曾说：“当我们深思熟虑地考察自然界或人类历史或我们自己的精神活动的时候，首先呈现在我们眼前的，是一幅由种种联系和相互作用无穷无尽地交织起来的画面，其中没有任何东西是不动的和不变的，而是一切都在运动、变化、产生和消失。这个原始的、素朴的但实质上正确的世界观是古希腊哲学的世界观，而且是赫拉克利特第一次明白地表述出来的：一切都存在，同时又不存在，因为一切都在流动，都在不断地变化，不断地产生和消失。”②

奥尔森研究专家伯德（Don Byrd）说：“这首诗歌讲清了这样一个事实，那就是奥尔森和他同时代的人所继承的人类积累而成的浩瀚知识不仅没有延长人类生命的道路，也没有拓展人类生存的空间，反而形成了体现人类文化完全枯竭的种种障碍、混乱和荒原。”③ 他认为，《翠鸟》一诗是奥尔森对庞德《比萨诗章》（*The Pisan Cantos*）和艾略特《四个四重奏》的一个直接回应，因为该诗中的某些诗行原出庞德的《比萨诗章》，而奥尔森笔下的翠鸟意象也与《四个四重奏》中的翠鸟意象及赫拉克利特的哲学思想有关。综观全诗，奥尔森所谓“变的意志”是针对“不变”的现实问题而提出的。④ 那么，奥尔森究竟是如何“回应”庞德和艾略特的呢？笔者认为，奥尔森选择了一条与威廉斯相似的诗歌创作道路。他并非一味地追随庞德和艾略特，去挖掘中西方传统诗歌及其语言的艺术创新和艺术魅力，而是对他自己生长的故土充满信心，不遗余力地去挖掘美国本土的、具体的、地方性的文化内涵，并

---

① 原文：“We step and do not step into the same rivers; we are, and are not。” Bertrand Russell, *The History of Western Philosophy*, New York: Simon & Schuster, 1945, p. 45。

② 《马克思恩格斯全集》第20卷，人民出版社1970年版，第18页。

③ Don Byrd, *Charles Olson's Maximus*, Urbana, Chicago and London: University of Illinois Press, 1980, p. 9.

④ 参见 Don Byrd, *Charles Olson's Maximus*, Urbana, Chicago and London: University of Illinois Press, 1980。

以此来丰富后现代主义时期美国诗歌理论和诗歌创作。在奥尔森看来，“不变的/是变的意志”，换言之，“变的意志”是“不变的”，变是绝对的，不变没有出路。当然，变不仅是时间和地点的简单变化，而更重要的是空间意义上的变化；变的目的和意义不仅是一种物质变化，更是一种精神变化，是一种能够给人们的生命带来思考和启示意义的展示或者揭示。

《翠鸟》一诗分为 3 个篇章，共 190 行。第 1 篇章分为 4 章，共 128 行，每 1 章又分为若干诗节；第 129 至 171 行构成第 2 篇章；第 172 至 190 行为第 3 篇章。那么，开篇点题之后，奥尔森又是如何对“变的意志”展开讨论的呢？

> 他醒了，穿着衣服，在床上。他
> 只记得一件事，那两只鸟儿，他
> 进来之前，在几间屋里来回地转
> 把它们赶回鸟笼。先是绿的那只，
> 她一只腿瘸了，然后是蓝的那只，
> 就是他们一直希望是公的那只鸟。①

这是《翠鸟》一诗第 1 篇章第 1 章的第 2 节。它多少有点令人费解。虽然我们不知道诗中人“他”是在何时何地又是为何“醒来”的，但是我们知道他脑子里“只记得一件事”，那就是他已经把一对“鸟儿”“赶回［了］鸟笼”。奥尔森笔下的这两只翠鸟已经被关进了“鸟笼”，失去了行动的自由，似乎变化也就成了无本之木、无源之水，无从可谈了。然而，有意思的是它们当中“绿色的那只”是雌性的（she），而“蓝色的那只”却是雄性的（male），因此生命的繁衍象征着无限的可能。此外，这对失去自由的翠鸟的意象让我们想起了艾略特“燃毁的诺顿”第 4 部分中那只“翠鸟的翅膀”的意象：

---

① George F. Butterick ed. , *The Collected Poems of Charles Olson*, Berkeley: University of California Press, 1997, p. 86.

时间和钟声掩埋了白天，
乌云卷走了太阳。
向日葵将转向我们？铁线莲将低头
向我们弯下？藤蔓的卷须和花枝将
缠绕和抱住？
冷得发抖的
紫杉手指将弯
下来抓住我们？当翠鸟的翅膀
向着道道光芒做出回答并安静下来之后，光是静止的
在这个旋转世界的静点之上。[1]

虽然艾略特《四个四重奏》的第4部分就这么10行诗，但是其中的意味却十分深刻。诗中的花和树也都具有象征意义。张子清教授认为：“向日葵是阳光之花，铁线莲一般被称为处女的闺房，紫杉象征死亡。”[2] 虽然此时此刻“时间和钟声［已经］掩埋了白天”，但是夜晚并不意味着没有欲望；虽然“乌云［已经］卷走了太阳”，但是太阳的消失并不意味着光明的消失。[3] 不仅如此，这节诗中最为形象生动的意象当推那只“向着道道光芒做出回答”的“翠鸟的翅膀”，因为翠鸟在此不仅向着永恒不变的光芒飞去，而且翠鸟本身就是那永恒不变的光芒。如果我们把翠鸟这一英文单词 kingfisher 的前后两个构词词素进行对调，就成了 fisher-king，中文意思为“渔王”。张子清教授认为，“这就使人自然地想起艾略特《荒原》中提到的渔王，在基督教传说中，又与耶稣相关联。耶稣称他的使徒为‘人的渔夫’（即传教士）”[4]。这么看来，翠鸟作为基督耶稣的一个传统意象，就成了一种永恒不变的象征。

---

① 译自 T. S. Eliot, *The Complete Poems and Plays 1909 – 1950*, New York: Harcourt, Brace & World, 1971, p. 121。

② ［美］艾略特：《四个四重奏》，张子清译，载陆建德主编《艾略特文集·诗歌》，上海译文出版社 2012 年版，第 121 页。

③ 参见张剑《T. S. 艾略特：诗歌和戏剧的解读》，外语教学与研究出版社 2006 年版。

④ ［美］艾略特：《四个四重奏》，张子清译，载陆建德主编《艾略特文集·诗歌》，上海译文出版社 2012 年版，第 241 页。

那么，艾略特笔下的翠鸟，虽然面临茫茫黑夜，但是仍然可以飞向永恒的光芒，是连接光明与黑暗、灵魂与肉体、物质与精神的使者。因此，奥尔森笔下的翠鸟虽然已经被关进了鸟笼，但是生命的繁衍不仅预示着变化的可能，而且也象征着永恒的变化。

第二节　“曙光/就在/前头”

奥尔森为什么有如此强烈的求变意识呢?《翠鸟》第1篇章第1章第3节中出现了一个“口齿不清”的费尔南德（Fernand），“谈论了阿尔伯斯和吴哥寺”。阿尔伯斯（Joseph Albers）是一位包豪斯建筑学派的画家（Bauhaus painter），追随由德国出生的美籍建筑师沃尔特·格罗皮厄斯（Walter Gropius）所创立的包豪斯建筑学派的绘画风格；1948年秋季，时任黑山学院执行院长的阿尔伯斯邀请奥尔森访问黑山学院并给华盛顿写信，举荐奥尔森接替他的黑山学院院长职位。[①] 吴哥寺（Angkor Vat），又称吴哥窟（Angkor Wat）是柬埔寨古代石构建筑和石刻浮雕最杰出的代表之作，而吴哥古迹与中国的万里长城、埃及金字塔及印度尼西亚婆罗浮屠合称为东方世界的四大奇观。费尔南德是一位当代的拉丁美洲人，貌似热爱艺术但实则涉猎肤浅；对他来说，“文化就是适宜于一个半瓶醋的文化人在鸡尾酒会上喋喋不休的瞎聊”[②]。其实，费尔南德酷似艾略特《阿尔弗莱德·普鲁弗洛克的情歌》（*The Love Song of J. Alfred Prufrock*）中那些虚伪浮华的上流社会女子。她们能够在屋子里脚步不停地来回穿梭的同时，嘴里却谈笑风生，不停地谈论着文艺复兴时期意大利雕塑家米开朗琪罗（Michelangelo）的巨幅绘画。艾略特是借用米开朗琪罗作品中那些品格完美的古希腊女先知的形象，来调侃和讽刺现代社会上层女子荒诞无稽的文化追求。奥尔森的目的似乎也在于此。同时，奥尔森笔下的费尔南德也很像《情歌》中的主人公普鲁弗洛克。他生性怯懦、缺乏自信，而且同样有一个难以启齿、不愿

---

① 参见 Tom Clark, *Charles Olson*: *The Allegory of a Poet's Life*, New York: W. W. Norton & Company, 1991。

② 英文原文：“culture is a dilettante's cocktail chatter。” Robert von Hallberg, *Charles Olson*: *The Scholar's Art*, Cambridge: Harvard University Press, 1978, p. 20.

为世人所知的内心隐秘，脑子里似乎也始终转着“一个重大问题”[①]：“翠鸟呀！/如今/有谁喜欢/翠鸟的羽毛?”[②] 艾略特笔下的普鲁弗洛克没有勇气向情人表白爱情，饱尝欲望的折磨，忍受孤独的煎熬；他犹豫、迟疑，但他头脑清醒，知道自己已经“被钉在墙上挣扎”[③]，只是没有能力把握自己的命运，只能“用咖啡勺量尽［他］的人生”[④]。同样，奥尔森笔下的费尔南德似乎也无法与人沟通，他甚至“不辞而别，离开了宴会”[⑤]，而且他似乎也在忍受孤独的煎熬，同样无法把握自己的命运：“趁着朦胧的夜色，他已经悄悄地沿着墙根溜达了出去，并消失在/一片废墟中的一个缝隙之中。”[⑥] 当我们“听着他/重复一遍，又重复一遍，但是摆脱不了这个念头”[⑦] 的时候，我们又想起了艾略特《情歌》中在“一百种幻象和更改的幻象”，以及“决定与修改的决定”[⑧] 中挣扎的普鲁弗洛克。奥尔森笔下的费尔南德与他所生活的时代和社会似乎格格不入，与他的同时代人没有共同的语言，人们可以“围着他坐成一个圆圈”[⑨]，但是他们只是“感到惊讶，相互望着，傻傻地笑了笑”[⑩]，因为“池塘里全是泥”[⑪]，人们根本就改变不了什么。艾略特笔下的现代“荒原”表现为大地苦旱，人心枯竭，而奥尔森笔下的这个后现代社会已变成了一个“全是泥”的大池塘，而生活在其中的人们同样面临虽生犹死、生不如死的生命观景。

---

① T. S. Eliot, *The Complete Poems and Plays 1909 - 1950*, New York: Harcourt, Brace & World, 1971, p. 3.

② George F. Butterick ed., *The Collected Poems of Charles Olson*, Berkeley: University of California Press, 1997, p. 86.

③ T. S. Eliot, *The Complete Poems and Plays 1909 - 1950*, New York: Harcourt, Brace & World, 1971, p. 5.

④ Ibid..

⑤ George F. Butterick ed., *The Collected Poems of Charles Olson*, Berkeley: University of California Press, 1997, p. 86.

⑥ Ibid..

⑦ Ibid..

⑧ T. S. Eliot, *The Complete Poems and Plays 1909 - 1950*, New York: Harcourt, Brace & World, 1971, p. 5.

⑨ George F. Butterick ed., *The Collected Poems of Charles Olson*, Berkeley: University of California Press, 1997, p. 86.

⑩ Ibid..

⑪ Ibid..

因此，面对这么一个病入膏肓而且看不到任何生命意义的后现代社会，奥尔森在《翠鸟》第2章第1节中，开出了三个可能产生特殊疗效的秘方：一块石头上的E字、一句毛泽东语录和一只翠鸟，而且诗人让这三个具体、普通却貌似毫无关联的意象相互交叉出现在这一节诗歌的开头：

我想起那块石头上的E字，和毛的话
“曙光
　　　　　　　　但是那只翠鸟
就在
　　　　　　但是那只翠鸟西飞
前头!”
……
毛的结论是：
　　　　　　我们
　　　　　　　　　　应该
　　　　　　　　　　　　　努力!①

毛泽东在此扮演了“变”的主角；他的哲学是斗争的哲学，是变革的哲学：“曙光/就在/前头。”而他的哲学基础是唯物辩证的：“我们/应该/努力。”奥尔森这里的前6行诗引自1948年12月30日毛泽东为新华社写的新年献词《将革命进行到底》中的两句话。在文章中，毛泽东明确指出，必须“用革命的方法，坚决彻底干净全部地消灭一切反动势力”②。毛泽东坚信新时期推动历史前进的动力是在东方，而不在西方；中华民族伟大复兴的时期已经到来；“一切反动派都是纸老虎”③。虽然奥尔森在此把毛泽东的重要论断嵌入自己的诗歌，但是这并不意味着奥尔森选择共产主义革命作为变革意志的政治方向，而是因为毛泽东

① George F. Butterick ed., *The Collected Poems of Charles Olson*, Berkeley: University of California Press, 1997, p. 87.

② 中共中央党史研究室:《中国共产党历史》上卷，人民出版社1991年版，第805页。

③ 同上书，第711页。

的革命思想正好迎合了奥尔森寻求变革诗歌创作语言与形式的艺术追求。奥尔森所倡导的变革是历史变革，而非政治变革；他的诗歌语言不局限于某个特定的历史时刻，也不局限于任何特定的阶级；他把毛泽东当作一个行动主义的代表，一个渴望变革的代表人物；他并不在乎政治变革，而仅仅把变革当作变化的最终目的。

在第 3 章中，奥尔森同样采用了拼贴和并置的手法，把 4 种不仅背景截然不同而且表面上看风马牛不相及的文化兴衰或者文化裂变现象前后排列：（1）柬埔寨最著名的佛教遗址吴哥寺；（2）因阿波罗神庙而闻名的古希腊城市特尔斐（Delphi）；（3）墨西哥阿兹特克皇帝蒙提祖马（Montezuma）；（4）当代美国。比如，在这一章的开篇，奥尔森为我们展示的是 4 行长短不一、排列随意的诗歌：

当注意力发生变化时/林莽
突现
　　甚至连石头都裂开
　　　　　　　它们破碎①

这是奥尔森对吴哥文化衰败的描写。早在 9 至 15 世纪，吴哥是柬埔寨真腊王国吴哥王朝的国都；吴哥寺是柬埔寨古代石构建筑和石刻浮雕艺术的最高成就，是柬埔寨最著名的佛教遗址。公元 1431 年，因暹罗（泰国）军队入侵，吴哥遭受严重破坏，国都南迁金边，吴哥故都废弃。在随后的几百年中，吴哥古迹湮没于林莽之中，直到 19 世纪才被重新发现，后经清理、修复和保护得以面世。奥尔森笔下这寥寥 4 行诗歌叙写了古代吴哥文化因为外来武力入侵而遭受灾难性破坏的历史事实。吴哥古迹已经满目疮痍，湮没于林莽之中。值得注意的还有诗歌原文中“attentions”一词以复数形式出现，可以解释和翻译为人们的“注意力”“关注点”“关心的事”等。可见，奥尔森是要用这种全新的隐喻性诗歌书写方式，来提醒人们应该时刻保持一种文化警惕，以维护民

① George F. Butterick ed., *The Collected Poems of Charles Olson*, Berkeley: University of California Press, 1997, p. 88.

族传统文化的稳定和发展。

那么，那个“E字”的图征又做何解释呢？伯德认为，虽然奥尔森对“那块德尔斐石头上那个神秘的E”① 字形的图征并没有解读，只是说它“如此粗糙地刻在那块最古老的石头上”，而且“过去以别的方式敲响，/听起来的声音也不同”②，但是它是一个古老的象征符号，“代表神话里相似的符号和实物”③。德尔斐遗址位于希腊中部的帕尔纳索斯山麓，因居住在该地的德尔斐族人而得名，是希腊古典时代的宗教遗址。遗址的阿波罗神庙最著名，被希腊人尊为世界中心之所在，在古代崇拜极盛。虽然诗中人费尔南德也没有暗示那个“E字”形的寓意，但是他十分明白自己生活在现代社会的“一片废墟中的一个缝隙之中”④，就像艾略特笔下的普鲁弗洛克一样，“用咖啡勺量尽［他］的人生”⑤，仿佛古老的文明对于现代人来说已经不再有生命的启示。彭予教授在介绍该诗的时候引用过奥尔森晚年在大学课堂上说的一句话：“我们同所有曾是最熟悉的东西疏远了。”并且认为这句话有三个层面的意思：“（1）我们不再用手挤牛奶、靠打猎为生或自己动手织布盖房；（2）我们抽空了想象符号的内容，把诗歌同音乐分开，把宗教画悬在博物馆里；（3）现代文化愚不可及，不像古代文化那样有锐利的批评工具去解剖现实。”⑥ 奥尔森的这句话让我们想起了爱默生《自然》（*Nature*）一文开篇的一系列扣问：“为什么我们就不能够同样享受与宇宙大地的原始联系呢？为什么我们就不能够拥有一种不是传统而富有洞察力的诗歌和哲学呢？”⑦ 实际上，奥尔森与爱默生一样，也是在寻求一种新的

---

① Don Byrd, *Charles Olson's Maximus*, Urbana, Chicago and London: University of Illinois Press, 1980, p. 12.

② George F. Butterick ed., *The Collected Poems of Charles Olson*, Berkeley: University of California Press, 1997, p. 87.

③ 张子清：《20世纪美国诗歌史》第2卷，南开大学出版社2018年版，第724页；参见《二十世纪美国诗歌史》，吉林教育出版社1995年版。

④ George F. Butterick ed., *The Collected Poems of Charles Olson*, Berkeley: University of California Press, 1997, p. 86.

⑤ T. S. Eliot, *The Complete Poems and Plays 1909 – 1950*, New York: Harcourt, Brace & World, 1971, p. 5.

⑥ 彭予：《二十世纪美国诗歌》，河南大学出版社1995年版，第298页。

⑦ 同上。

表达方式来讴歌“新的土地、新人和新的思想”[①]。然而，奥尔森又不像爱默生那样主张回归到“与宇宙大地的原始联系”上去，他的视野更加开阔，理想更加远大，他看到了事物之间的不连续性，主张越过这些历史文化的不连续性，并从中窥见和汲取人类文明共同的精神“宝贝”：“就像，在另外一个时期，被当作宝贝使用那样：/（而且，后来，再后来，一个美妙悦耳的思想/一件红色外套）。”[②]

众所周知，世界上不同时期和不同地区的文化传统是不连贯的。正如墨西哥阿兹特克人与当代美国人之间的文化传统是完全不同的一样，墨西哥阿兹特克皇帝蒙提祖马（Monctesuma）与西班牙殖民者科尔特斯（Hernando Cortes）之间的文化传统也是完全不连贯的。假如我们用现代人的价值标准来估量阿兹特克人的那“一个大轮盘，金色的，带着些陌生的四脚图形，/而且带着一束束树叶之花，重量/3800 盎司”[③]，那是没有任何意义的。人们显然不能够通过计算重量的方法来估量阿兹特克人祈祷用的黄金大轮盘的价值吧！奥尔森读过罗伯特·佩恩（Robert Payne）的毛泽东传记，并且在读书笔记中特别注意到洪秀全、严复、康有为和孙逸仙（孙中山）四位卓越的革命英雄人物：“当毛泽东于1949年掌握政权之后，他仔细挑选出了这四位应该给予特别尊重的先驱，因为他们是从西方寻求真理的四大先驱。”[④] 由此可见，奥尔森是有意识地要摆脱本民族历史文化传统的束缚，去寻求其他民族文化的优秀传统。这或许就是奥尔森对毛泽东的斗争与变革哲学深感兴趣的原因所在。

在奥尔森看来，人类社会的历史变革也与赫拉克利特所倡导的“一切皆流万物皆变”的思想相吻合。赫拉克利特认为，事物都是对立面的统一，对立面之间是相反相成、相互依存和相互转化的；对立面之间的斗争不仅不是不公正的，而且恰恰相反，对立面之间的斗争是普遍的、

---

① Ralph Waldo Emerson, *The Collected Works*, Vol. 1, Cambridge: Harvard University Press, 1971, p. 7.

② George F. Butterick ed., *The Collected Poems of Charles Olson*, Berkeley: University of California Press, 1997, p. 88.

③ Ibid., p. 89.

④ Robert Payne, *Mao Tse-Tung: Ruler of Red China*, New York: Henry Schumann, 1950, p. 23. 转引自 Robert von Hallberg, *Charles Olson: The Scholar's Art*, Cambridge: Harvard University Press, 1978, p. 21。

正常的，是事物发展变化的动力之所在，因此赫拉克利特说：“战争是万物之父，也是万物之王。”① 在第4章的开头，奥尔森写道：“不是一个死亡而是很多，/不是积累而是变化。”② 尽管这两行诗歌所指不明，令人费解，但是历史事物的发展就是如此。从第3章结尾的诗歌文本中，我们可以判断奥尔森在此是在影射人类历史上发生过的几个变革事件：“在这个时刻，牧师们/（身披黑色棉布礼袍，而且是脏的，/他们凌乱的头发缠结着鲜血，蓬乱地披挂/在他们的双肩上）/在人群中穿梭，呼召人们/去保护他们各自的诸神//而现在到处是战争/那里不久前还是和平，/和那甜美的兄弟情谊，人们种着/耕地。”③ 显然，奥尔森在此利用拼贴手法，穿梭于历史的时空之中，骤然把16世纪和20世纪发生的历史事件相互叠缩，不仅让读者看到了16世纪西班牙殖民者科尔特斯（Hermando Cortés）在美洲大陆屠杀土著墨西哥人的殖民行径，同时又把我们拉回到现代战争的现实之中。虽然墨西哥城的血腥殖民活动、第二次世界大战及毛泽东领导的中国革命性质完全不同，但在人类历史上都算得上是因外来侵略、法西斯战争和人民解放运动所带来的社会变革的典型案例。由于万物皆变来自事物的对立统一，所以奥尔森在诗中说，“反馈证明，反馈就是/规律”④。“当火死气死的时候/无人留下，一个，也没有。”⑤

那么，什么是“火死气死”呢？我们知道，世界的基本规律是向对立面转换的过程，对立面之间不仅是相互依存的，而且是相互转化的。赫拉克利特把火转化为万物、万物又转化为火，看成宇宙的根本规律：“火生于土之死，气生于火之死，水生于气之死，土生于水之死”，“土死生水，水死生气，气死生火”。⑥ 赫拉克利特认为，万物借浓厚化和

---

① 赫拉克利特著作残篇D53，《西方哲学原著选读》上卷，第27页，转引全增瑕主编《西方哲学史》，上海人民出版社1983年版，上册，第51页。

② George F. Butterick ed. , *The Collected Poems of Charles Olson*, Berkeley: University of California Press, 1997, p. 89.

③ Ibid. , p. 88.

④ Ibid. .

⑤ Ibid. .

⑥ 赫拉克利特著作残篇D76，《西方哲学原著选读》上卷，第21页，转引全增瑕主编《西方哲学史》，上海人民出版社1983年版，上册，第50—51页。

稀薄化的原理从火产生而又重新分化为火。所谓“火生于土之死，气生于火之死，水生于气之死，土生于水之死”，指火通过空气浓厚起来变成水，水凝结又变为土，因此就产生了“火—水—土”这么一个下降的过程，在这个下降的过程中火毁灭自身而变为其他东西；而所谓“土死生水，水死生气，气死生火”，指土又溶解变为水，水蒸发变为气，气逐渐干燥化又变成了火，于是有了“土—水—火”这么一个上升过程，在这个上升过程中，其他东西又毁灭自身而变为火。[①] 可见，火既创造自己又毁灭自身，既是创造又是毁灭，而火的毁灭也是其创造的表现，因此万物都是火的转换。所以，奥尔森在《翠鸟》中说：“当火死气死的时候。”这个宇宙世界当然就“无人留下，一个，也没有”，而要“以不变应万变”，当然也“是不可能的”[②]。正因如此，不论“是气生，［还］是/水生，［都］是/一种状态”，都是“在起源与/终结之间，在/出生与又一个恶臭鸟巢的/开始之间”[③] 的一种状态、一个过程，“是［一种］变化，表现出/它原本的东西”；然而，这种变化、这一过程、这种状态，是有条件的，也是有规律的，因为火与万物之间的转换不是任意的，也是有条件和有规律的。假如人们“把它抓得太紧，/当它被压在一起和被压缩时，/［人们就］会失去它//你就是这个东西”[④]。

第三节 “光明是在东方”

早在20世纪初，欧内斯特·费诺罗萨（Ernest Fenollosa）就曾说过：“光中国问题，就是如此巨大，没有一个国家能够忽视。我们在美国尤其应当越过太平洋去正视它，掌握它，否则它就会使我们不知所措。”[⑤] 据张子清的统计，庞德《诗章》中一共出现过93个书法俊秀的

① 参见全增嘏主编《西方哲学史》，上海人民出版社1983年版，上册。

② George F. Butterick ed. , *The Collected Poems of Charles Olson*, Berkeley: University of California Press, 1997, p. 90.

③ Ibid. .

④ Ibid. .

⑤ ［美］埃兹拉·庞德：《比萨诗章》，黄运特译，漓江出版社1998年版，第230页。

汉字（包括少数重复使用）[①]，其中第一个汉字是“信”[②] 字，出现在第34章中。照庞德的理解，“信”字可以图解为一个人站在他所说的话旁边，意思是人应该信守诺言。实际上，庞德是在利用汉字的图征性，来表达“诚实”（fidelity）的寓意，其目的是用他心目中理想化了的代表华夏文明的孔孟之道去匡正美国政府的行为，使美国人民能够做到信守诺言。庞德对孔孟可谓推崇备至，甚至可以说是十分痴迷。在《比萨诗章》中，庞德说“献给国家的礼物莫过于/孔子的悟性”，“整个意大利你连一盘中国菜都买不到”[③]，而在第二次世界大战中对建立反法西斯同盟作出重大贡献的美国总统富兰克林·罗斯福（Franklin D. Roosevelt）也被他影射为一个“对唐史一无所知的傲慢的野蛮人”[④]。那么，毛泽东及其革命思想对奥尔森又有什么启示意义呢？在《翠鸟》一诗的第2篇章结尾，奥尔森是这样刻画当代西方人的生命光景的：

用什么样的暴力赎回了仁慈
什么代价换取了正义的姿态
什么冤屈影响了家庭的权益
什么东西悄悄地让
寂静蔓延

什么样的节操才敢面对这般腐败统治
多么吓人，夜晚和街坊居然腐化堕落
什么东西在这肮脏就是律法的地方繁殖
什么东西在下面
爬动[⑤]

① 参见［美］埃兹拉·庞德《比萨诗章》，黄运特译，漓江出版社1998年版。

② Ezra Pound, *The Cantos of Ezra Pound*, New York: New Directions, 1971, p. 171.

③ Ibid., p. 527.

④ Ibid., p. 446.

⑤ George F. Butterick ed., *The Collected Poems of Charles Olson*, Berkeley: University of California Press, 1997, p. 92.

显然，奥尔森所追求的“仁慈”“正义”“权益”等政治元素仍然是西方民主思想的基本要素，然而奥尔森让读者看到的却是政府的“腐败统治”、现实中的“腐化堕落”，以及“肮脏的律法”仍然在“繁殖”和“爬动”。奥尔森对眼前这个后现代荒原社会的刻画与抨击可谓入木三分，似乎已经永远超越了莎士比亚笔下那“世人的鞭挞和讥讽、压迫者的凌辱、傲慢者的冷眼、被轻蔑的爱情的惨痛、法律的迁延、官吏的横暴和费尽辛勤所换来的小人的鄙视”[①]，也比艾略特笔下西方现代荒原上象征着人性孤独与异化的“一堆破碎的偶像”[②]更加辛辣。奥尔森对当代西方社会的认识不仅包括了莎士比亚文艺复兴时代社会的不公和丑陋，而且也包括了艾略特诗歌中描写“第一次世界大战后整个西方世界所呈现出的一派大地苦旱、人心枯竭的现代‘荒原’景象”[③]。当然，更加重要的是奥尔森笔下的“腐败统治”是“吓人”的、“夜晚和街坊”是“腐化堕落”的，而且原本可以用来医治“腐败统治”和“腐化堕落”的“律法”居然是“肮脏”的，就像一条条无形的蛀虫在腐蚀着整个社会的肌体。实际上，奥尔森在诗歌中已经以他特有的方式发出了变革社会的呼唤：“听吧/听吧，干涸的血在那里谈话，/往日的热爱在那里走动。”[④]值得注意的是诗人笔下的这两个“听吧/听吧”，其英文原文“hear/hear”正好与英文单词“here/here”（这里/这里）的发音完全相同，恰好构成一语双关的修辞效果，仿佛诗中人在说：“这里/这里，干涸的血在这里谈话，/那老胃口在这里走动。”这是奥尔森对当代西方社会人性孤独与异化的极写。

虽然奥尔森不是第一位呼唤美国政府和美国社会重视中国的美国诗人，但是他显得比庞德更接地气，也更加迫切。虽然奥尔森不信仰马克思主义，对毛泽东思想也了解不多，但是毛泽东的出现和中国革命的胜

---

① ［英］莎士比亚：《莎士比亚戏剧》（下），朱生豪译，人民文学出版社2015年版，第480页。

② T. S. Eliot, *The Complete Poems and Plays 1909 – 1950*, New York: Harcourt, 1971, p. 38.

③ 黄宗英：《“灵芝”与“奇葩”：赵萝蕤〈荒原〉译本艺术管窥》，《北京联合大学学报》（人文社会科学版）2014年第3期。

④ George F. Butterick ed., *The Collected Poems of Charles Olson*, Berkeley: University of California Press, 1997, p. 92.

利，对奥尔森乃至整个西方世界来说，无疑是一件惊天动地的事件，而且毛泽东所倡导的行动原则似乎永远比孔夫子所推行的和庞德所推崇的礼治更加振奋人心："曙光/就在/前头…我们/应该/努力。"[①] 因此，奥尔森说："光明是在东方。是的。而我们必须起来，行动。然而/在西方，尽管明显的漆黑（那白色/覆盖一切），假如你瞧瞧，假如你能忍，假如你能，时间够长。"[②] 那么，面对这么一个"白色/覆盖一切"的"漆黑"的世界，奥尔森并没有放弃生的希望和信心："你必须，而且，在那白色里，窥见其表面，何等洁白。"[③] 即便死亡，奥尔森也"让死者坐着下葬"：

> They buried their dead in a sitting posture
> serpent cane razor ray of the sun[④]

笔者试译：

> 他们让死者坐着下葬
> 蛇 杖 剃刀 阳光

这里的"坐葬"指诗中阿兹特克人一种特殊的埋葬方式。大约自公元1200年起，阿兹特克人就在墨西哥中部地区建立了自己的帝国，直到1521年才被西班牙殖民者征服。虽然奥尔森在诗歌中没有明确交代阿兹特克人采用"坐葬"这种宗教仪式的寓意何在，但是它能够说明这个墨西哥印第安民族同样享有高度的文明。在阿兹特克人看来，死亡并不意味着生命的终结，而只是生命的另外一种形态，死者没有倒下，没有停止思考和行动，死者的心中似乎仍然有盼望，眼睛仍然注视着远方的未来，而死者身边的陪葬品也充满着生的气息："蛇 杖 剃刀 阳光。"

① George F. Butterick ed., *The Collected Poems of Charles Olson*, Berkeley: University of California Press, 1997, p. 87.

② Ibid., p. 92.

③ Ibid., p. 91.

④ Ibid., p. 90.

笔者认为，奥尔森挑选的这几个象形文字“蛇 杖 剃刀 阳光”，不仅构成了一行别致的诗行，而且投射出了十分丰富的《圣经》典故的象征意义。第一，是“蛇”。在《圣经》中，蛇始终是魔鬼的化身：“耶和华神所造的，唯有蛇比田野一切的活物更狡猾。”[①] “那龙，就是古蛇，又叫魔鬼，也叫撒旦。”[②] 然而，《圣经》中的蛇也有它聪明伶俐的时候：“我差你们去，如同羊进入狼群；所以你们要灵巧像蛇，驯良像鸽子。”[③] 虽然蛇常常是凶险的象征，是“道上的蛇，/路中的虺，/咬伤马蹄，/使骑马的坠落于后”[④]，但是蛇同样可以是神的化身，是生命的象征：“凡被蛇咬的，一望这铜蛇，就活了。”[⑤] 因此，奥尔森在诗歌中让蛇陪伴着死者也可谓别出心裁了，蛇不仅充满灵智、凶险、欺诈，同时也象征着永恒的生命。

第二，是“杖”。它很容易让人联想起《圣经·旧约·诗篇》第23首第4节中象征耶和华神的那根杖：“我虽然行过/死阴的幽谷，/也不怕遭害，/因为你与我同在；/你的杖，你的竿，/都安慰我。”[⑥] 这根杖是上帝的化身，是权柄的象征，是牧者神用来清点、引导、营救和保护其子民羊羔的工具[⑦]，“他使我躺卧在青草地上，/领我在可安歇的水边”（诗23：2）[⑧]。不仅如此，在《圣经·旧约·出埃及记》第4章第1至5节中，神可以让杖变成蛇，也可以使蛇变为杖，因此杖和蛇都是耶和华神的“显现”和化身，是神行出的神迹，是一个超然的事物或者一种超然的现象，彰显了神的权柄和力量。[⑨]

第三，是“剃刀”（razor）。在《圣经·旧约·士师记》第16章关于力士参孙的悲剧故事中，剃刀同样蕴含着丰富的寓意。参孙受神的指派去拯救背信弃义的以色列人，是一个大力士的原型人物，在战场上足

---

① 《圣经·旧约》（和合本），国际圣经协会1998年第5版，第4页。
② 《圣经·新约》（和合本），国际圣经协会1988年第5版，第457页。
③ 同上书，第17—18页。
④ 《圣经·旧约》（和合本），国际圣经协会1988年第5版，第89页。
⑤ 同上书，第257页。
⑥ 同上书，第901页。
⑦ 参见黄宗英主编《圣经文学导读》，高等教育出版社2011年版。
⑧ 《圣经·旧约》（和合本），国际圣经协会1988年第5版，第901页。
⑨ 参见黄宗英主编《圣经文学导读》，高等教育出版社2011年版。

智多谋，力大无比，屡屡战胜敌人，但是他纵情好色，最终抵挡不住大利拉（Delilah）的诱惑和欺骗，告诉了她自己力大无比的秘密，“若剃了我的头发，我的力气就离开我”（士 16：17）[①]。于是，“大利拉使参孙枕着她的膝睡觉”（士 16：19），叫了一个人把参孙的头发给剃了，参孙的力气也就离开了他，结果他不仅被弄瞎了眼睛，而且被扔进牢狱做苦力。所以，奥尔森诗中的这把“剃刀”同样具有一语双关的修辞效应，既是墨西哥阿兹特克印第安人死者“坐葬”的陪葬品，也可以解读成耶和华神的化身及其永恒力量的象征。

第四，是“阳光”（ray of the sun）。假如人死了，那么肉体的光明自然就消失了，但是生命之光仍然可以永存，因为“万物是借着他造的；凡被造的，没有一样不是借着他造的。生命在他（耶和华神）里头，这生命就是人的光”（约 1：3—4）[②]。因此，当弥尔顿“想到自己未到半生就双目失明，/眼前的世界是一片茫茫的黑暗”的时候，他仍然坚信“那些只站立等待的，也在侍奉”[③]。由此可见，奥尔森是希望他的这一束“阳光”能够穿透死阴的幽谷，去窥见死者内心的光明。

奥尔森坚信“光明是在东方”，所以他说，“是的。我们必须起来，行动”[④]。在奥尔森看来，“此刻，在行动”[⑤] 是一条普遍规律，是绝对的，而“艺术的目的不是描述而是付诸行动”[⑥]，艺术是生活唯一的孪生兄弟，是唯一有根有据的形而上学，“把握节奏者拥有整个宇宙”[⑦]。“假如人是行动的，那么行动本身就意味着经历的开始和终结；假如你开始的时候朝气蓬勃，那么你结束的时候也同样生机盎然”[⑧]。

---

① 《圣经·旧约》（和合本），国际圣经协会 1988 年第 5 版，第 422 页。

② 《圣经·新约》（和合本），国际圣经协会 1988 年第 5 版，第 160 页。

③ 黄宗英：《“站立等候”：弥尔顿〈哀失明〉的清教心路管窥》，《北京联合大学学报》（人文社会科学版）2015 年第 4 期。

④ George F. Butterick ed., *The Collected Poems of Charles Olson*, Berkeley: University of California Press, 1997, p. 92.

⑤ Charles Olson, *Collected Prose*, Donald Allen ed., Berkeley: University of California Press, 1997, p. 157.

⑥ Ibid., p. 162.

⑦ Ibid..

⑧ Ibid..

第四节 “我不是希腊人”

在本诗第3篇章的开头，奥尔森声称：“我不是希腊人，没有那种优势。/当然，不是罗马人：/他不能冒着真正的危险，/至少不能冒着美的危险。”[①] 这里“真正的危险”和“美的危险”究竟意味着什么呢？为什么奥尔森不想做“希腊人”和“罗马人”呢？威廉斯曾经在长诗《帕特森》中说“美的艰辛在于寻求。可是，当它被锁在人们心灵深处而无法反抗的时候，你又怎么能够发现美呢”[②]。威廉斯是“要去发现一种新的语言，来表达那‘被锁在人们心灵深处’的美”，而且“这种新的语言必须能够给被禁锢的美以新的生命”[③]，因为威廉斯坚信“文字是打开心灵的钥匙”[④]。因此，在《帕特森》的创作过程中，威廉斯“采用特殊办法”，“对希腊和罗马人的一次赤手空拳的回应”[⑤]，努力挖掘富有地方特色的反传统主题。他没有效仿西方传统史诗，去描写与民族命运息息相关的重大主题，而是掉过头来去挖掘“一种地方自豪感”中所蕴含的反流放的深刻含义，因为只有地方性的才是世界性的，具有普遍的意义。

虽然奥尔森承认他有像向庞德、艾略特这样的“亲戚……最近的亲戚”[⑥]，但是他也不愿意放弃他自己的艺术追求：“要说我还有点什么喜欢，/那就只有土地和石头了。”[⑦] 爱默生曾经问道：“为什么我们还要在历史的枯骨堆里胡乱摸索？”[⑧] 显然，奥尔森是不会在希腊人和罗马

① George F. Butterick ed., *The Collected Poems of Charles Olson*, Berkeley: University of California Press, 1997, p. 92.

② William Carlos Williams, *Paterson*, New York: New Directions, 1958, p. 3.

③ 黄宗英：《“我要写一首诗”：威廉·卡洛斯·威廉斯的抒情史诗〈帕特森〉》，《北京联合大学学报》（人文社会科学版）2016年第3期。

④ William Carlos Williams, *Selected Essays of William Carlos Williams*, New York: New Directions, 1954, p. 282.

⑤ William Carlos Williams, *Paterson*, New York: New Directions, 1958, p. 2.

⑥ George F. Butterick ed., *The Collected Poems of Charles Olson*, Berkeley: University of California Press, 1997, p. 92.

⑦ Ibid..

⑧ Ralph Waldo Emerson, *The Collected Works of Ralph Waldo Emerson*, Vol. 1, Cambridge: Harvard University Press, 1971, p. 7.

人的“枯骨堆里胡乱摸索”，不会在那“满是蛆虫的地方/放出蜜蜂”①；他不会走欧洲传统诗歌创作的老路，也不会随波逐流，跟随庞德和艾略特到欧洲去探索现代主义诗歌创作道路，而是更多地向威廉斯学习，把诗人的自我与地方的自我相互捆绑，从特殊中窥见普遍，从个体中窥见民主，从民族中窥见世界，从“不变中的”事物中窥见“变的意志”。或许，这就是为什么奥尔森决心留守故土并坚持“在石堆里寻找猎物”的理由。

① George F. Butterick ed. , *The Collected Poems of Charles Olson*, Berkeley: University of California Press, 1997, p. 93.

第十六章

“一根羽毛一根羽毛地增加”：奥尔森的抒情史诗《马克西姆斯诗篇》*

如果说惠特曼1855年的《草叶集·序言》“综述了作者崭新的文艺观点，具有开创性意义”① 的话，那么，1995年后查尔斯·奥尔森的《投射诗》② 一文也集中体现了作者对“开放诗”诗学理论的原创性贡献。在《草叶集·序言》中，惠特曼开宗明义地说：“在世界上无论什么时候，美国人的诗歌意识可能是最饱满的，合众国本身就是一首最伟大的诗篇……合众国天才的最佳表达者是普通人……总统向他们脱帽而不是他们向他们致意——这些就是不押韵的诗篇……一个诗人必须和一个民族相称……他的精神应该和他国家的精神相呼应……他是她地理、生态、江河与湖泊的化身……国家的仲裁将不是她的总统而是她的诗人……他是先知先觉者……他有个性……他本人就是完整的……别人也和他一样完善，只是他能看见而他们却不能……人们希望他能指出现实和他们灵魂之间的道路。”③ 这些观点充分说明了惠特曼要成就一种新型民族史诗的宏愿。在他看来，诗人不仅要讴歌“合众国本身”而且要歌唱合众国的“普通人”。诗人“有个性”，“是完整的”；他与他的民族“相称”，是这个民族的“化身”；他“先知先觉”，“能指出现实和灵魂

---

* 本章主要内容曾以“抒情史诗：查尔斯·奥尔森的《马克西姆斯诗篇》”为题目，发表于《北京大学学报》（哲学社会科学版）2003年第4期。

① 赵萝蕤：《惠特曼〈草叶集〉译本序》，上海译文出版社1991年版，第3页。

② Charles Olson, *Collected Prose*, Berkeley: University of California Press, 1997, pp. 237 – 249.

③ Walt Whitman, *Leaves of Grass*, New York: Vintage Books, 1992, pp. 8 – 15.

之间的道路”。可以说，惠特曼在《草叶集·序言》中揭开了美国现代史诗创作的序幕。《草叶集》也因此成为一部同时歌唱“一个人的自我”与整个美利坚合众国的抒情史诗。[①] 它融诗人“史诗般的抱负”与“抒情性的灵感”为一体[②]，既是一部具有民族意义的伟大诗篇，又刻画了一个不但先知先觉而且化身于整个民族的“普通人”形象。与惠特曼《草叶集·序言》一样，奥尔森的《投射诗》开启了美国长篇诗歌创作的又一个新纪元。惠特曼在《序言》中热烈地呼唤一种新的诗学、一种新型诗歌。他希望诗歌不仅能刻画细微，表现心灵深处的情感，而且应该“包罗万象”，“具有原创性和前瞻性”[③]。而奥尔森的《投射诗》也可看成长诗《马克西姆斯诗篇》（*The Maximus Poems*）的序言。在这篇文章中，奥尔森努力寻求一种能够让现代诗人表达重大主题的诗歌形式。笔者认为文章表达了奥尔森强烈的创作新型史诗的愿望。他说他要做两件事：“第一，要说明什么是投射诗或称‘开放诗’；在创作中，它包括哪些内容；与非投射诗不同，投射诗如何创作。第二，就创作投射诗所采用的现实主义立场谈几点自己的看法。这种立场对诗人与读者意味着什么呢？比如，这种立场包含一种比技术发展更大、更远的变化，而且，就目前趋势来看，可能会导致一种新的诗学理论和一些新的诗歌概念；这些新的诗学理论和诗歌概念很可能要产生某种戏剧或者史诗。”[④] 在这篇文章的结尾，奥尔森断言：“假如投射诗已经有足够时间的实践，并且沿着我指引的道路前进的话，那么，诗歌就能够表达比伊丽莎白时代诗歌更加伟大的题材。”[⑤] 奥尔森认为庞德的《诗章》之所以比艾略特的戏剧更富戏剧性，是因为《诗章》指明了现代诗歌创作的道路。这种方法“有朝一日，会使诗歌内容更加丰富、形式更加恢宏”[⑥]。可见，不论惠特曼还是奥尔森，他们创作现代史诗的抱负都是显而易见的。

---

① 参见黄宗英《惠特曼〈我自己的歌〉：一首抒情史诗》，《北京大学学报》（哲学社会科学版）2001 年第 4 期。

② James E. Jr. Miller, Leaves of Grass: *America's Lyric-Epic of Self and Democracy*, New York: Twayne Publishers, 1992, p. 25.

③ Walt Whitman, *Leaves of Grass*, New York: Vintage Books, 1992, p. 8.

④ Charles Olson, *Collected Prose*, Berkeley: University of California Press, 1997, p. 239.

⑤ Ibid., p. 248.

⑥ Ibid..

第一节 "原野创作"

庞德的《诗章》历史性地开创了美国"开放诗"的先河。威廉斯那种貌似生硬的客观主义抒情诗形成了一种形象清晰、格律自由的诗学新论。然而，查尔斯·奥尔森却进一步发展了他们的诗学理论。奥尔森的《投射诗》成了黑山派诗人[①]最重要的诗歌理论著述。他认为，除了庞德与威廉斯以外，当时美国诗歌都属于"封闭诗"，而现在需要一种"开放诗"，一种"投射诗"。首先，奥尔森主张通过所谓"原野创作"(composition by field) 来振兴当代诗歌语言。"原野创作"的首要原则就是"事物的动力学"(kinetics of the thing) 理论："一首诗歌是一个诗人所得到的并通过诗歌本身直接传送给读者的能量。因此，诗歌时时刻刻都必须是一个高能结构，处处都应该是一个能量发射器。"[②] 显然，用这种物理学的语言来描述一种诗学新论是前所未闻的。但是，它生动地表达了诗人对诗歌创作的源泉、诗歌的本质及诗歌的艺术效果的理解和期盼。只有在诗人创作的"原野"上，诗歌的形式才能直接产生于事物之中，诗行才能成为各种瞬间理念的忠实记录。20 世纪四五十年代，物理学对美国人来说是科技发展的重中之重，美国人对原子能的研发寄予极大的希望。物理学中的"力量场"(field of force) 指的是在电能、磁场或者某种其他力量作用下的一个空间。而奥尔森的"原野创作"就是要诗人"开放"自我。在创作时，诗人将其自我置于一个"开放"的原野上。这种艺术创作与受某种力量作用的"力场"一样，

---

① 黑山派是一个较之当时任何一个诗歌流派都更加亲密的团体。他们在北卡罗来纳州一个偏僻的山区，同吃、同住，并且一起创作。黑山学院成立于 1933 年，是当时美国培养音乐家、作家、视觉艺术家和演员的摇篮。这所学院在 20 世纪 50 年代开始衰败，但在最后的几年中，诗人在黑山学院中势力非常强大。他们之所以能一度在美国诗坛成气候，主要是因为诗人查尔斯·奥尔森当了院长。奥尔森是一个身材魁梧、极富性格魅力的领袖人物。他的《投射诗》一文是美国现代诗歌史上的一块里程碑，影响了整整一代美国诗人进行诗歌创作的种种尝试。虽然奥尔森的《投射诗》在 1950 年发表时，关注者并不多，对黑山派也没有产生很大的影响，但是奥尔森预言了诗人们将追求诗歌创作的形式自由，反对新批评主义给文学创作所带来的束缚。

② Charles Olson, *Collected Prose*, Berkeley: University of California Press, 1997, p. 240.

也必须是一种包容各种压力的创作。这些压力可能来自诗人内心深处，是个人的、情感的、抒情式的，但也可以来自社会，是政治的、宗教的、民族的、史诗般的。这些压力形成了诗人创作时独特的心理状态：当诗人将自我置于开放的“原野”上时，他实际上已经身不由己，无法把握自我内心的情感与智性，他只能敞开胸怀，将整个内心世界诉诸诗歌的力量。诗歌作为一种“高能结构”，不仅为诗人蓄积能量而且又将诗人的能量输送给读者。在奥尔森看来，诗人与诗歌似乎成了给读者充电的发电装置。奥尔森的这一投射诗诗学理论听来的确有些离经叛道，但是，有意思的是在惠特曼的《草叶集·序言》中，我们也看到了一幅与奥尔森“原野创作”一脉相承的“原野”诗人图：诗人“将自己置于那个能够将未来变成现在的地方。最伟大的诗人不仅仅用自己的光芒照亮人物、情景和情感……他最终将升向天空并照亮一切……他展示别人所无法名传的所有顶峰……他在最边远的地方一时光芒四射”①。可见，虽然时过近百年，惠特曼与奥尔森两位诗人都将自己置身于无边的原野之上，从宇宙的深处，用诗歌的形式，为人类带来能量与光芒。

就诗歌的形式而言，奥尔森首先得益于罗伯特·克里利（Robert Creeley）的启发：“诗歌形式向来不过内容的扩展。”② 围绕这一创作原则，在诗歌创作过程中，奥尔森又接受了另一位诗友埃德华·大尔堡（Edward Dahlberg）的主张：“一种感觉必须立即而直接地导致另一种感觉。”③ 换言之，诗人在创作中应该放弃人们正常的思维过程和逻辑顺序，去穷尽他的主题思想。诗人要“时时刻刻，照日常生活，去把握日常现实……不断地向前，保持，速度，神经，它们的速度，各种感觉，它们的，各种行为，顷刻地，整体地，尽快地向前运动……”④ 就诗歌的节奏而言，奥尔森主张按照呼吸的自然节奏去安排诗行的抑扬顿挫；诗歌格律的基本单位不是音节，而是诗行。尽管音节是诗歌创作最重要

---

① Walt Whitman, *Leaves of Grass*, New York: Vintage Books, 1992, p. 13.

② Charles Olson, *Collected Prose*, Berkeley: University of California Press, 1997, p. 240.

③ Ibid..

④ Ibid..

的元素，因为它产生于思想与耳朵的默契。[①] 然而，音节不过是诗歌的“第一个孩子”，另外一个孩子就是诗行。只有音节与诗行一起才可以成就一首诗歌。“诗行来自（我发誓）呼吸，来自创作者的呼吸，创作时的呼吸；于是，就在此刻，日常生活，我们的生活，进入诗歌，因为只有他，创作的人，才能够随时，声称其诗行的格律与韵律——它的呼吸，在什么地方，逐渐停止”[②]。奥尔森的这些理论真可谓离经叛道，他完全放弃了传统的诗行和诗节，而强调诗行与音节在诗歌创作中的核心作用：

> the HEAD, by way the EAR, to the SYLLABLE
> the HEART, by way of the BREATH, to the LINE[③]

笔者试译：

> 头，通过耳朵，到音节
> 心，通过呼吸，到诗行

由此可见，先有音节，后有诗行；声音决定形式。因为音节产生于“思想与耳朵的默契”，所以诗中的声音决定诗歌形式。由于诗人的呼吸是他情感外泄的载体，因此兴奋与激动表现为急促的呼吸，而深长的呼吸却代表思念或者悲哀的心情。呼吸的节奏也因此决定诗行的长短。诗歌创作似乎变成一种能量运动。然而，令人兴奋的是有关这种感觉流动的话语在惠特曼《草叶集·序言》中也能找到佐证：“从一个视觉过渡到另一个视觉，从一个听觉过渡到另一个听觉，从一个声音到另一个声音，永远对人与事物之间的默契感兴趣。”[④]

“一首诗的外部现实”是奥尔森在《投射诗》一文中所关心的又一个问题。奥尔森认为诗歌创作的投射形式一旦被确认，而且诗人的

---

① 参见 Charles Olson, *Collected Prose*, Berkeley: University of California Press, 1997。

② Charles Olson, *Collected Prose*, Berkeley: University of California Press, 1997, p. 242.

③ Ibid..

④ Walt Whitman, *Leaves of Grass*, New York: Vintage Books, 1992, p. 12.

呼吸或者声音决定诗歌形式，那么诗歌的内容也必将随之发生变化。这一切始于诗人。他将打破诗行的界限、开拓他的视野、改写诗歌的主题、拓展想象的空间。因此，他认为庞德与威廉斯卷入所谓“客观主义”诗歌运动是不足为奇的。“客观主义就是要摆脱作为自我的个人的抒情的干扰，要摆脱创作‘主体’及其灵魂的影响。通过这种特殊的假设，西方人将自己介于一种作为自然界的生物（必须遵守一些规定）与那些我们毫不贬低地称之为物体的自然界的其他创造物之间。”① 一句话，诗人如何将自我的影响减少到最小的程度，并通过客观“物体”将能量输送给读者。其实，惠特曼心目中的诗人与奥尔森所期盼的诗人一样，也必须“摆脱作为自我的个人的抒情的干扰”。惠特曼在《序言》中写道：“我所经历的和我所刻画的一切都将离开我的性格，与我的性格没有丝毫的关系。你将站在我的身边，和我一起朝镜子里看。”② 因此，奥尔森认为当一个诗人受到“自我的个人的抒情的干扰”时，他应该“保持自身的独立”，并参与“更伟大的力量”：“使用一个人……取决于他如何看待他与自然之间的关系，这种力量是他渺小的存在的归宿。假如他伸开四肢躺卧大地，他将发现除了他自己并没有许多值得自己歌唱的事物，而且他只能以身外的虚假形式歌唱，大自然处处可见这种自相矛盾的形式。然而，假如他深居内心自我，能在参与更伟大的力量的同时，保持自身的独立，那么，他就能够听见一切，而且通过自身的过滤，他所听到的一切都将给他带来各种秘密、各种事物，并分享各种享受。”③ 在奥尔森看来，自我有如一个仰卧大地的、无限的主体，能够将世间其他一切事物收入它的视野。只有当自我“保持自身的独立”时，诗人才能在其自我与世界之间建构一种平衡。只有在这种平衡中，诗人才能最终找到那种奥尔森所期盼的包罗万象的语言，也只有这种包罗万象的语言才能够在同一个平台上展现诗人抒情式的灵感与史诗般的抱负。

---

① Charles Olson, *Collected Prose*, Berkeley: University of California Press, p. 247.

② Walt Whitman, *Leaves of Grass*, New York: Vintage Books, 1992, p. 14.

③ Charles Olson, *Collected Prose*, Berkeley: University of California Press, p. 247.

第二节 “人类宇宙”

对《马克西姆斯诗篇》的创作产生重要影响的另外一篇文章是奥尔森于1951 年发表的《人类宇宙》(*Human Universe*)。这篇文章是以奥尔森在墨西哥的一段生活经历为基础的。1950 年 12 月—1951 年 7 月，奥尔森居住在墨西哥尤卡坦半岛坎佩切市附近的海滨地区莱尔马。1952 年，奥尔森又获得一项研究资助，在墨西哥的同一地区研究玛雅象形文字。罗伯特·克里利于 1953 年编辑出版了奥尔森这一时期的书信，取名《玛雅书信集》(*Mayan Letters*)。阿尔伯特·格罗伏（Albert Glover）于 1970 年编辑出版了奥尔森的另外一本书信集，题为“给《起源》杂志写的信”(*Letters for Origin*)。《人类宇宙》一文从某种意义上说就是奥尔森对玛雅文化的理解和锤炼。奥尔森于 1951 年修改这篇文章时，他十分兴奋，因为他认为自己终于找到了自己的“根基”：“在这里，我已经找到了我的文化定位……这里是我信仰的肌体，这里是我信仰的实质。”[①] 在这篇文章的开头，奥尔森写道：“也就是说，人类宇宙与另一个宇宙一样，都是可以发现、可以定义的。这是事物发展的规律。”[②] 言下之意，就是说西方人尚未发现人类宇宙的规律与所谓“另一个宇宙”的规律是可以分开的。然而，如何去“发现”和“定义”这两个“宇宙”呢？奥尔森认为问题的关键在于语言，因为语言是人类认识宇宙的载体，所以“语言在事物发展中是最活跃的因素”[③]。古希腊人，特别是亚里士多德，给人的“思维习惯”套上了“逻辑与分类”的枷锁，因此“极大地阻碍了人们参与生活的体验”；而柏拉图（Plato）的“理想主义”又必将导致事物的终结，而不是为人们提供发现事物的办法。因此，奥尔森创立了“人类宇宙”的基本规律。他认为“假如存在任何绝对规律，那么就只有这么一个规律：你，此刻，在行动”[④]。

---

① Charles Olson, *Letters for Origin*, *1950 – 1956*, Albert Glover ed. , Cape Goliard Press, 1969, p. 69.

② Charles Olson, *Collected Prose*, Berkeley: University of California Press, p. 155.

③ Ibid. .

④ Ibid. , p. 157.

我们必须想办法“在人文世界中生存下去，而不应该在任何时候、以任何方式被引向一个分割的现实”①。然而，由于西方文明衰败的影响，当今的玛雅人已经丢失了他们祖先遗留的许多秘密，但是“他们身上仍然带着一种美国人身上早已消失了的芬芳气味，不像美国人吃的那种人工漫灌的生菜和那些生绿摘采后在冰箱里放熟的水果一样索然无味”②。如果说唯一的“绝对”规律就是“你，此刻，在行动”的话，那么危难中的人随时都会打破一个事物、一个意象、一个行动的常规。人与宇宙的结合点也同时是他的破裂之处。“假如人是行动的，那么这里就意味着经历的开始与终结，而且如果他在开始的时候富有朝气，那么他在结束时也同样生机盎然。”③ 因此，纯粹的艺术不可能只是一种描述：“就动力学而言，你只能做一件事，那就是重新启动它。这就是人们所说的：把握节奏者拥有整个宇宙。这也说明为什么艺术是生活唯一的孪生兄弟——是唯一的有根有据的形而上学。艺术的目的不是描述而是付之行动。”④

在欧洲的传统文化中，希腊文明与基督教文化早已形成传统和权威的话语。这在《圣经》及其他人文著作中都可以找到佐证。然而，美国诗歌似乎一向在追求一种所谓“图像创作”（picture-writing）的表现方式，即表示一个事物的语言文字同时指示这一事物的内在含义。美国人与语言文字的关系与欧洲人有着明显的不同，因为语言文字对美国人来说本身不代表一种神圣的绝对权威，或者是一种绝对权威的传统。对他们来说，文字的意思是基于终极的现实，来自他们对现实的直接感受。因此，美国作家往往追求将语言的意义置于一个自然与现实、自然与人生经历相汇聚的开阔地带上。惠特曼在《我自己的歌》一诗中就有过这样的诗行：“宇宙间从四处汇拢来的事物，在不断地朝着我流过来，/一切都是写给我看的，我必须理解其含义。”⑤ 在奥尔森的笔下，语言的意思似乎也只能揣测，而无法绝对判断。《人类宇宙》一文的开

---

① Charles Olson, *Collected Prose*, Berkeley: University of California Press, p. 157.

② Ibid., p. 159.

③ Ibid., p. 162.

④ Ibid..

⑤ Walt Whitman, *Leaves of Grass*, New York: Vintage Books, 1992, p. 206.

篇就是一个很好的例子，奥尔森主张使用语言的象形意义来取代其传统的规定意义（Logos）。当奥尔森希望能发现一个现象学的“人类宇宙”来代替传统遗留给人们的所谓“话语的宇宙”时，他提醒我们应当时刻记住：

> （在人类这个封闭的宇宙中），发现的困难在于这个定义既是行为的一部分又是感觉本身；在这个意义上，生命本身就成了一种负担；人们对生命的揣测丝毫不亚于人们思考生命的到来与离去。换言之，我们自己既是发现的主体又是定义的工具。
>
> 当然，这说明为什么语言是事物中最活跃的因素，为什么首先必须考察语言的现状——我指的是语言的区别性（Logos）和说话（tongue）的双重意义。
>
> 至少从公元前450年开始，我们就一直生活在一个将事物概念化的时代。这个时代已经对最优秀的人和最好的事物产生了影响。例如，古代的罗格斯，或称话语是那么有力，以至于将抽象的事物变成了我们的语言概念，而语言的用法（也就是语言的另一个功能—说话）似乎也需要复原，因此为了找回过去的平衡，有些人甚至追回象形文字或者表仪文字。（其区别就在于为瞬间行为的语言和作为表达这一瞬间思维行为的语言）。①

在传统文化中，符号决定文字。因此，通过对不同符号进行不同层面的解读，人们可以获得该文字的规定意义。但是在美国，符号似乎不能完全决定文字，而文字似乎有其神圣的特性，能够不断地燃起人们想象的火焰，同时照亮人类的内心世界与大自然的外部世界。回首各个时期的美国文学，有不少作家和批评家都曾使用“象征论”（又译“预示论”，typology）、“象形符号”（hieroglyph）、“表意符号”（ideograph）等术语，来表示对所谓“图像创作”的重视。美国诗人也已经在诗歌创作中尝试过一种比象形文字更为简单的，像古埃及的一种草书体一样的文字，并相信人类的语言文字是人类心灵与大千世界的

---

① Charles Olson, *Collected Prose*, Berkeley: University of California Press, pp. 155 - 156.

契合点。爱默生是美国最早察觉语言文字的这种神秘特征的思想家、文学家和批评家。在《自然》一文中，他就认为“自然是人类思想的载体，并且有简单、双重和三重含义：（1）词语是自然事物的符号；（2）具体的自然事物是具体的精神事物的象征；（3）自然是精神的象征”①。首先，“每一个用来表达一种道德或者思想事物的词语，只要查找它的词根，就会发现它是从某种事物表象中借用来的”②。其次，“不仅词语是图征性的（emblematic），而且各种自然事物都是图征性的。③每一件自然事物都是某种精神事物的象征。自然界的每一种表象都与人的某种心境（state of the mind）相互呼应，而且这种心境只能通过把这种自然表象表现为它的图像（picture）才能够加以描述”④。最后，“我们在表达各种特殊意思的时候得到了自然物体的帮助……这世界是图征性的（emblematic）。人类语言丰富多彩的词语充满着各种隐喻（metaphors），因为整个自然世界就是一个人类灵魂的隐喻……这种人类心灵与自然事物之间的关系并不是某位诗人凭空想象出来的，而是存在于上帝的意志之中，因此是所有的人都可以自由认识的”⑤。可见，语言的这种象形符号特征较之那些浸透了无端冥想的传统文字来说，就更能够直接地揭示事物的本质。然而，这种思维方式的弊病是容易让作家一味追求他所意想的特殊事物的特殊含义。因此，美国诗人似乎更倾向于追求一种更加客观主义的手法来“表现”现实世界，在诗

① ［美］爱默生：《自然》，载黄宗英等译《爱默生诗文选》，高等教育出版社 2018 年版，第 175 页。

② 同上。

③ 一个图征（an emblem）是一个解释性的意象。在文艺复兴时期的图征书（emblem books）中，每一个图征往往都伴随着一句警句格言。1835 年 8 月 1 日，爱默生在日记中写道：“想象（Imagination）就是幻觉（Vision），把世界看成象征性的（symbolical），用拼合图征的办法来表达真正的意思，将所有各种外在的物体看成各种形态（types）。”在《真正的弥撒亚》（*Ture Messiah*）一书中，作者评论说：“每一个终有一死的人必须自觉或者不自觉地在他的生和死的过程中不断地提供各种能够表达他内心深处性格特点的图征。”在《自助》（*Self-Reliance*）一文中，爱默生后来把这种思想表述为：“性格较之我们的意志更有教育意义（character teaches above our wills）。”

④ ［美］爱默生：《自然》，载黄宗英等译《爱默生诗文选》，高等教育出版社 2018 年版，第 176 页。

⑤ ［美］爱默生：《自然》，载黄宗英等译《爱默生诗文选》，高等教育出版社 2018 年版。

歌中直接将文字当作事物、事实或者物体本身。这种艺术追求的结果使得那种富有象征内涵的所谓“图像创作”逐渐地被一种更直接、更直观、更富有自我预示性的象形符号所代替。从意象派诗人庞德、威廉斯开始，到所谓客观主义诗人、投射派诗人，再到当代的一些语言诗诗人，我们可以看出美国诗人在刻画现实世界时，越来越重视挖掘语言的潜力。诗人们常常直接将语言文字用作一种“图像创作”，赋予它新的内涵与创造性意义，拓展了诗歌的想象空间和艺术张力。这种方式无疑对现代长诗的创作有着独特的贡献，它有利于诗人将个人的、抒情式的灵感与民族的、史诗般的抱负结合起来，创造出新型的现代史诗。庞德的《诗章》是这样，奥尔森的《马克西姆斯诗篇》也是这样。

第三节 “格洛斯特的马克西姆斯”

奥尔森的《马克西姆斯诗篇》是由300首短诗组成的，前后分成3卷在1960至1975年发表的一部充满着历史、科学、神话及个人参照的鸿篇巨制。它标志着奥尔森诗歌创作的最高成就，成为美国长篇诗歌传统中不可或缺的一部分。奥尔森于1964年8月在《美国新作选集》的一个脚注里写道：“马克西姆斯，主人公，一块取自沸水中的热金属，冬天出生，1949至1950年，38至39岁。”[①] 英文单词“Maximus”的意思是“最大”，因此“马克西姆斯”这个名字让人联想起惠特曼抒情史诗《我自己的歌》中的诗行“我辽阔博大，我包罗万象”[②]。惠特曼笔下的“我”可以是诗人自己“沃尔特·惠特曼”“曼哈顿之子”，但同时也包罗“一个宇宙”[③]，因此，惠特曼的“我自己”既是个人的、抒情的，同时又是包罗万象的、史诗般的。同样，奥尔森笔下的“马克西姆斯”也有多种所指，可以是荣格原型批评理论中的原型人物“同性最大”（homo maximus），也可以是公元2世纪古希腊折中主义哲学家

① George F. Butterick, *A Guide to the Maximus Poems of Charles of Olson*, Berkeley: University of California Press, 1978, p. 5.

② Walt Whitman, *Leaves of Grass*, New York: Vintage Books, 1992, p. 246.

③ Ibid., p. 210.

马克西姆斯（Maximus of Tyre）。[①] 但是，他最根本的意思还是“巨大”，就像他的名字给人的印象一样巨大，只不过在这部长诗的开篇仍然不为人所知。其实，奥尔森本人也经常为自己那 2 米的高大身材而感到自豪。不难看出，奥尔森在这个题目中蕴含了创作惠特曼式包罗万象的史诗的伟大理想。此外，奥尔森将马克西姆斯置身于马萨诸塞州安角岛的一个叫格罗斯特的渔村小城上。小城的发展伴随着诗人的成长，同时记录了时代的变迁。诗人耳闻目睹的一切就是他最熟悉的人和事。诗中涉及的许多细节都可以在奥尔森的生活中得到佐证：奥尔森是在格罗斯特长大的，后来又回到格罗斯特旧地重游，回顾孩提时的往事；他的父亲是诗中的一个角色，曾经从事邮电工作并因为参加邮电工会活动而受到处罚等。这些自传素材构成了这部史诗中诗人个人的抒情因素。威廉斯在他的抒情史诗《帕特森》中说：“一个人本身就是一座城市。”并将帕特森“这座城市”看成帕特森“这个人，一种同一——它不可能/是别的什么——一种/相互渗透，双向的”[②]。同样，奥尔森在《马克西姆斯诗篇》中扮演了一个城市化身的角色。首先，奥尔森了解格罗斯特的每一条大街小巷、每一幢房子、每一个周边小镇、每一个山谷海滨。其次，《马克西姆斯诗篇》就像一幅比例十分精确的格罗斯特地图，给人一种栩栩如生的现实感。而诗人身边一切最平常的人和事往往情系远古，勾勒起读者对格罗斯特乃至整个国家、民族历史的追忆，以及对未来的幻想。从这个角度看，奥尔森将自我置于了一个无限的时空之中，成为一个可以包罗无限可能的新型的史诗人物。显然，奥尔森也是要通过“一个人本身就是一座城市”的艺术创作，来“投射”当代资本主义的社会弊端。这部长诗的开篇是这样写的：

I，*Maximus of Gloucester*，*to You*

Off-shore，by islands hidden in the blood

① 参见 George F. Butterick，*A Guide to the Maximus Poems of Charles of Olson*，Berkeley：University of California Press，1978。

② 黄宗英：《“一个人本身就是一座城市”——读威廉斯的〈帕特森〉》，《国外文学》2001 年第 4 期。

jewels & miracles, I, Maximus
a metal hot from boiling water, tell you
what is a lance, who obeys the figures of
the present dance①

笔者试译：

我，格洛斯特的马克西姆斯，对你

离岸，沿着群岛充满鲜血
珠宝与奇迹，我，马克西姆斯
初出沸水的熟铁，告诉你
什么是长矛，谁服从眼前那些翩翩
起舞的人形②

与传统的史诗不同，《马克西姆斯诗篇》的开篇题词并没有开宗明义地陈述史诗的主题，而是呈献给读者一种复杂的关系。诗人将史诗中主人公、地点和读者置于同一个平台上，并采用“书信”的话语模式进行创作：“一个受孤立的人，马萨诸塞州的格罗斯特，我，马克西姆斯，对你说/你群岛/男人和女孩们的。”③ 奥尔森是在实践自己提倡的投射诗诗学理论：“向前推进的、有强大冲击力的，投射的。”④ 这是一种诗人与以往被理解为间接对象的读者之间的直接接触。“一首诗歌是一个诗人所得到的并通过诗歌本身直接传送给读者的能量。”用书信话语进行史诗创作也体现了诗人要在创作中融抒情性于史诗性的用意。此外，奥尔森可能认为威廉斯在《帕特森》中仅仅将地方参照变成一种方言

① Charles Olson, *The Maximus Poems*, Berkeley: University of California Press, 1983, p. 5.

② 本章诗歌引文均由笔者重译自奥尔森的《马克西姆斯诗篇》(Charles Olson, *The Maximus Poems*, Berkeley: University of California Press, 1983, pp. 5 – 8.)；参见郑敏编译《美国当代诗选》，湖南人民出版社 1987 年版。

③ Charles Olson, *The Maximus Poem*, Berkeley: University of California Press, 1983, p. 16.

④ Charles Olson, *Collected Prose*, Berkeley: University of California Press, 1997, p. 293.

的变体；因此，在《马克西姆斯诗篇》中，奥尔森让马克西姆斯的语言始终与格罗斯特紧密相连，仿佛是发自一个可以纲举目张的中心意识。诗中的语言似乎形成了一幅导向这个中心意识的坐标图。这种语言有利于克服诗中主人公的主导地位，更有利于强调抒情性与史诗性兼容并蓄的艺术特点。那么，诗人为什么要以“离岸，沿着群岛充满鲜血”开篇呢？诗中的这个中心意识似乎不是一个地方。换言之，马克西姆斯最直接的关心似乎不是这个城市，而是为他提供直接感觉判断的内外因素。他将自己比作一块“初出沸水的熟铁”，内心充满冲动，但是，他又十分注意控制自己的内心冲动，他“服从眼前那些翩翩/起舞的人形”。“起舞”一直是奥尔森诗歌中一个常见的重要意象。但是，奥尔森笔下的欢舞意象不像华兹华斯《我孤独地漫游，像一朵云》中的那幅万朵水仙漫舞欢歌图，可以在诗人“感到百无聊赖心灵空漠”的时候，让诗人“感到大自然的恩赐，有如永不干枯的清泉滋润着他的心田”①；也不像惠特曼及许多20世纪诗人笔下象征着灵魂与肉体相结合的意象。奥尔森关心的是诗与舞曾是同源的艺术创作，而今这种艺术创作在当代诗人笔下已经丧失了它的活力。1956年，奥尔森在给黑山学院起草计划时，他认为：“［诗歌］不是欣赏音乐、不是听音乐、也不是音乐创作，而是音乐功能的一面，就像歌的功能一样……关键在于过程。”② 奥尔森认为诗歌如同歌舞，是一个直接向文本转变的艺术过程。首先，奥尔森将词源学当作挖掘诗歌语言张力的一个法宝。奥尔森认为每一个单词都蕴含着其内在含义发展变化的历史，但是现代诗人往往忽略甚至限制词语的多层面意义，并企图给自己的创作套上形式的枷锁。因此，潜在的多层面的词源意义之间的互动关系在诗歌创作中受到冷落。然而，奥尔森又是一位“知根知底”③ 的诗人。在诗歌创作的遣词造句方面，奥尔森显然从欧内斯特·费诺罗萨（Emest Fenollosa）的论文《作为诗歌手段的中国文字》中得到了不少启发。费诺罗萨认为：“中国文字不仅吸收了大自然中富有诗性的实质并用它再造了一个富有

① 辜正坤主编：《英文名篇鉴赏金库》，天津人民出版社2000年版，第95页。

② “A Draft of a Plan for the College”, in *Olson*: *The Journal of the Charles Olson Archives*, 2 (Fall, 1974), p. 55.

③ 英文原文为“Root person in root place”（*The Maximus Poems*, Ⅰ. 12）。

喻义的艺术品；然而，通过其栩栩如生的能见性，这个艺术品有之比任何语音文字都更加善于保留诗歌创作的原创性活力与魅力。”① 换言之，汉字比任何拼音文字都更加能够生动、充分地体现人的想象，因为汉字表现的是能见的动作，而这能见的动作背后又蕴含着人们不可见的行为。它们不仅仅表达自然界的表象，而且也暗示“各种伟大的思想、精神的启迪和朦胧的联系”②。这大概就是费诺罗萨给暗喻下的定义了：“用物质的意象来影射非物质的联系。”③ 由此可见，这部史诗的开篇题词就让人回味无穷了。诗人似乎在用暗喻手法给“眼前的”现代社会画了一幅形象生动、寓意深刻的水彩画。这里的“鲜血”，当然指大海之鲜血，比喻残酷的血腥事件，而“珠宝与奇迹”却象征着现代社会的极大富裕、地理的发现和科学发明。更可贵的是奥尔森将“鲜血”与“珠宝与奇迹”分别置于第1行之尾和第2行之首，并冠以重音，不仅从视觉效果而且从听觉效果，都强调了这两个意象的力量对比。好一个现代化的社会！但是，诗中的马克西姆斯却是铁匠锤子下刚刚打出的一根熟铁热矛，不论捕鱼还是上战场都不含糊。他已经为进行一次艰苦漫长的天路历程而整装待发。

如果从诗歌格律的角度来考察这段开场题词，我们也足见诗人创作史诗的宏图。奥尔森在这段开篇题词中，采用了传统史诗所采用的五音步抑扬格诗行。首先，题目就是一行格律严谨的五音步抑扬格诗行：“I，Maximus of Gloucester，to You” 中的头两个音步可视为一种格律替换现象，由一个扬扬格（spondee）和上一个抑抑格（pyrrhic），两个重读音节紧接着是两个轻读音节，因此在听觉效果上强调了两个重读音节词“我”和“马克西姆斯”，收到了突出主人公高大形象的艺术效果。其次，由于行中的其他三个音步均为整齐的抑扬格音步，所以行中的“我”与“你”都是重读音节，不仅首尾对称、前后呼应，而且达到了暗示诗人与读者之间的戏剧性话语关系的作用。这不能不让人想起惠特曼《我自己的歌》一诗的第一行，“I celebrate myself，and sing myself”

① Ezra Pound ed.，*The Chinese Written Character as a Medium for Poetry by Ernest Fenollosa*，San Francisco：City Lights Books，1936，p. 24.

② Ibid.，p. 21.

③ Ibid..

（我赞美自己，歌唱我自己）。众所周知，1855年惠特曼《草叶集》首版时，这一行只有前半句。可能是因为要增强作者创作史诗的暗示，惠特曼后来又加上了后半句，使这一行变成了英国文学史上传统史诗所采用的标准的五音步抑扬格诗行。此外，惠特曼的《我自己的歌》是要通过歌唱“我”来歌颂一个普通的美国人“你”，“因为属于我的每一个原子也同样属于你”[①]。所以，不但诗中第一节从“我”开始，以“你”结束，而且全诗也是以“我”开篇而以“你”作结。可以说，在惠特曼之前，没有哪个诗人比他更加重视挖掘诗人与读者之间的戏剧性艺术关系。然而，奥尔森似乎更进一步，开宗明义地在长诗的开篇将诗人与读者一起锁钉在一个特定的平台上，并通过传统史诗格律的反衬，为自己创作史诗的宏愿进行了大胆的暗示。接着四行也是用比较齐整的五音步抑扬格写成的。尽管奥尔森在这部史诗中完全打破了传统史诗格律的清规戒律，但是在这段开场白中，读者仍然听见了五音部抑扬格诗行的余音。诗中第一行是一个十分规范的五音步抑扬格的音域，但是奥尔森启用了首音节扬抑格的格律替换（initial spondaic substitution），而其他四个音节却是整齐抑扬格音步。诗人这样做的目的就是用传统的史诗格律背景来暗示自己创作史诗的目的，同时又能戏剧性地给主人公马克西姆斯创造一个超凡全知的“离岸”视角，使他可以像惠特曼一样“顺乎自然、保持原始能量”[②] 地来“告诉你/什么是长矛，谁服从翩翩/起舞的人形”。然而，与这神一般的超凡视角相对应的是诗中的鸟瞰视角：

> 你追求的东西
> 可能躲在木船的外腰上
> 的鸟巢中（第二次，时间杀死的，那鸟！那鸟！）
>
> 那里！（强烈的）冲击，那根船的桅杆！飞呀
> 　　　　　　　　　　　　　　　　那鸟

① Walt Whitman, *Leaves of Grass*, New York: Vintage Books, 1992, p. 188.

② Ibid..

啊，酒杯，啊
巴杜的安东尼[①]
低飞，啊祝福

绵绵屋顶，古老、尔雅、斜峻
海鸥静坐屋尖，从那里飞起，

那一排排挂鱼架

我的城市！[②]

诗中的视角似乎梦幻般地从马克西姆斯的角度突然变为一个由马克西姆斯所投射出的自我的角度，将读者注意力引向“那一排排晒鱼架/我的城市！”奥尔森在《人类宇宙》一文中曾表达了他对古代玛雅的兴趣：“最好是变成一只鸟，就像眼前这群鸟一样，它们神经紧张，不停地晃动自己的头以至于保持头脑清醒，保持对周围一切的警惕。”[③] 在马克西姆斯把注意力集中到观察现实时，他便发现自己正在俯看着整座格罗斯特城，有了一个全新的立体空间，因此，他意识到现实中的每一个瞬间都不是一段机械麻木的时间，而是一个心灵与空间之间可以无限扩大和延续的契合点：“（第二次，时间杀死的，那鸟！那鸟！）/那里！（强烈的）冲击，那根船的桅杆！”至此，马克西姆斯找到了自我的坐标，放弃了开篇诗行中所投射出的一种任性，而开始挖掘现实中自我的潜力。当他树起这根船的桅杆时，他仿佛发明了一种新的几何学：时间消失了，空间被重新整合，而他自己似乎成了一个“几何学的、宣示性的、人的度量单位，且同时也将被度量”[④]。马克西姆斯要刻画的宇宙就是一个围绕着他的自我桅杆旋转的中心。在马克西姆斯的整个航行中，这根桅杆象征着连接这座城市、天堂和地狱的中轴。这根桅杆成了马克西姆斯探索人类宇宙的一种意志，“一种不断

---

① 巴杜的安东尼（Antony of Padua），阿西斯圣方济各的修士和圣徒，格罗斯特葡萄牙渔业赞助商；因此每年6月纪念他。此外，他还是一个著名的牧师，以其“鱼的布道”而著称。

② Charles Olson, *The Maximus Poem*, Berkeley: University of California Press, 1983, p. 5.

③ Charles Olson, *Human Universe and Other Essays*, New York: Grove Press, 1967, p. 64.

④ Ibid., p. 26.

声称自己在挖掘内心潜力的意志，一种西方人已经丢失了的法则，而一味追求外在的力量"[①]。《马克西姆斯诗篇》第 1 卷的中心意识就是要表现主人公转向自我内心，不断拓展诗人的内心世界与格罗斯特的外部空间之间的想象空间，让这座五彩的城市去拥抱更加伟大、更加多变的世界。诗人在诗中乞灵于古希腊的"酒杯"和巴杜的安东尼。巴杜的安东尼是格罗斯特的一位著名牧师。他以其"鱼的布道"而著称，是格罗斯特的人心所向。此外，巴杜安东尼还是格罗斯特葡萄牙渔业的赞助商，在渔民心中又是一个保护神。尽管诗人所乞灵的"酒杯"的具体意思难以琢磨，但是它象征着生命的甘甜。1964 年，奥尔森曾经说"我最想建议你去研究一下 13 世纪，特别是 13 世纪的前半叶"[②]。那正是巴杜的安东尼的时代。马克西姆斯的形象就是在这样一些富有韵味的细节中塑造起来的。

第四节　"一根羽毛一根羽毛地增加"

接着，奥尔森在《我，格洛斯特的马克西姆斯，对你》的第 2 部分中，似乎转向了对新型史诗的内容与形式问题的讨论：

爱就是形式，而不能没有
重要的实质（体重
比如，每人 58 克拉，压在
我们金匠的天平上……）

一根羽毛一根羽毛地增加
（还有矿物质，一根根
鬈曲的发丝，和那根线头
你那紧张的嘴喙衔着的，这些

① Charles Olson, *Human Universe and Other Essays*, New York: Grove Press, 1967, p. 39.
② Charles Olson, *Archaeologist of Morning*, New York: Grossman Publishers, 1973, p. 206.

构成整体，这一切，最终，成为
总和……）①

“爱就是形式”，这一命题显然是对西方传统史诗的形式与内容的反叛。西方传统史诗一般指“一首长篇叙事诗，刻画一个或者几个英雄人物，讲述一个有关战争或者征战的历史故事，或者叙述一个勇敢的探险故事，或者刻画某个与这个国家的传统与信仰息息相关并具有神秘、传奇色彩的重大成就”②。一般说来，一部传统史诗至少有两点形式上的要求：第一是全诗有一个“总战事”③；第二是必须与某种文化传统息息相关。例如，荷马史诗《伊利亚特》虽然取材于希腊神话，涉及的是一场规模宏大、历时长久的战争，但集中叙述的则是“十年战争”临近结束前的51天的战事。荷马史诗的主题是“歌颂希腊全民族的光荣史迹，赞美勇敢、正义、无私、勤劳等善良品德，讴歌克服一切困难的乐观精神，肯定人与生活的价值”④。因此，伟大而又崇高的传统史诗内容决定了恢宏的艺术形式。然而，现当代史诗已经不是民族仇恨与复仇情节的产物。诗中的人物已不再是战场上的民族英雄，而是一个普通人的代表——“一个人的自我”。他的内心世界充满着抒情的灵感：时间是现在的时间，地点是现代的地点。虽然不像惠特曼那样开诚布公地声称自己“辽阔博大”并决心“包罗万象”，但是奥尔森笔下的马克西姆斯似乎也一样胸怀大志，相信自己有能力像鸟儿筑巢一样重新整合世界：“一根羽毛一根羽毛地增加。”他希望自己化身小鸟，能够用一根根羽毛、一丝丝鬈发和一根根线头，编织出一个真正属于自己的家园。而且，从诗中一步一顿的抑扬顿挫中，我们也能体悟到那些“羽毛”“鬈曲的发丝”“线头”等一切东西，都是这只双喙紧张的小鸟用尽全身的力量，从四面八方衔至而来的，并重新构建了这个和谐的中心意

① Charles Olson, *The Maximus Poem*, Berkeley: University of California Press, 1983, p. 5.

② Alex Preminger ed., *The New Princeton Encyclopedia of Poetry and Poetics*, Princeton: Princeton University Press, 1993, p. 361.

③ 英文原文为“total action”，参见 Northrop Frye, *The Return of Eden*, Toronto: University of Toronto Press, 1965。

④ 李赋宁主编：《欧洲文学史》第1卷，商务印书馆1999年版，第13页。

识："这些/构成整体，这一切，最终，成为总和。"艾略特笔下荒原上的现代人"用咖啡勺度量自己的人生"[①]，而奥尔森笔下的当代人似乎已经意识到了爱的力量和它的真正意义，因为"爱……不能没有/重要的实质"。爱是现实，不是超验；她如同我们每一个人一样，都有自己的"体重/比如，每人58克拉，压在/我们金匠的天平上"。但是，这种爱的力量是"金匠的天平"所无法度量的，它将打破诗行的限制，冲出诗人的想象。"这就是永恒。这就是现在。这就是缩小了的时距。"[②]马克西姆斯身边的人和事都与格罗斯特息息相关，都是真实的，而奥尔森的新型史诗形式也脱胎于诗人给这些现实中人和事赋予的这种永恒的力量。

这种永恒的力量有如一股强劲的能量旋风，将诗歌中的"形式""事物"和"你自己"抛向同一个平台：

> 人只爱形式，
> 而形式只能
> 成为现实当
> 这事物诞生
>
> 诞生于你自己，诞生
> 于干草和棉秆，诞生
> 于街头拾的、码头捡的，野草
> 我的鸟，你衔来的
>
> 于一根鱼刺
> 于一根稻草，
> 于一种颜色，于你
> 自己的钟声，破碎的[③]

① T. S. Eliot, *The Complete Poems and Plays 1909 - 1950*, New York: Harcourt, Brace & World, 1971, p. 5.

② Charles Olson, *Human Universe and Other Essays*, New York: Grove Press, 1967, p. 47.

③ Charles Olson, *The Maximus Poem*, Berkeley: University of California Press, 1983, p. 7.

“形式”固然重要，且为人们所热爱，但是没有实质性“事物”的形式就像无本之木，无从可谈。诗中罗列的“事物”似乎没有什么值得入诗的价值，更不用说具有史诗意义的崇高主题。“干草和棉秆”似乎缺少爱的火苗；鸟儿从街上、码头衔回的“野草”“鱼刺”“稻草”等，给人的印象是“破碎的”，丝毫没有让人感觉到一种鸟儿巢林一枝的安慰。然而，当我们注意到这些“事物”是“诞生于你自己”时，我们突然发现自然界的“事物”与人的“自己”同时处于一个平台，而且有着一种水火交融、缺一不可的关系。诗中所列举的具体事物都“诞生于你自己”，诞生于一连串自由漂流的感觉意象：鸟儿从四处衔回的“干草”“棉秆”“野草”……诗境至此，尽管这个诞生一切的“自己”仍然是一个“破碎的”意象，但是一个包罗万象的“你自己”的形象已跃然纸上。奥尔森诗中的“你自己”与惠特曼笔下的“我自己”一样，它包罗万象并存在于一个永恒、无限的“现在”之中。

然而，诗人眼前这个永恒、无限的“现在”却是一个“腐朽”的时代：

爱是不容易的
可你怎么知道，
新英格兰，现在
这里出现了腐朽[①]，啊
俄勒冈，那些老式电车[②]，在
午后的街上叮当而过，
……
　　　　　　　　　啊，渔夫，你将如何

① 原文“pejorocracy”一词，为庞德首造之词，最先出现在庞德《诗章》第79章中，《比萨诗章》中译者黄运特博士认为庞德生造此词，“以戏弄aristocracy（贵族），故译为鬼族”（见《比萨诗章》，漓江出版社1998年版，第122页注释）。奥尔森在《翠鸟》和《马克西姆斯诗篇》中两次借用这一生造之词。根据《〈马克西姆斯诗篇〉指南》的注释，这一词是由拉丁语词缀*pejor*与－ocracy组合而成的，意思是“腐朽的统治”，在此影射诗人对当代腐朽社会的抨击。

② 奥尔森这首诗歌的创作时间大约是20世纪40年代后期。那时，他住在华盛顿特区。特区的电车都已配有音乐装备，供旅客享用。相比之下，俄勒冈的公车就显得老式。

镖中那蓝红色的鱼背
当，昨夜，你的目标
是那阴—乐，阴—乐，阴—乐①
而不是那种纸牌游戏?②

诵读这一诗节，我们会感到这曲交响“阴—乐”始终随着社会的“腐朽”，而成为贯穿全诗的主旋律之一。在刻画这个生活资料极度丰富的国度时，奥尔森在《马克西姆斯诗篇》中同样刻画了艾略特《荒原》中所表达的现代文明给人带来的精神枯竭。在眼前这个“腐朽”的社会里，对于一个“渔夫”来说，“爱是不容易的”；他只能乘坐那叮当响的“老式电车”，毫无目的地度过自己的夜晚，不论是去听那病态的“阴—乐”还是去玩“那种纸牌游戏”，都无法使他精神振作。但是，在这一节的结尾，我们看到了诗人对这个腐朽现实的切齿愤恨：“啊，杀杀杀杀杀/杀死那些/用广告出卖你的/人。”③ 那么，与这一曲病态的“阴—乐”和这幅腐朽的现实生活图景相对照的却是下一诗节中马克西姆斯那铿锵有力的话语节奏所蕴含的决心与抱负。他将努力地在这个杂乱无章的生活外壳上寻求一种有机的、内在的协调：

进！进！船首的斜桁，鸟，鸟喙
进，海湾，进，开进去，那形式
你创造的，事物的形式，那是
万物的规律，一步一步，你的现实，你的必然，什么
力量可以抛起，可以，此时此刻就可以树起，

① 原文“mu-sick”，为奥尔森生造之词，意思大致是“病态的音乐”，故试译为“阴—乐”，与“音乐”双关谐音。奥尔森《ABC 诗篇〈3—致兰波〉》一诗是这么开篇的：“新闻（啊，最新的）/和阴—乐，阴—乐——音乐/比战争糟糕，比/和平倒霉，且两者都死了/且人民的面庞/像沸水。”接着，奥尔森写道：“谁恳求……/比如，一辆电车/来回运行?”与文中的引诗一样，奥尔森两次将“音乐”（或者“阴—乐”）与电车紧密联系，足见他的用意。

② Charles Olson, *The Maximus Poem*, Berkeley: University of California Press, 1983, p. 7.

③ Ibid., p. 8.

那桅杆、那桅杆、那柔韧的
桅杆！①

这种内在的能量仿佛迸发出一股无穷的力量、一种坚定不移的决心。这表示马克西姆斯并没有被那种病态的“阴—乐”所感染，也没有对社会的腐朽感到绝望。相反，他却树起自己的“桅杆”，面对自己的“现实”与“必然”，按照“万物的规律”，“一步一步”地朝着海湾“前进！前进!”。

鸟巢，我说，对你，我，马克西姆斯，说
用手遮着，当我看见它时，穿过海面
从我站着的地方，从我听见的地方
仍然可以听见

从我给你衔去一根羽毛的地方
仿佛，十分险峻，我拾起
下午给你送去
一块宝石，
　　　　它比鸟儿的翅膀更加耀眼
比任何浪漫的往事都更加光灿
比任何记忆、任何地方都更加光辉
比你所拥有的事物之外的一切都更加灿烂
……
比你所能做的一切都
更加光辉灿烂！②

诗中那一步一顿的节奏不仅再现了艾略特笔下人们破碎灵魂中那种至痛至深的心灵创伤，同时也表现了主人公坚定的信念和无畏的精神。他

① Charles Olson, *The Maximus Poem*, Berkeley: University of California Press, 1983, p. 8.
② Ibid..

“仍然可以听见”远处小鸟的啼鸣，仍然可以看见自己的“鸟巢”。这是大自然赋予他的精神慰藉与生存的力量。尽管生活的道路“十分险峻”，但是最终会有人给他送去一块可以照亮人生之途的“宝石”。我们在这第一诗章中可以深切地体悟到奥尔森是要将格罗斯特表现为一种互动和谐的能量。尽管这种能量始于一根根“干草”“棉秆”“野草”，但最终它将汇成一股汹涌澎湃、排山倒海的洪流，“比你所能做的一切都/更加光辉灿烂！”因此，诗人抒情的瞬间，最终也将汇成一部民族史诗般的交响乐曲。奥尔森的《马克西姆斯诗篇》也因此堪称一部抒情史诗。

附 录 1

Lyric Epic in Modern American Literature*

—A Talk in a Workshop at Peking University

The term "lyric epic" has perhaps not yet been defined in any dictionary of literary terms. But I don't claim that I am the first to use this term to describe modern American long poems. Professor James E. Miller, Jr. , a distinguished scholar on American literature in the University of Chicago, puts such modern American long poems as Whitman's *Leaves of Grass*, Pound's *The Cantos*, T. S. Eliot's *The Waste Land*, Williams's *Paterson*, Crane's *The Bridge*, Olson's *Maximus Poems*, Berryman's *Dream Songs*, and Ginsberg's *Fall of America* under the catalogue of "personal epic[s]" in his monumental work, *The American Quest for a Supreme Fiction*: *Whitman's Legacy in the Personal Epic* (1979) . In 1992, he entitles his new study of Whitman's life-long work as *Leaves of Grass*: *America's Lyric-Epic of Self and Democracy* and takes it as "the germ of Whitman's radical innovation", the fact that "His [Whitman's]

---

* This presentation was based on the paper that I delivered at "Whitman 2000: American Poetry In A Global Context", an international conference hosted by Peking University on October 23, 2000. The title of my paper was "Whitman's 'Song of Myself': A Lyric Epic", which was originally a course paper written under the title of "The Dilating Self in Whitman's 'Song of Myself'" to meet the demand of Professor Don Byrd's graduate class on "19th-Century American Literature" at SUNY at Albany in the Spring, 1998. The Chinese version was published in *Journal of Peking University* (Humanities and Social Science) 2001: 4 (General No. 206) and a revised version has included in this book in Chapter 7 under the title of "Walt Whitan: 'I Celebrate Myself'" on pages 130 – 179.

inspiration is lyric, his ambition epic, the one to be fitted within the structure of the other"[①]. Miller's analysis of "the Lyric-Epic Structure" of *Leaves of Grass* is groundbreaking and enlightening in the sense that he sets a tone on this new form of epic in modern American literature. My interest, however, is not to re-define modern American long poem, but to explore how Whitman and other modern American epic poets dramatize the lyric inspiration and the epic ambition in their poetic presentation, hoping to make a step in progress to meet my colleagues' encouragement and expectation for my future in "defining the 'lyric-epic'"[②].

Today, I'd like to share my understanding of Whitman's dilating self in his "Song of Myself". Ever since its first appearance in 1855, Whitman's "Song of Myself" has been approached from a wide variety of perspectives. My reading, however, aims at depicting Whitman's dramatic presentation of a dilating self through the "I" and "you" in "Song of Myself". Beginning with "I celebrate myself, and sing myself/And what I assume you shall assume, /For every atom belonging to me as good belongs to you"[③], this poem ends with "Failing to fetch me at first keep encouraged, /Missing me one place search another, /I stop somewhere waiting for you"[④]. This "you" remains in the poem to and through the end, though the "I" is almost always in the foreground. Not many poets before Whitman have made so much of the reader as he does throughout *Leaves of Grass*. Like most of other Romantic poets in the 19th century, Walt Whitman was also vitally preoccupied with the sense of self-consciousness, using the self as poetic persona in his poetry. But

---

① James E. Miller, Jr., Leaves of Grass: *America's Lyric-Epic of Self and Democracy*, New York: Twayne Publishers, 1992, p. 25.

② This is a quote from Professor James E. Miller's inscription for me after his listening to my presentation of "Whitman's 'Song of Myself': A Lyric Poem" at the international conference on "Whitman 2000: American Poetry In A Global Context" in Peking University on October 23, 2000. Miller's inscription goes like this: "For Huang—With great expectations for his future in defining the 'lyric epic'! Jim Miller, Beijing, Oct. 23, 2000."

③ Walt Whitman, *Leaves of Grass*, New York: Vintage Books, 1992, p. 188.

④ Ibid., p. 247.

even in the earliest poem of his, Whitman's "myself" is interchangeable with yours. He is trying to dissolve the "I" by emphasizing whatever joins the "I" to the "you", the surrounding world and whatever makes the "I" like the "you", the other human beings in general. Whitman opens his *Leaves of Grass* with a well-known "Inscription" which begins with:

> One's Self I sing, a simple separate person,
> Yet utter the word Democratic, the word En-Masse. ①

This "One's Self" is paradoxically indistinguishable from "the word En-Masse", though Whitman's use of the conjunction "*yet*" seems to indicate opposition. "The word Democratic", though syntactically synonymous with "En-Masse", negotiates in fact between separate personhood and membership in the "En-Masse". By identifying the Self both specifically and socially at the beginning of *Leaves of Grass*, Whitman lives wholly in the presence where eternity is bound to be found. The "I" in "Song of Myself" then turns out to be "Walt Whitman, a kosmos, of Manhattan the son"②. The "I" is identified with "a kosmos", and "the son of Manhattan". It is conceived as the sum total of all of human experiences:

> My tongue, every atom of my blood, form'd from this soil, this air,
> Born here of parents born here from parents the same, and their parents the same. ③

Whitman not only speaks for America but also for the whole mankind. He identifies himself as "a kosmos"—a self-contained organic whole, which is not only equal to any other such whole but also comprises any other part of any

① Walt Whitman, *Leaves of Grass*, New York: Vintage Books, 1992, p. 165.
② Ibid., p. 210.
③ Ibid., p. 188.

other whole: "Of physiology from top to toe I sing, /Not physiognomy alone nor brain alone is worthy for the Muse, I say the Form complete is worthier far, /The Female equally with the Male I sing. "[①] Whitman's self, therefore, is not only deeply rooted in the real existence of America but also merged into the timeless flow of life. This seems to be the way Whitman dramatizes his poetic presentation of a dilating self.

Whitman's dilating self echoes a revolutionary development of sensibility in a revolutionary age of the American republic. In his essay "A Backward Glance O'er Travel'd Roads" near the end of his life, he says that "I consider *Leaves of Grass* and its theory experimental—as, in the deepest sense, I consider our American republic itself to be, with its theory"[②], and that "I know very well that my 'Leaves' could not possibly have merged or been fashion'd or completed, from any other era than the latter half of the Nineteenth Century, nor any other land than democratic America"[③]. The theory of the American republic is experimental because it assumes that all men are created equal and it gives every citizen the vote and every person equal protection under the law. This assumption changes Americans' attitude toward reality. It fosters at the same time Whitman's way of dramatizing the revolutionary feeling of the self. What is experimental in *Leaves of Grass* evolves from Whitman's moving far beyond this merely political assumption. Whitman's "Self" is not only a metaphor freeing a poet's imagination, it also expresses a deep yet tangible tension in the life of his time and ever since. His "Self" is omnivorous, demanding to partake of and participate in every conceivable experience: "I pass death with the dying and birth with the new-wash'd babe, and am not contain'd between my hat and boots." This "Self" demands to be identified with the outcasts and downtrodden. "I understand the large heart of heroes", he writes, yet also writes, "I embody all presences out-law'd or

① Walt Whitman, *Leaves of Grass*, New York: Vintage Books, 1992, p. 165.

② Walt Whitman, "A Backward Glance O'er Travel'd Roads", in Leaves of Grass *and Other Writings*, New York: A Norton Critical Edition, 2002, p. 472.

③ Walt Whitman, *Leaves of Grass*, New York: Vintage Books, 1992, p. 476.

suffering; /See myself in prison shaped like another man", and he identifies with the mutineer, the thief, the cholera patient, the prostitute... For him, "Agonies are one of my changes of garments". Christlike, he takes upon himself the sufferings of all: "I am the man, I suffer'd, I was there." This "Self" is designed to make possible the expression of the absolute equality of everyone with everyone else, of everything with every other thing: a world without distinctions: "What is commonest, cheapest, nearest, easiest, is Me."

This "Me" of Whitman's also echoes the materialistic accumulation of the United States. As he confesses in "A Backward Glance", he wants to insert himself in his poetry, "to articulate and faithfully express in literary or poetic form, and uncompromisingly, my own physical, emotional, moral, intellectual, and aesthetic Personality, in the midst of, and tallying, the momentous spirit and facts of its immediate days, and of current America—and to exploit that Personality, identified with place and date, in a far more candid and comprehensive sense than any hitherto poem or book"①. Whitman's days were, indeed, days of "momentous spirit and facts" both for the poet himself and for America. At the time of Whitman's birth in 1819, America was still a rural country. Its Constitution and the democratic ideas upon which this country was founded were only a generation old. America was a land of seemingly unlimited space, resources, and possibilities, yet a land with no cultural roots to call its own. In 1820, a year after Whitman's birth, Sydney Smith of Britain's *Edinburgh Review* was prompted to ask: "In the four quarters of the globe, who reads an American book?" But the period between Smith's remark and the publication of Whitman's first edition of *Leaves of Grass* in 1855 was one of the remarkable and unprecedented changes in America, particularly in the world of books. Whitman witnessed his young nation's initiation into maturity. He witnessed the materialistic accumulation of his new republic and its change into a self-assured, settled, industrial and

① Walt Whitman, *Leaves of Grass*, New York: Vintage Books, 1992, p. 658.

urban society. He and his country set off simultaneously on a quest for identity.

When Whitman published his first edition of *Leaves of Grass* on or around the fourth of July in 1855, he believed that he had engaged in a personal literary journey of national significance. Setting out to define the American experience, Whitman consciously hoped to answer Emerson's call for a truly original national poet, one who would sing of the new country in a new voice. Although he had published only a small handful of poems before 1855, Whitman felt confident that the time was ripe and that the people would embrace him. His confidence resulted largely from his awareness of the tremendous changes in the American literary world that had taken place during the first half of the 19th century. By 1855, America could boast one of the world's largest and most advanced publishing industries, producing distinctly "American" books by such writers as Emerson, Thoreau, Hawthorne, Melville, and Poe. The amazing growth of American literature and of the supporting publishing industry was the result of a self-conscious effort by authors and publishers to establish for the United States a literary culture of its own. Between 1830s and 1850s, the number of American newspapers grew from 36 to 254. The advent of modern publishing practices during this period brought books and newspapers to the people in unimaginable numbers. Working as a printer, editor, journalist, and publisher during the years of the publishing industry's phenomenal growth, Walt Whitman became a bohemian observer of the society, and was keenly aware that the tools necessary for his emergence as the new, democratic poet were near at his hands. His experience as a journalist was an important back-account experience because it was a very direct exposure to reality. We see nothing bookish in Whitman's education. This is perhaps the way he learned about the American society.

A new medium, as a result, fostered a new profession with its own personality. Whitman believed that he could bring poetry to the common people. With the publication of his 1855 *Leaves of Grass*, Whitman assumed for himself the role of the new American poet, referring to himself as "one of the roughs", a common man. His self-confidence as a new poet can immediately be observed in his prophetic invitation to the reader in an early section of "Song of Myself":

> Have you reckon'd a thousand acres much? Have you reckon'd the earth much?
> Have you practis'd so long to learn to read?
> Have you felt so proud to get at the meaning of poems?
>
> Stop this day and night with me and you shall possess the origin of all poems,
> You shall possess the good of the earth and sun, (there are millions of suns left),
> You shall no longer take things at second or third hand, nor look through the eyes of the dead, nor feed on the specters in books,
> You shall not look through my eyes either, nor take things from me,
> You shall listen to all sides and filter them from yourself. ①

These lines are what Emerson called "incomparable things said incomparably well"②. They answer exactly what Emerson questioned about at the beginning of his essay "Nature" (1836):

> The foregoing generations beheld God and nature face to face; we, through their eyes. Why should not we also enjoy an original relation to the universe? Why should not we have a poetry and philosophy of insight and not of tradition, and a religion by revelation to us, and not the history of theirs? ... why should we grope among the dry bones of the past, or put

① Walt Whitman, *Leaves of Grass*, New York: Vintage Books, 1992, pp. 189 – 190.

② Walt Whitman, "Emerson to Whitman, 1855", in Leaves of Grass *and Other Writings*, New York: A Norton Critical Edition, 2002, p. 637.

the living generation into masquerade out of its faded wardrobe?[1]

Both of their remarks seem to have merged into one common voice of their age. America had long been calling for a new poet. Unlike most of his contemporary poets, Whitman opened up an unlimited space for American poetry. His accents were primitive, his tones crude, his lines broke away the tradition of British poetry. In fact, ever since the beginning of his career, he had actually assumed for himself the role of a poet prophet, the primitive seer, the American frontiersman of democracy. But "not a copy [of *Leaves of Grass*] was sold", said Whitman after its first edition came into being. John Greenleaf Whittier was said to have thrown his gift copy of 1855 *Leaves of Grass* into fire. Emily Dickinson, in her response to T. W. Higginson, said that "you speak of Mr. Whitman—I never read his book—but was told that he was disgraceful—"[2]. All these, however, never discouraged Whitman from "ceas [ing] not till death"[3]. To remedy this situation, Whitman even wrote and published three unsigned self-reviews of his poems. In the third and most autobiographical of the self-reviews ("To give judgments on real poems, one needs an account of the poet himself"), Whitman offered an idealized self-portrait of himself as a man of the people, "a man who is art-and-part with the commonalty, and with immediate life":

> Of pure American breed, large and lusty—age thirty-six years (1855) —never once using medicine—never dressed in black, always dressed freely and clean in strong clothes—neck open, shirt-collar flat and broad, countenance tawny transparent red, beard well-mottled with white, hair like hay after it has been mowed in the field and lies tossed

① Ralph Waldo Emerson, "Nature", in *The Collected Works of Ralph Waldo Emerson*, Vol. 1, Cambridge & London: Harvard University Press, 1971, p. 7.

② Thomas H. Johnson and Theodora Ward, eds., *The Letters of Emily Dickinson*, Vol. 2, Cambridge: Harvard University Press, 1958, p. 404.

③ Walt Whitman, *Leaves of Grass*, New York: Vintage Books, 1992, p. 188.

> and streaked—his physiology corroborating a rugged phrenology—a person singularly beloved and looked toward, especially by young men and the illiterate—one who has firm attachments there, and associates there—one who does not associate with literary people—a man never called upon to make speeches at public dinners—never on platforms amid the crowds of clergymen, or professors, or aldermen, or congressmen—rather down in the bay with pilots in their pilot-coat—or off on a cruise with fishers in a fishing-smack—or riding in a Broadway omnibus, side by side with the driver—or with a band of loungers over the open grounds of the country—fond of New York and Brooklyn—fond of the life of the great ferries—one whom, if you should meet, you need not expect to meet an extraordinary person—one in whom you will see the singularity which consists in no singularity—whose conduct is no dazzle or fascination, nor requires any deference, —but has the easy fascination of what is homely and accustomed—as of something you knew before, and was waiting for—there you have Walt Whitman, the begetter of a new offspring out of literature, taking with easy nonchalance the chances of its present reception, and, through all misunderstandings and distrusts, the chances of its future reception—preferring always to speak for himself rather than have others speak for him. ①

Never before did any poet make so much of the reader as Whitman did. Never before did any poet feel so confident of himself as Whitman felt. Whitman was determined to speak as a representative of his people spoke while at the same time he cherished a strong desire to get equalized with his people as a man "of Manhattan the son". The small sale of his 1855 *Leaves of Grass*, therefore, never discouraged him from publishing a new edition with many new poems in 1856. Whitman even boasted in his open letter to Emerson

① Milton Hindus ed., *Walt Whitman: The Critical Heritage*, London & New York: Routledge, 1971, pp. 47 – 48.

in 1856 that "I printed a thousand copies [of *Leaves of Grass*, 1855], and they readily sold" and that his 1856 new edition would sell "several thousand copies"①. The 1856 edition of *Leaves of Grass*, however, turned out to be an even greater failure. What he had prophesied turned out to be nothing more than boastful fantasy. A reading of Whitman's 1856 open letter to Emerson together with Emerson's 1855 letter to Whitman will give us a glimpse of the "dramaticism" involved in Whitman's desire to be accepted by the reader.

Whitman has long been considered by critics to be more possessed by than in possession of the Emersonian transcendentalist ideas. Even early in 1897, William Sloane Kennedy, in his article "Identities of Thought and Phrase in Emerson and Whitman", recorded parallels between Emerson's ideas in the essays and Whitman's in *Leaves of Grass*. ②Floyd Stovall in his *The Foreground of* Leaves of Grass (1974) also asserts that "Whitman's indebtedness to Emerson [is] too obvious"③. Hyatt Waggoner argues that "what Emerson puts abstractly, Whitman makes concrete", and that Emerson's "The Poet" contains "nearly all the ideas Whitman was later to express in his poetry"④. Albert Gelpi argues that Whitman has cast himself "almost point for point... in the role Emerson had proclaimed"⑤. It seems to me, however,

---

① Harold W. Blodgett ed., *The Best of Whitman*, New York: The Ronald Press Company, 1953, p. 730.

② Kennedy's article was first published in the *Conservator* (Ⅷ, pp. 88 – 91), a perriodical of limited circulation largely devoted to favorable studies of Whitman, in Aguast, 1897. He selected thirty-four passages from *Leaves of Grass*: twelve from 1855 edition, eight from 1856, ten from 1860, and four from later editions, and matched them with an equal number of passages from Emerson's essays, chiefly from the first and second series, originally published in 1841 and 1844 respectively. The ideas are usually identical, or nearly so, and the phrasing is similar though rarely identical in more than a few significant words. (Also see Floyd Stovall, *The Foreground of Leaves of Grass*, Charlottesville: University Press of Virginia, 1974, pp. 295 – 305).

③ Floyd Stovall ed., *Walt Whitman: Prose Works*, 1892, Vol. 2, New York: New York University Press, 1963, p. 196.

④ Hyatt H. Waggoner, *American Poets: From the Puritans to the Present*, Baton Rouge & London: Louisiana State University Press, 1968, p. 150, p. 154.

⑤ Albert Gelpi, *The Tenth Muse: The Psyche of the American Poet*, Cambridge: Harvard University Press, 1975, p. 157. All these assertions, building up an impression of a master-and-disciple relation between Emerson and Whitman, are based largely on two primary sources: Whitman's repeated echoes of Emersonian Transcendental ideas in his 1855 *Leaves of Grass*, and his open letter to Emerson in 1956.

Whitman was never so straightforward as he appeared to be in his open letter. A close reading of this letter will help us see the masks Whitman wore.

The first sentence of this letter seems to have entailed Whitman's reluctance to acknowledge Emerson as his master:

> Here are thirty-two Poems, which I send you, dear Friend and Master, not having found how I could satisfy myself with sending any usual acknowledgment of your letter. ①

First, Whitman's address to Emerson as "dear Friend and Master" does not appear at the initial position of the letter. Obviously, what Whitman had in mind was his "thirty-two Poems" rather than a respect bestowed on his "Master". Secondly, compared with Emerson's address to Whitman as "Dear Sir" in his letter sent to Whitman a year before on reading Whitman's gift copy of the first edition of *Leaves of Grass*, Whitman, 16 years younger than Emerson, didn't seem to have shown enough respect to this "Master" of the school of literary idealism. Thirdly, Whitman's juxtaposition of "Friend and Master" in his address can be interpreted as a mixture of informality and formality, thus making it ambiguous the relationship between them—a friendly one, or a master-and-disciple one, or both? Moreover, Whitman's argument for failing to have found an appropriate way to extend his thanks to Emerson's letter does not hold water at all. His argument seems to me a touch of despise rather than gratefulness. Finally, the exaggerated effect of the word "acknowledgment" associates our connotation with the irony involved in "the truth universally acknowledged" in the opening section of Jame Austen's *Pride and Prejudice*, which turns out to be nothing universally significant but the marriage among Mrs. Bennet's five daughters. Moreover, if we read this opening sentence together with the opening paragraph of Johnson's letter "To

① Walt Whitman, "Whitman to Emerson, 1856", in *Leaves of Grass and Other Writings*, New York: A Norton Critical Edition, 2002, p. 638.

The Right Honorable The Earl of Chesterfield", Whitman's ironical refusal of having a master echoes exactly Johnson's denial of having a patron:

> My Lord,
>
> I have been lately informed, by the proprietor of The World, that two papers, in which my Dictionary is recommended to the public, were written by your Lordship. To be so distinguished, is an honor, which, being very little accustomed to favors from the great, I know not well how to receive, or in what terms to acknowledge. ①

Samuel Johnson, after having pushed on his work through unspeakable difficulties for seven years without even "one word of encouragement", has at last brought his Dictionary "to the verge of publication". Lord Chesterfield's notice of its value, therefore, "had it been earl [ier], had been kind". But it has been delayed till Johnson is "known, and do [es] not want it"②. Johnson, ironically enough, turns down Lord Chesterfield's intention to patronize him by arguing that he doesn't "know well how to receive, or in what terms to acknowledge" the honor. Similarly, Whitman's self-reliant personality is well suggested in his ironical argument for not having found any satisfactory and unusual acknowledgment of Emerson's letter. Further more, if we move on to the second sentence, its syntactical design may also reinforces Whitman's indifferent attitude toward Emerson's mastership over him:

> The first edition, on which you mailed me that till now unanswered letter, was twelve poems—I printed a thousand copies, and they readily sold. ③

---

① M. H. Abrams ed., *The Norton Anthology of British Literature*, 6th edition, Vol. 1, New York & London: W. W. Norton & Company, 1993, p. 2428.

② Ibid..

③ Walt Whitman, "Whitman to Emerson, 1856", in *Leaves of Grass and Other Writings*, New York: A Norton Critical Edition, 2002, p. 638.

The core of this sentence is that "The first edition... was twelve poems", in which, however, Whitman inserted his apology for not having answered Emerson's letter "till now". The syntactical subordination of his apology in this sentence reinforces formally his less attention to acknowledge Emerson's mastership over him. Whitman's purposeful offensiveness of the letter, therefore, bespeaks itself.

The course of the letter, then, slides into its labyrinthine presentation of his poetics. Whitman advocates that American literature must "commensurate with America, with all the passions of home"① . He urges to "strangle the signers who will not sing you [America] loud and strong"② . Calling for a literary independence in America, Whitman proclaimed that "the genius of all foreign literature is clipped and cut small, compared to our genius, and is essentially insulting to our usage, and to the organic compacts of These States. Old forms, old poems, majestic and proper in their own lands here in this land are exiles"③ . But regretfully enough, it seems to Whitman that "there is not one of America... There is no great author; every one has demeaned himself to some etiquette or some impotence. There is no manhood or life-power in poems; there are shoats and geldings more like. Or literature will be dressed up, a fine gentleman, distasteful to our instincts, foreign to our soil... In lives, in poems... not a single head lifts itself clean out, with proof that it is their master, and has subordinated them to itself"④ . The violet and contemptuous images here not only shows his scornful attitude toward his contemporary writers but also reveals his denial of a master-and-disciple relationship with Emerson. Actually by 1855, Whitman not only realized that his appearance had brought into fact Emerson's notion that "the birth of a poet

---

① Walt Whitman, "Whitman to Emerson, 1856", in *Leaves of Grass and Other Writings*, New York: A Norton Critical Edition, 2002, p. 639.

② Ibid..

③ Ibid., p. 641.

④ Ibid., pp. 639, 642.

is the principal event in chronology"[①], but also perceived that Emersonism "breeds the giant that destroys itself"[②]. Whitman, therefore, seems to have cherished an idiosyncratic poetic self of his own. Whitman, however, is very deft in burying his "boil [ing]" poetic personality at the end of this letter:

> Those shores you found. I say you have led The States there—have led Me there. I say that none has ever done, or ever can do, a greater deed for The States, than your deed. Others may line out the lines, build cities, work mines, break up farms; it is yours to have been the original true Captain who put to sea, intuitive, positive, rendering the first report, to be told less by any report, and more by the mariners of a thousand bays, in each tack of their arriving and departing, many years after you.[③]

Obviously, hoping to invite the attention of the public and critic, Whitman reconciles himself rhetorically to the master-and-disciple relationship with this "original true Captain". Just as he said to Horace Traubel on July 31, 1888 that "I seem to have various feelings about Emerson but I am always loyal at last. Emerson gratified me as a young man by what he did—he sometimes tantalized me as an old man by what he failed to do. You see, I both blaspheme and worship"[④]. This open letter, therefore, can be seen both as a deceptively straightforward expression of Whitman's "loyal" attitude toward Emerson and as an outlet of his dilating self as a new representative of America.

Although Emersonian Transcendentalism was never a popular movement,

---

① Ralph Waldo Emerson, "The Poet", in *The Collected Works of Ralph Waldo Emerson*, Vol. 3, Cambridge: Harvard University Press, 1983, p. 7.

② Floyd Stovall ed., *Walt Whitman: Prose Works*, 1892, Vol. 2, New York University Press, 1963, pp. 517-518.

③ Walt Whitman, "Whitman to Emerson, 1856", in *Leaves of Grass and Other Writings*, New York: A Norton Critical Edition, 2002, p. 646.

④ Hyatt H. Waggoner, *American Poets: From the Puritans to the Present*, Baton Rouge & London: Louisiana State University Press, 1968, p. 149.

Emerson, a cultural icon with instant name recognition, still influenced Whitman in his poetic creation. Probably as early as in March 1842, Whitman attended some of the six lectures given by Emerson in New York, because he reported that one on poetry was "one of the richest and most beautiful compositions, both for its matter and style, we have heard anywhere, at any time"① . In *Eagle* in December 1847, Whitman reprinted the opening sentences of "Spiritual Laws", which he called "one of Ralph Waldo Emerson's inimitable lectures"② . Floyd Stovall, moreover, asserted that Whitman read Emerson's "The Poet" "with great care in 1854... and that it had a marked influence in shaping [Whitman's] image of himself as the new American poet that Emerson said he had looked for in vain"③ . Whitman, however, twice denied that Emerson had any influence at all on his poetry. Although we remember Whitman's other remark that "I was simmering, simmering, simmering; Emerson brought me to a boil", we still agree with David S. Reynolds that Emerson was at most "a catalyst"④ for a poetic imagination that Emerson himself called curiously the "long foreground" of *Leaves of Grass*. Whitman's poetry, however, was more creative than mimetic, more dynamic than static, and more dilative than introspective. If we read Whitman's Preface to 1855 edition of *Leaves of Grass* together with Emerson's essay "The Poet", we'll see that Whitman was not only trying to answer Emerson's call for a new poet, but also was breaking open the limit of Emersonian Transcendentalism. "America", said Emerson, "is a poem in our eyes" because "its ample geography dazzles the imagination"⑤ of

① David S. Reynolds, *Walt Whitman's America: A Cultural Biography*, New York: Alfred A. Knope, 1995, p. 258.

② Ibid. .

③ Floyd Stovall ed. , *Walt Whitman: Prose Works*, 1892, Vol. 2, New York: New York University Press, 1963, p. 296.

④ David S. Reynolds, *Walt Whitman's America: A Cultural Biography*, New York: Alfred A. Knope, 1995, p. 82.

⑤ Ralph Waldo Emerson, "The Poet", in *The Collected Works of Ralph Waldo Emerson*, Vol. 3, Cambridge: Harvard University Press, 1983, p. 22.

American people. Picking up Emerson's tone, Whitman sang loudly in his Preface that "The Americans of all nations at any time upon the earth have probably the fullest poetical nature. The United States themselves are essentially the greatest poem... Here is not merely a nation, but a teeming nation of nations"① . "The American poets are to enclose old and new for America is the race of races. Of them the bard is to be commensurate with a people. To him the other continents arrive as contributions... he gives them reception for their sake and his own sake. His spirit responds to his country's spirit... he incarnates its geography and natural life and rivers and lakes."② When Whitman says in his "Song of Myself" that "I am large, I contain multitudes"③, he was saying that he contained multitudes of thought that just like anybody else. His mind was as large as the horizon he saw about, because when he turned around he could see the whole horizon. In his Preface, Whitman immediately visualized this notion of largeness in a two-page catalogue which expands upon Emerson's more static list in "The Poet":

> Mississippi with annual freshets and changing chutes, Missouri and Columbia and Ohio and Saint Lawrence with the falls and beautiful masculine Hudson, do not embouchure where they spend themselves more than they embouchure into him. The blue breadth over the inland sea of Virginia and Maryland and the sea off Massachusetts and Maine and over Manhattan bay and over Champlain and Erie and Over Ontario and Huron and Michigan and Superior, and over the seas off California and Oregon... is not tallies by the blue breath of the waters below more than the breadth of above and below is tallied by him... To him enter the essences of the real things and past and present events... the free commerce—the fisheries and whaling and gold-digging—the endless

① Walt Whitman, "Preface 1855", in *Leaves of Grass and Other Writings*, New York: A Norton Critical Edition, 2002, p. 616.

② Ibid., p. 618.

③ Walt Whitman, *Leaves of Grass*, New York: Vintage Books, 1992, p. 246.

gestation of new states—the convening of Congress every December, the members... from all climates and the uttermost parts... the factories and mercantile life... the southern plantation life... slavery. ①

Whitman's expansion in space here is not simply geographical. It accompanies the dilation of his poetic self. Through endless incorporation of experiences, Whitman postulates a boundless power of empathy. The "I" in "Song of Myself" actually absorbs an entire nation into a cosmic vision and Whitman wrote with a persona who allows him to speak not simply for Whitman himself but for the whole America, the human being.

In terms of the character of the poet, Emerson claimed that "the poet is representative. He stands among partial men for the complete man... The poet is the person in whom these powers [i. e. the power as an artist to feel the impressions of nature and the power to express them] are in balance, the man without impediment, who sees and handles that which others dream of, traverse the whole scale of experience, and is representative of man, in virtue of being the largest power to receive and to impart"②. As to Whitman, the poet is to be a democratic hero, standing at the center as an "equalizer" of his people, their "common referee" and their representative. He is to be the priest, his teachings their scriptures, his songs the new rites. "The known universe has one complete lover and that is the greatest poet."③ He is to be "the channel of thoughts and things... and is the channels of himself"④, through which overflow all the energies and objects in the world. In *Leaves of Grass*, Whitman exemplifies Emerson's vision of "traverse [ing] the whole

① Walt Whitman, "Preface 1855", in *Leaves of Grass and Other Writings*, New York: A Norton Critical Edition, 2002, pp. 618 – 619.

② Ralph Waldo Emerson, "The Poet", in *The Collected Works of Ralph Waldo Emerson*, Vol. 3, Cambridge: Harvard University Press, 1983, pp. 4 – 5.

③ Walt Whitman, "Preface 1855", in *Leaves of Grass and Other Writings*, New York: A Norton Critical Edition, 2002, p. 622.

④ Ibid., p. 624.

scale of experience" . He abandoned conventional themes, dealing with the world that he really knew, a world with real things, with steam engines, and no literary scenes. Moreover, to articulate the vision of immense largeness, Whitman created a new form of free verse which is undisciplined by convention or tradition. He was rather unusual. Most of the other poets in 19th century were somewhat blinder. Edgar Allen Poe, for example, also lived in New York, walking down the same streets as Whitman did, but his poetry was a poetry of a blind man, a man who was imaging somewhere else. Herman Melville, who managed successfully his infinite command of particulars in his prose, was still writing poems in a limited form. Emily Dickinson had intelligent metaphysical details but her poetry was in a small form. Emerson, though advocating that "the poet and his poems should grow in the sun like corn and melons", failed to go beyond the limit of line in his poetic creation. Whitman, however, opened up a space completely, breaking off the line so that he could say anything he wanted and could bring in everyday particulars. "The poetic quality", says Whitman, "is not marshaled in rhyme or uniformity or abstract addresses to things nor in melancholy complaints or good precepts, but is the life of these and much else and is in the soul... The rhyme and uniformity of perfect poems show the free growth of metrical forms and bud from them as unerringly and loosely as lilacs or roses or a bush, and take shapes as compact as the shapes of chestnuts and oranges and melons and pears, and shed the perfume impalpable to form"①. Unlike Emerson whose intellectual experience remained an unanswerable illusion of Idealism all the time, Whitman was more complete in himself. He was "the seer" who really saw the dynamics of his nation: "Of all nations the United States with veins full of poetical stuff most needs and will doubtless have the greatest and use them the greatest"②, for "the proof of a poet is that his

① Walt Whitman, "Preface 1855", in *Leaves of Grass and Other Writings*, New York: A Norton Critical Edition, 2002, pp. 621-622.

② Ibid., p. 619.

country absorbs him as affectionately as he has absorbed it"[①].

When *Leaves of Grass* first appeared, the author is not named until about the middle of the first poem in a very immodest line: "Walt Whitman, an American, one of the roughs, a kosmos."[②] Apparently, Whitman wanted to incorporate his narrative voice into a larger realm of idioms as if he was not describing himself but was inscribing a culture from within. A reading of his notebooks of 1847 – 1848[③] will show that a "vast, tremendous" and all-assimilating scheme that lies behind "Song of Myself": "My right hand is time, and my left hand is space—both are ample... I am vast."[④] Here are some of the first preserved attempts that Whitman made at creating the poem:

> I am the poet of slaves, and of the masters of slaves...
> I am the poet of the body...
> And I am the poet of the soul...
> I am the poet of Strength and Hope...
> I am the poet of reality...
> I am for sinners and the unlearned...
> I am the poet of little things and of babes...
> I am the poet of Equality...[⑤]

Whitman's mind is oceanic. He wanted to bring all American experiences into his poetry. By playing a profound pun with "eye", Whitman's "I" here in the poem functions both as a seer and sayer[⑥], thus obscuring the

---

① Walt Whitman, "Preface 1855", in *Leaves of Grass and Other Writings*, New York: A Norton Critical Edition, 2002, p. 636.

② Walt Whitman, *Leaves of Grass*, New York: Vintage Books, 1992, p. 50.

③ Emory Holloway, *The Uncollected Poetry and Prose of Walt Whitman*, Vol. 2, New York: Peter Smith, 1932, pp. 69 – 86.

④ Ibid., p. 80.

⑤ Ibid., pp. 69 – 70.

⑥ Justin Kaplan, *Walt Whitman: A Life*, Toronto & New York: Bantam Books, 1980, p. 189.

relationship between the poet and the reader. "Now", he even wrote in his notebooks, "I stand here in the Universe, a personality perfect and sound; all things and all other beings as an audience at the play-house perpetually and perpetually calling me out from behind my curtain"① . Whitman's essential purpose was to identify his self with the social, or more specifically with the democratic "En-Masse" of America. The meaning of the poem, therefore, turns out to be inexhaustible; its images become multilayered and resonant; its form is free and processive; and the self appears to be a dilating one.

This identification on which the whole poem depends is established immediately in the opening lines of "Song of Myself":

> I celebrate myself, and sing myself,
> And what I assume you shall assume,
> For every atom belonging to me as good belongs to you. ②

The direct address to his readers suggests the poetic relationship Whitman is dramatizing: the poet—the subject—the reader, the "you" . Whitman's "I" is "separate", independent, different from other beings, while at the same time it is "democratic", collective, and equal with other beings. In "Crossing Brooklyn Ferry", the "I" is defined as "the simple, compact, well-join'd scheme, myself disintegrated, every one disintegrated yet part of the scheme"③ . Whitman seemed to acknowledge the existence of his "egotism" when he said that "I know perfectly well my own egotism"④ . But his egotism seems to emphasize the divinity of the individual and does not refer to the way of thinking only about "One's-Self" . He also says "I know I am

---

① Emory Holloway, *The Uncollected Poetry and Prose of Walt Whitman*, Vol. 2, New York: Peter Smith, 1932, p. 83.

② Walt Whitman, *Leaves of Grass*, New York: Vintage Books, 1992, p. 188.

③ Ibid., p. 308.

④ Ibid., p. 236.

deathless"[①] and that

> Divine am I inside and out, and I make holy whatever I touch or am touch'd from,
> The scent of these arm-pits aroma finer than prayer,
> This head more than churches, bibles, and all the creeds. [②]

If we read Whitman's pre-1855 notebooks, we will see how carefully Whitman figured out his poetic persona "I". In one of these notes, he concludes that "Boldness—*Nonchalant ease & indifference* To encourage me or any one continually to strike out alone—So it seems good to *me*—This is my way, *my* pleasure, *my* choice, *my* costume, friendship, amour, or what not. —"[③] A telling example in the notebooks illustrates Whitman's experimentation of rewriting the first person lines originally written in the third person. The famous line comes from section 33, the longest section in the 1855 *Leaves of Grass*: "I am the man... I suffered... I was there." Whitman originally wrote as "he is the man; he suffered, he was there"[④]. In this all-inclusive section, Whitman's "I" is potentially everywhere and everything. His persona identifies itself with the full scope of human activity. Looking back at the first half of this section, the poet imagine himself "by the city's quadrangular houses", "where the panther walks", "scaling mountains", "where the human heart beats with terrible throes under its ribs", "under Niagara", and elsewhere, near and distant, placid and dangerous. For the first time the poet imagines himself out of time, "Walking the old hills of Judaea with the beautiful gentle God by my side", and not confined to this world or hampered by space: "Speeding through space,

---

① Walt Whitman, *Leaves of Grass*, New York: Vintage Books, 1992, p. 206.

② Ibid., p. 211.

③ E. F. Grier, *Walt Whitman: Notebooks and Unpublished Prose Manuscripts*, Vol. 2, New York: New York University Press, 1984, p. 321.

④ Ibid., p. 109.

speeding through heaven and the stars." A sense of existing outside both space and time is conveyed in:

> I visit the orchard of spheres and look at the product,
> And look at quintillions ripen'd and look at quintillions green.[①]

All this imagery of movement up and down, over, through, in, and out, flung out in an almost frenzied state though it may seem, evokes the feeling of ecstatic insight appropriate to the emotional state of the poet. He is flying the flight of a "fluid and swelling soul", and his course runs "below the soundings of plummets". Then, in the latter half of the section, the imagery becomes gradually morbid: the man's body, fetched up "dripping and drown'd"; the "wreck of the steamship", fetched up "dripping and drown'd"; the "wreck of the steamship, and Death chasing it up and down the storm"; the "old-faced infants and lifted sick"; the "mother of old, condemn'd for a witch"; and the "hounded slave". The poet not only observes but becomes what he observes: "I am the man, I suffered, I was there"; "Hell and despair are upon me, crack and again crack the marksmen".[②] This is the most original way in which Whitman dramatizes the identification of his dilating self with all kinds of people without loosing his individuality.

It is observable that Whitman's self is dilative in terms of his notion about the relationship between "the Body" and "the Soul". He proclaimed in section 21 that "I am the poet of the Body and I am the poet of the Soul"[③]. But his "Soul", first appeared in "Song of Myself" as something apart from "the Body" when he said in relaxed tone that "I loafe and invite my soul"[④]. It is like something as substantial as the body: "Clear and sweet is my soul,

① Walt Whitman, *Leaves of Grass*, New York: Vintage Books, 1992, p. 223.

② Ibid., p. 225.

③ Ibid., p. 207.

④ Ibid., p. 188.

and clear and sweet is all that is not my soul."[①] "The Soul" and "the Body" seem to be of equal importance to Whitman. He wrote in the poem that "I have said that the soul is not more than the body, /And I have said that the body is not more than the soul". (Lines, 1269 – 1270)[②] That is why he wanted both to sing of the soul and of the body. But what strikes me most will be the famous Section 5, wherein Whitman wrote:

> I believe in you my soul, the other I am must not abase itself to you,
> And you must not be abased to the other.
>
> Loafe with me on the grass, loose the stop from your throat,
> Not words, not music or rhyme I want, not custom or lecture, not even the best,
> Only the lull I like, the hum of your valed voice.
>
> I mind how once we lay such a transparent summer morning,
> How you settled your head athwart my hips and gently turn'd over upon me,
> And parted the shirt from my bosom-bone, and plunged your tongue to my bare-stript heart,
> And reach'd till you felt my beard, and reach'd till you held my feet.[③]

Whitman here marries the soul and the body through an unmistakable sexual imagery, which can be interpreted both as a mere physical drama of an ecstatic sexual experience and yet in its own context, as a mystic interfusion of the body and the soul. This passage resumes the poet's invitation to "you my

① Walt Whitman, *Leaves of Grass*, New York: Vintage Books, 1992, p. 190.
② Ibid., p. 244.
③ Ibid., p. 192.

soul" to "lean and loafe" at the opening of the poem, as is reinforced rhetorically by the poet's use of alliterated "I" in these lines: "Loafe with me on the grass, loose the stop from your throat. . . Only the lull I like, the hum of your valed voice. "① In Section 1 "you" and "my soul" are apart from each other. "You" is the reader, and the soul is addressed indefinitely. But the phrase "you the soul" here dissolves the reader and extends beyond to the spiritual, as if the soul fleshes itself into the body ("the other I am") and the body awakens to the soul. And the imagery of the tongue and heart is ingenious. The spiritual tongue informs while the physical heart receives. It seems that only through the intimate interfusion of the body and the soul that one can come to know transcendent reality:

> Swiftly arose and spread around me the peace and knowledge that pass all the argument of the earth,
> And I know that the hand of God is the promise of my own,
> And I know that the spirit of God is the brother of my own,
> And that all the men ever born are also my brothers, and the women my sisters and lovers,
> And that a kelson of the creation is love. ②

Herein God is identified with the poet himself; Godis also identified with "the brother" of the poet. The spirit of God becomes the "kelson of creation", a love among "brothers" and "sisters" . What Whitman implies here is something that is deeper than religion, something that is underneath Christ. . . the roots of the most universal love among comrades and lovers. At the end of Section 45, therefore, Whitman concludes:

> My rendezvous is appointed, it is certain,

① Walt Whitman, *Leaves of Grass*, New York: Vintage Books, 1992, p. 192.
② Ibid. .

The Lord will be there and wait till I come on perfect terms,
The great Camerado, the lover true for whom I pine will be there. ①

Apparently, Whitman's depiction of the "great Camerado" as "the lover true" indicates his final and complete union with the Infinite and the Whole. "The Lord" symbolizes in this poem something spiritually democratic, something like love among brothers and lovers. Accordingly,

I hear and behold God in every object, yet understand God not in the least,
Nor do I understand who there can be more wonderful than myself.

Why should I wish to see God better than this day?
I see something of God each hour of the twenty-four, and each moment then,
In the faces of men and women I see God, and in my own face in the glass,
I find letters from God dropt in the street, and every one is sign'd by God's name,
And I leave them where they are, for I know that wheresoe'er I go,
Others will punctually come for ever and ever. ②

Here God is identified with "every object" at everywhere and at every moment. This is the way Whitman identifies his Self both with God and with every object in the world. "And nothing, not God is greater to one than one's self is."③ The Self is, therefore, "always a knit of identify, always

① Walt Whitman, *Leaves of Grass*, New York: Vintage Books, 1992, p. 241.
② Ibid., pp. 244 - 245.
③ Ibid., p. 244.

distinction, always a breed of life"[1].

This "breed of life" in "Song of Myself" is symbolically incorporated in the dominant image of the title of Whitman's book of verse, *Leaves of Grass*, which appears to be a running-title of every poem and on every page of the book. This leaf of grass, though simple and separate, grows actually not only in single blades but also in clusters or clumps, thus becoming a graphic embodiment of Whitman's dilating *Self*, his "central concept of democracy—individuality in balance with the mass, distinguished singleness in harmony with massive grouping"[2]. From the opening to the end of the poem, this leaf of grass always stands as a force of renewed life with its rich implications of vitality, democracy, and love. At the very beginning of the poem, the poet, while observing the beauty of nature, first of all catches the sight a leaf of grass:

> I loafe and invite my soul,
> I lean and loafe at my ease observing a spear of summer grass.[3]

Whitman merges symbolically "my soul" and the "spear of summer grass", as if the observation of this natural object has engaged him in a kind of meditation. He has to invite his soul to contemplate on this miracle of the universe. All the mystery of life, of existence, of being, seems not far away from him; it is so near at hand; it is so familiar and common to him; it has nothing exotic and mythical. Yet it has no limits in its meaning; it symbolizes everything; it contains all. The poet then directs the reader's attention to the miracles of this "spear of summer grass" by questioning:

> A child said *What is the grass?* fetching it to me with full hands;

---

① Walt Whitman, *Leaves of Grass*, New York: Vintage Books, 1992, p. 190.

② James E. Miller, Jr., *Leaves of Grass: America's Lyric-Epic of Self and Democracy*, New York: Twayne Publishers, 1992, p. 99.

③ Walt Whitman, *Leaves of Grass*, New York: Vintage Books, 1992, p. 188.

How could I answer the child? I do not know what it is any more than he. ①

The answer to the question is as surprising as the question itself. It may be the "flag of [his] disposition, out of hopeful green stuff woven". Whitman loves this green stuff woven out of hope; he loves its characteristic of being common; he loves "the grass" because it sprouts "alike in broad zones and narrow zones" and grows "among black folks as among white"②, because it "grows wherever the land is and the water is"③, because it is "the common air that bathes the globe"④. It is "a uniform hieroglyphic"⑤, because it is "simple and clear... [and] not occult"⑥. This is the "true noble expanded American Character" which Whitman is after. This is the "true noble expanded American Character" which is "raised on a far more lasting and universal basis than that of any of the characters of the 'gentlemen' of aristocratic life, or of novels, or under the European or Asian forms of society or government. It is to be illimitably proud, independent, self-possed generous and gentle. It is to accept nothing except what is equally free and eligible to any body else"⑦. As a poet of freedom and democracy, Whitman speaks for and as a common man speaks. His flag flies wherever life is and hope is; his flag flies wherever land extends and sea rushes. In "Song of Myself", there are clusters of moving passages depicting common men and women, blacks and slaves. In Section 10, for example,

I saw the marriage of the trapper in the open air in the far west, the

① Walt Whitman, *Leaves of Grass*, New York: Vintage Books, 1992, p. 192.

② Ibid., p. 193.

③ Ibid., p. 204.

④ Ibid..

⑤ Ibid., p. 193.

⑥ E. F. Grier, *Walt Whitman: Notebooks and Unpublished Prose Manuscripts*, Vol. 2, New York: New York University Press, 1984, p. 63.

⑦ Ibid..

bride was a red girl,

Her father and his friends sat near cross-legged and dumbly smoking, they had moccasins to their feet and large thick blankets hanging from their shoulders,

On a bank lounged the trapper, he was drest mostly in skins, his luxuriant beard and curls protected his neck, he held his bride by the hand,

She had long eyelashes, her head was bare, her coarse straight locks descended upon her voluptuous limbs and reach'd to her feet. ①

The "I" here was observing the marriage of a trapper and his "red girl" "in the open air in the far-west". Whitman's description of the marriage is so natural yet so vivid that the reader seem to be able to see the "I's" eyes running hungrily from one scene to another and at the same time fixing each scene in its own vividness. The four lines in this passage, though extremely long as poetic lines, form four lively tableaux which seem at last to be translated into a carnival of gods by the eyes of the "I". Whitman's "Self" in these lines, therefore, becomes transcendent and potential with its omnipresent "I" and is now incorporated into both nature and society.

The omnipresence of Whitman's "I" also strikes us not only as a seer of the beauty of nature but also as an observer of darkness of society. Although Whitman had a longtime ambivalence about the slavery issue②, his treatment of the "runaway slave" in the following passage bespeaks his true attitude:

The runaway slave came to my house and stopt outside,

I heard his motions crackling the twigs of the woodpile,

Through the swung half-door of the kitchen I saw him limpsy and

① Walt Whitman, *Leaves of Grass*, New York: Vintage Books, 1992, pp. 196 – 197.

② David S. Reynolds, *Walt Whitman's America: A Cultural Biography*, New York: Alfred A. Knope, 1995, pp. 47 – 51.

weak,

And went where he sat on a long and led him in and assured him,

And brought water and fill'd a tub for his sweated body and bruis'd feet,

And gave him a room that enter'd from my own, and gave him some coarse clean clothes,

And remember perfectly well his revolving eyes and his awkwardness,

And remember putting plasters on the galls of his neck and ankles;

He said with me a week before he was recuperated and pass'd north,

I had him sit next me at table, my fire-lock lean'd in the corner. ①

This is a true observation of heroic deeds of an ordinary supporter of abolition. The "I" here is both the poet and one of his praiseworthy fellow-countrymen. He accepts the slave with an open heart, sympathizes him completely, takes him an independent man, and provides the slave with a room "that entered from my own" . What strikes us most is, perhaps, the "I" has a "fire-lock lean'd in the corner" in case he has to be called upon to fight and save the Negro slave from his pursuers by force. Even early in 1848 – 1849 while Whitman was editor of the Free-soil sheet, he wrote in his notebook that "I am the poet of slaves, and of the masters of slaves... I go with the slaves of the earth equally with the masters/And I will stand between the masters and the slaves/Entering into both, so that both shall understand me alike"②. Whitman, therefore, was a poet of liberation in the sense of sympathy. He is the poet who is "attesting sympathy"③ . "And whoever walks a furlong without sympathy walks to his own funeral drest in his shroud"④, said Whitman,

① Walt Whitman, *Leaves of Grass*, New York: Vintage Books, 1992, p. 197.

② E. F. Grier, *Walt Whitman: Notebooks and Unpublished Prose Manuscripts*, Vol. 2, New York: New York University Press, 1984, p. 69.

③ Walt Whitman, *Leaves of Grass*, New York: Vintage Books, 1992, p. 209.

④ Ibid., p. 244.

I do not ask who you are, that is not important to me,
You can do nothing and be nothing but what I will infold you.

To cotton-field drudge or cleaner of privies I lean,
On his right cheek I put the family kiss,
And in my soul I swear I never will deny him. ①

Moreover, Whitman believed that "a leaf of grass is no less than the journey-work of the stars"② . Comparing human life to a long and endless journey, Whitman took himself as a traveler on an open and public road in such poems as "Starting from Paumanok", "Song of the Open Road", and "Passage to India". In "Song of Myself", he also says:

I tramp a perpetual journey,
My signs are a rain-proof coat, good shoes, and a staff cut from the woods,
No friend of mine takes his ease in my chair,
I have no chair, no church, no philosophy,
I lead no man to a dinner-table, library, exchange,
But each man and each woman of you I lead upon a knoll,
My left hand hooking you round the waist,
My right hand pointing to landscapes of continents and the public road. ③

What Whitman emphasizes here is the essence of his dilating self. Static knowledge can only be codified for church or philosophy, and be expressed in books. It is only a dynamic, transcendent insight that men must gain for

① Walt Whitman, *Leaves of Grass*, New York: Vintage Books, 1992, p. 232.
② Ibid., p. 217.
③ Ibid., p. 241.

themselves. The poet can only point the way. "Not I", says Whitman, "not any one else can travel that road for you, /You must travel it for yourself"①. The "You" keeps being invited all along the journey to accompany the "I" throughout the whole poem. If we look at the end of the poem, we'll see that the identity of the "I" and the "you" has become interfused. Whitman even asks himself: "Do I contradict myself? /Very well then I contradict myself, / (I am large, I contain multitudes.)"② Likened to the spotted hawk or a meteor, the poet is either swooping over the roof tops sounding his "barbaric yawp", or is shaking his "white locks at the runaway sun". He is "untranslatable". Consequently, "if you want me again look for me under your boot-soles" because "I bequeath myself to the dirt to grow from the grass I love"③. Whitman seems to have engaged in "explain [ing] myself"④ near the end of this poem, but his explanation turns out be nothing but that:

> There is that in me—I d not know what it is—but I know it is in me.
> ...
> I do not know it—it is without name—it is a word unsaid,
> It is not in any dictionary, utterance, symbol. ⑤

Incomprehensible as the poet is, "I depart as air", yet "I stop somewhere waiting for you"⑥. The poem, therefore, opens with the first word "I" and ends with its last word "you" after the poet "launch [es] all men and women forward with [him] into the Unknown"⑦.

---

① Walt Whitman, *Leaves of Grass*, New York: Vintage Books, 1992, p. 241.
② Ibid., p. 246.
③ Ibid., p. 247.
④ Ibid., p. 238.
⑤ Ibid., p. 246.
⑥ Ibid., p. 247.
⑦ Ibid., p. 238.

附 录 2

Charles Olson's Poetic Language of Projectivism

—A Speech Delivered at "Symposium on Frontiers of Contemporary English Poetry and Poetics" Hosted by Shanghai University of Finance and Ecnomics on May 25, 2019

Honorable Professor Charles Altieri,

Distinguished Prof. Zhang Jian (张剑), Ou Rong (欧荣), Tang Qionglin (谭琼琳), Dr. Yang Guojing (杨国静), and all,

Apparently, this morning is one of the most exciting moments that I have been exposed to this year! My presentation is based on a paper that I worked on Charles Olson when I was doing research in and teaching of American poetry in the English Department of the State University of New York at Albany (SUNY at Albany) from January, 1998 to Auguest, 1999. I worked with Professor Pierre Joris under the direction of Professor Don Byrd. Both of them are famous poet professors of English, and Professor Don Byrd served as the Director of Graduate Education in the English Department and had published his *Charles Olson's Maximus* in 1980, perhaps the first book of poetic interpretation of Olson's *The Maximus Poems* in the United States. Today, I'd like to extend my gratitute to Professor Don Byrd and Professor Peirre Joris by sharing with you some of my thinkings about Olson's poetic language of projectivism.

Now, let me start with a reading aloud of the opening section of Charles Olson's *The Maximus Poems*, to see whether I can get a sense of the projective verse that Olson cultivated in his versification of this strang modern American long poem.

(My reading aloud of "I, Maximus of Gloucester, to You", the opening poem of The Maximus Poems, is omitted) ...

Harold Bloom, in *Boston Review* (April/May 1998), published his "They have the numbers; we, the heights", an essay which will appear as the introduction to *The Best of the Best American Poetry*, 1988 – 1997, an anthology published in the spring of 1998. ①Bloom argues in his essay that "every attempt to socialize writing and reading fails; poetry is a solitary art, more now than ever..." and that if we want to see the difference between Emily Dickinson and Ella Wheeler Wilcox, or between John Ashbery and his weaker imitators, we should not "lose all sense of the aesthetic". He hopes that "we can maintain a continuity of aesthetic appreciation and cognitive understanding [of poetry] that more or less prevailed from Emerson until the later 1960s". Charles Olson's *The Maximus Poems*, loaded with references-historical, scientific, mythological, personal, is an immense work of 300 poems published in three successive volumes from 1960 to 1975. It crowns Olson's poetic achievement and belongs to the tradition of the American "long poem", the modern poetic sequence whose roots reach back to Walt Whitman's *Leaves of Grass* 1855. Like Walt Whitman, Olson attempted to

① For the book, series editor David Lehman asked Bloom to choose seventy-five poems from the annual's first ten volumes—750 poems in all, selected by such guest editors as John Ashbery, Donald Hall, Joris Graham, Mark Strand, Charles Simic, Liouse Gluck, A. R. Ammons, Richard Howard, Adrienne Rich, and James Tate. Lehman explains in his preface to the book that "since poets had done the selecting for the individual volumes, I thought to entrust this new task to a critic". Harold Bloom is a critic—preferably a fearless and influential one, with strong opinions, sophisticated taste, and a passion for poetry that matches any poet's. As Bloom's essay shows, he rose to the challenge, taking the occasion to comment not only on his choices and omissions but to mount a spirited critique of contemporary poetry, criticism, and cultural sensibilities.

capture the wholeness of life, but unlike Whitman, Olson left his readers with the responsibility to reconstruct wholeness from his seemingly fragmented, open, postmodern text. Perhaps for over "exalt [ing] the primitive and mythic [and] renouncing civilization and culture as we have known it"①, Olson made his *Maximus* a most difficult poem which remained largely neglected like Whitman's *Leaves of Grass* at its first appearance. In Hyatt H. Waggoner's *American Poets From The Puritans To The Present* (1968), for example, the author includes Theodore Roethke, Robert Lowell, John Berryman, and Richard Wilbur as "Transitional Poets" and Robert Duncan, Howard Nemerov, James Dickey, and Denise Levertov as "Post-Modernists". We don't see a separate room for Charles Olson. However, by calling himself the earliest American "postmodern" poet, Olson never simply meant that he succeeded such modernists like Whitman, Eliot, Pound, and Williams. Rather, he aspired to move beyond them by bettering their epic attempts to rejuvenate culture from within through literary experiment. Olson longed to produce an altogether new kind of cultural humanism. What he said of Herman Melville is what he said of himself, he "did not see man as measure of man, but as limit". In his *The Maximus Poems*, therefore, Olson endeavored to language a world liberated from the cultural traditions which has their origins in ancient Athens and which has stifled Western consciousness—including that of the modernists. The present paper, however, with its limited space, will focus on Olson's poetic language of projectivism as seen in the first volume of *The Maximus Poems*.

Olson created a poetic language that was designed to contain his universe without restrictions. Olson believed that without language man would remain locked in himself, an imprisoned, dumb and helpless subject. "Language offers methods of directing attention to the objects beyond consciousness: It isn't necessarily that the letter or the word in itself has power, but that until

① Hyatt H. Waggoner, *American Poets: From the Puritans to the Present*, Baton Rouge and London: Louisiana State University Press, 1968, p. 565.

man has put the word or the letter onto the thing that has no means to use the power, that the power without the language stays circumscribed in the object" (Olson Archive). As a poet, Olson taught the use of language. Together with Pound and Williams, Olson was engaged in creating a language that was not referential, mimetic, and interpretive of reality, but instead actually part of reality, that it, made up of words that had the solidity of objects—speech that became action, and poetry that was a field of action, field of forces, field of events. "Words are value, instruction, action. And they've got to become social action. The radicalism lies from our words, alone."① Language, therefore, as part of reality, Olson's line of thinking goes, shares with reality the laws immanent in nature in the sense that language has laws similar to nature. He believed that the "laws of creation" permeate language as well as nature. These are not man-made laws—man's task is only to explore them and not to impose them. The poet must approach language with humility. He must be open, emptied out. He must listen to language and accept the idea that language will reveal its innate meanings as it re-enacts reality. The innate meanings of Olson's poetic language can be observed in Olson's poetic creation. Just as Olson puts it in "Projective Verse", spring will come, life will be revealed when "all parts of speech suddenly, in composition by field, are fresh for both sound and percussive use, spring up like unknown, unnamed vegetables in the patch, when you work with it"②.

Perhaps it was Ezra Pound who first led Olson to Ernest Fenollosa's provocative essay "The Chinese Written Character as a Medium for Poetry" which proved a revelation for Olson's poetic creation. This essay is actually "a study of the fundamentals of all aesthetics". Fenollosa's mind, said Pound, "was constantly filled with parallels and comparisons between Eastern and Western art. To him the exotic was always a means of fructification"③. In this

① Charles Olson, *New Man & Woman*, Gloucester: Millenia Foundation, 1970, p. 2.

② Charles Olson, *Collected Prose*, Berkeley: University of California Press, 1997, p. 244.

③ Ezra Pound ed., *The Chinese Written Character as a Medium for Poetry by Ernest Fenollosa*, San Francisco: City Lights Books, 1936, p. 3.

essay, Olson read: "A true noun, an isolated thing, does not exist in nature. Things are only the terminal points, or rather the meeting points, of actions, cross-sections cut through actions, snap-shots. Neither can a pure verb, an abstract motion, be possible in nature. The eye sees noun and verb as one: things in motion, motion in things, and so the Chinese conception tends to represent them."① Fenollosa, therefore, introduced Olson to the concept that a language of natural processes lies concealed beneath the trappings of linguistic convention. This notion not only brings to Olson a realization that the English language definitely lacks a dynamic involvement in the natural processes which glyphic language retains but also underpins Olson's "Projective Verse", especially its dictate that instead of signifying ideas and objects, poetic language should incarnate processes and rhythms. "There is only one thing you can do about kinetic, re-enact it. Which is why the man said, he who possesses rhythm possesses the universe. And why art is the only twin life has—its only valid metaphysic. Art does not seek to describe but to enact. And if man is once more to possess intent in his life, he has to comprehend his own process as intact, from outside, by way of his skin, in, and by his own powers of conversion, out again."②

Olson's poetry exhibits a principled commitment to language itself. His language, therefore, first departs furthest from prose in its compressed phrasings and flexible syntax, a style which affords him the liberty to ruminate on ideas in a radically associative manner. "All that on syntax", Olson wrote in a letter to Vincent Ferrini, "is due to this: we have to kick sentences in the face... language has to be found out, anew"③. Syntax is the greatest source of energy in language where meaning is not referential but arises from an interplay of forces. "The sentence form was forced upon primitive men by nature itself. It was not we who made it; it was a reflection of the temporal

① Ezra Pound ed., *The Chinese Written Character as a Medium for Poetry by Ernest Fenollosa*, San Francisco: City Lights Books, 1936, p. 10.

② Charles Olson, *Collected Prose*, Berkeley: University of California Press, 1997, p. 162.

③ Cid Corman ed., *The Gist of Origin*, New York: Grossman Publishers, 1975, p. 4.

order in causation. . . The type of sentence in nature is a flash of lightning. "① This is, perhaps, what Olson calls "the LAW OF THE LINE": "that the conventions which logic has forced on syntax must be broken open as quietly as must the too set feet of the old line. "② As a result, syntax becomes relational rather than rational. Words are permitted to enter into new combinations with each other without the control of the complete sentence. Syntactic connections remain richly open when not restrained by fixed combination points so that speech may follow jumps of thinking and not be impeded by syntactic breaks. This liberation results in multivalence of combinations and enables rich but formerly latent meanings to surface.

Echoing Fenollosa, Olson rejects a sentence as "a complete thought" or "a union of subject and predicate"③ in favor of wholeness where an ideal of harmony is tangible. Characteristically, Olson liked to leave sentences unfinished, or, more precisely, to finish them in a peculiar way: through a big jump, and then to round out his thought with a new sentence or clause relevant in its own way to the preceding semantic context:

1
St Malo, however.
Or Biscay. Or Bristol.
Fishermen, had,
for how long,
talked:
                    Heavy sea,
snow, hail. At 8
AM a tide rip. Sounded.

---

① Ezra Pound ed., *The Chinese Written Character as a Medium for Poetry by Ernest Fenollosa*, San Francisco: City Lights Books, 1936, p. 12.

② Charles Olson, *Collected Prose*, Berkeley: University of California Press, 1997, p. 244.

③ Ezra Pound ed., *The Chinese Written Character as a Medium for Poetry by Ernest Fenollosa*, San Francisco: City Lights Books, 1936, p. 11.

Had 20 fath. decreased from that to
15, 10. Wore ship.

They knew
Cap Raz

As men, my town, my two towns
talk, talked of Gades, talk
of Cash's

drew, on a table, in spelt,
with a finger, in beer, a
portulans

But before La Cosa, nobody
could have
a mappemunde①

Here is the first section of the poem "On first Looking Out through Juan de la Cosa's Eyes". These sentences are not "complete" in the grammatical sense, but they are whole; to use Olson's word, they *cohere*. ("Letter 3") Actually, according to Ed Dorn, this poem is "the best single poem" of the *Maximus* sequence. "It has more exactly the particular turnings, springs, shutters, the weavings, and the riding away, that I take it this verse has when it works best."② In this poem, Olson takes his materials from the adventures and diaries of the earliest explorers, the very first comers of the Atlantic, the Mediterranean, and the Phoenician Sea. Maximus's sources and

① Charles Olson, *The Maximus Poems*, Berkeley: University of California Press, 1983, p. 81.

② Ed Dorn, quoted in Eniko Bollobas's *Charles Olson*, New York: Twayne Publishers, 1992, p. 305.

references include Juan de la Cosa, Saint Brendan, fifteenth-century Breton fishermen, Homer, the discoverers of Newfoundland, Columbus, the *Titanic*, as well as Gloucester fishermen. If we draw our attention closer to this passage, our eyes, through those of Juan de la Cosa's, seem to be jumping here and there from a seaport in northwestern France on the English Channel, through a province in northern Spain, a seaport in southwestern England, to Cape Race and Cashes Ledge near Cape Ann, mapping a vision of the earth as a reliable image of unity. Juan de la Cosa was Columber's "chief chart maker", traveling with him as the captain of the *Nina*; he explored the West Indies, and became famous for drawing the *mappemunde*, or first map of the world that showed "the New World". Though full of its compressed phrasings and emphatic repetitions, Maximus exercises his rich imagination that reconstructs a picture of polis life: he sees through La Cosa's eyes, in Sherman Paul's words, "the New World new, for the first time; sees it as sailors in the long history of discovery saw it, emerging from the nothingness of Martin Behaim's globe"① .

The New Land was,
from the start, even by name was
Bacalhaos
there
swimming, Norte, out of the mists

(out of Phytheus' sludge

out of mermaids & Monsters.)②

---

① Sherman Paul, *Olson's Push: Origin, Black Mountain, and Recent American Poetry*, Baton Rouge: Louisiana State University Press, 1978, p. 156.

② Charles Olson, *The Maximus Poems*, Berkeley: University of California Press, 1983, p. 82.

Obviously, Olson's fragmentary lines resemble the land itself, "swimming" from the unknown like a dream. And yet Juan de la Cosa's map brings about an immense wholeness, "As men... drew... a portulans... before La Cosa, nobody/could have/a mappemunde", thus, "represent [ing] the New World as pure potentiality, unspoiled, open space"①.

Fenollosa argues that the normal and typical sentence in English as well as in Chinese expresses a unit of natural process, which consists of three necessary words: "agent—act—object: the first denoting the agent or subject from which the act starts, the second embodying the very stroke of the act, the third pointing to the object, the receiver of the impact. Thus: *Farmer—pounds—rice*. The form of the transitive sentence in both language, therefore, exactly corresponds to this universal form of action in nature."② Olson also follows this "agent—act—object" pattern in most of his transitive sentences:

> The C & R Construction Company
> had hired us Gloucester help
> because the contract read "local"
>
> and fired us, after 12 hours,
> had tricked the city's lawyers,
> had covered, by one day's cash,
> the letter of the law③

Besides, the norms of conventional grammar, even though they are seldom simply conformed to, establish the principles around which—not exactly by which—Olson orders his language. Most of Olson's lines proceed on

---

① Don Byrd, *Charles Olson's Maximus*, Urbana, Chicago and London: University of Illinois Press, 1980, p. 93.

② Ezra Pound ed., *The Chinese Written Character as a Medium for Poetry by Ernest Fenollosa*, San Francisco: City Lights Books, 1936, pp. 12-13.

③ Charles Olson, *The Maximus Poems*, Berkeley: University of California Press, 1960, p. 25.

the base of the systemic order of language. And sometimes Olson almost computes his lines by the language itself:

As men, my town, my two towns
talk, talked of Gades, talk
of Cash's①

Olson defines the grammatical sequence of clauses here not only by time and space but also by the rhythmical repetition of words. Similarly,

the roofs, the old ones, the gentle steep ones
on whose ridge-poles the gulls sit, from which they depart②

Grammatically, the sequence of clauses here may be defined like this: "article + noun → article + adjective + noun → article + adjective + adjective + noun". The image of the gulls collecting for their nest is reinforced both by its gathering linguistic particularity and its rhythmic repetition suggested by the internal rhyme in this first line. With the gulls flying off, we can see that the process of grammatical incrementation begins to dissolve: "preposition + pronoun + noun + article + noun + verb → preposition + pronoun + pronoun + verb". The patterns of order in Olson's language seem largely grammatical, parallels between words or phrases of a systemic class. He locates his language within a natural process which is both dynamic and systemic.

Perhaps the real novelty of Olson's language lies in his manipulation of prepositions. In Fenollosa's essay, Olson read: "In Chinese the preposition is frankly a verb, specially used in a generalized sense. These verbs are often used in their special verbal sense, and it greatly weakens an English

① Charles Olson, *The Maximus Poems*, Berkeley: University of California Press, 1960, p. 81.

② Ibid., p. 5.

translation if they are systematically rendered by colorless prepositions. "① In Chinese, for example, "off" means both "*likai*" (离开), to lead away from, and "*ju*" (距), to be at some distance from something. Olson knew clearly that "prepositions are so important, so pivoted in European speech only because we have weakly yielded up the force of our intransitive verbs. "② Moreover, he creatively brought force to bear upon English prepositions by way putting them in initial positions of a phrase, a line, or a sentence in his poetic creation. In the first section of "I, Maximus of Gloucester, to You", Olson used the preposition "Off" to suggest a distance and create an "off-shore" vision for Maximus:

> Off-shore, by islands hidden in the blood
> jewels & miracles, I, Maximus
> a metal hot from boiling water. . . ③

Metrically speaking, a preposition is not supposed to be stressed when it appears in the initial position of a poetic line in English. John Milton opened his epic *Paradise Lost* with a series of lines initiated by prepositions:

> Of man's first disobedience, and the fruit
> Of that forbidden tree whose mortal taste
> Brought death into the world, and all our woe
> With loss of Eden. . . ④

The three initial feet here are all neat iambs, thus helping establish a

---

① Ezra Pound ed. , *The Chinese Written Character as a Medium for Poetry by Ernest Fenollosa*, San Francisco: City Lights Books, 1936, p. 20.

② Ibid. , p. 19.

③ Charles Olson, *The Maximus Poems*, Berkeley: University of California Press, 1983, p. 5.

④ Alexander W. Allison, *The Norton Anthology of Poetry*, 3rd edition, New York: Norton, 1983, p. 295.

metrical context of iambic pentameter with various metrical substitutions. Olson, however, was even more creative in opening his epic poem by a stressed preposition "Off":

> Off-shore, by islands hidden in the blood
> jewels & miracles, I, Maximus
> a metal hot from boiling water, tell you
> what is a lance... ①

The scansion of these few lines first tells us that although Olson opens up the limit of line in his poems, the traditional musicality of iambic pentameter lines is still there at this opening section. To locate dramatically Maximus in an off-shore position, the poet here in the first foot of the first line uses a heavily-stressed trochee as a metrical substitution of an iamb. The rest of this first line is then written in fairly neat iambs so as to echo metrically a prosodic background of iambic pentameter often used in traditional epic creation. The second line can also be regarded as a line of iambic pentameter with substitutions of an initial trochee and a spondee followed by a pyrrhic in the position of last two feet. In this metrical context of iambs, the initial spondaic substitution seems to make the preposition "off" charged with a force upon itself. Frankly, it embodies a special verbal sense. An image of a solitary, god-like Maximus is depicted at the very beginning of the poem. Thus located from afar, Maximus takes a bird's view of Gloucester and enjoys an original power of freedom to "tell you/what is a lance, who obeys the figures of/the present dance". Another fine example will be seen in the following passage:

① Charles Olson, *The Maximus Poems*, Berkeley: University of California Press, 1983, p. 5.

in! in! the bow-sprit, bird, the beak
in, the bend is, in, goes in, the form
that which you make, what holds, which is
the law of object, strut after strut, what you are, what you must be, what
the mast, the mast, the tender
mast!

The nest, I say, to you, I Maximus, say
under the hand, as I see it, over the waters
from this place where I am, where I hear,
can still hear[①]

The repeated, heavily-stressed, and initialpreposition "in" in the first two lines of this section seems to be performing a verbal function both metrically and semantically. If we scan these two lines like this,

in! in! the bow-sprit, bird, the beak
in, the bend is, in, goes in, the form

Here, we'll see clearly that what is presented here is an image of a determinate will. Maximus, though an "isolated person"[②] is identified with a bird coming into Gloucester. He is not overwhelmed by "mu-sick, mu-sick, mu-sick"[③]. He is not overwhelmed by "pejorocracy". He "can still hear"; he can still do whatever he wants to do.

Olson seems to have treasured etymology as one of the most effective ways of expression in his poetic storehouse of meanings. Each word embodies a whole history of meanings, but modern poets often ignore or constrict these layers of

① Charles Olson, *The Maximus Poems*, Berkeley: University of California Press, 1983, p. 8.
② Ibid., p. 16.
③ Ibid., p. 7.

meanings and try to impose form on his work. The interaction of latent etymological meanings, therefore, is largely neglected in poetic creation. Olson, however, was a poet who knew clearly "root person in root place"① . Before we come to an illustration of latent etymological meanings in Olson's poetry, we'd better see what inspiration Olson got from the visible etymology of Chinese language in his reading Fenollosa's essay. Fenollosa argues that "the Chinese written language has not only absorbed the poetic substance of nature and built with it a second work of metaphor, but has, through its very pictorial visibility, been able to retain its original creative poetry with far more vigor and vividness than any phonetic tongue"② . That is to say, Chinese, more than any other phonetic language, incarnates more vividness and fullness of imagination because its characters are *seen* actions which also represent what is *unseen.* ③ They embody not only natural emblems but also "lofty thoughts, spiritual suggestions and obscure relations"④ . "Relations", as a result, "are more real and important than the things which they relate"⑤ . This is an inherent process of metaphor, "the use of material images to suggest immaterial relations"⑥ . This involves a metaphorical proof of the *unseen* by the *seen.* Again let's see the epigraph of his poem "I, Maximus of Gloucester, to You",

> Off-shore, by islands hidden in the blood
> jewels & miracles, I, Maximus
> a metal hot from boiling water...

---

① Charles Olson, *The Maximus Poems*, Berkeley: University of California Press, 1983, p. 16.

② Ezra Pound ed. , *The Chinese Written Character as a Medium for Poetry by Ernest Fenollosa*, San Francisco: City Lights Books, 1936, p. 24.

③ The Chinese character "天" (heaven), for example, consists of two parts "人" (man) and "二" (two levels above man/the earth) . This is the *seen.* But the *unseen* meaning is that the heraven is larger than the man. This level of the *unseen* meraning is at the same time embodied in this idiographic Chinese character "天" .

④ Ezra Pound ed. , *The Chinese Written Character as a Medium for Poetry by Ernest Fenollosa*, San Francisco: City Lights Books, 1936, p. 21.

⑤ Ibid. , p. 22.

⑥ Ibid. , p. 222.

The poet "address [es] you/you islands of men and girls"①, who are "hidden in the hidden in the blood/jewels & miracles". Olson is very deft in depicting metaphorically the "present" life of a modern society in this epigraph. The word "blood", the sea-blood of course, may also suggests the cruelty of any bloody events, while the words "jewels & miracles" refer to the great wealth, geographical discoveries, and scientific inventions of modern times. And the line division between the last stressed word "blood" of the first line and the first accented word "jewels" in the next line sharpens metrically the contrast between two opposing forces implied. What a vivid picture of life in modern society! Maximus, however, is the blacksmith of the metal-hot lance, "a hard-boiled instrument"②, which can be used both in battle and fishing. He is well prepared for his difficult mission. "The unseen", therefore, "is proved by the seen"③.

Olson's "Letter 3" in *Maximus* is another fine example which illustrates an inherent interpretation of "the obscure" by "the known". The "tansy" in this poem is an emblem of "root person in root place"④:

> Tansy buttons, tansy
> for my city
> Tansy for their noses
>
> Tansy for them,
> tansy for Gloucester to take the smell
> of all owners,
> the smell

---

① Charles Olson, *The Maximus Poems*, Berkeley: University of California Press, 1983, p. 16.

② George F. Butterick, *The Collected Poems of Charles Olson*, Berleley: University of California Press, 1987, p. 10.

③ Walt Whitman, *Leaves of Grass*, New York: Vintage Books, 1992, p. 192.

④ Charles Olson, *The Maximus Poems*, Berkeley: University of California Press, 1983, p. 12.

Tansy
for all of us

Let those who use words cheap, who use us cheap
take themselves out of the way
Let them not talk of what is good for the city

Let them cease putting out words in the public print
so that any of us have to leave, so that my Portuguese leave,
leave the Lady they gave us, sell their schooners
with the greyhounds aft, the long Diesels
they put their money in leave Gloucester
in the present shame of,
the ownership stolen by,
ownership①

The poem is actually a description of a passionate indictment of all mu-sick-makers, "who use words cheap". But Olson gave the poem a deceptively pastoral veneer by appealing to the etymological pun of "tansy", which means an aromatic, medicinal flower but is put to the task here of hygienically eliminating the "smell/of all owners" from Gloucester. As pastoral avenger, tansy wars against duplicity in all its forms. Like the "lady of good voyage", it insists upon the restoration of cultural integrity even to the essential workings of the language itself: a word should "mean not a single thing the least more than/what it does mean"②. Tansy is prime and so naturally is employed as an antibody to

that mu-sick (the trick

---

① Charles Olson, *The Maximus Poems*, Berkeley: University of California Press, 1983, p. 13.
② Ibid., p. 16.

of corporations, newspapers, slick magazines, movie houses,
the ships, even the wharves, absentee-owned)①

Tansy, moreover, adulterates the pastoral purity of "the lovely hour/the Waiting Station, 5 o'clock, the Magnolia bus, /Al Levy/on duty..."② Tansy, therefore, picks up the faith of the "lady of good voyage", hoping to arouse the small "coherence"③ of citizens who make up "polis" to fight against the "slaver" who "would keep you off the sea, would keep you local"④. This is the way Olson tries in this poem to revitalize the "brutalized" language which is "caught up in a self-contained discourse... used for commercial purposes... a tool for sundering the public and the private, rather than revealing the inner forms, the inner strength, in public forms"⑤. This is the way Olson makes life pregnant with art.

"Tansy", however, can not function as an ideographic word. The word, though rich in connotations itself, does embodies the pictorial vividness as a Chinese character does. Olson, therefore, went on to explore the roots of nouns which contain cosmic connections, "It is the radical, the root, he and I", he wrote in one of his earliest poem "La Preface". This is a poem rich in inferences related to Olson's use of such Latin root words as *via*, *vita nuova*, *apex*, *pyramid*, *cunnus* and his use of such self-coined words as *deathhead*, *polytopes*, etc. Responding to World War Ⅱ as the event expressing the final collapse of our civilization, "La Preface" is a complex poem. History, as the poem suggests, has left poets only bare bones:

The dead in via

① Charles Olson, *The Maximus Poems*, Berkeley: University of California Press, 1983, p. 14.

② Ibid., p. 15.

③ Ibid..

④ Ibid., p. 16.

⑤ Don Byrd, *Charles Olson's Maximus*, Urbana, Chicago and London: University of Illinois Press, 1980, p. 79.

in vita nuova

in the way[①]

That dark pun on two tiny syllables sorts out the skeleton of the poem: death is a way to new life. In other words, new life can be built on this dead civilization of power and ego ("The dead in via/in vita nuova") . History, then, is portrayed by reference to the Altamira cave drawings and drawings of Buchenwald:

"I will die about April 1st. . . " going off
"I weigh, I think, 80 lbs. . . " scratch
"My name is NO RACE" address
Buchenwald new Altamira cave
With a nail they drew the object of the hunt. [②]

Depicting the same hunting spirit of the drawings, Olson here also traces Nazi barbarism back through Polyphemus to Aurignacian man. But what strikes us most here is Olson's manipulation of his poetic diction in this part of the poem:

Put war away with time, come into space.
It was May, precise date, 1940. I had air my lungs could breathe.
He talked, via stones a stick sea rock a hand of earth.
It is now, precise, repeat. I talk of Bigman's organs
he, look, the lines! are polytopes.
And among the DPs—deathhead

at the apex

of the pyramid. [③]

---

① Charles Olson, *The Collected Poems of Charles Olson*, G. F. Butterick ed. , Berkeley: University of California Press, 1997, p. 46.

② Ibid. .

③ Ibid. .

Olson first met the Italian artist Corrado Cagli in May 1940—the month the Germans began the invasion of France. They started without language. Cagli didn't know English, and Olson didn't speak Italian. Before the war, the "I", sound and perfect, "had air my lungs could breathe", and the "he", like a prehistoric caveman, communicated with the "I" by ways of using natural objects: "*stones a stick sea rock a hand of earth.*" Language, to Olson, is a part of reality, a part of life, natural and simple as these native English words suggest. ①In contrast to the simplicity of this natural, prehistoric life before the war, Olson was deft here in impressing the reader with a sense of complexity of our modern life by manipulating such Latinate words as *apex*, *pyramid*, and such self-coined words as *deathhead*, *polytopes*, which suggest a brutal experience during and after the War. Putting away the war with time, the "I" now is talking about "Bigman's organs", a book about human physiology. It is now not only "my lungs" but the all Bigman's "organs" that the "I" is interested in. Besides, since the word "organs" is not capitalized, this Latinate word also means various musical instruments and even a newspaper, a magazine, or other means of communicating thoughts and opinions, etc., thus reinforcing a striking contrast of life before and after the War. Moreover, the formation of this self-coined word "polytopes" perhaps illustrates Olson's intention to recreate in

① Modern English is historically the result of tribal migrations and invasions. The major influence on the English language was the Norman Conquest in 1066. The Normans adopted the French dialect. After the Conquest, the business of the government, or the court, was conducted in Norman French. The French were in control, and French became the language of the nobility, the court, polite society, and literature. English as a written language almost disappeared. But French never replaced English as the speech of the common people. English became practically a spoken dialect and was transformed into a new standard speech, casting off much that was superfluous and borrowing from its rival, Norman French. The consequences were profound. From a rather highly inflected language, English changed to one of few inflections; and as inflectional endings were lost, so was "grammatical" gender, which gave way to "natural" gender. Along with the simplification of the grammatical structure went an increase in vocabulary and idiom. Native English words, therefore, often bears a stylistic feature of being natural and simple.

English the quality of pictorial Chinese ideographic roots which "carry in them a *verbal idea of action*", or "the picture of a *thing*"[①]. If we deconstruct this word "polytopes", we'll see that it consists of two parts: "poly" and "topes". "Poly", a prefix, means "much", "many", and "topes" can be regarded both as "dome-shaped monument [s] for religious relics" (*Webster*) and as "the highest part [s] of anything" (*Webster*). All these meanings fit exactly well into the pictorial image Olson was mapping up through his unique way of word-formation. During the 1945 Allied Liberation of Germany, as we know, Cagli had been among the first GIs to enter Buchenwald. Cagli had seen for himself the concentration camps and had made hasty sketches ("lines") of the death-camp inmates' graffiti which subsequently evolved into an extensive series of drawings: a pile of bones in the monument history left behind. Besides, Jews, who were labeled Displaced Persons, are here first recorded as DPs, and then become bones "among the Dps—deathhead/at the apex/of the pyramid". Olson's tricks of language seem to have drained the humanity away from experience, but his ironic, pictorial mapping up of the "apex" of the "pyramid" with "deathhead [s]" of the Displaced Jewish Persons climaxes the dramaticism of his art of poetic presentation. Yet that was just one history, now confined by its closed parenthesis:

> Birth in the house in the One of Sticks, cunnus in the crotch.
> Draw it thus:
> It is not obscure. We are the new born, and there are no flowers.
> Document means there are no flowers
> and no parenthesis.[②]

① Ezra Pound ed., The Chinese Written Character as a Medium for Poetry by Ernest Fenollosa, San Francisco: City Light Books, 1936, p. 9.

② Charles Olson, *The Collected Poems of Charles Olson*, G. F. Butterick ed., Berkeley: University of California Press, 1997, p. 47.

The new history will issue partly from antihistorical traditions, from the suppressed and occult arts: the tarot ace of wands ("the One of Sticks") signifies "the starting point of enterprise"① . But 1910, the year both Olson and Cagli were born, marks a new, postpastoral epoch of documentation. The new men, Olson and Cagli, must lay hands on the corpses of Buchenwald:

> It is the radical, the root, he and I, two bodies
> We put our hands to these dead. ②

For the new men, culture is not the honored past but a polytope of electronic and visionary poetry. These two root persons, Olson and Cagli, of kindred spirit, choose to begin again, being capable of transforming guns into arms, and thus of building a new locality. They already witness the birth of "the Howling Babe":

> Mark that arm. It is no longer gun.
> We are born not of the buried but these unburied dead
> crossed stick, wire-led, Blake Underground
>
> The Babe
> the Howling Babe③

So far as this discussion is concerned, Olson seemed to have been inspired by the processural nature of Chinese language, especially its characters which appear to be motion in things and things in motion at the same time. His poetic language, therefore, also tends to be processual. This

---

① Arthur Edward Waite, *The Pictorial Key to the Tarot*, New York: Rudolf Steiner, 1971, p. 196.

② Charles Olson, *The Collected Poems of Charles Olson*, G. F. Butterick ed., Berkeley: University of California Press, 1997, p. 46.

③ Ibid., p. 47.

processural nature of Olson's flexible syntax is evident in his refusal to write complete sentences and in his use of a compressed, repeated phrasing to represent the immediacy of life. "Every natural action obeys by/the straightest possible process", Olson writes at end of his poem "The Praises". The poet's job is to transfer without any loss the energy that he possesses. "What is necessary is/containment, /that that which has been found out by work may, by work, be passed on/ (without due loss of force) /for use/USE."① Since the law is feedback, energy has to be passed on writing without being restructured. Language has to follow the "tide in man" ("The K"), to obey the "life within", to move with dynamic forces in natural process. This sense of dynamic involvement which is embodied in the ideographic characters of Chinese language has consciously been attempted to be reconstructed in English language by Charles Olson in his poetic creation.

① Charles Olson, *The Collected Poems of Charles Olson*, G. F. Butterick ed., Berkeley: University of California Press, 1997, p. 100.

附 录 3

“自由的希望”：早期非裔美国诗歌*

国内美国文学研究较少涉及 19 世纪非裔美国诗歌。国内论述非裔美国诗歌的论著基本是以 20 世纪 20 年代纽约哈莱姆为中心的黑人文艺复运动为起点的。这个年代在非裔美国诗歌史上是一个辉煌时期，最受国内学者关注的诗人当然是被誉为“哈莱姆桂冠诗人”的黑人歌手兰斯顿·休斯（Langston Hughes）及詹姆斯·韦尔登·约翰逊（James Weldon Johnson）、克劳德·麦凯（Claude McKay）、琼·图默（Jean Toomer）、康梯·卡伦（Countee Cullen）等人。② 这些非裔诗人构成了美国黑人文学第一次高潮的中坚力量，他们已经能够正视和认同自己的民族身份、民族文化与民族传统，同时追求白人社会对黑人文学及其文化与传统的认同。③ 进入 20 世纪四五十年代之后的后现代时期非裔美国诗歌开始赞美黑人及其民族主义，宣扬黑人权力与自豪感，甚至主张“黑色至上论”，主要黑人诗人包括罗伯特·海登（Robert Hayden）、杜德利·兰德尔（Dudley Randall）、格温朵琳·布鲁克斯（Gwendolyn Brooks）等人。他们与以赖特、埃利森和鲍德温为代表的黑人小说家形成了在“反抗”中争取平等的第二次高潮。④ 经历了 60 年代的民权运

---

* 本章主要内容是笔者于 2009 年 12 月 18 至 20 日参加华中师范大学举办的“美国非裔文学学术研讨会”会议论文；之后收录北京联合大学《外国语言文学与外语教学研究论文集》（吉林出版集团有限公司 2012 年版，第 3—20 页）。

② 参见张子清《二十世纪美国诗歌史》，吉林教育出版社 1995 年版，第 858—898 页。

③ 参见张军《美国黑人文学的三次高潮和对美国黑人出路的反思与建构》，《当代外国文学》2008 年第 1 期。

④ 同上。

动、反战运动和反文化运动之后涌现出来的著名非裔美国诗人主要有伊玛莫·阿米里·巴拉卡（Imamu Amiri Baraka）和海基·马杜布第（Haki R. Madhubuti），而进入70年代之后，出现了美国诗坛的后起之秀玛雅·安吉罗（Maya Angelou）和丽塔·达夫（Rita Dove），这一时期被称为黑人文学的第三次高潮，美国社会的多元化、多族群特性开始走向“融合”。1993年，达夫成为历史上第一位黑人桂冠诗人，而安吉罗应邀在克林顿总统就职仪式上朗诵了她的诗篇《清晨的脉搏》①，成为继弗罗斯特之后第二位在美国总统就职仪式上朗诵诗歌的诗人。

然而，在拉尔夫·埃利森的小说《隐形人》（*Invisible Man*）中那位不知名姓的主人公发现白人根本就没有把黑人当人看之前，非裔美国诗人早就发现黑人在白人甚至在绝大多数黑人的眼里始终就是一种与“空气一样透明的”② 的“隐形人。”根据琼·谢尔曼（Joan R. Sherman）的研究，从美国第一位出版诗集的黑人女诗人菲利斯·惠特利（Phillip Wheatley）到保罗·劳伦斯·邓巴（Paul Laurence Dunbar）的百余年间，大约有130位男女黑人诗人出版了90余本诗集和诗歌小册子并在各种黑人书报、杂志上发表了许多诗作。③ 然而，这些数量可观、质量上乘的诗作不但在查尔斯·埃文斯（Charles Evans）主编的于1903至1904年出版的12卷本《美国参考书目》（*American Bibliography*）中找不到记载，而且在罗伯特·斯比勒（Robert E. Spiller）、威拉德·索普（Willard Thorp）、托马斯·琼森（Thomas H. Jonson）和亨利·赛德尔·勘比（Henry Seidel Canby）等人主编的于1955年出版的《美国文学史》（*Literary History of the United States*）中也找不到这些黑人作家的名姓。

虽然1985年出版的《诺顿美国文学选集》（第2版）收入了惠特利的6首诗歌④，但是，同年出版的《麦克米兰美国文学选集》仍然没

---

① 参见王守仁主撰《新编美国文学史》第4卷，上海外语教育出版社2002年版。

② Ralph Ellison, *Invisible Man*, New York, 1952, p. 434.

③ 参见 Joan R. Sherman, *Invisible Poets: Afro-Americans of the Nineteenth Century*, 2nd edition, Urbana and Chicago: University of Illinois Press, 1989。

④ 1994年出版的《诺顿美国文学选集》第4版增加了菲利斯·惠特利的5封书信；1996年出版的《诺顿诗歌选集》收入了菲利斯·惠特利诗歌3首。

有早期黑人诗人的踪影。随着美国少数族裔文学与文化研究的不断升温，许多重要的美国文学史著作都已经给早期黑人文学留出了足够的篇幅。比如，1988 年，埃默里·埃利奥特（Emory Elliott）主编的《哥伦比亚美国文学史》发现最早的黑人诗歌不是菲利斯·惠特利的诗歌，而是露西·特丽（Lucy Terry）创作于 1764 年的一首不起眼的《巴斯之战》（*Bars Fight*）。1993 年，杰·帕里尼（Jay Parini）主编的《哥伦比亚美国诗歌史》就辟有《早期非裔美国诗歌》的章节，介绍了从露西·特丽到保罗·劳伦斯·邓巴的早期重要美国黑人诗人。近年来，国内出版的一些美国文学史论著大多没有涉及 19 世纪的黑人诗歌。但是刘海平、王守仁主编，张冲著的《新编美国文学史》第 1 卷和朱刚主撰的《新编美国文学史》第 2 卷却在有关章节中，比较详细地介绍了菲利斯·惠特利和保罗·劳伦斯·邓巴的诗歌创作①，为国内研究早期非裔美国诗歌开了先河。本文根据笔者 2009 年 12 月参加华中师范大学主办的“美国非裔文学学术研讨会”发言稿整理而成，仅从解读目前尚存的、最早的一首非裔美国诗歌《巴斯之战》入手，结合对丘比特·哈蒙、菲利斯·惠特利和乔治·摩西·霍顿等几位 18 世纪中后期和 19 世纪非裔美国诗人及其代表作品的分析，进而讨论早期北美殖民地非裔美国诗歌的发展道路。

第一节　《巴斯之战》：最早的一首黑人诗歌

露西·特丽的《巴斯之战》是目前尚存的最早的一首出自一位非裔美国女诗人之手的诗歌。特丽出身非洲的奴隶家庭，年幼时被奴隶贩子贩卖到马萨诸塞州狄尔菲尔德镇（Deerfield）的埃比尼泽·威尔斯（Ebenezer Wells）家。经主人埃比尼泽·威尔斯的同意，露西·特丽 5 岁的时候接受洗礼成为基督徒；1744 年，她成为一名完全的基督徒。但是，在威尔斯家，特丽始终是一名奴隶。1756 年，特丽与一位自由黑人艾比耶亚·普林斯（Abijah Prince）结婚，普林斯出钱为她赎回了

① 参见张冲《新编美国文学史》第 1 卷，上海外语教育出版社 2000 年版。

自由。1764年，普林斯一家在佛蒙特州的吉尔福德（Guilford）定居，他们一连生了6个孩子。特丽不但有诗人的天赋，而且还是一个出色的演说者。她能言善辩，多次为自己的家庭和财产辩护。为了她的一个儿子的入学问题，她曾经在威廉斯学院的托管财产管理理事会上做了长达3个小时的辩护。虽然辩护没有成功，但是特丽能够熟练地引经据典，诚实善辩，给人留下了深刻的印象。1785年，有一位名叫伊莱·布朗逊（Eli Bronson）的白人上校邻居曾经想偷偷占用普林斯家的一块地产，结果特丽把案子告上了佛蒙特州的高级法院，并独自面对两名高级律师，最终还赢得了诉讼。当时高级法院执行法官萨弥尔·蔡斯（Samuel Chase）先生说特丽的辩护水平高于他所见过的所有的佛蒙特律师。

《巴斯之战》创作于1746年，于1895年初次发表于乔治·谢尔顿（George Shledon）的《马萨诸塞州狄尔菲尔德的历史》（*A History of Deerfield, Massachusetts*）上。[①] 这首诗歌记录了1746年8月发生在马萨诸塞州狄尔菲尔德镇的一次土著印第安人伏击白人殖民者的遭遇战，多人被杀害：

Bars Fight
August 'twas the twenty-fifth,
Seventeen hundred forty-six;
The Indians did in ambush lay,
Some very valiant men to slay,
The names of whom I'll not leave out.
Samuel Allen like a hero fout
And though he was so brave and bold
His face no more shalt we behold.
Eleazer Hawks was killed outright,
Before he had time to fight,

① 参见 Jay Parini ed., *The Columbia History of American Poetry*, Columbia: Columbia University Press, 1993。

Before he did the Indians see,
Was shot and killed immediately.
Oliver Amsden he was slain,
Which caused his friends much grief and pain.
Samuel Amsden they found dead,
Not many rods distant from his head.
Adonijah Gillett we do hear
Did lose his life which was so dear.
John Saddler fled across the water,
And thus escaped the dreadful slaughter.
Eunice Allen see the Indians coming,
And hoped to save herself by running,
And had her petticoats stopped her,
The awful creatures had not catched her,
And tommy hawked her on the head,
And left her on the ground for dead.
Young Samuel Allen, Oh! lack a-day
Was taken and carried to Canada. ①

笔者试译：

巴斯之战
8 月 25 日那一天，
公元 1746 年；
印第安人设下了埋伏，
杀死了几位十分英勇的人，
他们的名字我一一记住。
塞缪尔·埃伦在战斗中像个英雄；

① 参见 "Bars Fight" by Terry Lucy, http://www.accd.edu/sac/english/bailey/aframlit.htm。

虽然他是那么英勇顽强，
但是我们已经看不到他的面庞。
以里亚撒·霍克斯当场被杀
他还没有来得及还击
还没有来得及看清那些印第安人
就身中枪弹，立刻死亡。
奥利弗·阿姆斯丹惨遭杀害
引起亲友们极大的悲痛。
他们找到了塞缪尔·阿姆斯丹的尸体
从他的头上拿开了几根棍棒。
我们听见阿多尼亚·吉勒特的叫声
发现他也失去了宝贵的生命。
约翰·撒德拉悄悄地渡过了河
于是他免遭惨死。
尤尼斯·埃伦看见印第安人来了
拔腿就跑，并企图逃命
但是她的衬裙阻碍了她的步伐
可恶的禽兽把她抓住
并朝她的头部一阵乱棍
把她压在地上，往死里打
年轻的塞缪尔·埃伦，啊！不到一天
就被他们抓住并被绑架到加拿大去了。

根据美国新英格兰地区一个专门收集欧洲殖民者在北美进行殖民活动资料的纪念馆的在线数据库的信息记载，斯蒂芬·韦斯特·威廉斯（Stephen West Williams）博士曾经采访过尤妮斯·埃伦（Eunice Allen）女士并写下了《1746年8月25日马萨诸塞州狄尔菲尔德镇巴斯之战背景》的文章。当时埃伦女士已经年过80并且卧床16年之久，但是威廉斯博士在文章中说“她清晰地记得那天所发生的事情，仿佛是昨天发生的一样”。

根据埃伦女士的回忆，1746年8月20日，印第安人抢占了狄尔菲尔德镇以西的马萨诸塞要塞，之后就想抢占周围的草原。印第安人先去了北部草原观察地形，然后来到了南部草原，发现那里有大片刚被割倒的干草，因此决定在那里伏击草场的主人。第二天，埃伦一家大约 10 人一起前往草场劳动，塞缪尔·埃伦（Samuel Allen），44 岁；尤妮斯·埃伦，13 岁；迦勒·埃伦（Caleb），9 岁；小塞缪尔·埃伦（Samuel Allen, Jr.），8 岁；奥利弗·阿姆斯登（Oliver Amsden），18 岁；西麦·阿姆斯登（Simeon），9 岁；以里亚撒·霍克斯（Eleazer Hawks），29 岁；还有两个士兵保护他们的家丁，分别叫吉列（Gillett）和萨得勒（Saddler）。他们每天下地劳动，大人都带着枪。那天，以里亚撒突然看见一只鹧鸪，并开枪将其射中，不料惊动了埋伏在附近的印第安人。印第安人以为被发现了，所以立刻把以里亚撒杀死并剥了他的头皮，进而去袭击其他人。结果，双方战斗了一阵，孩子们有了逃跑的机会；父亲埃伦为保护 3 个孩子，与印第安人英勇搏斗，先是杀死一两名印第安人，之后中弹身亡。激战中，死了 4 个男人和 1 个男孩，另外一个男孩被捕，尤妮斯姑娘头部受伤，但没有被剥去头皮。草场的枪声惊动了镇上的人，大家纷纷赶来，结果印第安人匆忙撤退了。克莱森队长带人追了好几里地。①

显然，《巴斯之战》是一首十分“粗糙的诗歌”（semiliterate poem）。② 从诗歌格律上看，诗人多采用不规则的四音步抑扬格格律③，其韵脚基本上为双行偶句，尾韵比较齐整，富有一定的乐感。就内容而言，诗中再现了诗人的乡亲惨遭印第安人杀害和疯狂逃命的情景。塞缪尔·埃伦是一个最勇敢、最富有战斗性的殖民者，但是在这次伏击战中，也被印第安人杀害；萨得勒悄悄地渡河逃命，因此免于一死；而尤妮斯来不及逃命，狠遭乱棍，被打得死去活来，惨不忍睹。从创作艺术角度看，这首诗歌并没有太多可以入诗的元素，但是，从历史角度看，它还是生动地再现了早期殖民者的一个生活侧面。首先，我们了解到了当时土著印第安人是如何对待早期北美殖民者的。1744 年，英法重新

① 参见 *Memorial Hall Museum Online*：curriculum_ 6th/lesson6/barsbkgd. html。

② 参见 Alex Preminger ed.，*The New Princeton Encyclopedia of Poetry and Poetics*，Princeton：Princeton University Press，1993。

③ 参见 Jay Parini ed.，*The Columbia History of American Poetry*，Columbia：Columbia University Press，1993。

开战，印第安人又站在法国一边；1745年，印第安人在北美不少地方与英殖民者有过小规模的冲突，但是在狄尔菲尔德附近还没有发生过什么冲突；这次伏击或许与英法战争有关，是印第安人故意所为。其次，我们了解到了印第安人发动袭击的形式，采用伏击战的形式，而且干净利索，打完就跑。再次，手段十分残忍，不论大人小孩，不仅枪击棍打，而且剥去头皮。最后，俘虏送往加拿大印第安人聚集区。当然，露西·特丽诗歌中的描述与埃伦女士的回忆还是有不吻合的地方，比如，特丽诗歌中写到埃伦的“衬裙阻碍了她的步伐，”可是在埃伦的回忆中，她可是跑得飞快，要不是印第安人开枪击中她的话，她有可能逃离伏击。尽管如此，露西·特丽的这首《巴斯之战》还是让我们看到了北美第一位非裔女诗人的历史想象。

第二节 《夜晚沉思》：最早在美国发表的一首黑人诗歌

丘比特·哈蒙（Jupiter Harman，1711—1800年）于1711年10月17日出生在纽约长岛牡蛎湾的一个名叫“皇后村”的亨利·劳埃德庄园（Henry Lloyd）。他的父母都是这个庄园的奴隶。年幼时，哈蒙的母亲就被主人卖掉。目前，还没有任何资料可以证明他娶过妻子或者有过孩子。劳埃德家族因经商（包括奴隶买卖）和土地买卖，逐渐发财。哈蒙在劳埃德庄园一直是奴隶，为劳埃德一家4代人服务。哈蒙一生留下4首诗歌和3篇短文。哈蒙的诗歌包括《夜晚沉思：靠基督拯救灵魂，带着忏悔的哭泣》（“An Evening Thought：Salvation by Christ with Penitential Cries”）、《致菲利斯·惠特利小姐》①、《儿童之诗：死亡的思考》（“A Poem for Children with Thoughts of Death”）和《善良主人与顺从仆人之间的对话》（“A Dialogue Entitled the Kind Master and the Dutiful Servant”）。

① 这首诗歌的全称为“An Address to Miss Phillis Wheatly，Ethiopian Poetess，who came from Africa at eight years of age，and soon became acquainted with the gospel of Jesus Christ”（1778）。

哈蒙的诗歌主题围绕基督教救赎的思想，与基督教新教卫斯理宗教会[①]的宗教教义与宗教活动紧密相连。他的创作目的是给人们提供诚挚的劝告，他始终觉得自己成为一名基督徒是为了追求更加崇高的理想，而为了追求更加崇高的理想，他成为一名奴隶，这是值得庆幸的事。近年来，哈蒙的诗歌受到诗评界的重视，因为作为一名 18 世纪的黑人作家，他不仅为读者提供了第一份也是最全面的一份有关黑人宗教信仰的佐证，而且记录了美国文学史上第一位黑人作家反奴隶制度的心声。在《夜晚沉思：靠基督拯救灵魂，带着忏悔的哭泣》一诗的开篇，诗人写道："灵魂的拯救只能靠基督，/唯一的上帝之子，/基督救赎每一个/热爱他的圣言的人。"

一般认为丘比特·哈蒙的《夜晚沉思：靠基督拯救灵魂，带着忏悔的哭泣》是第一首在美国发表的非裔美国诗人创作的诗歌。在美国早期殖民地的奴隶制中，奴隶主通常有两种观点：一种认为基督徒可以奴役其他基督徒，而另一种奴隶主坚持基督徒不可以奴役其他基督徒。这一时期，非裔奴隶通常是被拒绝在基督教教堂的大门之外的。奴隶们自己也认为基督教教义会将他们视为奴隶而被拒之门外。在丘比特·哈蒙的诗歌创作中，他特别强调基督教灵魂拯救的思想。但是，这首诗将基督教信仰与自由精神相提并论，这似乎暗示了诗人对基督教的一种讽刺意味。虽然这种讽刺可能是无意的，但也可谓一种惟妙惟肖的讽刺。我们不难看出他是在创造性地理解和信仰基督教教义，他把基督教精神与自由概念同等看待。我们看到了耶稣的圣血拯救了整个世界的灵魂，可是我们也看到了耶稣受人摆布的尴尬："亲爱的耶稣，您的圣血，/拯救了整个世界；/如今灵魂拯救来自上帝，/他变成受您摆布的奴隶。"

不仅如此，在哈蒙的笔下，罪人与上帝的关系、奴隶与奴隶主的关系似乎也变得模糊不清了："啊！每一个受饥饿的人，/灵魂的拯救就是你的指路明灯，/也是你解脱罪孽的自由。"他的神学思想浸透了基督教教义有关耶稣拯救人类灵魂的思想，始终强调耶稣是为了拯救所有的民

---

① 基督教新教卫斯理宗教义指由约翰·卫斯理（John Wesley）创始的基督教新教卫斯理宗［既循道宗］教会教义。约翰·卫斯理曾与其弟查尔斯·卫斯理（Charles Wesley）于 1735 年一同去北美传教，1737 年到英国，开始巡回露天布道并创立了基督教新教卫斯理宗［既循道宗］教会。

族而牺牲自己的，因此任何人都有选择拯救灵魂的自由。他认为耶稣是人类的救主，是世界的救主。他自立崇高、庄严、纯洁的人格，既得上帝的旨意，又通子民之意识，将自己完全交给上帝，完全托付给人类。他拯救人类灵魂并没有什么奇特的办法，就是牺牲自己，彰显上帝无量的大爱。他热爱人类就是热爱上帝，热爱上帝就是热爱人类，两者紧密相连，不可分隔。在耶稣看来，这就是“出死入生”的哲学。他可以勇往直前，不畏艰险，侵入死亡的境界，将光明照耀在罪恶中的人们身上。于是，只要人们信仰耶稣，就可以出罪恶而得人生。

亲爱的耶稣，我们飞向您的身边；
离开，离开那罪孽的深渊，
灵魂的拯救最终使我们充满
我们上帝的荣耀。
……
来吧，神圣的耶稣，天堂的圣灵，
在这里接受悔罪吧；
拯救我们的灵魂吧，用您神圣爱心；
让我们与天使们一起共享。

在短文《一个夜晚的进步表明仰慕耶稣的必要》（“An evening's improvement Shewing，the necessity of beholding the Lamb of God”）中，哈蒙提醒读者注意他接受自由加尔文主义者撒母尔·斯托达德（Samuel Stoddard）的观点，认为“上帝已经承诺让所有信仰他的人们生存在世间”。在《夜晚沉思：靠基督拯救灵魂，带着忏悔的哭泣》一诗中，丘比特·哈蒙写道：“上帝啊，请照亮我们黑暗愚昧的灵魂/指明我们正确的道路吧；/让世界上所有人的心/都将基督当作他们拯救灵魂的救主。”显然，这里的所谓“我们黑暗愚昧的灵魂”不仅指非洲人，更是指整个人类。在《致菲利斯·惠特利小姐》一诗中，哈蒙将非洲比作“黑暗的寓所”（dark abode）和“异教徒的海滨”，并且认为自己从非洲被带到美洲大陆是“上帝慈悲”（God's tender mercy）的结果。同时，哈蒙认同菲利斯·惠特利的特殊使命并在诗中写道：“谦卑的灵魂热爱上帝的旨意。”

《儿童之诗：死亡的思考》一诗描写那些还没有成为基督徒就死去的人。他们的生命没有意义，后果是可怕的。但是，这首诗歌充满矛盾，因为丘比特·哈蒙并不赞成殖民地较为自由的宗教教义，他并不认为上帝子民的后代可以不通过自己的努力而完全依靠父母的地位和身份来获得拯救。在《善良主人与顺从仆人之间的对话》一诗中，仆人起初对主人是十分顺从的。我们看到主人对仆人说：“来吧，我的奴仆，跟我走，/根据你的地位。”接着是一系列主人与仆人之间的应答对话，最后7个诗节是仆人的独白。在独白的结尾，仆人说：“相信我吧，我的基督教朋友们/请相信你们的朋友，丘比特。”他强调上帝具有终止战争的大能。在全诗的结尾，诗人希望诗歌能够给人们带来一种永恒的安慰：“每一个灵魂［必须］遵守［上帝］的旨意，/并寻求天堂的快乐。”就语气而言，这个结论与诗歌开篇中所表达的仆人顺从主人的那种情境已经完全不同了。所谓“顺从的仆人”似乎已经在警告他“善良的主人”了。

丘比特·哈蒙流传最广的作品当推他的散文《致纽约州的黑人》。这篇文章集中体现了他关于“世俗自由”的人生态度。文章采用一位七旬老人“临终嘱咐”的形式，以第一人称的视角叙述了作者的观点“我的生活阅历比你们多数人都更加丰富，而且我目睹了世间无数的虚荣与残酷的事实。……我完全有理由感谢上帝，因为我的命运比起绝大多数黑人奴隶要好得多”。他说“假如其他奴隶，特别是年轻的奴隶能够获得自由，他会感到十分高兴”。然而，在这篇短文及其他作品中，丘比特·哈蒙都将人类神圣的永恒自由当作人们更为迫切需要获得的世俗的人身自由。他的理由比较简单，他告诫黑人不要偷窃。他认为顺从、守法的奴隶会受到奴隶主们的善待。他认为不能因为黑人受奴役，就可以采取不道德行为。这种思想是以基督教道德教义为基础的。但是，在对待正义问题时，他的言辞似乎有些含糊不清：“在上帝面前，不论他们奴役我们是否正确，是否合法，我认为只要我们是奴隶时，我们的职责就是顺从我们的主人，答应他们所有合法的要求，并且伺候他们，除非我们被吩咐去做那些我们知道是罪恶的事情，或者是上帝禁止我们做的事情。”他显然对奴隶制报有怀疑的态度，并认为只要是罪恶的行为，奴隶们就不应该顺从。他声称不论“富人还是穷人，白人还是黑人”都应该受到最后的审判。

丘比特·哈蒙的诗歌创作并没有什么独到的手法，因为他创作的主要目的是教化，而不是为艺术而艺术。他的创作目的决定了他的诗歌形式。他的诗歌主要采用颂歌，每节4行，韵式多为abab，用词陈旧，造句刻板，经常引用《圣经》。他的诗歌比较朴素，但不论形式还是遣词造句，都体现出典型的殖民地时期的宗教诗特点。然而，丘比特的诗歌与散文都蕴含着他坚定的信念，句里行间都直接或者间接地道出了深受奴役的人们的痛苦。

第三节 菲利斯·惠特利：最早在美国出版诗集的黑人女诗人

就18世纪美国非裔诗歌创作而言，菲利斯·惠特利（Phillis Wheatley）的影响最大。尽管她的名字在大部分美国文学史论著中没有出现，但她实际上是美国殖民地时期一个值得注意的作家。1773年，她的诗集《诗歌随笔：宗教与道德》（*Poems on Various Subjects, Religious and Moral*）在波士顿出版后，她在欧洲的声誉超过当时的任何一个美国诗人。①

1754年，菲利斯·惠特利出生于现在非洲西部的塞内加尔，7岁时被奴隶贩子绑架并贩卖到新英格兰地区。波士顿的一个富商约翰·惠特利（John Wheatley）买下了菲利斯，作为妻子苏珊娜（Susanna）晚年的一个女仆。尽管菲利斯体弱多病，但是她举止温文尔雅，性情娴静，博得苏珊娜极大的喜欢。菲利斯生性聪颖，穷学好问，很快就学会了读书写字，阅读《圣经》。大约12岁时，菲利斯开始学习拉丁语，阅读奥维德英译本诗歌作品，并且对英雄偶句诗体感兴趣。② 于是，惠特利夫妇给菲利斯分配很少的家务，鼓励她读书、写诗，并安排玛丽·惠特利

① 参见 Alex Preminger ed.，*The New Princeton Encyclopedia of Poetry and Poetics*，Princeton：Princeton University Press，1993。

② Ibid..

（Mary Wheatley）给她当私人教师。因此，菲利斯所接受的教育实际上比一个上等的男性白人殖民者的教育更好，更不用说殖民地时期的妇女或者奴隶了。与其说菲利斯是一位女仆，还不如说她是惠特利家的一位成员。在惠特利家，菲利斯独自住在一间冬天暖气充足的屋子里。屋里还有一盏台灯，供她夜里使用。她可以自由地与惠特利家的朋友来往，但不能和其他奴隶接触。

一般认为菲利斯·惠特利于1765年前后开始写诗，并将诗歌创作当作自己在白人文化世界中表达自己思想的途径。1767年，她在罗得岛州东南部港市新港的一家报纸《新港墨丘利》（*Newport Mercury*）① 上发表了她的第一首诗歌《胡塞先生和棺木》（“On Messrs. Hussey and Coffin”）。这首诗歌既体现了作者卓越的文学天才，又表达了她深厚的基督教思想背景。随后几年，菲利斯·惠特利在波士顿地区的一些报纸杂志上发表了一些诗作。其中，《挽歌：纪念基督耶稣的著名的、神圣的、卓越的仆人，尊敬的、博学的佐治·怀特菲尔德牧师》（1770年）② 一诗为她赢得了国内外的声誉。这首挽歌格律诗以小册子的形式发表后，在波士顿、新港、费城等地至少重印了10次，最后出现在英国伦敦，使她成为一名享有国际声誉的天才女诗人。诗中不仅哀悼死者，歌颂牧师的美德，想象他在天国的自由，而且表现了诗人深厚的基督教信仰，希望劳苦黑人接受基督拯救人类的福音：

Take him, ye *Africans*, he longs for you;
Impartial Saviour is his title due;
Wash'd in the fountain of redeeming blood,
You shall be sons, and kings, and priests to God.

笔者试译：

---

① “Mercury”（墨丘利）在罗马神话中指众神的信使。

② 英文原文为：“An Elegiac Poem, on the Death of That Celebrated Divine, and Eminent Servant of Jesus Christ, the Reverend and Learned George Whitefield。”但也有学者认为最早为她赢得声誉的诗篇是发表于1770年的另外一首诗歌 *On Messrs Hussey and Coffin*。参见张冲《新编美国文学史》第1卷，上海外语教育出版社2000年版。

非洲人啊，请接受他，他渴念你们；
公正的救主是他当之无愧的名分；
在救赎人类的血泊中洗礼，
你将成为上帝的子民、国王和牧师。①

由于菲利斯·惠特利过着与白人一样幸福的生活，她没有也不允许她把自己当成一名奴隶，因此她的许多诗歌作品没有直接涉及种族问题。但是作为一位18世纪的黑人女诗人，她又不可能回避严重的种族问题。实际上在她的诗歌中，我们还是能够看到作者对种族平等问题的一种下意识的思考。比如，在《关于从非洲被带到美洲》（“On being brought from Africa to America”）一诗的开篇，她说：

是仁慈把我从异教的国度带来，
拯救我愚昧的灵魂，我认识到
有一个上帝，也有一个拯救者：
我从未祷求赎救，也不曾知道
有些人鄙视我们这神秘的种族，
“他们的肤色是魔鬼的模具。”
教徒们，记住，黑鬼黑似该隐，
但可以净化并加入天使的行列。

此外，在《致达特莫斯伯爵》② 一诗中，诗人不仅表达了她对自由的向往而且也表达了她对奴隶制的深恶痛绝：

Should you, my lord, while you peruse my song,
Wonder from whence my love of Freedom sprung,

① 引文根据1773年版译出，与1770年第1版有差别。英文原文为：“Take him, ye *Africans*, he longs for you; /*Impartial Saviour* is his title due; /Wash'd in the fountain of redeeming blood, /You shall be sons, and kings, and priests to God.”

② 英文题目为：“To the Right Honorable William, Earl of Dartmouth, His Majesty's Principal Secretary of State for North America”。

Whence flow these wishes for the common good,
By feeling hearts alone best understood;
I, young in life, by seeming cruel fate
Was snatch'd from Africa's fancy'd happy seat;
What pangs excruciating must molest,
What sorrows labor in my parent's breast?
Steel'd was that soul and by no misery mov'd
That from a father seiz'd his babe belov'd;
Such, such my case. And can I then but pray
Others may never feel tyrannic sway?

笔者试译:

上帝阿,当您细读我的颂歌的时,
可想到我对自由的热爱出自何方?
当您心如明镜、扪心自问的时候,
可想过这些公益的企盼来自何方?
我年轻的生命从非洲幸福的仙境
被不可名传的残酷命运绑架而来;
是什么人间痛苦使得你不可终日?
是什么事情让我的父母悲痛欲绝?
那灵魂变得如此冷酷、坚如磐石
从父亲的怀里抢走他心爱的孩子;
这就是我的命运。而我只能祈祷
不再有人像我这样遭受暴君蹂躏。

从诗歌创作形式来看,菲利斯·惠特利的诗歌创作并没有跳出英国18世纪末至19世纪初所流行的新古典主义(neoclassicism)的诗歌艺术形式,特别深受18世纪英国诗人亚历山大·蒲柏的影响,全诗采用五音步抑扬格偶句。为了双行押韵,诗人不惜破坏句法规则,牵强附会地拼凑韵脚。比如,开篇的第1、2行和第5、6行的韵脚就不够完美,而第3、4两行的韵脚虽然完美，但是为了押韵，句法变得复杂生硬。

然而，就其思想内容看，诗中人通过刻画自己从非洲被贩卖到美国的不幸遭遇，表达了诗人热爱自由、献身公益事业的愿望，而且表达了诗人对远在故乡的父母的思念：“是什么事情让我的父母悲痛欲绝?”从这些情感丰富的诗句中，我们也能够体悟诗人对奴隶制度的真实情感。然而，菲利斯毕竟生活在一个离废奴运动比较远的年代，没有直接提出解放奴隶的要求，而是在已经意识到自己悲惨命运（“这就是我的命运”）的同时，“祈祷/不再有人像我这样遭受暴君蹂躏”。这一点是令人遗憾的，但也是情有可原的。尽管有人认为菲利斯的诗歌不值得评论，但是，这位年轻的非裔美国女诗人还是以她惊人的智慧和娴熟诗歌创作技巧再现了新英格兰黑人文化，而成为18世纪美国文学史上的一个里程碑式的重要人物。

此外，菲利斯·惠特利还创作了许多挽歌和一些纪念朋友、名流的赞美诗，写了不少纪念一些重要事件的即兴诗，表达自己内心对某一特殊事情的感受。1773年，新英格兰的冬天格外寒冷，严冬加剧了菲利斯的哮喘病。为了让菲利斯度过这个寒冷的冬天，主人惠特利一家特意给菲利斯安排了一次伦敦旅行。到了伦敦，菲利斯的哮喘病逐渐好了起来，并开始集中精力完成她第一部也是唯一一本诗集的写作。同年，这本题为“诗歌随笔：宗教与道德”的诗集在波士顿出版。从伦敦回到波士顿后，菲利斯大约于1773年年底获得自由，但是3个月后苏珊娜去世，不过几年惠特利先生也去世了。这样菲利斯的生活陷入困境，她被迫去当一名女裁缝来维持自己的生计。1778年4月1日，她同约翰·彼特斯（John Peters）结婚。约翰·彼特斯是一位自由的黑人律师和食品杂货商。此外，他还是一位作家和演说家。但是，由于白人社会的种族歧视，约翰最终还是将菲利斯和他们的3个孩子抛弃，自己逃之夭夭。这迫使菲利斯在一家黑人寄宿公寓里干一些体力粗活。尽管如此，菲利斯坚持诗歌创作。1779年，她曾经在《波士顿晚报》和《大广告》杂志上刊登启事，希望能够找到一家出版公司为她出版一个包括33首诗歌和12封书信的集子。但是，由于当时经济条件的限制，她出版第二个诗集的愿望没有实现。1784年，她写的几首庆祝革命胜利的诗歌，以及一首题为“致某某先生和太太，为了他们死去的婴儿”的诗歌以菲利斯·彼特斯的名字发表。由于家境贫寒，她的两个孩子夭折了。菲利斯从来没有干过体力活，而且身心交瘁，健康状况每况愈下，最终因劳累过度，菲利斯于1784年12月5日在波士顿去世，终年只有31岁。她的第三个孩子也在她去世后的几个小时内死去，并和母亲埋葬在一个没有名姓的墓里。菲利斯去世后，约翰·彼特斯找到了一位为菲利斯和孩子提供临时食宿的妇女，并要走了菲利斯准备出版的第二本诗集的手稿。可惜的是，这些手稿连同彼特斯都消失得无影无踪。

第四节　乔治·莫西斯·霍顿：最早在美国出版诗集的南方黑人奴隶

如果说菲利斯·惠特利因其惊人的智慧和娴熟的诗歌技巧再现新英格兰文化而成为18世纪美国诗歌史上的重要人物，那么乔治·莫西斯·霍顿（George Moses Horton）则是第一个用诗文反抗奴隶枷锁的奴隶，并成为在美国出版诗集的第一位南方黑人诗人。他被喻为“北卡罗来纳州的黑人诗人”。乔治原本是北卡罗来纳州查珀尔希尔（Chapel Hill）附近詹姆斯·霍顿农场的一名奴隶。他一生大半辈子的时间都在为获得自己人生的自由而不懈地追求、乞求和创作。他的第一部诗集《自由的希望》（*The Hope of Liberty*）初版于1829年；第2版于1837年出版并更名为“自由的希望——一个奴隶的诗歌”（*The Hope of Liberty—Poems by a Slave*）。1845年，他出版了他的第二本诗集《乔治·莫西斯·霍顿诗集》（*The Poetical Works of George M. Horton*）。1865年，他出版了他的第三部诗集《赤裸的天才》（*Naked Genius*）。同年，他参加联邦政府军，转战费城并最终实现终身的夙愿，获得自由。内战之前，美国南方禁止黑人接受教育，乔治没有接受学校教育的机会，因此乔治是如何学会读书写字和诗歌创作的也一直是个谜。但是，根据1845年乔治第二本诗集中的自传，他于1797年出生于北卡州北安普敦县（Northampton County）的罗阿诺克（Roanoke）河畔威廉·霍顿（William Holden）的小烟草农场。他母亲一共生了10孩子，前5个是女孩，但不是同一个父亲；乔治是老六，之后还有1男3女。当乔治6岁的时候，威廉·霍顿家搬到了北安普敦县西南约160公里的查塔姆

（Chatham）农场，改种玉米和小麦。到1806年，这个农场发展为一个占地400公顷的大农场。乔治在这个农场上生活了10年。

根据他自己的回忆，这一时期他是一个牧童，也不怎么喜欢这个差事。但是，他很早就发现了自己非常喜欢哼唱一些活泼轻快的曲调并且喜欢音乐，喜欢听人家朗读。在黑人孩子中，他聪明过人，自己决心要学会读书写字。于是，每到安息日，他便拿着一本破旧的拼写课本到户外学习，晚上就烧着树皮树枝，冒着烟雾，顶着热火，坚持学习。当他开始阅读《圣经·新约》和英国传教士查尔斯·卫斯理（Charles Wesley）翻译的赞美诗时，他不但词汇量大大增加，而且突然间发现自己已经在脑子里开始创作诗歌了。1814年，威廉·霍顿把一些财产分给几个儿子，乔治被分给了也在查塔姆经营农场的儿子詹姆斯·霍顿。大约从1817年开始，乔治每个安息日都步行12公里到坐落在查珀尔希尔的北卡罗来纳大学的校园里去卖水果。他常常被大学生们戏弄，当大学生们发现乔治比较聪明时，他们让他即兴表演口技，供他们取乐。他深知这些恶作剧者是在玩弄他那“虚无的自我”（vain egotism）。不久，乔治便摆脱了这种被动受辱的局面。他每周在农场干农活的同时，写上几首爱情小诗，周末安息日时将它们卖给年轻的大学生，每首小诗可以挣25美分，有些长一点的诗文可以卖到75美分。就这样，乔治获得了个“北卡罗来纳州的黑人诗人”的头衔。于是，他与学生们有了比较密切的来往，同学们送给他许多书籍，其中有美国语法学家默里（Lindley Murray）编写的《英语语法》（*English Grammar*）、《约翰逊的辞典》（Johnson's Dictionary），弥尔顿、荷马、维吉尔、莎士比亚、拜伦（George Gordon Byron）等文学大师的文学作品，还有地理、历史等书籍。很快，乔治在查珀尔希尔地区成了广为人知的黑人诗人。后来北卡罗来纳大学里一位教授的太太开始教乔治写格律诗并将他的诗歌寄给马萨诸塞州的《兰开斯特报》发表。

尽管乔治·莫西斯·霍顿的诗歌笔触幽默、主题宽广，但是给人印象最深的还是他那对自己饱受屈辱的奴隶经历所发出的富有激情的、深恶痛绝的坦率言辞。如果说菲利斯·惠特利的诗歌主题没有真正触及黑人奴隶生存条件的话，那么，乔治在他的诗歌创作中却始终以一种毫不畏惧的战斗精神，大胆地揭露了黑人所遭受的残酷命运。《论自由与奴隶制度》（“On Liberty and Slavery”，1828 年）一诗可谓他最富有代表性的反奴隶制诗篇：

Alas! And am I born for this,
  To wear this slavish chain?
Deprived of all created bliss,
  Through hardship, toil, and pain!
        . . .
Come, Liberty, thou cheerful sound,
  Roll through my ravished ears,
Come, let my grief in joys be drowned,
  And driveaway my fears.

Say unto foul oppression, Cease:
  Ye tyrants rage no more,
And let the joyful trump of peace,
  Now bid the vassal soar.
        . . .
Oh, blest asylum—heavenly balm!
  Unto thy boughs I flee—
And in thy shades the storm shall calm,
  With songs of Liberty!

笔者试译：

哎呀！难道我生来就是为了
    穿戴这身奴隶的镣铐？
被剥夺了上帝赐予的幸福，
    忍受着辛酸、苦力和痛苦！
        ……
来吧，自由！你鼓舞人心的声音，

　　穿透我那强遭污辱的双耳，
来吧，让快乐掩埋我内心的悲愁，
　　并驱除我心中的恐惧。

对万恶的压迫说：住手吧！
　　你们这些暴君不要猖狂了，
让快乐的和平老人
　　叫奴隶们大声疾呼。
　　　　……
啊，圣洁的避所——天堂的安慰！
　　我将插翅飞向您的怀抱
在您的身影中，风暴将平息，
　　并奏响自由的赞歌！

1865年，乔治获得自由并创作出版了《赤裸的天才》（*Naked Genius*）。这本诗集包括90首余新诗，其中绝大多数包含浓重的历史和传记色彩，审美价值并不突出。为了给这本诗集增添一些新鲜感觉，或许是由于出版商要求，乔治几乎是在4个月时间内写出了其中绝大部分新诗。就主题而言，第一，是几首描写诗人目睹内战场景的诗歌，比如，有一首描写在莱克星顿处死一名谋杀者的诗歌，题目为“处死亨利·安德森”（“Execution of Private Henry Anderson”），另外有一首题目为“1865年6月20日发生在康科德附近的一场迟到的暴风骤雨”（“The Late Thunder Storm in Camp at Concord”）。第二，诗集中包括了许多怀旧念家的多愁善感的打油诗，比如《战场思乡》（“The Thought of Home in Battle”）、《希望之家》（“Aspiring Home”）、《南方难民》（“The Southern Refugee”）和《老家朋友》（“The Friends Left at Home”）等。第三，诗集中有许多讴歌自由、联盟、英雄人物、阵亡战士英勇精神的诗篇和一些歌颂妇女、妻子和婚姻的诗篇，比如《自由》（“Freedom”）、《家乡和平》（“Home”）等。此外，诗集中包括了一首题为“一个诗人的艺术”（“The Art of A Poet”）的诗歌。在这首诗歌中，乔治阐述了他的创作观点，认为诗歌创作不能仅仅局限于格律、韵式及来自大自然的灵感，诗人必须能够协调心灵与想象去挖掘深藏在事物表面之下的“含而不露的意义”。这充分体现了一位黑人诗人对诗歌艺术的创造性理解与执着的追求，是早期非裔美国诗人对诗歌创作进行艺术反思的一个不可多见的亮点之作。

True nature first inspires the man,
But he must after learn to scan,
　　And mark well every rule;
Gradual the climax then ascend,
And prove the contrast in the end,
　　Between the wit and fool.

A fool tho' blind, may write a verse,
And seem from folly to emerge,
　　And rime well every line;
Once lucky, void of light, may guess
And safely to the point may press,
　　But this does not refine.

Polish mirror, clear to shine,
And streams must run if they refine,
　　And widen as they flow;
The diamond water lies concealed,
Till polished it is ne'er revealed,
　　Its glory bright to show.

A bard must traverse o'er the world,
Where things concealed must rise unfurled,
　　And tread the feet of yore;
Tho' he may sweetly harp and sing,
But strictly prune the mental wing,

Before the mind can soar.

笔者试译：

大自然首先启迪人的灵感，
但是人必须学会审视自然，
　　并且必须通晓诗歌规则；
逐渐推向高潮，向上伸展，
结尾标新立异，对照鲜明，
　　在智慧与愚昧之间。

傻瓜虽然视而无睹，但也会作诗，
而且也可能从愚昧中走出来，
　　并将每一行诗文都押上美韵；
只要幸运，没有灵感，也可以猜测，
可以恰到好处地押韵，
　　但是这不是完美的韵脚。

磨光镜面，闪闪发亮，
溪流清澈，就必须流动，
　　流动使河面不断拓宽；
宝石之水色含而不露，
直至磨光，才露出本色，
　　放出夺目的光彩。

诗人应该足遍全球，
揭示世间所有潜在的事物，
　　踏着昔日的脚印；
虽然他琴声优美、歌声洪亮，
但在灵魂升天之前，他必须
　　认真地修剪精神的羽毛。

在诗集《赤裸的天才》中，我们还能看到一首比较有特色的诗歌，题目为“乔治·莫西斯·霍顿，我自己”（“George Moses Horton, Myself”）。在这首诗歌中，霍顿的遣词十分简单，而且似乎又表现出他早期写反奴隶制诗篇中所体现出来的那种独特真切的怨恨和遗憾之情。这首体现一位失意诗人的挽歌总结了乔治一生的信念：他生来就是一位歌手，而且他的诗神与他均被无端地囚禁起来，然而诗歌的结尾仍然比较激动人心，因为诗人大声疾呼 68 年的束缚捆绑并没有泯灭诗人内心的精神和希望。

I feel myself in need
　　Of the inspiring strains of ancient lore,
My heart to life, my empty mind to feed,
　　And all the world explore.

I know that I am old
　　And never can recover what is past,
But for the future may some light unfold
　　And soar from ages blast.

I feel resolvec to try,
　　My wish to prove, my calling to pursue,
Or mount uo from the earth into the sky,
　　To show what Heaven can do.

My genius from a boy,
　　Has fluttered like a bird within my heart,
But I could not thus confined her powers employ,
　　Impatient to depart.

She like a restless bird,
　　Would spread her wing, her power to be unfurl'd,

And let her songs be loudly heard,
　　And dart from world to world.

笔者试译：

我觉得我自己需要
　　古代前贤诗性的启迪，
提我心气，抚我空虚心灵，
　　探索整个世界。

我知道我已经年迈
　　且无力挽回过去的一切，
但是未来仍旧有一线光明
　　且能够穿越岁月的长空。

我决心要尝试，
　　我希望进步，渴望执着，
或者腾空而起，冲向九天，
　　去彰显上天的能耐。

我少年时的天才，
　　早已经在心中翱翔，
可我不能就此使用那受限的力量，
　　无奈地离去。

她就像是一只焦躁的小鸟，
　　张开翅膀，即将展示威力，
并让她的歌声嘹亮，
　　驰骋世界各地。

在一篇题目为“一位美国学人”（“An American Man of Letters”）的

文章中，作者柯里尔·科布（Collier Cobb）回忆起他1883年在费城采访86岁高龄的乔治老人的时候，说："我当时称他为一位'诗人'，这使得他十分高兴，并说我叫对了。""诗人"的称呼可谓他一生的追求，也可谓乔治·莫西斯·霍顿一生的代名词了。为了写诗，他抗争命运，读书写字；为了写诗，他祈求解放，不懈努力；而通过写诗，他取得了微薄的自由并勉强维持生计。面对3卷诗文销路不好的失败，以及无数尚未出版却明知不可能出版的诗稿，他始终没有停止诗歌创作。从历史的角度看，这位"北卡罗来纳州的黑人诗人"是19世纪美国的一位重要诗人，是唯一一位没有获得自由就出版数卷诗歌的美国黑人诗人，也是美国南方第一位出版著作的黑人作家。①

虽然18至19世纪美国的黑奴制度是十分残酷的，但是早期北美殖民地非裔诗人还是用他们自己的想象记录了他们自我觉醒的心路历程。虽然露西·特丽的《巴斯之战》是一首"粗糙的诗歌"，但是它代表着北美殖民地第一位黑人女诗人的历史想象；虽然丘比特·哈蒙的《夜晚沉思》是第一首在美国发表的黑人诗歌，但是它已经记录了美国文学史上第一位黑人作家反奴隶制的心声；虽然菲利斯·惠特利是第一位出版诗集的美国黑人女诗人，但是她已经用她惊人的智慧表达了她对自由的向往和对奴隶制的深恶痛绝；虽然乔治·莫西斯·霍顿是第一位出版诗集的南方黑人奴隶，但是他已经代表千百万没有获得自由的南方奴隶吹响了"自由的希望"的历史号角。因此，研读他们的诗歌作品可以帮助我们窥见早期北美殖民地时期非裔诗歌从一种朦胧的、无意识的历史记录发展到一种自觉的、有意识的历史想象的过程。进入19世纪以后，理森（C. L. Reason），怀特菲尔德（J. M. Whitfield）等许多美国黑人诗人开始自觉地以诗歌为武器，揭露美国意识形态、道德和政治的黑暗，唤醒黑人奴隶们的觉醒。在《美国》（"America"）一诗中，怀特菲尔德写道："美国，就是你，/吹嘘是自由的国度，/我高歌向你走来，/你是一块血腥、罪恶、作孽的土地。"这种历史的觉醒却植根于早期北美殖民地非裔美国诗人的历史想象。

---

① 参见 Joan R. Sherman, *Invisible Poets: Afro-Americans of the Nineteenth Century*, 2nd edition, Urbana and Chicago: University of Illinois Press, 1989。

附 录 4

英美诗歌微课教学*

导 言

中国是一个诗的国度，诗的美妙历来为人们所津津乐道，诗学美学，理论迭出，但诗的真情实意及其艺术真谛又难以穷尽。虽然美国诗人朗费罗（Henry Wadsworth Longfellow）的《人生颂》（“A Psalm of Life”）作为“汉译第一首英文诗”于1864年就被译介到中国①，但实际上，直到20世纪初，英国诗人拜伦、雪莱、彭斯、丁尼生（Aifred Lord Tennyson）的诗歌才被译介到中国，而中国文学界对英国文学的大量译介是在20世纪初到抗日战争爆发时完成的。从英国诗歌史上第一部英雄史诗《贝奥武甫》到当代诗人艾略特的《荒原》②，都被译成汉语。英国诗歌也成了中国高校英语教育的一个重要部分。根据李赋宁先生的回忆，“抗战前清华外文系曾以培养‘博雅之士’作为本系的任务，要求学生‘熟读西洋文学之名著’，‘了解西洋文化之精神’”③。此外，李先生认为，西南联大外文系继承了北京大学、清华大学和南开

---

* 本文曾以“微课慕课情境中的英美诗歌教学”为题，应邀参加“第十届中国英语教育及教学法论坛”（浙江宁波大学，2015年4月24—26日）并做大会发言；之后以“英美诗歌微课教学”为题目，发表于《中国外语》2015年第6期。

① 参见钱锺书《汉译第一首英语诗〈人生颂〉及有关二三事》，《国外文学》1982年第1期。

② 1937年夏天，赵萝蕤汉译的《荒原》伴随着卢沟桥事变的枪炮声在上海悄然问世。参见黄宗英《“灵芝”与“奇葩”：赵萝蕤〈荒原〉译本艺术管窥》，《北京联合大学学报》（人文社会科学版）2014年第3期。

③ 李赋宁：《学习英语与从事英语工作的人生历程》，北京大学出版社2005年版，第68页。

大学三校外文系的课程设置，重视学生阅读和写作能力的培养，而“英诗选读”（又称“英国诗”“英文诗”“英诗”）始终扮演着重要角色，比如，二年级有必修课“英国诗”（4学分）和选修课“英国史诗”（4学分）、“现代英诗”（2—6学分）、维多利亚诗（4学分）、“查叟”（Chaucer，4学分）、“班琼生和屈莱登”（Ben Jonson and Dryden，4学分）、“米尔敦”（Milton，4学分）、“浪漫主义诗人”（4学分）、“19世纪英国诗人”（4学分）等；三、四年级的必修课程包括“莎士比亚（研究）”（4—6学分）；而且这些诗歌课程是由吴宓、燕卜荪、谢文通、温德、莫泮芹、陈嘉、白英、袁家骅、赵绍熊、陈福田、李赋宁等一大批英美文学大师主讲。[①]

北京大学著名教授赵萝蕤先生曾经说：“读一点诗歌也是必要的，因为诗歌是一种进一步加工了的语言。……多读文学作品很有必要，不完全是为了‘锦上添花’，因为文学作品往往有极丰富的生活内容，而思想性和艺术性好的作品还往往是内容与形式的完美结合，读了不但开阔眼界、增长知识，还能够极大地提高鉴别能力和表达能力。”[②] 初读英语诗歌的学生们可能会因为理不顺英国文艺复兴时期斯宾塞、莎士比亚、弥尔顿等伟大诗人作品中许多盘根错节的句法结构而感到困惑；也可能会因为英国玄学派诗人笔下的“奇思妙喻”（conciets）而感到百思不解；还可能会因为现当代英美诗歌的貌似简单而找不到可以入诗的元素。但是，他们也会因为最终体悟到斯宾塞、莎士比亚、弥尔顿等诗人名篇中曲中带直的抑扬顿挫而感到欣喜若狂；也会因为最终体会到邓恩笔下的“奇思妙喻”所蕴含的丰富情感与敏锐思想而拍案叫绝；更会因为最终体察到现当代诗人貌似简单的外衣下所隐藏的深邃哲理和语言创新而感到兴奋不已。每当我们在课堂上与同学们一起通过分享诗让生命意义得以升华而快乐时，英语教学的意义也同时得到了升华，因为英语教学中的跨文化意识似乎在这一时刻已经悄然进入了我们的心灵深处。[③]

---

① 参见李赋宁《学习英语与从事英语工作的人生历程》，北京大学出版社2005年版。

② 赵萝蕤：《我的读书生涯》，北京大学出版社1996年版，第236页。

③ 参见黄宗英编著《英美诗歌名篇选读——前言》第1版，高等教育出版社2007年版。

一　英诗教学的艺术取向

1985—1986年，笔者受福建宁德师专的选派，来到了北京大学英语系进修英美文学。笔者先后选修了罗经国教授的“英国文学史及选读”、陶洁教授的“美国文学史及选读”和王式仁教授的“英诗选读”等课程，开始系统地接受英美文学和英国诗歌的教育。笔者第一次读到了乔叟的《坎特伯雷故事集》片段，第一次听到了罗伯特·弗罗斯特朗读自己诗歌的声音，第一次聆听一位中国教授在课堂上诵读莎士比亚的十四行诗。然而，最终改变笔者整个人生道路的是王式仁教授主讲的“英诗选读”这门课。笔者为王式仁教授精辟的诗歌分析所感动，为他对英诗格律的特殊敏感所启迪，为他那出神入化的英诗诵读所陶醉。在教学中，王教授把英语诗歌当作一门“声音与意义”的艺术①，努力地挖掘英诗语言的音韵美。作为一名师范专科学校英语专业的教师，笔者深知英语语音对笔者将意味着什么。于是，不论刮风下雪，笔者开始在未名湖畔诵读英国诗歌。为了加深对英诗文本的理解，提高自己对英语诗歌语言、格律的悟性，磨炼英语语音语调，笔者往往几十遍、上百次地诵读老师课堂上讲解过的诗歌。笔者几乎背诵了“英诗选读”课上学过的每一首诗歌。笔者的英语语音和诵读能力逐渐有了进步，而且笔者对英诗的兴趣也逐渐地从诗歌的音乐美和格律美上升到了声音与意义的契合美。② 在此，笔者首先把王式仁教授这种注重挖掘诗歌文本中声音与意义契合美的教学方法称为“艺术取向”。

二　英诗教学的文学取向

更多的英诗文本释读是在英美文学（史及作品选读）课上完成的。

---

① 王式仁教授推荐给笔者阅读的第一本英诗教材是 Laurence Perrine, *Sound and Sense: An Introduction to Poetry* (6th edition, New York: HBJ, 1982)，其书名来自18世纪英国诗人 Alexander Pope（1688—1744）的 *An Essay on Criticism*（《论批评》）一诗中的第365行：“The sound must seem an echo to the sense”（声音须作意义的回声）。

② 参见黄宗英《抒情史诗论》，北京大学出版社2003年版。

笔者把这种英诗教学称为“文学取向”，因为英美文学课的课堂教学侧重挖掘诗歌文本的文学价值：诗人风格、语言特征、核心意象、主题思想、诗人的诗学理论贡献及其在诗歌史上的地位等。笔者认为北京大学英语系的胡家峦教授是这方面的代表。1994 年春季，笔者攻读硕士研究生二年级的时候，有幸选修了胡家峦教授主讲的“文艺复兴英国诗歌”课。胡老师长于用联系和发展的眼光去挖掘诗歌与宇宙之间的无限奥妙，融会整个文艺复兴时期英国诗歌最核心的主题、最常见的意象、最深刻的哲学和宗教思想，并常常用他所熟知的“托勒密宇宙论”解读邓恩、莎士比亚、弥尔顿的诗歌文本，每每让同学们陶醉于他那深入浅出的文本释读和他那温文尔雅、催人奋进的话语之中。胡老师把学生带进了英国文学史上最繁荣的诗歌王国，让我们体悟了英国诗歌中所蕴含的深邃哲理，理解了英国文艺复兴时期诗歌殿堂上的一曲曲“天体音乐”，看到了“万物的奇妙联结”，感受到了能够“动太阳而移群星”的爱的力量。[①]

三 英诗教学的翻译取向

“翻译取向”指教师在教学中强调对诗歌文本的理解与翻译表达。众所周知，译诗是一件难事。翻译过弥尔顿长篇史诗《失乐园》、中篇史诗《复乐园》和悲剧诗《斗士参孙》的著名翻译家、南开大学的朱维之先生认为：“译诗的基本原则是再创造诗的意象，再创造诗的境界。换句话说，译诗者与诗人之间，要心有灵犀一点通，然后经过再创造而表达出原诗的意境。”[②] 虽然朱先生也强调“译诗的形式也要大致和原作接近”，但是他更强调译者能够“熟练运用本国文字表达所译诗歌的精神、风格和境界的能力”[③]。当然，翻译英美现代诗、实验诗、语言诗的难度同样很大，因为现代派诗人不仅探索诗歌语言技巧，而且注重诗歌表达形式，挖掘语言特征。

---

① 黄宗英：《抒情史诗论》，北京大学出版社 2003 年版，第 360 页。

② 朱维之：《译诗漫谈》，载《当代文学翻译百家谈》，北京大学出版社 1989 年版，第 184 页。

③ 同上书，第 188 页。

我国汉译艾略特《荒原》的第一人赵萝蕤先生强调译者应该自觉地“遵循［两种语言］各自的特点与规律”并且“竭力忠实于原作的思想内容与艺术风格”。[①] 她认为从事文学翻译有三个基本条件：“深刻全面地研究作家及其作品、具备两种语言的较高水平和谦虚谨慎的忘我精神。”[②] 中国社会科学院外国文学研究所著名学者傅浩教授说，“诗不是在翻译中丢失的东西，而是在翻译中幸存下来的东西”[③]，因此他在诗歌教学中十分重视通过不同译本的比较来加深对原文的理解，并且认为“翻译是细读的细读”[④]。可见，真正的好诗不但应该经得起分析，而且还应该经得起翻译。著名旅美青年学者、美国加州大学圣芭芭拉分校英文教授黄运特博士说：“我喜欢现代派和实验派的诗，因为它们突出了语言的特征。这种诗歌经常被指责为文字游戏，只顾形式不顾内容，但其实对形式的关注是对语言的探索……形式陈旧的诗，即使内容新颖，也无法体现语言的特色。翻译涉及语言比较，是对两种语言特色差异的摸索。翻译必须考虑怎样把语言特色表现出来……［因此］翻译是诗歌的最高境界。”[⑤]

四　英诗微课教学

由于英诗选读课课时有限、对象不同、教学取向不同等原因，教师往往侧重诗歌教学的某一个维度，或者注重挖掘其艺术魅力，或者揭示其文学价值，或者侧重翻译表达，因此很难为学生提供一个全方位的诗歌审美体验。随着微课、视频课、资源共享课、慕课等在国内外语教学中的应用得到迅猛发展，传统的英美诗歌教学方法同样受到了挑战。因

① 黄宗英：《赵萝蕤汉译〈荒原〉手稿》（代序），北京高等教育出版社 2013 年版，第 16 页。

② 黄宗英：《“灵芝”与“奇葩”：赵萝蕤〈荒原〉译本艺术管窥》，《北京联合大学学报》（人文社会科学版）2014 年第 3 期。

③ 傅浩：《窃火传薪：英语诗歌与翻译教学实录》，上海外语教育出版社 2011 年版，第 87 页。

④ 同上书，第 105 页。

⑤ 张洁：《翻译是诗歌的最高境界——黄运特访谈录》，《外国文学研究》2014 年第 5 期。

此，借助互联网时代现代教育信息技术，整合优质教学资源和教学方法，实际上已经成为英美诗歌课程教学改革的重要组成部分。出于这种思考，笔者在最近几年的诗歌教学中比较重视收集和展示国内外英美诗歌教学微课作品，并且在高度关注这些微课作品的选题、设计、制作和运用等方面的特点和效用的基础上，结合自己的英语诗歌教学实践，研发录制了一些诗歌教学微课作品。

在英美诗歌微课教学过程中，对笔者启发最大的作品当推英国牛津大学推出的英美文学微课系列讲座“伟大作家的启示”（Great Writers Inspire）。该微课系列讲座包括了古英语时期的英雄史诗《贝奥武甫》（*Beowulf*）、中世纪诗人乔叟、英国文艺复兴时期诗人莎士比亚和弥尔顿、19世纪英国浪漫主义诗人布莱克（William Blake），直到20世纪美国诗人庞德等英美重要作家。每一个微课作品的时长为15分钟左右，重点介绍英美文学史上一位伟大作家及其对文学发展的贡献或者在文学史上的地位。然而，这些微课作品的基本元素与当下国内相对权威的微课定义中的基本元素大致相同。比如，《中国高校微课研究报告》指出：“微课是指以视频为主要载体，记录教师围绕某个知识点或教学环节开展的简短、完整的教学活动。”[①] 再如，第一届中国外语微课大赛的“微课”定义为：“微课是指教师围绕某个知识点、教学环节或者教学中的核心问题开展的具备独立性、完整性、简短有效的教学活动。”[②] 可见，微课是一种教学活动，其载体是视频，其选题是教学中的某个知识点（教学重点、难点、核心问题），其特点包括独立性、完整性和简短有效性。那么，如何才能独立、完整、简短、有效地将我们的英美诗歌教学微课化、视频化呢？

第一，选题精准。究竟什么样的知识点适合英美诗歌教学的微课作品选题呢？牛津大学丹尼尔·韦克林（Daniel Wakelin）教授在他的微课作品《乔叟》中，讲述了14世纪末英国人意识到将日常用语用文字记录下来的价值及日常用语对乔叟诗歌创作的启示。我们知道，乔叟是

---

① 《中国高校微课研究报告》，教育部全国高校教师网络培训中心，2014年。

② 第一届中国外语微课大赛“微课”定义参见网址：http：//weike. enetedll. com/play. asp？ voclid = 150578&e = 1。

使用伦敦方言进行诗歌创作的，而 14 世纪的伦敦又是英国的政治、经济和文化的中心，所以伦敦方言在这一时期得以逐渐发展成了英国的民族标准语或者文学语言。此外，伦敦方言属中古英语东中部方言，而作为英国最高学府的牛津大学和剑桥大学也属于东中部方言地区，因此东中部伦敦方言在英国语言和文学发展史上举足轻重。[①] 由此可见，丹尼尔教授的微课选题不仅是英语语言史和文学史教学中的一个核心问题，而且还是我们学习和研究中古英语时期英国优秀诗人乔叟及其诗歌创作的一个重点和难点。受其影响，笔者将参加 2013 年首届全国高校教师微课教学比赛参赛微课作品的选题定为："罗伯特·弗罗斯特：一位简单深邃的诗人"，因为弗罗斯特诗歌最大的魅力就在于它是"一种深邃的简单"[②]。

第二，导入精粹。丹尼尔教授的微课作品《乔叟》的总时长为 14. 01 分钟，但是他只用了短短的 1. 03 分钟就画龙点睛式地介绍了该微课作品的主题："I want today to explore one of the most inspired decisions in the history of English writing. That is the realization in the late 14th century that English was worth writing down, that English speech was worth writing down. And if want to become a writer in the vanecular or in the mother tongue, the everyday language and the everyday business conducted in it were togethere a powerful source of inspiration for the writer I am going to discuss. . . " 受丹尼尔教授微课作品的启发，笔者在设计参赛微课作品《罗伯特·弗罗斯特：一位简单深邃的诗人》的时候，也把导入部分限制在 1 分钟之内："Robert Frost is often considered to be a poet of simplicity. He was often associated with New England landscapes, but his reputation transcends regional boundaries. People enjoy reading his poems, because his poems look simple, direct and natural, but actually, Frost is almost never as simple, direct and natural as he appears to be. Today, I want to explore one of the most inspiring elements in his poetry. That is the deceptive simplicity in the

① 参见李赋宁《英语史》，商务印书馆 2009 年版。

② 黄宗英：《简单的深邃——罗伯特·弗罗斯特诗歌创作艺术管窥》，《北京联合大学学报》（人文社会科学版）2006 年第 1 期。

poetry of Robert Frost.” 在笔者看来，弗罗斯特诗歌的最大特点和教学难点都在于它的“貌似简单性”：“弗罗斯特诗歌的魅力在于它貌似自然、直接、简单，而实际上根本就不像其表面上看的那么自然、直接简单。”① 在《弗罗斯特研究》一书中，笔者用了近45万字的篇幅，从诗人的哲学思想、语言特征、诗歌格律和主题4个维度，对弗罗斯特诗歌的貌似简单性问题进行了综合全面的论述。然而，高校教师微课教学比赛参赛微课作品的时限为20分钟，因此微课导入部分必须达到画龙点睛的效果。

第三，构思精巧。主题导入之后，丹尼尔教授并没有直接展开对主题的讨论，而是在简要地介绍了诗人生平之后，着重交代了在乔叟之前的几个世纪时间内，拉丁语和法语是伦敦官方语言的历史背景，然而伦敦方言却始终是普通百姓的日常用语，而乔叟正是在这种背景之下意识到了应该将伦敦方言作为一种文学语言记录下来的必要性。结合一首题为“Adam lay i-bounden”的中古英诗释读，丹尼尔教授用他美妙的声音展示了他天才的古英语诗歌诵读技巧，并且用幽默生动的语言深入浅出地讲解了亚当偷吃禁果的故事，然而出人意料的是主讲人发现了中古伦敦方言的智慧幽默：假如亚当没有偷吃禁果，耶稣似乎就没有存在的必要了。这个例子充分说明了伦敦方言的文学价值。此后，丹尼尔教授便以乔叟的《坎特伯雷集》片段为例，凭借他厚实的中古英语研究基础，融诗歌诵读和文本释读为一体，丝丝入扣又豁然开朗，充分地阐述了中世纪英国诗人乔叟在英国语言及文学发展史上所作出的重大贡献。受其启发，笔者在设计上述参赛微课作品的过程中，首先，将弗罗斯特置于20世纪上半叶艾略特和庞德等现代派先锋诗人主张使用复杂的诗歌艺术形式表达深邃的社会哲学思想的诗歌创作背景之中；其次，通过播放弗罗斯特自己诵读《牧场》（*The Pasture*）一诗的录音和主讲人当场朗诵这首诗歌的示范性诵读教学环节，展示主讲人诗歌教学的基本技能；最后，穿插展示主讲人长期坚持弗罗斯特诗歌创作研究的相关成果，从诗歌语言、格律和主题三个

---

① 黄宗英：《简单的深邃——罗伯特·弗罗斯特诗歌创作艺术管窥》，《北京联合大学学报》（人文社会科学版）2006年第1期。

视角，用18分钟时间解读了弗罗斯特诗歌自选本的序诗《牧场》一诗，把弗罗斯特简单深邃的诗歌特点作为美国诗歌教学的一个重点和难点，进行了比较充分的论证。整个微课教学设计基本上具备了目标明确、主线清晰、重点突出、构思新颖、深入浅出、启发性强、解决问题等微课作品的基本元素。

第四，取舍精当。在外语微课设计中，我们常常遇到这样一个困难：如何在尽可能短的时间内，尽可能清晰、生动、有效地展示尽可能多的教学内容？如果我们仔细考察首届全国高校教师微课教学比赛的部分英语教学微课作品，我们就会发现要同时兼顾微课作品的“独立性”与“完整性”是比较困难的。比如，如果微课选题是“外贸英语信函的写作原则”（“Principles of Business Letter Writing”），那么，我们是否需要在一个19分钟的微课作品中，把“体贴”（Consideration）、“正确”（Correctness）、“完整”（Completeness）、“具体”（Concreteness）、“简洁”（Conciseness）、“清晰”（Clarity）、“礼貌”（Courtesy）7条原则一一详细讲解呢？假如微课选题是“英语的变体”（*Varieties of English*），那么，我们是否有可能在一个不足13分钟的微课作品中把“英语简史”“英语变体的产生”“英美英语的差异”“新英语变体及其内涵”4个话题有效地讲解清楚呢？显然，是比较困难的。那么，如何在首届全国高校教师微课教学比赛赛会规定的20分钟时限内，尽可能全面生动地揭示弗罗斯特诗歌的貌似简单性呢？笔者仔细观看了牛津大学文学系列讲座的每一个微课作品，其中毕斯理（Rebecca Beasley）博士的作品给了笔者不少启示。比如，在《我们为什么必须阅读庞德？》（“Why should we read Ezra Pound?”）的微课中，她总共提出了三个原因：1. 庞德是20世纪早期诗歌运动的核心人物；2. 庞德的生平迫使我们考虑这样一个问题：诗人可以是一个政治人物吗？3. 庞德的诗歌是20世纪最具有创新元素的诗歌之一。但是毕斯理博士并没有像我们首届全国高校教师微课教学比赛中的许多英语类获奖作品那样，主讲人往往面面俱到，在十分有限的时间内追求内容的完整性，而且失去了重点突出的微课教学特点。在总结回答了“我们为什么必须阅读庞德”的问题之后，毕斯理博士说：“In this talk, I'm going to focus primarily on the thrid reason.”可见，微课作品的教学内容一定要精心取舍，否则就很难在规定时限内把一个知识点（教学重点或者难点）讲深、讲透、讲明白。因此，笔者抛开了弗罗斯特许多更赋有代表性的叙事诗，而是选择了诗人《牧场》这首短小精悍的抒情序诗，来深入阐述和揭示弗罗斯特诗歌创作的貌似简单性特点。

第五，制作精美。微课制作是否精美未必取决于仪器设备是否精密？录制技术是否精湛？牛津大学的文学讲座系列微课作品具有画面清晰和声音清脆的制作特点，但不配字幕，不插入其他音频和视频资料，也很少使用 PPT，总体感觉就是一个 15 分钟左右围绕某个教学或者研究核心问题所展开的学术性较强的讲座，朴素大方、精练实用。然而，国内微课制作常常存在一些不足。首先，为了追求视觉和听觉的冲击效果，我们经常插入过多的视频和音频资料，结果既消耗了宝贵的讲解时间又模糊了微课主题阐释，甚至给人一种喧宾夺主的感觉。其次，字幕配置不当，有时字幕太小，看不清楚；有时断句太短，造成记忆困难；有时双语字幕太占屏幕，破坏了视频画面的整体效果。再次，PPT 课件不宜过多，但需要呈现主题思想和关键细节，特别是英文诗歌定义、诗学理论、引证原文、译文出处，以及照片和绘画的著作权限等重要问题，努力做到精练而不失其精要。最后，因为微课是一种教学活动，因此需要认真设计课堂教学的互动环节，可酌情安排示范性诗歌诵读、课堂报告、问题讨论和其他课堂教学环节。

总之，在现代信息技术广泛地应用于英语教学的背景之下，微课教学不仅使我们的外语教学手段实现了现代化、多样化和便捷化，而且也促使我们英美诗歌的教学取向、教学内容、教学方式发生了改变。信息化时代为我们英美诗歌教学提供了全新的方式和前所未有的丰富资源。因此，我们应该大力推进最新信息技术与课程教学的融合，继续发挥现代教育技术，特别是信息技术在外语教学中的重要作用。我们从事英美诗歌教学的教师也应该与时俱进，跟上新技术发展，不断提高应用信息技术的意识、知识和能力，在我们的课堂教学设计与实施过程中，主动融入并合理使用信息技术。

附 录 5

“灵芝”与“奇葩”：赵萝蕤汉译《荒原》艺术管窥*

1991 年，美国芝加哥大学百年华诞，该校首次向在各自学术领域作出卓越贡献的十位校友颁发了“专业成就奖”，其中名列首位的是我国著名的外国文学研究专家和翻译家赵萝蕤（1912—1998 年）先生。1932 年，赵萝蕤先生毕业于燕京大学西语系并考取清华大学外国文学研究所，攻读硕士学位；1935 年，获得清华大学硕士学位后，她回到燕京大学西语系任教；1944 年，赵萝蕤先生跟随丈夫陈梦家先生，赴美国芝加哥大学留学，攻读博士学位；1948 年，她完成了题目为“《鸽翼》的原型研究”（The Ancestry of *The Wings of Dove*）的博士学位论文[①]，成为国际上最早开始研究美国小说家亨利·詹姆斯（Henry James）并获得博士学位的学者之一；同年，赵萝蕤先生又回到了燕京大学西语系，担任教授并兼任西语系主任；1952 年院系调整后，赵萝蕤先生成为一名北京大学教授，直至享年。

赵萝蕤先生天性淳朴、心胸坦荡、谦逊儒雅、治学严谨、追求真理；在“文化大革命”中，她饱受屈辱，但以坚韧的毅力，克服丧夫

---

* 本章主要内容曾以“‘灵芝’与‘奇葩’——学习赵萝蕤先生《荒原》原译本的体会”为题，参加“第七届全国英语诗歌翻译学术研讨会”（河北师范大学，2012 年 10 月 12—14 日）；之后，以“‘灵芝’与‘奇葩’：赵萝蕤汉译《荒原》艺术管窥”为题发表于《北京联合大学学报》（人文社会科学版）2014 年第 4 期，合作者：邓中杰、姜君。

① 感谢美国惠顿大学（Wheaton College）英文系 Wayne Martindale 教授通过该校图书馆为笔者向芝加哥大学图书馆购买了赵萝蕤先生于 1948 年 12 月向芝加哥大学英语语言文学系签名提交的博士学位论文电子版：The Ancestry of *The Wings of Dove*（Lucy M. C. Chen，December，1948）。

之痛和病魔的困扰；改革开放之后，她仍然满腔热情地投入自己所酷爱的外国文学教学、研究和翻译工作中。赵萝蕤先生一生从事外国文学教学、研究与翻译工作。1937 年，她的原创性艾略特《荒原》汉译本问世，成为我国汉译《荒原》的第一人；1964—1979 年，她与杨周翰、吴达元先生共同主编的《欧洲文学史》（上、下两卷）是中华人民共和国“建国后第一部欧洲文学史教科书”[①]，奠定了国内外国文学教学与研究的基础；1991 年，她用 12 年时间精心翻译的惠特曼的《草叶集》最终问世，她被国外学者誉为“中国最重要的惠特曼翻译家”[②]，并获得芝加哥大学百年校庆“专业成就奖”；1994 年，赵萝蕤先生在国内获得了“中美文学交流奖”和“彩虹翻译奖”。

根据赵萝蕤先生的回忆，她是在 1935 年 5 月，无意中试译了《荒原》的第一节。当时，赵萝蕤先生年仅 23 岁，在清华大学外国文学研究所攻读硕士学位；她喜欢写诗并在戴望舒先生主编的上海《新诗》刊物上发表过诗作。这一时期，赵萝蕤先生选修过吴宓先生讲授的“中西诗比较”、叶公超先生的“文艺理论”及美籍教授温德先生讲授的多门法国文学课程，其中包括“司汤达”“波德莱尔”“梵乐希”等，而且“对波德莱尔的诗歌养成了强烈的爱好”[③]。由于温德教授在课堂上详细地讲解过艾略特《荒原》一诗[④]，所以赵萝蕤先生开始对艾略特的诗歌发生了“好奇的兴趣”[⑤]。在温德教授的课堂上，赵萝蕤先生了解了《荒原》中的文字典故，并读懂了《荒原》的基本内容；在叶公超先生的课堂上，赵萝蕤先生了解了《荒原》的内容与技巧的要点和特点，以及艾略特诗学理论与实践在西方青年中的影响和地位。[⑥] 她深知

---

① 李赋宁主编：《欧洲文学史》第 1 卷，商务印书馆 1999 年版，第1 页。

② 刘树森：《赵萝蕤与翻译》，载《中国翻译名家自选集赵萝蕤卷——荒原》，中国工人出版社 1995 年版，第 1 页。

③ 赵萝蕤：《我记忆中的温德老师》，载《我的读书生涯》，北京大学出版社 1996 年版，第 244 页。

④ 参见赵萝蕤《我与艾略特》，载《我的读书生涯》，北京大学出版社 1996 年版。

⑤ 赵萝蕤：《艾略特与〈荒原〉》，载《我的读书生涯》，北京大学出版社 1996 年版，第 7 页。

⑥ 参见赵萝蕤《怀念叶公超老师》，载《我的读书生涯》，北京大学出版社 1996 年版。

艾略特的《荒原》是“一首当时震动了整个西方世界的热得灼手的名作”①。

1936年底，上海新诗社戴望舒先生听说赵萝蕤曾经翻译过一节《荒原》，并约她翻译全诗。虽然赵萝蕤先生当时还“没有做过任何形式的翻译，完全没有这方面的经验”，但是她“喜欢做任何新鲜而又有一定难度的事情”②。于是，她便在1936年年底的一个月内译完了《荒原》全诗并将诗人原注和译者注释整理编译在一起。1937年夏天，这本译著由叶公超先生作序，伴随着卢沟桥事变的枪炮声，悄然问世。1939年，邢光祖先生在《西洋文学》杂志上发表评论说：“艾略特的《荒原》是近代诗的‘荒原’中的灵芝，而赵［萝蕤］女士的译本是我国翻译界的‘荒原’上的奇葩。”③ 那么，赵萝蕤先生是如何在这么短的时间内将这首艰深晦涩的现代派“怪诗”译成我国文学翻译史上的一朵“奇葩”呢？笔者希望通过赵萝蕤先生汉译《荒原》手稿与查良铮、赵毅衡、裘小龙、汤永宽等几位国内著名的外国文学研究专家和翻译家的不同译本之间的比较分析，来重新审视赵萝蕤先生关于从事文学翻译工作的3个基本条件，即“对作家作品理解越深越好”“两种语言的较高水平”和“谦虚谨慎的工作态度”，进而讨论她在翻译严肃的文学作品时始终坚持的直译法艺术造诣。④

一 “对作家作品理解越深越好”

关于文学翻译中对作家作品的研究问题，赵萝蕤先生认为大致有三种情况：有些作家作品只需要译者有一个大致的理解就可以进行翻译，比如朗弗罗的《哈依瓦撒之歌》；而有些作家本身不难理解，但其作品却需要译者做一番比较艰苦的研究工作，比如艾略特的《荒原》；然而，还有一些作品要求译者必须对作者的思想认识、感情力度、创作意

① 赵萝蕤：《我的读书生涯》，北京大学出版社1996年版，第2页。

② 同上书，第241页。

③ 同上书，第3页。

④ 赵萝蕤：《我是怎么翻译文学作品的》，载《当代文学翻译百家谈》，北京大学出版社1989年版，第607—608页。

图和特点等都有深刻全面的研究，比如惠特曼的《草叶集》。艾略特认为，当代社会变得复杂多样，因此表现这个复杂多样的时代与社会的诗歌艺术形式就必然变得艰涩。[①] 赵萝蕤先生认为，《荒原》之所以难懂，主要是因为作者引经据典太多，而且诗中的典故盘根错节，在结构上有许多交叉点，让人感到“剪不断理还乱”[②]。因此翻译这类作品，译者首先必须认真研究作者和研读作品。

在艾略特《荒原》第一章“死者葬仪”的第22行中，出现了这么一个画龙点睛的短语“A heap of broken images”。赵萝蕤先生把它译成“一堆破碎的偶像”。笔者认为这一短语之所以画龙点睛是因为《荒原》一诗“确实表现了一代青年对一切的‘幻灭’”[③]。众所周知，第一次世界大战后，整个西方世界呈现出一派大地苦旱、人心枯竭的现代“荒原”景象[④]；那是一段掺杂着个人思想感情和社会悲剧的“历史”[⑤]，人们的精神生活经常表现为空虚、失望、迷惘、浮滑、烦乱和焦躁。笔者之所以想从这一短语说起，是因为其中的英文单词“image”比较耐人寻味。1986年春季，笔者有幸以进修教师的身份在北京大学英国语言文学系选修了王式仁教授给英语专业本科生开设的“英诗选读”课。王教授在第一堂课里讲解了布朗宁的《深夜幽会》(*Meeting at Night*)一诗，作为该课程的导论。这是一首爱情诗，但是诗人在诗中压根儿就不提“爱（情）”，而是把各种能够调动读者感官的意象运用得淋漓尽致，给读者留下了一幅初恋幽会的动人景象。为了拉近英语诗歌与现实生活的距离，王式仁教授可谓别出心裁，先给初学英诗的同学们讲了两则英文广告，其中一则是意大利菲亚特（Fiat）轿车的广告“Italian Spacecraft”；而另外一则是日本尼康相机的广告“No One Cares More About Your Image”。王教授认为前者中“Spacecraft”一词不仅让读者联

---

① 参见 T. S. Eliot, “The Metaphysical Poets”, *Selected Essays by T. S. Eliot*, London: Faber and Faber Limited, 1951。

② 赵萝蕤：《〈荒原〉浅说》，载《我的读书生涯》，北京大学出版社1996年版，第20页。

③ 同上书，第19页。

④ 参见黄宗英《抒情史诗论》，北京大学出版社2003年版。

⑤ 参见张剑《T. S. 艾略特：诗歌和戏剧的解读》，外语教学与研究出版社2006年版。

想到宇宙飞船的速度、稳定、舒适……而且能够引起读者对现代空间概念及高科技方面的无限遐想；而后者中“Image”一词也同样让人回味无穷。首先，“Image”一词可以解释为“图像”（picture），因为尼康相机是世界上最好的相机之一，所以您不需要担心尼康相机拍摄的“图像”；其次，尼康相机是世界上最昂贵的相机之一，因此您也不用当心您使用这种相机的“形象”（picture in your mind）问题。王教授的讲解不仅打消了初学英诗者的畏难情绪和思想顾虑，而且大大激发了同学们挖掘英语诗歌中英文单词丰富联想意义的兴趣。那么，艾略特《荒原》第一章中的这个短语又该怎么翻译呢？

根据孙致礼先生的统计，艾略特《荒原》一诗至少有7个版本：赵萝蕤译《荒原》（“新诗社丛书”1937年版）；赵萝蕤译，载袁可嘉主编《外国现代派诗选》（上海文艺出版社1980年版）；叶维廉译，载《诺贝尔文学奖全集》第24卷（台北：台湾远景出版事业公司1983年版）；裘小龙译，载《外国诗》（外国文学出版社1983年版）；赵毅衡译，载《美国现代诗选》（上）（外国文学出版社1985年版）；查良铮译，载《英国现代诗选》（湖南人民出版社1985年版）；汤永宽译，载《情歌·荒原·四重奏》（上海译文出版社1994年版）；赵萝蕤译，载《世界名家名著文库——荒原》（人民日报出版社2000年版）。① 此外，笔者还收集了裘小龙译《荒原》，载《获诺贝尔文学奖作家丛书——四个四重奏》（漓江出版社1985年版，第67—96页）；赵萝蕤译《荒原》，载《中国翻译名家自选集——荒原》（工人出版社1995年版，第1—34页）；赵萝蕤译《荒原》，载《诺贝尔文学奖获得者诗选》（诗刊社编，中国文联出版公司1986年版，第107—141页）；赵萝蕤译《荒原》，载《世界诗苑英华——艾略特卷》（山东大学出版社1997年版，第63—108页）；周明译《荒原》，载《基督教文学经典选读》下（北京大学出版社2004年版）；叶维廉译《荒原》，载《众树歌唱：欧美现代诗100首》（增订版，人民文学出版社2009年版，第80页）；汤永宽译《荒原》，载《荒原·艾略特文集·诗歌》（陆建德主编，上海译文出版社2012年版，第77—114页）等。那么，这么多版本的译者都是

① 参见孙致礼主编《中国的英美文学翻译：1949—2008》，译林出版社2009年版。

如何翻译第22行中的这个短语的呢?

首先,请看赵萝蕤老师1936年的译文手稿:

原文:

What are the roots that clutch, what branches grow
Out of this stony rubbish? Son of man,
You cannot say, or guess, for you know only
A heap of broken images, where the sun beats,
And the dead tree gives no shelter, the cricket no relief,
And the dry stone no sound of water. [1]

译文:

什么树根在捉住,什么树枝在从
这堆石头的零碎中长出?人子啊,
你说不出,也猜不到,因为你只知道
一堆破碎的偶像,承受着太阳的鞭打,
枯死的树没有遮阴,蟋蟀不使人放心,
礁石间没有流水的声音。[2]

赵萝蕤先生曾经对自己1936年的译本做过几次修改,但是始终没有改动第22行的译法。但是,国内其他译者对第22行中这个短语的译法却略有不同:

查良铮译(1985年):"一堆破碎的形象。"[3]

---

① T. S. Eliot, *The Complete Poems and Plays*: 1909 – 1950, New York: Harcourt, Brace & World, 1971, p. 38.

② 黄宗英编:《赵萝蕤汉译〈荒原〉手稿》,高等教育出版社2013年版,第31页。

③ 查良铮译:《英国现代诗选》,湖南人民出版社1985年版,第47页。

赵毅衡译（1985 年）：“一大堆破碎的形象。”[1]
裘小龙译（1985 年）：“一堆支离破碎的意象。”[2]
叶维廉译（2009 年）：“一堆破碎的象。”[3]
汤永宽译（2012 年）：“一大堆破碎的形象。”[4]

在笔者看来，不论是译成“形象”“意象”“象”，甚至是“图像”[5]，不同译者都会有各自不同的解释和道理。但是，不同的译法给读者传递的信息（量）是不同的。赵萝蕤先生认为，《荒原》是一部严肃的文学作品，因此它需要“译者做一番比较艰苦的研究工作……对作家作品理解越深越好”。这是赵萝蕤先生对从事文学翻译提出的第一个条件。那么，赵萝蕤先生为什么把这个短语中的“image”一词翻译成“偶像”呢？

首先，赵先生研究了诗人为第 20、23 行分别提供的两个原注：“对照《圣经·旧约·以西结书》第 2 章第 1 节”和“对照《圣经·旧约·传道书》第 12 章第 5 节”。[6]《圣经·旧约·以西结书》第 2 章第 1 节中说：“他对我说：‘人子啊，你站起来，我要和你说话。’”《圣经·旧约·以西结书》讲述的是上帝与先知以西结之间的谈话。上帝选择以西结作为他的代言人，去警告以色列人并让他们悔过自新。因此，在某种意义上说，以西结可以被看成来拯救荒原的使者。然而，上帝告诫以西结说，以色列人是一个叛逆的民族。他们对他的警告将听而不从。[7]由于上帝已不再是以色列人所崇拜的偶像，所以他们的灵魂就无法得到拯救，他们也就只能像荒原上的人那样，饱受无端的磨难：“在你们一

① 赵毅衡译：《美国现代诗选》（上），外国文学出版社 1985 年版，第 198 页。

② 裘小龙译：《荒原》，载［美］艾略特《四个四重奏》，漓江出版社 1985 年版，第 70 页。

③ 叶维廉译：《众树歌唱：欧美现代诗 100 首》，人民文学出版社 2009 年版，第 80 页。

④ 汤永宽译：《荒原》，载陆建德主编《艾略特文集·诗歌》，上海译文出版社 2012 年版，第 80 页。

⑤ 周明译：《荒原》，载《基督教文学经典选读》（下），北京大学出版社 2004 年版，第 818 页。

⑥ T. S. Eliot, *The Complete Poems and Plays*: 1909 – 1950, New York: Harcourt, Brace & World, 1971, p. 50.

⑦ 参见胡家峦编注《英国名诗详注》，外语教学与研究出版社 2003 年版。

切的住处，城邑要变为荒场，丘坛必然凄凉，使你们的祭坛荒废，将你们的偶像打碎，你们的日像被砍倒，你们的工作被毁灭。”① 不仅如此，《圣经·旧约·传道书》第十二章第五节中说：“人怕高处，路上有惊慌，杏树开花，蚱蜢成为重担，人所愿的也都废掉，因为人归他永远的家，吊丧的在街上往来。”艾略特在这里想提醒读者的是“那些背叛上帝的人注定要生活在一块事与愿违、寸草不长的荒地上”②。可见，赵萝蕤先生在此将“image”一词翻译成“偶像”可谓达到了画龙点睛的艺术效果，点明诗中的主题：偶像已破碎，“礁石间没有流水的声音”。赵先生笔下的这“一堆破碎的偶像”传神地把《圣经》故事中典型的荒原意象译入了艾略特笔下形象地体现第一次世界大战后西方一代青年人精神幻灭的现代荒原。

其次，《荒原》一诗发表于1922年。艾略特不同意许多评论家对这首诗歌的评论，不愿意承认《荒原》的主题是表现西方“一代人的精神幻灭”（disillusionment of a generation）③。他认为《荒原》只不过是他“个人对生活的满腹牢骚”（a personal and wholly insignificant grouse against life）④。然而，“牢骚”是有思想内容的语言。当语言受情感所控制却未被情感所征服的时候，这种语言综合了情感和理智的元素，或许也就是艾略特所谓的“有节奏的牢骚”（rhythmical grumbling）。这种“牢骚”一旦发出，它便成为“西方人情感与精神枯竭”⑤ 的直接宣泄和对西方现代文明“荒原”的极写。在美国小说家弗·斯科特·菲茨杰拉德（F. Scott Fitzgerald）将第一次世界大战后的整个西方世界描写成一个“所有的上帝都死光了，所有的战争都打完了，所有人的信仰都动摇了的”所谓的“人间天堂”。⑥ 上帝已不再是人们心灵中崇拜的偶

① 《圣经·旧约·以西结书》第6章第6节。

② 胡家峦编注：《英国名诗详注》，外语教学与研究出版社2003年版，第568页。

③ T. S. Eliot, *Selected Essays*, London: Faber and Faber Limited, 1951, p. 368.

④ Valerie Eliot ed., *The Waste Land: A Facsimile and Transcript of the Original Drafts*, New York: HBJ, 1971, p. 1.

⑤ B. C. Southam, *A Guide to The Selected Poems of T. S. Eliot*, 6th edition, San Diego, New York & London: A Harvest Original, 1996, p. 126.

⑥ 笔者译自 F. Scott Fitzerald, *This Side of Paradise*, New York: Charles Scribner's Sons, 1920, p. 255。

像，人们惧怕贫穷，崇拜金钱和成功。同样，在艾略特笔下的这个现代“荒原”中，我们窥见了西方病态的文明、反常的内心世界和畸形的社会。在这样一个“迷惘”的时代背景之下，赵萝蕤先生译笔下的这“一堆破碎的偶像”真可谓画龙点睛的互文之笔了！它不仅让读者联想起《圣经·旧约》中典型的荒原意象，而且让我们联想到西方许多现代作家笔下人们没有信仰、虽生犹死的“人间天堂”。可见，《荒原》不同汉译文本的比较研究可以打开一个新的文本释读视角，而赵萝蕤先生强调在对作家作品深刻理解的基础上传神地译出原作与译作之间所蕴含的这种简单深邃的互文关系，又为推进我国文学翻译批评理论建构提供了一个崭新的启示。

二 “两种语言的较高水平”

赵萝蕤先生提出文学翻译的第二个基本条件是：“两种语言的较高水平。”① 那么，赵萝蕤先生是如何具备英汉两种高水平的语言基础的呢？从《我的读书生涯》一文中，我们可以知道她7岁进［苏州］景海女子师范学校读一年级，同时开始学习英语。虽然她的父亲赵紫宸先生早年留学美国，但是他的中国传统文化修养十分深厚。他亲自教女儿吟诵《唐诗三百首》和《古文观止》。小学阶段，赵萝蕤不但跳过了三年级，而且六年级时她的语文成绩被评为全校第一。1926年，因父亲就职燕京大学，14岁的赵萝蕤跟随家人来到北京。虽然她考上了高三，但因年龄小，父亲让她从高二读起。1928年，16岁的赵萝蕤升入燕京大学中文系，她酷爱文学。18岁那年，她的英国文学老师劝她改学英国文学，拓宽视野。在征得父亲同意之后，她便转系改学英国文学。她喜欢英国小说，从父亲的藏书中选读了狄更斯（Charles Dickens）、萨克雷（William Makepeace Thackeray）、哈代（Thomas Hardy）的小说，家里没有的就到图书馆借阅。1932年，当她20岁从燕京大学毕业报考清华大学外国文学研究所的硕士研究生时，英语得了满分。攻读硕士研究生时期，她听了

① 赵萝蕤：《我是怎么翻译文学作品的》，载《当代文学翻译百家谈》，北京大学出版社1989年版，第608页。

吴宓、叶公超和温德老师的文学课，还与田德望一起听了吴可读(Prof. Pollard Urquart) 老师为他们两人讲授的英意对照的但丁《神曲》课。[①] 1937 年抗日战争爆发后的七八年时间里，赵萝蕤先生跟随在西南联大执教的丈夫陈梦家先生，在家里操持家务。可是她终究是个读书人。她“在烧柴锅时，腿上放着一本狄更斯”[②]。

1944 年，因为陈梦家先生应邀到芝加哥东方学院教授古文字学，赵萝蕤获得了到芝加哥大学学习英语的机会。赵萝蕤先生认为那是她一生中最重要的 4 年，因为 20 世纪 40 年代恰逢芝加哥大学英语系的全盛时代，云集着众多国际著名学者：18 世纪英国文学专家克莱恩教授、莎士比亚和玄学派诗歌专家乔治·威廉森教授、19 世纪小说和文本精读专家法国著名学者卡萨缅（Louis Cazamian）的高徒布朗教授(E. K. Brown)、狄更斯与英国文学专家沙伯尔教授（Morton D. Zabel），古英语、中世纪英语和乔叟专家赫尔伯特教授（Hulbert），以及美国文学专家维尔特教授（Napier Wilt）。[③] 这些专家教授不但学识渊博，讲解精湛，而且善于举一反三，详细剖析。当时芝加哥大学是美国最早开设美国文学课的大学，赵萝蕤留学第四年的时候，决定专修美国文学，并对小说家亨利·詹姆斯（Henry James）感兴趣，几乎读完了他的全部作品。1948 年冬，赵萝蕤学成回国。那年，她 36 岁。

回顾赵萝蕤老师的求学历程，我们更加意识到“两种语言的较高水平”对一位从事翻译工作的人是多么重要，特别是主张直译法的译者。赵萝蕤老师认为有不少作品是可以采用直译法（即保持语言的一个单位接着一个单位的次序，用准确的同义词一个单位一个单位地顺序译下去）的，但要绝对服从每一种语言自身的特点和规律。如果要避免直译法沦为僵硬的对照译法，关键在于译者驾驭句法的能力是否灵活，是否传神。[④] 比如，对照《荒原》英文原诗开篇的 7 行，赵先生在 1936 年的译文如下：

---

① 参见赵萝蕤《我的读书生涯》，北京大学出版社 1996 年版。

② 赵萝蕤：《我的读书生涯》，北京大学出版社 1996 年版，第 3 页。

③ 参见赵萝蕤《我的读书生涯》，北京大学出版社 1996 年版。

④ 赵萝蕤：《我的读书生涯》，北京大学出版社 1996 年版，第 185 页。

原文：

April is the cruellest month, breeding
Lilacs out of the dead land, mixing
Memory and desire, stirring
Dull roots with spring rain.
Winter kept us warm, covering
Earth in forgetful snow, feeding
A little life with dried tubers. [1]

译文：

四月天最是残忍，它在
荒地上生丁香，掺和着
回忆和欲望，让春雨
挑拨呆钝的树根。
冬天保我们温暖，大地
给健忘的雪覆盖着，又叫
干了的老根得一点生命。[2]

这段开篇诗行是诗人对极度空虚、贫乏、枯涩、迷惘的西方社会现代荒原的形象描写。中世纪乔叟在《坎特伯雷故事》的开篇诗行中“春之歌”中所描写的“甘霖”“花蕾”和“新芽”在艾略特笔下都已消失得无影无踪。现代人已经听不见春天树上鸟儿的歌声，也看不到那“通宵睁开睡眼”的小鸟。[3] 往日的“丝丝茎络”变成了如今“呆钝”的“老根”，没有春的气息，只剩下“一点生命”。现代荒原上的人们似乎经历了一个懒洋洋的、不情愿的，甚至愤懑不平的苏醒过程。赵萝蕤先

① T. S. Eliot, *The Complete Poems and Plays*: 1909 – 1950, New York: Harcourt, Brace & World, 1971, p. 37.

② 黄宗英编：《赵萝蕤汉译〈荒原〉手稿》，高等教育出版社2013年版，第27页。

③ 参见［英］杰弗雷·乔叟《坎特伯雷故事》，方重译，上海译文出版社1993年版。

生早在1940年5月14日的《时事新报》上发表过一篇题为“艾略特与《荒原》”的文章，讨论了她是如何努力做到让译文传达原诗的“情致”“境界”和“节奏”的：

> 这一节自第一到第四行都是很慢的，和残忍的四月天同一情致。一、二、三行都在一句初开之时断句，更使这四句的节奏迟缓起来，在原诗亦然。可是第五行“冬天保我们温暖”是一口气说的，有些受歌的陶醉太深的人也许爱在“天”字之下略顿一下，但是按照说话的口气，却是七个字接连而下的，和原文相似：是一气呵成的句子，在一至七行中是一点生命力，有了这一点急促琐屑，六与七行才不致疲弱而嘶哑。[①]

赵萝蕤先生的评论至少说明了三个问题：第一，她注意到了诗人在前四行中用“断句”来达到“节奏迟缓”的艺术效果[②]，其译诗的句法与原诗完全对称；第二，赵萝蕤先生注意到了原诗前三行的弱韵结尾(feminine ending)，而且是一连三次连续使用动词分词形式的弱韵结尾。虽然弱韵结尾不容易汉译，但是赵萝蕤先生选用了“生”“掺和”和“挑拨”三个及物动词来翻译原诗中“breeding”“mixing”和“stirring”三个及物动词，而且做到了前四行的重音节数与原诗基本吻合，锁定了原诗的情致和节奏；第三，赵先生在文章中说：“在译文中我尽力依照着原作的语调与节奏的断续徐疾。”[③]“断续徐疾”恐怕是表现孤独无序、焦躁不安的现代荒原人生命光景最逼真的节奏，而赵萝蕤先生却用一句貌似简单的口语，改变了前面迟缓的语速：“冬天保我们温暖。”这句话口气“急促琐屑”，却又耐人寻味：冬天何以保人们温暖呢？原来诗人是在抨击现代荒原上无所事事、无可奈何的人群。可见，译者当时将原诗中的“kept”一词译成“保”字也是基于对原文的透彻理解和对汉语的游刃有余。赵萝蕤先生在此既直译了原诗的句法结构，又传神

---

① 赵萝蕤：《我的读书生涯》，北京大学出版社1996年版，第10—11页。

② 笔者认为前三行的弱韵结尾（feminine ending）也是诗人放慢节奏的音韵手法。

③ 赵萝蕤：《我的读书生涯》，北京大学出版社1996年版，第10页。

地译出了原诗的讽刺口气。

此外，《荒原》第一节第 12 行原文是德语：“Bin gar keine Russin，stamm' aus Litauen，echt deutsch。”诗人没有提供原注，英文意思是“I am not Russian at all；I come from Lithuania；I am a real German”。也有英文注释者将其翻译成破碎的句子：“Am no Russian，come from Lithuania，genuine German。”这个句子是立陶宛民族历史濒临毁灭的一个缩影。作为一个波罗的海国家，立陶宛长期受俄国人统治。虽然直到 1918 年才获得独立，但是国家的领导人已经多是德国人。这句话赵萝蕤先生的原译如下：

> “我不是俄国人，立陶宛来的，是纯德种。”①

试比较：

> 查良铮译：“我不是俄国人，原籍立陶宛，是纯德国种。”②
>
> 赵毅衡译：“我不是俄国女人。我生在立陶宛，真正的德国人。”③
>
> 裘小龙译：“我根本不是俄国人，出生在立陶宛，纯粹德国血统。”④
>
> 汤永宽译：“我根本不是俄国人，我从立陶宛来的，一个地道的德国人。”⑤

查良铮先生的译法基本上没有改动，但是“原籍”一词显得有点过于文雅，与此处上下文的口语体不符，而且“纯德种”也比“纯德国种”要来得更加傲气十足。赵毅衡先生十分细心，可能从下文推断，这位俄

---

① 黄宗英编：《赵萝蕤汉译〈荒原〉手稿》，高等教育出版社 2013 年版，第 29 页。

② 查良铮译：《英国现代诗选》，湖南人民出版社 1985 年版，第 47 页。

③ 赵毅衡译：《美国现代诗选》（上），外国文学出版社 1985 年版，第 196 页。

④ 裘小龙译：《荒原》，载《四个四重奏》，漓江出版社 1985 年版，第 70 页。

⑤ 汤永宽译：《荒原》，载陆建德主编《艾略特文集·诗歌》，上海译文出版社 2012 年版，第 79 页。

国人好像是女性，因此译成“俄国女人”，但这种译法难免给人画蛇添足的感觉。裘小龙和汤永宽先生的译法比较正式，其句法口语化程度也不高，不太像人们喝咖啡闲聊天时的话语。叶维廉先生选择在译文中保留德语原文，但在脚注中用注释的语气将这一行翻译成：“我不是俄国人，而是来自立陶宛的地道的德国人。”[①] 然而，笔者仍然觉得还是赵萝蕤老师的原译比较传神，既简洁明了，又带有几分俏皮的高傲和自信，句法、语气和文体也相互吻合，足见赵萝蕤先生掌握两种语言的深厚基础。

三　“谦虚谨慎的工作态度”

赵萝蕤先生提出文学翻译的第三个基本条件是：“谦虚谨慎的工作态度。”[②] 在半个世纪的翻译生涯中，赵萝蕤先生始终坚持用直译法从事文学翻译。她认为“直译法能够比较忠实地反映原作”[③]，因为直译法的基本原则是追求形式与内容的相互统一。形式之所以重要是因为形式能够最完备地表达内容。好的内容需要好的形式来表达，形式不仅仅是一张外壳，可以从内容剥落而无伤于内容。当然，只有好的形式，而没有好的内容，作品同样是无本之木，无从可谈。虽然内容最终决定形式，但是形式实际上也是内容的一个重要组成部分。此外，赵先生认为“译者没有权利改造一个严肃作家的严肃作品，只能十分谦虚地、忘我地向原作学习”[④]。尤其是在翻译严肃作家的严肃作品时，译者应当“处处把原著的作家置于自己之上，而不是反之”。那么，赵先生是如何在《荒原》原译中实践她的这种“忘我”精神呢？

原文：

My nerves are bad tonight. Yes, bad. Stay with me.

---

① 叶维廉译：《众树歌唱：欧美现代诗 100 首》，人民文学出版社 2009 年版，第 80 页。

② 赵萝蕤：《我是怎么翻译文学作品的》，载《当代文学翻译百家谈》，北京大学出版社 1989 年版，第 608 页。

③ 同上书，第 613 页。

④ 同上书，第 607 页。

Speak to me. Why do you never speak. Speak.
What are you thinking of? What thinking? What?
I never know what you are thinking. Think.[1] 114

赵萝蕤原译：

今晚上我精神很坏。对了，坏。陪着我。
跟我说话。为什么总不说话。说啊。
你在想些什么？想什么？什么？
我从来不知道你在想什么。想。[2] 114

《荒原》原著中诗体繁多、句法复杂、语气微妙。赵萝蕤先生始终是“尽力使每一节译文接近原文而不是自创一体”[3]。从以上这一节译文看，赵萝蕤先生可谓不折不扣地在实践她的“忘我”精神了。对照原文，我们发现赵萝蕤先生连一个标点符号都舍不得改动！然而，这种“直译”并非一种简单的对译，而是一种深思熟虑的艺术创造。如果我们把原文中的“Stay with me”译成“留下陪我”[4]。那么我们发现这个译文不仅比原文多出一个音节，而且可能会让读者对诗中的“你”和“我”之间的关系多了几分揣测。假如我们把第113行译成：“你在想什么？想什么？想什么？”[5] 那么我们不难发现这一连三个“想什么？”可能就把这行诗简单地理解为一个问句了？读者就难以感觉到原诗中所掺杂着孤独、焦躁、疑虑、疑惑的“精神”状态。假如我们把第114行翻译成“我老是不明白你在想什么。想吧”[6]。那么，我们可能会发现这种译法比赵萝蕤的原译似乎多了几分宽容。实际上，这最后一个字

① T. S. Eliot, *The Complete Poems and Plays*: 1909 - 1950, New York: Harcourt, Brace & World, 1971, p. 40.

② 黄宗英编：《赵萝蕤汉译〈荒原〉手稿》，高等教育出版社2013年版，第51页。

③ 赵萝蕤：《我是怎么翻译文学作品的》，载《当代文学翻译百家谈》，北京大学出版社1989年版，第610页。

④ 赵毅衡编译：《美国现代诗选》（上），外国文学出版社1985年版，第202页。

⑤ 同上。

⑥ 同上。

"想"恰恰是艾略特笔下现代荒原人自我封闭、自我捆绑的典型动作："你，/你什么都不知道？不看见？不记得/什么？"（第121—123行）；"你是活的还是死的？你脑子里竟没有什么？"（第125行）；"我现在该做什么？我该做什么？/我就这样跑出去，走在街上/散着头发，这样。我们明天做些什么？/我们都还做什么？"（第131—134行）[①]

赵萝蕤先生谦虚谨慎的工作态度还体现在她翻译《荒原》时，为读者提供的详细注释上。赵萝蕤先生在其"译后记"中说，翻译这首诗的难处之一就是"需要注释：若是好发挥的话，几乎每一行皆可按上一种解释（interpretation），但这不是译者的事，译者仅努力搜求每一典故的来源与事实，须让读者自己去比较而会意，方可保原作的完整的体统"[②]。艾略特为《荒原》提供了52个原注[③]，多数只指出他用典的出处，而不提供典故文本，说明性文字很少，对不熟悉这些典故的读者帮助不大。因此，在翻译原著时，赵萝蕤先生首先给原注增加了必要的"译者按"，为读者提供典故文本或者故事概要；赵萝蕤先生另外增补了26个"译者按"，弥补了原注的不足。难能可贵的是赵先生旁征博引、钩隐抉微，提供了大量权威可靠的注释，大大减少了阅读难度，同时拓展了读者的想象空间。比如，《荒原》第3章"火的教训"[④]开篇的前15行诗：

> 河上的篷帐倒了，树叶留下的最后手指
> 握紧拳，又沉到潮湿的岸边去了。那风
> 经过了棕黄色的大地听不见。仙女们已经走了。
> 可爱的泰晤士，轻轻地流，等我唱完我的歌。
> 河上不再有空瓶子，夹肉面包的薄纸，
> 绸手绢，硬皮匣子，和香烟头儿
> 或其他夏夜的证据。仙女们已经走了。

① 黄宗英编：《赵萝蕤汉译〈荒原〉手稿》，高等教育出版社2013年版，第55—57页。

② 同上书，第243页。

③ 参见 T. S. Eliot, *The Complete Poems and Plays*: 1909 - 1950, New York: Harcourt, Brace & World, 1971。

④ 赵萝蕤先生后来改译为"火诫"。

还有她们的朋友，城里那些总督的子孙，
走了，也不曾留下地址。
在莱明河畔我坐下来饮泣……
可爱的泰晤士，轻轻地流，等我唱完我的歌。
可爱的泰晤士，轻轻地流，我不会大声也不会多说。[①]

关于这一节诗文，艾略特给第176行加了一个注释：“见斯宾瑟的《祝婚曲》（*Spenser*：*Prothalamion*）。”赵萝蕤先生另外为第176行增补了“译者按：斯氏曲中形容泰晤士河上的愉快，并有这样一句作为全诗的副歌”。此外，赵萝蕤先生又给第179行增补了一个“译者按：这是指现代的河上仙女”。赵先生的两个注释帮助我们更好地理解诗人在此借古讽今的手法。首先，“可爱的泰晤士，轻轻地流，等我唱完我的歌”这一行来自斯宾塞《祝婚曲》：“银波荡漾的泰晤士河岸/河岸哂纳感繁枝密布，为河水镶边，/绘出了姹紫嫣红，百花齐放，/所有的草坪有玉石珠翠镶嵌，‘适合于装饰闺房，/戴在情人头上，/迎接她们的佳期，它就在不久/可爱的泰晤士河轻轻流，流到歌尽头。”它带给读者的联想是文艺复兴时期祝婚曲中那神秘浪漫的“仙女”。其次，相形之下，那些现代泰晤士河上的仙女们“只是城里老板们后代的女伴，曾在这里度过几个夏夜，也不知除野餐一通外还干了什么荒唐事，没有明说，但可以猜测”[②]。那些少爷们仅仅是寻欢作乐，“也不曾留下地址”。赵先生在此的注释虽然简约，但并不简单。它们还是让读者联想到了现代泰晤士河畔那一幕幕令人触目惊心、致深致痛的肮脏的两性关系。

然而，每当涉及诗歌主题、核心人物、意象、情景的时候，赵萝蕤先生总是努力提供细微具体的注释，帮助读者把握正确的意思。比如，虽然赵萝蕤先生没有对第3章“火的教训”的题目补充注释，但是由于火的形象是这一章的核心意象，因此赵萝蕤先生还是在这一章结尾处的

① 黄宗英编：《赵萝蕤汉译〈荒原〉手稿》，高等教育出版社2013年版，第65—67页。

② 赵萝蕤：《〈荒原〉浅说》，载《我的读书生涯》，北京大学出版社1996年版，第23页。

第308行，做了一个全诗最长的注释，长达800余字，将西方佛学研究鼻祖亨利·柯拉克·华伦（Henry Clarke Warren）《翻译中的佛教》（*Buddhism in Translation*）一书中关于佛陀的火诫全文译出，暗示读者：“尽管人们受情欲之火的百般奴役，但是炼狱之火却能净化一切赖于感官的感觉印象，使现代生活返璞归真。”[①] 那么，艾略特在这首诗中所做的最长的注释当推第218行中“帖瑞西士”（Tiresias）这一角色的注释：

> 帖瑞西士（Tiresias）虽然只是一个旁观者，而并非一个真正的“人物”，却是诗中极重要 的一个角色，联络全诗。正如那个独眼商人和那个卖小葡萄干的，一齐化入了那个腓尼基水手这个人物中，而后者也与那不勒斯（Naples）的福迪能（Ferdinand）王子没有明显的区别，所以所有的女人只是一个女人，而两性在帖瑞西士身上融合在一起。帖瑞西士所看见的，实在就是这首诗的本体。奥维德的一段，在人类学上看来，很有价值。[②]

帖瑞西士之所以是诗中“极重要的一个角色”，又能够“联络全诗”，是因为他具有两性人的属性。根据法兰克·吉士德斯·弥勒氏的英译《变形记》第3卷，帖瑞西士有一次因为手杖打了一下，触怒了正在树林里交媾的两条大蟒。突然，他由男子一变而为女人，而且一过就是7年光景。到了第8年，他又看见这两条蟒蛇，就说：“我打了你们之后，竟有魔力改变了我的本性，那么我再打你们一下。”说着，他又打了大蟒，自己又变回出生时的原形。因此，帖瑞西士既经历过男人的生活又有女人的经历，在《荒原》中变的十分重要。那么，我们究竟该怎么翻译这一行诗呢？

原文：

---

① 胡家峦编注：《英国名诗详注》，外语教学与研究出版社2003年版，第575页。

② 黄宗英编：《赵萝蕤汉译〈荒原〉手稿》，高等教育出版社2013年版，第183—185页。

“I Tiresias, though blind, throbbing between two lives.”①

译文：

赵萝蕤译：“我，帖瑞西士，虽然瞎眼，在两种生命中颤动。”②

赵毅衡译：“我，梯雷西亚斯，虽然眼瞎，心却跳在两个生命中之间。”③

查良铮译：“我，提瑞西士，悸动在雌雄两种生命之间。”④

裘小龙译：“我，铁瑞西斯，虽然失眠，在两条生命之间颤动。”⑤

汤永宽译：“我，泰瑞西士，虽然双目失明，跳动在两个性别之间。”⑥

对照几种译文，笔者认为赵萝蕤先生的直译法比较自然传神，遣词细心、句法恰当、语气含蓄。赵毅衡先生试图用增词法译出动词“throbbing”的逻辑主语，使译文表述更加明白：“虽然眼瞎，心却……”但是诗人似乎没有意思要具体描写诗中人“我”的心态，而是更多地暗示诗中人“我”所代表的那种无法掌握自己命运的现代人的生命光景。查良铮先生此处出现了漏译现象，没有译出“though blind”，而且“悸动在雌雄两种生命之间”同样存在增词法带来的麻烦，因为假如读者没有搞清楚“Tiresias”两性人的特征，那么“雌雄两种生命”的出现也只能起到提醒读者的作用，也无法译出典故的内涵，况且“悸动”一词显得比较温文，文体特征过于正式。裘小龙先

① T. S. Eliot, *The Complete Poems and Plays*: 1909 - 1950, New York: Harcourt, Brace & World, 1971, p. 43.

② 黄宗英编：《赵萝蕤汉译〈荒原〉手稿》，高等教育出版社 2013 年版，第 73 页。

③ 赵毅衡编译：《美国现代诗选》（上），外国文学出版社 1985 年版，第 206—207 页。

④ 查良铮译：《英国现代诗选》，湖南人民出版社 1985 年版，第 55 页。

⑤ ［美］艾略特：《四个四重奏》，裘小龙译，漓江出版社 1985 年版，第83 页。

⑥ 汤永宽译：《荒原》，载陆建德主编《艾略特文集 · 诗歌》，上海译文出版社 2012 年版，第 91 页。

生的译法虽然改动不多，但“失眠”应该是一个误译，而且“两条生命”似乎比“两种生命”更加明确，但实际上所传达的信息反而不够准确。

汤永宽先生的译文流畅上口，但是将原文中的“two lives”译成“两个性别”似乎阐释的成分多了点。从这个例子可以看出，赵萝蕤先生的直译法是可取的，其译文比较接近原作的风格。虽然译者免不了有一点自己的风格，但是如果译者采用以自己的风格为主的方法，译文就会产生很大的差别。

四　“直译法是我从事文学翻译的唯一方法”

赵萝蕤先生对从事文学翻译提出了三个基本条件——深入研究作家作品、“两种语言的较高水平”和谦虚谨慎的“忘我”精神。这三个基本条件虽然语言朴素，但哲理深刻，不容易做到。假如我们对作家作品缺乏正确的理解和深入的研究，我们就无法译出原作的风格和特点，更不用说把握严肃的文学作品的“思想认识和感情力度”，去挖掘像《荒原》这样艰涩复杂的现代文本之间的互文关系；假如我们缺乏“两种语言的较高水平”，我们就无法保证对原作内容的正确理解并正确反映；假如我们缺乏“谦虚谨慎的工作态度”，我们在翻译过程中就很容易“玩世不恭，开作家的玩笑，自我表现一番”[①]。就《荒原》而言，赵萝蕤先生认为“这首诗很适合于用直译法来翻译”[②]，因为“直译法是能够比较忠实反映原作……使读者能尝到较多的原作风格”[③]。如果说“诗就是翻译中所丧失掉的东西”[④]，那么译诗难就难在如何保留原诗的诗味。译诗常常是形式移植完美无缺，但诗味荡然无存。然而，赵萝蕤先生的译笔每每体现出形式与内容相互契合的艺术境界。从以上我们对

---

① 赵萝蕤：《我是怎么翻译文学作品的》，载《当代文学翻译百家谈》，北京大学出版社1989年版，第608页。

② 同上书，第613页。

③ 同上。

④ Robert Frost, “Conversations on the Craft of Poetry”, in *Robert Frost on Writing*, New Brunswick (NJ): Rutgers University Press, 1973, p. 159.

《荒原》第111—114行和第218行的讨论可以看出，形式与内容的契合不仅是文学创作的原则，同样是文学翻译的基本原则。因此，赵萝蕤先生说：“我用直译法是根据内容与形式统一这个原则。”①

就文学翻译的标准而言，赵萝蕤先生强调“信”与“达”，但说：“独立在原作以外的‘雅’似乎就没有必要了。”② 她认为译者应该自觉“遵循［两种语言］各自的特点与规律”，“竭力忠实于原作的思想内容与艺术风格”。③ 赵萝蕤先生的直译法所强调的“形式与内容统一这个原则”既尊重两种语言的特点与规律，又强调译出原作的思想内容与艺术风格。她抓住了译诗最核心的要素。赵萝蕤先生的文学翻译理论，简洁朴素，但意韵深邃。她说：“直译法是我从事文学翻译的唯一方法。”“直译法，即保持语言的一个单位接着一个单位的次序，用准确的同义词一个单位一个单位地顺序译下去”④，但是要传神地译出《荒原》中“各种情致、境界和内容不同所产生出来的不同的节奏”⑤，译者需要选择相应的语言单位，使译作的形式与内容相互契合。可见，赵萝蕤先生既强调“形似”，也追求“神似”，属于形神兼备的二维模式，她的直译法文学翻译理论有着深厚的文艺学和美学基础。

“艾略特汉译研究几乎可以说仍是个盲点。”⑥ 虽然《荒原》汉译文本比较丰富，但是对这些译作的评论却是凤毛麟角的。1996年10月，第一次全国T. S. 艾略特专题研讨会在辽宁师范大学召开。在会上，王誉公教授在论文《〈荒原〉的理解与翻译》中说：“赵萝蕤先生的《荒原》是我国当前最优秀的翻译作品。她以直译法，用现代汉语将原作的思想内容、诗歌形式和语言风格表达得清清楚楚、惟妙惟肖。”⑦ 同时，

① 赵萝蕤：《我是怎么翻译文学作品的》，载《当代文学翻译百家谈》，北京大学出版社1989年版，第607页。

② 同上书，第610页。

③ 同上书，第608页。

④ 同上。

⑤ 赵萝蕤：《艾略特与〈荒原〉》，载《我的读书生涯》，北京大学出版社1996年版，第10页。

⑥ 董洪川：《“荒原”之风：T. S. 艾略特在中国》，北京大学出版社2004年版，第119页。

⑦ 王誉公、张华英：《〈荒原〉的理解与翻译》，《外国文学研究》1996年第2期。

傅浩先生通过比较《荒原》的6种汉译本，得出结论："赵萝蕤的译本虽然完成于20世纪30年代，但今天看来，仍流利畅达，不失为佳译。"[①] 此后，董洪川先生在其专著《"荒原"之风：T. S. 艾略特在中国》中比较全面地介绍了"艾略特在中国"的译介、影响和接受，但认为"全面铺开讨论这首400余行的长诗的多个译本是不现实的"[②]。

既然赵萝蕤的《荒原》译本至今仍是"最优秀的翻译作品"，那么笔者认为我们有必要认真梳理和研究赵萝蕤先生原创性的《荒原》汉译文本及其翻译思想，更深刻地理解、体会和揭示她所主张的用"直译法"翻译严肃的文学作品的学术价值。从文学翻译批评视角比较和研究《荒原》的不同汉译文本，可以更深刻地揭示赵萝蕤先生的《荒原》译本在表现"原作的思想内容、诗歌形式和语言风格"译诗要素的独到之处，进而推进我国英诗汉译批评理论的建构和发展，同时为诗歌翻译实践提供一个不可多得的案例参照与理论指导。这是笔者整理和出版赵萝蕤先生汉译《荒原》手稿的初衷，希望中国外国文学研究专家与学者、文学翻译工作者、博士研究生、硕士研究生和广大外国文学爱好者，能够从赵萝蕤先生的早期的翻译实践中得到一种淳朴的心灵启示，让赵萝蕤先生早年的《荒原》译本在我国当代翻译界的百花园中继续吐露它那"奇葩"未尽的芬芳！

---

① 傅浩：《〈荒原〉六种中译本比较》，《外国文学研究》1996年第2期。

② 董洪川：《"荒原"之风：T. S. 艾略特在中国》，北京大学出版社2004年版，第134页。

附 录 6

“站立等候”：弥尔顿《哀失明》的清教心路管窥*

引 言

17 世纪中叶，约翰·弥尔顿（John Milton）可谓唯一一位在十四行诗这块土地上辛勤耕耘的英国诗人了，但是他不仅打破了英国十四行诗主要描写爱情主题的传统，而且在十四行诗诗体结构上也进行了大胆的探索。根据霍尼希曼（E. A. J. Honigmann）编辑的《弥尔顿十四行诗》（*Milton's Sonnets*）一书，弥尔顿一共写了 25 首十四行诗，其中有 6 首是用意大利语写的。就形式而言，弥尔顿没有效仿“英国诗人常用的十四行诗格律，而是追逆源头，仿效意大利体十四行诗的原型”①。就主题而言，在弥尔顿的十四行诗中，人们已经看不到英国最早的十四行诗诗人华埃特（Thomas Wyatt）和萨里伯爵（Henry Howard，Earl of Surrey）笔下的爱情十四行诗，看不到伊丽莎白时代英国最早的十四行诗组诗诗人锡德尼（Philip Sidney）描写一位青年男子对其女友诚实但受挫的爱情组诗《爱星者和星星》（*Astrophel and Stella*），看不到斯宾塞

---

* 本文曾以“‘那些只站立等候的，也在侍奉’——弥尔顿十四行诗第 19 首的清教心路释读”为会议论文题目，参加中国外国文学学会英国文学研究分会第四届年会（北京外国语大学，2015 年 6 月 13—14 日）；之后以“‘站立等候’：弥尔顿《哀失明》的清教心路管窥”为题目，发表于《北京联合大学学报》（人文社会科学版）2015 年第 4 期；之后，又收录于张剑教授主编的《触碰现实：英语文学研究新发展》（外语教学与研究出版社 2016 年版，第 28—43 页）。

① 黄宗英：《英国十四行诗艺术管窥——从华埃特到弥尔顿》，《国外文学》1994 年第 4 期。

描写诗人自己求婚的爱情组诗《爱情小唱》（*Amoretti*，1595 年），以及莎士比亚笔下的许多爱情十四行诗。表面上看，弥尔顿似乎放弃了文艺复兴时期多数十四行诗诗人歌颂姑娘的美貌，或者赞美心灵胜过美貌的柏拉图爱情观，或者讴歌文学、婚姻能够战胜死亡等常见主题，但实际上，弥尔顿大大拓展了英国十四行诗的主题范畴。他的十四行诗不仅描写尖锐的政治抗议、冷静的忠告、对亡妻的哀悼，而且每一首诗的内容既自成一体，又关联其他，形成有机的整体。

1652 年，年仅 44 岁的弥尔顿双目完全失明，写下了这首后来于 1752 年被编辑托马斯·牛顿（Thomas Newton）命名为《哀失明》（“On His Blindness”）的弥尔顿十四行诗第 19 首。这是诗评家们讨论最多的一首弥尔顿十四行诗，也是英国诗歌史上最著名的十四行诗之一。本文题目取自这首诗歌的结尾“那些只站立等候的，也在侍奉”。这一行诗高度浓缩了诗人肉体与灵魂相互统一的深刻内涵：一方面是诗人对眼前“一片茫茫的黑暗”的屈从；但另一方面又是诗人对当下只能“站立等候”的一种辩护。那么，作为一名双目失明的清教诗人，弥尔顿如何才能够讨上帝的喜欢呢？笔者试图在本文中将这首诗置于英国清教主义的背景之下，讨论弥尔顿十四行诗形式与内容的创新契合，考察诗中双关、对照、《圣经》典故等修辞手法，通过文本释读的方法，揭示诗人摆脱焦虑和痛苦的清教心路。笔者认为，这首诗表面上描写诗人“将用忍耐来抑止自己因失明而产生的焦虑和痛苦”[①]，但实际上它书写了诗人寻求侍奉上帝的清教心路。

原文：

When I Consider How My Light Is Spent

When I consider how my light is spent
Ere half my days, in this dark world and wide,
And that one talent which is death to hide

---

① 屠岸编译：《英国历代诗选》（上），译林出版社 2007 年版，第 140 页。

Lodged with me useless, though my soul more bent
To serve therewith my Maker, and present
My true account, lest he returning chide;
“Doth God exact day-labor, light denied?”
I fondly ask; but Patience to prevent
That murmur, soon replies: “God doth not need
Either man's work or his own gifts, who best
Bear his mild yoke, they serve him best. His state
Is kingly. Thousands at his bidding speed
And post o'er land and ocean without rest:
They also serve who only stand and wait. ”①

笔者试译：

想到自己未到半生就双目失明

想到自己未到半生就双目失明，
眼前的世界是一片茫茫的黑暗，
想到那不用将招致死亡的才干
在我手里却无用武之地，尽管
我的灵魂更愿意侍奉我的造主
并献上真心，免得算账时遭斥；
“神要人白天做工，竟不给光明?”
我愚蠢自问；但忍耐阻止抱怨
抢先做了应答：“神既不要人的
工作也不收回他的礼物；谁最
能轻松地背稳神轭，谁就最能
侍奉。他君临天下，差遣千万

① Margaret Ferguson, Mary Jo Salter & Jon Stallworthy, eds. , *The Norton Anthology of Poetry*. 5th edition, New York: Norton, 2005, p. 418.

万天使，越疆跨海，忙碌不停：
那些只站立等候的，也在侍奉。"[①]

一 "行出上帝的模样"

弥尔顿出生在伦敦一个虔诚的清教徒家庭。大约在1620年，父亲就把弥尔顿送往圣保罗学校走读，还专门给孩子请了一位后来当了剑桥大学基督学院院长的家庭教师，名叫托马斯·杨（Thomas Young）。1625年春季，弥尔顿住进了剑桥大学基督学院，并在那里度过了7个春秋；1629年获得学士学位；1632年获得硕士学位；之后，弥尔顿离开了学校。然而，不论当时还是在他后来的言论里，弥尔顿"从未说过一句剑桥的好话"[②]。

弥尔顿之所以对大学教育不满是因为欧洲文艺复兴不仅是一场重新发现古代文学和学术的运动，而且同时是一场矛头直指欧洲中世纪经院教育的教育改革运动。欧洲中世纪的经院教育以培养僧侣为己任。但是，从文艺复兴到英国资产阶级革命的一个世纪左右的时间里，"大学教育在反对中古经院教育的同时，正在走向以人文主义为内容的新的世俗性教育（弥尔顿就主张把圣职人员都驱逐出大学去）"[③]。大学课程开始注重培养学生读经、注经、演讲、辩论的能力；几何、天文、音乐课程也是为了让学生懂得如何丈量土地、计算宗教节日和歌唱天主弥撒（Mass）。1644年，弥尔顿发表过一篇题为"论教育"（*Of Education*）的论文。在他看来，教育与国家的命脉息息相关，目的是培养德才兼备的人才，"使一个人能够在和平与战争时期公正地、熟练地、心胸广大地执行一切公与私的职务"[④]。

1632年，弥尔顿在剑桥大学毕业，父亲希望他到教会去当牧师，

---

① 笔者在参考殷宝书、朱维之、金发燊、屠岸等名家译文的基础上，重译本诗，受益匪浅，就此致谢！

② 杨周翰：《十七世纪英国文学》，北京大学出版社1985年版，第175页。

③ 同上。

④ Merritt Y. Hughes ed., *John Milton: Complete Poems and Major Prose*, New York: The Odyssey Press, 1957, p. 632.

可是他看到当时的官方教会十分反动，官方的教士多是一些荒淫堕落的人，因此弥尔顿不愿意与他们同流合污，便拒绝供职于被专制帝国控制的英国国教，于是在家继续苦读古典文学，继续研习希腊文和拉丁文，专心致志于诗歌创作，准备成就一番伟大的事业。在他看来，“学问的最终目的就是通过重新正确认识上帝，才能够弥补我们的前辈父母所留下的废墟（ruins），而且只有通过这种认识，人们才能真正去爱上帝，去模仿上帝，并且行出上帝的模样”①。因此“不进行教育改革，这个民族就必将灭亡”②。

二 弥尔顿的清教人文

欧洲文艺复兴时期同时也是宗教改革时期，是希腊文明与希伯来文明相结合的结果。虽然弥尔顿信奉清教，但是他不奉行禁欲，不敌视欢乐，相反，他热爱生活，歌颂爱情，尤其是纯洁高尚的爱情，表现出别具一格的清教主义人文思想。1629年圣诞节，21岁的弥尔顿就写下了人称“英语文学中最美丽的作品之一”的《圣诞清晨歌》（“On the Morning of Christ's Nativity”）。这首诗歌的前两节译文如下：

一

荒芜而零落的冬天，
天生的婴儿降诞人间，
全身裹上粗布，躺在粗糙的马槽中间；
大自然对他分外恭敬
把浓妆艳服脱落干净，
为了对她伟大的主宰表示同情；
这时节，不是她跟日头——
她强健的情夫，放肆逸乐的季候。

---

① Merritt Y. Hughes ed., *John Milton: Complete Poems and Major Prose*, New York: The Odyssey Press, 1957, p. 631.

② Ibid., p. 630.

二
大地只能用委婉的语言，
请求温厚的苍天，
撒下纯洁的雪片，遮盖她的丑脸；
在她赤裸裸的羞耻上面，
在她可诅咒的罪污上面，
抛撒处女洁白的罗纱，把她遮掩；
因为造物者的眼光逼近，
使她自惭形秽，觉得恐惧惶惑万分。①

这两节诗歌是全诗颂歌部分的开篇，点明了神子降诞的主题，但是其手法浪漫，耐人寻味：脱下"浓妆艳服"的人间肉体似乎被喻为神子降诞的临时寓所，可是她仍然自惭形秽，只有披上纯洁的白雪，才敢迎接她的天主；然而，更加浪漫的写法是"日头"（the Sun）被比喻作大自然"强健的情夫"（her lusty paramour），由于神子"降诞"，而无法与她"放肆逸乐"。虽然诗中充满神秘之感，但是读者能够清晰地感受到诗人活泼积极的生活态度，并且听到一曲天真无邪、和平快乐的圣诞晨歌。

1632 年，弥尔顿写过《愉快的人》（"L'Allegro"）和《沉思的人》（"Il Penseroso"）这两首姐妹抒情诗篇。表面上看，它们是两种相互对立和矛盾的思想表象，实际上是相反相成的对立统一，是诗人自己及时代精神的真实写照。"愉快的人"代表古希腊罗马人们的明快的生活态度和现实精神；"沉思的人"则代表中古时代人们沉思冥想、探究科学奥妙的希伯来基督教的浪漫精神。这两首诗歌"庄谐俱备，凡圣交融，现实主义和浪漫主义交相为用"②。此外，1637 年，弥尔顿的大学同窗好友"黎西达斯死了，死于峥嵘岁月"，他用挽歌的形式，写下了他最后一首抒情诗："我再一次来，月桂树啊，棕色的番石榴和常春藤的绿

---

① 朱维之选译：《圣诞清晨歌》，载朱维之选译《弥尔顿诗选》，人民文学出版社 1998 年版，第 18—19 页。

② 同上书，第 35 页。

条啊，在成熟之前，来强摘你们的果子，我不得已伸出我这粗鲁的手指。”[①]《黎西达斯》（*Lycidas*）是英国文学史上的三大哀歌之一。

三 “为英国人民声辩”

但是，17世纪30年代后期，英国社会开始动荡不安，国王查理一世对抗国会，压迫清教徒，而激进的清教势力要求彻底摧毁英国国教。当时，英国国会众议院与国王查理一世之间的矛盾进一步加深，因为众议院议员绝大多数是清教徒，而自1534年《至尊法案》颁布之后，英国国王成为英国国教的最高元首。[②] 1638年，当弥尔顿取道巴黎到当时西方文化中心意大利旅行时，他在意大利会见了被天主教囚禁的著名科学家伽利略（Galileo Galilei），并且被伽利略坚持真理的精神深深地感动。当他正准备继续东去漫游希腊的时候，英国国内传来革命即将爆发的消息，弥尔顿立即改变旅行计划，回国参加斗争，并且说：“当同胞们正在为自由而进行战斗的时候，我只顾自己在国外逍遥自在，那就是可耻的……最重要的是，我不能愚昧无知，不懂得什么是神圣的，什么是人权……我还是决定将我所有的才智和我勤奋的一切力量都投入到这一斗争中去。”[③]

1641年，弥尔顿开始参加英国资产阶级反对教会及王权的活动。《反对教会管理的主教统辖制》（“Of Prelatical Episcopacy”）是他撰写的第一篇论及英国国教管辖权限的论文。1642年，当英国国王查理一世企图逮捕5位众议院领袖人物时，英国内战的大火便骤然燃起。1641—1642年，弥尔顿连续撰写出版了5个呼吁废除英国国教主教统辖制的小册子。1643年5月，弥尔顿结婚，但是这次不幸的婚姻导致他写出了几个论离婚的小册子；与此同时，弥尔顿发表了《论教育》和他最

---

① 朱维之选译：《圣诞清晨歌》，载朱维之选译《弥尔顿诗选》，人民文学出版社1998年版，第104页。

② 参见黄宗英《试评安妮·布雷兹特里特的“文化叛逆”》，《北京联合大学学报》（人文社会科学版）2012年第2期。

③ 金发燊：《弥尔顿的一生》，载《弥尔顿十四行诗集》，人民文学出版社1989年版，第7页。

漂亮的散文著作《论出版自由》（*Areopagitica*），为教育和自由呐喊呼吁。

1949 年，他勇敢地撰写出版了证明有理由可以审判查理一世的政论文——《论国王与官吏的职权》（*The Tenure of Kings and Magistrates*）；同年，他接受了新委任的国务院的邀请，当了外交事务委员会的拉丁文秘书，起草给外国政府的公文，翻译政府文件，为外国使者充当译员，拥护革命、捍卫自由。最终，因为克伦威尔（Oliver Cromwell）英明的军事指挥才能及国会控制了英国主要的财政资源，国王查理一世战败后作为暴君、叛徒、杀人犯和国家的公敌被国会判处死刑。虽然查尔斯二世（Charles Ⅱ）率领苏格兰军队企图挽回败局，但也被克伦威尔征服。历时 9 年的英国内战以“英伦三岛”共和国的成立而告终。1649 年—1660 年，弥尔顿撰写出版了十多个政论文小册子，其中包括为了驳斥克劳底斯·撒尔美夏斯（Claudius Salmasius）的《为英王声辩》《为英国人民声辩》。然而，他因长期劳累过度，视力渐弱，在准备这一还击的过程中，弥尔顿耗尽了他尚存的一丁点儿视力。

四　“一片茫茫的黑暗”

弥尔顿双目失明并非一个突如其来的事件。从视力渐弱到完全失明，弥尔顿经历了十来年的时间。1644 年，弥尔顿就发现自己在阅读时，眼睛不舒服，感觉似“一道彩虹”遮盖了他的视线；接着，左眼出现云雾状东西，逐渐阻碍他的视力，眼前的事物变小了，然而，当他闭上眼睛休息的时候，眼前又出现无数的颜色。眼科医生将他的这种病情诊断为“垂体囊肿”（a cyst on his pituitary gland）。1650 年，弥尔顿左眼完全失明，但是他继续读书、写作和校对文稿，加剧了右眼视力的退化。1652 年，他双目失明，年仅 44 岁。

弥尔顿十四行诗第 19 首与他的双目失明密切相关，这一点毫无疑问。然而，由于这首诗歌直到 1673 年才出现在弥尔顿的《诗集》中，所以诗评家们对它的创作时间看法不同。第一种观点认为，弥尔顿十四行诗是按照时间顺序编排的，而且这首十四行诗的创作时间是在 1655

年5月之后，是接着第18首之后写的（*terminus a quo*）[①]，因为1655年意大利皮耶迪蒙特（Piedmont）地区的居民残忍地屠杀了韦尔多派基督教教徒（Waldensians，or the Vaudois）。韦尔多派是一个因参加宗教改革而被罗马天主教开除教籍的基督教教派。弥尔顿十四行诗第18首题目为“皮耶迪蒙特晚近大屠杀”（“On the Late Massacre in Piedmont”），就写于1655年。[②]

第二种观点认为这首诗歌是在诗人双目失明之前就写下的。这种观点有两个理由：首先，有批评家认为即便是弥尔顿双目失明的当下，他似乎也没有因失明而感到残疾，况且他始终担任着国务院外交事务委员会的外语秘书（Secretary of Foreign Tongues），承当着繁重的外交信函起草和翻译工作。值得我们特别关注的是，当弥尔顿1654年写完《再为英国人民声辩》时，他已经信心满满，坚信自己虽然双目失明，但仍然能够坚持写作。在他看来，失明已经不是一种残疾。他似乎已经把自己当作一位得到上帝拣选的先知，准备去成就某个更加伟大的使命。其次，这首诗歌的开篇写到诗人“自己未到半生就双目失明，/眼前的世界是一片茫茫的黑暗”。如果说这首诗歌写于1650年代，那么这两行诗似乎又证明，在创作这首诗歌的时候，弥尔顿早已年过“半生”。在17世纪，西方人的平均寿命约为70岁，圣经诗篇中也数次提到这个数字（Three score years and ten），然而，弥尔顿第一次发现自己视力出现问题的时间大约是1644年，那时他36岁，似乎已经年过“半生”了。

第三种观点认为这首诗创作于诗人双目失明之后，因为诗中所表达出来的绝望心情只能是在诗人完全失明之后才能深切感受到的。[③] 诗中所呈现的是诗人亲身经受过的双目失明的人生经历，带有普世的意义，承载着深邃的生命意义。它让人们想到了某种能够改变一个人命运的伤残、某种无法医治的伤害，甚至是一种不可挽救的损失。然而，清教主义强调精神生活，追求生命意义。为了契合这一原则，诗人在这首诗歌

① 参见 E. A. J. Honigmann, ed., *Milton's Sonnets*, London: Macmillan, 1966。Honigmann 认为 Frierson, Kelley, Miss Darbishire 几位学者持这种观点。

② 参见 Marie Rose Napierkowski & May K. Rudy, eds., *Poetry for Students*, Vol. 3, Detroit: Gale 1998。

③ Ibid..

中并没有重墨描写双目失明给自己带来的肉体摧残，而是注重挖掘他所面临的精神危机。他所关心的是自己如何才能够继续侍奉上帝？如何继续讨上帝的喜爱？对于弥尔顿来说，双目失明是一种不可挽救的损失，那么他只能从精神层面去寻求解决的办法。他只能顺从上帝，保持忍耐，守候盼望。在这种顺从、忍耐、盼望的心绪之下，诗人运用对照手法，巧妙地把他的观点表现为一个有机的整体。我们不仅看到前 8 行诗歌中的自我（I，my，me）表白，而且看到了后 6 行诗歌中诗人侍奉神（God，his，him）的盼望；我们不仅看到了前 8 行诗歌中肉体的绝望，也看到了后 6 行诗歌中一种精神的胜利；我们不仅在诗歌中看到了积极主动的侍奉："我的灵魂更愿意侍奉我的造主/并献上真心"，而且也看到了诗人一种消极自觉的隐退："那些只站立等候的，也在侍奉。"

五 《哀失明》

从形式来看，弥尔顿的《哀失明》基本上是按照意大利体十四行诗的诗体结构进行创作的：前 8 行（octave）提问，后 6 行（sestet）作答，但是弥尔顿独具匠心，并没有恪守传统。第一，为了表达双目失明给诗中人带来的无限焦虑和痛苦，弥尔顿让前 8 行与后 6 行的句法结构形成鲜明的对照。诗中前 8 行实际上是一个长句：主句由原文第 8 行前半句构成"I fondly ask"（我愚蠢自问）；第 7 行引号中的问句（"Doth God exact day-labor，light denied?"）是动词"ask"的宾语；前 6 行实际上是一个由"When"引导的状语从句，其中又嵌入了两个并列的名词性从句（how... And that...），其中第二个名词性从句又包含了一个定语从句（which）和两个状语从句（though... lest...）。[①] 这里的句法结构真可谓盘根错节、错综复杂了！它很好地契合了诗中人因失明而遭受的无奈。然而，诗中后 6 行的句法结构却十分简单，不仅直截了当，而且一气呵成，仿佛诗中那被拟人化了的"忍耐"毫不费劲地就"阻止[了]怨言"并且"抢先做了应答"。第二，尽管前 8 行的句法复杂，但是全诗的思路是基于一个十分简单的逻辑结构：诗中人"我"来提

① 参见黄宗英编著《英美诗歌名篇选读》，高等教育出版社 2014 年版。

问，然后被拟人化的“忍耐”出来作答：虽然“眼前的世界是一片茫茫的黑暗”，但是“那些只站立等候的［天使］，也在侍奉”。第三，诗人把原本应该出现在第9行开头的情感、逻辑或者主题的转折提前到了第8行的中间位置：“我愚蠢自问；但忍耐阻止抱怨。”仿佛“忍耐”再也耐不住性子，而急匆匆地问：“神要人白天做工，竟不给光明?”

值得注意的是，虽然诗人直截了当地告诉读者这是个“愚蠢［的］自问”，但是全诗不仅仅就是围绕这么个“愚蠢［的］自问”展开论述的，而且这首诗的核心主题就是侍奉上帝，因为诗中的核心动词“侍奉”（serve）出现三次了（第5、11、14行），成为全诗的核心动作。不仅如此，弥尔顿把侍奉上帝分为两种截然不同的方式：首先，是前8行中那种积极主动的侍奉：“我的灵魂更愿意侍奉我的造主/并献上真心”，诚然，这种侍奉对于一个刚刚双目失明的人来说，似乎是望尘莫及的。于是，在后6行中，诗人发现了另外一种上帝同样可以接受的侍奉方式：“那些只站立等候的，也在侍奉。”与前8行中那种积极主动的侍奉形成鲜明的对照，这后6行诗歌所演绎出来的侍奉似乎是一种消极隐退的侍奉，但实际上是一种自觉的侍奉。“那些只站立等候的［天使］”实际上是侍立在上帝的身边，等候差遣。虽然他们不需要“越疆跨海，忙碌不停”，但是他们“也在侍奉”。这个“站立等候”的意象似乎大大地拓展了这第二种侍奉方式的想象空间。

就诗歌题目而言，胡家峦教授认为纽顿在1794至1752年编纂弥尔顿诗选时给这首诗歌加上的“On His Blindness”这个题目“并不恰当”[①]。弥尔顿之所以在诗中避免使用“blind”或“blindness”等字眼，是因为“blindness”只表达肉体上的失明，而不容易让人联想到精神层面的多重含义。由于弥尔顿是一位虔诚的清教主义诗人，因此原诗中的“light”一词包含肉体和精神层面的多重含义：第一，指视力之光明，比如，在弥尔顿《斗士参孙》（*Samson Agonistes*）第70行中，双目失明的斗士参孙就说：“光，上帝的首造，已对我熄灭。”这里“上帝的首造”原文为“the prime work of God”，指《圣经·旧约·创世记》第1章第3节中上帝最初的创造物。第二，指生命之光，同样，在《斗士参

① 胡家峦编注：《英国名诗详注》，外语教学与研究出版社2003年版，第143页。

孙》第 90 至 91 行中，斗士参孙说："既然生命如此需要光明，/光明本身可以说就是生命。"① 第三，指照亮灵魂的神圣真理，比如，弥尔顿《失乐园》（*Paradise Lost*）第 3 卷第 51 至 52 行就有这样的诗行："天上的光呀，/照耀我的内心，照亮我心中/一切的功能。"② 这里"天上的光"可以指《圣经》中神圣的真理，是上帝的话语。然而，弥尔顿因失明而无法阅读《圣经》，不能聆听神圣的真理。第四，指基督教传扬的神圣真理，比如《马太福音》第 5 章第 16 节中说："你们的光也当这样照在人前，叫他们看见你们的好行为，便将荣耀归给你们在天上的父。"③ 弥尔顿坚信自己投身革命，乃是在为上帝的正义事业而奋斗，也同样是在传扬神圣的真理，可是他因失明而无法继续接受神圣的真理，因此，继续传扬神圣真理也就成了无本之木、无源之水。由此可见，诗人双目失明不仅仅是失去视力之光明，更是失去生命之光明。他既不能继续接受神圣的真理，也无法传扬神圣的真理。这对一位清教诗人来说，无异于生命的死亡。

六　"神要人白天做工，竟不给光明？"

那么，如何才能更好地侍奉上帝呢？为了更好地表达这个主题，诗人在这首诗歌中运用了多个《圣经》典故。第一，是《马太福音》第 20 章第 1 至 16 节中关于"葡萄园工人的比喻"（"The Parable of the Workers in the Vineyard"）的故事：清晨，主人出去雇人到他的葡萄园里做工，说好了每人每天一钱银子工钱；之后，主人每三小时出去一次，每次都雇几个工人；到晚上发工钱的时候，早到园子里做工的雇工就开始埋怨主人："我们整天劳苦受热，那后来的只做一小时，你竟叫他们和我们一样吗？"主人回答说："朋友，我不亏负你，你与我讲定的［工钱］不是一钱银子吗？"于是，"那在后的将要在前；在前的将要在后了"。我们知道，这首诗歌是围绕着"神要人白天做工，竟不给

① 朱维之选译：《弥尔顿诗选》，人民文学出版社 1998 年版，第 503 页。
② 同上书，第 206 页。
③ 胡家峦编注：《英国名诗详注》，外语教学与研究出版社 2003 年版，第 142—144 页。

光明”这个“愚蠢”的问题展开论述的，这里的“白天做工”的英文原文为“day-labor”，意思是“labour done for daily wages; labour hired by the day”。[①] 实际上，弥尔顿是在叩问上帝为什么要让失明的人白天做工？显然，诗人这个“愚蠢自问”是影射“葡萄园工人的比喻”故事，因为故事中的雇工有的是整天做工，有的只做一小时工。上帝让人做工多少是由着他的性子来的，就像故事中的主人所说的那样：“这是我愿意的。我的东西难道不可随我的意思用吗？因为我做好人，你就眼红了吗？”由此可见，弥尔顿笔下那些整天“越疆跨海”、“忙碌不停”、积极主动侍奉上帝的天使和“那些只站立等候的”天使并没有什么不同，他们同样在侍奉上帝。

第二，是《马太福音》第25章第14至30节中关于“才干的比喻”（“The Parable of the Talents”）：有一天主人要出门远行，走之前把自己的财产交托给三位仆人；按照仆人的“才干”（ability），主人给了其中一位仆人五个talents[②]，一位给了两个talents，一位给了一个talent；前两位仆人把主人交托的钱拿去做买卖，分别赚回了同样数额的钱，可是第三位仆人认为他的主人是一位“忍心的人，没有种的地方要收割”，于是就在地上挖了个洞，把主人的钱埋了起来。后来，主人回来找三位仆人算账的时候，第三位仆人因未能给主人带来利润，而遭受主人斥责。弥尔顿笔下“那不用将招致死亡的才干”，显然是一语双关。那“才干”首先指原文第1行中的视力（light, the ability to see），然后又影射诗人自己文学创作的“才干”（literary talent, the ability to write）。假如他的文学才干施展不了，就像那位守财奴一样不能给主人赚回利润，那么他就不能侍奉上帝，无法讨上帝的喜欢，也同样会遭受上帝的斥责。

第三个《圣经》典故来自《约翰福音》第9章“耶稣医治生来瞎眼的人”，其中第4节有句名言：“趁着白日，我们必须做那差我来者的工；黑夜将到，就没有人能做工了。”这个典故仍然影射弥尔顿诗中

① Creel-Duzepere, ed., *The Oxford English Dictionary*, Vol. 4, Oxford: Clarendon Press, 1989, p. 276.

② 一个talent约值一位仆人20年的工钱。

那个“愚蠢自问”：“神要人白天做工，竟不给光明?”但是，由于原文中“light denied”相当于一个条件从句：“if light is denied”，意思是“假如不给光明”，所以诗人的“自问”不但没有责备上帝，而且明显地表白了自己的态度：“我愚蠢自问。”换言之，“神要人白天做工，竟不给光明?”是一个“愚蠢”的问题。诗人在此为自己在后6行诗歌中的辩护埋下了伏笔。尽管如此，这首诗的前8行充满着焦虑、害怕、沮丧、痛苦的情绪，甚至出现有点反叛的心理，但这一切最终都落脚到了“我愚蠢自问”：“神要人白天做工，竟不给光明?”这个问题承载着诗人双目失明后所有的复杂心绪：恐惧，不信任，对不公平的指责、抗议、惶惑、反叛等，但是，我们应该注意到诗人自己把这个问题称为“愚蠢［的］自问”，因为没有人能够在夜幕降临之后在葡萄园里做工。同样，上帝也不会要求人们去做人们无法做的事情。

既然神不会不给光明又让人做日工，那么双目失明的弥尔顿又如何才能讨上帝的喜欢呢?“忍耐”（Patience）无疑是最好的解决办法，因为基督圣徒的忍耐是对基督的信赖，是一种神圣的美德。《圣经·新约·启示录》第14章第12节和《圣经·旧约·诗篇》第37首第7至9节中分别有这样的记载“圣徒的忍耐就在此，他们是守神诫命和耶稣真道的”；“你当默然倚靠耶和华，耐性等候他……当止住怒气，离弃愤怒；不要心怀不平，以致作恶。因为作恶的必被剪除，唯有等候耶和华的必承受地土”。于是，弥尔顿让“忍耐”出来“阻止抱怨”并“抢先做了应答”。为了达到强化形式与内容相互契合的艺术效果，弥尔顿在此可谓别出心裁，将原本应该出现在意大利体十四行诗第9行开头的“转折”提前到第8行中间的位置：“我愚蠢自问；但忍耐阻止怨言。”

那么，“忍耐”抢先做了什么样的“应答”呢?诗人在第9至10行中做了明确的回答：“神既不要人的/工作也不收回他的礼物。”“最能够侍奉神”的人是那些最能“背稳神轭”的人。所谓“背稳神轭”指倚靠神，顺服神的人。这里的“神轭”（yoke）影射《圣经·新约·马太福音》第11章第29至30节中基督耶稣的一句名言：“我心里柔和谦卑，你们当负我的轭，学我的样子，这样，你们心里就必得享安息。因为我的轭是容易的，我的担子是轻省的。”因此，一般认为，这首十四行诗的第10至11行就已经回答了诗中人在诗歌前8行所提出的问题，完成了一首意大利体十四行诗前8行提问，后6行作答的基本内容。但是，弥尔顿没有就此停笔，而是增加了三行半精彩绝伦的诗句，使这首诗歌的结尾不仅打消了开篇的“焦虑和痛苦”，而且唱出了一位清教诗人灵魂深处寻求侍奉上帝的信心和胜利。根据中世纪和文艺复兴时期天使学理论（angelology，这种理论在清教徒中依然普遍存在），天使分为两种等级：一种是在人世间为侍奉上帝而昼夜奔波的积极的天使，另外一种是永远留在天国上帝身边昼夜沉思的天使。显然，在这首诗歌的结尾，弥尔顿把自己想象成在天国侍奉上帝的天使。虽然他双目失明，但是仍然可以昼夜沉思、祈祷、祭拜、奉献。

当然，要深刻理解这首诗歌后6行所蕴含的信心和胜利，还需要我们对“那些只站立等候的［天使］”的意象做更加深入的阐释。在第12至13行中，上帝被比喻成一位享有至高权力的君主或者国王：“他君临天下，差遣千万/万天使，越疆跨海，忙碌不停”，这一意象影射《圣经》中许多天国侍臣和天使侍奉上帝的情境，比如，《圣经·旧约·但以理书》第7章第10节就有这样的记载：“侍奉他［但以理］的有千千，在他面前侍立的有万万。他坐着要行审判，案卷都展开了。”然而，最能够打动人的还是诗歌原文结尾的“wait”（等候）一词。“等候耶和华”（waiting on God）是《圣经》所宣扬的首要美德。根据利兰·莱肯（Leland Ryken）等人共同编著的《圣经形象表达词典》（*Dictionary of Biblical Imagery*）一书，“等候耶和华”这一基督圣徒美德不仅蕴含着一连串丰富多彩的联想，而且全部都是为了给基督圣徒建立满满的信心和盼望：忍耐（patience）、顺从（resignation）、服从（submission）、依靠（dependence）、满足（contentment）、希望（hope）、盼望（expenctancy）等。① 比如，《圣经诗篇》27首第13至14节中就有这样的诗行：“我若不信在活人之地/得见耶和华的恩惠，/就早已丧胆了。/要等候耶和华！当壮胆，坚固你的心。/我再说‘要等候耶和华！’”

① 参见 Ryken, Leland, eds., *Dictionary of Biblical Imagery*, Downers Grove (Illinois): Inter Varsity Press, 1998。

七 “要等候耶和华!”

可见，弥尔顿的《哀失明》是一首典型的清教诗歌。我们仿佛看到了一位侍立在上帝面前，正在努力沉思自己生命光景的清教徒形象。实际上，这首诗歌从头到尾就是一个沉思的过程，是一位双目失明的清教诗人寻求自己侍奉上帝的心路历程。诗中人在开篇就说：“想到自己未到半生就双目失明……想到那不用将招致死亡的才干……”这是一种典型的清教心路，诗中的圣徒需要寻求一条能够被上帝接纳的立本之道。说到底，诗中需要回答的问题就是如何才能讨上帝喜欢？而要回答这个问题的先决条件自始至终就是上帝需要造物的侍奉。因此，前8行中清教主义感情色彩是浓重的，呈现出诗中人因失明而茫然焦愁的心境，同时读者能够看出诗人弥尔顿作为一位清教圣徒必须侍奉上帝的性格特征和坚定信念。清教徒有一种积极劳动和主动行动的精神气质，他们鄙视懒惰和没有作为的人生。因此，在这首诗歌中，清教徒的这种性格特征被置于一个一语双关的《圣经》典故的特殊语境之中。诗歌中“才干”指诗人的视力“才干”，但同时影射他非凡的文学“才干”。换言之，假如弥尔顿不能在积极的侍奉中施展自己的才干，那么他就无法讨上帝的喜欢，生命就没有意义。可见，这首十四行诗的前8行浸透了浓重的清教思想和情感。

然而，面对双目失明所带来的焦虑和痛苦，弥尔顿既无法超越也没有放弃他的清教信念。在寻求克服内心焦虑和痛苦的清教心路上，弥尔顿的思想和情感始终深深地扎根于清教背景之中。在这首诗歌的开篇，诗中人被迫放弃积极侍奉上帝的可能性，因为“自己未到半生就双目失明，/眼前的世界是一片茫茫的黑暗”，然而诗中人始终没有质疑他必须积极侍奉造主的必然性。清教徒有一种坚定的信念：“不论什么等级、身份、性别，或者条件，一个人都毫无例外地必须有某种个人的和特殊的侍奉使命。”① 这是一种清教神召教义（Puritan doctrine of calling or vocation）。因此，为了满足这种清教使命，诗中人找到了另外一种可以

① William Perkins, *The Works*, Vol. 1, London: John Leggatt, 1626, p. 755.

被上帝接纳的侍奉方式：“那些只站立等候的，也在侍奉。”假如我们把注意力从诗中的清教背景转向诗中人在后6行诗歌中所取得的结论，那么，我们还可以发现不少盘根错节的清教心绪一起交织在这首诗歌的结论之中。

第一，如果说这首诗歌前8行的清教神召教义让诗中人内心充满焦急和忧愁，那么这种清教神召教义在这首诗歌的后6行中让诗中人找到一种同样重要的慰藉。诗中人似乎已经不再感到焦急忧愁，相反，他显得十分沉着和镇定，因为清教神召包括神的双重“呼召”，即神的“普世呼召”（general calling）和“特殊呼召”（particular calling）。所谓“普世呼召”指对基督生命的呼召：“是基督宗教的呼召，而这种呼召对生活在上帝教堂里的所有子民来说，具有一种普世的意义……要作神的儿子，成为基督家庭的成员并成为天国的继承人。”[①] 理查兹·斯梯尔（Richard Steele）把这种神的“普世呼召”定义为：“我们的普世呼召或者灵魂呼召……是指一个人因信而被上帝呼唤，他相信并且尊崇福音。”[②] 所谓“特殊呼召”指神“呼召”某一个人并差他/她去完成各种特殊使命，包括他/她的主要生活。那么，在弥尔顿《哀失明》的前8行中，诗中人究竟是要响应神的“特殊呼召”呢？还是要响应神的“普世呼召”呢？是要积极努力地去完成特殊使命呢？还是满足于在葡萄园里当一名普通的日工呢？由于弥尔顿已经双目失明，他已经不可能在人世间继续过着一种积极的生活。诗中人显然没有意识到不论是响应“特殊呼召”还是“普世呼召”，其最终结果都是一样的，因此诗人认为这个问题是“我愚蠢［的］自问”。

此外，清教教义还有一条十分重要的信条，那就是“普世呼召”（或灵魂神召）要比“特殊呼召”重要。约翰·唐内姆（John Downame）认为：“神的特殊呼召所赋予我们的责任必须让位于基督宗教的普世呼召……［因为］没有任何一种呼召可以让我们离开上帝，或者让我们从这种有福的关系中撤离。”[③] 威廉·珀金斯（William

---

① William Perkins, *The Works*, Vol. 1, London: John Leggatt, 1626, p. 752.

② Richard Steele, *The Tradesman's Calling*, London: Samuel Sprint, 1684, p. 2.

③ John Downame, *A Guide to Godliness; Or a Treatise of a Christian Life*, London: Philemo Stephens and Christopher Meredith, 1629, p. 861.

Perkins）将这种“普世呼召”称为“世界上最美好的呼召”[①]，并且说“任何人的特殊神召都比不上一位基督圣徒的普世神召……因为我们首先是与上帝捆绑在一起的”[②]。由此可见，这首十四行诗的后6行诗歌与清教神召教义中占主导地位的“普世呼召”或者灵魂神召紧密相连。诗人是想通过假设一种事实上必将高于现实世界中那种积极侍奉的方式，来打消自己因为双目失明而无法积极侍奉上帝所造成的恐惧心理。这种“普世呼召”教义实际上让我们看到了原诗前8行中所表现的那种必然不停的“忙碌”。显然，“千万/万天使，越疆跨海，忙碌不停”未必就是上帝的意图，最重要的是要专心侍奉上帝，彰显神的荣耀，并在侍奉中获得永生。

第二，顺从神的意图也是这首十四行诗后6行中所蕴含的一个重要的清教思想，因为神的意图是弥尔顿灵魂深处一个永恒的安慰。在弥尔顿《失乐园》的结尾，当亚当和夏娃“二人手携手，慢移流浪的脚步，/走出伊甸，踏上他们孤寂的路途”时，“有神的意图作他们的向导”（Providence their guide）[③]。顺从神的意图是一种清教理念，经常出现在清教圣徒讨论忍受苦难的时候。乔治·斯温诺克（George Swinnock）说：“不顺从神的意图是一切人类灾难的根源；惟一能够让我们灵魂安歇的安眠药就是按照神的意愿将我们的肉体和一切默默地献上。”[④] 在这首诗中，第10至11行可谓是顺从神的意图的最好写照：谁最能“背稳神轭，谁就最能侍奉［神］。”这不仅塑造了一个典型的清教圣徒顺从神的意图的意象，而且让读者联想起《马太福音》第11章第29至30节中最著名的一个典故：“我的心里柔和谦卑，你们当负我的轭，学我的样子，这样，你们心里就必得享安息。因为我的轭是容易的，我的担子是轻省的。”从清教思维视角看，顺从神的意图是一种精神层面的灵魂侍奉。虽然这种顺从可能表面看不如现实生活中那种“越疆跨海，忙碌不停”的积极侍奉来得轰轰烈烈，但是它在清教圣徒的生命中却是精神层面的一种永恒的追求。由此可见，弥尔顿的这首《哀失

① William Perkins, *The Works*, Vol. 1, London: John Leggatt, 1626, p. 754.

② Ibid., pp. 757 – 758.

③ 朱维之选译：《弥尔顿诗选》，人民文学出版社1998年版，第39页。

④ George Swinnock, *The Works*, Vol. 1, Edinburgh: James Nichol, 1858, p. 316.

明》与其说是一种肉体的顺从，不如说是一种灵魂的辩护：“那些只站立等候的，也在侍奉。”

第三，逆境忍耐也可谓蕴含在《哀失明》后6行中的又一个顽强的清教理念。我们知道，统治17世纪英国社会的仍然是伊丽莎白专制帝国控制下的英国国教，清教徒始终遭受着宗教与政治的迫害，在社会上属于少数人群，因此他们逐渐形成了一种彻底的逆境忍耐的神学思想。他们认为“基督徒生命的一部分就是忍受苦难”[①]。在这种“忍受苦难”的清教思想基础之上，清教作家们在创作中不断拓展了“耐心忍受”（patient endurance）和“胜利忍受”（triumphant suffering）的清教思想内涵。弥尔顿在这首十四行诗中用三个与这种忍受苦难的清教理念紧密相连的关键词：第8行中的“Patience”（忍耐）、第9行中的“murmur”（抱怨）和第14行中的“wait”（等待）。原文中的“忍耐”（Patience）是大写的，被诗人拟人化了，用来阻止“抱怨”（murmur）；而最后一行的“等待”（wait）是“等待上帝”（waiting on God）。这三个关键词经常出现在清教教义的论著之中。比如，理查德·伯纳德（Richard Bernard）在评论路德故事时说：“因此，我们可以从苦难中学会忍耐（patience），并且变得不焦急（impatient）……不抱怨（no murmur），以免上帝惩罚我们。”[②] 约翰·科顿（John Cotton）认为“你们需要极大的耐心（patience），长期等待（wait）；你们必须心满意足地长期等候（wait）上帝……你们必须耐心地（patiently）忍受一切”[③]。由此可见，在这首十四行诗的前8行中，弥尔顿把自己因双目失明而引起的复杂心理和反叛沉思比喻成一种清教“抱怨”（murmur），而把原本应该出现在第9行开头的那个被诗人拟人化了的“忍耐”提前到第8行中来，去“阻止抱怨/抢先做了应答”。这些思考和细节真可谓惟妙惟肖地表达了双目失明的诗人寻求侍奉上帝的清教心路。

---

① Thomas Adams, *The Works of Thomas Adams*, Vol. 3, Edinburgh: James Nichol, 1861, p. 24.

② Richard, Bernard, *Ruths Recompense*, London: Simon Waterson, 1628, pp. 37 – 38.

③ John Cotton, *Way of Life*, London: L. Fawne and S. Gellibrand, 1641, p. 121.

参考文献

一 中文著作

（唐）杜秋娘：《金缕衣》，载《唐诗三百首》，湖北人民出版社 1993 年版。

北京大学哲学系编译：《西方哲学原著选读》上卷，商务印书馆 1988 年版。

查良铮译：《英国现代诗选》，湖南人民出版社 1985 年版。

陈中梅：《荷马史诗研究》，译林出版社 2010 年版。

董衡巽、朱虹、施咸荣、郑土生：《美国文学简史》（上），人民文学出版社 1986 年版。

董洪川：《"荒原"之风：T. S. 艾略特在中国》，北京大学出版社 2004 年版。

飞白：《诗海》，漓江出版社 1990 年版。

傅浩：《窃火传薪：英语诗歌与翻译教学实录》，上海外语教育出版社 2011 年版。

辜正坤主编：《英文名篇鉴赏金库》，天津人民出版社 2000 年版。

胡家峦编注：《英国名诗详注》，外语教学与研究出版社 2003 年版。

胡家峦：《历史的星空》，北京大学出版社 2001 年版。

黄杲炘编译：《美国抒情诗选》，上海译文出版社 1989 年版。

黄宗英：《爱默生于美国诗歌传统研究》，高等教育出版社 2018 年版。

黄宗英编：《赵萝蕤汉译〈荒原〉手稿》，高等教育出版社 2013 年版。

黄宗英编著：《圣经文学导论》第 2 版，高等教育出版社 2015 年版。

黄宗英主编：《英美诗歌名篇选读》第 1 版，高等教育出版社 2007 年版。

黄宗英编著：《英美诗歌名篇选读》第 2 版，高等教育出版社 2014

年版。
黄宗英《弗罗斯特研究》，上海外语教育出版社 2011 年版。
黄宗英：《抒情史诗论》，北京大学出版社 2003 年版。
黄宗英：《赵萝蕤汉译〈荒原〉手稿》，北京高等教育出版社 2013 年版。
金发燊：《弥尔顿的一生》，载《弥尔顿十四行诗集》，人民文学出版社 1989 年版。
宽忍主编：《佛学辞典》，中国国际广播出版社 1993 年版。
李赋宁：《学习英语与从事英语工作的人生历程》，北京大学出版社 2005 年版。
李赋宁：《英语史》，商务印书馆 2009 年版。
李赋宁：《英语学习指南》，高等教育出版社 1986 年版。
李赋宁主编：《欧洲文学史》第 1 卷，商务印书馆 1999 年版。
李剑鸣、张友伦：《美国通史》第 1—4 卷，人民出版社 2002 年版。
李维平：《乔伊斯的美学思想和小说艺术》，上海外语教育出版社 2000 年版。
刘海平、王守仁主编：《新编美国文学史》第 1—4 卷，上海外语教育出版社 2000 年版。
刘树森：《赵萝蕤与翻译》，载《中国翻译名家自选集——赵萝蕤卷》，中国工人出版社 1995 年版。
陆建德主编：《艾略特文集・诗歌》，上海译文出版社 2012 年版。
彭予：《二十世纪美国诗歌》，河南大学出版社 1995 年版。
钱满素：《爱默生和中国——对个人主义的反思》，生活・读书・新知三联书店 1996 年版。
钱满素：《美国文明散论》，东方出版社 2010 年版。
全增瑕主编：《西方哲学史》，上海人民出版社 1983 年版，上册。
盛宁：《二十世纪美国文论》，北京大学出版社 1994 年版。
苏欲晓等译：《基督教文学经典选读》（下），北京大学出版社 2004 年版。
孙致礼主编：《中国的英美文学翻译》（1949—2008），译林出版社 2009 年版。

陶洁主编：《美国文学选读》第 2 版，高等教育出版社 2005 年版。
屠岸编译：《英国历代诗选》（上），译林出版社 2007 年版。
王寿兰编：《当代文学翻译百家谈》，北京大学出版社 1989 年版。
王晓朝主编：《赵紫宸英文著作集》，宗教文化出版社 2009 年版。
王佐良编译：《英国诗选》，上海译文出版社 1988 年版。
王佐良、李赋宁等主编：《英国文学名篇选著》，商务印书馆 1987 年版。
王佐良：《英国散文的流变》，商务印书馆 1994 年版。
文庸、王思敏、李维楠、吴玉萍执行主编：《赵紫宸文集》第 1—4 卷，商务印书馆 2003—2010 年版。
吴富恒、王誉公主编：《美国作家论》，山东教育出版社 1999 年版。
谢天振、查明建主编：《中国现代翻译文学史》（1898—1949），上海外语教育出版社 2004 年版。
杨金才主撰：《新编美国文学史》第 3 卷，上海外语教育出版社 2002 年版。
杨仁敬、杨凌雁：《美国文学简史》，上海外语教育出版社 2008 年版。
杨周翰：《十七世纪英国文学》，北京大学出版社 1985 年版。
叶维廉译：《众树歌唱：欧洲现代诗 100 首》，人民文学出版社 2009 年版。
张冲：《新编美国文学史》第 1 卷，上海外语教育出版社 2000 年版。
张剑：《T. S. 艾略特：诗歌和戏剧的解读》，外语教学与研究出版社 2006 年版。
张子清：《20 世纪美国诗歌史》全 3 卷，南开大学出版社 2018 年版。
张子清：《二十世纪美国诗歌史》，吉林教育出版社 1995 年版。
张子清：《美国现代派诗歌杰作——〈诗章〉》，载黄运特译《庞德诗选：比萨诗章》，江西出版社 1998 年版。
赵萝蕤：《我的读书生涯》，北京大学出版社 1996 年版。
赵萝蕤：《我是怎么翻译文学作品的》，载王寿兰编《当代文学翻译百家谈》，北京大学出版社 1989 年版。
赵萝蕤：《中国翻译名家自选集——赵萝蕤卷》，中国工人出版社 1995 年版。

赵毅衡编译:《美国现代诗选》(上、下),外国文学出版社 1985 年版。
郑敏编译:《美国当代诗选》,湖南人民出版社 1987 年版。
中共中央党史研究室:《中国共产党历史》第 1 卷(1921—1949)下册,中共党史出版社 2002 年版。
朱维之选译:《弥尔顿诗选》,人民文学出版社 1998 年版。
朱维之:《译诗漫谈》,载《当代文学翻译百家谈》,北京大学出版社 1989 年版。

二　中译著作

[德] 恩格斯:《反杜林论》,载《马克思恩格斯全集》第 20 卷,人民出版社 1970 年版。
[罗马] 奥古斯丁:《忏悔录》,周士良译,商务印书馆 1981 年版。
[美] 埃兹拉·庞德:《比萨诗章》,黄运特译,漓江出版社 1998 年版。
[美] 艾略特:《艾略特文学论文集》,李赋宁译注,百花洲文艺出版社 1994 年版。
[美] 艾略特:《四个四重奏》,裘小龙译,漓江出版社 1985 年版。
[美] 艾略特:《四个四重奏》,张子清译,山东教育出版社 1997 年版。
[美] 艾略特:《四个四重奏》,张子清译,载陆建德主编《艾略特文集·诗歌》,上海译文出版社 2012 年版。
[美] 艾米莉·狄金森:《狄金森诗集》,江枫译,湖南人民出版社 1984 年版。
[美] 爱默生:《爱默生集:论文与讲演录》(上),赵一凡等译,生活·读书·新知三联书店 1993 年版。
[美] 爱默生:《爱默生诗文选》,黄宗英等译,高等教育出版社 2018 年版。
[美] 弗罗斯特:《弗罗斯特集》(上、下),曹明伦译,辽宁教育出版社 2002 年版。
[美] 弗罗斯特:《弗罗斯特诗选》,江枫译,外语教育与研究出版社 2012 年版。
[美] 弗罗斯特:《罗伯特·弗罗斯特诗歌精译》,王宏印译,南开大学出版社 2014 年版。

［美］惠特曼：《草叶集》，赵萝蕤译，上海译文出版社 1991 年版。

［美］利兰·莱肯：《圣经文学导论》，黄宗英译，北京大学出版社 2007 年版。

［美］罗伯特·弗罗斯特：《出路·序言》，黄宗英译，《诗探索》1995 年第 2 辑。

［美］罗伯特·弗罗斯特：《弗罗斯特集》（上、下），曹明伦译，辽宁教育出版社 2002 年版。

［美］弥尔顿：《弥尔顿诗选》，朱维之译，人民文学出版社 1998 年版。

［美］莫特玛·阿德勒、查尔斯·范多伦编：《西方思想宝库》，周汉林等译，中国广播电视出版社 1991 年版。

［美］梭罗：《瓦尔登湖或林中生活》，《梭罗集》（上），许崇庆、林本椿译，生活·读书·新知三联书店 1996 年版。

［美］威廉·卡洛斯·威廉斯：《威廉·卡洛斯·威廉斯诗选》，傅浩译，上海译文出版社 2015 年版。

［英］杰弗雷·乔叟：《坎特伯雷故事》，方重译，上海译文出版社 1993 年版。

［英］罗素：《西方哲学史》上、下卷，何兆武、李约瑟译，商务印书馆 2003 年版。

［英］莎士比亚：《莎士比亚戏剧》（下），朱生豪译，人民文学出版社 2015 年版。

三 中文论文

傅浩：《〈荒原〉六种中译本比较》，《外国文学研究》1996 年第 2 期。

黄宗英：《爱默生诗歌与诗学理论管窥》，《北京联合大学学报》（人文社会科学版）2007 年第 2 期。

黄宗英：《爱默生与美国诗歌传统》，《北京联合大学学报》（人文社会科学版）2010 年第 3 期。

黄宗英：《“从放弃中得到拯救”：读罗伯特·弗罗斯特的〈彻底的奉献〉》，《北京联合大学学报》（人文社会科学版）2008 年第 4 期。

黄宗英：《读罗伯特·弗罗斯特的〈雪夜林边逗留〉》，《福建外语》1990 年第 1—2 期，总第 23、24 期。

黄宗英：《"晦涩正是他的精神"——赵萝蕤汉译〈荒原〉直译法互文性艺术管窥》，《北京联合大学学报》（人文社会科学版）2019 年第 3 期。

黄宗英：《惠特曼〈我自己的歌〉：一首抒情史诗》，《北京大学学报》（哲学社会科学版）2001 年第 4 期。

黄宗英：《简单的深邃——罗伯特·弗罗斯特诗歌创作艺术管窥》，《北京联合大学学报》（人文社会科学版）2006 年第 1 期。

黄宗英：《"离经叛道"还是"创新意识"——罗伯特·弗罗斯特十四行诗〈割草〉的格律分析》，《北京联合大学学报》（人文社会科学版）2009 年第 4 期。

黄宗英：《"灵芝"与"奇葩"：赵萝蕤〈荒原〉译本艺术管窥》，《北京联合大学学报》（人文社会科学版）2014 年第 3 期。

黄宗英：《罗伯特·弗罗斯特诗歌创作想象模式管窥》，《中国外语》2008 年（增刊）。

黄宗英：《"你，此刻，在行动"：奥尔森的〈人类宇宙〉》，《诗探索》2005 年第 3 期。

黄宗英：《试评安妮·布雷兹特里特的"文化叛逆"》，《北京联合大学学报》（人文社会科学版）2012 年第 2 期。

黄宗英：《抒情史诗：查尔斯·奥尔森的〈马克西姆斯诗篇〉》，《北京大学学报》（哲学社会科学版）2003 年第 4 期。

黄宗英：《抒情史诗艺术管窥》，《国外文学》2000 年第 3 期，总第 79 期。

黄宗英：《"我要写一首诗"：威廉·卡洛斯·威廉斯的抒情史诗〈帕特森〉》，《北京联合大学学报》（人文社会科学版）2016 年第 3 期。

黄宗英：《"一个人本身就是一座城市"——读威廉斯的〈帕特森〉》，《国外文学》2001 年第 4 期，总第 84 期。

黄宗英：《英国十四行诗艺术管窥——从华埃特到弥尔顿》，《国外文学》1994 年第 4 期，总第 56 期。

黄宗英：《"站立等候"：弥尔顿〈哀失明〉的清教心路管窥》，《北京联合大学学报》（人文社会科学版）2015 年第 4 期。

钱锺书：《汉译第一首英语诗〈人生颂〉及有关二三事》，《国外文学》

1982 年第 1 期。

区鉷、罗斌:《罗伯特·弗罗斯特诗歌的图征性》,《外国文学评论》2009 年第 3 期。

王誉公、张华英:《〈荒原〉的理解与翻译》,《外国文学研究》1996 年第 2 期。

张洁:《翻译是诗歌的最高境界——黄运特访谈录》,《外国文学研究》2014 年第 5 期。

张军:《美国黑人文学的三次高潮和对美国黑人出路的反思与建构》,《当代外国文学》2008 年第 1 期。

[美] 艾略特:《荒原》,赵萝蕤译,《外国文艺》1980 年第 3 期。

教育部全国高校教师网络培训中心:《中国高校微课研究报告》,2014 年。

《圣经·旧约》(和合本),国际圣经协会 1998 年第 5 版。

《圣经·新约》(和合本),国际圣经协会 1988 年第 5 版。

赵蕾:《诗的哲化与哲的诗化——论爱默生之诗哲一体化思想》,硕士学位论文,南京师范大学,2004 年。

四　外文著作

Abrams, M. H. ed., *The Norton Anthology of British Literature*, 6th edition, Vol. Ⅰ, New York & London: W. W. Norton & Company, 1993.

Ackroyd, Peter, *T. S. Eliot: A Life*, New York: Simon and Schuster, 1984.

Adams, Hazard ed., *Critical Theory Since Plato*, San Diago, HBJ, 1971.

Adams, Thomas, *The Works of Thomas Adams*, Vol. 5, Edinburgh: James Nichol, 1861.

Allen, Guy Wilson, *Waldo Emerson*, New York: Penguin Books, 1981.

Allison, Alexander W., *The Norton Anthology of Poetry*, 3rd edition, New York: Norton, 1983.

Atkins, J. W. H., *Literary Criticism in Antiquity*, Vol. 2, Cambridge:

Cambridge University Press, 1934.

Atkinson, Brooks ed. , *The Selected Writings of Ralph Waldo Emerson*, New York: The Modern Library, 1992.

Bagby, George F. , *Frost and the Book of Nature*, Knoxville: The University of Tennessee Press, 1993.

Baldwin, Neil, *To All Gentleness: William Carlos Williams, the Doctor Poet*, Baltimore: Black Classic Press, 1984.

Baym, Nina, Gen. ed. , *The Norton Anthology of American Literature*, 6th edition, New York & London: W. W. Norton & Company, 2003.

Beach, Joseph Warren, *The Concept of Nature in Nineteenth Century English Poetry*, New York: Macmillan, 1936.

Bercovitch, Sacvan ed. , *The Cambridge History of American Literature*, Vol. 1, 1590 – 1820, Cambridge: Cambridge University Press, 1994.

Bernard, Richard, *Ruths Recompense*, London: Simon Waterson, 1628.

Blodgett, Harold W. ed. , *The Best of Whitman*, New York: The Ronald Press Company, 1953.

Bloom, Harold ed. , *Romanticism and Consciousness*, New York: W. W. Norton & Company, 1970.

Bollobas, Eniko, *Charles Olson*, New York: Twayne Publishers, 1992.

Brooker, J. S. and J. Bentley, *Reading The Waste Land*, Amherst, M. A. : University of Massachusetts Press, 1990.

Brower, Reuben A. , *The Poetry of Robert Frost*, New York: The Oxford University Press, 1963.

Butterick, George F. , *A Guide to the Maximus Poems of Charles Olson*, Berkeley: University of California Press, 1978.

Butterick, George F. , *The Collected Poems of Charles Olson*, Berleley: University of California Press, 1997.

Byrd, Don, *Charles Olson's Maximus*, Urbana, Chicago and London: University of Illinois Press, 1980.

Carlisle, E. Fred, *The Uncertain Self: Whitman's Drama of Identity*, Michgan State University Press, 1973.

Carlyle, Thomas, *Critical and Miscellaneous Essays*, Vol. 3, London: Chapman & Hall Ltd, 1894.

Carpenter, Frederic Ives, *Emerson Handbook*, New York: Hendreicks House, 1953.

Caruth, Cathy ed., *Trauma: Explorations in Memory*, J. Hopskins University Press, 1995.

Castillo, Susan and Ivy Schweitzer, eds., *A Companion to the Literatures of Colonial America*, MA: Blackwell Publishing Ltd, 2005.

Cestre, Charles, "Emerson Poète", *Ėtudes Anglaises*, Ⅳ, Jan., 1940.

Clark, J. C. D., *Samuel Johnoson: Literature, Religion and English Cultral Politics from the Restoration to Romanticism*, New York: Cambridge University Press, 1994.

Clark, Tom, *Charles Olson: The Allegory of a Poet's Life*, New York: W. W. Norton & Company, 1991.

Coleridge, Samuel Taylor, in J. Shawcross ed., *Biographia Literaria*, Ⅱ, Oxford: Clarendon Press Company, 1907.

Conarroe, Joel, *William Carlos Williams'* Paterson: *Language and Landscape*, Philadelphia: University of Pennsylvania Press, 1970.

Corman, Cid ed., *The Gist of Origin*, New York: Grossman Publishers, 1975.

Cotton, John, *Way of Life*, London: L. Fawne and S. Gellibrand, 1641.

Creel-Duzepere ed., *The Oxford English Dictionary*, Vol. 4, Oxford: Clarendon Press, 1989.

Creeley, Robert, *Collected Prose: Charles Olson*, Berkeley, University of California Press, 1997.

Davenport, Guy, "Scholia and Conjectures for Olson's 'The Kingfishers'", *Boundary 2*, Ⅱ. 1 & 2, 1973 – 1974.

David S. Reynolds, *Walt Whitman's America: A Cultural Biography*, New York: Alfred A. Knope, 1995.

Donker, Marjorie, "The Waste Land and Aenied", *PMLA* 89. 1, 1974.

Dorn, Ed, quoted in Eniko Bollobas's *Charles Olson*, New York: Twayne

Publishers, 1992.

Duncan Wu, *Romanticism: An Anthology*, 3rd edition, Meldon: Blackwell Publishing, 1994.

Eliot, T. S. , *The Use of Poetry and the Use of Criticism*, London: Faber & Faber, 1933.

Eliot, T. S. , *Selected Essays*, London: Faber and Faber Limited, 1951.

Eliot, T. S. , *On Poetry and Poets*, London: Faber & Faber, 1957.

Eliot, T. S. , *The Complete Poems and Plays* 1909 - 1950, New York: Harcourt, Brace & World, 1971.

Eliot, Valerie ed. , *The Waste Land: A Facsimile and Transcript of the Original Drafts Including the Annotations of Ezra Pound*, London and Boston: Faber and Faber, 1971.

Eliot, Emory, "Poetry of New England Puritan Literature", in Sacvan Bercovitch, General ed. , *The Cambridge History of American Literature*, Vol. 1, Cambridge: Cambridge University Press, 1994.

Ellison, Ralph, *Invisible Man*, New York, 1952.

Emerson, Ralph Waldo, *The Complete Works of Ralph Waldo Emerson*, Centenary Edition, 12 vols. , Edward Waldo Emerson ed. , Boston: Houghton, Mifflin and Company, 1903 - 1904.

Emerson, Ralph Waldo, *Poems*, Boston & New York: Houghton, Mifflin and Company, 1904.

Emerson, Ralph Waldo, *The Journals of Ralph Waldo Emerson*, 10 vols, Edward Waldo Emerson and Waldo Emerson Forbes, eds. , Boston: Houghton, Mifflin and Company, 1909 - 1914.

Emerson, Ralph Waldo, *The Letters of Ralph Waldo Emerson*, 10 vols. , Ralph L. Rusk ed. , New York & London: Columbian University Press, 1939.

Emerson, Ralph Waldo, *The Journals and Miscellaneous Notebooks of Ralph Waldo Emerson*, 16 vols. , Cambridge: The Belknap Press of Harvard University Press, 1960 - 1982.

Emerson, Ralph Waldo, *The Collected Works of Ralph Waldo Emerson*, 10 vols, Cambridge & London: Harvard University Press, 1971 – 2013.

Emerson, Ralph Waldo, *The Selected Writings of Ralph Waldo Emerson*, New York: The Modern Library, 1992.

Emerson, Ralph Waldo, *Collected Poems and Translation*, New York: Literary Classics of the United States, 1994.

Emerson, Ralph Waldo, "Emerson to Whitman", in *Leaves of Grass*, Norton Critical Edition, New York: Norton, 2002.

Emerson, Ralph Waldo, "Nature", in *The Collected Works*, Vol. 1, Cambridge: Harvard University Press, 1971.

Emerson, Ralph Waldo, "Shakespeare, or the Poet", in *The Collected Works of Ralph Waldo Emerson*, Vol. 4, Cambridge: The Belknap Press of Harvard University Press, 1987.

Emerson, Ralph Waldo, "The Poet", in *The Collected Works of Ralph Waldo Emerson*, Vol. 3, Cambridge: Harvard University Press, 1983.

Emerson, Ralph Waldo, *Emerson: Essays & Lectures*, New York: Literary Classics of University Press, 1983.

Emerson, R. Waldo, *The Selected Writings*, Brroks Atkinson ed., New York: Modern Library, 1992.

Evans, William R., *Robert Frost and Sidney Cox: Forty Years of Friendship*, Hanover & London: University Press of New England, 1981.

Faggen, Robert, ed., *The Cambridge Companion to Robert Frost*, Cambridge: Cambridge University Press, 2001.

Fenollosa, Ernest, *The Chinese Written Character as a Medium for Poetry*, Ezra Pound ed., San Francisco: City Lights Books, 1936.

Ferguson, Margaret, Mary Jo Salter and Jon Stallworthy, eds., *The Norton Anthology of Poetry*, 5th edition, New York: Norton, 2005.

Fitzerald, F. Scott, *This Side of Paradise*, New York: Charles Scribner's Sons, 1920.

Folsom, Ed ed., *Walt Whitman: The Centenial Essays*, Iowa: University of Iowa Press, 1994.

Francis Murphy, "Anne Bradstreet and Edward Taylor", Jay Parini ed.,

The Columbia History of American Poetry, Columbia University Press, 1993.

Fredman, Stephen, *The Grounding of American Poetry: Charles Olson and the Emersonian Tradition*, Cambridge: Cambridge University Press, 1993.

Frost, Robert, *Robert Frost on Writing*, New Brunswick (NJ): Rutgers University Press, 1973.

Frost, Robert, *Robert Forst: Collected Poems, Prose & Plays*, New York: The Library of America, 1995.

Gardner, Helen, *The Art of T. S. Eliot*, London: Faber & Faber, 1980.

Gelpi, Albert, *The Tenth Muse: The Psyche of the American Poet*, Cambridge: Harvard University Press, 1975.

Gerber, Philip L., *Critical Essays on Robert Frost*, Library of Congress Cataloging in Publication Data, 1982.

Gilbert, Sandra M. ed., *The Norton Anthology of Literature by Women*, 2nd edition, New York: Norton, 1996.

Gittings, Robert ed., *Letters of John Keats*, London: Oxford University Press, 1970.

Gordon, Lyndall, *Eliot's New Life*, New York: Farrar · Straus · Giroux, 1988.

Gould, Jean, *Robert Frost: The Aim Was Song*, New York: Dodd, Mead & Company, 1964.

Grant, Michael, "Introduction", *T. S. Eliot: The Critical Heritage*, Vol. 1, London: Routledge & Kegan Paul, 1982.

Gray, Richard, *American Poetry of the Twentieth Century*, London and New York: Longman, 1990.

Greenspan, Ezra, *Walt Whitman and the American Reader*, New York: Cambridge University Press, 1990.

Greenspan, Ezra ed., *The Cambridge Companion to Whitman*, New York: Cambridge University Press, 1995.

Grier, E. F., *Walt Whitman: Notebooks and Unpublished Prose Manuscripts*,

Vol. 2, New York: New York University Press, 1984.

Hallberg, Robert von, *Charles Olson: The Scholar's Art*, Cambridge: Harvard University Press, 1978.

Haraszti, Zoltan ed., *Bay Psalm Book: A Facsimile Reprint of the First Edition of 1640*, Chicago: University of Chicago Press, 1956.

Hargrove, Nancy D., *Landscape as Symbol in the Poetry of T. S. Eliot*, Jackson: University Press of Mississippi, 1978.

Heal, Edith ed., *I Wanted to Write a Poem*, Beacon Hill & Boston: Beacon Press, 1985.

Hedge, Frederick Henry, "Coleridge's Literary Character", *Christian Examiner*, 1833.

Hensley, Jeannine ed., *The Works of Anne Bradstreet*, Cambridge & London: Harvard University Press, 1967.

Hindus, Milton ed., *Walt Whitman: The Critical Heritage*, London & New York: Routledge, 1971.

Holloway, Emory ed., *The Uncollected Poetry and Prose of Walt Whitman*, Vol. 2, New York: Peter Smith, 1932.

Honigmann, E. A. J. ed., *Milton's Sonnets*, London: MaCmillan, 1966.

Horace, "Art of Poetry", Hazard Adams ed., *Critical Theory Since Plato*, New York: HBJ, 1971.

Huang, Zongying, *A Road Less Traveled By: On the Deceptive Simplicity in the Poetry of Robert Frost*, Beijing: Peking University Press, 2000.

Huang, Zongying ed., *Selected Readings in British & American Poetry*, 2nd edition, Beijing: Higher Education Press, 2014.

Hughes, Merritt Y. ed., *John Milton: Complete Poems and Major Prose*, New York: The Odyssey Press, 1957.

Imbarrato, Susan Clair and Carol Berkin, *Encyclopedia of American Literature*, Revised Edition, Vol. 1, Shanghai: Shanghai Foreign Language Education Press, 2011.

James E. Miller, Jr., *T. S. Eliot: The Making of an American Poet*, University Park: The Pennsylvania State University Press, 2005.

Johnson, Thomas H. and Theodora Ward, eds. , *The Letters of Emily Dickinson*, Vol. 2, Cambridge: Harvard University Press, 1958.

Joris, Pierre ed. , *Models of History In Literary Criticism: Reader*, SUNY at Albany, 1998.

Joyce, James, *Finnegans Wake*, New York: The Viking Press, 1939.

Kaplan, Justin, *Walt Whitman: A Life*, Toronto & New York: Bantam Books, 1980.

Keller Karl, "The Example of Edward Taylor", in James E. Person, Jr. ed. , *Literature Criticism from* 1400 *to* 1800, Detroit: Gale Research Inc, 1990.

Kenner, Hugh, *The Invisible Poet: T. S. Eliot.* London: Methuen, 1965.

Kristeva, Julia, *Power of Horror: An Essay on Abjection*, New York: Columbia University Press, 1982.

LeMaster, J. R. and Donald D. Kummings, eds. , *Walt Whitman: An Encyclopedia*, New York & London: Garland Publishing, 1998.

Lynen, John F. , *The Pastoral Art of Robert Frost*, New Haven & London: Yale University Press, 1960.

Marks, Herbert ed. , *The English Bible* (*KJB*, *Vol. One*, *The Old Testament*), New York & London: Norton & Company, 2012.

Matthiessen, F. O. , *American Renaissance*, London, Toronto, New York: Oxford University Press, 1964.

Maxson, H. M. , *On the Sonnets of Robert Frost: A Critical Examination of the* 37 *Poems*, Jefferso & London: McFarland & Company, 1997.

McDowell, Tremaine, "A Freshman Poem by Emerson", *PMLA*, *XLV* (March, 1930).

McQuade, Donald ed. , *The Harper Single Volume American Literature*, 3rd edition, New York: Longman, 1999.

McWilliams, John, "Puritanism: the Sense of an Unending", in *The Oxford Encyclopedia of American Literature*, Vol. 3, Oxford University Press, 2004.

Meltzer, Milton, *Milestones to American Liberty: The Foundations of the*

Republic, New York: Thomas Y. Crowell Company, 1961.

Menteiro, George, *Robert Frost & the New England Renaissance*, Lexingtong (Kentacky): The University Press of Kentucky, 1988.

Merrill, Thomas F., *The Poetry of Charles Olson: A Primer*, Newark: University of Delaware Press, 1982.

Meyers, Jeffrey, *Robert Frost: A Biography*, Boston & New York: Houghton Mifflin Company, 1996.

Mikics, David ed., *The Annotated Emerson*, Cmabridge: Harvard University Press, 2012.

Miller, Edwin Haviland, *Walt Whitman's "Song of Myself": A Mosaic of Interpretations*, Iowa: University of Iowa Press, 1989.

Miller, James, E., Jr., *The American Quest for a Supreme Fiction*, Chicago: University of Chicago Press, 1979.

Miller, James E., Jr., *Walt Whitman*, New York: Twayne Publishers, 1990.

Miller, James E., Jr., *Leaves of Grass: America's Lyric-Epic of Self and Democracy*, New York: Twayne Publishers, 1992.

Miller, Perry, and Thomas N. Johnson, *The Puritans: A Sourcebook of Their Writings*, Vol. 2, New York: Harper & Row Publishers, 1963.

Milton, Hindus ed., *Walt Whitman: The Critical Heritage*, London and New York: Routledge, 1971.

Milton, John, *The Poems of John Milton*, London: Longmans, 1968.

Moody, A. D. ed., *The Waste Land in Different Voices*, London: Edward Arnold, 1974.

Murphy, Raussell Elliott, *T. S. Eliot: A Literary Reference to His Life and Work*, New York: Facts On File, 2007.

Murray, James A. H. ed., *The Oxford English Dictionary*, 2nd edition, Vol. 2, Oxford: Clarendon Press, 1989.

Myerson, Joel ed., *Emerson and Thoreau: The Contemporary Reviews*, Cambridge: Cambridge University Press, 1992.

Napierkowski, Marie Rose & May K. Rudy, eds, *Poetry for Students*,

Vol. 3, Detroit: Gale, 1998.

Olson, Charles, *Human Universe and Other Essays*, New York: Grove Press, 1967.

Olson, Charles, *Letters for Origin*, 1950 - 1956, Albert Glover ed., Cape Goliard Press, 1969.

Olson, Charles, *New Man & Woman*, Gloucester: Millenia Foundation, 1970.

Olson, Charles, *Archaeologist of Morning*, New York: Grossman Publishers, 1973.

Olson, Charles, *The Maximus Poems*, Berkeley: University of California Press, 1983.

Olson, Charles, *Collected Prose*, Berkeley: University of California Press, 1997.

Olson, Charles, *The Collected Poems of Charles Olson*, G. F. Butterick ed., Berkeley: University of California Press, 1997.

Parini, Jay, *Robert Frost: A Life*, New York: Henry Hold & Company, 1999.

Parini, Jay, and Brett C. Miller, eds., *The Columbia History of American Poetry*, Beijing: Foreign Language Teaching and Research Press, 2005.

Parini, Jay ed., *The Colombia History of American Poetry*, Columbia: Columbia University Press, 1993.

Paul, Sherman, *Olson's Push: Origin, Black Mountain, and Recent American Poetry*, Baton Rouge: Louisiana State University Press, 1978.

Payne, Robert, *Mao Tse-Tung: Ruler of Red China*, New York: Henry Schumann, 1950.

Pearce, Roy Harvey, *The Continuity of American Poetry*, Middletown: Wesleyan University Press, 1987.

Perkins, David ed., *English Romantic Writings*, HBJ, 1967.

Perkins, William, *The Works*, Vol. 1, London: John Leggatt, 1626.

Plimpton, George ed., *Writers at Work: The Review Interviews*, *Penguin*, 1977.

Pound, Ezra, *The Cantos of Ezra Pound*, New York: New Directions, 1971.

Pound, Ezra ed., *The Chinese Written Character as a Medium for Poetry by Ernest Fenollosa*, San Francisco: City Lights Books, 1936.

Preminger, Alex ed., *The New Princeton Encyclopedia of Poetry and Poetics*, Princeton: Princeton University Press, 1993.

Price, Kennith M., *Whitman and Tradition: The Poet in His Century*, New Haven and London: Yale University Press, 1990.

Reynolds, David S., *Walt Whitman's America: A Cultural Biography*, New York: Alfred A. Knope, 1995.

Richardson, Robert D. Jr., *Emerson: The Mind on Fire*. Berkeley: University of California Press, 1995.

Russell, Bertrand, *The History of Western Philosophy*, New York: Simon & Schuster, 1945.

Ryken, Leland, eds., *Dictionary of Biblical Imagery*, Downers Grove (Illinois): InterVarsity Press, 1998.

Sankey, Benjamin, *A Companion to William Carlos Williams's* Paterson, Berkeley: University of California Press, 1971.

Schmidgall, Gary, *Walt Whitman: A Gay Life*, Dutton: William Abrahams Book, 1997.

Sewell, Elizabeth, *T. S. Eliot: A Symposium for His Seventieth Birthday*, London & New York, 1959.

Sherman, Joan R., *Invisible Poets: Afro-Americans of the Nineteenth Century*, 2nd edition, Urbana and Chicago: University of Illinois Press, 1989.

Sill, Geoffrey M. ed., *Walt Whitman of Mickle Street*, Knooxville: The University of Tennessee Press, 1994.

Silverman, Kenneth ed., *Colonial American Poetry*, New York & London: Hafner Publishing Co., 1968.

Smidt, Kristian, *Poetry and Belief in the Work of T. S. Eliot*. London: Routledge, 1949.

Southam, B. C. , *A Guide to The Selected Poems of T. S. Eliot*, 6th edition, San Diego, New York & London: A Harvest Original, 1996.

Spiller, Robert E. ed. , *Literary History of the United States*, New York: Macmillan Company, 1955.

Stanford, Donald E. ed. , *The Poems of Edward Taylor*, New Haven and London: Yale University Press, 1960.

Stauffer, Donald Barlow, *A Short History of American Poetry*, New York: Dutton, 1974.

Steele, Richard, *The Tradesman's Calling*, London: Samuel Sprint, 1684.

Stock, Noel, *The Life of Ezra Pound*, London: North Point Press, 1970.

Stovall, Floyd, *The Foreground of Leaves of Grass*, Charlottesville: University Press of Virginia, 1974.

Stovall, Floyd ed. , *Walt Whitman: Prose Works*, 1892, Vol. 2, New York: New York University Press, 1963.

Sutton, Walter, "A Visit with William Carlos Williams", *Interviews with William Carlos Williams: "Speaking Straight Ahead"*, Linda Welshimer Wangner ed. , New York: New Directions, 1976.

Swinnock, George, *The Works*, Vol. 1, Edinburgh: James Nichol, 1858.

Taylor, Edward, *The Poems of Edward Taylor*, Donald E. Standford ed. , New Haven and London: Yale University Press, 1960.

Tharpe, Jac, *Frost: Centennial Essays* Ⅲ, Jackson: University Press of Mississippi, 1978.

Thompson, Lawrance, *Fire and Ice: The Art and Thought of Robert Frost*, New York: Henry Holt and Company, 1942.

Thompson, Lawrance, *Robert Frost: The Early Years* 1874 – 1915, New York & Chicago: Holt, Rinehart and Winston, 1966.

Thompson, Lawrence and R. H. Winnck, *Robert Frost: The Later Years* 1938 – 1963, New York: Holt, Rinehart and Winston, 1976.

Thompson, Lawrence ed. , *Selected Letters of Robert Frost*, New York: Holt, Rinehart and Winston, 1964.

Thoreau, Henry David, *Thoreau's Journal*, Vol. 1, Princeton: Princeton

University Press, 1906.

Thoreau, Henry David, *Walden*, Oxford: Oxford University Press, 1997.

Thormahlen, Mariane, *Eliot's Animals*, Lund: CWK Gleerup, 1984.

Thwaite, Heinemann, *Twentieth-Century English Poetry*, London: Heinemann, 1978.

Traversi, Derek, *T. S. Eliot: The Longer Poems*, London: The Bodley Head, 1976.

Untermeyer, Louis, *The Letters of Robert Frost to Louis Untermeyer*, New York: Holt, Rinehart and Winston, 1963.

Waggoner, Hyatt H., *American Poets: From the Puritans to the Present*, Baton Rouge & London: Louisiana State University Press, 1968.

Waite, Arthur Edward, *The Pictorial Key to the Tarot*, New York: Rudolf Steiner, 1971.

Wayne, Tiffany K., *Ralph Waldo Emerson: A Literary Reference to His Life and Work*, New York: Facts On File, 2010.

Weirick, Margaret C., *T. S. Eliot's The Waste Land: Scources and Meaning*, New York: Monarch Press, 1971.

Whitman, Walt, *The Works of Walt Whitman* (The Deathbed Edition, Vol. 2), New York: Funk & Wagnalls, 1968.

Whitman, Walt, *Leaves of Grass*, New York & London: W. W. Norton & Company, 1973.

Whitman, Walt, *Leaves of Grass*, New York: Vintage Books, 1992.

Whitman, Walt, *Leaves of Grass and Other Writings*, New York: A Norton Critical Edition, 2002.

Wigglesworth, Michael, *The Poems of Michael Wigglesworth*, Laanham, MD: University Press of America, 1989.

Williamson, George, *A Reader's Guide to T. S. Eliot*, New York: The Noonday Press, 1953.

Williams, Stephen West, "The Background of the Fight at the Bars, Deerfield, Massachusetts, August 25, 1746", *Memorial Hall Museum Online*, Memiral Hall Museum, 24 Oct. 2006 curriculum_ 6th/lesson6/

barsbkgd, html.

Williams, William Carlos, *The Great American Novel*, Paris: Three Mountains Press, 1923.

Williams, William Carlos, *The Autobiography of William Carlos Williams*, New York: New Directions, 1951.

Williams, William Carlos, *Selected Essays of William Carlos Williams*, New York: A New Directions Book, 1954.

Williams, William Carlos, *The Selected Letters of William Carlos Williams*, New York: New Directions, 1957.

Williams, William Carlos, *Paterson*, New York: New Directions, 1958.

Williams, William Carlos, *The Collected Poems of William Carlos Williams*, Vol. 1, 1909 - 1939, New York: A New Directions Book, 1986.

Wolfe, Cary, *The Limits of American Literary Ideology in Pound and Emerson*, Cambridge: Cambridge University Press, 1993.

Xiangbao, Zhang and Zhou Shanfeng, eds., *College English* (Book 4), Beijing: Commercial Press, 1994.

Yeats, W. B., *Essays and Introductions*, London: Macmillan, 1969.

Zabriskie, George, "The Geography of '*Paterson*'", *Perspective*, Ⅵ, 1953.

Zukofsky, Louis, *An Objectivists' Anthology*, New York: To Publishers, 1932.

人名索引

A

Ackroyd,Peter 阿克罗伊德 260

Adams,Hazard 亚当斯 3,158,216,221

Albers,Joseph 阿尔伯斯 342

Alcott,Bronson 阿尔科特 175

Allen,Gay Wilson 艾伦 146,147

Ashbery,John 阿什伯里 413

B

Bagby,George F. 贝格比 143

Bartlett,John 巴特里特 155

Bercovitch,Sacvan 贝尔科维奇 16,19,24,36,38,49,50,55,58

Berryman,John 贝里曼 414

Bishop,Elizabeth 毕肖普 19

Blodgett, Harold W. 布洛杰特 104,105,390

Bloom,Harold 布卢姆 162,413

Bosco,Ronald A. 博斯科 162

Bradford,William 布拉福德 7

Bradstreet, Anne 布雷兹特里特 19—27,29,30,32—34,36,37,497

Brooks,Gwendolyn 布鲁克斯 434

Brower,Reuben A. 布劳尔 142,143

Buell,Lawrence 比尔 143,144,192

Butterick, George F. 巴特里克 338,340,343—352,354,355,367,426

Byrd, Don 伯德 339, 346, 381, 412,420,428

C

Channing,Edward 钱宁 172

Chaucer,Geoffrey 乔叟 313,461,464—466,478,479

Coleridge, Samuel Taylor 柯尔律治 83,85

Crane,Hart 克兰 246

Crashaw,Richard 克拉肖 52,53,222

Creeley,Robert 克里利 70,360,363

Crévecoeur,John de 克雷夫科 208,209

曹明伦 75,182,184,188,203,287

查良铮 226, 227, 471, 473, 474,481,487

陈中梅 290,295

D

Dickinson,Emily 狄金森 19,51,52,70,109,110,144

Donker,Marjorie 顿克 234

Donne, John 邓恩 3,12,32,36,50,52,53,59,62,191,221—223,460,462
Doolittle, Hilda (H. D.) 杜利特尔 19,270
Dunbar, Paul Laurence 邓巴 435,436
董衡巽 69
董洪川 489,490

E

Eliot, T. S. 艾略特 309,489
Eliot, Valerie 艾略特 233,235,239,245,476
Elliott, Emory 埃利奥特 49,55,58,436
Ellison, Ralph 埃利森 434,435
Emerson, Ralph Waldo 爱默生 69—74,77—91,93—100,106,107,110,111,121—123,141—152,154,156,158,159,161—168,170—181,184,186,188,198—200,213,265,272,286,333,346,347,355,366
Evans, William R. 埃文斯 187,435

F

Fenollosa, Ernest 费诺罗萨 76,349,370,371
Ferguson, Margaret 弗格森 65,493
Fitzgerald, F. Scott 菲茨杰拉德 225,476
Fredman, Stephen 弗莱德曼 70
Frost, Robert 弗罗斯特 70,71,73,75,76,141—156,158—162,170,175,177—184,186—203,205—211,213,214,264—266,275,287,295,320,435,461,465—468
Frye, Northrop 弗莱 375
Fuller, Margaret 富勒 147
飞白 265,269,295
傅浩 265,269,278,279,285,286,309,463,490

G

Gelpi, Albert 盖尔比 70,390
Gerber, Philip L. 格伯 209
Gilbert, Sandra M. 吉尔伯特 22,24,31
Ginsberg, Allen 金斯堡 381
Gould, Jean 古尔德 201,214
Graham, Joris 格雷厄姆 413
Grier, Edward F. 格里尔 102,112,117,119,125,401,407,409
Gropius, Walter 格罗皮厄斯 342
郭继德 36,82,245

H

Harman, Jupiter 哈蒙 436,441—445,458
Hawthorne, N. 霍桑 70,106,144
Hayden, Robert 海登 434
Heal, Edith 希尔 267,272,277,288
Heraclitus 赫拉克利特 247,248,338,339,347,348
Herbert, George 赫伯特 12,50,53,59,221,222
Holland, John Philip 霍兰 289
Holloway, Emory 霍洛韦 75,111,112,399,400
Horton, George Moses 霍顿 436,450,451,456,458

Howard, Richard 霍华德　413
Hughes, Langston 休斯　434
胡家峦　29, 63, 462, 475, 476, 486, 501, 502
黄运特　76, 266, 349, 377, 463

J

James, Henry 詹姆斯　276, 469, 478
Johnson, Edward 约翰逊　7
Johnson, Thomas H. 约翰逊　51, 109, 388
Joris, Peirre 乔里斯　412
Joyce, James 乔伊斯　216, 288, 293—295
江枫　52, 181

K

Kaplan, Justin 卡普兰　50, 305, 399
Kennedy, William Sloane 肯尼迪　201, 214
Kenner, Hugh 肯纳　233
Kristeva, Julia 克里斯特瓦　230
Kummings, Donald D. 库明斯　107

L

Lehman, David 莱曼　413
LeMaster, J. R. 勒马斯特　107
Levertov, Denise 莱维托夫　19, 414
Longfellow, Henry Wadsworth 朗费罗　144, 147, 459
Lowell, Amy 洛厄尔　19
Lynen, John F. 李南　142
李赋宁　155, 193, 210, 216—223, 266, 375, 459, 460, 465, 470
李维平　293, 294
刘海平　436
刘树森　470
陆建德　260, 341, 473, 475, 481, 487
罗斌　144, 145
罗经国　461
罗素　247, 248

M

Marks, Herbert 马克斯　91
Martindale, Wayne 马丁代尔　469
Marvell, Andrew 马维尔　28, 222, 241
Matthiessen, F. O. 马修伊森　69, 70
Maxson, H. A. 马克森　189, 192, 194—196
McQuade, Donald 麦奎德　52, 54
Melville, Herman 梅尔维尔　70, 87, 88, 106, 110, 398, 414
Meyers, Jeffrey 迈耶斯　153, 208
Miller, James E. Jr. 弥勒　74, 77, 105, 107, 108, 116, 216, 231, 381, 382, 406, 486
Milton, John 弥尔顿　3, 12, 36, 54, 63, 92, 93, 163, 191, 196, 222—224, 237, 274, 279, 291, 354, 422, 451, 460, 462, 464, 491, 492, 494—509

N

Napierkowski, Marie Rose 内皮尔科瓦斯基　499

O

Oegger, Guillaume 厄热　83, 84

Olson, Charles 奥尔森　70, 72, 77, 78, 98, 337—340, 342—365, 367—378, 380

P

Parini, Jay 帕里尼　51—53, 70, 189, 203, 206, 436, 437, 440
Paul, Sherman 保罗　419
Payne, Robert 佩恩　347
Pearce, Roy Harvey 皮尔斯　15
Perkins, David 珀金斯　135
Perkins, William 珀金斯　506, 507
Perrine, Laurence 珀赖茵　461
Plath, Sylvia 普拉斯　19
Plato 柏拉图　82, 161, 180, 250, 363, 492
Plotinus 柏罗丁　84
Poe, Edgar Allan 坡　88, 106, 110, 142, 147, 149
Pope, Alexander 蒲柏　12, 155, 193, 320, 448, 461
Preminger, Alex 普雷明格　375, 440, 445
Pythagoras 毕达哥拉斯　82
彭予　141, 337, 346

Q

Quarles, Francis 夸尔斯　53
钱满素　69, 172, 173
钱锺书　459
裘小龙　245, 270, 277, 287, 300, 471, 473, 475, 481, 482, 487
区鉷　144, 145
全增瑕　348, 349

R

Randall, Dudley 兰德尔　434
Reynolds, David S. 雷诺兹　118, 130, 131, 395, 408
Richard, Bernard 理查德　509
Richards, Ivor Armstrong 理查兹　159
Robinson, E. A. 罗宾逊　144
Ryken, Leland 莱肯　54, 505

S

Sankey, Benjamin 桑基　315, 329, 333
Sexton, Anne 塞克斯顿　19
Shakespeare, William 莎士比亚　71, 82, 148, 160, 172, 190—192, 195, 198, 218, 264, 279, 351, 451, 460—462, 464, 478, 492
Shephard, Thomas 谢泼德　10
Sherman, Joan R. 谢尔曼　435, 458
Sidney, Philip 锡德尼　3, 36, 191, 491
Smith, Sydney 史密斯　71, 105, 213, 228, 385
Southam, B. C. 索瑟姆　476
Spenser, Edmund 斯宾塞　3, 32, 36, 191, 460, 485, 491
Stanford, Donald 斯坦福　49, 51, 59, 142
Stevens, Wallace 史蒂文斯　275, 276
Stoddard, Samuel 斯托达德　443
Stovall, Floyd 斯托瓦尔　390, 394, 395
Swedenborg, Emanuel 斯维登堡　83, 149, 151, 152
盛宁　69
施咸荣　69

T

Taylor, Edward 泰勒　19, 36, 37, 49—55,

57—65,86

Terry,Lucy 特丽　436,437,441,458

Tharpe,Jac 撒普　184

Thompson,Lawrence 汤姆森　142,190,195,198

Thoreau,Henry David 梭罗　69,70,72,89,94,95,106,143—146,172,175,199,200,286,287

Thormahlen, Mariane 索马伦(*Eliot's Animals*)　225,236

Tompson,Benjamin 汤普森　8,9

汤永宽　471,473,475,481,482,487,488

陶洁　49,461

屠岸　32,492,494

U

Untermeyer,Louis 昂特迈耶　141,145

W

Waggoner,Hyatt 瓦戈纳　390

Wheatley,Phillip 惠特利　435,436,441,443,445—451,458

White,John 怀特　21

Whitfield,J. M. 怀特菲尔德　446,458

Whitman,Walt 惠特曼　70—75,77,78,91,102—134,136,137,198,209,213,246,265,273,291,292,302,309,310,318,321,325,326,330,333,357,358,360—362,364,367,368,370—372,375,377,470,472

Whitter,John Greenleaf 惠蒂埃　109,144,147,388

Wigglesworth,Michael 威格尔斯沃思　18,36—44,46—48

Williams,William Carlos 威廉斯　72,264—271,273,274,279,283—289,292,293,296—303,305—307,309—312,315—333,355

Wolfe,Cary 沃尔夫　70

Wordsworth,William 华兹华斯　79,83,95,135,142,143,158,191,192,221,370

Wyatt,Thomas 华埃特　191,196,491

王宏印　181

王式仁　461,472

王守仁　435,436

王誉公　69,141,189,271,489

王佐良　32,135,155,193,195,222,241

吴富恒　69,141,189,271

Y

Yeats,William Butler 叶芝　215

杨金才　141,189

杨仁敬　49

杨周翰　28,53,470,494

叶维廉　473,475,482

殷宝书　494

Z

Zongying,Huang 黄宗英　43,54,69,71,73,76—78,90,107,141,142,144,145,152,154,155,160,162,170,179,180,184,191,196,198—200,204,206,213,215,230,231,235,245,264,266,275,291,309,311,313,320,321,337,351,353—355,358,366,368,459—463,465,

466,472,474,479,481,483—487,491,497,500
Zukofsky,Louis 茹科夫斯基 73,276
张冲 9—11,22,49,69,436,446
张剑 341,412,472,491
张子清 133,141,245,266,270,341,346,349,434
赵萝蕤 43,73,75,102,104,106,108,112—114, 116—121, 124—134, 136,137,213,215,221,222,230—233,235,237,239,240,242,243,266,276,291,309,311,313,318,321,326,330,351,357,459,460,463,469—490
赵毅衡 471,473,474,481,483,487
郑敏 369
朱虹 69
朱维之 92,93,462,494,496,502,508

后　记

这本书能够顺利出版首先需要感谢北京联合大学和应用文理学院领导、老师和同事们多年来对我的关心和厚爱，是大家的理解、鼓励和真情支持，我才有可能“忙中偷闲”，在学院一个以服务为主的双肩挑岗位上坚持不懈地追求自己的科研梦想！2005 年，我调入应用文理学院外国语言文化系，主讲“应用文写作”“英语口译”“英语专业毕业论文写作”“英语专业八级测试”等多门课程；大约一年后，受老师们委托，我开始担任外语系主任，每年招收两个本科班（50 余人），行政工作变成第一要务，真觉得没有办法继续按照教学、科研、服务各占 1/3 时间的习惯安排自己的工作时间。时任学院历史系主任朱耀庭教授生前曾经对我说：“小黄呀，你可以把课集中安排在周一、二、三上，每周还有 4 天时间你可以安排时间写作”。时任院长孔繁敏教授也曾经教导我“要学会弹钢琴”，工作要有轻重缓急，合理安排时间。2011 年，学校英语专业进行调整，在全校 60 多个专业年度评估中名列第 14 位的应用文理学院英语专业被调整出学院；作为专业负责人，我多少有点沮丧和无奈，但是我希望留在应用文理学院工作，时任学校副校长兼学院党委书记张连成教授鼓励我说：“是金子总会发光，出东西就好”。学院年过八旬的著名经济法学家刘隆亨教授前几天在电话里还嘱咐我说：“现在国家强盛，是搞科研的最好时期，这个时候不搞，更待何时呀?!”可不是吗？学院著名的宗教学专家佟洵教授、地理学专家熊黑钢教授、海外中国学专家梁怡教授等许多退休的专家学者，仍然在以高昂的斗志、丰硕的成果，为北京联合大学谱写着一篇篇新的科学研究的历史篇章。

2019 年，在北京联合大学科技处、应用文理学院科研主管领导的关心和支持下，学院科研处启动了“文理学术文库”和“文理青年学术文库”两个项目，先后资助学院6位教师与中国社会科学出版社签订了学术专著出版合同，旨在固化学院教师主持完成的国家级社科项目成果和促进青年教师撰写高水平学术专著。在中国社会科学出版社编辑郝玉明博士的建议和鼓励下，我把原本计划出版的文集编成了这本《美国诗歌史论》，方便于读者在了解美国诗歌史上一些重要诗人及其代表诗作的基础上思考和把握美国诗史脉络。我们北京联合大学目前是一所以本科教育教学为主的城市型、应用型大学，英美诗歌领域的教学与研究应该说不属于学校和学院教学科研的主战场，但是由于本人教学科研的视野和能力所限，再加上投入科研的时间和精力不足，所以只好在保证完成岗位工作的同时，“忙里偷闲”，坚持不懈。或许是这种不经意的“忙里偷闲”让我更加深刻地体会到了科研对教学的反哺和促进作用，或许也是在这种貌似可有可无的“坚持不懈”中让我收获了更多来自领导和老师们的信任。2020年1月7日，当学院领导让我上台去领取学校科技处颁发给学院的“科研独角兽奖”时，我深切地体会到自己能够服务于这么一所如此重视科学研究的地方性高校而感到由衷的欣慰！

多年来，我始终不忘把教学与科研捆绑在一起，把个人的科研兴趣与学校的发展需要拴系在一起，为了建设自己喜爱的“英美诗歌名篇选读”选修课，扩大学校英语学科专业建设的影响，从2005年到2017年，整整13年，我利用周末休息时间，一年两次，为北京学院路地区高校教学共同体开设这门选修课程；选课人数从原来30人左右增加到后来每次150人报满，后因岗位调整，到科研处坐班，我只好忍痛割爱，把周末时间留给自己写点什么。这本书中的16个章节和6篇附录文章，大体上都是这样一点一滴积累而成的。“愚公移山”“自强不息”“艰苦奋斗”是激励我的精神力量。当然，光有精神力量是不够的，北京联合大学是我的坚强后盾！在校、院领导和老师们的鼓励和支持下，2005至2010年，我主持完成了教育部人文社科研究项目并出版了同名著作《弗罗斯特研究》（项目批号：05JA750.47－99003，上海外语教育出版社，2011年8月第1版）；2013至2018年，我主持完成了北京市教委社科计划重点项目并出版了同名著作《爱默生与美国诗歌传统研究》（项目批号：13WYB054，高等教育出版社，2018年7月第1版）；2015—2020年，我主持的国家社科基金项目“比较视野下的赵萝蕤汉译《荒原》研究”（项目批号：15BWW013）并且与中国社会科学出版社签订了2020年的出版同名专著的合同。在这些科研项目研究的过程中，除了家人的通力付出以外，我最大的支持是来自学校和学院方方面面无微不至的关心和支持。不论是原先学院外国语言文化系的老师们，还是后来学院基础教学部的同仁们，或者是现在学院科研与研究生处的同事们，大家都能够想方设法地为我分担行政和教学工作压力，为我创造良好的工作环境并且尽可能地让我能够腾出时间做一点科研工作。从2011年学院基础教学部成立起，我就开始享受单独的办公室，办公室里一直有沙发和冰箱，便于我安排自己的工作、学习和休息。

我的研究视角一向比较狭窄，缺乏对中西方诗歌、诗学理论和文学批评理论的宏观考察，喜欢结合自己的诗歌教学在文本释读这个层面上做一点挖掘和探讨，似乎也形成了一种习惯，习惯于在释读诗歌文本的时候，去寻找一些有助于点化主题思想的字眼和表述，并在此基础上展开讨论，尽可能地使用文学与文化批评的方法把自己所掌握的资料和体会写出来。这种方法自然进步较慢，但有利于基础教学，特别是课程建设，可以写出一些文章来支撑我课堂上重点讲解的诗人及其代表诗作，能够培养一种自觉地不断地发现问题、思考问题、解决问题的毅力和研究方法。也许这就是文本释读的魅力所在，也许这就是激励我13年利用周末休息时间主讲北京学院路地区高校教学共同体的“英美诗歌名篇选读”选修课的动力所在！我的院长张宝秀教授常说：“科研是课堂教学的灵魂”。能够在课堂上与专心致志的学生分享自己的思考无疑是人生最大的快乐！学生同样可以从老师课堂授课的表情和话语中分享老师教学科研的辛劳和喜乐。

1987年，我在福建宁德师范专科学校外语系任教，学校学报主编游友基教授鼓励我说：“许多人都是从我们师专学报走向全国刊物的”，于是我发表了第一篇关于惠特曼的文章。1996年，我获得北京大学文学博士学位并留校任教之后，我在《北京大学学报》（哲学社会科学版）发表过两篇关于惠特曼和奥尔森研究的论文。2005年以来，我坚持每年给《北京联合大学学报》（人文社会科学版）投稿，大部分稿件被接受刊用，这对我十分重要，不仅凝练了研究方向，而且树立了信心，特别是《北京联合大学学报》被遴选为CSSCI来源期刊之后，仍然对我不离不弃，真是令人感动！如今，从美国早期代表性清教诗人布雷兹特里特和泰勒，到浪漫主义代表诗人爱默生和惠特曼，再到现代主义代表诗人艾略特和弗罗斯特，直至后现代主义代表诗人威廉斯，这些文章均有专论，构成了这本美国诗歌史论的基本框架。为此，我衷心感谢《北京联合大学学报》编辑部全体老师对我的厚爱和支持！

美国诗史虽然不长，但流派众多，著名诗人及其代表诗作更是令人眼花缭乱，我的这一点肤浅研究只能起到抛砖引玉的作用，还远远达不到力求精练而不失其精要的目标，但是有了这一番努力，我感到信心满满，希望能够沿着这一条行人不多的道路继续前进。此时此刻，我想再次感谢北京大学和北京联合大学许多始终关心和帮助我的领导和同事们！感谢美国纽约州立大学奥本尼分校和美国惠顿大学的同仁们为我提供的指导和出国学习的机会！感谢中国社会科学出版社编辑郝玉明博士的严谨和细心！最后，当然也是最重要的，应该感谢意志坚强、敢于担当的妻子陈炜老师，是她的杰出工作不断地激励我克服困难，去争取进步！我相信自己能够汲取习近平总书记在闽东工作期间所倡导的“弱鸟先飞”“滴水穿石”的精神养分，在自己的学习和工作中，“不忘初心，砥砺前行”！

黄宗英

北京西二旗智学苑家中

2020 年 5 月 15 日凌晨